눈먼 자의 초상

복도훈 평론집

눈먼 자의 초상

문학동네

책머리에

씨 뿌린 대지가 아닌 황무지에 내리는 비
— 니콜라 말브랑슈

그저 비에 관한 책이 되기를
— 루이 알튀세르

1

……비가 온다. 비가 오면 첫 평론집의 머리글을 쓰겠다고 생각했고, 오늘이 마침 그날이다. 이따금 비를 맞으면서, 까마득한 곳으로부터 내리는 비를 물끄러미 올려다보면서, 마침내 천천히 동심원을 그리며 한두 방울 고여가는 물웅덩이를 응시하면서, 이런 생각을 했다. 비는 왜 씨 뿌린 대지나 가뭄이 있는 곳뿐만 아니라, 오히려 비가 필요 없는 바다에도, 큰길에도, 모래언덕에도 내리는 걸까. 아무런 쓸모도 없는 황무지에, 목적도, 방향도, 의미도 없이, 맹목적으로, 그저. 새삼스러운 말은 아니다. 오래전에 오라토리오회의 한 수도사(말브랑슈)가 신의 은총이 갖는 무차별성과 단순함을 묵상할 때 그는 이처럼 비를 바라보고 있었을 것이며, 300년이 지나 생중사 속에서 비극적인 말년을 보내던 한 마르크스주의자(알튀세르)가 이 수도사의 명상을 이어받아 목적도, 방향도, 의미도 없는 빗방울의 마주침에 관한 최후의 노트, 그가 '그저 비에 관한 책'이 되기를 소망했던 글을 쓸 때도 비는 여전

히 내리고 있었으리라.

문학도 그렇게 내리는 비와 같다고 생각했다. 가뭄이 든 곳에, 씨를 뿌린 곳에 아무리 애원해도 내리지 않는 비. 소원이나 예언이 될 수 없었고, 기도와 종교도 될 수 없었던 문학. 그러나 문학이라고 왜 그러고 싶지 않았을까. 가뭄 든 곳과 씨 뿌린 곳으로 비가 내리기를 얼마나 원했을 것인가. 소원과 예언이 되고 싶었을 것이며, 기도와 종교가 되고 싶었을 것이다. 그러나 문학은 그 무엇을 위한 수단도 목적도 되고 싶었지만 그럴 수 없었으며, 결국 목적과 수단 모두로부터 버림을 받지 않았었던가. 그저 황무지에 내리는 비, 마침내 황무지가 된 비. 그래서 제자리로 돌아온, 그러나 한 번도 머무른 적이라곤 없었던 빈터로 되돌아온 문학. 비가 온다……

2

나는 끝에서 시작했다. 그러나 내가 시작할 때 누군가는 끝났다고 했다. 문학은 끝났다는 풍문이 도처에서 들려올 때, 문학비평이란 것을 처음 썼고, 그렇게 문학을 시작했다. 어리둥절했다. 시작과 끝이 뒤얽혔고, 도착점이 출발점이 되어버린 링반데룽과 같았다. 생각해보니, 좀 이상했다. 처음으로 문학을 진지하게 느끼고 생각하기 시작했던 스무 살 무렵부터 문학에 관한 이야기는 언제나 이 둘을 왕복하고 엎치락뒤치락했던 것은 아니었을까. 문학은 살아 있다, 아니면 문학은 죽었다…… 이 한없는 진자운동 속에서 글을 썼고, 그렇게 정신없이 한 5년쯤 지나자 문득, 그런 생각이 들었다. 문학은 이른바 뱀파이어나 좀비 같은 것은 혹시 아닐까. 죽었으나 되살아나고, 살아 있는 것 같지만 죽어 있었던.

좀 딱딱하게 사정을 말하자면 이럴 것이다. 지금 한국문학이 현실에서 누리는 지위는 확실히 주변적이며, 그 징후와 현상은 무수하다. 정치사회적 대의를 선도하던 문학적 경향의 전반적 축소, 제도화된 문학교육과 그에 따라 표준화되어가는 문학의 생산과 소비 행위, 교양과 감수성의 계발보다는 처세를 통해 삶을 기획하는 태도의 증가와 일반화, 문자보다 미디어와 매체에 의존하는 지각과 감수성의 급격한 변화, 자본만능시대의 생산 유통 소비의 구조 속에서 지속적으로 체감될 수밖에 없는 문학의 낮은 상품성 등등. 방금 언급한 것처럼 문학이 주변화되는 이유들은 적지 않으며, 그 목록들 역시 얼마든지 나열할 수 있다. 그러나 그 이유들이 종종 각종 위기론과 손을 잡으면서 늘 전전긍긍하는 문학적 정체성을 규정지어온 태도가 그간 한국문학의 현실이자 그를 둘러싼 풍문이었다. 그러나 문학이 주변적인 것이 되었다는, 또는 그렇지 않다는 애탄(哀歎)이나 부인(否認)의 과장된 몸짓은 적지 않았지만, 문학의 주변적 위치를 응시하고 그 성찰을 문학 그 자체에 대한 반성과 직결시켜 생각하고 느끼는 태도는 그만큼 드물었다는 생각도 든다. 사실 나는 앞서 언급한 이러한 문학과 그를 둘러싼 시스템의 수혜자이다. 여기에 묶인 글들은 그 부산물이다.

그동안 쓴 글들은 이처럼 문학이 자신을 형성해온 정체성을 뒤흔드는 우연과 맞닥뜨린 결과에 대한 나만의 사후처방 같은 것이라고 생각한다. 그렇기에 문학이 끝났다거나 소멸할 것이라는 냉소주의나 묵시록적 예언, 문학의 필연성을 문학의 우연성만큼이나 무턱대고 부인하는 비관론, 대안 없이 긍정하는 낙관론은 내가 문학이라는 이름으로 할 수 없거나 해야 할 필요가 없는 일이라는 것도 서서히 깨달았다. 오히려 문학이 자신의 우연성을 응시하게 된 그런 연유, 속사정, 필연성을 심사숙고하는 작업이야말로 앞으로의 문학비평이 해야 할 몫이라고 생각한다.

첫 평론집에 묶인 원고들을 다시 읽으면서 놀란 적이 한두 번이 아니었다. 그중에서 이 남자, 오이디푸스에 대해 정말 많은 이야기를 했고, 또 그 이야기를 자주 반복했다는 것을 알았다. "인간이기를 포기한 이 순간 나는 인간이 되는 것인가?"(소포클레스, 『콜로노스의 오이디푸스』) 어떻게 보면 이 책은 오이디푸스의 절규 어린 이 한마디에 대한 비평적 주석이라고 해도 좋을지 모르겠다. 비유하자면, 오늘날의 한국문학은 자신의 두 눈을 찌른 후 어둠 속을 응시하면서 정처 없는 방랑을 떠나게 된 오이디푸스와 처지가 비슷하지 않을까. 두 눈을 찌르기 전, 그는 자신의 운명에 대해 눈먼 자였지만 두 눈을 찌른 후에야 비로소 자신의 삶에 대한 뼈아픈 통찰을 얻게 되었다. 통찰보다는 눈물이라고 말하는 게 나을지도 모르겠다. 본문 어디엔가 썼지만, 눈먼 자의 진실은 눈뜸이 아닌, 그가 흘리는 눈물에 있다고 믿기에. 눈먼 자의 초상, 두 눈에서 떨어지는 눈물, 빗줄기……

한국문학은 비로소 자신의 어둠과 마주하기 시작했다. 이러한 어둠을 응시하는 문학비평이 문학의 앞날에 대해 특별히 희망적이지 않더라도 절망적인 몸짓을 취할 필요는 없다. 그래서 첫 평론집은 지난날 문학의 존재이유이자 꿈이라 믿었던 옛 기억들이 사라져가고 잊혀져가는 시대, '문학 없는' 현실에서 '문학'하는 행위에 대한 질문을 담고 있다. 문학 '이후'의 문학, 문학 '없는' 문학. 물론 이러한 명명은 문학에 대한 경멸이나 자조에서 나오지 않았다. 오이디푸스의 삶이 그랬듯이, 문학한다는 필연이 어느 순간 우연에 불과했음을 깨닫는 때야말로 문학이 다르게 태어날 수 있고 또 그래야만 하는 필연을 통감하는 때이기도 할 터. 이 책은 그런 우연과 필연, 초상과 눈물, 눈뜬 주검과 눈먼 삶의 착잡하고도 미묘한 화학작용이다.

1부 '부정성에 머무르는 힘'에서 나는 프로이트가 '문명의 불만'이라고 불렀던 것, 안락함과 윤택함을 제공하지만 실제로는 삶을 억압하고 길들이는 다양한 사회체계의 괴물과도 같은 어두운 이면을 회피하지 않고 그것을 정면으로 응시하는 작품, 문학과 삶의 원천인 부정성을 혁신한다고 생각되는 소설들에 관심을 기울였다. 특히 1부에서 자주 다룬 백민석의 소설(지금 누가 그와 그의 소설을 기억하고 있는가!)은 매번 새 글을 쓸 때마다 나도 모르게 되돌아오게 되는 원천이다.

2부 '더 나은 삶에 대한 꿈'에는 고단한 삶과 무심한 세상을 맞이하는 주체적 태도, 타자와 우정을 맺는 방법의 혁신을 통해 보다 나은 삶의 형상과 공동체의 가능성을 타진하는 글들이 묶였다. 외국인, 동물, 동포와의 만남을 통해 정치 문화적 국경, 생물학적 종차를 넘어서는 소통 없는 소통, 또는 우정과 연대의 가능성을 상상해보았다. 또 생존이 삶과 동일시되는 우리 시대 삶과 문학의 풍경에서 좌절되거나 굴절된 희망의 지표들을 점검했다. 원래 2부에 싣고자 했던 글 네댓 편은 SF(science fiction)와 유토피아에 관한 것들이다. 나는 지금 '다른 세계로부터 배우기'라는 임시적인 제목을 염두에 두고 이와 관련된 글들을 몇 편 더 쓸 생각이며, 해가 지나기 전에 묶을 예정이다.

3부 '문학의 국경, 국경의 문학'에서는 몇 년 동안 한국문학의 중요한 현상 중 하나로 일반화되어가는 국경의, 국경 너머의 삶, 외국인과의 만남 등 글로벌 자본주의의 확장과 재편에 따라 지각변동을 겪는 삶과 세계의 궁핍한 형상을 다뤘다. 나는 '한국문학의 세계화'라는 방식으로 한국문학이 이러한 문제에 대해 관심을 기울이는 새로움을 염두에 두되, 그것이 정치경제적, 문화적 타자와 맞닥뜨릴 때 생길 수 있는 난점도 아울러 고려했다. 그중 한 편은 발표된 뒤에 논란이 꽤 많았던 글인데, 내 답장이 조금은 소홀했던 것 같다. 다른 글로 나름의 생각을 정리해봤다.

4부와 5부는 각각 '소설의 성좌 1' '소설의 성좌 2'라는 타이틀 아래 묶인 글들로, 큰 공통점은 없지만 작가론과 작품론, 리뷰로 한국소설의 이모저모에 대한 평소의 관심을 드러낸 글들이다. 다른 글들에 비해 어깨 힘을 많이 빼고 비교적 덜 고통스럽게 쓴 글들이었다. 그중에는 뭐든 아까워서 버리지 못하는 성격 때문에 하나의 주제로 짧은 리뷰들을 다시 묶은 글도 여럿 있다.

6부의 타이틀인 '하나이면서 여럿인 문학'은 문학하는 행위의 근본에 자리 잡고 있는 말에 대한 생각의 단편들이다. 공을 많이 들인 글들이었고, 분량도 적지 않다. 말은 문학이 태어나고 스러지는 자리이다. 흔히 생각하듯이 말하는 것은 그 사람이지만, 그 말이 그 사람의 것은 아니다. 나는 내가 한 말의 주인이 아니다. 어찌 됐든 사람은 말 속에서, 말을 빌려 말하는 존재이기에. 그럼에도 그 말은 그 누구도 아닌 바로 내가 한 것이다. 내 것은 아니지만 내가 책임져야 할 바로 그 말. 말 속에서 말하는 존재의 역설을, 그리고 이 역설의 존재들 사이를 누비고 다니는 아이러니한 말, 그 말의 아이러니를 생각했다.

3

그래서인지 요즘 머릿속에서 떠나지 않는 말이 두엇 있다. '도무지 떠나지 않으려고 하는'이라고 말하고도 싶다. 무려 2500여 년의 시차를 두고 각각 태어난 말이다. 하나는 뉴욕 월스트리트의 조그만 법률사무소에서 조용히 발화된 말이며, 다른 하나는 죽은 이에 대한 장례와 애도를 금지하는 거리의 한복판에서 울린 말이다. 그런데 다시 들어보면, 하나는 마치 미국발 금융위기의 주요 무대에서 들려오는 듯한 말이며, 다른 하나는 몫 없는 자들의 장례를 금지하는 한국의 어느 곳에서 들리는 것 같은 말이다. 환청일지도 모른다. 언젠가 도심 어디선가 그들과 마주친 것도 같다. 환시였을까. 하나는 시장의 한복판에서,

다른 하나는 국가의 한복판에서 울린 목소리라고 해도 좋을까.

하나는 남자의 말, 다른 하나는 여자의 말이다. 하나는 거절하는 말이며, 다른 하나는 수락하는 말이다. 얼핏 들으면 하나는 물처럼 침착하고 온건해 보이며, 다른 하나는 불처럼 성미 급하고 과격해 보인다. 그들은 그 말을 한 뒤에 죽었지만, 그 문장, 말, 목소리는 그들의 죽음 이후에도 기묘하게 살아남아 떠돈다. 결국 그들은 그들이 발화한 그 문장, 그 목소리, 그 말과 다를 바 없는 존재였던 것. 그래서 이들의 말은 시차와 성차, 부정과 긍정, 장르와 장르, 생과 사를 넘어 공명한다. 허먼 멜빌의 '바틀비'와 소포클레스의 '안티고네'가 이 말들의 주인공이다.

먼저, 멜빌이 창조한 소설의 주인공인 '바틀비'는 이렇게 말한다. "그렇게 안 하고 싶습니다." 너그럽고도 참을성 있는 중년의 부르주아 신사이자 법률사무소 사장인 화자가 필경사 바틀비에게 이것저것 시키고 묻는다. 서류 좀 검토해주게, 필사를 부탁하네, 안 한다는 건가, 우체국에 다녀와주게, 내 말을 안 들을 건가, 여기서 나가버려, 아니 내 말 좀 들어보게, 자, 포목 직원은 어떤가, 자네의 직업을 책임져주지, 자네 고향이 어디인가, 식사 좀 들게, 대답 안 할 건가, 대체 자네는 누구인가. 그러나 돌아오는 바틀비의 대답은 매한가지. "그렇게 안 하고 싶습니다." '그렇게 안 하고 싶다'는 하지 않겠다는 부정의 표현이 아니다. 그렇다면 '그렇게 안 합니다'라고 했어야 옳을 것이다. 그렇다고 이 말이, 「바틀비」의 한 표현을 빌리면, 법률사무소의 기계적 업무에 대해 바틀비가 "수동적 저항"을 하는 것으로, 반대로 기존의 질서에 대한 체념을 수락하는 것으로 해석되는 것도 아니다. 바틀비는 매순간, 화자의 호명에 차분하게 순순히 응한다. 다만 '그렇게 안 하고 싶습니다'라고 대답할 뿐. 호명에 저항하지도, 복종하지도 않으니 참으로 기묘한 말이고 인물이다.

소설에서 수십 번 반복되는 '그렇게 안 하고 싶습니다'는 바틀비가 앉아 있는 구석진 책상으로부터 조그맣게 들려오다가, 서서히 그를 둘러싼 법률사무소라는 소우주를 잠식하는가 싶더니, 마침내 옥사에 수감된 바틀비가 아사(餓死)한 뒤에도 사라지지 않고 여전히 바틀비의 망령, 분신처럼 주변을 배회한다. 물론 '그렇게 안 하고 싶습니다'는 그 말이 발화되고 울리는 장소인 사무소와 옥사, 그리고 다른 사람들의 말에 특별한 위협도 타격도 주지 않는다. 그것들은 여전히 흔들림 없이 거기에 남아 있을 것이다. 그럼에도 '그렇게 안 하고 싶습니다' 이후, 모든 것이 변했다.

「바틀비」는 결국 '그렇게 안 하고 싶습니다'라는 한 문장으로 요약될 수 있는 소설이다. 소설의 시공간, 인물들의 성격, 사건의 디테일은 기억에서 곧 잊혀지더라도 오직 '그렇게 안 하고 싶습니다'라는 목소리는 남아 자신의 장소를 끈질기게 고집한다. 소설에는 화자를 포함한 작중인물들이 바틀비를 쫓아내는 대신 그를 남겨놓은 채 다른 사무실을 얻는 웃지 않을 수 없는 정황이 묘사되어 있다. 바틀비는 무단침입 혐의를 받고 부랑자로 경찰에 체포되기 전까지 모두가 떠난 법률사무소에서 홀로 지낸다.

다른 하나는 소포클레스의 안티고네가 한 것이다. "내가 했어요. 부인하지 않겠어요." 그 자신이 살아 있는 법이며, 법의 집행자인, 그러나 그 자신은 법에서 교묘하게 예외인 테바이의 주권자 크레온이 묻는다. 너, 고개를 숙이고 있는 너 말이야, 너는 시인할 테냐 부인할 테냐, 네가 했느냐 안 했느냐, 네가 반역자의 시체를 묻었느냐 아니냐, 내가 시체를 묻지 말라고 법으로 정하지 않았느냐, 너, 나의 말과 법을, 내 주권의 행위를 침범하려는 것이냐, 감히 여자인 네가 국가와 법치를 넘어서려는 거냐, 배후가 누구며, 누구의 이름으로 이 짓을 꾸민 것이냐. 이에 대한 안티고네의 대답인 "내가 했어요. 부인하지 않겠어요"는 예와 아니요, 시인과 부인을 넘어선다. 나는 부인하는 것을 거부한다. 그래서 그 거부는 당신의 권위에 대한 암묵적인 복종일 수 있겠다. 그러나 반드시 그것만은 아니다. '내가 했어요.' 나는 내가 부인하지 않게 될, 당신이 인정하지 않게 될 그 일을 결국 해버렸다. 그리고 내가 해버린 그 행위는 당신이 지금 내게 강요하는 시인과 부인, 예와 아니요를 흔들면서 온전히 나만의 것이 되어야 하며, 또 그럴 것이다. '내가 했어요. 부인하지 않겠어요'는 나의 행위가 거주할 나만의 장소이다.

'그렇게 안 하고 싶습니다.' '내가 했어요. 부인하지 않겠어요.' 적극적인 부정도 체념적인 긍정도 아닌 말, 호명에 순응하는 것처럼 보이면서도 그것들을 살짝 비켜서는 말, 비폭력 평화주의도, 과격한 테러리즘도 아닌 말. 의미를 규정하면 규정할수록 배반하는 말, 그래서 말한 자신마저 위태롭게 하는 말. 그렇지만 자신이 서 있는 장소를, 법과 언어를 침식하고 갉아먹는 말, 그러나 그 대가로 말한 이의 살을 스스로 발라내야 하는 폭력의 말. 그렇게 안티고네와 바틀비의 말은 어떤 말과 장소를 기존의 말과 장소로부터 창조해낸다. 그 말과 장소를 비틀고 거스르면서, 그렇지만 그 너머는 아닌 여기 지금으로부터. 마침내 하나의 장소와 말이, 기존의 장소와 말을 재배치하면서, 그렇게 재배치된 장소와 말로 다시 태어난다.

"나는 사랑하기 위해 태어났어요"라는 안티고네의 말이 그래서 가능해진다. 아비 오이디푸스처럼 저주받은 숙명을 안고 태어난 안티고네가 다른 주권의 언어로 자신의 탄생을 직접 명명하는 말. 그것은 또한 배달 불능 우편물 취급소의 말단 직원이었다가 구조조정으로 쫓겨난 적이 있던 바틀비가 죽은 후에 비로소 처음 받게 될 편지가 아니었을까. 「바틀비」의 마지막 구절을 바꿔 말하면, 죽음의 심부름에 나섰다가 마침내 삶으로 질주하게 될 그런 편지를.

내게 바틀비와 안티고네는, 눈먼 오이디푸스와 마찬가지로, 종언(終

焉, 終言)의 순간에 비로소 태어난 문학의 형상들이다. 물론 시장과 국가의 눈에 바틀비는 사무소를 무단점거한 한낱 부랑자일 뿐이며, 안티고네는 반역자의 시체를 썩게 놔두라는 비상사태의 긴급조치법에 불복한 애송이 범법자일 뿐이다. 바틀비와 안티고네, 도심 속으로 추방당한 자들이여, 그들이 말의 무대에 처음 올라섰을 때를 마지막으로 떠올려본다. 바틀비가 법률사무소 출입구에 서서 처음 창백한 얼굴을 드러냈을 때, 안티고네가 파수병에게 붙잡혀 폭군 앞으로 끌려나왔을 때, 작품에서 내내 암시되는 것처럼, 그들은 죽지는 않았더라도 이미 죽은 목숨과 다를 바 없는 존재였다. 그러나 그들이 그 무대에서 마침내 퇴장했던 그때부터, 바틀비가 음식을 거부하다가 끝내 눈을 감고 안티고네가 스스로 목에 천을 둘렀을 그때부터, 그들은 죽었지만 죽지 않는 존재가 된다. 그들의 시작이 그들의 끝이었으며, 그들의 죽음이 그들의 삶이었다. 바틀비와 안티고네를, 그들의 말을, 그들이 말로 자신들의 살을 도려내는 것을 생각하면 지금도 몸서리쳐진다. 그러나 지금 내가 생각하는 문학은 이것이다.

4

……비가 온다. 이제 비의 마주침으로 이 글을 끝내야 할 시간이다. 내리는 빗줄기가 마주치고 부딪치면서 다른 빗줄기로 떨어지는 우연과 사건의 시간을. 나는 첫 책에서 다양한 개성의 작가와 작품 들과 싫든 좋든, 은총이든 저주든 마주쳤다. 회피할 수도 무심할 수도 있었지만, 이제는 돌이킬 수 없는 필연성으로 그네들과 나는 '마주쳤다'. 그 마주침, 우연은 질문을 부른다. 왜 그 작품이었으며, 그 작가였을까? 나는 그네들과 마주쳤고, 그때 '나'라는 주어는 무기력해졌다. 마주침

속에서 '나'는 비워지고 삭제되었다. 내가 할 수 있었던 것은 기껏 질문이고 반문이었으며, 반문 이외의 나란 도대체 존재하지 않았다. '왜 나인가? 그리고 하필이면, 왜 그네들이었던가? 그네들이 나에게 다가온 이유는 무엇이었으며, 내가 그네들이 내민 손을 잡은 까닭은 무엇이었을까?' 지금도 나는 필사적으로 혼자 방황하면서 묻고 대답하지만, 반문은 조금도 가라앉지 않는다. 마주침은 돌이킬 수 없게 되며, 반문은 계속된다. 결국 마주침은 호명과 다르지 않았다. 그들의 첫눈이 마주쳤던 그때부터, 그들은 아주 오래전부터, 첫눈이 마주치기 전부터 서로 사랑해왔음을 깨닫게 된 게 아닐까. 눈먼 가면을 쓰고 처절하게 방황했던 사람만이 마지막 눈물을 흘릴 수 있지 않을까. 우연은 필연이고, 눈멂은 눈물이며, 구속은 해방이다.

문학의 이러한 부름에 응답하려는 기나긴 순간 속에서 인연으로 마주친 분들이 있다. 그들에게 행인지 불행인지 인연을 지금껏 함께하는 분들도 있고, 행인지 불행인지 인연이 더는 이어지지 않아 기억으로 머무는 사람들도 있다. 인연이 계속되는 분들 중에서 특히 몇몇 분들은 이 자리를 빌려 감사를 표하고 싶다. 우선 늘 부족하기만 한 제자의 첫 평론집 추천사를 기꺼이 써주신 은사 황종연 선생님에게 감사의 인사를 올리고 싶다. 당신께서는 거의 10년 동안 느닷없이 찾아가 귀찮게 구는 나를 늘 너그럽고도 넉넉한 마음으로 대해주셨다. 더 열심히 배우고 더 겸손해져야겠다는 마음뿐이다. 처음 글을 쓸 때 따뜻한 격려와 날카로운 충고를 해주셨던 문학동네 편집위원 선생님들, 흔쾌히 멋진 추천사를 써주신 두 분, 김형중 선생님과 10년째 본명보다는 아이디가 친근한 로쟈(이현우)님에게도 감사를 드린다. 안창홍 화백은 당신의 소중한 작품을 첫 평론집의 표지그림으로 쓰도록 허락해주셨다. 문학동네 편집부 양재화님은 산만한 원고를 차분하면서도 섬세한 시선으로 다듬어주셨다. 두 분에게 감사를 드린다. 글이 잘 안 될 때는 슬로베니아 펑크그룹 라이바흐의 사운드로 기운을 북돋았으며, 바흐를 들으면서 들뜬 마음을 가라앉혔다.

2009년 5월부터 글을 쓰고 있는 지금까지, 봄 여름 가을 겨울 동안 '작가선언 69'라는 슬로건 없는 슬로건, 이름 없는 이름, 공동체 없는 공동체로 온라인과 거리에서 글과 행동으로 함께 싸우고 고민해온 작가들에게 동지애를 느낀다. 전위적 아방가르드이고 싶었지만 그러기 쉽지 않다는 것을 유쾌하게 수긍하면서도 친목 계모임으로 환원되는 것은 싫어 몸부림친, 우리 안의 우리 없는 '어벙가르드들'에게 싸우면서 노는 일은 지금부터라고, 즐거운 부담을 갖고 말하고 싶다. 그리고 마주쳤거나 마주칠 무수한 익명의 인연, 연인에게도 고마움을……

2010년 3월
복도훈

차
례

제4부 소설의 성좌 1

제5부 소설의 성좌 2

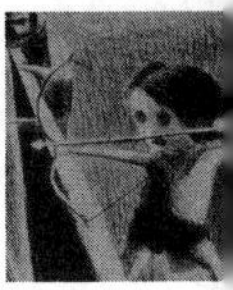

제6부 하나이면서 여럿인 문학

제1부

부정성에 머무르는 힘

축생, 시체, 자동인형

— 2000년대 젊은 작가들의 소설에 등장한 캐릭터와 신(新)인류학

'만드릴 원숭이'와 '웃는 플라스틱'의 진화

메리 셸리의 소설 『프랑켄슈타인』(1818)에는 '그것(It)', 나중에는 괴물, 악마 따위로 불린 인조인간이 프랑켄슈타인 박사에게 자신과 꼭 닮은 피조물인 아내를 만들어달라고 애원하는 장면이 나온다. 프랑켄슈타인에 의해 숲속에 버려진 인조인간, 루소적인 이 '고독한 산책자'는 처음에 사회계약을 원했다. 그러나 그는 자신과 친해진 맹인 노인의 인도를 받아 오두막집에 발을 들여놓는 순간, 사회적 질서로 들어가려던 바로 그 찰나에 사회로부터 거부당한다. 그는 프랑켄슈타인을 찾아가 자신과 같은 아내를 창조해준다면 남아메리카의 광활한 황야로 떠나 다시는 인간세계로 발을 들여놓지 않겠다는 '계약'을 청한다. 그러나 그의 소망, 두번째 사회계약의 욕망 역시 좌절되고 만다. 그에게 남은 유일한 선택은 그를 좌절케 한 사회계약, 바로 그것을 파괴하는 것이었다. 프랑켄슈타인이 괴물의 욕망에 대해 가졌던 두려움은 자신의 인공적 피조물이 또다른 사회계약을 성립하여 창조주의 세계에

근본적인 위협을 가하게 될지도 모른다는 것이었다. 『프랑켄슈타인』은 괴물 자신이 언제든 다시 태어날 수 있으리라는 불길한 예언을 하는 것으로 끝을 맺고 있다.

그렇다면 괴물은 어떻게 다시 태어나게 되는가. 『프랑켄슈타인』에서 괴물은 사회계약을 거부당하며 그로부터 사회계약을 파괴하고자 한다. 한편 그는 또다른 사회계약의 방식인 언어를 배우기 시작한다. 프랑켄슈타인의 괴물이 외계를 인식하고 언어로 표현하는 과정은 동시대의 철학자인 콩디야크의 『감각론』에서 조상(彫像)이 감각을 통해 사유를 터득하는 과정, 루소의 『언어 기원에 관한 시론』에서 원시인이라고 추정되는 인간 모델이 감정을 통해 언어를 습득하는 과정과 매우 닮아 있다. 『프랑켄슈타인』이 18~19세기 계몽주의의 소산임을 명확히 보여주는 증거다. 그렇지만 괴물에 대한 일체의 수사학은 언어의 역설, 역설의 언어에 의존한다. 괴물의 담론은 개별적 파롤에 의존하면서도 그것의 근간을 이루는 랑그의 사회적 원천을 뒤흔든다는 점에서 언제나 역설적이다. 『프랑켄슈타인』에서 괴물이 자신은 결코 죽지 않을 것이라고 말한 이유는 그것이 현실 속에서 더이상 존재하지 않게 되더라도 언어의 역설, 역설의 언어 속에서는 불멸을 획득할 것이기 때문이다. 『프랑켄슈타인』이 사회계약의 기원과 종말, 계몽의 시작과 끝, 문명과 자연의 잃어버린 고리를 동시에 체현하는 모순적인 텍스트가 되는 곳은 바로 여기이다. 젊은 헤겔의 말처럼, 언어는 사물을 죽이지만 그럼으로써 그 자신은 불멸하는 존재가 된다. 괴물의 전승은 따라서 말과 말, 텍스트와 텍스트 사이의 오이디푸스적 투쟁에 의해 이루어진다고 볼 수 있다.

이제 2000년대 한국문학의 앞자리에서 또다른 사회계약의 파괴자들, 괴물들이 등장하는 소설 한 편으로 이동해보도록 하자. 백민석의 장편 『목화밭 엽기전』[1]에서 한창림 부부는 사회계약과 느슨한 관계만을 유지하거나 적극적으로 그와 반목하고 있다. 일체의 사회계약은 사실상 괴물인 이들에게 한낱 냉소적 대상일 뿐이다. 그런 그들에게 아이는 당연히 없다. 그럴 필요도 없다. 『목화밭 엽기전』의 '만드릴 원숭이'와 '웃는 플라스틱'이 새로운 피조물을 낳을 태세를 이미 취하고 있기 때문이다.

캐릭터는 무염시태(無染始胎) 속에서 진화한다고 할 수 있다. 한창림, 박태자 부부는 아이를 낳지 않았지만, 그들을 닮은 문학적 서자(庶子)들은 2000년대 벽두의 젊은 작가들의 상상력 속에서 새로운 캐릭터로 변신하며, 거듭나고 있다. 한창림의 '만드릴 원숭이'와 박태자의 예카테리나 2세 여왕의 '인형'이 그들의 도상애호증적 대상이라면, 그것은 그만큼 그들 캐릭터의 조상(祖上)이기도 하다. 과천 동물원의 '만드릴 원숭이'와 뷰티플 피플의 '웃는 플라스틱'. 먼저 만드릴 원숭이의 모습을 다시 한번 상기해보자. "수컷은 곧장 암컷을 뒤쫓아 올라가, 구조물 아래로 후려쳐 떨어뜨렸다. 그 다음의 일은 한꺼번에 벌어졌다. 수컷은 떨어진 암컷을 향해 중기갑차처럼 돌진했고, 무기력하게 웅크린 채 울부짖고 있는 암컷을, 잡아먹기 시작했다. 처음엔 무턱대고 할퀴어대기만 하더니, 암컷의 몸이 뒤집어지자, 목을 물어뜯었다. 육식 포식자가 먹이의 숨통을 끊어놓고 싶을 때 항상 하는 행동이었다." 그 다음은 '웃는 플라스틱'이다. "인간의 형상을 흉내낸 솜씨는 어설프기 그지없지만, 그 근원의 성질은 도무지 인간과 다른 점이 없었다. 휘면 휘어지고 자르면 잘라지고 뽑으면 뽑혀지고, 눈엔 초점이 없으며, 속은

1) 이 글에서 언급되는 작품들은 다음과 같다. 백민석, 『목화밭 엽기전』(문학동네, 2000); 백가흠, 『귀뚜라미가 온다』(문학동네, 2005); 편혜영, 『아오이가든』(문학과지성사, 2005), 「퍼레이드」(『현대문학』 2006년 2월호); 박형서, 『토끼를 기르기 전에 알아두어야 할 것들』(문학과지성사, 2003), 「물 속의 아이」('문장 웹진' 2005년 10월호), 「논쟁의 기술」(『세계의 문학』 2006년 봄호). 이하 인용할 경우, 본문에 작품명만 표시한다.

텅 비어 가볍기 한이 없고, 아무리 사랑해줘도 반응이 없다. 너무 비극적인가? 과장했나? 어쨌거나 그녀는 울증이 깊어져선 그런 식으로 생각하길 즐겼다. 재밌지 않은가. 자기가 속한 종(種)을 갈 데까지 폄하하고 폄하해서, 스스로를 위안하는 것."

한창림 부부는 만드릴 원숭이마냥 가학적 폭력의 난무를 저지를 때를 제외하곤 "싸늘하고, 무기질 같은 질감을 가진" 뷰티플 피플의 '웃는 플라스틱'처럼 묘사된다. 장난으로 혀로 핥거나 했다가는 살이 천천히 문드러질 수도 있는 유사인간 말이다. 그런가 하면 한창림이 매료된 '만드릴 원숭이'의 난폭한 움직임은 '증기갑차'처럼 기계적으로 묘사된다. 이 초과적 열정과 기계적 냉담함이 합체되는 곳에서 인간은 동물임과 동시에 자동인형이 된다. 잔인함과 냉담함을 겸비한 동물이자 자동인형인 한창림, 박태자라는 『목화밭 엽기전』의 캐릭터는 최근 젊은 작가들의 상상력의 시발점(始發點)에서 다시 부활하고 있다. 캐릭터는 진화한다. 가령 만드릴 원숭이, 곧 슈퍼 수컷은 백가흠 소설에서 무법지대의 유일한 법이자 절대군주로 진화한다. 백가흠 소설의 작중인물들은 사도마조히즘적 사랑의 복음을 전파하는 야수들이다. 그들에게는 보통의 인간이라면 마땅히 가질 법한 최소한의 이성적 사유나 도덕적 책임마저 없지만, 그럼에도 그들은 분명 실존, 아니 '생존하고 있다'. 당신은 인간인가, 동물인가. 이 왕복운동하는 존재신학적 물음을, 이번에는 편혜영의 고딕 괴담에서 도심을 배회하는 무수한 산송장들과 시체들이 던지고 있다. 당신은 살아 있는가, 죽어 있는가. 그리고 무지에서 비롯된 오이디푸스의 비극을 깨달은 박형서의 자동인형들은 마지막으로 묻는다. 당신은 이 모든 진실을 아는가, 모르는가. 축생, 시체, 자동인형. 2000년대 벽두 한국문학의 젊은 상상력은 비로소 무신론 성삼위일체의 캐릭터와 인류학기계(anthropological machine)를 완벽히 겸비하게 되었다.

사도마조히즘의 극장 또는 축생의 관상학

백가흠 소설의 무대는 가히 짐작할 수 있는 것처럼 사도마조히즘적 폭력과 살인, 강간, 매춘의 악순환이 끊이지 않는 곳이다. 식인귀와 축생들이 아귀다툼하는 무법지대에서 아들은 술만 취하면 어미를 무지막지하게 구타하며(「귀뚜라미가 온다」), 어미는 아들을 먹여 살리기 위해 매춘하러 마을로 내려간다(「전나무숲에서 바람이 분다」). 그런가 하면 남편은 아내의 몸을 팔아치우고 딸을 다방에 넘겨 생계비를 마련하거나(「밤의 조건」「배船의 무덤」) 생계를 유지하기 위해 매춘하는 아내를 어머니와 자식과 함께 살해하고 만다(「구두」). 백가흠 소설 속 인물들의 삶은 그야말로 무간지옥의 악순환과도 같은데, 작가의 첫 소설집인 『귀뚜라미가 온다』 전체를 놓고 볼 때 그 삶의 형태는 욕망의 결핍과 그 결핍을 메우려는 과도한 제스처의 구조적 반복에 가깝다. 이를테면 데뷔작 「광어」에서 그 구조적 결핍과 만회의 반복은 백가흠의 소설문법을 지배하는 재현의 기초가 된다.

여급인 미스 정, '당신'을 사랑하는 순진한 청년 '나'는 당신 옆에 누워 당신의 냄새를 맡으며 "기억나지 않는 어머니"를 회상한다. "당신의 젖꽃판에 돋아 있는 작은 돌기들을 손끝으로 훑고 있"을 때 이 "행운아"에게는 "얼굴 없는 어머니의 자궁 속이" 기억나는가 하면, 당신과 결합하고 있을 때는 "당신의 시커먼 자궁 속으로 지나는 바람"이 보이기도 한다. '나'가 무대화하는 이러한 원초적 판타지는 물론 얼굴 없는 어머니가 자신을 버린 현실의 결핍을 메우려는 시도겠지만, 가혹한 현실원칙은 '나'의 근원적 결핍을 보충하려는 시도를 사정없이 몰아세운다. 이 소설의 마지막 부분, '당신'이 자신을 구해줄 밑천으로 '나'가 구해온 돈을 들고 여관을 몰래 나가버리는 장면에서 반수면상태에 있는 '나'는 다시금 원초적 결핍감과 상실이 반복되는 것을 경험한다.

「광어」 속에서 버림받은 '나'의 정념은 극히 절제되어 서술되지만, '당신'의 등장과 퇴장 속에서 엄마의 부재에 대한 아이의 잠재된 원망(怨望)을 유추해내는 것은 가능하다. 「전나무숲에서 바람이 분다」의 육손이 남자가 처한 사정도 「광어」의 '나'의 상황과 별다르지 않다. 전나무숲속을 찾아든 하혈하는 여자를 돌보면서 남자는 죽은 엄마를 다음과 같이 회상한다. "'엄마' 하고 남자는 참으로 오랜만에 속으로 불러보았다." 하혈하는 여자의 이미지가 이제 막 자신을 낳은 엄마에 대한 '근원환상'을 부추기고 그것을 무대화한 것이라는 점 역시 어렵지 않게 짐작할 수 있다. 그런데 「광어」와 달리 이 작품에서 엄마의 부재에 대한 남자의 숨겨진 감정은 이번에는 원망이라기보다는 죄책감에 가깝다. 남자의 엄마는 오래전에 마을로 내려갔다가 "야생동물을 잡기 위해 남자가 쳐놓은 덫에 한쪽 발이 걸려 있는 상태"로 숲에서 얼어 죽고 말았던 것이다. 소설 속에서 사내의 죄책감을 뒷받침할 서술이나 묘사는 「광어」와 마찬가지로 직접적으로 찾아보기는 쉽지 않지만, 하혈하는 여자를 돌보는 남자의 지극정성을 감안한다면 그의 행위가 엄마의 죽음에 대한 죄책감을 만회하려는 시도가 전치된 것임은 유추 가능하다. 그러나 사랑을 받고자 했던 남자의 모든 시도는 여자가 남자를 강간범으로 신고함으로써 좌절되고 만다. 아이의 원망 그리고 죄책감은 백가흠 소설의 주인공들이 갖는 근원환상과 뗄 수 없는 정념이며, 이 근원환상은 안타깝게도 현실원칙 속에서는 어떠한 기회로도 상쇄되거나 만회되지는 않는다. 백가흠 소설에 출몰하는 수많은 폭력은 그것이 사디즘이든 마조히즘이든 간에 아이의 원망과 죄책감을 어떻게든 채워보려는 시도가 극단적이고 충동적으로 재연되는 과정에서 표현된 것이다. 그 폭력의 원장면(primal scene)은 이를테면 「밤의 조건」에서는 마조히즘적 자기 처벌의 제의로, 「구두」에서는 사디즘적 폭력으로 나타나기도 한다.

1) 중년은 여자를 일으켜앉히더니 주먹질을 시작한다. 가슴과 배를 연달아, 쉬지 않고 때린다. 입을 크게 벌리는데 숨이 쉬어지지 않는다. 여자는 정신이 혼미해진다. 감나무 아래 선 여자는 밧줄을 붙잡는다. 밧줄은 하늘로 서서히 올라간다. 여자는 자기가 살던 집을 내려다본다. 아버지가 작대기를 들고 뛰어오는 게 보인다. 어느새 밧줄은 여자의 목에 칭칭 감겨 있다. 여자는 아버지를 보자 스르륵 밧줄을 놓치고 감나무 아래로 떨어진다. 아버지가 뛰어와 여자를 감싸안는다. 여자는 아버지 품 안에서 감나무를 올려다본다. 눈을 맞은 선홍빛 감 옆에 늙은 엄마가 대롱대롱 매달려 있다. 여자는 자신의 목을 만져본다. '분명 내 목에 밧줄이 감겨 있었는데.' 부릅뜬 눈, 길게 늘어진 혀, 질질 흐르는 침, 엄마는 감처럼 예쁘게 매달려 있다. 아버지는 담배를 꺼내물고는 아무 말이 없다. 중년은 담배를 피우며 정신을 잃은 여자를 내려다본다.(「밤의 조건」)

2) 몸이 굳어버린 듯 문에 새겨진 '203'을 뚫어져라 쳐다본다. 결심한 듯 노크를 하려고 힘주어 주먹을 쥔다. 마치 문 건너의 풍경이 훤히 보이는 것처럼 문을 노려본다.

남자는 들었던 손을 힘없이 내리고, 가만히 문에 귀를 댄다. 아내가 내지르는 교성이 들린다. 한 번도 들어본 적이 없는 아내의 교성이다. 남자는 문에 새겨진 '203'을 물끄러미 쳐다보다 발걸음을 돌린다. 남자의 마음이 차분히 가라앉는다. 남자는 아내를 죽이기로 다짐한다.(「구두」)

1)은 중년의 사내에게 몸을 팔러 간 여자가 도리어 구타당하는 장면으로, 그 속에서 바로 자기 처벌의 장면이 무대화된다. 이 원장면에서 유년 시절 엄마가 자살하던 순간을 막지 못한 여자의 죄책감과 엄마의

자살을 막지 못한 아버지의 무능함이 동시에 상연된다. 물론 여기에는 마조히즘에 관한 세련된 해석이 흔히 둘러대는 무기력한 아버지의 질서 또는 법에 대한 희화화 같은 것이라곤 전혀 없다. 백가흠의 소설이 펼쳐놓은 법의 사각지대에서 아버지의 법은 처음부터 무너져 있었으니, 오히려 여자의 수동적 마조히즘은 남성 세계가 주도하는 사디즘적 폭력을 더욱 가중시키는 데로 나아갈 뿐이다. 2)는 몸을 파는 자신의 아내가 다른 사내와 함께 들어간 여관 203호의 문틈에서 남자가 아내의 교성을 듣는 장면을 무대화한 것으로, 이것은 프로이트가 분석한 바 있는 늑대인간이 유년 시절에 부모의 성행위를 응시하는 장면과 흡사하다. 프로이트는 늑대인간의 사례에서 늑대인간이 자신의 현실과 관계 맺는 방식을 추적하던 중에 부모의 성행위를 훔쳐보는 자신의 모습을 아이가 보는 저 불가사의한 원장면을 발견했으며, 거기서 신경증을 앓고 있는 인간이 자신을 속박하는 현실에 도리어 치명적인 애착을 염원하는 구조를 유추해낸 바 있다. 2)의 장면 이후 남자는 조금의 망설임도 없이, 기계적으로 아이와 어머니 그리고 아내를 차례차례 살해한 다음, 자신을 안마해준 맹인 안마사를 강간하고 그 자신은 목숨을 끊는다. 사정이 어찌 됐든 간에 그는 아내의 성행위 앞에서 무력하기만 한 자신을 어떤 식으로든 돌파해보고 싶어했으며, 그 방법의 끝에는 자살이라는 자기 처벌이 기다리고 있었던 것이다. 『귀뚜라미가 온다』의 거의 모든 결말이 이런 식의 비참한 종결이다. 백가흠 소설에서 남자들의 사디즘적인 사랑 또는 여자들의 마조히즘적인 사랑은 늙은 사내아이의 뒤늦은 구애나 그런 구애를 받아주는 여자아이의 모습이 보여주는 것처럼 독자들에게 안타까운 연민을 자아낸다. 그러나 그러한 연민은 한편으로는 「배꽃이 지고」에서처럼 먹이사슬의 권좌를 차지하고 있는 '정상인 (단 한) 사람'인 과수원 주인이 자신의 법대로 운행하는 이 동물적 현실에 대처할 원리의 출발점이 되기에는 어지간히 부족한 느낌을 준다. 그렇다면, 이쯤에서 물어보고 싶어진다. 도대체 백가흠 당신의 소설에서 남성들의 사디즘적 환상(여자들의 마조히즘적 환상)의 다음과 같은 비참한 종말은 궁극적으로 누구를 위해 상연되고 있는가, 라고. "부릅뜬 눈은 곧 튀어나올 듯하고, 벌어진 입에서는 혀가 늘어져 있다. 여자 앞으로 쓴 유서와 통장 위로 침이 주욱 흘러 떨어진다. 남자의 작고 왜소한 알몸을 여자는 보지 못한다."(「구두」) 이 연민 어린 축생의 관상, 무력한 아버지의 헐벗은 몸은 누굴 위해 전시되고 있는가. 이 비참한 살육극을 무기력하게 응시하는, 응시하면서도 어쩌지 못하는 죄책감으로 연루될 수밖에 없는 독자들을 위한 것일까. 아마도 그럴 것이다. 이 무간지옥의 관찰자, 당신 또한 축생이 아니라고 어찌 말할 수 있겠는가, 라고 말이다.

멜랑콜리적 박람회 또는 시체의 해부학

편혜영의 소설은 이를테면 '만국박람회'라는 문명에서 도리어 야만과 폐허를 응시하는 묵시록적 알레고리에 가깝다. "사고의 영역에서 알레고리는 사물의 영역에서 폐허에 상응한다." 『독일 비애극의 원천』의 저자의 말은 『아오이가든』에서도 적실한 표현을 부여받고 있다. 발터 벤야민은 30년 전쟁(1618~1648)으로 인구의 3분의 2가 죽고 나라 전체가 폐허가 된 시대의 예술작품인 바로크 비애극(trauerspiel)과 뒤러의 그림에 묘사된 바 있는, 아름다운 귀부인을 끌어안고 있는 해골들, 훤히 드러나 보이는 뱃속에 벌레와 오물 들이 가득 찬 젊은 여인의 모습을 통해 삶과 죽음이 어떤 극단의 문턱에서 일치하는 황폐한 풍경을 우울하게 바라본 바 있다. 『아오이가든』도 그러하다. 이 소설집에서 도시문명은 자연의 폐허로, 인간은 시체와 동물로, 건강은 질병으로,

생명은 무기물로, 음식과 수면은 약물복용과 불면으로 대체되며, 아니, 도리어 폐허, 동물과 시체, 질병, 무기물이 문명, 인간, 건강, 생명보다 앞서 존재하고 그것들을 재정의한다. 말하자면 '아오이가든'이든, '서쪽 숲' '맨홀' '만국박람회장'이든, 문명의 세목이 전시된 극장과 배우들의 연기는, 벤야민의 표현을 다시 빌리면, 예외라고 생각되었던 것이 정상 그 자체가 되어버리는 항구적 예외상태에 대한 은유며 환유가 된다. 전염병에 걸린 동물들과 야생성이 강한 개와 고양이 들은 도심을 배회하다 붙잡혀 실험대상이 되거나 유기(遺棄)된다. 마찬가지로 지하맨홀로 추방된 아이들은 위생관리청, 아동보호소에 붙잡혀가 폐기처분되거나 언제 실험관리 대상이 될지 모르는 불안 속에서 산다.

그리하여 "우리는 맨홀에서 산다"고 편혜영의 아이들은 단적으로 말한다. 이처럼 외부 없이 닫혀버린 도심 속의 '삶'은 만인이 만인에 대해 늑대가 되어버리는 홉스적 자연상태의 동물적 '생존'으로 뒤바뀌며, 생명은 생체정치적(biopolitical) 실험대상이라는 점에서 시체와 다를 바 없는 것이 된다. 홉스적 자연상태는 종종 오해되듯 도시공동체 성립 이전의 야만적인 혼돈이 아니라 누군가가 추방당한 존재일 때, 만인이 그에 대해 늑대나 그의 생살여탈권을 틀어쥐는 주권자가 되는 도심 속 예외상태이다.[2] 이제 그들은 로고스를 잃어버리고 들개의 울부짖음(phone)으로 도심을 배회한다. 오로지 생존 그 자체를 위해서 말이다.

편혜영의 소설에서 수많은 시체가 함축하는 바를 이해하려면 우선 그것이 실종자의 시체임을 염두에 두어야 한다. 실종자란 누구인가. 먼저 시체로 되돌아온 실종자는 애도에 저항하는 자로 보아야 한다.

---

2) Giorgio Agamben, *Homo Sacer: Sovereign Power and Bare Life*, trans. Daniel Heller-Roazen, Stanford: Stanford University Press, 1998, p. 109.

애도가 끝나지 않았기 때문에 추방된 곳이 현실 저 너머 어딘가가 아니라 바로 여기 현실인 인간, 그가 바로 시체로 떠오른 실종자이다. 편혜영 소설에서 시체가 언제나 리비도적 이윤경제의 교환에서 쓸모없게 되어 폐기처분된 다음과 같은 사물들과 나란히 놓인 채 발견된다는 것은 흥미롭다. "뼈만 남은 개의 사체, 얼어 죽은 고양이 몇 마리, 배회하는 야생 고양이와 들개, 빈 본드 통, 가스가 남아 있는 부탄가스 따위와 다량의 쓰레기."(「저수지」) 이 썩어가는 대상들, 찌꺼기와 같은 사물들은 욕망의 경제 속에서 더이상 재생이 불가능한 것들이다. "따라서 리비도의 출혈로부터 오는 상실감은 애도의 작업에 의해 극복될 수 없는 밑바닥 없는 심연이다."[3] 이리하여 시체의 이미지를 보는 행위는, 수전 손택의 말을 빌리면, 부정적 계시의 체험과 흡사하다. 그 계시체험이 말하는 바는 대상의 실체가 쓰레기이듯 인간존재도 시체와 다를 바 없다는, 리비도적 경제로부터 방출된 폐기물들을 수거하지 못하는 한 그 어떤 애도나 구원도 불가능하다는 우울한 묵시록이다.

그럼 이쯤에서 편혜영의 하드고어적 상상력이 재현되는 한 방식을 재구성해보면 어떨까. 알레고리적 충동이 강한 문명비판의 우화보다는 일상적인 현실을 낯설게 만드는 '섬뜩한(uncanny)' 재현에 보다 가까운 작품으로.

> 다리는 사람의 것이라고는 믿을 수 없을 정도로 시퍼렇고 까맣게 썩어 있었다. 대퇴골이 다 드러난 살 끝이 풀어진 실밥처럼 너덜거렸다. 너덜거리는 살과 달리 뼈는 조형물처럼 단단해 보였다. 까맣게 썩어 있는 살 사이에서 대퇴골이 형광등처럼 빛났다. 무릎 관절을 보호해주는 슬개골도 여전히 단단해 보였으며, 대퇴골과 이어지는 정강이뼈도 하얗

3) 맹정현, 「자본의 순교자들」, 『문학과 사회』 2005년 여름호, 327쪽.

게 반짝이고 있었다. 살과 피부는 분명 부패한 시체의 것이었지만 뼈는 산 사람의 것 같았다. 발가락은 짓이겨지고 뭉개져 형상을 알아볼 수 없었다. 원래 발가락이 없었던 거라는 생각마저 들었다.(「시체들」)

실종된 아내의 사체를 찾으러 가는 남자주인공의 음울한 상념과 관찰이 집요할 정도로 그로테스크하게 묘사된 「시체들」에서 인용문과 같은 주인공의 상념과 관찰은 아내라고 추정되는 여자의 훼손되고 조각나고 부패된 신체들에 대한 해부학적인 묘사로 인해 환상적 효과마저 띤다. 서술자의 시선은 의사의 냉정한 임상적, 해부학적 시선이라고 보아도 무방할 정도지만, 그것이 재현한 바는 섬뜩하기만 하다. 주인공과 함께 생선백반집을 운영하던 아내가 실종되었으리라고 추정된 낚시터가 사람이 자주 익사하기 때문에 고기 맛이 더 좋다는 낚시꾼들의 진술과 겹쳐지면서 소설은 묘한 긴장감을 획득한다. 내장이 썩어 들어가고 독한 비린내가 나는 것으로 묘사된 죽은 생선들은, 그것을 교묘하게 팔아 그들 부부의 "유일한 생명체"와도 같은 백반집을 마련하는 기틀이 되었던 것이다. 그러기에 삶의 터전을 어렵사리 마련한 그들 부부를 비난하기란 쉽지 않다. 작품 전반에서 단편적으로 묘사된 이들 부부의 삶은 오히려 연민 어린 풍경을 자아낸다. 그러나 작품의 서술과 묘사는 그러한 연민마저 지워버린다는 점에서 비정하다. 익사한 것으로 추정된 아내와 유사한 여자들의 절단되고 부패된 사체들은 아내와 주인공이 매만지던 생선의 사체들과 다를 바 없게 된다. 크리스테바의 말마따나 시체는 최고의 폐기(abjection) 대상이며, 삶과 욕망을 죽음으로 전염시킨다. 인간과 동물은 등가교환이 될 수 없는 존재이지만 부패와 훼손으로 사물이 될 때, 서로 등가(死物=事物)가 된다. 환상과 현실을 넘나드는 결말에서 남편도 또한 아내가 익사했을 법한 낚시터에 빠져 죽는 것으로 처리된다. '시체를 먹고사는 물고기-

생선백반집 부부-파산 이후 낚시터에서 각각 죽는 부부-그들의 시체를 먹고사는 물고기'로 욕망의 생태계는 악순환한다. 이제 인간은 먹이사슬의 드높은 권좌에 더이상 위치하지 않는다. 편혜영의 소설은 오히려 "인간의 몸이란 부패하기 쉬운 단백질 덩어리"라는 충격적인 전언을 던진다.

인간=시체, 삶=죽음, 문명=폐허라는 편혜영식의 전언은 더이상 현실 너머에 대한 탐구에서 비롯되지 않는다. 앞서 말했듯이, 시체는 그 자체로 부정적 현현(epiphany)의 이미지다. 분신(double)의 경우에서처럼 시체가 시체의 주인과 갖는 관계는 유사성이 아니라 동일성이며 그것의 파괴다. 가령, 분신은 나와 유사한 타자, 또다른 내가 아니다. 분신은 나를 다른 것으로부터 구별할 수 있는 최소한의 차이도 지니지 않은 타자이다. 나는 분신, 즉 나와 같은 것 속에서 절대로 나를 인지할 수 없다. 내가 나 자신과 절대적으로 동일하다는 사실은 오히려 나의 동일성을 파괴한다.[4] 시체도 분신과 비슷하다. 시체만큼 시체의 주인을 잘 알아볼 수 있는 사물은 없으며, 동시에 시체만큼 시체의 주인을 알아보기 어려운 사물도 달리 없다. 따라서 시체는 그 주인에게 동일자이자 타자이다. 미학적으로 볼 때, 시체는 그 자체의 외관, 즉 동일성만으로 가장 탁월한 이미지가 되는 사물이며, 그런 한에서 탈승화하는 이미지의 으뜸가는 사례인 것이다. 시체의 예술이 있는 것이 아니라, 시체 그 자체가 예술이라는 말이다. 그리하여 시체의 존재로 인해 현실은 자체로 그것에 가장 부합하는 미학적 재현이자 이미지가 된다. 산송장 역시 이 동일성의 역설을 체현하는 편혜영의 캐릭터이다. 편혜영 소설의 산송장들이 자신이 살았는지 죽었는지 잘 알아보지 못하는 이유는 바로 그 때문이다. 「문득,」에서 주인공 여자의 불가

4) 알렌카 주판치치, 『실재의 윤리』, 이성민 옮김, 도서출판*b*, 2004, 344쪽.

사의한 말은 이런 배경에서 이해해야 한다. "산 사람이 사람인 것처럼 죽은 사람도 사람이야. 자기가 살아 있다거나 죽었다고 느끼는 건 어느 한 순간이야. 그냥 평범하게 살아 있거나 죽어 있다가, 어느 날 불현듯 아, 내가 살았구나, 아, 참, 내가 죽었지, 이런 생각이 든다구. 그 순간을 제외한다면 산 사람이나 죽은 사람이나 똑같이 살고 있는 거야." 산주검(undead), 살아 있되 죽어 있으며 죽었으되 살아 있는 피조물은 그가 자신을 알아보는 그 순간, 즉 동일성을 정립하는 순간에 동일성을 파괴하기에 자신이 죽었는지 살았는지 굳이 인식하려고 들지 않는다. 그런 점에서 인간은 태어날 때부터 산주검의 운명 또한 짊어지는 존재이다.

'문득', 그런 의문이 던져질 법도 하다. 작가는 왜 이리도 극단적인 상상력과 음울한 알레고리로 문명적 현실을 전면 폐허로 되돌려놓고 마는 걸까. 하드고어 영화의 괴물 캐릭터인 〈나이트메어〉의 프레디나 〈13일의 금요일〉의 제이슨처럼 공동체의 희생양도 더이상 아닌 이들, 도심에서 추방되었지만 여전히 도심 안에서 살아가다 처분되는 이 유령적 존재들의 사회적 기원은 무엇일까. 『아오이가든』에서 이따금 출몰하는 '가난'이라는 단어로는 그 문명=폐허의 등식을 설명하기에 역부족이다. 그렇다고 『아오이가든』의 엽기적 상상력을 그저 하위문화(허구)를 통해 이차가공된 허구 또는 재생산된 복제물로 보는 혐의 또한 성급하기만 하다. 당신은 살아 있는가, 죽어 있는가. 적어도 이 물음만큼은 편혜영의 인류학이 남겨놓은 중요한 성과다.

오이디푸스 실내잔혹극 또는 자동인형의 가면놀이

추상적 잔혹극장의 무대에 들어서기 얼마 전, 아이는 모든 어린아이들의 금서(禁書)인 들뢰즈·가타리의 『안티 오이디푸스』를 가까스로 독파했다. 아이는 서너 살이나 되었을까 싶었고 성별은 남자아이인 듯 보이지만, 확실치는 않다. 그 책은 아이에게 오이디푸스 삼각형의 역겨운 비밀을 조목조목 폭로하는 방법을 가르쳐주고 있었다. 『안티 오이디푸스』에서 흔히 "그것(Das Es)"이라고 지칭되는 누군가가, 너는 오이디푸스 이전의 시기, 네 엄마 뱃속으로 되돌아가거나 그렇지 않으면 기왕 태어난 마당에 가족 삼각형을 폭로하는 게 네 평생의 운명이 될 것이라고 아이에게 속삭인다. 그 말에 내친김에 프로이트를 연구하던 중 아이는 자신이 신경증의 세계로 이제 막 진입하고 있음을 깨달았다. 아이는 선택을 강요당하고 있었다. 엄마의 뱃속으로 되돌아갈 것이냐, 아빠의 세계에 진입할 것이냐. 엄마의 뱃속으로 들어간다는 것은 죽음을 뜻했고 아빠의 세계로 들어가는 것은 엄마를 빼앗기는 일이었으니 아이의 유일한 선택은 금지와 법, 아빠의 세계를 받아들이는 일뿐이었다. 그러나 그럴 수는 없었다. 고심 끝에 아이는 강제된 선택의 자유, 아이에게 주어진 최소한의 자유를 거부하기로 맘먹는다. 그런 다음, 아이는 선택 그 자체를 위반하는 행동지침서를 철저하게 마련하기 시작한다. 먼저 동생인 계집아이로부터 엄마를 떼어내고, 계집아이를 죽게 만들며, 그 다음에는 자신의 음모를 의심하는 아빠를 몰아내고…… 그것이 아이 생각에 완벽한 자유를 얻기 위한 최선의 방법이었다. 그 위반은 처음에 규칙과 법에 대한 위반이었지만, 나중에는 위반 자체가 규칙과 법이 될 것이다. 이상이 박형서의 「물 속의 아이」의 첫 문장으로 들어가기 전, 아이가 벌인 행동의 대강이었다. 더 들어가기 전에 박형서가 첫번째 소설집인 『토끼를 기르기 전에 알아두어야 할 것들』에서 보여준 소설적 실험의 면모를 살펴보아야 할 것이다.

박형서의 소설은 선택, 흔히 정신분석가 라캉이 '돈이냐 목숨이냐'로 불렀다고들 한 강제된 선택 그 자체가 어떻게 일생을 망치는지를 연구하는 잔혹소극장이다. 『토끼를 기르기 전에 알아두어야 할 것들』에는 순간의 선택으로 10년의 행복을 얻는 대신 평생을 망쳐버린 인물들이 등장한다. 그중에서 「이쪽과 저쪽」의 농사꾼 양씨는 단연코 그 선두에 선다고 할 수 있는데, 그를 둘러싼 비극의 전모는 이렇다. 부지런한 농부인 그는 여느 때와 마찬가지로 새벽에 일어나 농사도구를 챙긴 뒤 자신의 땅으로 간다. 그곳을 가려면 집 대문 앞의 커다란 정미소를 돌아가야 했는데, 별다른 "이유" 같은 건 없이 "버릇" 대로 '이쪽' 으로 가는 게 평소 양씨의 습관이었다. 그런데 운명의 그날은 달랐다. "자신이 선택을 하고 있다는 생각조차 해본 적이 없지만" 마음속 어디로부턴가 전해져오는 이상한 파문, "미묘한 선택을 앞둔 자가 흔히 느끼는 그러한 종류의 파문"을 따라 양씨는 평소와 다르게 '이쪽'이 아닌 '저쪽'으로 가기로 한다. 그리고 그 '순간' 이후, 그에게는 파멸의 길이 열리게 된다.

양씨가 '저쪽'으로 가던 도중 술에 취한 채 아들을 데리고 맞은편에서 오던 '곽가'는 어젯밤의 내기 돈을 갖고 양씨에게 사소한 시비를 걸어온다. 양씨는 그와 어찌어찌 다투던 와중에 "곽가의 우악스러운 손이 오랏줄처럼 목덜미를 낚아채는 것"을 느끼고 반사신경으로 몸을 돌려 곽가를 밀쳐버린다. 그 순간 "뜨거운 피가 튀면서" 양씨는 정신을 잃고 말지만, 정신이 돌아왔을 때 이미 끔찍한 일들은 일어나버린 뒤였다. 곽가는 담벼락에 머리를 부딪혀 눈을 뜬 채 즉사했으며, 그의 아들은 양씨가 미처 손쓸 새도 없이 반쯤 떨어져나간 목덜미를 손아귀로 감싼 채 피를 흘리면서 죽어갔던 것이다. 다시 그 순간, 양씨는 자신의 손에 "흉측하게도 어린아이의 목을 딴, 피 묻은 낫이 그대로 쥐여 있었"던 것을 깨닫는다. 양씨는 현행범으로 그 자리에서 체포되며, 가족들의 수많은 노력에도 불구하고 사형에 처해진다. 그는 늘 가족이 기다리는 '이쪽'만 갔으며 어쩌다가 '저쪽'에 단 한 번 간 것뿐인데도 말이다. 이처럼 단 한 번의 선택이 운명을 좌지우지하는 곳, 착한 자에게 벌로 응답하는 곳, 아버지를 살려야 할 법이 오로지 "아버지를 살해하기 위해" 제정되는 곳, 연민 어린 호소에 냉혹함으로 응답하는 곳, 자유가 필연이 되는 곳, 그 이상한 곳은 말하자면 '인간 앞에서 가면을 쓴(larvatus pro homini)' 신이 직접 강림하는 세계다.

박형서의 소설이 그리는 세계는 이처럼 단 한 번의 선택 또는 우연의 발생으로 모든 상황이 필연이 되고, 그 상황 속의 인간은 자유를 박탈당한 자동인형이 되고 마는 세계다. 양씨가 '저쪽'을 선택한 순간, 그에게 이후에 일어난 모든 일들은 마치 운명이 '오랏줄처럼 목덜미를 낚아채는 것'과 같게 되며, 그 운명 앞에서 양씨는 살인한 기억조차 나지 않지만, "자신의 손에 (……) 피 묻은 낫이 그대로" "쥐여 있"는 식으로 자동인형이 된다. 양씨의 비극은 가령 테바이의 왕 오이디푸스처럼 '무지는 죄'라는 데 있다. 그는 알고 저지르지 않았지만, 그 행위에 대해 책임을 져야 한다. 만일 그 행위를 부인하는 경우, "마치 그것은 처음부터 내 것이 아니었으며 그것이 제거됨으로 인해 나는 완벽한 나 자신으로 살아갈 수 있다고 누군가 몹시 재수 없는 녀석이 귀에 대고 맘대로 지껄이는"(「작별」) 음모론적 편집증의 세계가 열릴 것이다. 따라서 「물 속의 아이」는 「이쪽과 저쪽」의 반대 방향, 즉 필연과 운명의 세계가 열리기 직전, 주체가 강요된 선택을 인지하는 바로 그 순간의 문턱으로 되돌아간다. 무지한 양씨와는 반대로 「물 속의 아이」의 아이는 무지가 곧 죄라는 질서와 대항하기 위해 '알면서도 한다'는 악마적 의식으로 철저히 무장한다. 아이는 이번에는 '신 앞에서 가면을 쓰고(larvatus pro Deo)' 주어진 질서와 규칙을 위반하고, 이번에는 그 위반을 규칙적으로 실행한다. 거기에서 순간과 우연에 좌우되거나 흔들릴 법한 모든 경험적 연관관계는 추상의 필터를 통해 걸러진다. 오이디푸스 실내잔혹극이 펼쳐지는 소극장은 "무대 위에 어지러이 널려 있는 소도구들 그리고 음향"으로만 간단히 세팅되어 있다. 거기서 인간은 쓸데없는 우연에 의해 좌지우지되는 자유의지 대신 무심한 인형의 가면을 쓴다. 거기서 인간은 다시 한번 자동인형으로 변한다. 이번에는 사악한 자동인형으로.

어머니에게 사랑을 받으려는 하나의 목적만을 가진 아이의 집요한 계획과 행동은 차라리 목적 없는 합목적성에 가까워 보인다. 어느 날 우연히 가벼운 뇌진탕을 겪게 된 아이는 그를 안아주는 어머니의 눈물이 자신의 머리카락, 이마, 볼을 부드럽게 적시자 "태아 시절"의 기억을 떠올린다. 아이는 그 기억이 가져다주는 "암페타민의 마성"과도 같은 원초적 행복감의 경험을 결코 잊지 못하며, 그때부터 아이의 행동은 순수하게 그 행복한 경험으로만 집중된다. 아이는 이제 막 태어난 여동생에 대한 어머니의 관심을 자신에게로 돌리기 위해 "필요할 때면 어디서나 쓰러졌"으며 그 계획은 대성공을 이룬다. 아이는 심지어 대단히 영리하기조차 한데, 규칙적인 발작상태가 아버지에 의해 의심받자 발작에 이탈을 부여함으로써, 그리고 그 이탈을 법칙으로 만들면서 다시금 아버지의 의심으로부터도 벗어난다. 게다가 어머니와 아버지를 이간질시키는 데도 성공한다. 한편으로는 "방어 수단이 전혀 없는 초식동물"처럼 보이다가도 "극도로 간교한 악마" 같은 형상을 갖는 이 아이에게 부모의 온 신경이 집중되는 사이에 관심에서 멀어진 계집아이는 죽고 아버지는 외도가 발각되어 집을 떠난다. 오이디푸스 삼각형의 꼭짓점인 아버지는 사라진다. 그야말로 오이디푸스의 완벽한 승리다. 그러나 그것이 끝인가. 아이는 스스로 오이디푸스 삼각형의 질서로부터 규칙적으로 이탈함으로써, 그리고 그 이탈을 규칙으로 만들면서 승리를 구가하지만, 이제 이것이 새로운 덫이 된다. 아이가 꿈속에서 본 잔잔한 파랑, 행복한 태아 시절의 기억 속의 수면에 비친 자기의 얼굴에는 적의 어린 미소를 가진 낯선 얼굴들이 비친다.

그때, 누군가에 의해 눈앞의 형상이 일그러졌다. 하지만 당황한 아이의 눈에는 파랑을 일으키는 손이 보이지 않았다. 보이는 것이라곤 그저 수면에 반사된 자기 얼굴뿐이었다. 깨진 거울처럼 일렁이는 그 표면이 잔잔히 가라앉아 다시 어머니의 형상이 맺히기를 숨을 참고 기다렸다. 하지만 파랑은 좀체 가라앉지 않았으며 일렁이는 수면의 저쪽에는 어머니 대신, 어디선가 나타난 낯선 얼굴들이 웃고 있었다. 모두들 한결같이 적의가 어린 미소로 아이를 노려보고 있었다.(「물 속의 아이」)

적의 어린 미소를 가진 이 낯선 얼굴들은 아이가 행복을 얻으면 얻을수록 아이의 어머니로 하여금 신경안정제를 복용하게 만들며, 아이가 잔잔한 파랑의 세계로 접근하면 할수록 "어머니와의 사이를 벽처럼 단단히 막아서"는 역설적 존재다. 프로이트는 이러한 존재를 일컬어 도착적 초자아라고 했거니와, 아버지가 없어지고 어머니와 함께한다면 완벽한 자유가 주어질 것이라는 아이의 계획은 이 낯선 얼굴들, 그에 복종하면 복종할수록 더 많은 명령을 요구하고 희생하면 할수록 더 많은 희생을 요구하는 초자아의 부산물임이 밝혀진다. 이것은 아이가 거부했던 강요된 선택보다 더 가혹하고도 불가능한 선택이 아닌가. 이 불가능한 선택에 대한 아이의 가능한 응답은 오로지 죽음뿐이다. 아이는 완벽한 자유를 구가한다고 믿었지만, 그는 한낱 초자아의 명령을 따르는 자동인형에 불과했다. 당신은 그 진실을 아는가, 모르는가. 법 없는 세계는 자유도 없다는 역설, 이것이 박형서가 무대에 올린 잔혹극이 말하는 참담한 진실이다.

Homo homini lupus

아마도 "인간은 인간에 대하여 늑대다(Homo homini lupus)"라는 홉스의 명제는 백가흠, 편혜영, 박형서와 같은 젊은 작가들의 인간론을 가장 실감나게 대변해주는 비유라고 할 수 있을지도 모른다. 원래 로마 시인 오비디우스가 처음 쓴 이래 유명해진 이 명제는 홉스에 와서 자신이 속해 있는 영토(nomos) 바깥에 거주하고 있는 인간에 대한 무의식적 두려움이 영토를 놓고 벌이는 전쟁과 같은 상황 속에서 현실화되는 양태를 지칭하기 위해 쓰였지만, 그후에는 인간 사이의 살벌한 생존경쟁과 약육강식의 속세에 대한 막연하면서도 보편적인 비유담으로도 자주 활용되었다. 고전적 정의에 따르면, 홉스가 말하는 자연상태는 영토의 주권자에게 부속된 법(nomoi) 바깥의 무질서다. 따라서 홉스적 자연상태는 비단 인간이 인간에 대해 늑대가 되는 약육강식의 세속에 대한 비유일 뿐만 아니라 인간/동물, 법/폭력, 이성/광기, 문명/자연 등의 분할과 경계를 근간으로 삼고 있기도 하다는 점에서 존재론과 정치학이 만나는 문턱이기도 하다. 백가흠 소설에서 잔혹한 인간사가 펼쳐지는 무대인 숲, 섬, 과수원, 선상(船上), 교회, 또는 편혜영 소설에서 시체들이 활보하는 시 외곽이나 아오이가든, 맨홀, 만국박람회장 등은 지극히 한정된 공간이다. 박형서의 잔혹소극장은 두말할 나위도 없다. 그러나 이들 소설의 공간은 홉스의 자연상태를 기초짓는 공간적 분할과 경계짓기를 무력하게 만든다. 그곳들은 안과 밖이 뒤집혀 맞닿아 있는 뫼비우스의 띠처럼 법 안의 무법지대, 도심 안의 자연이 되면서 동시에 인간영토 내부의 축생과 시체의 서식지가 되며, 또한 도착적 신의 입회하에 자동인형극이 펼쳐지는 소극장이 된다. 소설의 공간은 이처럼 공간 안의 공간, 공간 밖의 공간, 더 정확히 말하면 그 둘 사이를 애매하게 만드는 경계나 문턱으로 설정된다. 따라서 이들의 소설이 그 구성적 측면에서 각각 현실의 한 장면을 사실적으로 극화하는 설정을 따르며(백가흠), 의인화된 관념으로 현실의 단면을 알레고리화하는 기법을 택하거나(편혜영), 그도 아니면 현실적, 역사적 연관과 맥락을 모두 걷어낸, 욕망기계가 움직이는 추상잔혹무대를 설치하는(박형서) 점은 어떻게 보면 자연스럽다. 물론 이 젊은 작가들의 알레고리나 극화의 기법이 최근 한국소설에서는 그다지 새롭지 않아 보일 때도 있으며, 관습화되는 양상마저 더러 있다. 다시 문제는 그들의 새로운 인류학이다.

백가흠 소설에서 사도마조히즘은 목숨뿐인 삶을 만천하에 드러내는 섹슈얼리티의 기술이다. "발기했을 때 절대군주가 되고 싶어하지 않는 사람은 없다"는 사드 후작의 말은 백가흠의 도착적 우주에서도 그 온전한 반향을 얻는다. 이 무법지대의 백가흠 소설에 만일 법이 있다면, 그것은 그 자신이 유일한 법이자 명령인 절대군주뿐이다. 거기서 인간은 폭군에게 "약"(젖)을 주며 성과 노동을 착취당하는 헐벗은 "개순이"(「배꽃이 지고」) 신세가 된다. 편혜영 소설에는 백가흠식의 절대군주는 없지만, 삶을 생명/시체로 환원하는 보호소와 수용소, 실험실이 가득 차 있다. 그 기구들은 법이 인간과 맺고 있는 근원적 관계가 인간을 도심 안에 거주하게 하면서도 도심 속으로 추방하는 것임을 시사하는 권력기구들이다. 거기서 인간들은 살아 있으나 살아 있지 않으며, 죽어 있으나 죽지 않은 산송장 신세가 되거나 생체실험실 도구가 된다. 미셸 푸코의 말을 번안하면, 편혜영의 고딕 괴담이 고도의 '정치소설'이 되는 것은 바로 여기에서다. 박형서의 소설에서 법은 단 한 번의 몸짓이나 선택의 대가로 인간을 법조항이 아닌 법 전체 아래에 놓이도록 만드는 도저한 운명으로 다가온다. 그 법은 그에 복종하면 할수록 그를 경멸하고 연민을 호소하면 할수록 잔인하게 구는 도착적 신의 법이다. 거기서 인간은 생명 없는 자동인형으로 전락한다. 그들이 묘사하고 드러내는 현실과 삶이 이렇게도 끔찍할진대, 그렇다면 그들이 소설을 통해 꿈꾸는 것은 무엇인지 물어보고 싶다. 예를 들면 인간사의 부침을 무심히 응시하는 듯한 백가흠 소설의 숭고한 자연, 곧 무서우리만치 고요한 밤바다, 섬을 휩쓰는 폭풍우, 까마득한 배꽃나무들의 풍경, 정령이 찾아드는 전나무숲의 존재는 조만간 목숨뿐인 삶과, 삶을 한낱 목숨으로 만드는 인류학적 고문도구를 한꺼번에 휩쓸어버릴 것인가.[5] 편혜영의 「퍼레이드」는 이전의 소설들처럼 더이상 헐벗은 객체가 아닌 동물들, 코끼리들의 즐거운 연대를 동화적으로 그려냈다. 그들이 또 어떤 축제들을 벌일지는 아직은 미지수다. 그리고 박형서는 「논쟁의 기술」을 통해 언어와 법, 권력의 도착적 관계를 유머러스하게 해부함으로써 법에 맞서기 시작했다. 그들의 탐구는 이제 시작이므로, 숨죽이고 지켜보는 일만 남았다.

백가흠의 '인간은 축생이다', 편혜영의 '인간은 시체다', 박형서의 '인간은 자동인형이다'는 어떤 문턱과 경계에 서 있는, 작금의 한국소설이 앓고 있는 증상에 대한 보편화된 수사로 간주하기에는 다소 무리가 있더라도, 적어도 한국소설의 어떤 지진계(地震計)에서 발산되는 수상하지만 강력한 신호인 것만은 확실하다. 그 신호는 지난날, 특히 90년대 이후 한국문학에서 자주 언급되어온 '인간은 벌레다'(김영현) 또는 '인간은 똥이다'(장정일)와 사뭇 비슷하면서도 다르다는 점에서 흥미를 끈다. 어떻게 비슷하며, 또 어떻게 다른가. 우선 '인간은 벌레다'라는 명제부터 보자. 김영현의 소설 「벌레」(1990)에서 촉발되어 90년대 후반까지 간헐적으로 대두된 이 비평적 명제는 대략 인간의 지평이 혁명이념이라는 대의를 위해 자살도 불사할 수 있는 '강철투사'에서 물 한 모금 앞에 비루해질 수 있는 '욕망하는/욕망이라는 벌레'로 변했다는 데

5) 황호덕, 「벌거벗은 삶과 숭고」, 『오늘의 문예비평』 2005년 겨울호 참조.

에 대한 쓰라린 깨달음으로 요약될 수 있다. 「벌레」는 저자의 의도를 거슬러 '욕망하는 기계의 탄생'을 알린 작품이었으며, 신(新)인간의 탄생에 관한 '서곡'이 되었던 것이다. 이제 90년대의 신인과 인간학은 김영현식의 투사가 갇혀 있던 먹방에서 깨어나 지금까지 금기시되어왔던 욕망의 폐기물들, 이성이 잠들 때 깨어난 괴물들이 스스로의 권리를 주장하기 시작하면서 문학의 날개를 새롭게 펼친다. 그 이후 과연 '나는 나를 파괴할 권리가 있다' '나는 아름답다'는 김영하의 나르시시즘적 전언, 또는 '열두 살 이후 나는 성장할 필요가 없었다'는 은희경식의 냉소주의가 나왔는가 하면, 그 자신이 '똥'이 되면서 '신버지(신+아버지)'의 권위를 한낱 똥으로 부정하는 장정일의 마조히즘적 서사가 그 극단에서 출현했다. 바야흐로 '인간은 똥이다'는 명제는 '인간은 벌레다'라는 문장의 종착역이자 반성적 출발점이었다. 장정일 소설의 패륜의 아들들, 그리고 최인석 소설의 야수들은 법과 권위로 무장한 기성의 질서를 중지시키는 '비루한 것의 카니발', 또는 예외상태 속에서 기성질서로부터의 탈주를 시행했으며 그 과정에서 인간다운 삶이라는 진정성(authenticity)을 발산했다.[6)]

적어도 이 문턱에서만 보더라도 '인간은 축생이다' '인간은 시체다' '인간은 자동인형이다'라는 2000년대 젊은 작가들의 전언은 '인간은 벌레다' '인간은 똥이다'와 그다지 다를 바 없으며 별로 새롭지 않다는 인상을 준다. 또한 백가흠, 편혜영, 박형서와 같은 새로운 작가들의 문학적 성취에 비해 이러한 비평적 수사는 과장된 것처럼 보이기도 한다. 그럼에도 불구하고 뭔가 변하고 있다고 말하지 않으면 안 된다는 느낌은 절박하다. '인간은 벌레고 똥이다'라는 90년대 문학에 대한 중

---

6) 이상의 논의는 신수정, 「푸줏간에 걸린 고기」(『푸줏간에 걸린 고기』, 문학동네, 2003) 및 서영채, 「냉소주의, 죽음, 마조히즘」(『문학의 윤리』, 문학동네, 2005), 그리고 황종연, 「비루한 것의 카니발」(『비루한 것의 카니발』, 문학동네, 2001)을 바탕으로 한 것이다.

요한 선언은 앞서 인용한 비평들을 다시 읽어보건대 적어도 80년대적 문학담론이 억압한 어떤 것의 귀환을 전제로 하고 있고 그 배치와 자장 안에서 유효성을 획득하며, 지금도 여전히 그러하다. 어떻게 보면, '인간은 벌레다, 인간은 똥이다'는 랭보의 시구 "나는 타자다"로 번역 가능하다. 랭보의 선언은 '나'의 발견이 타자의 발견을 통해서 성립한다는 재현=반영론이 아니라, '나'의 수수께끼와 일체의 진실은 타자 바로 그것의 '긍정'에 있다는 뜻이다. 그런데 '인간은 축생이다' '인간은 시체다'는 이제 '나는 타자다'라는 선언과 유사하면서도 그와 갈라진다. 그것은 정확히 이렇게 말할 수 있다. '나는 타자의 타자다.' 그것은 '나는 아무것도 아닌 어떤 것이다'라고 말하는 도저한 '부정성(negativity)'이다. 나는 축생이다, 나는 시체다, 나는 자동인형이다. 그것은 호모사피엔스 '나는 아무것도 아닌 어떤 것이다'와 동격이다. 이 시점에서 인물들은 캐릭터로 진화하며, 인간학은 호모사피엔스라는 종(種)을 근본적으로 의심하는 인류학으로 바뀐다. 그렇다면 '나는 아무것도 아닌 어떤 것'이라고 말하는 이 부정성을 어떻게 설명하면 좋을까.

위험한 아이들

역사철학적 관점에서 볼 때 이 시대, 포스트 역사 이후의 인간에 대한 가장 설득력 있는 정의 중 하나는 알렉상드르 코제브의 것이다. 그는 『헤겔독해입문』 1968년도 수정판에서 역사의 종말에 도달한 최후의 인간을 '동물화한' 아메리카적 인간과 일본적 '스놉(snob)', 곧 속물로 나누어 설명한 바 있다. 코제브는 역사의 종말에 이르러 인간은 그 자신의 부정성을 모두 소진한 채, 더이상의 철학도 종교도 예술도 없이 동물들처럼 '행복하게' 산다고 말했다. "역사의 종언 이후 인간은 그들의 기념비나 다리나 터널을 건설한다고 해도, 그것은 새가 집을 짓고 거미가 거미줄을 치는 것과 같은 것이며, 개구리나 매미처럼 콘서트를 열고 새끼 동물이 노는 것처럼 놀며 다 자란 짐승이 하는 것처럼 성욕을 발산하는 것과 같으리라."(『헤겔독해입문』) 그러지 않으면, 무사의 할복처럼 어떤 내용도 지니지 못한 공허한 형식을 반복하는 부정성의 활동만 계속될 뿐이다. 일찍이 코제브에게 보내는 서신에서 조르주 바타유는 헤겔철학은 부정성에서 출발했음에도 불구하고 절대지에 도달하면 그것이 소진되고 마는 닫힌 체계라고 반박하면서 코제브의 역사의 종말에 이의를 제기했다. 흥미롭게도 바타유는 편지에서 (방탕한) 자신의 삶을 예로 들며 "쓸모없는 부정성(negativity with no use)" 또는 "남아도는 부정성(unemployed negativity)"에 대해 언급한다.[7] 코제브의 관점에서 볼 때 역사의 종말 이후의 문학은 오락이나 여가활동이지만, 바타유의 관점에서 본다면 문학은 여전히 '파멸에 의한 창조'의 작업이다. 그것은 바타유처럼 자신의 삶을 담보로 한다. 여기서 이 글은 바타유의 관점에 신뢰를 보낸다.

허락된다면 한 점의 그림에 대한 인상기로 이 글을 끝내는 것도 나쁘지는 않을 것이다. 최근에 눈여겨보고 있는 국내화가 안창홍의 작품들은 충격적이다. 그의 그림들은 인간의 타락을 묵시록의 암울한 톤으로 그려내는 플랑드르 출신의 화가 히로니뮈스 보스의 어떤 작품들을 연상시킨다. 그중에서 1983년 작품이라고는 도저히 믿기지 않은 〈위험한 놀이〉[8] 연작 가운데 한 점은 한국사회에서 80년대에 유년 시절을 보낸 세대의 문화적 풍경에 대한 암울한 알레고리로 보인다. 80년대 초중반, TV에 등장했던 수많은 만화영웅들, 슈퍼맨, 원더우먼, 스파이더맨

---

7) Giorgio Agamben, *The Open: Man and Animal*, trans. Kevin Attel, Stanford: Stanford University Press, 2004, p. 7.

8) http://www.ahnchanghong.com

의 복장을 한 아이들이 옥상에서 칼과 활을 들고 전쟁놀이를 벌이고, 음탕한 포즈로 벤치에서 서로 부둥켜안거나 오줌을 누고 엉덩이를 까 보인다. 소의 머리뼈가 뒹굴고 있는가 하면 앙상하게 마른 개가 시체를 뜯어 먹기도 한다. 동공이 없는 까만 눈과 플라스틱 인형처럼 단순한 몸체로 그려진 아이들은 해골을 연상시키기에 충분하다. 허리춤에 저마다 가면을 차고 있는 아이들은 전혀 무감동하게 전쟁놀이를, 아니 전쟁을 벌이고 있다. 구름이 밑에 있을 정도로 어디까지 치솟아 있는지 도무지 가늠할 수 없는 옥상은 끝없이 솟아오르는 바벨탑의 정상을 연상시키기까지 한다. 그림 정중앙에 까만 눈을 불안하게 치켜뜬 한 아이가 두 건물 사이에 아슬아슬하게 매달린 그네를 위태롭게 타고 있다. 그 뒤로 섬뜩하게 그려진 파스텔 톤의 푸른 하늘은 언제 끝날지 모르는 삶의 운명을, 양끝을 잡아 길게 늘인 것 같은 철판과도 흡사한 구름은 시시각각으로 변하는 세계를 암시하는 듯하다. 아이가 타고 있는 그네는 시간의 추를 벗어나 제어가 불가능할 정도로 무한정 빠르게 움직인다. 공중에 매달린 이 아이는 결코 그네에서 내려오지 못할 것만 같아 보인다.

이미 한국소설은 백민석의 '딱따구리들' '아파트먼트 키즈'라는 캐릭터를 통해 〈위험한 놀이〉의 수많은 아이들의 진상을 목격한 바 있다. 그리고 다시 한번 캐릭터는 진화해서 축생과 시체, 자동인형이 등장했으며, 인간학은 인류학으로 바뀌었다. 바타유의 언급을 다시 빌리면, 쓸모없는 부정성을 탕진하는 부단한 창조 행위 속에서 새로운 삶과 문학은 갱신되는지도 모른다. 그렇다면 2000년대의 한국문학을 이끌어 가는 아이들의 '위험한 놀이'를 지켜보고 거기에 더러 참여하는 일은 아이의 그네타기마냥 매우 위태롭지만 또한 분명, 흥미진진할 것이다.

포스트모던 문명의 불만, 괴물들의 이상한 가역반응

— 백민석의 『목화밭 엽기전』 『러셔』 『죽은 올빼미 농장』을 중심으로

'최후의 인간들'과 '야수들'의 세계

"슬프다! 인간이 더이상 별을 낳지 못하는 때가 오겠구나! 슬프다! 자기 자신을 더이상 경멸할 줄 모르는, 경멸스럽기 그지없는 인간들의 시대가 오고 있다!" 『차라투스트라는 이렇게 말했다』에 나오는 '최후의 인간들'에 대한 니체의 묘사는 이렇게 시작된다. 잠시 니체를 따라가자면, "대지는 작아지고, 그 대지 위에선 만물을 왜소하게 만드는" 이 최후의 인간들은 "낮의 쾌락도 밤의 쾌락도 조촐하게 즐긴다. 그러면서도 건강은 알뜰하게 챙긴다". 니체가 "가축 떼"라고 이름 붙인 '최후의 인간들'은, 오늘의 관점에서 보면 철창(iron-cage)에 갇힌 관료제적 인간, 그리고 이데올로기 또는 역사의 종말 이후의 쾌락 일변도의 문명적 삶에 대한 은유로 보인다. 그런데 한편으로 『차라투스트라』에서 『도덕의 계보』로 옮겨가면 최후의 인간과는 정반대 모습의, 문명 바깥의 길들여지지 않은 야수들의 모습을 만날 수 있다. 니체가 그린 야수들은 문명에서 소급한 문명 이전의 삶에 대한 은유이지만, 단순히

허구적 피조물은 아니다. 이 난폭한 야수들은 가축 떼의 규격화된 평등과 노예적 자유로 점철된 문명적 삶이 포함시킨 동시에 배제한 것으로, 마치 실체 없는 유령과 같다. 니체는 야수들의 잔인성이 "가장 오래되고 가장 떨쳐버릴 수 없는, 문명의 하부 토대"(『이 사람을 보라』)라고 명료하게 진술한 바 있다. 문명은 사실상 그 기원에 야수성이라는 '불만'을 억누르고 있다는 것이 니체의 생리학적 진단이었다. 그가 공격한 "금욕적 이상"(『도덕의 계보』)은 단순히 도덕률에 불과한 것이 아니었다. 그것은 불쾌를 억누르면서 쾌를 관리하는 문명의 독특한 식이요법이다. 그러나 '금욕적 이상'은 조만간 더 큰 불쾌를 불러오기 위해 쾌를 허용하는 것이기도 하다. '최후의 인간들'과 '야수들'은 각각 이 '금욕적 이상'의 탁월한 발명품들이다.

금욕적 이상은 니체 자신이 종종 그렇게 말하듯 서구 기독교 문명에 한정된 특별한 질병으로 간주된다. 더군다나 그것은 이데올로기, 역사의 종말 이후의 포스트모던적인 문명의 삶과는 그다지 상관이 없어 보인다. 그러나 이보다 잘못된 추측도 없을 것이다. 단적으로 90년대 이후 한국사회의 쾌락주의적 소비문화와 극단적 폭력의 범죄는 니체가 말한 이 금욕적 이상에서 우리가 한 치도 벗어나지 못한 채 단단히 얽매여 있다는 명백한 증거들이다. 사회에 만연한 쾌락주의에 대한 경고로 살인을 시작했다는 연쇄살인범을 둘러싼 최근의 이야기는 그런 점에서 흥미로운 사례다. 수사당국에 붙잡히고 나서 그가 쓴 자작시와 그림들이 알려지자 미디어와 대중은 온갖 유사-학문적 해석을 하면서 살인의 원인을 찾으려 했다. 그러나 사라진 것은 원인이었으며, 넘쳐난 것은 온갖 해석들이었다. 원인을 묻는 해석이 정확히 원인에 대한 금지, 봉쇄였던 것이다. 우리가 만일 개념적인 전환을 시도할 수 있다면, 즉 연쇄살인과 잇따른 사건을 상징적인 '현실'로, 원인을 현실을 구조화한 '실재'로 치환할 수 있다면, 연쇄살인범과 그를 둘러싼 일련의 사건들을 통해 진단할 수 있는 본질적인 사태를 정식화하는 것이 불가능하지만은 않다. 그것은 현실과 실재 사이의 최소한의 틈새 또는 거리가 사라졌다는 것이다. 우리가 경험할 수 있는 유일한 현실감은, '현실'과 그를 구조화하는 무언가가, 곧 '실재'가 함께 사라졌다는 기묘한 느낌이다. 오해를 피하자면, 여기서 실재는 현실 너머에 있는 초월적인 영역이나 사물이 아니다. 실재는 현실이 자신을 완전히 재현하려는 시도를 불가능하게 만드는 거리이며, 현실 그 자체의 맹점(盲點)이다. 이러한 사태를 일컬어 '재현의 위기' 또는 '승화의 위기'라고 불러보자. 이 승화의 위기 속에서 현실은 한낱 사실이나 의견으로 분해되며, 실재는 오직 가상의 차원에서만 섬뜩한 이미지로 출몰한다. 이러한 진단은 연쇄살인범의 야수적인 행각이 벌어지던 그때 유행하던 웰빙이라는 쾌락주의적 소비문화에도 동일하게 적용된다. 쾌락주의에 대한 이 최근의 관리방식은, 물론, 금욕적 이상의 최신판일 것이다. 이 쾌락주의는 사물들의 실체나 과잉을 제거하고 그 여분을 소비하는 형태로 구축된다. 삶은 이제 실체가 빠져버린 채 점점 가상화된 형태를 띠게 되며, 쾌락은 쾌락에 대한 금지의 형식으로 허용된다. 카페인 없는 커피, 니코틴 없는 담배, 유지방 없는 아이스크림…… 이 속화된 '자기의 테크놀로지'는 상처에 극도로 민감한 자아의 문화처럼 보이지만, 불쾌를 억누르기 위해 그것을 대체할 더 큰 흥분과 자극을 명령한다는 점에서 이드적 충동을 초자아에 호소하는 문화다. 한편에는 '최후의 인간들'의 쾌락주의적 삶이 지배하며, 다른 한편에는 야수적인 폭력이 분출한다. 이 둘은 별개처럼 보이지만, 실은 하나였다가 둘로 쪼개진 것이다. 이러한 배치를 두고 '포스트모던 문명의 불만'이라고 부를 수 있지 않을까.[1] 아마 백민석 소설은 '포스트모던 문명의 불만'의 두 배치가 미학적인 측면에서 재현 또는 승화의 위기를 촉발시킨 것과 관련지어 이야기할 수 있을 것이다. 승화의 위기가 지배적인 미적 양태는, 미적 (불)쾌감을 무매개적으로 산출하는 도착적인 포르노그래피와 시뮬라크라, 키치적 복제품일 것이다. 그것들은 대량생산 및 소비와도 맞물려 있다.

90년대 중반 이후의 한국소설의 관점에서 보면 백민석은 문명과 체계의 바깥, 예외상태라고 불릴 법한 것에 대한 타고난 체험과 예민한 지각을 가진 작가로 보인다. 그의 문화적 직관과 전복적 감수성은 등단 직후의 소설에 묘사된 바 있는 생래적 가난과 헐벗은 박탈의 삶에서 연원한 것이며, 그가 누렸던 하위문화의 잠재력 속에서 계발된 것이기도 하다. 90년대 중반 이후에 작품활동을 시작한 젊은 작가들 중 권력체계와 문명에는 그 기원에 대해 묻는 것을 금지하는 망각과 폭력이 자리 잡고 있다는 것을 백민석만큼 끈질기게 문제삼은 작가는 드물 것이다. 백민석 소설의 비판적 잠재력은 체계와 문명에 대한 거리를 둔 계몽적 고발이나 비판이 아니라, 체계와 문명의 산물들과 몸을 섞으며 체험한 비판과 즐김, 냉정함과 열정이 뒤섞인 혼돈의 에너지에서 연유한 것이다. 그의 소설에서 잔인함과 냉정함은 하나며 위반의 충동과 위반에 대한 비판은 사실상 분리 불가능하다. 오해를 불러일으킨 백민석 소설의 냉정함은 감성이 결여된 지성의 소산이 아니라 냉정하고도 잔인한 세계와의 강력한 동일시이며, 그의 열정은 그러한 동일시의 역설적 산물이다. 백민석 소설이 의미심장한 이유는, 이 '포스트모던 문명의 불만'이라는 주제를 각각의 작품마다 가장 집약적인 형태로 다채롭게 보여주기 때문이다. 우리가 앞으로 읽을 그의 장편소설들[2](『엽기전』 『러셔』 『농장』)은, '포스트모던 문명의 불만'의 배치에 대한 세 가지 양태로 보아도 좋을 법하다. 그전에 먼저 백민석 글쓰기의 기

---

1) 이 표현은 Alenka Zupančič, *The Shortest Shadow: Nietzsche's Philosophy of the Two*, MIT Press, 2003, p. 81에서 빌려왔다. 니체에 대한 이 글의 독해는 이 책에 힘입은 바 크다는 것을 밝혀둔다.

원, 문명과 그 불만의 기원으로 여행을 떠나보도록 하자.

위기의 오이디푸스, 괴물들의 기원

백민석 소설은 하나의 '위기'에서 출발한다. 『소풍』 『캔디』 『박물지』에서 보이는 '텔레비전 키드'[3]들은 자신에게 부과된 상징적 정체성에 부담을 느끼지 않으며, 가정, 학교, 회사 등의 체계로부터 도주하여 『박물지』의 '음악인 협동조합'과 같은 그들만의 지하의 삶을 꿈꾼다. 그렇지만 저 '체계'들은 텔레비전 키드들에게 상징적 규율과 책임이 아니라 일방적인 억압과 명령만을 부과한다. 가족, 학교, 사회로 동심원을 그려나가면서 확대되는 이 체계는 가히 외설적이며 폭력적이다.

백민석 소설 속 가족의 모습은 우선 상당히 외설적으로 묘사된다. 아빠는 집을 나가 다른 여자와 살림을 차리며 엄마는 아들의 여자친구에게 질투를 느끼면서 아들을 유혹하여 침대로 불러들인다. 상징적 규범을 일러주고 양육을 담당해야 할 부모는 그 책임을 저버리거나 자식과 똑같은 자리에서 경쟁하고자 한다. 오이디푸스적 삼각형에서 질서와 규율, 애정과 휴식을 부과하는 상징적 기능을 담당해야 할 부모의 고리가 빠져버린 가족을 가족이라고 부르기는 힘들다. 백민석의 아이

---

2) 이 글에서 주로 다루는 백민석의 장편소설은 『목화밭 엽기전』(문학동네, 2000), 『러셔』(E-Book, 2000 ; 문학동네, 2003), 『죽은 올빼미 농장』(작가정신, 2003)이다. 앞의 소설들과 그 밖의 소설들 『헤이, 우리 소풍 간다』(문학과지성사, 1995), 『내가 사랑한 캔디』(김영사, 1996), 『16믿거나말거나박물지』(문학과지성사, 1997), 『불쌍한 꼬마 한스』(현대문학, 1998), 『장원의 심부름꾼 소년』(문학동네, 2001)은 인용이 필요한 경우 제목의 약호(『엽기전』 『러셔』 『농장』 『소풍』 『캔디』 『박물지』 『한스』 『장원』)를 본문과 인용 표시에 사용한다.

3) 신수정, 「텔레비전 키드의 유희」, 『푸줏간에 걸린 고기』, 문학동네, 2003, 189~190쪽.

들에게 가족은 외견상으로 존재할 때조차도 허울에 지나지 않는다. "그처럼 평범한, 가족이란 것이 자기 자신에게조차도 결코 설명해줄 수 없는, 그런 신비"였던 것이다(「요람 속의 고양이 둘」, 『박물지』). 오이디푸스 삼각형이 사회적으로 확대된 형태인 학교 또한 백민석의 아이들에게는 "통째로 썩은 것"에 불과하다. 『캔디』의 교장 선생은 전교조 선생들과 이에 동조한 학생들을 처벌하며, 아이들이 존경했던 고릴라 선생도 스스로를 "보잘것없는 대장염 환자"라고 말하면서 자조한다. 백민석 소설의 주인공들에게 체험과 기억을 마련해줄 가족과 학교라는 상징적 권위 일반은 붕괴를 자초한다. 허울뿐인 가족과 학교의 울타리 밖 사회도 마찬가지다. 이 사회는 탈주범 지강헌의 말처럼 "유전무죄(有錢無罪), 무전유죄(無錢有罪)"의 "좆같은" 세상이며 그런 지강헌에게 백민석의 아이들은 매혹을 느낀다(『캔디』). 아이들은 간혹 자신들에게 정체성을 부여할 만한 권위 또는 "법을 열망"하기도 하지만(「음악인 협동조합 1」, 『박물지』), 그보다는 지강헌이 가졌던 매혹적인 총, 불법무기를 소지하는 꿈을 꾸면서 사회체계의 바깥에 거주하고자 한다. 불법무기 소지자인 백민석과 그의 아이들에게 "삶은 하나의 불가사의한 괴물"이 된다. 체계의 시선에서 아이들은 불온해 보인다. 이 헐벗은 아이들에게 가족으로부터 확대되는 체계는 괴물이지만, 체계의 시선에서 아이들 역시 추방해야 할 괴물이기는 마찬가지다.

백민석과 그의 소설 주인공들이 일용할 양식처럼 대중문화를 흡수하고 자라온 세대라는 것은 익히 알려진 사실이다. 이들 삶의 원초적 장면은 "브라운관 안의 전자총이 쏘아대는 전자빔들이 만들어낸 수많은 휘점, 즉 빛의 점들"(『소풍』)이 만들어낸 컬러텔레비전 속의 공간에 있다. 백민석 글쓰기의 기원이 전자총의 빛이며 지강헌의 총이 결여되고 위장된 형태라는 분석[4]에 동의할 수 있다면, 백민석이 그러한 글쓰기로 맞서고자 하는 것이 그와 그의 아이들에게 대중문화의 원체험을 제공하고 가속화시킨 80년 신군부의 파쇼적 체계라는 것은 다분히 아이러니하다. '평촌팬더비디오'의 여직원은 "80년 5월 18일에 준공식을 비밀리에 치르곤, 그날부터 살인들을 생산해" 낸(「그분」, 『박물지』) 체계의 기원을 알려준다. 「그분」의 이 '그분'이야말로 백민석과 그의 아이들의 진짜 아빠였던 것이다. 오이디푸스의 위기는 비단 상징적 권위 일반의 위기만은 아니다. 지젝과 같은 정신분석가가 여러 저작들을 통해 이미 알려준 것처럼, 상징적 질서가 무기력해질 때 등장하는 새로운 아버지는 이전의 아버지보다 더 무섭고 편집증적인 데다가 외설적이다. 안티 오이디푸스의 해방감은 실제로는 상징적 아버지가 물러난 후의 일시적인 공백이 가져다준 것에 불과하다. 백민석과 그의 아이들의 태생적 공간에는 브라운관 안에 거주하는 만화주인공들의 세계가 있지만, 그곳에는 80년 광주에서 수천 명의 시민들을 무자비하게 폭살(爆殺)한 폭군의 세계가 일종의 '원초적 장면'처럼 자리 잡고 있다. 결국, 백민석 글쓰기의 기원과 살인을 생산한 체계의 기원은 동일하다. 백민석과 그의 아이들이 이러한 사태에 '이상한 가역반응(可逆反應)'으로 대응하는 것은 당연하다. 백민석의 원체험인 텔레비전 속의 대중문화는 그 발생적 기원의 이면에 어떤 불쾌함, 불만을 숨기고 있는 것이다. 앞서 '포스트모던 문명의 불만'이라고 불렀던 것 역시 백민석 소설의 발생적 기원에 동일하게 자리를 잡고 있다. 이러한 상황 속에서 백민석의 안티 오이디푸스들은 성장을 멈추고 괴물이 된다. 백민석의 괴물들은 자신들이 크로노스의 자식임을 자각한 괴물들이다. 자신들을 집어삼키려는 크로노스에 대항하기 위해 백민석의 아이들은 폭력, 사도마조히즘, 탈주 등의 다양한 방식으로 체계의 안팎에서 저항하는 한편(『엽기전』 『러셔』), 체계에 포섭된 채로 배제된 상태에서 괴물스러

4) 김동식, 「코믹하면서도 비극적인 괴물의 발생학: 백민석론」, 『문학동네』 2000년 봄호, 234~235쪽.

운 삶을 살아온 자신과 고통스럽게 대면하기도 한다(『농장』).

포스트모던 리바이어던, 오직 문명의 한계 안에서의 향유

『엽기전』의 세계는 편집증이 무대화된 악몽의 체계이며, 그곳에서 사는 인간은 자연상태로 환원된 인간-동물들에 가깝다. 한창림과 박태자는 문명의 첨단인 과천 신도시에서 사는 중산층 부부이지만, 실제로 그들은 각자 스스로를 '수컷' '암컷'으로 부르고 있으며, 그들의 집 지하실에는 스너프 필름을 찍기 위해 마련한 린치와 고문, 강간과 살인의 기계장치들이 가득하다. 그들은 스너프 필름을 찍으면서 죽인 희생자를 집 뒤뜰에 파묻어 잔디의 거름으로 주는 잔혹한 행태를 보이면서도 어떠한 죄책감이나 연민도 느끼지 않는 야수들이다. 한창림은 과천 대공원에 있는 '육식 만드릴 원숭이'가 표상하듯 수컷 냄새로 자신의 삶의 경계를 만들고 암컷들을 거느리는 야수성에 매혹되어 있으며, 박태자는 러시아의 잔혹한 군주인 예카테리나 2세 인형의 아이콘을 향유한다. 그들의 납치와 린치, 살인과 강간, 시체 절단과 훼손은 "누군가의 평생을 망쳐버린다는 건 아무래도 흥분되는 일이다"라는 서술자의 진술에서도 암시되듯 과도한 문명의 이기로 인해 퇴화해버린 원초적인 삶의 충동을 복구하는 방식으로 제시되어 있다. 그들의 엽기행각은, 문명 이전의 삶의 실재를 가정하고 그것에 도달하려는 '실재의 열정'[5]으로 정의할 수 있다. '실재의 열정'은, 사람들의 눈물을 짜내지만 결국은 "비인간적인" 멜로드라마나 놀이기구를 타면서 하찮은 비명을 질러대는 사람들로 표상되는 사소하고도 보잘것없는 쾌락의 세계에

5) Slavoj Žižek, "Passions of the Real, passions of semblance", *Welcome to the desert of the Real*, London · New York : Verso, 2002 참조.

대한 극단적 거부의 한 형태다. 한창림 부부의 희생양인 쾌락 위주의 문명세계는 "뻔한 안식과 뻔한 평화"로 자신들의 야수성을 부인한다.

이러한 문명세계는 백민석의 이전 소설에서도 일찌감치 묘사된 바 있다. 문명은 "남아도는 살덩어리들에 대해 정체성을 부여하려 들지 않"으며 "그들 자신의 단백질과 그들 자신의 지방질을 부인하려" 하기 때문에 "정신과적 분열 증세"를 보이는 다이어트에 그 본질이 있다(「믿거나말거나박물지식 달걀 다이어트」, 『박물지』). 양담배를 피운다는 이유로 한창림에게 구타당하고 2000만 원의 보상금을 요구하는 대치동 회계사나 한창림 부부가 납치한 부잣집 고등학생이자 소녀를 집단 강간한 적이 있는 '청담동 사내애', '뷰티플 피플'의 언니를 세일해서 팔아버리겠다는 남편 모두 전도된 형태의 '나쁜 수컷 기질'을 지니고 있다. 문명이란 이처럼 그럴듯한 외양으로 잔인성을 은폐하고 있으며, 문명에 대한 불만은 소설 곳곳에서 질서에 대한 한창림의 강박과 암페타민으로 달래야 하는 박태자의 히스테리, 울증과 같은 증상으로 나타난다. 문명이 자신의 안락함과 이기를 관리하면서 산출하는 '지방질', 즉 잉여를 부인하면 할수록, 흥분의 강도를 심화시키려는 한창림 부부의 야수적 행태, 즉 '실재의 열정'은, 예를 들면, '즐겨라!'라는 정언명령의 방식으로 부과된다. 한창림과 박태자의 사도마조히즘은 그 능동적 격렬함과 의지의 주도면밀함에도 불구하고 '슈퍼 수컷' '펫숍 삼촌'을 따르고 모방한다는 점에서 기계적이며, 비주체적이다. 따라서 사도마조히즘의 난무를 펼치는 때를 제외하고 이들 부부는 '뷰티플 피플'의 인형들처럼 섬뜩할 정도로 모든 것에 무심해지게 된다. 펫숍 삼촌과 한창림 부부 간의 관계는 주인-노예 사이의 모방, 계약관계와 흡사하다.

무심하고도 섬뜩한 표정의 인형들이 진열된 "플라스틱들의 궁전"인 뷰티플 피플의 맞은편에 배치된 펫숍은 '믿거나말거나박물지사(社)'처럼 존재하는 편집증적 큰타자의 무대다. "다중 공간" 펫숍은 믿거나 말거나박물지사의 격납고처럼 "아무 간판도 안내판도 달리지 않"은 '리좀'의 구조로 이루어져 있다. "세상의 눈"이 이러한 펫숍의 존재를 "볼 수가 없었"던 것은 당연하다. 펫숍이 세상을 응시하는 비가시적인 눈이기 때문이다. 정체불명인 펫숍 삼촌은 "어디에도 없으면서 어디에나 있는 그런 사람이며, 그 사람 앞에서 지킬 수 있는 비밀이라곤 하나도 없다". 판옵티콘의 보이지 않는 감시자를 닮은 그는 "뼈를 가루내고 고기론 수육을 만드는 따위의 생살권(生殺權), 생살여탈의 권리와 책임"을 쥐고 있다. 펫숍 삼촌이 따라야 할 법은 없다. 삼촌 자신이 법이며, 그 법의 예외인 군주다. 그의 주권권력은 홉스적 사회계약이 무효화된 예외상태, 만인이 만인에 대해 늑대인 자연상태를 살인적으로 응시하는 리바이어던 군주의 그것을 닮았다. 이 포스트모던 리바이어던 왕국에서 인간은 그저 생명체로 존재한다는 사실로만 가치가 있으며, 그만큼 아무렇게나 처분되어도 상관없는 것이 되고 만다. 이제 삶/죽음, 법/예외, 문명/야만 등의 이분법은 돌이킬 수 없이 뒤얽히게 된다. 이것이야말로 펫숍과 삼촌이 알려주는 권력의 섬뜩한 비밀이다.

그럼 펫숍과 삼촌은 어떻게 탄생했는가. 펫숍과 이름 없는 '삼촌'의 기원은, 앞서 언급했듯, 체계가 산출한 잉여에 있다. 백민석이 흔쾌히 동의하듯이 "그렇다: 생산의 속도가 너무 빨라, 의미의 속도를 추월하는 것이다. 인류는 인류가 상상할 수 있는 모든 걸 먹어치우는 것이다" (「캘리포니아 나무개」, 『박물지』). 체계는 지방질을 부인하는 다이어트의 문명이며, 펫숍은 다이어트가 부인한 잉여산물이다. 체계는 지방질처럼 과잉을 부인하면서 잉여를 산출하며, 잉여는 그것을 부인한 체계로 되돌아온다. 따라서 '즐겨라!'라는 명령은 체계가 자신의 잉여와 맞물릴 때 부과된다. 곧, 잉여는 체계의 유일한 형식이다. 체계는, 그 자신의 공포와 권위로 주체에게 강압적으로 작용할 때보다 체계가 허락한 한계 내에서의 위반적 향유를 즐기는 바로 그 형식을 통해 확실히 작동한다. 그렇다면, 숭고한 권력체계와의 동일시로 소환한 야수성으로 하찮은 쾌락을 소비하고 재생산하는 문명의 허위를 고발하는 방식, 괴물로 또다른 괴물에 맞서는 방식은 과연 성공할 수 있을까. 펫숍 삼촌이 체계 그 자체의 생살권을 가지고 있다면, 한창림 부부조차도 펫숍 삼촌의 생살권에 이미 포함되어 있는 것은 아닐까. 그들이 펫숍 삼촌의 명령에 복종하면 할수록, 펫숍 삼촌은 더 많이 원하고 더욱더 강해지며 가혹해지는 것은 아닐까. 한창림 부부의 미래는 결국 "뻔했던" 과거의 "운명들"이 되지 않겠는가. "모자이크 처리된" 목화밭이 의미심장한 이유는 그 때문이다.

한창림과 박태자는 사도마조히즘적인 방식으로 펫숍 삼촌의 명령을 수행한다. 그러나 한창림의 강박증과 박태자의 히스테리는 역설적으로 펫숍 삼촌으로부터 탈출할 수 있는 유일한 수단이 된다. 그것은 그들조차 의도하지 않았던 또다른 잉여와 관련이 있다. 한창림의 '목화밭'과 박태자의 '모성애'가 바로 그 잉여다. "빈틈이란 그가 두려워하는 것들 중 하나였다" "빈틈이란 놈의 이빨은 너무나 강력해서, 모든 걸 씹어 쓰레기로 만들곤 뱉어버린다"라는 구절은 한창림이 회계사의 고발과 경찰의 방문으로 자신의 계획에 차질이 생길 때 느낀 강박증을 환기한다. 경찰 앞에서 무심코 내뱉은 '목화밭'이라는 잉여의 한마디가 수수께끼가 되면서 그는 아내처럼 히스테리화되며, 박태자 또한 '나쁜 수컷'인 남편에 대해 히스테리적으로 반항을 한다. 그런가 하면 박태자는 영원히 퇴화된 본능인 줄만 알았던 모성애가 청담동 사내애에게 솟아나는 것을 느끼기도 한다. 히스테리는 그들이 즐기는 저 향유가 과연 체계의 전복을 가져올 것인지에 대한 끝없는 의구심의 무의식적 표출이다. 그들이 의구심을 가지는 순간은 『엽기전』의 야수적 세계에서 드물게도 이들 부부가 인간적인, 너무도 인간적이 되는 찰나이자 동시에 그들이 몰락하는 때이기도 하다. 박태자는 희생양으로부터 상처를 입은 채 도움을 청하러 갔던 펫숍에서 비참한 죽음을 맞이하며, 한창림은 서울랜드에서 최후의 도살의 향연을 벌이다가 경찰에게 붙들린다. 수갑이 채워진 채 목화밭을 바라보면서 우는 한창림과 죽어가면서 눈물을 흘리는 박태자, 그들은 몰락의 순간에 자신들의 수성(獸性)을 은폐하기 위해 그동안 펫숍과 삼촌이라는 큰타자의 허구를 무대에 올렸다는 것을 깨달았을지도 모른다. 따라서 그들의 몰락은 그들이 의존했던 편집증적 체계와 결별하면서 주체성을 회복하는 계기이며, 목화밭의 식물성 세계가 암시하듯 갱생의 신호일지도 모른다. 모자이크 처리가 되어 그 의미는 확정하기 어렵지만, '목화밭'으로 발음되는 기표로는 분명히 존재하는.

체계 바깥에서 체계를 공격하는 『엽기전』의 방식이 "한 뼘 손톱 자국조차, 한 뼘 이빨 자국조차 낼 수 없는 무력한" 것임이 밝혀졌다면 백민석 소설의 또다른 주인공들은 자신의 태생적 기원으로 되돌아가서 전열을 가다듬어야 한다. 전자빔이 날카로운 빛을 쏘아대던 가상현실이 그 기원의 하나라면, 또다른 기원은 체계에 대한 방어형성으로 자신만의 비밀스러운 망령들을 만들어냈던 곳이다. 『러셔』와 『농장』은 『엽기전』의 두 공간이동이자 싸움의 두 갈래다. 『러셔』의 미래도시는 『엽기전』에서 펫숍이 변형된 것이며, 『농장』의 아파트공간은 뷰티플피플이 전치된 형태이다.

속도전의 세계, 또는 한계를 앞서는 초월의 허망함

『엽기전』에서 인간-동물들의 '실재의 열정'은, 체계가 자신의 외관을 유지하는 '가상의 열정(passions of semblance)'으로 끝났다고 볼 수 있다. 한창림 부부의 '엽기전'의 종말에서 확인할 수 있는 것은 체계에 대한 공격이 허망하다는 애가(哀歌)가 아니다. 우리의 물음은 체계의 공격방식으로서 '실재의 열정'이 어떻게 체계의 한 부분조차 건드릴 수 없는 것으로 귀착되고 마는가다. 그 물음에 대한 가능한 대답의 하나는, 『엽기전』을 통해서 확인할 수 있었듯이, 체계는 그에 대한 위반을 허용하는 방식을 통해 가장 잘 작동한다는 진실이다. 한창림 부부는 공포영화의 프레디나 제이슨처럼 체계가 자신의 외관을 유지하기 위해 고용한 희생양에 불과했던 것이다. 『러셔』는 『엽기전』이 극명하게 보여준 참담한 진실을 그 출발점으로 한다. 『러셔』는 『엽기전』과는 다른 방식의 시도, 즉 체계 내부에서 체계를 무너뜨리려는 시도를 한다. 그것은 체계의 기원을 묻는 행위라는 점에서 한층 급진적이다.

한국소설에서는 좀처럼 보기 드문 사이버펑크적 시도라고 할 수 있는 SF인 『러셔』의 시공간은 "에코 데미지의 날 이후 이십팔 년"이라는 가상시점의 정부연합 미래도시다. 그곳은 환경오염으로 인해 호흡구체라는 환경정화시설을 설계하여 대기를 정화하고 오염물질을 가상공간으로 방출하는 시스템을 갖추고 있다. 소설은 시뮬레이트된 가상사막에 남겨진 능력자 계급인 모비가 메꽃과 만나는 장면으로 시작된다. 그들은 이른바 "에코 데미지 베이비"다. 자신들의 태생이 바로 체계가 발생한 시점이었고, 체계의 기원에 그 자신들의 기원이 있었던 셈이다. 그들이 만나는 가상사막 "샘 샌드 듄"은 "시의 쓰레기장"이지만, 실체 없는 가상공간이 아니다. 질량과 부피를 가진 메꽃의 호버 탱크가 드나들고 모비가 독성이 있는 모래바람과 40도를 넘나드는 더위를 느끼는, 실제적인 현실과 다를 바 없는 가상공간은 "날이 갈수록" "차츰 일상화되어서, 일상에 스며들어서, 생활의 한 차원이 되었다. 다들 잊고 지내는 것이 되었다".

『러셔』에서 문제가 되는 것은 가상현실의 현실화가 아니라 오히려 '현실 그 자체의 가상화'다. 현실 그 자체가 가상화된다는 사실은, 예를 들면 온갖 인공적 보철물을 몸에 지닌 모비가 소설 곳곳에서 강박적으로 입술을 빠는 것처럼, 삶과의 실질적인 접촉이 감소되는 경향과 상관이 있다. 『러셔』의 주인공들의 테러와 탈주는, 따라서 현실의 실재감을 확보하는 몇 안 되는 방법으로 제시되어 있다. 『러셔』의 폭력은 모비와 메꽃, 또는 아나키즘적 길드 조직이 시 정부를 대상으로 벌이는 테러에 있지 않다. 오히려 이 소설이 묻는 폭력은 호흡중추를 만든 시 정부가 가상사막의 기원을 망각하고 그에 대해 묻는 행위를 금지하는 것이다. 『엽기전』의 폭력이 체계가 자신을 유지하기 위해 고용한 야수의 카니발이었다면, 『러셔』의 폭력은 체계가 자신의 기원에 대한 어떠한 물음도 금지하는 망각의 속도전이다. 현실이 가상화된다는 증거는 가상사막에서 "강장동물의 군체"처럼 "스스로가 스스로를 탄생시킨 생명체"인 폴립 군체 덤불에서 발견할 수 있다. 호흡중추 시스템이 산출한 잉여인 폴립 군체 덤불은 가상사막의 기원을 환기시키는 방식으로 체계의 기원을 묻는다. 그것은 '현실의 가상화'라는 문제를 억압한 '증상'이자 '실재'다.

> 저거 금기야. 저거 금기라고. 봐서도, 믿어서도, 떠벌려서도 안 되는 거야! (……) 하얗게 썩어가는 살갗의 상처를 떠올렸다. 사람 살갗이 파먹혀 섬유질만 그물처럼 하얗게 들뜬 크낙한 상처를 떠올렸다. 회갈색으로 말라가는 터럭과, 세균에 파먹힌 살갗 아래 붉게 드러난 살덩이. 촉촉히 젖은 악취 나는 썩은 살. 그녀는 붕대를 풀며 자랑스레 자해 상처를 내보이곤 하던 중독자들을 떠올렸다. 산 채로, 된죽처럼 붕괴되어 가던 중독자들을 떠올렸다. 직경 오백 평방미터쯤 되는 거대한, 사람의 썩어가는 생살을 떠올렸다.(『러셔』, 30~31쪽)

그러나 시뮬레이트된 가상사막에서 자율적으로 증식한 폴립 군체 덤불은, 만일 그것이 현실의 차원을 "넘보는" 위험이 된다 하더라도, 가상사막을 프로그래밍한 데이터를 삭제한다고 해서 사라지는 것은 아니다. 증상은, 만일 그 증상을 없애버리면 증상을 만든 기원조차 위협하는 실재다. 폴립 군체 덤불이라는 증상/실재는 결코 그에 대해 묻거나 질문해서는 안 되는 '금기'의 대상이 된다. 『러셔』의 주인공들인 모비와 메꽃은 이러한 증상 앞에서 선택 곤란한 상황에 처하게 된다.[6] 금기를 받아들일 것인가, 깰 것인가. 이러한 선택에 직면해서 모비와 메꽃은 두 가지를 확보하고자 한다. 하나는, 도심의 재앙의 근원이 되는 호흡중추를 무너뜨릴 수 있는 타격점 데이터이며, 다른 하나는 체계의 조직망으로부터 최대한 멀리 달아날 수 있는 탈주선 데이터다. 속도감은 그들의 삶에 지속적인 정체성을 부여하는 드문 감각으로 제시된다. 체계에 반항하는 그들의 방식은 속도에 뒤처질 때 느끼는 권태를 무마하려는 가상현실의 게임 같은 속성을 띠고 있다. 그러나 이 유희는, 묘하게도 슬픔의 배음(背音)을 깔고 있다. 시위, 파괴, 테러는 모비에게 "반쯤은" "취미생활"일지도 모른다. 또한 길드에 가입했던 까닭이 대의에 대한 충성이 아닐 만큼 삶이라는 것은 "값어치"가 없지만, 죽음조차 그래서는 "곤란"하다고 메꽃은 말한다.

그러나 호흡중추를 파괴하기 위한 데이터 정보를 얻기 위해 '달선생'을 찾아간 모비는 그로부터 뜻밖의 말을 듣는다. "호흡중추는 가짜야." 모비와 메꽃, 메꽃의 길드 동료들은 초월자 계급인 '질'로부터 타격점과 탈주선 데이터를 얻은 후 1, 2차 러시를 감행하지만, 길드 동료들의 희생의 대가는 호흡중추의 기능을 저하시킨 것과 호흡구체 몇 개를 파괴한 것뿐이었다. 타격해야 할 적이 사라지게 되면서 "모비를 엄습한 감정은, 저 파괴할 것이 아무것도 없는 공간에서 이제 무언가를

6) 이수형, 「사이버펑크의 존재론」, 『러셔』 해설, 187쪽.

바삐 찾아내야 한다는 조바심이었다". 놀라운 사실은 그들이 파괴하고자 했던 시의 호흡구체와 호흡중추, 메인 시스템마저도 타격점, 탈주선 데이터를 얻어냈던 질에 의해 프로그램화되었다는 것이다. 그렇다면, 러시를 감행한 모비와 메꽃, 길드 조직의 계획과 실행도 처음부터 질의 프로그램, 지도 제작의 일부에 속했다는 말인가. 도심 전체와 샘샌드 듄의 가상사막을 프로그래밍한 초월자 계급 질의 정체는 대체 무엇이란 말인가. 지도 제작소에서 생산한 시의 지도가 시 전체가 되어버리는 상황의 원인, 가상이 현실의 유일한 모습이 되어버리는 원인은 무엇인가. 서술자는 비관적인 어조로 시 전체가 이미 러셔들의 속도를 초월해 믿거나 말거나 한 "쉐도우드링커(shadowdrinker)"(『한스』)식의 전설이 되었다고 전한다. 도심의 건물들은 전설이 되어 쉐도우드링커라는 가상의 괴물을(『한스』), 탈주보다 속도가 빠른 망각은 미래도시 전체를 가상공간으로 만들었던 것이다(『러셔』). 가상사막으로 되돌아온 모비는, 죽었으나 '초월의 나무'로 부활한 질로부터 다음과 같은 말을 듣는다.

> "모비, 시를 통제하는 메인 시스템 따위는 없어. 세계를 통제하는 거대한 기계 따위는 없어, 이 나무처럼. 기둥줄기도 뿌리도 없이, 무수한 나뭇가지와 나뭇잎으로만 이뤄져 있지…… 넌 점점 빨라지고 있잖아, 그렇지? 모비, 초고속으로 살고 싶지 않아? 삶의 매순간 초고속 러시를 하고 싶지 않아?"(『러셔』, 179쪽)

어떠한 탄생도 죽음도 없는 신체인 질은, 데카르트의 『성찰』에 등장하는 '사악한 천재'를 닮았다. 데카르트의 방법적 회의조차 그가 꾼 꿈으로 조롱하는 사악한 천재처럼, 질은 가상현실과 그 속의 인물들조차 프로그래밍한 무소불위의 신적인 존재다. 그리하여 현실 그 자체는 교활한 신이 프로그래밍한 가상현실이며, 모비는 질의 인공적 창조물에 불과한 것이 된다. 모비는 아버지와도 같은 "공감"의 응시를 보내는 질의 모습 속으로 사라져가 리좀과 같은 '초월의 나무'의 일부가 된다. 소설 전체를 통틀어 드물게 밝고 따뜻한 정황으로 묘사된 『러셔』의 이 마지막 장면은, 한편으로는 "어떤 것에 대한 완벽한 확신은, 그것에 대해 더이상 생각하지 않는 것"이라는 구절에서 환기되는 것처럼 결코 개운치 않은 여운을 남긴다. 비록 『러셔』의 초월의 나무가 『엽기전』의 목화밭처럼 식물성의 이미지를 띠고 있다 하더라도, 우리는 초월의 나무가 뿜어내는 가상의 휘황찬란한 빛에 속아서는 안 된다. 초월의 나무는 실제로는 전설이 되어버린 '다중 공간' 펫숍이며, 질은 모비의 주체성을 삭제한다는 점에서 펫숍 삼촌과 함께 가짜 아버지로 간주해야 한다. 질의 공감의 응시는, '이상한 가역반응'을 포기한 아이들에 대한 체계의 응시이며, 그럴 바에는 펫숍 삼촌의 살인적 응시와 하등 다를 것이 없다. 『러셔』의 초월적 형이상학에는 오직 사유의 정지, 즉 '확신'만 자리 잡고 있다. 도입부에서 증상적이었던 폴립 군체 덤불조차 질이 프로그래밍한 가상에 불과한 것이라면, 이 소설의 결말은 오히려 도입부의 문제의식에서 후퇴한 것이 아닐까. 『러셔』는 결국 『엽기전』이 일러준 참담한 진실을 재삼 인준하는 데로 귀착된 셈이다. 체계에 대해 작가가 너그러워진 것일까. 분명한 사실은 가상현실의 막다른 골목에 다다른 백민석의 아이들의 '이상한 가역반응'이 『러셔』에서는 체념 어린 초월로 귀착되었다는 것이다. 그러나 이런 초월이 백민석의 아이들이 다다른 막다른 골목, 곧 현실을 앞지를지는 의심스럽다.

눈멂의 통찰, 그러나……

따라서 『농장』에서 작가가 궁극적으로 이야기하고자 하는 것은 이 세계 너머로 도달할 수 있는 다른 비밀(초월)은 없다는 반성적 전언이다. 그 전언을 서사적 육체로 만드는 장치로 『농장』이 선택한 서사전략 중 하나는 신뢰할 수 없는 화자를 등장시켜 그를 통해 바라보는 인물과 세계를 정신병적 환각으로 무대화하는 것이다. 독자는 환영을 보는 서술자 '나'의 인도로 너무나도 일상적이어서 이미 그 자체가 의문투성이이자 해독해야 할 수수께끼가 된 환각의 세계로 초대된다. 『농장』에서 묘사된 일상은 평범하기 때문에 도리어 섬뜩해지는 일상이며, 그 일상이 독자 자신을 겨냥하는 한 독자의 일상 자체를 섬뜩하게 만드는 효과를 지닌다. 『농장』의 세계는 이미 『엽기전』의 독자라면 충분히 연상할 수 있는 곳이다. "인간의 형상을 흉내낸 솜씨는 어설프기 그지없지만, 그 근원의 성질은 도무지 인간과 다른 점이 없"는 "웃는 플라스틱"이 진열된 『엽기전』의 뷰티플 피플. 이 뷰티플 피플에 전시된 인형들은 야수적 괴물성 이면에 비친 정신병적 무관심의 거울상으로, 이것들은 『농장』에서 방 속에 가득 찬 앵무새 오르골 등으로 전치된다.

『농장』의 세계는 불길하고 음산하기 짝이 없다. "공중에 들린 채로 유아기를 보내는" "아파트먼트 키드"인 뽕짝 작사가 '나'는 '나'의 유령적 분신으로 "자장가에 대한 기억을 공유할 만큼 인연이 오래"된 인형과 대화를 하면서 대부분의 시간을 보낸다. 대화가 사실상은 혼잣말이 되는 '나'의 주변에는 자신을 여자라고 착각하는 동료인 손자와 자신을 "대신해서 발코니에 목을 매"단 개를 키운 적이 있는 가수 지망생 해아리가 있다. 철거된 아파트의 "폐허에서 안식과 안정을 느끼곤 하는" '민'이 '나'의 유일한 친구로, 그녀만이 아파트의 공간으로부터 '나'가 벗어날 수 있도록 인도한다.

'나'는 각각 3년 전과 한 달 전에 받은 두 통의 낯선 편지의 발신처를 찾아 인형과 여행을 떠난다. 편지의 발신처인 '죽은 올빼미 농장'은 강원도 고성의 어느 부근에 있지만, '나'와 인형은 농장도, 농장의 빈 터도 확인하지 못한 채 돌아온다. 두 통의 편지가 그저 잘못 배달된 것으로 간주하면 그만이겠지만, '나'는 만나는 사람들에게 두 통의 편지와 죽은 올빼미 농장에 대해 계속 이야기하게 된다. 그리고 그때마다 주머니 속에 편지들이 고스란히 들어 있는 불안을 겪게 된다. 그 불안은 편지의 수신자가 자신이 아님을 확인하거나 편지의 발신지가 분명한 증거로 제시되더라도 좀처럼 해소되지 않는다.

'나'에게 배달된 편지는 편지의 수신자가 다른 사람도 아닌 '나' 인가에 대한 반문과 불안을 불러일으키는 메커니즘의 비밀을 쥐고 있다. 편지가 '나'에게 가져다주는 불안은 '나'와 '나'의 주변을 둘러싼 존재론적인 불안이 된다. 불안이 나 자신, 더 근본적으로는 내 속의 대상을 겨냥하는 한, 그것은 나의 존재론적 결핍을 채우는 '근원적 환상' 자체를 과녁으로 삼는다. 불안은 결핍의 결핍을 낳는다.[7] 그렇게 편지는 목적지에 도착한다. 내용이 무엇이든 간에 편지의 수신자는 여전히 '나' 였던 것이다. 그렇다면, '나'를 둘러싼 근원적 환상은 무엇인가. 우선 그것은 아득한 유년기부터 함께 자라온 친숙한(canny) 인형과 함께한 환상일 것이다. "자장가"를 함께 부르며 성년이 되어서도 "욕실"에서 잠드는 '나'의 유년의 기억은, 원인이 불분명한 채 "황혼처럼 핏빛"으로 얼룩져 있다. 인형을 단순히 '나'의 퇴행적 성격의 증후군의 산물로 볼 수는 없다. 오히려 인형은, '나'의 결핍을 채우는 환상인 동시에

7) Mladen Dolar, "'I Shall be with you on your wedding-night': Lacan and the uncanny"(1991), Ed. Slavoj Žižek, *Jacques Lacan: Critical Evaluations in Cultural Theory*, Volume III, *Society, Politics, Ideology*, London·New York: Loutledge, 2002, p. 70.

'나'를 숨막히게 옥죄며 불안하게 만드는 대상이다. 그 섬뜩한(uncanny) 인형은 '나'의 작업실이자 생활공간인 아파트 내부를 앵무새 오르골의 시뮬라크라로 가득 채우고 있다.

> 거실 천장에 빨갛고 노랗고 초록인 팔뚝 반만한 앵무새들이 열댓 개가 매달려 시끄럽게 울려대고 있었다. 오르골들이었다. 원래 무슨 음악을 연주하도록 장치가 되어 있었는지 모르겠지만, 한꺼번에 울려대니 들리는 건 그저 귀를 먹먹하게 하는 날카롭고 요란한 금속성의 소음뿐이었다. (……) 앵무새들은 부리를 꾹 다문 채 햇볕에 비단실 깃털로 뒤덮인 제 몸을 내맡기고 있었다. 박제가 아니라 생물을 갖다 놓아도 저처럼 아름답고 다채롭고 생기 넘치는 빛깔은 뿜지 못할 것이었다. 나는 더 견딜 수 없을 때까지 그렇게 앵무새들을 올려다보며 손가락으로 바닥을 문지르고 또 문질렀다. 그리고 마침내 한계에 이르렀을 때, 자리에서 일어나 손을 뻗어 오르골의 태엽을 감고 그것들이 소리를 내게 했다. 울게 했다.(『농장』, 133~134, 137~138쪽)

실제의 앵무새보다도 더 앵무새다운 빛깔을 내뿜는 시뮬라크라의 환각에 거부와 매혹을 동시에 느끼는 '나'는 바로 그 어두운 거실 안에서 앵무새 오르골을 바라보듯 세상을 바라보고 있다. '나'가 바라보는 세상이 시뮬라크라, 모방, 복제의 환각에 도취된 키치적 세계인 것이 그 증거다. "손자 크리스티나의 단순한 복제도 되지 못하는" 손자와 '나'는 짜깁기로 뽕짝 가사를 만들고, 해아리는 '나'가 짜깁기한 가사를 교내 백일장에 내어 상을 타는 식으로 싸구려 모방과 복제는 재생산된다. 『농장』의 세계는, 이처럼 어떠한 창조적 재현이나 미적 승화도 불가능한 모방과 복제의 세계다. 그런데 이 세계는 단순히 창조와 가치가 결여된 세계가 아니다. 오히려 이 세계에 결여된 것은 없다고 보아도 무방하다. 도처에 "규격품"과 "기성품", 요컨대 모든 것들이 있지만, 그것들 중 그 어느 것도 '나'의 창조적 관심이나 예술적 흥미를 끌 만한 대상은 없는 것이다. '나'에게 전달된 편지가 중요한 이유는 그것이 복제와 시뮬라크라적 환상을 무대에 올려 그 정체를 폭로하는 기능을 수행하기 때문이다. '나'는 자신의 '근원환상'을 무대에 올림으로써 서서히 인형으로부터 벗어난다. 그러나 손자는 "패닉상태" 속에서 여자가 되는 환상으로부터 벗어나지 못하고 자살한다.

편지가 목적지에 도착한다는 또하나의 의미는 '나'의 결핍을 메우고 있던 환상이 나로부터 '분리'된 상태에서 내 안의 공백이 주변세계, 요컨대 타자들과 맞닥뜨린다는 뜻이다. 편지는, 수신자가 자신이 아니라고 간주하는 한, 여전히 오인을 낳는다. 그러나 편지의 부름에 자신을 수신자로 인정하자마자 "다른 어떤 무엇, 다른 어떤 세계, 그 세계의 풀 길 없는 어떤 난센스들", 요컨대 세계 자체가 개방된다. 그리고 편지는 제대로 주의를 기울이지 않았던 자신의 주변세계를 돌이켜보는 성찰로 '나'를 인도한다. "쓰러져가고 허물어져가는 것들에" "마음이 반응을" 하는 민의 존재가 부각되는 순간이다. 민은 유년기의 망령인 인형으로부터 '나'를 데려와 허물어져가는 아파트 주변을 보여준다. 그녀는 '나'에게 올빼미 농장은 신축과 붕괴, 재건축이 반복되는 무수한 아파트처럼 도처에 있으며, "언제든, 수시로 볼 수 있다"고 말한다. 그것은 너무 가까이 있었기에, 자신의 망막에 비친 이미지만을 들여다보는 눈멂(blindness) 속에서는 결코 볼 수 없었던 것들이다. 여자가 남자의 증상인 것과 마찬가지로, 민은 '나'의 눈멂의 증상적인 존재다. 그녀는 세상을 '응시한다'.

"신기한 일이지? 겪어본 사람은 알아. 어젯밤엔 멀쩡했던 방구들이 오늘 아침엔 누가 어쩌지도 않았는데 주저앉아 난방 파이프를 벌겋게 드러내놓고 있는 거야. 벽에 금이 가기 시작하고 김칫독을 묻던 화단이 꺼지기도 하고. 장마철도 아닌데 방 귀퉁이에서부터 검은 곰팡이가 번지기 시작해. 그리고 개수대 하수관을 타고 평소엔 맡아본 적도 없는 악취들이 올라온다고. 그렇게 어쩔 줄을 몰라 하다 보면 어느새 퇴거 시한이 낼모레로 다가오지."(『농장』, 123~124쪽)

이 주변의 세계는 원근법적 시선이 만드는 환영에서는 결코 볼 수 없었던 것들로, 조심스럽게 가꾸거나 들여다보지 않으면 서서히 부패해버리고 느리게 사라지는 특징들을 가지고 있다. 어떻게 보면 『한스』의 쉐도우드링커나 『엽기전』의 펫숍, 『러셔』의 초월의 나무는 『농장』을 중심으로 볼 때, 원근법적 시선이 낳은 신기루에 불과할 수도 있다. 바로 시선은 권력과 체계의 보철물이다. 따라서 '네 시선이 이상하다'는 '나'에 대한 등장인물들의 지적은 특별히 '나'에게만 한정되지는 않는다. '이상한 시선'을 한 '나'의 모습은 자신의 눈 안쪽, 망막을 들여다보는 제스처를 취할 때 가능한 모습이다. 결국, '나' 자신의 눈, 시선 그 자체가 앵무새 오르골들로 가득 찬 어두운 방이었던 것이다. 목적지에 도착한 편지가 전하는 마지막 메시지는 분명하다. 그것은 '나'에게 편지를 보낸 두 형제와 어머니의 사연과 관련이 있다.

올빼미 농장의 토지주인인 노인을 찾아간 '나'는 노인으로부터 "무말랭이처럼 오그라들어서 죽은 여인"의 놀라운 사연을 듣게 된다. 편지의 송신자였던 어머니와 그녀의 두 아들은, 마을의 무관심 속에서, 모두 아사(餓死)했던 것이다. 그렇다면, 강원도 고성의 농장 근처를 두 번에 걸쳐 찾아갔을 때 '나'가 보았던 자전거를 탄 소년과 "등이 바싹 휜" 여자의 정체는 '나'의 환각이자, 유령이었던 셈. '나'가 보았던 유령들은, 민이 보여줬던 아파트의 폐허들과 마찬가지로 청산되지 않은, '나' 안에 있던 어떤 부채감이 환각으로 드러난 것이다. 그것은 백민석 소설 전체를 놓고 볼 때, 제대로 돌보지 않았던, 한없이 느리게 움직이지만 분명 실재하는, 사라진 주변의 타자들이었다. 목적지에 도착하는 편지는 청산되지 않은 이 부채감과 관련이 있다. 유아론적인 핏빛 환각과 앵무새의 "영원한 잠"을 불러오는 죽음의 환상에 잠긴 백민석의 아이들에게 타자의 세계가 비로소 각별해지기 시작한 것은 아닐까. 농장 근처의 들샘을 파내어 태운 편지와 함께 인형을 수장(水葬)하는 '나'의 행위는 그래서 의미심장하게 읽힌다.

올빼미 농장이 있던 자리의 빈 땅이 '나'에게 "정작 가르쳐주고 있는 건, 지금 보고 있는 것이다라는 사실뿐이었다. 지금 보고 있는 것 외의 다른 것은 볼 수도 만질 수도, 존재하지도 않는다는 사실뿐이었다". 올빼미 농장에는 아무것도 없으며, 있다면 그것은 올빼미 농장이라는 발신처의 흔적 그 자체다. 올빼미 농장 너머에는 어떤 것도 없다. 이러한 통찰은 역설적으로 인형을 수장시키는 '상징적 죽음'의 행위를 완수한 '나'가 텅 비어 있는 상태임을 암시한다. '나'가 자신의 환각인 인형으로부터 분리해나간 자리에 남은 것은 들샘의 진흙탕과 함께 솟아난 '뼛조각' 뿐이다. 뼛조각이 전하는 메시지는 "드러난 정체 외에 다른 정체는 없다는, 상상 속에나 있다는, 증명할 수 있기는커녕 언급하기조차 어렵다는, 그런 메시지였다". 뼛조각은 인형의 환각과 결별한 텅 빈 '나'가 순수하게 마주친 대상, 찌꺼기다. 그 찌꺼기가 이를테면 '나'인 것이다. 이러한 결말이 『엽기전』이나 『러셔』의 그것과는 상당히 이질적이라는 것은 어렵지 않게 짐작할 수 있을 것이다. 『엽기전』에서 주체의 주체성은 그들의 죽음의 순간에 희미하게 부각되었다가 사라지며, 『러셔』에서는 주체가 초월적 실체인 '초월의 나무' 속으로 형해화(形骸化)되었다. 그러나 『농장』에서 상징적 죽음을 완수한 주체는 자신을 증명할 최소한의 실체인 뼛조각을 담보하면서 비로소 '존재'하게 된다. 세상을 바라보던 '나'의 '시선'은 이제 자신의 눈멂 속에서 볼 수 없었던 맹점(盲點)인 '응시'의 대상과 마주하기 시작한다. 여기서 우리는 백민석 소설의 전환점, 그것을 수행할 새로운 코기토의 가능성을 엿볼 수 있지 않을까. 독자들은 『농장』 이후의 백민석의 작가적 행보를 궁금해할 때를 만난 것이다. 그렇다면, 도심의 골목을 질주하면서 '이상한 가역반응'을 하던 "구십년대가 벌써 아득하게 멀어진 추억의 시절이 된" "뽕짝이 더 어울리는 나이"를 맞은 백민석과 그의 아이들은 이제 어디로 가게 될 것인가.

『장원』 이후의 백민석의 소설세계는 필연에서 자유로 도약하는 전환점으로 볼 수 있다. 백민석과 그의 아이들은 이제 자신들이 싸웠던 체계와 문명의 세목이 균열을 일으키며 붕괴하고 재건축하는 과정의 기원을 탐색하기 시작했다. 『장원』 이후, 잡지에서 만날 수 있었던 「믿거나말거나박물지」의 새 연작들과 『장원』을 연상시키는 단편들은 일상적인 공간을 무대로 사라진 것들, 잊혀진 것들을 느리지만 더욱 세밀하게 응시한다. 그로부터 확인할 수 있는 진실은 『엽기전』과 『러셔』의 편집증적인 큰타자의 세계가 내부에 균열을 포함하고 있다는 것이다. 타자의 결여, 빈틈은 주체가 자유를 확보할 수 있는 공간이다. 물론 최근에 발표된 단편들에서 『장원』과의 변별된 세계를 확연히 보여주는 징표를 발견하기 어려울 수도 있다. 현재 작가는 2004년에 들어서는 단 한 편의 소설도 발표하지 않은 상태다. 2003년 겨울에 발표된 단편 「규정되지 않은 세계에서」[8]를 통해, 우리는 작가를 포함한 세대적 정체성에 비상신호가 왔다는 증거를 발견할 수 있을지도 모른다. "우리 세대는 끝났다는 느낌이야" "우리도 한물 갔어"라는 구절은 그 단적인 징후다. 일기의 고백체로 씌어진 이 소설은, 작가가 느낀 정체성의 위기가 절정에 달했으며, 더이상 자신의 세계를 문학적으로 감당

8) 백민석, 「규정되지 않은 세계에서—성모화聖母花의 비밀」, 『한국문학』 2003년 겨울호.

할 만한 능력이 한계에 봉착했다는 인상마저 준다. 백민석의 안티 오이디푸스도 이제 성장과 결혼, 요컨대 사회화라는 문제에 재삼 맞닥뜨렸던 것일까. 지금까지 오이디푸스의 위기라고 불렀던 것은 실제로는 안티 오이디푸스의 위기였던 것일까. 아마도 이 위기는, 백민석이 권력체계와의 기나긴 싸움에서 그토록 어렵게 얻어낸 자유의 혹독한 대가일지도 모른다. 그 자유는 여유롭고 당당한 것이라기보다는, 가혹하며, 감당하기엔 두렵기만 한 무엇이다. 이렇게 백민석은 위기에서 출발하여 다시금 자신의 위기로 되돌아왔다고 말할 수 있다. 그렇지만 백민석의 아이들과 함께 90년대 중후반을 지내온 독자들이라면 이 위기를 서둘러 실체화하기보다는 작가가 새로 발견한 느림의 세계를 좀 더 천천히 기다려봐도 좋을 것이다. 그동안 우리들은, 백민석의 말을 빌리면, "뭐든 대충 보"(「인형의 조건」, 『장원』)고, 뒤돌아볼 틈도 없이 너무 빠르게, 빠르게만 러시했기에.

……아이들은 어디로 갈 것인가?

최근의 국내외 정치, 경제, 문화의 각 방면에서 체감할 수 있는 가장 강렬한 위기 중 하나는 넓게는 진보와 문명, 가깝게는 민주화가 이룩한 성취로부터 사회와 개인의 공공성과 자율성이 후퇴하고 있다는 점일 것이다. 미국의 이라크 침공과 학살, 테러리즘, 고(故) 김선일씨의 죽음은 우리의 삶이 비상사태 속에서 하나의 생명체로 아무렇게나 처분될 수도 있다는 진실을 극명하게 보여주었다. 작금의 현실은 민주화에 대한 개인과 공동체의 열망만큼이나 홉스적 자연과 야만으로의 회귀가 증폭하고 있는 상태다. 사회는 공포에 대한 두려움 때문에 세워진다는 홉스의 명제, 비상사태가 정상과 규칙이 되어간다는 벤야민의 테제는 제국적 주권권력의 횡포와 신자유주의의 가속화로 인해 그 어느 때보다 우리의 실감을 얻고 있다. 돌이켜보면 한국소설사에는 문명과 체계, 법과 질서가 무방비인 자연상태의 야수적인 삶, 원한과 폭력으로 얼룩진 아귀다툼에 대한 비유형상들인 괴물들의 족보가 있었다. 거슬러 올라가면 육식성의 카니발리즘적 비유로 가득 찬 신소설은 근대국가 성립의 열망 이전의 야만적 자연상태를 묘사했으며, 20년대의 신경향파와 최서해의 소설은 극한적인 굶주림과 빈곤을 이야기했다. 비교적 가까운 예로는 국가의 외설적 폭력과 대결한 70~80년대의 수많은 민중문학이 있으며, 90년대 중반을 전후로 해서는 최인석의 도저한 원한과 폭력의 알레고리를 떠올릴 수 있다. 이러한 소설들이 묘사했던 폭력과 광기, 원한과 복수의 삶들은 한 사회가 격렬한 이행과 혼돈스러운 변화를 문화적 매개를 통해 치유하고 다스리고 통합하고자 했음에도 불구하고 드러날 수밖에 없었던 근원적 '적대'를 반영한다. 어떻게 보면 이 소설들이 묘사한 예외상태야말로 우리 시대 한국문학의 지형도를 새로이 그려나갈 수 있는 보편성의 감춰진 토대일지 모른다. 백민석은 현재 한국소설사의 이 괴물들의 족보의 마지막에 위치하고 있는 작가다.

백민석과 그의 아이들이 벌인 체계와의 대결 방식, 괴물 되기, 냉소, 도주, 패륜과 위악의 전복적 서사는 지난 십 몇 년간의 한국소설의 변화된 지형도의 한복판으로 자리 잡아왔으며, 문화의 지도를 바꾸어놓는 데도 큰 역할을 했다. 백민석을 위시, 90년대 중반 이후부터 작품활동을 시작한 일군의 젊은 작가들은 90년대 이후 폭발적으로 증가한 다양한 하위문화로부터 전복적 상상력과 위반의 감수성을 창조적으로 길어올려 사회적 지배와 구속의 짐으로부터의 일탈을 구가하는 한편, 기성문화와 사회에 대해 삐딱한 눈초리를 보냄으로써 체계의 틈새와 모서리를 균열시키는 게릴라적 반란을 시도하기도 했다. 이들의 문학적 도전은 적어도 지금까지 다양하고도 창조적인 실험을 통해 대항문화의 토대를 마련하는 밑거름이 되었다고 평가할 수 있다. 그러나 현재의 시점에서 한국소설의 전복적 감수성과 위반의 상상력은 또 한 차례의 사회적 격변기를 맞아 위기에 처한 것처럼 보인다. 최근의 한국소설의 몇몇 성취에 한정해서 말하면, 그것들은 이제 기성질서와 체계를 위협하는 반란과 도주가 아니라, 오히려 기성질서 자체가 허락하고 용인한 한도 내에서의 반란과 탈주라는 느낌이 더 짙다. 냉혹한 시니시즘 역시 지난 시절의 이데올로기, 역사, 국가, 신, 요컨대 대서사에 대한 의심의 시선과 냉정한 거리두기의 활력을 잃어버리고, 더이상 유일한 진실과 믿음은 없으며 모든 것은 담론적 허구이고 패러디에 불과하다는 수동적 체념으로 귀착되는 것처럼 보인다. 문제는 이 체념이 더이상 아무것도 원하지 않는 것이 아니라, 차라리 원하지 않음 그 자체를 원하는 양상마저 띠게 되었다는 사실이다. 헤겔식으로 말하면, 한국문학의 젊은 세대의 자각적 정신들은 이제 자신에만 몰두하는 데 불과한 비실체적 반성, 또는 반성의 초월상태에 이르렀거나 자신의 개념활동을 억제한 채 본질을 대하는 감정의 역할만을 그저 되살려내고자 할 뿐이다. 이러한 정신의 자기만족은 역으로 정신의 자기 상실도가 어느만큼에 이르고 있는가를 헤아리게 해주는 지표다.

물론 이러한 '느낌 구조'(R. 윌리엄스)는 90년대 중후반 문학의 중심을 이끌었던 젊은 작가들의 최근 작품을 통해 구체적으로 확인 가능한 사실이다. 이들의 반란의 정신에는 허무와 피로의 징후가(김연수, 『밤은 노래한다』), 탈주와 활극의 상상력에는 아이러니적 체념이 엿보인다(김영하, 『검은 꽃』). 가족, 체계, 이데올로기에 대한 위력적인 냉소와 해체는 악무한적인 언어게임의 양상을 띠고 있으며(정영문, 『달에 홀린 광대』), 문화적 아이콘에 대한 애호와 탐닉은 현실이 가상에 불과하다는 허탈감으로 귀착된다(김경욱, 『황금 사과』). 『엽기전』의 가혹한 진실은, 체계에 대항하는 예외적 폭력과 위반은 체계가 지배와 종속의 기능을 원활하게 하기 위해 부과한 카니발리즘에 불과하다는 것이었다. 『러셔』의 구조적 실패는 체계로부터의 탈주가 체계 그 자체의 가속화된 탈영토화의 일부이며, 허구가 현실의 유일한 실제 모습임을 참담하게 일깨웠다. 이제 저항과 탈주의 잠재력을 부여했던 예외와 바깥은 그 자체가 이미 하나의 법과 체계가 되었으며, 탈주는 체계의 변화무쌍한 속성 그 자체가 되어버렸다. 9·11 세계무역센터 공격은 현실이 그 자체로 훌륭한 가상임을 그 어떤 영화보다 탁월하게 보여주었다. 이 '느낌 구조'는 물론 위반과 전복, 탈주, 냉소로 승인되었던 지난날의 문학적 가능성 그 자체에 대한 회의나 절망에서 비롯된 것은 아니다. 그러나 한편으로 이 모든 전복적 가능성을 재코드화하는 자본주의야말로 가장 급진적이라는 브레히트의 모토는 오늘의 상황 속에서 더욱 가혹한 진실로만 느껴진다. 그렇다면 백민석 소설이 일찍이 마주친 위기는 다만 그 자신의 위기만은 아니었던 것이다. 이 위기는 이제 백민석과 동세대의 작가들이 문화에 기댄 저항이라는 막다른 골목을 질주하는 것을 멈추고 자본과 주권의 냉혹한 권력을 다시 정면으로 응시할 때가 되었다는 강력한 신호일 것이다. 그런 의미에서 이 글은 백민석 소설에 대한 이야기인 동시에 그의 소설을 통해 그려본 우리 시대의 '인지적 지도'의 일부다.

미네르바의 올빼미가 근대의 여명을 날아오르기 시작할 무렵, 헤겔은 근대정신의 자기 창조와 부단한 갱신 능력을 일컬어 '부정성을 응시하는 힘'이라고 불렀다. 부정성을 응시하는 정신의 힘은 죽음이나 자기 소멸이 두려운 나머지 단순한 회의로 자신을 보존하려 하지 않으며, 회의의 제스처를 취할 바에야 차라리 총체적인 절망을 선택한다. 우리 세대의 창조적인 문학적 정신에게 신뢰와 더불어 기대를 보내는 의미에서 헤겔의 다음과 같은 금언으로 이 글의 결어를 대신하고자 한다. "정신의 생명력은 죽음을 두려워하는 나머지 그 자신이 파멸되지 않도록 이를 고이 보존하고 간직하기보다는 오히려 죽음을 감내하며 바로 이 죽음 속에서 자기의 생명을 보존하려고 한다. 정신은 오직 갈기갈기 찢기다시피 한 내적 자기 분열을 통해서만 그의 진리를 획득한다. 그리하여 정신이란 결코 부정적인 것을 외면하고 긍정적인 것에만 집착한다거나 또는 우리가 어떤 문제에 대해서 그것이 아무 의미도 없다거나 혹은 거짓된 것이라는 등의 단 한마디 말로써 끝맺음해버린 채 딴 곳으로 고개를 돌리곤 하는 그런 힘일 수도 없으며, 오히려 그것은 부정적인 것을 정면으로 바라보면서 바로 그 부정적인 것에 의지하여 그 속에 머무를 수 있는 힘인 것이다. 이와 같이 바로 그 속에 머무르는 것이야말로 부정적인 것이 존재로 전환되도록 하는 마력과도 같은 것이다."[9)]

9) G. W. F. 헤겔, 『정신현상학 1』, 임석진 옮김, 지식산업사, 1988, 92쪽.

죽음에 이르는 병
— 최수철의 『페스트』를 중심으로

왜 자살인가

최수철의 근작 『페스트』(문학과지성사, 2005)는 텍스트 도처에서 죽음의 장송곡이 울려퍼지는, 죽음(과 삶)이라는 주제를 자살이라는 자줏빛 법복(法服)을 입혀 집요할 정도로 진지하고도 장대한 탐색으로 선보인 장편소설이다. 최근 몇 십 년간의 한국소설을 염두에 둘 때, 이 소설만큼 삶과 죽음의 문제에 대해 그토록 진중한 물음을 제기한 예가 과연 얼마만큼 있을까 할 정도로 『페스트』의 출간이 갖는 의미는 각별하다고 할 수 있다. 멀리 박상륭의 『죽음의 한 연구』(한국문학사, 1975)의 종교적, 신화적 탐구를 예외로 한다면 10여 년 전에 출간된 김영하의 『나는 나를 파괴할 권리가 있다』(문학동네, 1996)에서 작중인물들의 미적 자살의 예가 그나마 손꼽을 수 있을 정도다. 『죽음의 한 연구』의 주인공이 인신(人神)으로 다시 태어나기 위한 제의의 몸짓으로 자살에 가까운 선택을 하고 『나는 나를 파괴할 권리가 있다』의 주인공들이 멀리 가도 변하지 않는 인생을 초월하기 위한 몸짓을 통해 자살을 미적으로 승화시켰다면, 『페스트』의 작중인물들은 그 어떠한 이유나 목적 없이 자살을 선택하고 더러는 그 늪지로 휩쓸려 들어간다. 죽음으로 향하는 그 광경은 놀라움을 주지만, 그것은 제의의 후광이나 미적 아우라 대신에 정밀한 묘사에서 얻어지는 경악에 가깝다. 베르길리우스의 시구를 외우며 한 남자가 계획에 따라 자살로 목숨을 끊는 광경을 카메라-눈의 이동에 따라 정밀하게 담아내는 소설의 첫 장면은 가히 압도적이거니와 작중인물 대부분이 자살로 쓰러져 자취를 감추고 난 뒤 서서히 시체로 변해가는 몸을 빠져나온 주인공 시우의 영혼이 공중에 떠올라 마치 『페스트』의 표지그림인 피터 브뢰겔의 〈죽음의 승리〉의 황량한 풍경과도 같은 무망시(市)를 응시하는 마지막 부분은 허무한 비감마저 자아낸다. 소설의 시작과 끝은 모두 죽음으로 무대화되고 있으며, 서사적 동인 역시 죽음에 의해 강력하게 추동된다. 흥미로운 점은 『페스트』에서 죽음의 양태가 질병이나 사고라는 외적 원인을 동반한 죽음이 아니라 주체의 의지와 선택으로 주어진 생을 스스로 저버리는 자살이라는 사실이다.

『페스트』에서 자살은 어떤 경우에는 작중인물들이 거기에 별다른 이의를 달지 않고 삶을 종결짓는 유일한 선택과 동기로 삼고 있으며, 때로는 주체의 의지와 선택은 아랑곳없이 작중인물들을 돌림병처럼 무차별적으로 전염시키는 특징도 갖고 있다. 작중인물들이 자살에 이르는 동기가 무엇이든 간에 『페스트』에서 자살은 그에 대한 개별적인 선택과 의지를 포함하여 가족으로부터 사회공동체의 범위로 확대, 문제시된다는 점에서 사회심리적 차원을 아우르는 측면이 있다. 자살의 사회심리적 원인에 대한 탐색의 측면에서 『페스트』는 분석적, 지적 개입을 예고한다. 언뜻 눈에 들어오는 것만 적어보더라도 자살과 그와 연관된 사회심리적 문제에 관한 작가의 지적 탐색은 뒤르켐에서 프로이트, 니체, 아리에스에 이르는 철학, 정신분석, 사회학의 저서들, 베르길리우스에서 바로크 화가들을 거쳐, 알베르 카뮈, 체사레 파베세에 이르는 서구문화의 전통에 미치고 있다. 이러한 서브텍스트들은 작중 인물들의 대화와 칼럼, 서술자의 논평에 침전되어 서사의 진행에 버팀목 역할을 하지만, 그것들은 자살의 원인과 분석에 대한 최종적인 답변을 위한 인유에만 그치지 않는다. 그 텍스트들은 환유적으로 끊임없이 미끄러지는 자살의 부재원인(absent cause)에 대한 탐색의 양극단을 오가는 소설적 물음을 더욱 공고히 하기 위해 동원된 장치로 간주해야 한다. 이 점이 작가의 문제의식을 현학적인 담론의 수준에 머무르게 하지 않으면서도 텍스트를 지적인 수준으로 한층 끌어올리도록 만든다. 이러한 문제에 관해서라면 작가의 생각은 엄격하고 분명하다. 소설 외적인 담론을 소설 내부로 끌어들이는 것, 요컨대 빌린 언어나 기성담론, 이미지를 통해 삶과 죽음 그리고 그 경계에 관한 절박한 실존적 물음을 대신하고 바꿔치려는 모든 시도는, 다음의 서술자의 말을 서사적 맥락과 별도로 인용한다면, "생의 중요한 순간을 한 덩어리의 죽은 언어로 찌그러뜨리는 것"이며, "개개인의 절실한 사정"을 "흉내" 내고 거기에 "껍데기 기호"를 씌우는 것에 지나지 않는다.

> 하지만 삶과 죽음이라는 문제의 핵심을 몇 마디로 포착하려는 것은 생의 중요한 순간을 한 덩어리의 죽은 언어로 찌그러뜨리는 것, 혹은 실존적 삶을 불 속에 내던져진 플라스틱처럼 오그라들게 하는 것이 아닐 것인가. 자살자들 개개인의 절실한 사정을 뭉개버리는 그런 말들이 과연 얼마나 효과를 발휘할 수 있을 것인가. 어찌 보면 차라리 자살 행위야말로 지리멸렬한 일상에 최상의 경구로 대응하는 것이 아닐 것인가. 거기에 비해 그들이 찾으려 하는 경구는 단지 경구를 흉내내는 것들, 그리하여 진부함의 늪으로 떨어져버리는 껍데기 기호들에 불과한 것이 아닌가.[1)]

자살을 경유한 삶과 죽음이라는 실존적 문제가 언어의 문제와 밀접하게 연관된다는 점, 다시 말해 삶과 죽음은 그것을 포착하고 재현하려는 언어의 모험과 불가분의 관계라는 사실은 비단 최수철의 작품세계에 어느 정도 익숙한 독자가 아니더라도 충분히 동의할 수 있는 내용이다. 그것은 또한 삶(과 죽음)의 문제에 대한 작가 자신의 윤리적 차원의 물음이기도 하다. 그처럼 인간실존, 언어, 윤리 이 세 가지 차원은 『페스트』 서사의 도입부에서 제기되고 있는 중요한 문학적 질문이다. 그렇다면 이쯤에서 연장된 질문을 던질 필요가 있다. 왜 자살인가. 그것은 자살에서 문제시되는 것이 죽음이 아니라 여전히 삶인가라는 물음과 구조적으로 등가이다.

당연한 말이 되겠지만, 자살은 죽음의 한 수단이자 방편이면서 의식적이든 무의식적이든 간에 주체의 의지와 선택이 최후로 개입되는 삶의 문제이다. 그래서 자살은 성공하여 죽음에 이르더라도 여전히 특정한 종류의 삶의 양태이다. 그리하여 자살은 그것이 삶과 죽음의 문제를 동시에 제기하는 특정한 형식의 삶이라는 점에서 철학자들의 관심을 끌어왔다고도 볼 수 있다. 특히 스피노자는 크게 흥미롭지는 않더라도 자살의 원인에 대해 간단하면서도 중요한 지적을 한 철학자이다. 스피노자에 따르면, 자살하는 사람은 마음이 무기력하여 그 자신의 본성과 어긋나는 외적원인에 전적으로 정복당한 사람이다.[2] 얼핏 평범하게 들리기조차 하는 스피노자의 말을 통해 유추할 수 있는 중요한 진실은 적어도 두 가지다. 첫째, 자살에서 문제가 되는 것은 죽음이 아니라 죽음과 흡사한 가사상태('무기력')를 동반한 삶의 특정한 실존양태라는 것이며, 둘째, 그러한 삶이 그럼에도 삶의 최후로 죽음을 선택하

1) 최수철, 『페스트 1』, 문학과지성사, 2005, 65쪽. 이하 본문에 인용할 경우 괄호 안에 '권수: 쪽수'로만 표시한다.

2) B. 스피노자, 『에티카』, 강영계 옮김, 서광사, 1990, 225쪽.

는 특수한 방식('외적원인')이 존재한다는 것이다. 이 점에 비추어 판단해볼 때, 자살과 죽음에 대한 그토록 수많은 현상학적 스케치에도 불구하고 『페스트』에서 문제삼아야 하는 것은 죽음이 아니라 삶, 그것도 죽음의 양태를 수반한 특정한 종류의 삶이라고 보아야 옳을 것이다. 흥미롭게도 『페스트』 이전에 발표된 소설들을 염두에 두면 최수철 소설이 근래에 들어 앞에서 묘사한 것과 같은 종류의 삶의 문제에 대해 유달리 집중하고 있다는 것은 분명해 보인다. 물론 이때의 삶은 최수철 소설에서 꼼짝할 수 없는 마비 증세와 그로부터 벗어나려는 부단한 활동의 (악)순환의 반복과 충동으로 구조화되어 있는 삶에 가깝다. 다음 장에서 분석할 자신의 중편소설에서 작가는 그러한 삶을 '격렬한 삶'이라고 명명한다.

격렬한 삶

다른 여타의 작품들도 있겠지만 앞서 언급한 삶의 문제에 천착하고 있는 최수철의 소설 중 「격렬한 삶」[3]은 『페스트』의 삶과 죽음의 문제를 함축적으로 예고한다는 점에서 자세한 분석을 요하는 작품이다. 이 소설은 일인칭 화자이자 주인공인 '나'가 자신에게 주어진 시상식(施賞式)을 거부하고 분신과 같은 존재인 옛 친구를 만난 뒤, 한 철로에서 자살을 하기 직전에 자신의 일대기를 거꾸로 필름을 돌리듯 단속적으로 재생하는 방식으로 이야기되고 있다.

"평생 헛것과 싸워왔"으며 남모를 하체마비 증세로 어린 시절부터 고통받던 화자 '나'에게 중요한 사건이자 정신적 외상(trauma)이 될

3) 최수철, 「격렬한 삶」, 『문학과 사회』 2004년 겨울호(최수철, 『몽타주』, 문학과지성사, 2007에 수록). 이하 인용할 경우 본문에 인용부호만 표시한다.

만한 목록은 대략 세 가지 정도로 보인다. 첫째는 중학교 시절 친구들과 수영놀이를 갔다가 다리가 마비되어 익사할 뻔했던 경험, 둘째는 아버지의 수수께끼 같은 죽음과 어머니와의 불화, 셋째는 사귀던 애인과의 결별이다. 오이디푸스적 서사의 구도를 따르는 이 세 가지 사건 또는 정신적 외상은 남모를 나의 육체적 증상의 시작과 맞물려 한층 극대화되다가 나중에는 삶과 죽음의 보편적 문제로 이어진다. '나'의 정신적 외상은 "대외적인 활동을 할라치면, 하체가 극심할 정도로 마비되는 느낌에 사로잡히기 시작"하는 어릴 적의 육체적 증상에서 비롯된다. 서술자에 따르면, 아주 어릴 적 '나'의 머릿속에 살던 심해 물고기의 환영은 어느 날 읽었던 동화의 "거대한 고래"와 비슷하다는 생각을 하게 되었을 때 사라진다. 그러나 그 대신 '나'의 하체마비 증세가 새로 생겨난다. 하체마비 증세는 심해 물고기에 대한 '나'의 공상의 해소라기보다는 그것의 대체증상으로 보이는데, '나'가 자살하기 직전에 있던 호텔의 욕조에서 이 심해 물고기의 형상은 다시 부활한다.

첫째 사건은 하체마비 증세에 대한 '나'의 격렬한 반작용에서 비롯된 것이다. 그것은 "기묘하게 감각적인 충동"이자 "고통과 쾌감이 뒤섞인 아스라한 감각"으로 명명되며, 만일 바다에 빠진 상태에서 일어난 하체마비 증세에 "격렬하게 반응하지 못했다면, 죽었을 수도 있을" 삶의 감각으로 '나'의 기억에 강하게 남는다. 따라서 삶을 살아가면서 겪는 소소한 상처는 만일 "그 상처를 그냥 내버려두었다가 곪기라도 한다면 그 심해 물고기나 마비 증세를 불러올 가능성이 훨씬 높아지는 것이니, 내게 있어서 격렬한 반응이라는 것은 그 상처를 소독하거나 치유하는 행위인 셈"이 된다. 마비가 곧 죽음이라면, 그에 대항할 수 있는 모든 격렬한 감각은 삶에 참여하는 행위로 배치된다. 그리하여 '나'의 "격렬한 삶"은 구체적인 인간관계의 애증, 「격렬한 삶」에서는 부모와의 오이디푸스적 관계를 통해 한층 복잡해진다.

그것은 예컨대 사회적으로 존중받는 위치에 있는 아버지가 밤마다 "빈민들과 창녀들과 부랑자들과 거지들과 깡패들이 모여 있는" "수상한 지역"에서 "그곳 사람들과 어울리고 흥정하고 다투고 하는 동안 해방감을 느끼고 심지어 자주 쾌락을 맛보았을 것"이라는 '나'의 추측, 그리고 "겉으로는 다정해 보여도 실상은 인정사정 보지 않는 여자"로 묘사된 어머니의 아버지에 대한 연민을 가장한 무심함, 세번째로 외가댁에서 "매끄러운 바둑판"과도 같은 싸늘함을 동생과 '나'에게 보낸 어머니에 대한 '나'의 곤혹스러운 반응 속에서 한층 구체화된다. 이 사태를 정식화하면 다음과 같다. 즉 부모라는 타자의 형상은 각각 불가해한 수수께끼 또는 의문 그 자체로 '나'에게 던져지고 있으며, '격렬한 삶'은 어떻게 보면 이 수수께끼에 대해 '나'가 필사적으로 응답하는 행위라고 할 수 있다. 타자의 질문 또는 수수께끼에 직면한 '나'는 나 자신의 자명함을 상실하고 그 결여와 틈새를 매순간 메우지만, 그것이 질문 또는 수수께끼에 대한 명확한 답인지 '나' 자신은 결코 확신할 수 없다. 정신분석은 이러한 사실이야말로 한 개인의 삶을 평생 동안 지배하는 수수께끼임을 누누이 강조한 바 있다. 부모의 수수께끼에 대한 아이의 최초의 응답은 일종의 근원환상(fundamental fantasy)으로 형성된다. 아이는 이 근원환상을 부모의 첫 질문에 대한 그 자신의 최초의 응답이기에 (예를 들면 똥과 같은) 선물로 간주한다. 따라서 근원환상은 타자의 심연과도 같은 질문에 필사적으로 응답하려는 고통스럽지만 즐거운 환상형성물이다. 문제는 이러한 수수께끼가 「격렬한 삶」에서는 이중구속(double-bind)이 되어 자살하기 직전까지 '나'를 꼼짝 못하게 옭아매고 있다는 사실이다. '나'의 '격렬한 삶'에서 빚어지는 온갖 환상, 심해의 물고기, 분신(分身), 뿌리를 수챗구멍 속에 드리운 수생식물 등이 '나'의 치명적인 근원환상의 이형태(異形態)라면, 자살은 그러한 이중구속과 근원환상을 돌파하려는 삶의 한 형식이다. 삶의 형식으로서의 자살이라는 이 아이러니!

「격렬한 삶」에서 '나'의 아버지가 대낮의 상징적 가면 뒤에서 어두운 밤의 쾌락을 '즐기는', 그러다가 불량배에게 "치근거"려 "맞아죽는" '무능한' 아버지의 형상이라면, 어머니는 이에 비해 바둑판과도 같은 명확한 구획, 세상의 법칙, 이른바 '냉엄한' 법과 금지의 형상이라고 할 수 있다. 그것은 어머니 편에서는 즐김에 대한 금지이자 그것을 한계짓는 법이지만, 아버지 편에서는 그러한 금지와 한계의 법을 넘어서는 즐김이기도 하다. 문제는 제삼자인 아이의 편에서 그것은 즐김인 동시에 즐김을 금지하는 법이며, 금지하는 법인 동시에 법을 넘어서는 즐김, 결국 즐김=법이라는 단일한 메시지로 이해된다는 것이다. 즐김=(즐김을 금지하는) 법은 (즐김을 금지하는 법을 넘어서는) 즐김=(즐김을 금지하는 법을 넘어서는 즐김을 금지하는) 법……으로 악순환이 된다. '나'의 마비 증세가 어머니의 금지, '나'의 격렬한 감각이 아버지의 즐김과 따로따로 결합, 배치되는 것이 아니다. '나'의 마비 증세와 격렬한 감각은 타자인 부모가 내게 남긴 일체의 수수께끼(금지이면서 즐김)에 대한 응답의 재배치이다. 이러한 이중구속과도 같은 수수께끼의 고전적인 사례가 '내 명령을 듣지 마라'나 '너를 증오하는 건 널 사랑해서다'와 같은 경우라면, 「격렬한 삶」에서 '나'를 속박하는 이중구속의 형태는 '격렬해져라, 그러면 그 격렬함이 한층 너를 마비시킬 것이다'와 같다. '격렬한 삶'은 '격렬한 감각+마비'의 악순환의 삶이자 삶의 이중구속에 대한 불구의, 그렇지만 필사적인, 응답이다. 그리하여 '나'의 다음과 같은 고백은 소설에서 가장 의미심장하게 들리는 구절이다.

> 살아생전에 나를 가장 고통스럽게 한 건 내 이기심에 대한 자책감이었어. 이기심이 큰 만큼 자책감도 컸지. 이기심이 있으면 자책감이 없거

나, 자책감이 있으면 이기심이 가라앉아야 할 텐데, 그 둘이 항상 공존해 있었어. 내 속에 천국과 지옥이, 삶과 죽음이 함께 들어 있었던 거야. 그런데 역설적이게도 이기심이 삶이고 자책감이 죽음이었어. 그 둘을 내내 함께 끌어안고 있는 나라는 인간은 힘이 엄청나게 센 것이 분명해. 그래서 나는 항상 악마처럼 화가 나 있는 상태였던 거야.(「격렬한 삶」)

여기에서 '나'의 이기심이 이중구속에 맞선 '격렬한 삶'이라면, '나'의 자책감은 이 '격렬한 삶'이 늘 실패하는 데에 대한 무력감으로 해석할 수 있다. 어떻게 보면 '나'의 이기심과 자책감은 죽은 아버지의 삶 속에 이미 내재해 있던 두 가지 삶의 양상, 즉 상징적 세계 이면에서의 즐김의 삶과 그를 통해 드러난 상징적 삶 그 자체의 무능함에 대한 '나'의 일체의 반응이라고도 볼 수 있다. 어머니의 냉랭한 법과 금지는 이미 아버지로 대표되는 상징적 세계 이면의 무력함을 감추던 가면이 겉으로 드러난 모습이라고 보는 편이 옳다. '나'가 아버지의 옷을 어머니에게 입히고 얼굴에 숯검댕 칠을 해서 집에서 쫓아낸다는 구절은 어머니로 대표되는 세계가 아버지로 대표되는 세계에 이미 내재적이며 공(共)의존적임을 드러내는 비교적 약한 단서이지만, 앞의 해석에 대한 증거로 제시하기에는 충분한 예다. 마지막으로 인용한 구절에서 주목할 만한 것은 '내 이기심에 대한 자책감'이 천국과 지옥, 삶과 죽음의 공존이라는 문제로 전치되어 있다는 사실이다. '내 이기심에 대한 자책감'이라는 이중구속의 상태를 동반하는 '격렬한 삶'은 이제 삶과 죽음이 공존하는 상태를 막연하게 지칭하기보다는 그 둘이 배치되는 특정한 삶의 형태나 개념으로 명확히 구체화되어야 한다. 비록 그 삶이 "최악의 시뮬레이션"으로 허망하게 끝나더라도 말이다.

죽음에 이르는 병

「격렬한 삶」에서 삶은 마비 증세에 대한 격렬한 반작용, 감각의 강화를 통해 극복되는 듯하지만, 그것은 더 큰 흥분과 쾌락을 통해서 불쾌를 억누르려고 하는, 결코 끝나지 않는 반복적인 시도만을 강화할 뿐이다. 소설에서 '나'는 심지어 잠들어 있을 때조차 깨어 있을 때와 마찬가지로 동일한 감각과 운동을 지속하고 있다. '나'는 꿈을 꾸지만 그 꿈은 흔히 이해되듯 욕망의 찌꺼기들을 승화시키는 소망충족의 회로로 기능하지 않으며 오히려 꿈속에서 현실로 깨어나는 것이 차라리 나은, 두렵기까지 한 그 무엇이다. 어떻게 보면 이러한 삶은 격렬함을 더 큰 격렬함으로 대체하고 그때 찾아오는 일시적 안정이 다시금 불안의 원인이 되는 식의 악순환의 구조에 끼어 있다고 말할 수 있다. 이때 불안은 주체가 살아 있다는 확신을 강하게 느끼도록 만드는, 어떠한 종류의 격렬함을 필요로 하는 위기들과 예외적인 상황들을 통해서 일시적으로 진정되지만 더 큰 불안과 고통을 알리는 신호이기도 하다. 정도의 차이는 있지만, 『페스트』에서 일방적인 무기력과 나태함, 수동성에 잠긴 작중인물들을 찾기란 의외로 어려운 형국이다. 작중인물들은 오히려 매우 활동적이며 무망시를 휩쓰는 페스트와도 같은 자살충동에 대한 방어시스템을 구축하기 위해 더할 나위 없이 분주하게 움직인다. 그들은 마치 유행병과도 같은 자살사태가 아니었더라면 그러지 않았을 것처럼 이러한 기이한 사태에 대해 그 원인을 묻고 분석하며 처방을 내리는 갖가지 방법을 고안하는 데 전력을 기울인다. 그들은 「격렬한 삶」의 표현을 빌리면, 매우 열정적이고 그 어느 때보다도 이 비상사태에 집중해 있으며, 한마디로 '격렬하다'. 그러나 그들 대부분은 속수무책으로 자살사태 앞에서 무방비로 노출되어 있다.

그렇다면 도대체 그들을 자살로 이끌도록 만든 것은 무엇일까. 이들의 '격렬한 삶'에서 그 단서를 찾지 못한다면, 사태의 진정한 원인은 그 어디에도 없다고 말해야 한다. 그렇기 때문에 『페스트』의 초반부에서 작중인물들은 자살의 원인을 외부에서 찾는 데 주력하기도 한다. 『페스트』에서 자살에 동원되는 온갖 수식어구, '천재지변' '악마의 보따리' '신종 바이러스' '모종의 독' '악(惡)'과 같이 질병을 연상시키는 일련의 은유들은 자살을 자연재해나 독성이 있는 물질에 의한 감염처럼 외래적 질병으로 묘사하고 있는 한편 이 질병에 감염된 인물들은 "파리지옥이나 끈끈이주걱 같은 식충 식물의 몸통 안에 한 마리 날벌레"(1: 322) 등으로 비유되고 있다. 그러나 질병의 외부적 기원을 찾는 이러한 행위조차도 실제로는 자살의 원인 찾기에 대한, 자살의 원인이 실제로는 철저하게 작중인물들과 그들이 속해 있는 인간관계나 시스템과의 관계 내부 바로 거기에 있다는 진실에 대한 일종의 방어형성으로 착상된 것이라고 보아야 옳을 것이다. 그것은 『페스트』의 작중인물들 중 한 명인 임서상이 문주, 유열과 대화하면서 꿈에 대해 "우리는 현실의 문제 앞에서 거기에 상응하는 꿈을 꾸면서 벗어나려 하는"(1: 123) 것이라고 정의하는 데서도 그 단서를 찾을 수 있다. 그들이 깨어나고 싶어하는 이 꿈은 프로이트가 『쾌락원칙을 넘어서』에서 말한 것처럼 전쟁체험을 겪은 군인들에게 나타나는 외상성 신경증처럼 환자를 경악 속에서 잠에서 깨도록 만드는 충동과 같은 구조로 이루어져 있다. 만일 이 꿈이 주는 불쾌가 자아가 받아들일 수 있는 흥분의 양의 정도를 넘어서, 다시 말해 쾌락원칙의 지배를 넘어 자아를 강하게 압박하는 경우 자아는 불쾌가 "안에서가 아니라 밖에서 작용하는 것처럼"[4] 그것을 다뤄 정신의 평형추를 세우려고 한다. 정신분석에서 보통 '투사(projection)'라고 부르는 이 메커니즘은 『페스트』의 초반부, 집

4) 지그문트 프로이트, 「쾌락원칙을 넘어서」, 『쾌락원칙을 넘어서』, 박찬부 옮김, 열린책들, 1997, 41쪽.

단적 차원에서 일어나는 자살사태에 대해 작중인물들이 마치 자신의 일이 아닌 것처럼 관망하는 태도에서도 공통적으로 발견된다. 그러나 이러한 거리두기, 관찰자의 태도는 그리 오래가지 못한다. 『페스트』에서 입체적 인물군에 속하는 자살예방센터 OSP 직원인 시우와 동호, 무량제약회사의 성수, 시립병원 정신의학센터의 기형, 작가 서상 등은 『페스트』의 서사가 진행되면서 각기 자신의 외상적 과거와 조우하거나 현재의 자살사태나 자살유혹을 받고 있는 다른 작중인물들에 깊숙이 연루된다.

「격렬한 삶」의 주인공 '나'를 끝내 자살로 이끌었던 그 낯선 충동은 『페스트』의 시우와 같은 작중인물들의 삶 한가운데에도 마찬가지로 가로놓여 있다. 한 여자의 음주운전을 단속하는 경찰과 시비를 벌이는 그에게 불현듯 "뭔가에 자신을 강하게 밀어붙이고 싶은 충동과 흡사한 간절하고 강력한 욕구"가 일어난다. "그것은 일종의 자기파괴 충동처럼 그를 두렵게 하는 것이었으나, 그 두려움보다 더욱 강력한 힘으로 그를 붙들고 놓아주려 하지 않았다."(1: 33) 『페스트』는 자신의 내부에 존재하면서도 흡사 외부적 힘처럼 시우와 같은 작중인물을 강하게 밀어붙이는 이 섬뜩하고도 이질적인 충동에 맞서거나 저항할 수 있는 또 다른 종류의 힘은 거의 존재하지 않는 것처럼 보인다. 마치 그에 대항하는 "균형시스템"(1: 206)은 처음부터 붕괴되었다는 듯이. 기형의 냉정한 임상분석, 서상의 글쓰기나 죽음을 무대화하는 전광판시설 운영, 유열의 봉가산 캠프촌의 히피적 축제는 각기 다른 방식으로 삶과 죽음이 공존하는 이 무망시를 휩쓰는 자살공격 앞에서 속수무책이 되며, 장신수 목사의 '우란강 기도회'나 혜강 스님의 선적(禪的) 체험과 설법 모두는 일종의 종교적 집단체험을 통해 자살사태를 막아보려는 시도이지만, 마찬가지로 허망하게 끝나고 만다. 『페스트』에서 자살은 미적인 자살도 대의를 위한 자기희생의 제스처도 아니다. 자살을 무대화하려는 미적 승화의 노력도, 자살의 원인에 대한 상징적 대속행위도, 신경증을 더 큰 신경증으로 대체하려는 종교적 명상법도 모두 실패한다. 가수 유열은 죽음에 대한 수많은 노래를 작사 작곡해 부르지만 그 자신도 자살하고 말며, 작가 서상이 자신의 글로 이 전염병과도 같은 자살사태에 대한 방어막으로 전광판을 설치하여 죽음을 무대화하는 와중에 일종의 희생제의를 벌이지만, 그것 역시 실패로 끝난다. 자살자들의 유품을 수집하는 데서 만족을 얻고 그것만이 "죽음을 넘어서 삶 속에 머물러 있게 하"는(1: 163) 유일한 길이라고 주장하는 컬렉터 이장호의 불쾌한 행위만 『페스트』에서 활개를 칠 뿐이다. 이장호의 유품 수집은 무망시의 자살사태에 기생하고 그것을 역으로 정당화하고 부추긴다는 점에서 도착적이다.

『페스트』에서 남성 작중인물들이 대개 방어적 측면에서 페스트와도 같은 자살의 유행에 대해 맞선다면, 여성 작중인물들은 자살의 증상을 삶과 죽음이 오가는 한복판에서 직접 앓고 있다. 서상의 여자친구인 여성작가 도옥이 자살하기 직전에 남긴 글들과 헬렌에 대한 기형의 임상적 진단에서 볼 수 있는 "살아 있는 죽음의 상태"(1: 264), "살아 있는 시체"(1: 272), "정신적인 목 졸림"(1: 287)과 같은 문구나 "살되 살아 있는 것이 아니고, 죽되 죽은 것이 아니다"(1: 278)와 같은 구절은 지금까지 이 글에서 문제삼았던 삶의 형식, 『페스트』의 한 구절을 빌리면, "살아 있음의 속성"(1: 278)에 대한 보다 명확한 정의이다. 산주검(living dead)의 상태, 이것은 『페스트』의 작중인물들이 자살의 유혹에 접어들면서 느꼈던 어떤 낯선 충동에서 연유한다. 그러나 이러한 충동을 자살의 직접적 원인과 동일시해서는 안 된다. 오히려 이 산주검과도 같은 마비상태가 자살로 나아가는 마지막 한 걸음에 보다 가깝다 해야 할 것이다. 『페스트』에서 산주검의 상태는 오히려 앞서 설명한 낯선 충동에 대한 강렬한 방어, 자살에 대항하려는 부단한 활동과 그러한 활동이 가져오는 마비 증세의 결합이다. 『페스트』에서 이 산주검의 상태는 유정과 함께 신혼여행을 떠났다가 자살한 동호가 친구 시우에게 보낸 유서에서 언급된 "우울증"의 속성과도 매우 흡사하다. 그는 죽음에 대한 비장감을 통해 자신을 사로잡는 병을 치유하고자 하지만, 그것이 치유가 아닌 일시적인 마취임을 잘 알고 있다. 동호는 "나는 우울증을 이겨낸 나를 술로 포상한다"(1: 329)라고 말한다. 술은 우울증에 대한 마취제이며 동시에 그가 벌이는 통음난무가 그렇듯 흥분제이기도 하다. 그럼에도 동호의 고백에 따르면 이 "우울증은 결코 나를 죽이지 않는다. (……) 나는 결코 죽을 수 없는 것이다. 영생의 저주를 받은 것처럼"(1: 339~340). 우울증은 「격렬한 삶」의 '나'를 사로잡았던 마비 증세와 그로부터 벗어나려는 부단한 활력이라는 끝없는 배치의 반복 또는 이중구속에 대한 다른 명칭이다. 어쩌면 『페스트』의 작중인물들을 진정으로 괴롭히는 것은 죽음이나 자살이 아니라, 죽고 싶지만 죽을 수 없는 이 현재가 앞으로도 변화 없이 지속될 것이라는 저주의 필연적인 느낌, 키르케고르가 '죽음에 이르는 병'이라고 불렀던, 필멸(必滅)이 아니라 불사(不死)에 대한 회피할 수 없는 확신일지도 모른다.

'격렬한 삶' 너머의 삶

『페스트』의 자살은 일차적으로는 삶의 구조적 문제이지만, 한편으로는 그러한 삶을 둘러싼 시스템에서 나온 문제이기도 하다. 『페스트』에서 흥미로운 점은 그토록 수많은 시신들과 죽음들이 도처에 널려 있지만, 산주검의 상태에 놓여 있는 환자들이 있는 이른바 '감화원'의 존재가 단적으로 예증하는 것처럼, 죽음에 대한 애도행위가 거의 이루어지지 않고 있거나 있다 하더라도 대개는 실패한다는 사실이다. 정상적인 애도가 불가능한 상태, 다른 말로 하면 그것은 상징적 법이나 효력이 더이상 현상태를 조정하기가 불가능한 예외상태(state of exception)이며, 그런 점에서 무망시는 소설의 표현을 응용하면 '비상시(非常時/市)'라고 이름 붙일 수 있다. 이때 예외상태 또는 비상시는 무법과 폭력의 혼란상태라기보다는 한 사회나 공동체를 조율하는 일체의 상징적 기능이 중지하거나 그러한 기능이 무기력한 것으로 판명되고 마는 사태로 이해할 필요가 있다. 그것은 자살예방센터 OSP에서 무망시 전체에 이르기까지 수많은 제도와 기관들이 페스트와도 같은 자살의 유행을 막지 못하는 현실의 단적인 징후에 대한 언급을 넘어선다.

상징적 법 또는 수행적 능력이 효력을 상실한다는 점은 「격렬한 삶」에서 상징적 가면 이면에 무능함과 은밀한 즐김을 동시에 지녔던 과거 '나'의 아버지의 모습에서도 이미 암시된 바 있다. 그것은 한편 현재 '나'의 모습이기도 하다. 상징적 역할을 감당할 수 없었던 아버지의 무능력이 '나'에게도 반복되는데 구체적으로 그것은 '나'의 시상식장에서 재현된다. 「격렬한 삶」의 모든 이야기가 '나'에게 주어진 시상식을 받아들이지 못하는 사건의 전후에 배치되었다는 것은 그런 점에서 의미심장하다. '나'는 갑자기 찾아온 격렬한 감각과 마비 증세로 인해 고통스러워하다가 자신을 축하하러 온 한 친구에게 모욕을 가한 후 시상식장에서 뛰쳐나가고 만다. 시상식은 결혼식이나 공직임명 등과 마찬가지로 사회적 승인, 그리고 그에 따른 책임을 주체가 떠맡고 행동할 것을 약속한다는 점에서 수행적 발화(performative utterance)를 포함하는 상징적 의식이라고 할 수 있다. 예를 들면 결혼식은 '이제 당신들이 부부임을 선포합니다'와 같은 수행적 발화로 완성되며, 그 문장은 '앞으로 당신들은 부부로 함께 살아야 합니다'라는 책임감 있는 행위를 함축하고 전제한다는 점에서 상징적 의식의 대표적 사례다. 그런데 「격렬한 삶」에서 일어나는 것은 정확히 그 반대, 이른바 '상징적 위임의 위기(a crisis of symbolic investiture)'라는 사태다.[5] 흥미로운 것은 시상식 바로 직전에 '나'에게, 어머니를 버렸다고 '나'를 비난하며 죽어가는 아버지와 바둑을 두는 어머니의 모습, 요컨대 '나'에게 심적 외상이 될 만한 장면이 자동적으로 떠올랐다는 사실이다. '나'를 비난하는 아버지와 '나'에게 냉담한 어머니, 다시 말해 냉담한 어머니를 극복하려는 '나'를 또다시 비난하는 아버지, 즉 이중구속으로 아이를 옥죄는 이러한 부모의 가혹한 형상, 초자아적 측면은 이미 앞에서도 수차례 언급하고 분석한 바 있다. 어떻게 보면 '상징적 위임의 위기'는 아이로 하여금 정상적 현실로 나아갈 수 있도록 안내하는 상징적 타자의 몰락이라는 점에서 오이디푸스의 위기라고도 달리 말할 수 있다. 그 위기는 『페스트』에서 재차 반복된다. 「격렬한 삶」의 가족로망스는 『페스트』에서 시우의 가족로망스로 재등장하며,[6] 「격렬한 삶」의 '상징적 위임의 위기'는 『페스트』에서는 동호가 결혼식이 끝나고 신혼여행을 간 곳에서 자살하는 것으로 재연된다.

어떻게 보면 상징적 위임의 위기나 오이디푸스의 위기라고 불렸던

---

5) '상징적 위임의 위기'는 19세기 말을 살았던 정신증자이자 대법관이었던 다니엘 파울 슈레버(Daniel Paul Schreber)의 자서전을 분석하면서 비평가 에릭 샌트너가 고안한 개념이다. 샌트너는 슈레버가 법관으로 임관될 때, 즉 아버지=법이라는 상징적 역할을 주체가 떠맡아야 할 바로 그때에 정신증이 발병했으며, 그 사건으로 슈레버의 우주적 망상의 내러티브가 시작되었다고 말한다. 상징적 위임의 위기는 법의 수행적 힘 또는 상징적 현실의 효력이 중단되는 예외상태의 발현이며, 그것은 언어라는 상징으로 이루어진 현실세계를 감당할 수 없는 주체에게 상징적 현실을 대체할 정신증적 환각과 망상을 가져온다. Eric L. Santner, *My Own Private Germany: Daniel Paul Schreber's Secret History of Modernity*, Princeton, N. J.: Princeton University Press, 1996, pp. 26~27. 프로이트는 망상증의 사례로 슈레버의 자서전에 대단히 흥미를 보였다. 지그문트 프로이트, 「편집증 환자 슈레버—자서전적 기록에 의한 정신분석」, 『늑대인간』, 김명희 옮김, 열린책들, 1996 참조.

6) 시우의 가족로망스에서 "죽음이 목전에 있음을 항상 잊지 마라"(2: 129)라고 경고한 아버지는 시우에게 자살놀이를 시연하다가 나중에는 실제로 자살하고 만다. 어린 시우에게 아

것은 자살행위의 의미론적 체계가 변화하는 과정과 맞물린다고도 볼 수 있다. 지난 시절, 자살은 『죽음의 한 연구』에서처럼 자기희생적 제스처를 통해 타자에게 보내는 주체의 마지막 구원신호가 되거나 드물게는 『나는 나를 파괴할 권리가 있다』에서처럼 죽음을 아름답게 가꾸는 미적 실존의 형식으로 승화되었다고 볼 수 있다. 그러나 『페스트』에 와서 자살은 더이상 타자를 향해 던지는 숭고한 메시지도 자신을 고양하는 미적 승화도 아니며, 오로지 자살의 당사자인 자기 자신만을 수신자인 타자로 삼고 있어 거기서 나와 타자의 구분은 결정적으로 파괴되고 만다. 서상이 도옥의 글을 옮겨놓은 구절을 인용하면, 이러한 자살에는 "비극성은 있으나 숭고함이 결여되어 있"으며, 이것이야말로 "현대의 자살이 가지는 속성이다. (……) 충동성이 숙명성을 대신해버렸다. 오존층이 뚫리듯 인간의 정신을 온전히 유지시키던 시스템에 문제가 생긴 것이다"(2: 338). 『페스트』의 자살이 시스템의 문제라는 것은 이쯤 되면 거의 확실하다고 볼 수 있다. 『페스트』에서 자살행위는 한 가지 예를 더 들면 현대의 면역학에서 중요하게 취급하는 자가면역질환과도 매우 닮아 있다. 자가면역질환은 생명체가 거의 자살적인 방식으로 스스로 자기 자신의 면역체계를 파괴하려고 애쓰는 행위로 정의할 수 있다. 그것은 "자신의 '고유한' 면역성에 대항하여 스스로를 면역시키려고 애쓰는 낯선 행위"이다.[7] 자가면역질환은 무망시에서 벌어지고 있는 자살이 인간 내부의 실존적 문제일 뿐만 아니라 삶, 죽음

버지의 자살은 설명할 수 없는 죄책감과 다음과 같은 이중구속의 수수께끼의 형태로 남는다. "자기는 그렇게 죽었으니 너는 살아남아라. 그런 거였을까? 아니면 그렇게 죽을 수밖에 없는 한을 내게 남기고자 했던 것일까?"(2: 131) 아버지가 자기 자식과 경쟁하는 '상상적 아버지'라는 점은 다음 구절에서도 재차 확인 가능하다. "아버지야말로 어린아이에 불과했어."(같은 쪽) 인용한 구절은 모두 시우가 자신의 치명적 분신과 대화한 내용의 일부다. 시우의 분신은 되돌아온 섬뜩한 아버지의 형상이다. "나는 네가 되어 내 인생을 처음부터 다시 사는 거다"(1: 178)라는 아버지의 생전의 예언은 분신의 출현으로 완성된다.

과 같은 실존의 구조, 시스템 또는 배치의 문제라는 것을 이해하는 데 도움을 준다. 과연 『페스트』 후반부에서 자살에 대항하던 대부분의 작중인물들이 자살을 한 이후에 시우의 여자친구 명인이 '면역'이라는 어휘를 사용하며 시우에게 한 다음과 같은 말은 사태의 핵심을 찌른다.

> 언젠가부터 멜랑콜리는 이미 우리의 일부가 되어버렸어요. 그렇다면 이제는 멜랑콜리와 더불어 살며 그것의 힘으로 싸움을 벌여야 하는 건지도 몰라요. 멜랑콜리야말로 이 세상의 뻔뻔스러움과 싸우는 힘이 될 수도 있다는 말이지요. 이런 세상에서 어떻게 멜랑콜리에 빠지지 않을 수 있단 말인가요. 물론 우울증이 감미로운 것만은 아니에요. 때로 흉포해져서, 자포자기적인 공격성을 불러일으키지요. 하지만 그건 우리가 우울증을 고약한 병이라고 생각해서 기피해왔기 때문이에요. 그러나 이제는 달라요. 오히려 멜랑콜리 같은 병든 마음이 선이고, 마음의 병에 애초에 면역이 되어 있는 상태가 악이라고 할 수 있어요. 그 악이 멜랑콜리를 더 나쁘고 치명적인 것으로 바꿔버리고 있어요. 그래서 이제 내게는 약한 마음, 병든 마음으로 일어나는 군대가 천사의 군대예요. 그 군대가 세속적인 약육강식의 원칙을 뒤집고서 진부한 현실을 이기고 죽음을 극복할 수 있게 해줄 거예요.(2: 360)

면역반응은 '자기(自己)' 세포에 낯설고 이질적인 바이러스가 들어올 때 감염된 세포를 죽이고 거기에서 추출한 바이러스를 항체로 자기

---

7) 자크 데리다·지오반나 보라도리 대담, 「자가-면역, 실재적이고 상징적인 자살」(지오반나 보라도리, 『테러 시대의 철학』, 손철성·김은주·김준성 옮김, 문학과지성사, 2004, 174쪽). 계속해서 자가면역은 "살아 있는 유기체가 잘 알려져 있듯, 간단히 말해 자기 자신의 면역체계를 파괴함으로써, 자신의 자기보호에 반(反)하여 자기를 보호하는 작용"으로 정의된다. 이 책에서 철학자 자크 데리다는 자가면역이라는 생물학 용어를 오늘날 테러리스트의 자살공격과 그에 맞서는 미국의 선제공격의 구조에 대응해서 설명하고 있다.

화하는 것이 보통이다. 만일 이런 반응이 자기 자신에게 일어난다면 체내는 자기에 대한 항체로 가득 차게 되어 마침내 서로가 서로를 죽이는 사태에 이를 것이다. 여기에는 자기와 타자의 구별은 존재하지 않으며, 자기 동일성을 고수하는 행위는 오히려 자기에게 치명적인 위협을 가한다. 『페스트』로 돌아가보면 시우와 분신의 만남은 자기 세포와 자기에 대한 항체의 만남과 조목조목 상응한다. 분신은 나를 닮거나 나와 유사한 또다른 타자가 아니다. 분신은 나를 다른 것으로부터 구별할 수 있는 최소한의 차이조차 지니지 않은 타자이다. 역설적으로 나는 나와 같은 것 속에서 절대로 나를 인지할 수 없다. 내가 나 자신과 절대적으로 동일하다는 사실은 오히려 나의 동일성의 상실을 가져온다.[8] 시우는 아버지의 죽음에 대한 바닥 모를 죄의식이 역설적으로 분신을 키워왔으며, 이제 그 죄의식을 버릴 때가 왔다고 생각한다. 그것은 목숨, 자기동일성을 담보하더라도 죽어 있되 죽지 않은 아버지와 시우 자신을 죄의식으로 묶었던 필연성의 속박에서 벗어나는 첫걸음이다. 명인의 말은 멜랑콜리, 즉 내 안의 낯선 타자성을 나의 동일성을 고수함으로써 중화하려는 무모한 시도도, 이 멜랑콜리가 나와 구별 불가능한 나 자신이 되어버리도록, 곧 자가면역이 되어버리도록 나의 동일성을 포기해버리는 행위도 아니다. 명인이 한 말의 핵심은 멜랑콜리라는 타자성을 외부 그 자체로 긍정하고 그를 통해 죽음의 유혹에 대항하라는 것이며, 그 이외는 전부 속임수라는 것이다. 그 속임수가 명인을 따라다녔던 '그'의 메멘토 모리(memento mori, 죽음을 기억하라)이다. "지금까지 내가 너와 동행하고 있었기 때문에 네가 살아남을 수 있었다는 걸 잊지 마"(2: 374)라며 분신이 시우에게 가한 마지막 협박 역시 고쳐 쓰면 '죽음이 살아 있다는 사실을 기억하라'이다. 이제 '죽

8) 알렌카 주판치치, 『실재의 윤리』, 이성민 옮김, 도서출판*b*, 2004, 344쪽.

음을 기억하라'는 명인과 시우에게 '죽음이 이미 죽어 있었다는 사실을 기억하라'라는 말로 수정해야 할 때가 온 것이다. 그렇게 볼 때 죽음에 대한 치명적 애착으로 묶였던 시우와 명인의 구원 불가능성은 오히려 가능성의 빛, 조건이 된다. 어떻게 보면 진정한 사랑 또는 구원의 제스처는 죽음이라는 이 절대적인 타자성 또는 죽음충동을 소유한 단독자들의 우연적 만남을 긍정하는 일에서 시작되는 것인지도 모른다.

『페스트』의 결말은 부정신학이 중세의 페스트에 대해 그랬듯이 은총에 대비되는 종말론적 저주로 자살을 자연화하는(naturalize) 양상을 보인다. 시우의 죽음은 마치 페스트의 감염에 의한 것처럼 자연사로 처리되며, 그의 얼굴을 쓰다듬는 명인에 대해 서술자는 그녀가 "페스트에 감염된 것을 알았다"(2: 384)라고 서술하고 있다. 서술자마저 죽음의 응시에 감염된 것처럼 『페스트』의 대단원은 시우의 영혼이 폐허가 된 무망시와 자신의 몸을 천천히 내려다보는 장면을 끝으로 막을 내린다.

이제 이 글의 정신분석적, 철학적 탈선을 마무리지어보도록 하자. "보라, 산 자와 죽은 자는 얼마나 똑같은가. 죽음은 아무 힘도 없다."(2: 390) 『페스트』의 이 마지막 언어들은 어떤 대상을 더이상 지시하지 않고 의미도 없이 제자리에서 텅 빈 울림만을 자아내는 듯하다. 프리드리히 횔덜린이 "몇몇 낟알이 잃어 없어지고 말씀에서/살아 있는 소리가 사라진"(「파트모스」) 것으로 묘사한 것과 흡사한 이 낯선 느낌은 『페스트』의 언어가 죽음이라는 실재에 격렬히 맞서 자신의 의미를 소진해버려 흡사 껍질만 남은 듯한 형상의 텅 비어버린 언어라는 데서 온다. 따라서 『페스트』에서 그려지고 있는 모든 위기는 수행적 힘이 중지된 언어 전체의 위기로 치환할 수 있다. 『페스트』의 마지막 언어가 지금까지 이야기한 '격렬한 삶'을 넘어서는 또다른 삶의 가능성을 타진하는 단서가 될 수 있는지는 그리 확실해 보이지 않는다. 자살이라는 죽음의 부름에 필연적으로 휩쓸려 들어가는 것을 넘어서, 서로에게서 죽음의 신호를 알아보고 그 우연한 만남의 의문에 사랑으로 응답하려는 움직임, 죽음의 호명을 넘어서는 사랑의 호명, 죽음의 송수신(送受信)을 넘어선 사랑의 응답가능성(responsibility). 그것은 페스트라는 저주에 맞서 작가와 독자들 모두가 앞으로 고구(考究)해야 할 구원의 문제이다. 『페스트』에서 자주 인용되는 바로크 작가들, 화가들의 해골 알레고리는 언제나 구원과 부활의 징표였다. 『페스트』는 죽음의 소설이지만, 한편으로는 구원의 소설인 것이다. 여기서 이 글은 끝나지만 지금까지 스케치해온 '격렬한 삶'의 너머를 이제는 조심스레 재배치해 볼 수 있지 않을까. 다시 키르케고르가 말했던 것처럼, 절망하는 자는 결코 죽지 않으며 절망, 곧 '죽음에 이르는 병'은 언제나 삶으로 전환될 수 있기에.

문학 없는 문학을 위하여

'기원'과 '종언' 사이의 문학에서……

누군가 어떤 일을 막 새롭게 시작하려는 때에 그 일의 효용과 목적이 다했다는 소리를 듣는 일은 충격은 아니더라도 당혹스러운 경험이 될 만하다. 최근 가라타니 고진(柄谷行人)의 '근대문학의 종언'이란 테제를 접하고 난 뒤의 첫 느낌은 그런 것이 아니었을까 싶다. 물론 이 느낌은 문학저널리즘의 전파력을 탄 '종언(終焉)' 또는 '종말'이라는 어휘가 강하게 환기하는 묵시록적 분위기로부터 연유했다고 볼 수도 있다. 그렇지만 앞서의 어떤 당혹스러움을 공유하고 그것을 진지하게 취급하는 사람들도 적지 않으리라 판단된다. 이 글은 그러한 사람들과 생각의 공통감과 차이를 나누는 자리가 될 것이다.

공교롭게도 가라타니의 '근대문학의 종언'이 문학비평계보다는 저널리즘에서 먼저 주목을 받았다는 사실은 흥미롭다. 2000년 서울국제문학포럼에 참가, 발제를 맡은 가라타니는 별도의 언론대담을 통해 '일본문학은 끝났다'는 요지의 발언으로 세간의 주목을 받은 적이 있다. 그의 발언은 2003년, 그가 재직하고 있던 긴키 대학의 강연으로 처음 구체화되었고 이듬해 '근대문학의 종말'이라는 제목으로 국내 문예지에 번역, 소개되었다. 「근대문학의 종말」을 읽은 독자라면 대부분 그러했겠지만 무엇보다 그 글에서 인상 깊었던 대목은 일본문학뿐만 아니라 한국문학도 끝났다는 가라타니의 선언일 것이다. 최근에 「근대문학의 종말」을 수정, 가필한 글이 '근대문학의 종언'[1]이라는 제목이 붙은 단행본에 표제작으로 실리면서 가라타니의 테제는 이제 한국문학계에서는 더이상 회피할 수 없는 담론으로 취급되지 않을 수 없게 되었다. 강연 원본과 수정한 판본 사이에 내용상 중요한 차이가 있지는 않지만, 원본이 근대문학의 종언이라는 테제에 비중을 둬 강조했다면, 수정본은 근대문학의 종언의 구체적 현상으로 근대소설 또는 소설가의 역할을 부각시켰다고 볼 수 있다. 그렇지만 공통적으로 '문학을 떠나서 생각하라'는 「근대문학의 종언」의 결말은 끝과 종말을 연상시키는 자극적인 담론으로 수용되었다가 이후에는 문학은 끝났다는 허탈감과 무기력함, 그리고 그에 대한 반작용을 불러일으켰고 이를 둘러싼 논쟁적 분위기는 여전히 진행중이다. 그렇지만 '근대문학의 종언'은 단순히 저널리즘의 어휘로만 해석되지 않는다는 점에서 세심한 비평적 검증을 요구한다. 더군다나 최근의 시와 소설을 비롯해 2000년대 한국문학의 지형도가 급격하게 바뀌는 시점에서 제출된 '근대문학의 종언'의 테제는 작가나 비평가라면 누구나 한 번쯤은 숙고하지 않을 수 없는 이 시대의 문화적, 문학적 묵시록이다. '근대문학의 종언'은 오늘날 어떤 이들에게는 박물관에 보존될 법한 어휘로 치부될 이데올로기의 종언, 역사의 종언 등의 '대서사의 종말'과 동일한 계열에 속하면서

1) 가라타니 고진, 「근대문학의 종말」(구인모 옮김, 『문학동네』 2004년 겨울호); 『근대문학의 종언』(조영일 옮김, 도서출판*b*, 2006). 이하 본문에 인용할 경우, 출처는 조영일의 번역본 쪽수만 괄호 안에 표시한다.

도 앞의 것들보다 시기상 뒤늦게 출현했지만, 대서사의 종말에 대한 논의를 재검토하도록 유도한다는 점에서 흥미롭다. 최근에 한 비평가는 이러한 점에 초점을 맞춰 가라타니의 「근대문학의 종언」에 대한 강력한 비판적 독해를 제기하기도 했다.[2)]

공교롭게도 가라타니 비평이 출현했을 당시와 현재의 파급효과는 10년 단위의 문학사 기술방법과 세대론 논의에 익숙한 한국문학의 지형도를 돌이켜보게 만든다는 점에서 상징적인 측면이 있다. 일본에서는 25년의 격차가 있지만 국내의 번역출간 시기를 기점으로 잡는다면 『일본근대문학의 기원』(일본 1980/한국 1997)과 『근대문학의 종언』(일본 2005/한국 2006) 사이에는 정확히 10년의 간격이 있다. 짐작 가능하듯 가라타니 책의 표제에서 우선 주목해야 할 것은 기원과 종언이라는 두 개의 어휘이다. 10년의 시차(時差)를 둔 그 어휘들은 일단 시작과 끝을 상정한다는 점에서 한 편의 내러티브를 상상하도록 만든다. 그러나 『일본근대문학의 기원』을 읽어본 독자라면 짐작할 수 있듯이 가라타니가 말하는 '기원(origin)'은 사물들의 유래와 최초의 발생지점을 뜻하는 것이 아니라 오히려 그것들의 시작(beginning)을 은폐하고 자명하게 간주하도록 하는 특정한 권력 작용과 이데올로기적 결과를 지칭하는 개념에 가깝다. 가라타니식의 설명에 따르면 문학, 특히 일본 근대문학은 보통 근대문학을 구성하는 필수적인 요소라고 알려진 내면적 자아, 풍경, 리얼리즘을 선험적 이치로 간주하지만, 실제로 그것들은 메이지유신 이후 자유민권운동으로 향하던 리비도가 그 대상을 잃어버리고 개인의 내부로 향했을 때 발생한 것이다. 그것이 일본 근대문학의 '시작'이다. 그리고 더 나아가 일본 근대문학은 홋카이도 점령과 그로부터 연유되는 한반도의 식민정책을 은폐하는 미적 표상이

2) 황종연, 「문학의 묵시록 이후—가라타니 고진의 「근대문학의 종언」을 읽고」, 『현대문학』 2006년 8월호.

된다. 일본 식민정책의 시작인 홋카이도의 발견은 역사가 소거된 풍경의 발견이며, 그리고 그 숭고한 풍경을 고독하게 바라보는 내면적 인간의 발견이었다고 가라타니는 기술한다. 가라타니의 언급이 비단 일본 근대문학에만 해당되는 사실이 아니라는 점은 분명하다. 근대문학이 미학 이데올로기이며 네이션이라는 상상된 공동체(imagined community)를 형성하는 데 상당 부분 기여했다는 논리는 적어도 『일본근대문학의 기원』의 독자라면 누구나 다 아는 사실이다. 그런 측면에서 가라타니가 말한 기원은 시작이 아니라 기원의 시작이며, 종언은 내러티브의 끝이 아니라 끝의 재확인, '종언의 종언'이다. "기원이라는 것은 끝에서 발견된다" "기원을 쓰게 된 것은 바로 그것이 끝나가고 있었기 때문"[3]이라는 가라타니의 회고는 그런 맥락에서 이해되어야 한다.

그러나 다른 무엇보다도 『근대문학의 종언』을 바라보는 관점에서 『일본근대문학의 기원』을 돌이켜볼 때 먼저 말해야 하는 것은 문학이 이데올로기라거나 제도적 파생물이라는 이제는 익숙해진 환원론의 재청이 아니다. 가라타니의 주장에서 가장 핵심적으로 숙고해야 할 것은, 그리고 이 글의 주제와 관련되어 명심해야 할 명제는 문학이 전적으로 우연의 산물이라는 진실이다. 그리고 문학이 우연의 산물이라는 것, 그것의 필연성을 심사숙고하는 작업이야말로 앞으로의 문학행위가 감당해야 할 몫이라고 보아야 한다. '새로운 문학의 미래를 위한 제언'이라는 타이틀의 각론을 언급하기 전에 한 외국인 비평가의 근대문학의 종언을 문제삼으려고 하는 것은 가라타니의 글이 최근의 한국문학을 다른 각도, 그의 표현을 빌면 다른 시차(視差, parallax)를 통해 보기 위한 필수불가결한 우회로로서 검토될 만한 가치가 충분히 있기 때문이다. 이 글은 가라타니의 논지의 타당성 여부를 검증하는 자리라

3) 가라타니 고진·세키이 미쓰오 대담, 「아이러니 없는 종언」, 『근대문학의 종언』, 180쪽.

기보다는 그의 발언들 중에 주목할 만한 것들과 스스로 부딪쳐 최근 한국문학에서 쟁점이 될 만한 문제를 부각시킬 예정이다. 근대문학의 종언이라는 어휘가 2000년대 한국문학에 시사하는 바는 문학을 구성하는 중요한 세 축인 세계, 주체, 그리고 이들이 조우하는 교량인 상상력에 근본적인 형질변화의 징후들이 발생하고 있다는 것이다.

세계—동물의 왕국 이후의 세계

현재 한국문학의 상황에 비추어볼 때 「근대문학의 종언」에서 가장 도발적이며 논란을 불러일으키는 대목은 다른 무엇보다도 한국문학이 대사회적 영향력을 급격히 잃어가고 있다는 현상에서 가라타니가 근대문학의 종언을 실감했다고 말하는 부분일 것이다. 지금은 해산되었지만 2002년 당시 일본에서 NAM(New Association Movement)운동을 한창 진행중이던 가라타니는 한국 방문중에 『녹색평론』의 주간인 비평가 김종철을 만난다. 최근의 한국문학이 개인적이며 정치적인 문제까지 한꺼번에 떠맡던 역할을 저버리고 스스로를 협소한 영역에 가뒀기 때문에 문학을 그만두었다는 김종철의 발언에 가라타니는 적극 공감하면서 근대문학의 종언을 확신하게 된다. 물론 한국문학에 대한 그의 의견이 몇 가지의 경험적 사실에 기대고 있다는 측면에서 손쉽게 비판할 수는 있다. 예컨대 "그후에 알게 된 사실은, 내가 1990년대에 만났던 한국의 문예비평가 모두가 문학에서 손을 떼었다는 것입니다. 한국의 비평가는 단순히 평론을 쓰는 것뿐만 아니라, 잡지를 편집하고 출판사를 경영하는 사람이 많았습니다. 그들이 일제히 그만둬버린 것입니다"(49쪽)와 같은 가라타니의 추정이 난센스에 가깝다는 것은 이론(異論)의 여지가 없다. 그러나 이러한 경험적 오류가 내포된 진술이 근대문학의 종언에 담긴 핵심적인 주장을 무화시킨다고 보기는 어렵다. 경험적 근거에 기대어 가라타니가 말하는 근대문학의 죽음을 문학이 사라졌다는 탄식 어린 주장으로 받아들이거나 근대문학 이후의 문학인 포스트모던문학이 시작되었다, 또는 우쭐대는 방식으로 한국문학은 어떤 방식으로든 여전히 건재하다는 식으로 호도하는 행위는 가라타니가 주장한 사안의 핵심을 이해하지 못하는 무능의 표출이거나 사태를 부인하기 위한 호구지책에 불과하다. 근대문학이 끝났다는 것은 단적으로 말해 근대문학이 그 소기의 목적을 달성했다는 의미에 불과하다. 예술의 종말에 대해 성찰한 미술비평가 아서 단토의 말을 빌리면, 문학이 그 끝=목적(end)에 도달했다는 진실과 그 이후에도 문학이 여전히 존재한다는 사실 사이에는 어떠한 논리적 모순이나 비일관성도 존재하지 않는다.[4]

근대문학의 종언이 역사의 종말과 같은 알렉상드르 코제브식의 헤겔주의적 내러티브에 의존하고 있다는 점은 흥미롭다. 가라타니가 예로 들고 있는 코제브의 역사의 종말은 헤겔이 말했듯이 "예술은 이미 지나간 과거의 것"[5]이라는 예술의 종말이나 나폴레옹 1세의 예나 점령을 절대지의 완성이라고 하는 세계사의 종말처럼 구체적 현실을 지칭한다기보다는 "철학적으로 반성된 형태"(72쪽)이다. 『탐구』와 같은 철학적 저작에서 반향되는 가라타니 특유의 헤겔주의 비판에 익숙한 독자가 볼 때 「근대문학의 종언」은 가라타니 비평(critic)에 내재하는 이율배반(antinomy) 또는 시차의 증거처럼 보이기도 할 것이다. 실제로 「근대문학의 종언」에서 근대문학은 끝났다는 헤겔의 목적론적 서사와 함께 주목해야 하는 것은 "역사의 반복"(86쪽)이라는 그의 가정이다.

4) 아서 단토, 「예술의 종말 이후 30년」, 『예술의 종말 이후』, 김광우·이성훈 옮김, 미술문화, 2004, 76쪽.

5) G. W. F. 헤겔, 『헤겔 미학 1』, 두행숙 옮김, 나남출판, 1996, 40~41쪽.

그 예로 가라타니는 메이지 36년의 작품인 오자키 고요의 『금색야차』가 재현하는 상업자본주의적 세계가 오늘날 거품경제 붕괴 이후의 일본의 금융자본주의의 현실에 훨씬 부합한다는 식의 설명을 하고 있다. 에도 후기의 유곽문화에 기초한 고요의 '스이(粹)'를 비판한 기타무라 도코쿠의 연애가 근대문학의 중요한 출발점이었다면 역사의 반복이라는 한 바퀴 회전을 거친 다음 오늘날 일본에서 다시 만나는 사태는 '자신을 비싸게 팔 수 있다'는 어떠한 이상도 갖지 않는 노골적 스노비즘인 것이다. 역사의 반복도 역사의 종말과 마찬가지로 본래 세계사에 대한 헤겔 특유의 반성적 성찰의 결과로, 얼핏 보면 그 둘은 전혀 상반되는 것처럼 보인다. 그러나 적어도 「근대문학의 종언」에서는 역사의 반복은 동일자의 기계적 회귀와 같은 순환사관이라기보다는 역사의 종말 이후의 세계상에 대한 가라타니의 비평적 진단에 가깝다는 점에서 역사의 종말과 그리 배치(背置)되는 개념은 아니다. 그렇다면 문학은 영원하지 않다는 진술을 가능하게 한 세계가 어떠한가에 대한 성찰을 요청하는 것이 급선무이다.

"문학이 영원하다고 생각한 시대가 있었던 것은 왜일까, 그리고 그것이 사라졌다는 것이 무엇을 의미하는지를 잘 생각해볼 필요가 있습니다. 그것은 우리가 어떤 시대에 있는가를 생각하는 것이기 때문입니다"(44쪽)라는 가라타니의 주문은 현단계의 한국문학, 예컨대 2000년대 젊은 소설가들의 세계 이해와 일정 부분 부합하는 측면이 있다. 그것은 코제브가 관찰한 역사의 종말 이후 일본적 스노비즘(snobbism)의 세계에 대한 가라타니식의 평가로, 타인에 대한 욕망, 곧 인정욕망밖에 남아 있지 않은 세계이다. 비평가 황종연이 세심히 관찰한 것처럼, 가라타니의 코제브 독해는 일본적 스노비즘의 공허한 형식적 부정성을 아메리카적 생활양식, 즉 부정성이 소거된 동물적 사회의 하위항목으로 취급하는 독해의 오류를 범하고 있다. 또한 코제브가 헤겔을 인용하면서 강조한 것, 즉 동물적 요구로부터 인간을 구별짓고 인간을 주체로 만드는 창조적 부정성의 활동을 소홀히 취급하는 측면도 있다. 더 나아가면 코제브식 역사철학이 과연 오늘날의 전 지구적 현실에 부합하는지 의심스러운 대목도 적지 않다.[6] 먼저 가라타니가 오독했다고 여겨지는 코제브의 말을 복원하면 이렇다. "〔일본에서는—인용자 첨가〕 생생한 스노비즘이 '자연적' 또는 '동물적'인 소요를 부정하는 규율을 만들어내고 있었다. (……) 그러나 집요한 사회적 경제적 불평등에도 불구하고, 일본인은 모두 예외 없이 완전히 형식화된 가치에 기초하여, 즉 '역사적'이라는 의미에서의 '인간적'인 내용을 모두 잃은 가치에 기초하여 현재를 살아가고 있다."[7]

이에 비추어볼 때 가라타니가 말하는 근대문학의 종언 이후의 문학은 이제는 공허한 가치밖에 남지 않은 인간적 내용을 형식적으로 세련되게 반복하는 오락거리, "아이들 장난"(52쪽)에 불과하게 된다. 코제브가 『헤겔독해입문』의 수정판에서 이야기한 것처럼 "역사가 끝난 이후 인간은 새가 둥지를 틀고 거미가 망(網)을 치듯이 대전당과 예술작품을 지을 것이고, 개구리와 메뚜기 모양으로 음악을 합주할 것이며, 어린 짐승처럼 놀 것이고 어른 짐승처럼 사랑에 몰두할 것이다".[8] 그러나 방금 인용한 코제브의 구절의 번안에 가까운, 역사의 종언 이후의 문학에 대한 가라타니의 판단은 작금의 한국문학의 관점에서 볼 때 최소한 형식과 내용이 부합하지 않는 측면이 있다는 점에서 재론의 여지가 있다. 물론 그의 진단처럼 근대문학 이후의 문학(형식)이 "'주체'나 '의미'를 조소하고, 형식적인 언어적인 유희에 몰두하는"(73쪽) 오락이

6) 황종연, 「문학의 묵시록 이후」, 207쪽.
7) 알렉상드르 코제브, 「코제브의 일본주석」. 인용한 글은 가라타니 고진, 『언어와 비극』(조영일 옮김, 도서출판*b*, 2004) 175~176쪽에 해당 부분이 번역되어 실려 있다.
8) 황종연, 「문학의 묵시록 이후」, 206쪽에서 인용.

되었다고 간주할 수 있는 문학적 사례가 없는 것은 아니다.[9] 그러나 가라타니가 말한 스노비즘의 세계(내용)도 과연 그러한지에 대해서는 조금 더 따져봐야 한다.

주체—주체화 이전의 주체

국가와 같은 공동체는 공포에 대한 두려움 때문에 세워진다는 홉스의 명제, 전쟁과 테러와 같은 예외상태가 점점 더 정상과 규칙이 되어 간다는 벤야민의 전언은 전 세계적으로 볼 때 제국적 주권권력의 횡포와 경제적 신자유주의의 가속화로 인해, 국내적으로 볼 때는 이러한 세계화의 여파인 IMF 이후의 장기적 불황과 부익부빈익빈의 사회적 양극화현상, 가속화되는 계급 간의 첨예한 갈등 등으로 인해 그 어느 때보다 절실함을 얻고 있다. 조르조 아감벤은 헤겔철학의 부정성에 대한 바타유와 코제브의 논쟁에 주목하면서 후기자본주의의 첨단의 소비사회를 지칭하는 '동물의 왕국', 또는 코제브식의 '인간의 동물화'는 그 뒷문으로 만인이 만인에 대해 늑대가 되는 잔인한 홉스적 세계를 불러들인다고 말한다.[10] 과연 인간의 동물화나 스노비즘은 베버가 말한 '관리되는 세계'를 대가로 치르고 푸코가 말했던 생체정치(biopolitics)의 개방을 예고하는 측면이 적지 않다. 마르크스의 비유를 빌리면, 코제브-가라타니의 스노비즘은 관념론처럼 두 팔로 땅을 거꾸로 짚고

---

9) 무라카미 하루키의 소설(『노르웨이의 숲』)에 대해 비평가 유종호가 표명한 위화감과 우려는 근대문학의 종말의 국내판 버전이라고 할 만하다. 유종호, 「문학의 전략—무라카미村上 현상을 놓고」, 『현대문학』 2006년 6월호.

10) Giorgio Agamben, *The Open: Man and Animal*, trans. Kevin Attel, Stanford: Stanford University Press, 2004, p. 12.

서 있는 형국이다. 그도 그럴 것이 최근 2000년대 한국소설에 한꺼번에 등장한 반휴머니즘적 캐릭터들인 산주검(undead)이나 시체들(편혜영), 야수와 축생에 가까운 인간들(백가흠, 손홍규), 맹목적인 자동인형과 반(反)오이디푸스적 아이들(박형서)은 실로 역사의 종언 이후의 '최후의 인간', 행복을 발견했다고 말하면서 안락사를 꿈꾸는 왜소한 벼룩의 형상의 정반대 극단에 위치해 있다. 아감벤은 후기자본주의와 제국권력 아래의 관리된 삶의 새로운 정치적 주체는 신체 또는 헐벗은 삶(bare life)이라고 말한다. "그 신체가 개인들의 모든 신체들로부터 형성되는 〔홉스적〕 리바이어던"은 "신민·주체(subject)의 신체가 죽임을 당할 수 있는 절대적 가능성"에 대한 비유형상인 것이다.[11] 신체가 관리되고 처분되는 사육장과 실험실(편혜영), 폭력이 유일한 법인 고립된 섬과 마을(백가흠), 가족삼각형이 붕괴되는 잔혹극장(박형서)은 그러한 리바이어던의 축소판이다. 물론 아감벤식의 부정신학적 진술에 과장된 측면이 있더라도, 그것이 코제브-가라타니가 예견하고 확증한 세계상의 전도된, 참담한 진실이라는 점은 부정하기 쉽지 않다.

최근 한국소설에서 볼 수 있는 극단적 반인간주의의 재현은 코제브-가라타니가 상정한 부정성의 끝을 보여주는 형식적 유희의 산물이라고 보기엔 어렵다. 오히려 그것은 부정성이 극단화되는 지점, 인간과 동물, 문화와 자연 간의 잃어버린 고리를 체현하는 순수한 부정적 주체의 출현을 예고한다. 서구문화의 예를 들면 이미 계몽주의의 시작에는 그것을 부정하려는 강한 움직임이 순간 반짝였다가 사라진 흔적들이 적지 않게 널려 있다. 철학사의 상식에서 볼 때 계몽주의의 인간관은 흔히 자율성을 중심으로 설명되지만, 그 시대는 디드로와 달랑베르 등의 백과전서파들이 활동하던 극단적 유물론의 시대였다. 인간의 자

11) Giorgio Agamben, *Homo Sacer: Sovereign Power and Bare Life*, trans. Daniel Heller-Roazen, Stanford: Stanford University Press, 1998, p. 125.

율성이 최대한으로 칭송되고 있을 때 그 유물론자들은 인간의 자율성이란 한낱 기계장치의 움직임에 불과하다고 말했다. 열정은 최고의 무심함과 등가이며, 가면은 맨얼굴이었다. 과연 『프랑켄슈타인』(1818)의 괴물이나 드라큘라, 보캉송의 자동인형들, 계몽군주 프리드리히 대왕의 사육장에 있던 늑대아이 등은 인간진보에 대한 믿음을 확신하는 계몽주의의 시작에 그 도저한 파국을 예고하자마자 사라져버린 순수주체, 또는 영도(零度)의 주체다. 근대문학의 종언이 문학행위의 존속과 어떠한 모순도 일으키지 않는 것처럼 인간(human)의 종말은 해변의 모래사장에서 인간이라는 이름이 파도에 의해 씻겨 지워진다는 뜻에서 탈주체화가 아니다. 작금의 한국문학의 어떤 지류는 분명 자연과 문화, 동물과 인간의 연결고리를 자연스럽게 가정하고 신뢰하는 계몽주의의 오래된 믿음에 강력하게 이의를 제기하기 시작했다고 보아도 무방하다.

한편 가라타니의 테제에서 또하나 흥미로운 사실은 근대문학을 담당한 첫 세대의 에토스를 입신출세주의의 시도와 그 좌절의 양가성에서 찾고 있다는 점이다. 베버식 논법으로 말하면 서구의 자본주의정신은 신에 의한 구원 여부가 불확실한 상태에 처해진 루터나 칼뱅의 내적 인간(inner man)의 금욕적 에토스와 불가분하게 얽혀 있으며, 한편 이러한 내적 인간과 금욕적 에토스의 자양분을 토대로 근대소설이 배태되었다. 이에 비해 일본은 물론 중국과 한국을 포함한 동아시아 문화권에 속했던 입신양명(立身揚名)의 관념은 근대성을 형성하는 전통이 되어 오늘날의 입신출세주의로 재구성되었으며 그것이 근대문학의 출현을 가능하게 한 에토스가 된 것이다. "근대문학은 역으로 입신출세가 잘 되지 않을 때, 헛되다고 여겨질 때"(76쪽) 출현했다는 가라타니의 관찰은 모리 오가이의 「무희舞姬」나 후타바테이 시메이의 『뜬구름』이라는 작품을 근거로 하고 있으며, 실제로 앞의 두 작품을 읽어보면 그에 대한 가라타니의 주장이 매우 설득력 있다는 것을 알 수 있다. 그런데 가라타니에 따르면 최근 일본의 현실과 그를 지탱하는 입신출세주의의 에토스는 세계화의 흐름에 따른 사회시스템의 격변화로 인해 사라지고 있으며, 입신출세주의의 영향력이 감소함에 따라 그로부터 영양분을 공급받던 문학의 지형도도 바뀌고 있다. 한마디로 말하면 "입신출세코스로부터 탈락하고 배제됨으로 생겨나는 근대문학의 내면성, 르상티망"(78쪽)이 더이상 없어졌다는 것이다. 그러나 그러한 변화가 나쁘지 않은 현상임을 인정하면서도 그것이 동시에 "문학 따위를 하지 않아도"(78쪽) 좋은 이유가 되는지는 재고해볼 필요가 있다. 문학을 떠나서 생각하라는 가라타니의 발언은 문학 외적인 현실을 염두에 둔 것이다. 그러나 그 발언은 동시대의 문학행위도 겨냥하고 있다는 점에서 여전히 문학비평적 발언이다. 그는 타인에 대한 욕망밖에 남아 있지 않은 스노비즘적 현실에서의 문학에 대해, 물론 일본의 젊은 비평가들을 염두에 둔 표현이지만, "강한 자의식은 있지만 내면성이 전혀 없"(73쪽)다고 꼬집는다.

그렇지만, 가라타니의 의견을 십분 인정하고 나서라도 내면=원한(ressentiment)과 결별하면서 동시에 강한 자의식 또는 타인에 대한 욕망만 남은 문학 이외의 것은 상상할 여지가 없는 것일까. 그러한 예를 적극적·실증적으로(positively) 상정하기는 쉽지 않지만 근대문학의 내면성을 구성하는 주요한 파토스인 원한이 90년대 중반의 한국문학의 주요한 상상력과 맺었던 연관을 간략하게나마 짚는 편이 생산적이다. 원한, 또는 그에 대한 니체식의 정의인 '실제적 복수의 상상적 벌충행위'가 갖는 문제점은 주체와 세계를 구별짓고 세계에 대한 상상적 복수와 냉소를 극대화하면서 자아의 지고성(至高性), 절대성을 사물화했다는 점에 있지 않다. 그러한 것이라면 그것을 오히려 지난 90년대 이후의 한국문학이 도달한 주요 성과로 인정하는 편이 옳다. 정작 원한, 상상적 복수 또는 오이디푸스적 부친살해의 문제점은 주체를 가해자인 타자의 '수동적인' 희생자로 만들면서 자신이 그 타자와는 별개의 존재임을 호소하려는 주체의 '능동적인' 기만행위에 있다. 그렇기 때문에 타자가 아니라면 호소의 수신자는 도대체 누구인가라는 질문은 불필요하고도 어리석은 질문이다. 수신자는 언제나 타자다. 주체는 다른 누구도 아닌 바로 그 가해자 타자에게 호소하고 또한 그로부터 최종인준을 받아야만 온전한 희생의 주체로 구성된다. 그렇지만 최근의 젊은 소설가들의 어떤 작품들에는 상처와 아픔을 자양분 삼아 자기(自己)를 키우지 않으려는 비상한 주체구성의 노력이 엿보인다. 태어나면서 자신을 연민하지 않는 법을 배웠다고 말하는 김애란 소설의 명랑한 화자, 갑갑하게 반복되는 사막 같은 일상 속에서 미세한 기적과 삶의 경이로움을 이끌어내는 강영숙, 윤성희 소설에서의 비술(秘術)과 마법의 주인공들, 그리고 비루하고 누추한 인생들을 내려다보며 위무하는 박민규 소설의 유머러스한 동물들과 이기호 소설의 능청스런 화자 등은 울분 섞인 원한으로부터 주체를 구성하려 했던 지난날 한국문학의 오래된 관습이 좀처럼 상상하기 어려웠던 주체의 탄생을 예감케 한다.

상상력—체셔 고양이의 붉은 웃음

가라타니는 근대문학의 종말은 근대사회에서 문학이 가졌던 사회적 역할을 더이상 수행할 수 없게 되었다는 것뿐만 아니라 "소설 또는 소설가가 중요했던 시대가 끝났다는 것"(44쪽)이라고 말한다. 가라타니가 근대소설의 위상을 점검하기 위해 칸트의 미학과 상상력의 논의로부터 출발하는 것은 본원적이다. 물론 가라타니를 참조하지 않더라도 감성론이 칸트에 이르러 미학의 영역으로 독자적으로 개척되었다는 것은 주지의 사실이다. 칸트에 와서 중요해진 것은 "감성·감정이 지적·도덕적 능력(오성이나 이성)과 밀접하게 연결되어 있다는 것, 그리고 그들을 매개하는 것이 상상력이라는 사고가 등장"(50쪽)했다는 것이다. 계속해서 가라타니의 말을 들어보면, "이것은 이제까지 감성적 오락을 위한 단순한 읽을거리였던 '소설'에서, 철학이나 종교와는 다르지만, 보다 인식적이고 실로 도덕적인 가능성이 발견되었다는 것이기도"(51쪽) 하다. 그렇다면 근대문학의 종말이라는 사태는 문학이 이전에 가졌던 도덕적, 정치적, 인식론적 기능을 더이상 감당하지 못하고 칸트 이전의 감성의 세계, 즉 오락으로 후퇴한다는 것을 뜻한다. 최근의 일본문학이 에도시대의 요미혼(讀本), 닌조본(人情本)으로 돌아가는 것이라는 가라타니의 진단은 그러한 사태를 염두에 둔 것이다. 그렇지만 근대문학의 종말을 인식 및 도덕의 후퇴와 그에 대한 감성의 절대적 우위로만 승인해도 괜찮은 것일까. 만일 진선미를 매개하는 상상력의 기능에 근본적인 기어변속이 일어난 것이라면 어찌할 것인가.

칸트, 그리고 그와 동시대인인 콜리지의 공상(fancy)과 상상력(imagination)의 구분을 포함해 칸트 이후의 서구미학 또는 근대소설의 근간을 지탱한 상상력은 구성적, 매개적, 종합적 능력에 가까웠다고 볼 수 있다. 그것은 주체의 무한한 활동성을 신과 같은 위치와 동격으로 보고 대상을 장악하는 직관과 그것을 분석하고 종합하는 능력이다. 따라서 콜리지는 상상력을 "무한한 신 안에서 영원한 창조행위를 유한한 마음속에서 반복하는 것"이며, 그것은 "재창조하기 위해 녹이고 퍼뜨리고 흐트러뜨리며 또는 그 과정이 불가능할 때에도 여하튼 간에 늘 이상화하고 통일하기 위해 노력한다"고 쓸 수 있었다.[12] 가라타니도

12) 제임스 엥걸·월터 J. 베이트 편저, 『콜리지 문학평전』, 김정근 옮김, 옴니북스, 2003, 453쪽.

언급하는 사례이지만, 근대소설이 네이션의 미학적, 도덕적, 정치적 기반을 마련했던 일은 상상력에 관한 칸트의 논의에 빚지고 있다. 근대소설이나 근대문학을 이끌어온 상상력의 유력한 전통이 그 효력을 다했다는 것은 어쩌면 애석한 일처럼 보인다. 그러나 최근 칸트에 대한 급진적 독해 중 인상적이면서도 계발적인 어떤 논의는 근대소설 이후 또는 근대미학 이후의 상상력의 새로운 원천을 탐색하기 시작한다는 점에서 주목을 요한다. 슬라보예 지젝이 칸트의 어법을 빌려 '초월적 상상력'이라고 명명하고 재해석한 그것은 정의하자면 "어떤 유기적 전체의 일부로서만 유효하게 존재하는 것을 하나의 분리된 존재자로서 취급하는 '분해활동'으로서의 상상력"[13]이다. 그것은 마치 『이상한 나라의 앨리스』에서 체셔 고양이가 웃고 난 다음, 고양이의 신체가 사라지더라도 홀로 존속하는 '고양이 없는 웃음'과 비슷하다. 지젝은 청년 헤겔이 '세계의 밤'이라고 부른 구절을 종종 인용한다. "인간은 이러한 밤이며 모든 것, 즉 무한히 다양한 표상들과 상들의 풍부함을 자신의 단순성 속에 포함하고 있는 공허한 무이다. 이 다양한 표상들과 상들 중 어떤 것도 인간에게 곧바로 〔직접적으로〕 떠오르지는 않으며, 현재하는 것으로 존재하지도 않는다. 이와 같은 것이 밤이자 여기에 실존하는 자연〔본성〕의 내면으로서, 순수자아(reines Selbst)이다. 환영으로 가득 찬 표상들 속에서 상은 밤 주변을 맴도는데, 여기에서는 핏빛의 얼굴이 갑자기 나타났다 사라지고 저기에서는 또다른 하얀 형태가 갑자기 나타났다 사라지곤 한다. 그러나 우리가 〔순수자아를 지닌〕 인간을 주시하고 생산적일 수 있는 밤 속을 주시하게 되면, 우리는 이 밤의 정체를 간파하게 된다. 세계의 밤이 한 인간의 배경으로 걸려 있

13) 슬라보예 지젝, 『까다로운 주체』, 이성민 옮김, 도서출판*b*, 2005, 55쪽. 초월적 상상력을 통해 한국문학의 새로운 지형도를 모색한 글로는 이현우, 「지젝과 함께 한국문학을 읽다」(『문예중앙』 2005년 가을호) 참조.

다. 이 밤 속에서 존재자는 복귀된 상태에 있게 된다. 그러나 이 위력의 운동도 정립된다."[14]

지젝의 설명에 따르면 칸트가 주안점에 둔 상상력은 직관에 의해 다양(현상)을 한데 모으려는 노력이라는 점에서 구상력에 가깝다. 그렇지만 칸트가 놓치고 말았던 것, 청년 헤겔이 강조했던 상상력의 새로운 면모는 '상상력의 폭력'이다. 상상력의 폭력은 상상력 그 자체의 폭력이자, 또한 이성이 상상력에 제약을 가하는 폭력으로 나눌 수 있다. 앞 단락에서 인용한 헤겔의 구절을 빌리면, 상상력은 이쪽에서 "핏빛의 얼굴이 갑자기 나타났다 사라지고" "저기에서는 또다른 하얀 형태가 갑자기 나타났다 사라지"는 무수한 이미지들의 폭탄세례이다. 또한 상상력은 이러한 이미지들의 광란이 이성의 제약에 의해 최대한 극단화되지만 그 종합에서는 우울하게 실패할 수밖에 없는 부정적 능력이기도 하다.[15] 이러한 초월적 상상력에서 주체는 세계의 밤 속으로 물러난 광기와 우울, 비인칭의 '순수자아', 세계는 이미지들이 찢겨지고 분해되어 날뛰는 혼돈의 밤이 된다. 더 정확히 말하면, 순수자아는 세계의 밤, 세계의 밤은 순수자아와 합치되어 구별 불가능해진다. 이미지가 곧 '나'가 되고 '나'가 곧 이미지다. 이쪽에는 춤추는 원숭이와 구름을 흔드는 웃음소리가 있다면 저쪽에는 눈물바다인 토끼와 하늘에 걸린 체셔 고양이의 얼굴이 있다. 어느 쪽이든 무수한 세계인 만큼 무수한 나이며, 무수한 내가 곧 무수한 세계다. 어느 쪽으로 가든 둘 다 미친 짓거리, 광기이다. "언제나 그렇듯, 왼편은 원숭이 오른편은 토끼/이쪽은 춤추고 저쪽은 눈물바다지/어느 쪽으로 가도 상관없어 어차피 양쪽 모두 미친 것들이니까/구름을 흔드는 웃음소리,/하늘에 걸린 체셔 고양이의 얼굴"[16]

---

14) G. W. F. 헤겔, 『헤겔 예나 시기 정신철학』, 서정혁 옮김, 이제이북스, 2006, 84쪽.
15) 슬라보예 지젝, 『까다로운 주체』, 76쪽.

이제 새로운 상상력과 더불어 예술은 더이상 주체를 빌려 말하지 않으며, 예술 스스로 주체가 된다. 따라서 예술이자 주체인 '나'는 언제나 비인칭 주어이며, '나'의 말은 곧 선언이 된다. 예술은 선언(manifesto)이다. 최근의 한국시에서 볼 수 있는 초월적 상상력의 잠재성과 현행화를 황병승의 위 시구는 참으로 뛰어나고도 간명하게 보여준다. 흔히 미래파라고 지칭되는 일군의 젊은 시인들의 시작활동과 그에 따른 서정시의 정위를 둘러싼 논쟁과 논의 들이 계속되고 있지만, 전체적으로 볼 때 그 논의들은 반복적이라기보다는 생산적이라고 판단된다. 공교롭게도 황병승, 유형진, 김민정 등의 젊은 시인들의 시작(詩作, 始作)에서 루이스 캐럴의 『이상한 나라의 앨리스』와 (붉은 웃음만으로 남겨진) 체셔 고양이의 얼굴이 공통적으로, 마치 선언처럼 한꺼번에 출현하고 있는 사태도 적잖은 흥미를 자아낸다. '여장남자 시코쿠'(황병승) '모니터킨트'(유형진) '검은 나나'(김민정) 등은 선언의 주체다. 그들의 '나'는 인칭이면서 동시에 비인칭이다. 그들의 시와 시적 주체에 대해 시인 강정이 명명한 바 있는 '자폐적 이기성'은 이들 시작행위에 내재한 유아론적이면서 폐쇄적인 특징에 대한 부연이라기보다는 새로운 미적 실천의 부산물이라고 보아야 옳다. 초현실주의 선언과 같은 아방가르드 미학의 전언에서 자주 접해왔던 그 언표 형식은 '나, (새로운) 예술이 말하고 있다'이다. 탈주체적, 몰주체적으로 보이기조차 하는 이들 시인들의 시작행위에서 도리어 하나의 강렬한 주체성이 엿보이는 까닭은 그 때문이다.

---

16) 황병승, 「Cheshire Cat's Psycho Boots_7th sauce—여왕의 오럴 섹스 취미」, 『여장남자 시코쿠』, 랜덤하우스중앙, 2005, 71쪽.

……문학으로—믿음 없는 믿음

가라타니는 『트랜스크리틱—칸트와 마르크스 넘어서기』에서 칸트의 시차적(視差的) 관점에 대해 설명한다. 칸트에 따르면 본래 사물을 판단하고 구별짓고 개념화하는 인간오성에는 광학적 기만이 필연적으로 내재해 있다. 예를 들면 내가 자신의 목소리를 직접 들을 때와 테이프리코더에 녹음된 내 목소리를 들을 때 미세하지만 환원 불가능한 최소 차이가 있다. 테이프에 녹음된 내 목소리가 아무래도 자신의 목소리 같지 않다는 낯설고 불쾌한 느낌, 즉 '타인의 시점'에서 나를 생각하는 것이 바로 시차적 관점이다. 한국문학이라는 제도와 문단관행에 입사하면서 문학행위를 시작하는 젊은 문학인에게 문학행위는 그에 대한 회의와 갈등만큼이나 신뢰와 사명감 또한 요구한다. 이 글을 시작하면서 조우한 근대문학의 종언의 회의론이 준 당혹감은 그런 종류의 것이다. 회의주의로 가득한 「근대문학의 종언」은 지젝이 『트랜스크리틱』 영문판 서평에서 지적한 가라타니 비평에 내재한 이율배반의 긴장감이 소거된 측면이 없지 않지만, 여전히 2000년대의 한국문학의 입장에서는 반드시 마주해야 하는 반성적 거울상, 시차적 관점임에는 분명하다.

「근대문학의 종언」을 시작하면서 가라타니가 인용한 사르트르의 "문학은 영구혁명 안에 있는 사회의 주관성이다"라는 문장은 가라타니가 근대문학의 종언을 확신하기 위해 동원된 구절이더라도, 가라타니의 주장과는 별도로 2000년대를 출발한 한국문학의 잠재적 가능성이자 현행적 진실이기도 하다. 본래 사르트르의 명제는 근대문학이 여타의 중세적 이데올로기의 질곡으로부터 해방되고 새롭게 대두되던 부르주아 계급에도 타협하지 않았던 짧은 시기에 순수한 부정성, 절대적 부정성을 구현한다는 연장선상에서 제출된 것이다. 따라서 문학이 그 극단적인 형태에서 반(反)문학이 되더라도 근대문학이 가진 제1의 존재이유인 부정성(negativity)만큼은 지속하며 불변한다.[17] 근대문학의 종언은 역사, 이데올로기, 진리, 대서사 등 지난날 대타자라고 명명했던 것에 대한 믿음이 사라졌음을 확증한다는 점에서 최근에 거의 드물게 목격할 수 있었던 대서사의 부활처럼 보인다. 그러기에 여전히 문학은 살아 있다는 고집이나 집착, 그리고 가라타니를 포함해 문학을 떠나라는 주장이 나오는 것도 대문자 문학에 대한 오래된 믿음의 또다른 형태라는 점에서 그리 이상한 것은 아니다. 그렇지만 새로운 문학의 미래, 그런 것이 있다면 그것은 지난날의 문학에 대한 우울증적 집착이나 문학과의 결별선언의 형태로 이루어지는 것이 아니라 오히려 문학의 덧없음과 사소함, 우연성을 끝까지 긍정하는 일일 것이다.

자크 데리다는 어디선가 오늘날의 종교적 광신주의나 무신론적 냉소주의의 만연과 확산이 실제로는 지난날 대타자라고 불렀던 것에 대한 부인되고 전치된 믿음에 불과하다고 밝힌 바 있다. 데리다가 진정한 믿음이라고 불렀던 것을 고쳐 말한다면 앞으로의 문학행위는 문학에 대한 '믿음 없는 믿음'을 지속적으로 구상하고 세공하는 일이 될지도 모른다. 마지막으로 오늘날의 새로운 문학의 양태는 총체성과 보편성이 퇴조하는 분열적 징후의 결과가 아니라, 국가와 시장의 산술(算術)법칙에서 배제되는 상태로 포획된 자들, 헐벗고 이름 없는 타자들의 삶에 대한 급진적 동일시의 시작이라는 점도 덧붙여야겠다. 새로운 문학의 보편성이 있다면, 이것을 떠난 다른 보편성이란, 없다.

17) 장 폴 사르트르, 『문학이란 무엇인가』, 정명환 옮김, 민음사, 1998, 166~213쪽.

언데드(undead)

비평적 사유에도 진지전(그람시)과 유격전(벤야민)이 있다. 진지전은 장기간의 전투를 위해 개념의 엄밀한 방어진지를 구축하는 한편 텍스트의 협곡과 장애물을 면밀히 정찰하면서 사유의 전체적 지형도를 면밀하게 그려나간다. 이에 비해 유격전은 엄선된 정예부대와 장비만으로 텍스트의 예민한 모서리를 재빨리 치고 나간다. 유격전은 진지전이 잠정적으로 불가능할 때, 마냥 기다리고 머무를 수만은 없을 때 과감히 치고 빠지는 전술로 유효하다. 여기서 비평의 유격전을 위해 엄선된 정예부대와 장비는 텍스트의 주어인 비유형상과 그것을 해석하는 비평적 술어인 개념의 합성어다. 이른바 '2000년대 한국문학'에 대한 키워드를 제시하고 구체화하기 위해 이 글은 소설의 한 대목을 인용하면서 시작한다.

"산 사람이 사람인 것처럼 죽은 사람도 사람이야. 자기가 살아 있다거나 죽었다고 느끼는 건 어느 한순간이야. 그냥 평범하게 살아 있거나 죽어 있다가, 어느 날 불현듯 아, 내가 살았구나, 아, 참, 내가 죽었지,

이런 생각이 든다구. 그 순간을 제외하면 산 사람이나 죽은 사람이나 똑같이 살고 있는 거야."(편혜영, 「문득,」, 『아오이가든』, 문학과지성사, 2005, 110쪽)

이 문장을 어떻게 받아들이면 좋을까. 금기를 범하듯 이 문장이 어떤 경계를 뒤섞어버리고 넘어가는 중이기 때문이다. "산 사람이나 죽은 사람이나 똑같이 살고 있는 거야"라는 구절이 특히 그렇다. 죽은 사람은 죽은 것이 아니라 여전히 살고 있으며, 산 사람과 죽은 사람은 모두 살아 있다는 점에서 다를 바 없는 존재다! 산 자는 이따금 살아 있다고 확신하지만, 그것은 죽은 자가 어느 순간 갑자기 죽었음을 깨닫는 것과 별반 다르지 않다. 그리하여 '살아 있다는 것'은 삶과 죽음이라는 생물학적 이분법을 넘어서는 장소를 만들고 그곳에 위치한다. 더 나아가 삶과 죽음은, '죽음에 이르는 병'(키르케고르)처럼, 실존의 두 양태가 된다. 그런데 이 문장을 발화하는 작중인물인 여자의 정체가 또 흥미롭다. 여자는 이 글에서 제시하는 키워드인 '언데드(undead)'이다(undead는 '산주검' '생중사(生中死)' 등의 명사, '산죽은' 등의 형용사로 다양하게 번역된다. 이 글에서 유연하게 활용하기 위해 앞으로는 undead로 통칭한다). 다시 설명하겠지만, 이 글에서 undead는 비유형상(figuration), 즉 2000년대 한국문학의 수많은 주어 중 하나이자, 그것의 현상학을 묘사하고 현실과 관련지어 알레고리화하는 비평적 개념의 술어 역할을 담당할 것이다. 사유는 개념의 발명이라 했고(들뢰즈), 개념은 비유의 잔재로 비유와 불가분이라 했다(니체). undead는 비유와 개념을 멋지게 결합시키고 있으면서도 어울리지 않는 두 몸이 결합된 스핑크스나 세이렌 등을 연상시키는 괴물적인 단어다.

먼저, undead를 문자 그대로 해석해보자. 합성어인 undead는 '죽지 않은 (것)'이라는 뜻으로 보이지만, 그렇다고 '살아 있는 (것)'은 결코 아니다. undead는 살아 있지도 죽지도 않은 비(非)존재이며, 그러한 (비)존재의 형용이자 움직임이다. 영어에서 undead는 별도로 존재하지 않는 단어다. 물론 그와 유사한 형용어구나 명사형은 더러 존재해왔다. undead는 대중문화의 살아 있는 시체(living dead), 드라큘라나 프랑켄슈타인의 괴물처럼 불사(不死)의 존재와 흡사하다. 그러나 여기서 undead를 굳이 고집하는 이유는 그것이 다만 하위대중문화에서 유래했다는 한정을 피하기 위해서다. 불멸의 형상인 오이디푸스, 안티고네, 햄릿 등은 이미 undead의 문학적 선조가 아니었던가. undead는 그 증거들이 적지 않은 문학적 비유형상인 한편, 철학적 개념이기도 하다. 헤겔이 변증법의 핵심을 설명하기 위해 무한판단(infinite judgement)이라는 개념을 세공했을 때, 그는 이미 undead라는 비유형상의 개념적 술어를 마련하고 있었다. 무한판단에서 양립 불가능해 보이는 두 항들은 등식을 맺으며, 주어는 그것의 술어와 전혀 어울리지 않으면서도 결합된다.

헤겔은 『논리학』에서 삼항조를 이루는 구체적인 개념(긍정판단, 부정판단, 무한판단)을 통해 무한판단을 설명했다. 예를 들어보자. '그는 살아 있다'는 긍정판단(正)이며, '그는 죽었다'는 앞의 긍정판단에 대한 부정판단(反)이다. 그러나 무한판단은 부정판단과 긍정판단의 합(合)이 아니다. 앞의 두 문장의 무한판단은 '그는 살아 있지도 죽지도 않았다'가 되는데, 이것은 '그는 (죽지 않았기 때문에) 살아 있다'라는 긍정판단으로도, 그리고 '그는 (죽지 않았지만 거의) 죽었다' 라는 부정판단으로도 귀결되지 않는다. 그리고 그것은 동시에 이 둘을 지양하는 제3의 합, 즉 '그는 불사의 존재다'(또는 '그는 신이다')로도 초월되지 않는다. 무한판단은 긍정판단에 대한 부정도, 부정판단에 대한 긍정도 아닌 바로 그 역설의 형식으로만 존재한다. 따라서 undead는 매우 변증법적인 개념이다.

한편, 앞서 인용한 편혜영 소설의 한 대목은 undead가 형상화되는 상상력의 한 방식을 암시한다. 인용문은, 사실주의적 억견(doxa)에 기댄다면, 죽은 자가 말하는 불가능한 발화라고 할 수 있다. 소설에서 저 문장을 발화하는 작중인물이 undead라는 단서는 소설의 마지막 대목에 나타나 있다. "냄새는 여자의 입 속에서 나는 게 확실했다. 여자는 가만히 거울을 들여다보았다. 거울 속에는 활짝 열린 화장실 문만 꽉 들어차 있었다."(115쪽) 여자는 자신을 비춘 거울 속에 없다. undead는 거울에 비치지 않는 것, 즉 재현 불가능한 어떤 것에 대한 비유형상이다. 여기까지는 하위대중문화에서 익히 보아왔던 흡혈귀들의 형상과 그리 다를 바 없다. 그러나 undead는 한국문학의 어느 시점부터 지하의 영역에 더이상 갇혀 있지 않고 일상적 삶의 늪지를 토양 삼아 자라나기 시작했다. 산 자와 죽은 자는 같은 곳에 거주하게 되었으며, 현실과 가상, 일상과 비상사태는 뫼비우스의 띠처럼 구별 불가능하게 되었다. 재현할 수 없는 것을 재현하는 일이 문학의 지난한 과제가 되었다.

편혜영의 소설에서 이 모든 것들을 체현하는 undead가 현실에서 갖는 위상을 공식화하면 이렇다. undead는, 마치 불법체류자가 대한민국 시민에 비해 그렇듯, "자신이 속한 〔현실의〕 총체에 포함될 수 없고 자신이 이미 포함된 집합에 소속될 수 없는"[1] 예외의 형상이다. 자신이 속한 현실로부터 배제된 불법체류자, 노숙자, 난민, 유맹(流氓) 등도 이러한 예외의 형상에 포함될 것이다. 이 글에 한정지어 말해보면, undead라는 비유형상은, 국경의 불법체류자가 국민의 한계인 것처럼, 인간과 그의 속성, 곧 휴머니티의 한계형상(limit figure)이기도 하다. 소포클레스의 비극에 대한 해석에서 라캉은 아테(atē)를 언급한 바 있

---

1) G. Agamben, *Homo Sacer*, Stanford University Press, 1998, p. 25.

다. 산 자와 죽은 자가 함께 머문다는 중음(中陰)의 공간. 2000년대 한국문학은 산 자와 죽은 자가 똑같은 사람이라고 말한 순간, 삶과 죽음, 신체와 시체가 극단에서 일치하는 아테를 창조하게 되었다.

undead가 2000년대 한국소설에서 그 어느 때보다 숱하게 만날 수 있는 비유형상임은 명백하다. 다음과 같은 작가들과 그들의 작품세계를 떠올리는 것만으로도 충분할 것이다. 타락한 세상에 타락으로 맞서는 울부짖는 야수들(최인석), 끝없이 중얼거리며 죽어가는 좀비들(정영문), 삶이라는 질병을 끝내 견디지 못하고 자살로 도피하는 자들(최수철) 등등. 한편, undead가 한국문학이 맞은 새 밀레니엄에 출간된 한 중요한 소설을 통해 그 진화가 예고된 바 있던 문화적 우세종임을 지적하는 일도 중요하다. 그런데 그 진화는 인간의 휴머니티가 어느 순간에 자신의 야수적 동물성과 창백한 무기질의 특징을 전면에 드러낸 역설적인 진화였다. 한 뛰어난 소설가가 "자기가 속한 종(種)을 갈 데까지 폄하하고 폄하"하기라고 부른 것이 그 진화의 실체다(백민석, 『목화밭 엽기전』, 문학동네, 2000, 71쪽).

undead는 백민석의 『목화밭 엽기전』에 등장한 카니발적 살인마인 한창림, 박태자 부부라는 비인간(非人間, non-human), 곧 강남 뷰티플 피플의 "웃는 플라스틱" 인형과 과천 동물원의 "만드릴 원숭이"라는 비유형상과 그 움직임으로부터 자신의 주어와 술어를 선취했다고 할 수 있다. undead는 이어지는 묘사에서처럼, 무기질의 인형과 야수적 원숭이, 울증과 활력, 결빙된 죽음과 과잉의 삶, 싸늘한 빛과 땀내를 무한판단으로 합성한 결과다. "거실 전면창에서 쏟아져들어온 햇볕이 아내의 얼굴을, 강철 격자에 끼인 얇은 유리판처럼 투명하게 만들었다. 싸늘하고, 무기질 같은 질감으로 존재하는."(『목화밭 엽기전』, 92쪽) 이 묘사는 박태자가 애호하는 도상인 뷰티플 피플의 인형에 대한 묘사와 대동소이하다. 그 다음은 한창림의 만드릴 원숭이. "그것은 만드릴 원숭이가 온몸으로, 온몸의 땀샘과 기름샘, 온몸의 혈관들 림프관들 수백억의 체세포들로, 온몸으로 내뿜는 냄새였다. 맡는 사람을 잔뜩 질리게 만드는, 질려서 온몸을 뻣뻣하게 굳게 하는, 그런 냄새였다. 콧속뿐만 아니라 마음속에까지 기갑부대처럼 돌진해 들어와 괴롭히는, 그런 냄새였다."(『목화밭 엽기전』, 173쪽) 이러한 비유형상에 대한 묘사들(술어)은 징후적이다. 인용문의 묘사는 인간존재를 그것의 원소적 특징(무기질), 해부학적 세부(땀샘에서 체세포에 이르는)로 환원하고 그것들을 동등한 수준에 위치시키는 '탈승화'의 기법에 가깝다(황종연). 이제 undead는 박태자의 울증과 한창림의 야수적 활력이 극단에서 일치하는 사회심리적 현실, 또는 실존의 정신적 양태에 대한 알레고리가 된다.

탈승화의 묘사는, 아도르노가 '억압적 탈승화(repressive desublimation)'에 대해 언급했듯이, 감당하기 어려운 사회적 압력의 과부하와 그로부터 벗어나려는 본래적 충동이 각자를 상쇄하기보다는 은밀하게 공모하여, 압력과 충동을 제어하는 기능을 가졌던 자아(내면)를 정신의 위상 구조에서 퇴거시키는 (탈)현실적 조건과 관계가 있다. 억압적 탈승화의 현실에서 사회기구는 주체를 호명하고 적절한 임무를 맡기면서 주체의 정체성 형성을 담당한다기보다는 순전히 자신의 권능을 확인하기 위해 주체에게 비이성적이고 외설적인 권력을 강요하고 행사한다.

『아오이가든』에 묘사된 병원, 아동보호센터, 보호소, 감호소, 시청 등과 같은 사회기관은 "육식 동물의 해골, 금 간 조각들을 붙여놓은 두개골, 형질을 알 수 없는 동물들의 뼛가루, 말린 말똥, 포르말린에 담긴, 긴 꼬리의 눈뜬 원숭이, 역시 포르말린에 담긴 어른의 손, 박제된 독수리, 말린 동물들의 눈알들, 그리고 마귀를 쫓는 부적까지" 전시하면서 자신의 주권을 과시하는 생체실험실이나 수용소와 다르지 않다

(「맨홀」, 78쪽). 이러한 사회적 현실에서 주체는 사회적 호명과 정체성 형성이 실패한 익명적인, 박제된, 마비상태의 기호가 된다. 그리하여 등장인물들이 자해, 월경(月經)을 통해 선혈을 흘리는 광경에 몰두하는 등의, 작품집 전체를 뒤덮는 '폐기(abject)된 대상들'에 대한 집요한 해부학적 묘사는 오히려 마비를 극복하려는 "삶에 대한 악착같은 집착"의 증거가 된다. 마비는 활력을 요구하며, 활력으로 진정된 마비는 그것을 극복했던 활력보다 더 큰 마비를 불러들인다. 그것은 자율적이라기보다는 자동적이다. 마비와 활력은, undead에서 죽음과 삶이 그렇듯, 단락(短絡)된 두 개의 전선과 같다. 소설집에서 반복되는 탈승화의 신체 묘사인 '까맣게 탄 몸'에 대한 형상화는 여기서 마비와 활력이 극단에서 일치한 흥미로운 임상 사례다. "까맣게 죽은 팔뚝" "수은이 체내에 쌓여 얼굴이 까맣게 변하는 사람들" "까맣게 된 몸" "까맣게 죽은 그녀의 가랑이" "시커멓게 썩은 몸통과 얼굴" 등 『아오이가든』에서 반복되는 이 형용사를 문장 형태로 복원하면 이렇다. "잠이 안 오는 밤이면 지사제를 먹고, 환각에 시달릴 때면 두통약을 먹고, 그도 견디지 못하면 마취제를 입에 털어 넣어 장기와 뼈가 마비된 채 주검과도 같은 딱딱한 밤을 보낼 것이다." (「서쪽 숲」, 172쪽)

그럼 '억압적 탈승화'의 사회심리적 조건 속에서 문학은 어떻게 될까. 삶을 구성하는 최소한의 자율적 터전마저 식민화하려드는 현실 앞에서 창 없는 모나드가 내지르는 히스테리적 비명, 즉물적 감각의 무조건반사와 비슷해지지 않을까. 베이컨의 회화에서 인간이 경련하는 살, 비명을 지르는 날것의 육질이 되는 것처럼. 이쯤 되면, 탈승화의 묘사는 인간존재로부터 반인간적인 전형들(무법적, 반사회적 인간)을 추출하는 것에 머무르지 않고 인간의 유전형질에 도저한 변화가 일어났음에 대한 알레고리로 격상된다. 포스트한국사회의 스노비즘인 웰빙(well-being)은 인간의 이러한 유전형질의 변화를 유추하는 좋은 사례다. IMF 이후의 한국인들에게 삶의 지상명령이자 종교적 에토스가 된 웰빙에서 '먹지 말라' '마시지 말라' 등의 금욕적 식이요법은 '잘 먹고 잘살자'라는 쾌락의 요청과 무매개적으로 결합한다. 거기서 볼 수 있는 것은 헤겔주의자 코제브가 '역사의 종언' 이후, '인간의 동물화'라고 불렀던 삶의 생존화이다. 박민규 또한 극히 헤겔적인 어조로 인간이란 생존을 견뎌낸 생물만이 얻을 수 있는 이름이라고 말했다. 생존이 되어버린 삶은, 앞서 언급했듯이, 사회적 압력의 과부하와 충동의 명령이라는 악순환에 무방비로 노출되고 식민화된 '헐벗은 삶(bare life)'을 부른다. 이처럼 2000년대 한국문학의 어떤 우세종은 undead의 형상화를 통해 웰빙의 '존재자'에서 그것의 헐벗은 '존재'를 부정적으로 현시하는 성과를 올렸다. 탈현대적 인간 실존의 문제와 관련, 그것의 계시적 함의는 먹기 위해 토하는 행위를 권장했던 로마제국 신민들의 자기 규율, 그 철학적 토대였던 스토아·에피쿠로스 학파에게 '당신은 진정 살아 있는가'라고 받아쳤던 사도 바울의 물음을 오늘날 다시금 반복하게 만든다.

최근에 『아오이가든』의 작가는 새 소설집 『사육장 쪽으로』(문학동네, 2007)를 펴냈다. 작가는 undead의 비유형상이 이미 안으로 들어와버린, 비상사태가 상례가 된 일상적 삶의 세목을 면밀히 관찰했다. 벤야민은 이렇게 말했다. "억눌린 자들의 전통이 우리에게 가르치고 있는 교훈은, 우리들이 오늘날 그 속에서 살고 있는 〈비상사태〉라는 것이 예외가 아니라 상례라는 점이다. 우리는 이러한 인식에 상응하는 역사의 개념에 도달하지 않으면 안 된다."(발터 벤야민, 「역사철학테제」, 8번 테제) 2000년대 한국문학 또한 이 정도의 인식이나 개념의 온도에 도달하지 않으면 안 된다. 문학의 미래, 살아 있는 실존이란 모름지기 폐기물, 오염된 것, 쓰레기를 소각하는 것이 아니라 지저분하고 역겹더라도 그것들을 토대로 세워져야 한다. '근대문학의 종언'(가라타니 고진)

이 있었고 문학은 이미 죽었다거나 여전히 살아 있다는 합창이 들려왔다. 이 글은 2000년대 한국문학에 나타난 undead의 현상을 탐구한 에피그램이 아니다. 오히려 '근대문학의 종언'을 살아가는 한국문학이 undead의 실존이자 운명이 되어가는 저 이상한 가역반응에 대한 짧은 성찰이다.

제2부

더 나은 삶에 대한 꿈

유머와 기적

— 박민규와 윤성희의 소설에 나타난 (탈)주체성의 징표들

시작하며, 미세한 진앙들

"자신이 자아를 가지고 있는지 자문하는 사람들이 살고 있는 도시보다 더 무모한 광경을 보여주는 곳은 없다. 세계가 있는지 의심하는 사람들이 살고 있는 세계보다 더 회의적인 세계는 없다." 20세기 초엽에 살던 소피스트 지식인들의 전형적 사유를 되받아친 G. K. 체스터턴이 1905년에 한 이 말은 마치 21세기에 사는 포스트모더니스트들에 대한 정곡을 찌르는 논평으로 바꿔 읽더라도 손색이 없다. 브라운 신부라는 불후의 탐정 캐릭터를 고안한 탐정소설가로 잘 알려져 있으며, 한편으로는 신앙심이 깊었던 그리스도교 변증론자 체스터턴이 바라본 20세기 초반 영국의 지적 풍토는 다음과 같았다. 확신에 찬 한 자유사상가가 우리는 그 어느 때보다 사물들이 유동적이며 불확실하다는 해방된 느낌을 공유하며 살고 있다고 연설한 다음, 다른 석상으로 옮겨가서는 우리는 다른 어느 때보다 이 세계에 강하게 속박된 채로 변화 없는 반복을 지루하게 살아가고 있다고 주장한다. 한편으로는 자유와 불확실

성, 우연성이 세계를 지배한다는 말이 나오며, 같은 입에서 예정설, 기계적 반복과 법칙, 필연성이 세계를 지배한다는 말이 나온다. 헤겔이라면 그러한 인간에 대해 이성이라곤 눈 씻고 찾아볼 수 없는, 이럴 땐 이렇게 말하고 저럴 땐 저렇게 말하는 오성적 인간에 불과하다고 꾸짖을 테지만, 헤겔의 말에는 오늘날 도리어 그를 '죽은 개' 취급하는 후구조주의자들이나 포스트모더니스트들이 인식하지 못하는 통찰이 숨어 있다. 체스터턴이 위와 같은 말을 하고 나서 대략 한 세기가 지난 후, 체스터턴과 동향인 마르크시스트 비평가 테리 이글턴도 비슷한 느낌을 토로한다. "당신은 자신이 어떤 사정없이 결정하는 힘들에 의해 만들어지고 있다는 느낌을 받으면서 동시에 놀랄 만큼 표류하고 있다는 느낌을 이 사회가 아닌 다른 어느 사회에서 받겠는가?"[1] 확실히 세상사는 근대성을 정의하는 유명한 정의 중 하나인 단단한 것들이 녹아 날아가고 모든 필연적인 사슬들이 끊어 없어지는 변화무쌍한 아이러니, 만물유전(萬物流轉)의 법칙에 충실한 한편, 열역학 제2법칙 엔트로피 공식이 일러주는 것처럼 혼돈은 증가하지만 외부라고는 없이 마치 평형추처럼 왔다갔다하는 체계로 굳어져 있는 듯하다.

90년대 초반의 이른바 대서사의 종말에서 최근의 이른바 근대문학의 종언에 이르기까지 주로 비평적 진단의의 입장에서 한국문학이 겪어온 혼란과 부침을 상기해본다면, 체스터턴이 앞서 묘사한 세상살이는 2000년대 한국문학이 재고 있는 현실의 온도와 전혀 무관하다고 볼 수는 없을 것이다. 그중 최근의 한국소설에 새롭게 등장한 작중인물들의 정체성 또는 주체의 양상은 시급히 취급해야 할 정도로 가장 중요한 문제는 아니더라도 최근 한국문학의 지형도에서 분명 눈에 띌 정도로 급격한 변이와 진화를 겪고 있다는 점에서 특별한 관심을 기울일 필요

1) 테리 이글턴, 『포스트모더니즘의 환상』, 김준환 옮김, 실천문학사, 2000, 168쪽.

가 있는 문제이다. 이미 최근의 비평담론이 언급하고 있는 것처럼,[2] 2000년대 한국문학의 한 전선에 배치된 신인들이 그려내는 소설의 주인공들은 더이상 '문제적 개인'이나 '타락한 주인공'도 아니며 90년대 초중반의 비루한 반(半)영웅이나 냉소주의자, 나르시시스트와도 다르다. 당연하게도 그들은 자신의 계급적 입장이나 사회적 위치에 대한 자의식도 가지고 있지 않다. 다만 자신이 막연히 가난하며 지금보다 생활이 나빠지면 나빠지지 더 나아질 처지가 못 된다는 정도의 불안한 인식 정도만 갖고 있다. 비단 그러한 인식이 있다 하더라도 그것을 토대로 한 공동체적 연대를 조직하려 하지 않는다는 점에서 이들은 개인주의자들에 가깝다. 개인주의자들이지만 그들은 또한 90년대 중반의 문학에 자주 출현했던 냉소적 개인주의자들, 고독한 나르시시스트들처럼 자존과 우울의 아우라(aura)를 가지고 있지도 않다. 2000년대에 새롭게 등장한 소설의 주인공들이 공통적으로 앓고 있는 문제가 있다고 한다면 그것은 임시직에서 임시직으로 자리를 옮겨보지만 거기서도 언제 내몰릴지 모르는 생계형 불안과 거기서 파생되는 생활로부터의 고립감 정도라고 할 수 있다. 편의점, 대학교 복사실 아르바이트 직원, 화장실 청소부, 전철의 푸시맨, 자전거대여점 직원, 심지어는 좀도둑 등 직업 아닌 직업, 비정규직에 종사하거나 사정이 더 나쁜 경우 '노는 인간'의 처지로 전락하는 그들은 다른 정규직 노동자 계급보다도 더욱 프롤레타리아트에 가깝다.

박민규, 윤성희, 김애란 등과 같은 신인들이 그려낸 새로운 유형의 인물들에게서 자신의 계급적 입장이나 사회적 위치에 대한 뚜렷한 자각을 찾기는 쉽지 않지만, 그만큼 사회에 편입되고자 하는 인정욕망에서 파생되는 울분이나 원한감정도 이들에게서 발견하기란 꽤 어렵다.

2) 대표적인 글로는 심진경, 「미저러블 개인주의, 단자 윤리의 생태학」, 『문예중앙』 2005년 봄호.

세계는 그들에게 생존의 가혹한 필연성과 운명의 표징으로 다가오는 것처럼 보이며, 그런 그들에게 기성질서나 사회로부터의 탈주란 적당한 소외나 자족적 고립이 아니라 배제 또는 추방이 되기 십상이다. 울분에 찬 원한보다는 유머러스한 체념이, 이죽거리는 반항보다는 감싸고도는 침묵이 그들 삶을 규제하는 현실원칙이 되는 까닭은 그 때문이다. 따라서 이들 주변부적 존재는 현실에서 너무도 쉽게 만나는 세속적 타자들이면서도 무규정적 특징으로 인해 기존의 재현방식과 기호체계로는 더러 쉽게 포착되지 않는 경우가 많다. 과연 새로운 소설의 작중인물들은 뚜렷한 이름과 개성을 지녔다기보다는 익명적 표상의 기호와 이니셜로 표시되어 나중에는 흡사 분신처럼 어슷비슷해지며 만화캐릭터, 아바타의 형상과 같은 대중문화의 아이콘과 기호체계를 빌려 그와 닮아간다. 그 극단적인 지점에서 이제 인간의 정체성 그 자체가 수술대의 실험대상으로 올려진다. 그때 인간은 더이상 동물이나 기계와 구분 불가능해지며, 휴머니티가 폐기되는 알레고리 형상인 시체로 전락하기도 한다.

확실히 2000년대를 맞이한 한국소설의 새로운 주인공들은 어떤 경우 더이상 주인공이 아니라 캐릭터, 개성과 인격의 담지자가 아니라 자동인형 또는 동물이라고 불러도 상관없을 정도로 탈주체화의 맥락과 자장 안에 놓여 있다고 할 수 있다. 이들이 후구조주의적 사유나 포스트모더니즘이 환영하는 탈계급적, 탈휴머니즘적 주체성의 형상과 가까운 것은 사실이지만, 따라서 계급적 시선과 휴머니즘의 인식론적, 도덕적 잣대로 이들을 상대화하고 비판하는 것 또한 쉽지만, 그만큼 그들의 미세한 몸짓과 언어, 인간관계, 살림살이 속에서 나타나는 주체의 형상에는 후구조주의적 사유나 휴머니즘적 인간관 모두 일찌감치 폐기처분해버렸거나 인지하지 못한 어떤 새로움이 담겨 있다. 이 글의 일차적 초점은 여기에 있다.

한편, 주체성의 위상이 변화하는 만큼이나 타자성의 위상도 달라진다. 그것은 타자성에 대한 관용이나 도덕, 윤리의 위상변화와 직접적으로 연결되어 있다. 범죄자, 패륜아와 같이 도덕과 인륜을 저버리는 타자가 소설 속에 등장하는가 하면, 글로벌화와 성별의 미분화라는 사회적 흐름과 이슈 안에서 주목을 받은 혼혈아, 교포, 외국인노동자, 성적 소수자의 모습도 2000년대 벽두에 발표된 한국소설에서 더러 만나볼 수 있는 타자의 형상이다. 지금까지는 부분적이지만, 그들이 소설의 주인공으로 전면적으로 등장하게 될 날도 그리 멀지 않다. 이 글은 주로 박민규와 윤성희의 소설[3]에 나타난 탈주체화의 양상과 재현의 기호체계로부터 감지되는 주체성(과 타자성)에 대한 미세한 진앙(震央)의 데이터들을 추출하고 표본화하려는 시론이다.

유머의 유물론, 신들이 강림하다

2000년대 젊은 소설가들의 소설이 형상화하는 인간들의 표본으로부터 추출한 인간학에 대한 가장 중요한 정의 중 하나를 예로 들라고 한다면, 그것은 아마도 박민규 소설의 다음과 같은 문장이 될 것이다. “인간이란, 생존의 문제를 해결한 생물만이 비로소 얻게 되는 이름”(「헤드락」)이다. 박민규의 『카스테라』에 실린 단편들은 모두 고단한 세상살이를 온몸으로 겪은 자들의 생생한 육성으로 들린다. 남색가인 부장에게 구강성교를 강요당하며 “잠깐만 참으면 돼”라고 스스로를 위로하는 월 커뮤니케이션의 인턴사원 ‘나’는 직장에 근무한 지 “사 개월째

3) 이 글에서 다루는 작품은 다음과 같다. 박민규, 『카스테라』(문학동네, 2005); 윤성희, 『거기, 당신?』(문학동네, 2004), 「안녕! 물고기자리」(『문학동네』 2004년 가을호). 이후 이들 작품을 인용할 경우 인용부호와 작품명을 표기하는 대신 쪽수는 별도로 제시하지 않는다.

다. 내가 생각해도/존경스럽다"고 가슴을 쓸어내리고 있으며(「고마워, 과연 너구리야」), 지하철의 푸시맨 아르바이트를 하면서 일찌감치 인생의 '산수'를 익힌 고등학생 '나'는 "화성인들은 좋겠다" "덥지도 않고, 멀고먼, 화성"이라고 종종 중얼거린다(「그렇습니까? 기린입니다」). "그런 상념이라도 빠지지 않으면" 세상살이를 도저히 "견딜 수가 없"는 박민규 소설의 주인공들 중 "심야전기처럼 저렴한"(「아, 하세요 펠리컨」) 인생살이를 일찌감치 깨달은 젊은이들은 관(棺)만큼이나 좁은 고시원에 등록하면서, 즉 "첫 달치 방세를 건네고, 장부에 신상을 기재하고, 키를 넘겨받던 그 순간" "갑자기 어른이 된 느낌이었고, 왠지 이 세계에 대해 조금은 알게 되었다는 기분이, 들었다"고 토로하고 있다(「갑을고시원 체류기」).

박민규 소설에서 가장 중요하게 취급되는 문제는 생존이며, 생존은 세계가 어떠하며 나는 어떠하다는 식의 실존보다 앞선다. 박민규 소설에서 자주 반복되는 말인 '그렇고 그렇다' '어쩌겠어' '이미' '이제' '너무'와 같은 어휘들에는 불가항력적으로 완료된 사건들과 현실에 대한 낙심과 체념이 담겨 있다. 도도새를 멸종시킨 자본주의의 무지비한 생태학에 대해 작가는 말한다. "시장은 이미, 우리의 운명이다."(「야쿠르트 아줌마」) 이러한 불가항력적 운명 앞에서 인간은 헐벗은 모습으로 다가오며, 그때 일상(日常)은 비상(非常)과 점점 더 구분 불가능하게 뒤엉키고 만다. 「그렇습니까? 기린입니다」에서 인용한 아래 단락에서 열여덟 번이나 반복되는 '상습적(常習的)'은 흔히 정상을 일탈하는 예외적 사건이 반복될 때 쓰이는 어휘이다. 그것은 어디까지나 정상을 중심으로 회전하는 말이지만, 일상도 상습적이면 그것은 더이상 일상이 아니게 된다. 일상이되 일상이 아닌 어떤 것이면서 동시에 일상이 아니되 일상인 어떤 것 말이다.

결국 모든 인간은 상습범이 아닐까, 나는 생각했다. 상습적으로 전철을 타고, 상습적으로 일을 하고, 상습적으로 밥을 먹고, 상습적으로 돈을 벌고, 상습적으로 놀고, 상습적으로 남을 괴롭히고, 상습적으로 거짓말을 하고, 상습적으로 착각을 하고, 상습적으로 사람을 만나고, 상습적으로 대화를 하고, 상습적으로 회의를 열고, 상습적인 교육을 받고, 상습적으로 머리 어깨 무릎 발 무릎 발이 아프고, 상습적으로 외롭고, 상습적으로 섹스를 하고, 상습적으로 잠을 잔다. 그리고 상습적으로, 죽는다. 승일아. 온몸으로 밀어, 온몸으로! 나는 다시 사람들을 밀기 시작했다. 온몸으로, 상습적으로.(「그렇습니까? 기린입니다」)

지하철 플랫폼은 또 어떤가. "신체의 안전선은 이곳이지만, 삶의 안전선은 전철 속이다." 플랫폼은 단순히 신체와 삶을 나누는 경계선이 아니다. 지하철 플랫폼은 삶을 신체와 삶으로 구별짓는 문턱이다. 전철에 타지 못한 삶은 한낱 영혼 없는 신체인 반면, 삶은 전철이라는 집합을 이루기 위한 원소에 불과하다. 그리하여 화자가 마치 괴물과도 같은 열차에서 사람들을 토사물마냥 쏟아내는 것을 보고 다음처럼 놀라더라도 그것은 전혀 무리가 아니다. "아니, 어찌 내 입으로 그것이 인류(人類)였다고 말할 수 있겠는가." 이처럼 박민규 소설의 주인공들이 온몸으로 겪는 비상시, 그 예외가 법칙의 중지가 아니라 또다른 법칙이 되는 일상은 돌이킬 수 없는 필연성과 운명의 형상으로 인간을 복속시키며 관리한다. 박민규 소설에서 인간은 그와 같은 유(類)인 동물의 처지와 크게 다르지 않다. 박민규 소설이 형이하학적 생존을 그리면서도 인간과 동물, 신체와 삶을 구분짓는 형이상학적 재담(才談)으로 비약하는 곳은 바로 여기이다.

소설은 신이 떠난 뒤 세속의 세목(細目)에 충실한 인간만의 이야기이지만, 박민규 소설에는 이따금씩 신들이 실제로 강림하곤 해서 주인공들과 독자들을 놀라게 하는 경우가 있다. 박민규 소설의 결미에 등장하는 너구리, 기린, 대왕오징어, 외계인, 야쿠르트 아줌마 등은 한 평론가의 지적처럼[4] 비극의 클라이맥스를 마무리하기 위해 불을 토해 내는 전차를 타고 하늘에서 내려오는 에우리피데스의 신, 이른바 '기계장치의 신(deus ex machina)'과 흡사하다. 그것들은 풀 수 없는 세상사의 수수께끼와 인류의 비극을 초월하려는 몸짓으로 박민규식 상상력의 비약이 낳은 결과로 볼 수 있다. 그렇지만 그것이 다만 장단(長短) 있는 비약적 상상력의 결과일 뿐일까. 박민규 소설이 코믹만화처럼 읽히면서도 왠지 모르게 서글픈 감동과 위로를 주는 까닭은 왜소해질 대로 왜소한 인류를 내려다보고 긍휼히 여기는, 저 높은 곳 어딘가에 있다고 가정되는 초월자의 응시 덕택이다. 박민규는 왜소한 인류에 비해 웅장하게 보이는 엠파이어스테이트 빌딩도 "우주에서 보면" "빨판이 달린 한 마리의 기생충"에 불과하다고 말한다(「몰라 몰라, 개복치라니」). 박민규 소설에서 유머가 갖는 기능을 중요하게 다뤄야 하는 것은 그 때문이다.

「몰라 몰라, 개복치라니」에서 방금 인용한 구절은 작중인물 중 한 명인 어린 '아담'에게 그의 아버지가 한 말이다. 복원하면, 이렇다. "얘야, 우주에서 보면 이건 빨판이 달린 한 마리의 기생충이란다." 두려워하지 말고 안심하라는 얘기다. 그런데 이 구절은 마치 프로이트가 「유머」에서 유머의 본질을 논하며 든 예문이 함축하는 바와 흡사해서 흥미를 끈다. "보아라, 이것이 그렇게 위험해 보이는 세계다. 그러나 애들 장난이지, 기껏해야 농담거리밖에는 안 되는 애들 장난이지!" 프로이트에 따르면, 유머의 본질은 그것이 들려주는 농담에 있는 것이 아니라 농담을 통해 드러내려는 의도, "즉 이 드러남을 통해 유머를 보인

---

4) 류신, 「상상력의 모험과 투기」, 『실천문학』 2005년 가을호 참조.

당사자와 주위의 사람들에게 미치는 의도"[5]에 있다. 물론 그 의도는 대상에 대한 위로와 감싸기이다. 그렇다면 누가 누구를 감싸고 무엇을 위로하는가. 유머를 구사하는 사람은 마치 "어른이 어린아이를 다루는 것처럼" 다른 사람들을 대한다. 그렇지만 이 '다른 사람'에 자기 자신을 포함시킨다는 점에서 유머는 농담이나 아이러니적 냉소와는 결정적으로 구별된다.[6] 사형수가 월요일 아침에 형장에 끌려가면서 던진 유명한 농담, "또 화창한 일주일이 시작되는군"이라는 중얼거림에는 불가항력적인 상황에 연루된 고통스러운 자기의 심정을 어루만지는 또다른 자기의 태도가 숨어 있다. 유머는 메타적, 초월적 위치에 선 주체성의 징표이지만, 유머의 주체는 '저 너머'의 초월자는 아닌 것이다.

---

5) 지그문트 프로이트, 「유머」, 『창조적인 작가와 몽상』, 정장진 옮김, 열린책들, 1996, 17쪽.

6) 유머는 종종 아이러니적 위트와 혼동되곤 한다. 유머와 아이러니 모두에 웃음이 있다는 점이 혼동의 일차적 원인이 된다. 그러나 아이러니가 변화무쌍한 세계 그 자체가 존재하는 양태라면, 유머는 그러한 아이러니한 세계에 대한, 잘 감지되지는 않더라도 분명히 존재하는 주체성의 반응신호라고 정의할 수 있다. 아이러니만 그리는 작가는 세계 쪽으로 흡수되지만, 유머작가는 세계가 어떠한 방식으로 주체를 압박하거나 참을 수 없도록 만들더라도 그러한 세계와 열정적으로 거리를 둔다. 아이러니와 유머 모두 풍자와 통하지만, 아이러니는 세태와 풍속에 대한 현상형태를 결국 긍정하며 유머는 그에 대해 과연 그럴까, 하고 아이러니에게 메타질문을 던진다. 아이러니는 세계가 바뀌길 기다리면서 세계에 모든 것을 의탁하지만, 유머는 그러한 세계를 기다리지 않는다. 따라서 아이러니는 세계가 작동하는 방식이 되며, 유머는 세계에 제동을 거는 방식이 된다. 아이러니스트는 세계가 무한하게 열려 있다고 낙심하지만, 유머작가는 세계가 무한하지만 닫혀 있다고 위로한다. 지난 시절에 풍자·세태소설이라고 불렀던 것들은, 위대한 모더니스트이자 유머의 시인이었던 김수영식으로 말하면, 그 자신을 반성하지 않는 특징을 가지고 있다. '절망이 절망을 반성하지 않는 것처럼' 아이러니도 아이러니를, 풍자도 풍자를 반성하지 않는다. 이 시대의 냉소주의란 이러한 물화(物化)된 아이러니다. 김수영식으로 말하면 유머는 아이러니를 반성한다. 변화무쌍하든 늘 그대로든 간에 이 세계를 그대로 흘러가는 대로 놔두지는 않겠다는 주체의 강력한 브레이크가 유머를 낳는다. 따라서 유머의 웃음은 아이러니의 위트와 전혀 다르다. 아이러니의 웃음은 결국 주체에 대해 승리하는 세계가 짓는 경멸 어린 비웃음이지만, 유머의 웃음은 그러한 승리하는 세계 앞에 망연자실하게 서 있는 주체에게 그의 처지에 공감하는 타자가 보내는 위로의 웃음이다.

「고마워, 과연 너구리야」에서 부장의 음탕한 성적 욕구를 만족시켜주고 난 뒤 비참한 심정으로 목욕탕에 혼자 남아 있는 '나' 앞에 갑자기 이태리타월을 들고 나타난 너구리를 보자. 마치 '어른이 어린아이를' 다루듯 연민 어린 태도로 '나'를 응시하지 않는가. "희뿌연 수증기 속에서 너구리는 모든 것을 지켜봤고, 또 모든 것을 이해한다는 표정으로 나를 향해 고개를 끄덕였다. 나도 고개를 끄덕였다." 너구리의 위무(慰撫)에 대해 '나'는 "마치 비행기를 타고 오하이오 주의 창공을 날고 있는 기분이었다"고 즐거워한다. 이러한 즐거움이야말로 박민규의 코믹만화 속에 감춰진 유머가 주는 진정한 의미의 쾌락은 아닐까.

박민규가 그리고 있는 현실은 상습이 일상이 되는, 예외가 정상이 되는 위급(危急)한 지하철 속 같은 현실이며 오로지 생존에만 필사적으로 휘둘리는 스노비즘적 인류가 운집한 희망 없는 지구다. 박민규 소설의 개인들은 운명의 등급으로 상향조정된 현실에 대한 인지능력을 상실하고 거대한 음모론으로 빠져든다. 거기서 세계는 "외계"가 되며, "인간은 서로에게, 누구나 외계인"이 된다(「코리언 스텐더즈」). 타자는 파악 불가능해지고 그에 절망한 인간은 타자의 배후, 타자의 타자를 상상하기 시작한다. '나'라는 단독자는 인류라는 집합에 포함되어 있지만, "〈아무나〉의 한 사람이거나, 〈누구나〉의 한 사람"(「대왕오징어의 기습」)과 같게 되면서 그 집합에 포함된 채 배제된다.

비록 박민규의 소우주가 세상살이를 돌이킬 수 없는 필연과 운명으로 바꿔놓는 '보이지 않는 손'인 시장이 지배하는 편집증적 우주라 하더라도, 그리하여 외계인, 대왕오징어, 너구리, 기린과도 같은 '타자의 타자'에 대한 주체의 망상이 증대되더라도, 이 '타자의 타자'를 때로는 주체인 '나', '어른이 아이를' 대하듯 스스로를 긍휼히 여기는 '나'의 눈물 어린 실체라고 볼 여지는 없는 것일까. 타자의 타자는 나다! 브레히트는 어디에선가 유머 없는 유물론자는 사기꾼이라고 쓴 바 있다.

연극에서 기계장치의 신은 본래 타락한 관념론의 소산이지만, 박민규 소설에서 그것은 유머의 유물론이 낳은 귀여운 동물들로 변신한다. 박민규 소설에서 유머는 이처럼 막막한 현실에 도전하는 주체의 의도, 그리고 그 의도를 드러내는 주체성의 강력한 신호인 것이다.

깨뜨려질 수 있는 법칙, 기적이 일어나다

윤성희의 두번째 소설집 『거기, 당신?』에 등장하는 작중인물들은 삶을 기계적으로 반복하는 일이 얼마나 스산하고도 외로운지, 또 "모든 것을 과거형으로 말하는 것이 얼마나 슬픈 것인지"(「봉자네 분식집」)를 너무도 잘 알고 있다. 그들이 살고 있는 현실의 첫번째 모습은 이를테면 「그 남자의 책 198쪽」에서 보듯 도서관 사서인 여주인공이 "이름 대신 저기요, 라는 말을 수없이" 듣고 "누군가 저기요, 라는 말만 하면 자연스럽게 고개가 돌아"가는, 그래서 "저기요, 라는 호칭이 자신의 이름보다도 더 익숙"한 지 8년째가 되는 익명적 현실이다. 그런가 하면 왕년에 '어린이 암산왕'으로 불렸지만 지금은 "아무 곳에도 끼울 데가 없는 나사"와 동일시한 다음 "나도 예전에는 어린이 암산왕이었지"라고 스스로를 연민하는 남자에게, 현실이란 부양해야 하는 아버지와 임시직 공무원이라는 불안정한 직업, 그리고 직장동료인 여자에게 비웃음을 당하는 독신 처지가 안타까우리만치 환기하듯 찬란한 과거에 비해 한없이 남루해진 채 반복되는 현재다.

때로 윤성희 소설은 작중인물들이 처한 현실의 물질적 곤경과 꿈의 상실을 비례관계로 그려내지만, 그것은 물질적 풍요가 꿈을 실현하는 조건이 된다는 따위의 통속적 이야기의 재현이 아니라, 가혹한 현실원칙에 의해 자그마한 꿈과 소망마저 반납해야 하는 작중인물들의 곤궁한 처지와 심리를 부각시키기 위한 묘사에 가깝다. 단적인 예로 「누군가 문을 두드리다」의 주인공, 시청 공원녹지과에서 근무하다가 상사의 비리를 대신 뒤집어쓰고 지금은 공원에서 조그만 자전거 대여점을 연 '그'의 내력은 다음과 같이 서술되어 있다.

> 그는 시청 공원녹지과에서 칠 년을 일했다. 칠 년 동안 단 한 번도 결근을 하지 않았다. 취직을 하자마자 그는 삼 년짜리 적금을 부었다. 삼 년이 지나면 패러글라이딩을 배울 생각이었다. 적금을 타면 그 돈으로 자동차를 사고, 주말이면 트렁크에 패러글라이딩 장비를 싣고 매산리나 대부도로 떠나는 게 그의 소원이었다. 적금을 타던 해에 남동생이 유학을 갔다. 그는 남동생을 사랑했다. 그래서 패러글라이딩은 나중에 배워도 늦지 않는다고 스스로에게 말했다. (……) 남동생이 떠나고 그는 또 적금을 부었다. 삼 년이 지나자 여동생이 결혼을 한다고 했다. 오빠, 그 사람은 의사야. 여동생은 처녀 때 쓰던 물건은 단 하나도 가져가고 싶지 않다고 했다. 그는 패러글라이딩을 타다 사고로 죽은 사람에 관한 신문기사를 오려두었다. 자꾸 생각해보니 패러글라이딩은 너무 위험했다.(「누군가 문을 두드리다」)

간결하면서도 절제된 서술 속에서 동생들의 유학과 결혼으로 인해 자신의 자그마한 소망을 접는 '그'의 곤궁할 법한 심정은 직접적으로 표출되지 않는다. 인용문에서 "패러글라이딩은 나중에 배워도 늦지 않는다고 스스로에게 말했다"와 "자꾸 생각해보니 패러글라이딩은 너무 위험했다"는 진술이 문자 그대로 독자들에게 받아들여지지 않는다는 것은 물론이다. 이 두 문장은 앞뒤 문장과의 맥락을 통해 읽을 때에만 비로소 희미한 정조를 발하면서 서서히 제 의미를 갖추게 된다. 두 문장에서 환기되는 비감 어린 정조는 패러글라이딩을 배우고 싶어했던

'그'가 자신의 좌절된 욕망을 타인에게 어떤 식으로든 표출하거나 그 자신의 상처로 받아들이는 방식을 통해서 발생한 것이 아니다. 그러한 정조는 '그'가 상처의 주체로 스스로를 각인시키는 방법('나는 희생자다')이 아니라 다른 인식('그는 남동생을 사랑했다')이나 정황('패러글라이딩을 타다 사고로 죽은 사람에 관한 신문기사를 오려두었다')에 자신의 곤란스러운 처지를 투사(projection)하는 과정에서 자연스레 발산된 것이다. 작중인물들의 불우한 처지나 심리적 곤궁은 그에 대한 간접화된 서술로 인해 한층 호소력 있게 표출된다. 물론 첫번째 소설집 『레고로 만든 집』(2001) 곳곳의 암담하고도 절망적인 정밀화들을 기억하는 독자들이라면 『거기, 당신?』에서 환상을 증류시킨 다음 드러나는 날것의 현실 또한 그다지 새롭지는 않아 보일 것이다. 그렇지만, 그사이에 작가의 현실대처법에 중요한 변화가 일어난다.

박민규 소설에 신들이 강림한다면, 윤성희 소설에는 정령들이 바람을 타고 날아다닌다. 『거기, 당신?』과 그 이후에 발표된 윤성희 소설에 대해 그것은 동화라고 정의하는 것을 주저할 이유란 없다. 물론 이때 동화는 윤성희 소설에 대한, 그리고 그 이야기의 원천에 대한 통상의 장르적 명칭이라기보다는 윤성희식 자아의 세계대처법에 대한 고유의 명명이다. 왠지 모르게 윤성희 소설의 작중인물들의 공통적 특성을 지칭할 때는 주체와 같은 어휘보다는 자아라는 말이 더 어울려 보이는데, 그것은 동화의 주인공들이 가진 통합적 자아능력을 유달리 강조해서 그런 것은 아니다. 윤성희 소설의 주인공들은 앞서 언급한 것처럼, 상처의 기억을 달궈 주체성에 화인(火印)을 찍으려는 원한감정과 결별하며, 또 유머의 자질도 갖추고 있다. 그런 점에서 그들은 강인한 존재들이다.

윤성희의 동화는 과거에 묻혀 잠자는 사물들을 일깨우고 잊었던 소중한 기억을 발굴해내는 동화 속 일곱 난쟁이들의 작업에 비유될 수 있다. 발터 벤야민의 유용한 언급은 동화가 사물들의 운행이 필연적이 되는 신화적 세계를 중지시키는 놀라운 마법의 이야기라는 점을 명확히 짚고 있다. "동화가 소유하고 있는, 사물을 해방시키는 마법은 자연을 신화적 방법으로 활용하고 있는 것이 아니라, 자연이 해방된 인간과 공모관계에 있음을 시사하고 있다."[7] 「누군가 문을 두드리다」는 이러한 마법으로 가득 찬 "'숨쉬는 물건들'의 매장"을 소개하고 있는 작품이다. 대형 할인마트와 흡사한 이 마술적 공간에는 '기쁨의 세상' '믿거나 말거나 세상' '슬픔의 세상' '한숨의 세상' 등 네 가지 테마로 나누어진 코너들이 진열되어 있으며, 각각의 코너에는 물건들과 함께 저마다의 사연과 상처, 인상적인 삶의 한순간을 기록한 꼬리표들이 붙어 있다. 예컨대 이런 식이다. 오디오="돈을 빌려간 친구가 돈을 갚을 길이 없자 대신 자신이 쓰던 오디오를 주었다. 오디오는 그 친구의 재산목록 1호였었다."(기쁨의 세상)/만년필="할아버지가 아끼시던 물건. 치매에 걸린 후로 할아버지는 만년필만 보면 눈물을 흘렸다."(슬픔의 세상)

윤성희의 마법적인 우주 속에서 사물들은 인간들처럼 고립무원의 처지가 아니라 저마다의 사연과 내력, 요컨대 이야기들의 보고(寶庫)가 된다. 만년필 뚜껑에 새겨진 이니셜 MK가 자신의 것임을 확인한 민경 할머니는 50년도 더 된 가슴 아픈 사랑이야기를 시작하며, 구매자들은 그 이야기에 차분히 귀를 기울이기 시작한다. 각각의 물건들은 문장의 주어가 되어 입을 열고 저마다 속삭이기 시작한다. 어떤 책은 사법고시에 떨어졌던 전 주인을 그리워하며, 어떤 가발은 자신을 찾아준 사람이 몇 년 동안 없었다고 슬퍼한다. '숨쉬는 물건들'은 판매자와 구매자가 있는 한 교환가치의 세계 내부에 속해 있지만, 적어도 문장

7) 발터 벤야민, 「얘기꾼과 소설가」, 『발터 벤야민의 문예이론』, 반성완 옮김, 민음사, 1983, 168쪽.

의 주어가 되고 사람들로 하여금 저마다 살아오면서 잊혀졌던 이야기들을 기쁘게 또는 슬프게 털어놓도록 만드는 그 순간, 생산과 소비, 교환의 필연적 사슬에서 풀려난다. 사물들은 해방된다. 낡은 유물론적 캐치프레이즈에 따르면, 그것은 인간해방의 기초다. 그렇지만 사물들의 해방은 과거완료형의 필연성으로부터 사물들이 잠시 탈주하는 것이 아니다. 오히려 사물들의 해방은 과거완료형의 필연성 그 자체가 급정거하는 사고(事故)다. 동화에서 마법이나 기적으로 부르는 것은 정확히 이러한 단절, 사건이다. 그리하여 "동화의 나라에는 하나의 실제적인 법칙이 존재해왔다. 그것은 깨뜨려질 수 있는 법칙이다"[8]라는 체스터턴의 말은 윤성희의 마법의 소우주에서 온전한 반향을 얻게 된다. 「누군가 문을 두드리다」에서 마법은 처음에는 사물들이 "소곤거리는 소리"였다가 마침내는 숨쉬는 물건들을 차례차례 어루만지는 '그'의 가슴을 두드리는 소리로 이어진다. "누군가 가슴속을 똑똑 하고 두드렸다. 그는 자신의 가슴을 들여다보았다. 지난 삼십 년 동안 자신이 얼마나 외로웠었는지 그는 잊고 있었다." 이즈음에서 윤성희 소설은 어떤 문턱에 다다랐다고 볼 수 있다. 다소 급히 말하면 그것은 사물들에서 사람들에게로 가기 위해 윤성희 소설이 넘어야 하는 문턱이다.

물론 윤성희 소설에서 사람들 간의 단합과 연대는 언제나 존재한다. 그것은 비슷한 사람끼리의 연대이지만, 결코 상상적 짝패의 그것이 아니다. 그것은 상처를 문득 알아본 사람들 간의 연대이며, 더 정확히 말하면 서로에게서 결여된 그 무엇을 발견한 자들의 신비한 단합이다. 「유턴지점에 보물지도를 묻다」의 작중인물들, 지하철 운전기사였다가 자신이 몰던 열차로 뛰어든 여자의 눈빛을 잊지 못해 직장을 그만두게 된 Q와 집안 친척들의 재산싸움으로 풍비박산을 겪은 '나', 그리고

8) G. K. 체스터턴, 『오소독시』, 윤미연 옮김, 이끌리오, 2003, 114쪽.

"어머니가 유명해질수록 유령 같은 존재"가 되어버린 후 찜질방에서 살아가는 W와 가출한 고등학생. 이 네 사람에게는 어떠한 유사점도 없지만, 그들의 우연적 만남은 결핍과 결핍의 만남이라고 할 만하다. 그네들뿐만 아니라 윤성희 소설들의 다른 작중인물들이 자주 음식을 먹으러 다니고 값싸면서도 맛있는 음식집과 커피자판기의 위치를 확인하며, 함께 뭔가를 만들어 먹으면서 울분과 외로움을 푸는 까닭도 아마도 이러한 결핍을 확인하는 환유적 절차일 것이다. 그러나 「잘 가, 또 보자」에서처럼 이합집산하는 그들이 과연 타자성이라는 먹먹한 심연을 도약할 수 있을지는 확실치 않다. "늘 우리 대신 욕하고, 우리 대신 울었"던 W, 그녀는 자살했으며, 그녀의 그런 태도가 "문제"였다고 말하는 K는 지금 정신병원에 있다. K는 이웃에 가장 가까이 다가간 자이며 그 심연을 경험한 자다.[9] 아무리 O가 "죽으려면 아무도 없는 데 가서 혼자 죽지. 미친년!" 하면서 팔굽혀펴기와 윗몸일으키기를 해도, 아무리 K와 H가 그것을 따라 하더라도 W에 대한 애도는 불가능하다. 그런 H와 O에게 "너네, 집에 가거든 제발 거울 좀 봐라. 아픈 건 내가 아니라 니들이야"라는 K의 지적은 작품을 넘어서 작가에게로 향하는 통렬한 지적처럼 들린다. 물론 작가는 다른 작품에서 S라는 한 작중인물을 빌려 대답 대신 스스로에게 주문(呪文)을 걸지만 말이다. "좋은 사람이 되려고 애쓰지 마. 누구에게든지 친절하려고 애쓰지도 말고. 아멘."(「안녕! 물고기자리」)

공평을 기하자면, 윤성희 소설의 기적은 세계에 대한 자아의 특수한 태도에서 연원한다. 소설의 작중인물들이 보여주었듯 그것은 상처와 아픔을 자양분 삼아 자기를 키우지 않으려는 자아의 독특한 노력과 상관이 있다. 갑갑하게 반복되는 일상 속에서 미세한 기적과 삶의 경이

9) 차미령, 「절망의 시대, 소설의 희망」, 『문학동네』 2005년 봄호, 378~379쪽.

로움을 발견하는 비술(秘術)은 울분 섞인 원한감정에서는 예상하기 어려운 산 체험이다. 확실히 윤성희 소설과 함께 한국소설의 어떤 인물들은 원한감정을 통한 주체형성이라는 낡은 관행으로부터 비로소 벗어나기 시작했다고 할 수 있다. 그 신선함은 수식어를 최대한 배제한 담담한 문체로 삶의 윤리를 실어나르는 신선함이다.

끝내면서, "나 여기 있습니다"

윤성희 소설 「거기, 당신?」에는 윤성희의 많은 소설들이 그러하듯 매우 아름다운 장면이 하나 있다. 이 글은 그 장면을 예로 들면서 박민규와 윤성희 두 작가의 소설에 나타난 주체성(그리고 타자성)의 새로운 징후와 그것을 포착하는 새로운 소설언어들에 관한 탐색의 마침표를 찍도록 하겠다.

아마도 루이 알튀세르의 호명이론(interpellation theory)은 90년대 이후 한국의 비판사회과학뿐만 아니라 문학비평과 문화연구에서 이데올로기와 주체화과정을 정의하는 데 많은 참조가 되었던 이론 중 하나일 것이다. "모든 이데올로기는 구체적 개인들을 구체적 주체들로서 호명한다"는 유명한 문장, 그리고 경찰의 저 유명한 "헤이, 거기 당신!"[10] 이데올로기적 호명에 자동기계처럼 무심코 뒤돌아보면서 그 부름에 응답하는 개인은 '주체이자 신민(subject)'이 된다는 이론. 90년대 이후의 사회적 현실과 개인의 관계를 분석하는 데 동원되었던 그 이론에는 주체성에 대한 이 시대의 염세적 체념이 다분히 스며들어 있다.

저기요, 하는 물음에 고개를 무심코 돌리는, '이름 대신 저기요'가

10) 루이 알튀세르, 「이데올로기와 이데올로기적 국가장치」, 『아미엥에서의 주장』, 김동수 옮김, 솔, 1991, 118~119쪽.

더 익숙한 윤성희의 작중인물이 보여줬던 스산한 풍경은 아마도 알튀세르적 주체이론에 대한 윤성희식의 번역일 것이다. 박민규라면, 단독자 '나'는 그저 '〈아무나〉의 한 사람이거나, 〈누구나〉의 한 사람', 하이데거가 말한 트리비얼한 일상에 잠겨 있는 비존재이자 평균화된 '그들(Das Mann)'[11]과 같게 된다고 말했을 것이다. 참으로 당연한 이야기겠지만, 소설의 육체는 종종 이론적 개념을 넘어선다. 「거기, 당신?」에서 그녀가 가로등을 등지고 서 있는 한 남자를 부르는 "거기, 당신인가요?"와 알튀세르적 경찰의 "거기, 당신!"은 섬뜩하게 닮았으면서도 전혀 다르다.

이데올로기적 호명에 대한 보통의 응답이 있다면 그것은 "그게 접니다(That's me)" 정도가 될 것이다. 문장구조를 보면 타자의 호명이라는 주절(主節)에 주체는 종속절(從屬節)로 반응하고 있다. 그러나 이데올로기적 호명을 넘어서는 호명이 있다면, 그것은 사랑의 인사 "거기, 당신인가요?"가 되지 않을까. 그래서 그 사랑의 호명에 대한 응답이 있다면, 도래할/하는 주체의 응답은 아마도 다음과 같지 않을까. "나 여기 있어요!(Here I am!)"

물론 거기에는 아래의 장면에서 보듯 타자의 얼굴을 알아볼 수 없을 정도로 가로등을 등진 어둠의 심연이 도사린다. 이 어둠 속을 도약하고 사랑의 부름에 응답하는 고되고도 기나긴 과정, 그것이야말로 2000년대 한국문학의 젊은 작가들이 떠맡아야 할 문학적 임무일 것이다.

바람이 은은하게 불었다. 어디 열이 얼마나 있나 볼까? 바람은 그렇게 속삭이고는 그녀의 이마를 만져주었다. 어디선가 묵직한 발소리가 들렸다. 저 사람은 다른 사람들보다 더 빨리 구두 뒤축이 닳을 거야. 그

11) 마르틴 하이데거, 『존재와 시간』, 이기상 옮김, 까치, 1998, 175~181쪽.

녀는 발소리를 들으면서 그런 생각을 했다. 기다란 그림자가 그녀 앞에 섰다. 가로등을 등지고 있어서 얼굴이 보이지 않았다. 그녀가 떨리는 목소리로 물었다.

거기, 당신인가요?(「거기, 당신?」)

좀처럼 깨어나지 않는 모래들의 꿈

— 안성호 소설집 『때론 아내의 방에 나와 닮은 도둑이 든다』에 대하여

그러나 환각 또한 사실이다.

— 루이 알튀세르

꿈의 극장에 입장한 것을 환영합니다

만일 안성호 소설을 읽는다면 당신은 아마도 작가가 창조한 그토록 낯설고 당혹스러운 세계의 끝없는 시작과 시작 없는 끝에서 주저하다가 결국 멈춰 설지도 모른다. 그의 소설은 당신이 한 번쯤은 어떤 식으로든 경험해봤을 다음과 같은 기묘한 백일몽=낮꿈(daydream)의 세계를 닮았다고 할 수 있다. 예컨대 당신이 꿈속에서 대낮에 횡단보도를 건너가고 있으며, 당신 주변에 많은 행인들이 지나가고 있다고 상상해보자. 그런데 횡단보도를 지나가던 당신이 자신의 모습을 문득 돌아보니 놀라워라, 윗도리는 평상복인데 아래는 팬티만 입고 있었던 것이다! 가히 부끄러움이 치밀어올라올 법하다. 그러나 기묘한 것은 꿈의 주인공인 당신의 부끄러움을 보아줄 타인들의 시선은 괴상한 차림새를 한 당신을 향하고 있지 않다는 사실이다. 꿈이 아닐 경우 사람들은 그저 당신을 보고 웃거나 호기심 있는 눈초리로 쳐다보고 당신은 차마 얼굴을 들지 못할 텐데, 이 부조리한 꿈의 경우 사람들은 그냥 무

표정한 얼굴로 마치 당신을 보지 못했다는 듯이 한낮의 횡단보도를 지나가고 있는 것이다. 그리하여 그토록 짐짓 무심한 그들의 표정이 믿기지 않아 당신은 더욱 당황해하고 놀라고 만다. 결국 당신은 그 상황을 도저히 참을 수 없어 횡단보도에 멈춰 서고 말 것이다. 부끄러움은 증식하며, 당신은 도저히 견디지 못하여 꿈에서 깨어나거나 할 것이다.

이러한 꿈이 전하는 진실이 있다면, 무엇일까. 아마 그 진실은 믿어지지 않는 어떤 이야기들과 사건이 아무렇지도 않게 계속 전개되고 있는데 믿고 싶지 않지만 다름 아닌 바로 그것이 진짜 현실이라는 것은 아닐까. 이 경우 꿈과 현실의 위계는 전도된다. 현실이란 저 섬뜩한 낮꿈의 주인공인 당신이 깨어나 한사코 부정해야 했던 바로 그 꿈은 아니었던가. 그렇다면 당신이 겨우 안심해야 했던 현실은 꿈은 그저 꿈일 뿐이라고 중얼대는 당신의 말이 기대고 싶었던 바로 그 현실은 아닌가. 당신이 평소에 믿고 있던 현실의 모습은 행인들이 아랫도리를 벗은 당신을 호기심 가득 쳐다보는 것 아니겠는가. 타인들의 부담스러운 시선이 차라리 당신을 편안하게 해주는 것은 아닐까. 당신의 현실이란 결국 당신이 현실이라고 믿는 꿈에 불과한 것은 아닐까. 그러나 당신의 벌거벗은 부끄러움조차 타인이 모른 척한다면? 당신의 부끄러움을 인정해줄 만한 현실, 타자들의 시선조차 존재하지 않는다면? 아마 당신은 더욱 견딜 수 없을 정도로 부끄러워질 것이며, 최후에 당신은 존재할 수조차 없을 것이다. 안성호 소설을 읽는다는 것은 이 부조리한 꿈 체험을 겪는 일인지도 모른다. 현실을 살아가고 있다고 믿었던 평범한 주인공들은 실제로는 도심의 아파트단지와 문명의 섬을 꿈처럼 부유하고 있었으며, 문명의 현실이란 모래들이 쌓아놓은 허망한 꿈에 불과했던 것이다.

안성호 소설은 꿈과 현실의 경계, 은밀한 욕망과 그것이 실현되지 못한 채 응어리져 잔여물로 부유하는 백일몽의 세계라고 할 수 있다.

소설 속에서 이 경계는 도심과 자연, 육식과 채식, 인간과 동물, 정상과 광기, 삶과 죽음, 문명과 폐허의 경계 등등으로 다양하게 변주되며, 그것들은 텍스트 안에서 착잡하게 얽혀 어느 비등점에 다다르면 완전히 구별 불가능해져 전혀 다른 모습으로 전치된다. 그의 소설에 대한 독해의 일차적인 어려움은 소설이 수반하는 경계의 다양한 변주와 꿈과 같은 낯섦과 충격효과에서 기인한다고도 볼 수 있다. 그러나 앞서 이 글이 제시했던 꿈의 진실에 어느 정도 수긍할 수 있는 당신이라면, 안성호 소설이 안내하는 낯선 풍경과 꿈과 같은 장면에 필시 동의할 수 있으리라. 바로, 여기 작가가 꿈꾼 텍스트는 당신이 기거해야만 하는 충격적인 진실의 장소가 될 것이다. 이제 그 백일몽의 극장에 입장할 차례다.

"백일몽이 실재가 되어버린……"

대체로 안성호 소설의 주인공들은 반쯤 잠든 상태에서 꿈과 현실의 경계에 머무르는 몽유병자의 형상을 띠고 있다. 작가는 꿈이 현실로 접혀 들어오며 현실이 꿈과 겹쳐져 주름을 만드는 반수면 상태나 대낮을 활보하는 몽유병자들의 환각에 대한 꽤 집요한 묘사를 제공한다.

> 차츰 의식이 흐려지면서 잠이 들 순간이었다. 초인종 소리가 들렸고 그때 아내가 뒤돌아 내 얼굴 위로 엷은 이불을 머리끝까지 올렸다. 그것은 꺼져가던 의식을 한층 밑바닥까지 꾹 밀어 넣는 행위가 되었다. 가벼운 나뭇잎이 호수로 지그재그 떨어지듯 나는 아주 깊은 내면으로 침하하고 있었다. 그런데 그 침하되는 곳이 너무나 환했고, 그것은 의식 밖에 존재하는 현실과 비등하게 느껴지고 또 선명했다. 끝이 뾰족한 대순

이 너무나 빠른 속도로 자라는, 뭐 그런 과민한 상태가 어느새 눈을 뜨게 만들었다.(「때론 아내의 방에 나와 닮은 도둑이 든다」, 『때론 아내의 방에 나와 닮은 도둑이 든다』, 랜덤하우스중앙, 2005. 이하 작품명만 표기)

그런데 내일이면 100일 휴가를 나갈 초병의 눈에 또 한 번 나비를 먹는 여자가 보였다. 긴 꼬챙이를 들고 이슬이 채 마르지 않은 풀숲으로 걸어가는 여자. 그녀는 뽕나무에 매달린 오디를 따먹듯 풀숲에서 나비들을 주워 먹었다. 저항도 없이, 그저 손으로 입으로 배로 들어가 버리는 나비였다. 하마터면 그는 방아쇠를 잡아당길 뻔했다. 여자를 향해서가 아니라 아무 생각 없이, 꿈을 꾸고 있을 나비를 향해서였다.(「나비」)

아무렇게나 뽑아본 위의 전형적인 장면들 이외에 꿈과 현실의 경계에 대한 작가의 탐구는 소설집 전체에 산재되어 있다고 말해도 무방할 것이다. 이러한 탐구는 소설의 담화(discourse)에 마술적이며 복화술적인 색채를 부여한다. 그리하여 아내와 불륜을 벌인 남자를 동시에 살해하여 매장한 프라이드 자동차 밑에서 담쟁이가 자라난다고 말하는 「때론 아내의 방에 나와 닮은 도둑이 든다」의 일인칭 서술자 '나'의 이야기든, 나비를 먹는 여자를 보았다고 말하며 휴가를 나와 나비를 먹고 죽어버린 초병의 강렬한 환각을 묘사하는 「나비」의 삼인칭 서술자의 진술이든 간에 소설은 도대체 어디까지가 진실이며 어디까지가 거짓인지를 애매하게 만들어버리는 신뢰할 수 없는 서술자에 의해 진행된다. 프라이드를 뒤덮은 담쟁이넝쿨이나 초병의 뱃속에서 발견된 나비 떼는 작중인물들의 편에서 보면 환각의 결정체(結晶體)이며, 서술자의 편에서 보면 환각적인 말들이 엮어지며 의도와는 무관하게 발생시킨 기표의 사슬들이 빚어낸 은유다. 그런데 이 소설집에서의 환각은 「때론 아내의 방에 나와 닮은 도둑이 든다」의 인용문처럼 꿈과 현실의 경계에 대한 전형적인 묘사보다는 「나비」의 인용문처럼 현실 그 자체를 환각적으로 재현하는 방식의 서술에서 보다 실재감을 부여받는다. 작가의 솜씨가 빛을 발하는 곳은 바로 여기다. 우선 「세 편의 자기소개서」부터 살펴보자. 이 소설은 고백이라는 속내 이야기, 고백함으로써 진실을 말한다는 것 자체가 얼마만큼 기묘하고도 낯선 것이 될 수 있는가를 잘 보여주는 작품이다. 고백은 그것이 정말로 고백됨으로써 반(反)고백이 되며, 고백하는 '나'는 고백되는 또다른 '나'를 만든다. 그 '나'는 거울 속에서 외로운 사업에 골몰하는 저 이상(李箱) 시의 '나' 처럼 낯설고 섬뜩하다.

'명화비디오방'을 관리할 후보자를 선발하기 위해 세 편의 자기소개서를 뽑아 검토하여 주인에게 보여주는 '나'의 의도는 불분명해 보인다. 그 의도가 이상한 이야기만 털어놓는, 그리하여 비디오방을 맡기기에는 다소 부적절한 후보자들의 자기소개서만 부러 뽑아 비디오방을 독점관리하려는 '나'가 부린 술책인지, 아니면 세 편의 자기소개서의 주인공들의 독특한 개성과 기이한 특징에 공감하기 때문에 '나' 가 선택한 결과인지는 서술의 층위에서는 짐작하기 어렵다. 첫번째 자기소개서는 택시 여기사가 자신의 직업에 대해 어떻게 생각하느냐고 묻자 "내가 갈 길은 알지 못하고 매일 남의 길만 물어 다니는 직업"이라고 대답한 것이 인연이 되어 그녀와 결혼했다가 최근에 사별한 한 남자의 사연이다. 그는 쥐를 내다버리는 습성을 가진 일성(一星)장군이라는 괴짜와의 이상한 만남을 소개하며, 그가 버린 부패한 쥐와 결국 자신이 비슷하다고 생각한다는 이야기를 자기소개서에 털어놓는다. 두번째 자기소개서는, 노아의 벌거벗은 모습을 훔쳐본 저주받은 아들의 모습을 연상하게 하는, 술에 취한 아버지의 벗은 아랫도리를 몰래 훔쳐보는 스무 살가량의 여자아이의 기괴하고도 우스꽝스러운 성장기다. 세번째 자기소개서는 가로등을 엽총남탄으로 깨뜨리는 황당무계한 직업을 가진 적이 있던 어느 백수의 이야기다. 한마디로 이 세 편의 자기소개서는 현실에서는 좀처럼 있을 수 없다고 여겨지는 꿈과 같은 이야기들의 모음인 것이다. 도대체 자기소개서에 그런 이상하고도 내밀한 이야기들을 털어놓는 자들이 어디에 있느냐고 반문해볼 법하다. 만일 이 이야기들이 진실이라면, 그것들만을 가려 뽑은 서술자 '나' 역시 시쳇말로 어디가 좀 이상한 사람은 아닌가 하고 의심해도 좋다. 「세 편의 자기소개서」의 자기소개서는 문자 그대로 '자기' 소개서가 된 것이다! 이러한 자기소개서를 읽는다는 것은 마치 당신이 "아침 드셨습니까"라고 인사를 건네자 이웃이 자신이 아침을 못 먹었으며 왜 아침을 못 먹게 되었는가에 대해 구구절절한 사연을 늘어놓아 도리어 당신을 곤혹스럽게 만드는 경우와 흡사하다.

이처럼 안성호의 소설은 자신만의 내밀한 환각과 비밀들을 가진 평범한 사람들 속에 숨겨진 낯선 진실과 꿈이 현실이 되어버린 상황을 독특하게 묘사하고 있다. 「나비」의 한 구절을 빌리면, 안성호의 소설은 "백일몽이 실재가 되어버린" 이 시대에 대한 섬뜩한 우화다.

……현실, 또는 믿음에 대하여

그렇다면 안성호 소설에서 그토록 꿈이나 환상과의 경계가 흐려지는 현실은 어떤 모습을 띠고 있는지 물어봐야 할 차례다. 즉 작중인물들이 자신들의 현실을 어떻게 직조해내고 그 안에서 살아가고 있는지를 살펴봐야 할 것이다. 「세 편의 자기소개서」가 아무래도 작중인물들의 주관적인 환상에 대한 (반)고백이라면, 작가의 등단작인 「하늘에 떠 있는 저 사내를 보라」는 객관적인 환상에 대한 우화라고 볼 수 있다. 이 객관적 환상을 간단히 기적이라 불러도 무방하다. 이 소설은 마르케스의 「날개 달린 노인」을 연상시키는 작품이다. 「날개 달린 노인」은 콜롬비아의 조그만 마을에 날개가 달린 노인이 하늘에서 지상으로 떨어지지만 결국 그 어떤 사람들도 그 노인의 출현을 기적으로 받아들이지 못하며, 노인은 다시 그 마을을 떠나 하늘로 사라진다는 이야기다. 마르케스의 우화가 주는 교훈은 이렇다. 사람들이 자신의 현실이라고 간주하는 것은 날개 달린 노인의 출현과 같은 기적이 주는 새롭고 낯선 충격을 결코 참아내지 못한다는 것이다. 사람들은 비록 기적이 일어나더라도 그것을 믿지 않으려고 필사적으로 몸부림친다. 현실은 결코 기적을 원하지 않는다. 그렇다면 그들이 현실이라고 말할 때 정확히 그 현실은 무엇일까. 사람들이 한사코 몸부림치면서까지 기적을 부인하려고 하는 현실의 그것은 무엇인가. 풍자적 우화인 「하늘에 떠 있는 저 사내를 보라」는 이에 대한 물음을 던지고 있다.

하늘에 떠 있는 사내를 본 작중인물들은 각자 자신들만의 방식으로 그 사내에 대해 상상하며 해석한다. 윤정과 불륜관계인 두식은 하늘의 사내를 자기 자신으로 간주하며 그것을 불륜을 저지르는 자신에 대한 모종의 불안감이 체화된 결과로 받아들인다. 윤정은 과민한 반응을 보이는 두식에게 "기중기가 빌딩 옥상에서 죽은 노숙자를 들어올리는 중"이라고 말함으로써 두식을 안심시킨다. 2301호의 남자와 불륜관계인 두식의 아내 여진 또한 하늘에 떠 있는 사내의 옷차림을 보고 그것이 "남편과 남자에게 똑같이 사다 입힌 가로 줄무늬 남방과 미색 바지, 황갈색 구두"와 같은 것임을 목격하고 불안에 떤다. 그것뿐만이 아니다. 동네 노인들인 최씨와 박씨는 하늘에 떠 있는 사내에 대한 각자의 해석으로 갑론을박하는 도중에 다투게 되며, 결국 "두 사람 사이에 희미한 막처럼 형성되어 있던 타협점"은 "일시에 찢어져"버리고 만다. 교회의 목사라고 해서 모든 사람들의 눈에 비친 하늘에 떠 있는 저 사내라는 객관적 환상 또는 기적을 그 자체로 받아들이는 특권을 가진 것은 아니다. "모든 독종으로부터 다시 재림하신 영화로운 하나님, 드디어! 당신이 내 발등에 내리셨나이다!"라고 외치면서 하늘에 떠 있는 사내를 재림한 메시아로 해석하며 마을 사람들에게 회개를 종용하는 목사 역시 기적을 부인하기는 마찬가지다. 그는 이 계기를 통해 "하나님이 지목하신 제사장"으로 스스로를 임명하여 마을을 다스리려는 작태를 보이는 속물스러운 기회주의자임이 밝혀진다. 목사의 행태는 마치 쓰나미 재해를 주일에 교회를 나가지 않는 사람들에 대한 하나님의 저주라고 보는 저 위험천만한 발상과도 흡사하다. 결국 두식과 윤정은 모든 이들이 하늘에 떠 있는 사내에 관심을 돌린 사이를 이용하여 모텔에서 빠져나갈 수 있게 된다. 소설은 하늘에 떠 있는 사내가 무엇인지 결코 알려주지 않지만, 작중인물들은 모두 저마다 믿는 바대로 사내를 상상하고 해석할 뿐이다.

이 소설의 진실은 앞서 언급한 「날개 달린 노인」의 그것과 비슷하다. 기적을 기적 그대로 믿지 못한다는 것이 요점의 전부는 아니다. 중요한 점은 기적을 부인하는 현실이란 기적을 부인하는 현실에 대한 끈질긴 믿음 바로 그것에 의해 지탱되고 있다는 것이다. 작중인물들은 경찰서를 점령한 수많은 신도들처럼 하늘에 떠 있는 사내를 믿지 않는 불신자들이 아니다. 재림한 메시아에 대한 열망으로 그들의 믿음은 넘쳐나지만, 그것은 현실에 가해진 충격을 부인하기 위해 마련한 대체물('재림하신 영화로운 하나님')에 집착하는 믿음에 불과하다. 그들의 하나님조차도 예외는 아니다. 요컨대 하늘에 떠오른 사내로 인해 떠들썩한 일들이 일어났지만, 두식과 윤정의 불륜행각이 이 소란법석의 틈을 타 당분간 안전하게 계속될 것으로 암시되는 것처럼, 실제로 달라진 것은 아무것도 없다. 이것이 작가가 전하는 현실의 충격적인 면면이다. 결국 현실은 사람들이 현실이라고 끈질기게 믿고 있는 환상이거나 깨어나면 안도하는 꿈에 불과한 것은 아닐까.

'정신적 동물의 왕국'에서

현실과 꿈, 믿음과 기적의 전복. 안성호 소설의 전복적 상상력은 수면의 동심원을 그리면서 점점 확산된다. 그 동심원은 「섬」처럼 제한된 시공간을 무대로 알레고리적 상상력에 의해 문명비판으로 확대되는 경우도 있으며, 「육식」에서처럼 채식주의라는 문명의 세련된 삶의 방식이 육식보다 얼마나 더 위선적이며 폭력적인가를 폭로하는 방식으로 무늬를 이루기도 한다. 작가의 문명비판의 화살은 온순하게 길들여진 인간-동물이 자신의 이성과 문명의 이기를 다만 쾌락과 행복을 위해서만 사용하는 이른바 '정신적 동물의 왕국(das geistige tierreich)', 소설의 간명한 표현을 빌리면 "동물의 왕국"(「거미 인간」)을 겨냥하고 있다.

술에 취해 잠들었다가 깨어나 보니 쓰레기로 뒤덮인 섬에 갇혀 있게 되었고 탈출했지만 다시 섬으로 돌아오고 마는 한 남자에 대한 이야기인 「섬」은 문명비판의 알레고리이다. 전언은 비교적 명확하며 간단하다. 문명은 결국 쓰레기에 불과하며, 그곳에서 인간은 문명에 의해 진보하는 것이 아니라 도리어 인간-동물로 퇴행하여 유인원이 된다는 것이다. 안성호 소설의 장점은 인간-동물에 대해 "종(種)에 대한 불안! (……) 인간들 틈바구니에서 일어나는 이 알지 못하는 불안!"과도 같은 다소 명시적인 진술보다도 다음과 같은 장면 묘사의 세련됨에 있다.

> 아담은 개처럼 날 손바닥으로 불렀다. 혀 차는 소리까지 내면서. 나는 느릿느릿 아담이 있는 쓰레기 더미 위로 걸어갔다. 아담은 썩은 사과를 손에 올려놓고 잠깐 동안 허공에 그것을 머물게 한 다음, 멀리 던졌다. 그리곤 내 엉덩이를 찰싹 때렸다. 나는 푹 고꾸라지면서 넘어지지 않으려 껑충껑충 뛰어 간신히 몸을 일으켜 세웠다. (……) 쓰레기 더미에서 내려온 아담이 팔을 내밀었다. 마치 개들에게 앉아, 일어서, 발!

발! 하듯이 두 팔을 내밀었다. 아담은 내 머리를 쓸었다. 그리곤 귀를 잡아당겼다. 나는 울음을 터뜨릴 만큼 고통스러워 쓰레기 더미에 뒹굴었다.(「섬」)

인용문을 들여다보면, '나'와 아담에 대한 깔끔한 동작 묘사가 원숭이나 오랑우탄 등의 유인원의 제스처를 자연스럽게 환기시킨다는 것을 어렵지 않게 짐작할 수 있을 것이다. 이 문명=쓰레기로 가득한 섬에서 인간이 존재하는 단 하나의 이유는 동물적 생존 그 자체다. 인간이 섬에 던져졌다는 것은 그저 "암퇘지와 수캐를 섬에 풀어 넣은 거와 진배없"는 것이다. 바지선을 타고 인간-동물을 섬에 던져놓는 이들, 인간과 문명의 주권자로 자임하는 장군과 군인 들에 따르면 '나'나 아담과 이브는 더이상 인간이 아니다. 섬에서 탈출해 '나'와 이브가 본 도심의 사람들은 그 진실을 알고 있음에도 불구하고 모두들 모른 척하며 살아가고 있는 것이며, 그것은 이 글에서 맨 처음 제시한 악몽처럼 묘사되어 있다. "그때 한 여자와 남자가 달려든 개에 물려 비명을 내질렀다. 개들은 남자와 여자의 다리와 배와 팔과 목을 물어뜯었다. 싯벌건 피가 허공에 솟구쳐 사방으로 뿌려졌다. 병사들은 큰 포대기를 가져와 두 사람을 담아 차에 실었다. 필시 저것이 섬으로 버려질 것이었다. 그 악취! 우리는 뒷걸음질을 쳤다. 어디를 가나 그 병사와 개들이 길목을 지키고 있었다. 그러면서도 아무 표정 없이 살아 움직이는 사람들!"

현실이 현실을 구멍 내는 틈새를 필사적으로 틀어막고 부인하는 메커니즘으로 작동한다는 진실은 「하늘에 떠 있는 저 사내를 보라」나 「섬」의 핵심적 주제이기도 하면서 동시에 「육식」이 통렬하게 풍자하고 있는 바이기도 하다. 문명적 삶의 이면과 진실이 실제로는 야만과 폭력이라는 것은 다소 익숙한 주제이지만, 그것은 죽어가는 불쌍한 동물을 보여주면서 채식주의를 강요하는 등의 이른바 웰빙(well-being)이 지복(至福)의 가치로 인식되는 오늘날의 세련된 문명의 삶에도 여전히 타당한 진실이다. 「육식」에서 "육식이란 동물의 영혼을 도둑질하는 행위"이며 채식이 "7대 죄악 중 과식(過食)을 막는 방법"이라고 믿는 일군의 금욕적 채식주의자들은 '생태빌라'에 산 지 1년이 지난 어느 날 이상한 냄새를 맡는다. 그 냄새의 정체는 결국 젖소를 키움으로써 생계를 이어나가던 박씨 소유의 젖소의 살과 피 냄새로 밝혀지지만, 그들은 그 냄새가 그들이 금지해야 할 고기의 그것일 것이라고 짐작하면서도 계속 이끌린다. 생태빌라 주위를 감싸고 도는 정체불명의 '냄새'는 바로 그들이 채식주의자라는 것을 공공연하게 내세우면서도 은밀히 부인하고 억압했던 육식에 대한 들끓는 욕망이 증상으로 되돌아온 것이다. 그 증상은 맨 처음에는 소의 주인인 박씨에 대해 "그동안 참아왔던" 욕설과 폭력으로 터져나오며, 그 다음에는 그들이 금지했던 우유에 대한 "본능적" 이끌림을 통해 구체화된다. 그리하여 그들은 "자신들의 정신을 담고 있는 항아리에 뚜껑을 열고 그 내부를 내려다볼 수 있었다. 채식으로 가득해야 할 항아리에 알 수 없는 욕망들로 가득했다". 금욕주의적 채식주의자들에게 자신들이 부인했던 이 욕망의 실체, 그러나 그들이 은밀하게 향유한 욕망의 실체는 끔찍한 다음 장면을 통해 구체화된다. 이 장면은 마치 프랜시스 베이컨의 잔혹한 그림 〈푸줏간에 걸린 고기〉를 보는 것과 같다. 아니, '푸줏간에 걸린 고기'가 저 음험한 금욕주의적 수도사들을 도리어 응시하고 있다.

> 코를 막고 그곳 문을 열자, 그 안에 숨을 헐떡이는 젖소 한 마리가 누워 있었다. 검정색 고급 소파같이 가로로 누워 있는 젖소, 곳곳에 칼이 지나간 자국이 선명했고, 살점이 뜯겨나간 부분에는 엉겨 붙어 피딱지가 숨을 크게 내쉬면 금방이라도 터질 것같이 일렁거렸다. 이들이 문을

열고 들어서서 경악스러워 입을 가리고, 코를 가리고 서 있자 누워 있던 젖소가 커다란 눈으로 그들을 일람했다. 마치 빈 그릇에 쇠로 만든 작은 공이 굴러가듯 젖소의 시선이 옮겨질 때마다 쩌르륵 하는 소리를 냈다. 그것은 필시 젖소의 기관들 중 어느 부분이 절단되어 들려오는 소리였다. 뿐만 아니라 젖소의 긴 꼬리가 이리저리 움직일 때마다 피딱지를 건드리면서 선홍색의 피가 바닥으로 흘러내렸다.(「육식」)

이 조각조각 절단되어 피 흘리며 죽어가는 젖소의 이미지야말로 금욕주의적 채식주의자들이 그토록 감시하고 금지하면서도, 감시하고 금지하는 바로 그 눈두덩의 주름진 그늘 아래 감춘 적나라한 욕망의 실체가 아니었을까. 현실 또는 문명적 삶에 대한 지금까지의 작가의 질문은 이것이었다. 그들이 현실이라고 믿거나 말할 때 그들이 정확히 현실이라고 믿거나 말하고 있는 그것은 무엇인가. 동일한 방식으로 다르게 물어볼 수도 있다. 금욕주의자들이 대상에 대한 욕망을 금지할 때, 그들은 그 금지의 대상을 실제로 어떻게 욕망하고 있는가. 자, 지금까지 욕망의 해부학자로서 작가 안성호의 재능을 확인할 수 있었다면, 이제는 문명적 현실의 허위를 고발하는 작가가 지향하는 삶의 진정성은 어떤 모습인지 살펴볼 차례다.

나비의 꿈, 정상과 광기

따라서 「나비」와 같은 작품이 의미심장한 이유는 한정된 무대인 감시소의 안팎에서 벌어지는 각기 다른 두 사람의 환각을 통해 인간의 삶과 사랑의 궁극적 진실이 쾌락원칙을 넘어선 죽음충동(todestrieb)과 맞닿아 있음을 강렬하게 환기시키기 때문이다. 지금까지 작가가 풍자한 현실의 모습이 자신의 내밀한 진실 그것을 부인하는 구조로 이루어져 있다면, 그 구조를 뒤바꿀 진실은 이번에는 다소간은 환각과 광기의 형태를 띨 수밖에 없을지도 모른다. 그렇다면 이 소설집에서 현실로 지칭되는 정상성과 비현실적 광기의 경계선이란 실제로는 아주 애매한 것이 된다. 광기는 정상성이 한사코 부인했던 진실에 대한 또 다른 이름이 된다. 현실 또는 정상성은 타인의 광기를 비정상적 광기라고 명명할 자격을 결코 부여받지 못한다.

여기에 초병, 즉 감시자가 있으며, 여죄수, 즉 감시받는 자가 있다. 퍽 익숙한 나비 모티브를 삼고 있는 작품이지만 「나비」의 새로운 면모는, 히치콕의 영화 〈이창Rear Window〉처럼, 감시하는 자와 감시받는 자의 위계가 역전된다는 것뿐만 아니라 감시하는 자든 감시받는 자든 그 누구든 간에 내밀한 진실에 충실한 삶의 양태는 광기와 환각을 동반한다는 것이다. 그 광기는 감옥이라는 제도적 장치의 안팎을 허물어 버리지만, 동시에 그 자신도 대기의 빛 속으로 소멸하고 만다. 입대 100일 휴가를 앞두고 있던 한 초병이 어느 날 망루를 통해 이십대 초반의 여죄수가 나비를 먹는 장면을 목격하고 사령실에 신고를 한다. 그리고 그는 당연하게도 상관에게 꾸짖음만 당한다. 나비를 먹는 여죄수의 모습이 초병만의 강렬한 환각이라는 것은 어렵지 않게 짐작할 수 있다. 물론 나비를 먹는 여죄수 역시 나비환각 속에서 살인을 저지른 전력을 가지고 있다. 소설은 다소 친절하다 싶을 정도로 환각의 발생론에 대해 논하고 있다.

> 하루가 지나고, 이틀이 지나면서 첫날 생각했던 것이 다음날에는 현실처럼 느껴졌고, 사흘째 되던 날에는 섬에 있는 애인과 공기 중에서 대화를 하는 것 같은 착각에 빠지곤 했다. 그것이 바로 한낮에 꾸는 꿈, 백일몽이었다. 이것은 무료함을 달래기 위해 최초에 붙들었던 그 기억이

닳고닳아 더 이상 기억해내기 힘들게 되자, 현실에 비추어 전혀 있지도 않은, 상상의 일들이 지극히 현실처럼 머릿속에 남으면서 정작 현실은 사라지고 자신이 만든 백일몽이 실재가 되어버린 꼴이었다.(「나비」)

인용문을 따라 읽자면, 초병과 여죄수가 각각 환각 속에서 본 나비는 성취되지 못한 욕망의 잔여물이 실체화된 것이라고 할 수 있다. 가령 초병의 경우 그것은 입대 전에 만났던 애인(실제로는 단순히 친구에 불과한 것으로 밝혀지는)에 대한 그리움과 바깥세상에 대한 동경 등이 물질화된 것이라면, 여죄수의 경우 그것은 존경하던 교수에 대한 이루지 못한 일방적 사랑과 욕망, 질투의 합성물이다. 결국 초병은 휴가중에 뱃속에 나비가 가득한 시체로 발견되며, 여죄수는 나비를 먹은 적이 결코 없었던 것으로 밝혀진다. 다만 여죄수가 소설의 마지막에 털어놓는 고백에 따르면 그녀 역시 한때 나비환각으로 사랑하던 교수를 살해한 적이 있었다는 것이다. 흥미로운 것은 여죄수가 살인의 정황을 서술하는 방식 그 자체에 있다. 이 소설의 묘미는 바로 이 장면이다. "하늘에서는 노란 나비들이 창가로 밀려왔습니다. 툭툭, 창가에 부딪히던 나비들이 나뭇잎처럼 후두두 소리를 내며 떨어졌습니다. 저는 교수님 곁으로 걸어갔습니다. 검정비닐에서 부엌칼을 꺼내 교수님의 옆구리를 살짝 찔렀습니다. 교수님은 내 얼굴을 보며 왜 그러냐고 물었습니다. 저는 고개를 숙여 죄송하다는 말을 했습니다. 작별 인사까지 했는지는 잘 기억나지 않습니다. 어쨌든 교수님은 의자에 앉은 채 내 쪽으로 방향만 바꾼 상태에서 그대로 머리를 책상에 내려놓았습니다. 나는 창문에 커튼을 치고 계단을 내려온 뒤 선글라스를 꼈습니다. 그리고 곧바로 숲길을 따라 경찰서로 갔습니다. 그 뒤로 나는 나비에게 쫓기는 일이 없었습니다." 광기와 환각 속에서 교수를 살해하는 이 장면은 마치 제자가 교수와 평범한 용무를 마치고 인사하고 나오는 지극히 친숙하고도 일상적인 상황처럼 서술되고 있다. 끔찍할 법한 살인의 정황도 다만 "부엌칼을 꺼내 교수님의 옆구리를 살짝 찔렀습니다"처럼 노련할 정도로 가벼운 터치로 마무리된다.

작가가 전하는 진실은 비단 광기와 환각의 백일몽이 그토록 일상적이며 현실적이라는 데에 있지만은 않다. 분명 「나비」에서 환각의 먹잇감이 된 초병과 여죄수는 그들이 상상했던 바로 그것을 본다는 점에서 확실히 정상은 아니라고 판단할 수 있다. 이른바 그들은 환각의 먹잇감이 되어 미쳐버린 사람들 아닌가. 누구도 그들의 광기를 의심할 수는 없다. 그러나 「하늘에 떠 있는 저 사내를 보라」의 평범한 작중인물들이 하늘에 떠 있는 사내를 보았을 때 그들이 본 것은 정확히 무엇이었는지 똑같이 질문해볼 수 있지 않을까. 그들 역시 그들이 상상하고 믿는 바대로 사내를 보았던 것은 아니었을까. 환각에 들린 초병과 여죄수가 그들이 상상하고 믿는 바대로 나비를 보았던 것처럼 말이다. 결국 인간의 광기란 그가 타인의 광기를 보고 판단할 때, 그리고 그가 상상하는 바대로 믿고 볼 때 가장 명백해지는 것은 아닐까. 「나비」의 초병의 자살과 여죄수의 살인, 곧 죽음충동이 가리키는 진실은 결국 이것이다. 대다수의 사람들이 자기가 믿고 바라보는 현실을 현실로 착각하며 겨우 살아가고 있을 때, 소수의 누군가는 삶의 극한에 이르면서 그 현실이 결국 환영현실이며 허위의 문명임을 폭로하고 있는 것이다.

'당신은 악마의 항문을 통해 지상에 떨어진 배설물이다'

이제 마지막으로 남겨놓고 있는 두 소설의 전언에 따르면 인간은 그가 산다고 믿을 때 이미 "꾸르르르, 소리만 내지를 뿐 천천히 죽어가는 늙은 비둘기"(「거미 인간」)에 불과하며, 그가 거주하는 견고하고도 안온한 문명과 세상의 질서란 한낱 "분진(粉塵)으로 쌓아올린 성(城)에 불과"하다(「움직이는 모래」). 이 도저한 비관론의 확인이 결국 안성호의 소설이, 그리고 이 글이 다다른 결론에 불과한 것인가. 이제 이 글의 마침표를 찍어야 할 때가 왔지만 작가의 비관론은 가일층 깊어지는 것만 같다.

중편 「거미 인간」은 「때론 아내의 방에 나와 닮은 도둑이 든다」 「섬」 「나비」와 마찬가지로 의식/무의식, 삶/죽음, 현실/환상 등 이른바 경계에 선 소설이다. 누구인지 알 수 없는 자의 칼에 배가 찔려 피를 흘리며 서서히 죽어가는 한 남자의 의식의 잔영들로 어질러진 파편적이며 편집증적인 단상들 속에서 추적할 수 있는 단서는 의외로 간단하다. 주인공은 실직자이며, 아내와는 건조하고도 냉랭한 생활을 하고 있고, 2302호의 휠체어를 탄 남자와 아파트단지 사람들에게 그의 삶이 감시당하고 있다는 상상에 시달리며, 남자의 아내와 정사를 벌인 적이 있는 인물이다. 그리고 한 소설가에 의해 그의 현재의 삶이 낱낱이 기록되어 있는, 즉 미래가 그의 과거가 된, 그리하여 살아 있음을 증명하는 것이 곧 죽어가는 모습을 보여주는 것이 전부인 남자다. 당연하게도 그는 지금 누군가의 칼에 찔려 가파른 마지막 호흡을 내쉬며 죽어가고 있다. 아파트의 주변에 기하급수적으로 증가하는 "늙은 비둘기"와 자신을 동일시하는 주인공의 삶은, 작가가 진정성의 모델로 삼는 인물들처럼, 문명의 안락함과 이기에서 배제된 잉여인간의 그것이다. 「거미 인간」은 지금까지 이 글에서 다뤄왔던 '동물의 왕국'과도 같은 문명적 삶, 서로가 서로를 속이는 기만적 현실 등에 대한 밀도 있는 현상학적 스케치다. 그리하여 마치 카뮈의 『이방인』처럼, 다음 날이면 생(生)이 교수형이 되는, 쓰자마자 지워져버리는, 말이 침묵이 되는, 탄생이 소멸이 되는 다음과 같은 문장을 읽는 것만으로도 「거미 인간」은 충분히 흥미로운 소설이 될 수 있다.

죽음은 빛의 차단이자, 언어의 부재다. 이는 곧 나의 부재이고, 나의 부재는 내가 인식할 수 없는 공간에 소리, 형체, 색깔, 명칭들로 존재하지 않을 것이다. 그것들은 언제나 잔존해 나와 상관없이 흐를 것이며 불려질 것이다. 눈으로 보지 못하더라도 기억으로 나는 그 모든 사물들과의 관계를 읽어 낸다. 이것만으로도 삶은 행복하다. 이제 이것마저 차단되어 버린다면 나는 어디에 있는 것일까. 아무 것도 없는 공허함이 가득한 허공 속에 홀씨처럼 떠돌아다닐 것이다. 기억할 수 없는 그 공허 속에서 내가 볼 수 있는 것은 과거도 미래도 없는 현재이며, 단지 현재는 0, 무의 세계-바로 죽음이다.(「거미 인간」)

어떻게 보면 이러한 결말은 당연한 것처럼 보인다. 현실이 환영현실에 불과하며, 이성과 광기가 종이 한 장 차이에 지나지 않고 문명적 삶이 결국 몽유병자들의 꿈이라면, 안성호 소설이 전달하는 인간학은 결국 루터의 저 충격적인 설교의 한 대목처럼 "너희들은 악마의 항문을 통해 지상에 떨어진 배설물에 불과하다"는 도저한 인식일 것이다. 에라스무스의 자유의지론을 되받아치면서 루터는 자신의 의지와 믿음대로 살겠다는 르네상스 시대의 저 숱한 인문주의자와 자유의지론자의 꿈이 한낱 공상에 불과함을 폭로했던 것이다. '거미 인간'은 결국 도심과 문명의 부산물, 저 허망한 꿈의 잔여물, 잉여인간에 대한 탁월한 객관적 상관물이지 않은가. 그리고 이 배설물과의 동일시야말로 마주하고 싶지 않아도 결국은 대면해야 할 현실에 대한 현대인의 진정한 실존형식이 아닐까.

그리하여 작가가 도달한 인간 삶에 대한 인식은 이제 삶과 죽음, 정상과 광기, 의식과 무의식 등의 익숙한 대립항을 넘어서는 어떤 곳에 위치하게 된다. 간단히 말하면, 그곳은 문명의 폐허이자 자연이되, 문명의 단순 대립항이 아닌, 문명 그 자체가 폐허가 된 형상으로서의 자연이라고 할 수 있다. 중편 「움직이는 모래」에 묘사된 자연은 마치 바벨탑의 문명을 휩쓸어버린 노아의 대홍수가 끝난 다음 날 아침의, 청명한 하늘 아래의 폐허가 된 자연과 흡사하다. 문명의 흔적을 고스란히 간직한 폐허이지만 곧 엄청난 번식력을 자랑하는 자연 말이다(소설에는 홍수 뒤의 강가를 주변으로 한 자연의 생장과 번식에 대한 묘사가 매우 풍부하다). 과연 「움직이는 모래」는 대홍수를 다스렸던 노아에 의해 대홍수 이후의 인간사와 문명이 다시 시작되는 이야기의 원형처럼 읽힌다. (공교롭게도 이광수의 『무정』에서 문명화되어야 할 야만적 자연의 표상으로 최초로 등장한 바 있던) 삼랑진 강가 이쪽에서 모래 채취선을 이용해 가족의 생계를 꾸려나가면서 두 여자로부터 배다른 자식들을 배태하여 저주받을 가족사를 만든 아버지의 형상은 모든 문명의 기원에 자리 잡고 있다고 여겨지는 '원초적 아버지'(프로이트)를 떠올리게 한다. 모래 채취선을 이용해 "모래를 지리적으로나 산술적으로 계산"하는 아버지는 문명, 즉 인위적인 것의 삶을 대표하며, 무기력한 어머니는 강의 자연적 질서를 대표한다고 볼 수 있다. 화자 '나'는 아버지에 대한 끝 모를 증오와 어머니에 대한 한없는 연민을 품은 채 배다른 동생 배희와 근친상간의 관계를 맺고 있으며, 배희의 오빠이자 '나'의 이복형제인 서림의 죽음에 대한 죄책감을 간직하며 살아가고 있다.

한 편의 반(反)성장소설이면서 동시에 문명의 전사(前史)에 관한 가족로망스인 「움직이는 모래」는 결국 "무기질의 전부, 무(無)의 전부, 광막함의 전부, 먼지의 전부, 안개의 전부"인 아버지의 질서, 모래의 연성(軟性)에 맞서 "불우하게 살아가는 사람들이 가질 수 있는 이상한 힘, 응집력, 동질성, 점성(黏性)"에 손을 들어준다. 아버지는 불어난 강물에 휩쓸려 영영 실종되며, '나'는 아버지에 대한 그 어떤 미련과 그리움도 품지 않는다. 이제 삶과 죽음은 모든 것을 맹목적으로 집어삼키며 태어남과 소멸을 반복하는 강의 우주적 흐름에 보조를 맞출 것이다. 인간과 자연은 등나무처럼 줄기와 몸통이 한 몸으로 엮여 자연사(自然史)를 이루게 되고 모든 죽음 또한 자연사(自然死)가 될 것이다. 그래서 다음과 같은 대단원의 문장들이 씌어질 수 있는 것이리라.

강물에 고립된 아버지는 관으로 변해버린 모래 채취선과 함께 흘러갔다. 두 가족을 묶는 끈, 줄, 밥, 모래, 표상(表象)이 툭, 하고 소리를 내며 끊어졌고, 아버지는 어둠이 초청하는 나락으로 떨어졌다. 죽음! 지상계와 영혼계가 연(煙)이 닿아 있을 것이라 망자를 추앙하여 내 자신의 안위를 걱정하기도 한다. 그러나 그런 것으로 아버지로 인해 날 구원받을 생각은 없다. 아버지는 죽어 모래더미에 묻힌 것이다. 그 모래더미에서 아버지는 양파나 나무의 발육을 도울 것이고, 새로 짓는 건물의 모래가 되어 내가 하는 말을 귀담아 들을 것이고, 개미와 같은 곤충들이 숨기 좋은 장소를 제공할 것이다. 혹 강비탈에 서서 집 주변에서 염탐을 한다 해도 내가 두려워해야 할 일은 없다. 모래가 퇴적을 이루는 것은 꿈에 지나지 않기 때문이다. 나 역시 좀체 깨어나지 않는 꿈을 꾸고 있다.

강물소리가 들린다. 세상 모든 것들이 강물에 떠내려가는 것 같다. 아니 나 혼자 이 집과 함께 어디론가 흘러가는 것이리라. 머지 않아 모래더미에 묻혀 있는 사체가 햇볕에 드러날 것이고, 냄새는 물안개처럼 부풀어올라 진동을 하고, 밤새 숲에서 잠을 자고난 물까마귀 떼가 물 그림자의 살점을 뜯어먹기 위해 달려올 것이다. 배희는 어디로 간 것일까. 아마도 이 모든 것들이 꿈일 것이다. 이 강을 흐르는 수많은 모래들의 꿈일 것이다.(「움직이는 모래」)

아름답다. 그러나 다소 난감하다. 절대로 끝나지 않을 것만 같은 '비둘기 똥'과 같은 문명의 잉여적 삶에 대한 환유적 탐구가 이렇듯 문명이란 허망한 모래성 쌓기에 지나지 않는다는 시적인 여운을 남기며 마무리됨을 본다는 것은. 그럼에도 불구하고 위 인용문에서 "나 역시 좀체 깨어나지 않는 꿈을 꾸고 있다"는 단 한 구절을 배의 방향키처럼 꽉 붙잡을 필요가 있다. 이 문장은 다시 이 글의 머리말로 거슬러 올라가게 한다. 안성호 소설 특유의 미적 형상화와 우화적 현실인식은 깨어나 보니 그것은 꿈에 불과했다는 꿈/현실의 견고한 이원론의 재확인이나 '모든 것은 꿈이다'라는 허무주의적 탄식과는 거리가 멀다. 그의 소설들은 깨어나도 깨어나지 않은 것만 같아 개운치 못한 느낌을 주는 낮꿈의 잔재들을 텍스트의 원재료로 삼으며, 꿈과 현실이 마치 비에 젖은 두 가닥의 전선처럼 급작스럽게 맞붙어 단전(斷電)을 일으키는 찰나에 극히 민감하게 반응한다. 작가가 부조리한 꿈 같은 소설 속에 펼쳐놓은 애매한 삶의 경계들, 결정과 선택의 순간들, 좌절되었지만 포기하지 않은 소망들, 의도하지 않았지만 발생한 부산물들, 이것들이야말로 당신이 현실을 살아가면서 인정하고 싶지 않아 지나쳐버리지만, 또한 언젠가는 대면해야 할 삶의 두려운 진실이 아닐까. 그렇다면, 이 소설집을 끝까지 읽은 독자인 당신은 분명, 행운아라고 할 수 있다.

생존이 꿈인 자들의 삶, 생존이 삶인 자들의 꿈

— 박민규의 네 편의 소설에 대하여

사물의 편에서 — '무시무시한' 충만과 공허

소설집 『카스테라』(문학동네, 2005)가 출간된 이후, 장편소설 『핑퐁』(창비, 2006)을 전후로 해서 박민규의 소설이 지속적인 변신을 거듭하고 있다. 그 느낌만 우선 말해보면, 여전히 유머러스하지만 더 어두워졌다고나 할까. 『카스테라』의 경우, 작품 전체의 바탕을 흐르는 위로와 긍휼의 유머가 세계의 어두움을 감싸고 작중인물들을 위무하고 있었다면, 『핑퐁』과 이번 계절에 발표된 네 편의 단편들은 작중인물들의 행동을 특유의 유머로 조명하면서도 세계의 어두움이 그들을 둘러싸고 가시지 않은 채 암울함마저 남긴다. 이러한 느낌의 변모는 형식적으로 볼 때 작품의 결미 처리가 달라졌다고 바꿔 말해도 무방할 성싶다. 인류와 지구를 "언인스톨"하는 묵시적(默示的) 결말로 치닫는 『핑퐁』에서도 어느 정도 예상된 바 있지만, 기린, 너구리, 대왕오징어, 야쿠르트 아줌마, UFO 등 소설 내부에서 최고조로 다다른 갈등의 보로메오 매듭을 단칼로 내리치는 박민규 소설의 저 '데우스 엑스 마키나'는 그의 최근 소설들에서 더이상 무대의 결말에 등장하지 않거나 설령 등장한다 하더라도 이전과는 사뭇 다르게 그 모습을 드러낸다. 물론 이러한 변화는 『카스테라』 이후에 발표되었던 「비치 보이스」(『현대문학』 2005년 11월호)와 「누런 강 배 한 척」(『문학사상』 2006년 6월호)에서처럼 착잡하고도 쓸쓸한 결말로 끝을 맺는 단편들을 통해 일찌감치 예고된 바였다. 해변에는 군 입대를 앞둔 초조한 심정의 네 청년들을 갑자기 데려갈 거대한 고등어 한 마리도, 강가에는 퇴직 후 치매에 걸린 아내와 함께 생의 마지막 외출을 하는 초로의 남편을 훌쩍 실어 날아오를 배 한 척도 나타나지 않는다.

네 편의 단편 중에서 우선 「깊」(『문학동네』 2006년 겨울호)만 읽어보더라도 지구가 온데간데없이 사라져버리고 탁구를 치는 두 중학생과 거대한 탁구공만이 그 빈자리를 대신하는 『핑퐁』의 결말이 주는 먹먹한 진공과 유사한 파국의 느낌을 소설은 남기고 있다. 2487년경의 미래세계, 지구가 하나의 연합국가로 결성된 지 72년이 지난 무렵, 우주로 향하던 인류의 시선과 관심은 이제 100년 전의 지진으로 생긴 "지구의 틈"으로 향한다. 1만 1034미터의 비티아스 해연보다 에베레스트산 높이를 더한 만큼이나 깊은, 새로 발견된 유터러스 해연이 그 지구의 틈이자 새우주이다. "갈 수만 있다면 가야만 하는 속성을 가진 게 인류"의 속성이니만큼, 디퍼(deeper)로 선발된 다섯 명의 인간은 나름의 사명감을 가진 인류의 대표들이다. 그러나 엄청난 수압을 견디기 위해 유터러스 근처에서 잡힌 심해 해삼으로부터 추출한 체액 R-71을 주입하고, "기적의 합금" 티모로 특수 제작된 룸을 타는 등 철저한 준비와 고강도의 하강훈련에도 불구하고 두 명의 대원은 사고로 죽고 나머지 세 명만이 유터러스로 향한다. 그러나 그들은 예상지점보다 더 깊은 곳으로 들어가게 되며, 마침내 본부와의 모든 교신은 두절되고 만다. "지구의 중심으로 가는 물길", 곧 "인류가 시뮬레이션하지 못한 심연"에는 "티모의 원자들이 자신들의 고통을 처절히 호소하는 룸의 울음소리"만 가득 차게 된다. 그리고 그곳에서 대원들은 육체는 죽었으나 의식은 죽지 않은 채 여전히 지구를 들여다보는 산송장이 된다. 어떻게 이런 일이 가능할까. 물리적 상황에서라면 이들의 신체는 이미 산산조각 흩어지고 그에 따라 의식조차 존재할 수 없을 텐데 말이다. 소설은 "룸은 결국 인류사의 가장 값비싼 육체를 응축한 관으로 전락해 있었다"는 절멸의 상황을 전하며 끝을 맺는다. 그런데 그 상황을 바라보는 자들이 희한하게도 자신이 죽었음을 아는 디퍼들이다. 다섯 명의 디퍼들이 서로를 하나의 인간으로 느끼는 「깊」의 이 마지막 반전은 인류라는 종에 대한 염오(厭惡)에서 비롯된 새로운 인간종에 대한 박민규식의 사고실험일까.

「깊」은 "이 무한한 우주의 침묵이 나를 두렵게 한다"는 파스칼류의 전언으로부터 출발해서 종내는 그 반대편의 진실에 도달한 소설로 보인다. 자신을 엄습하는 텅 빈 외로움 때문에 시작된 인간의 탐사와 길 떠남은 룸의 울음소리로 가득 찬 지구의 심연, 서양 중세철학자들이 "신성한 공포"의 본질에 대해 이름 붙인 저 '무시무시한 충만(horror plenitudinis)'과 조우하고 만다. 박민규 소설이 발견한 새로운 차원의 숭고, 공포라 할 만하다.

「깊」에 '무시무시한 충만감'이 있다면, 「아스피린」(『아시아』 2006년 겨울호)에는 『핑퐁』의 결말이 보여주었듯 '무시무시한 공허(horror vacui)'가 자리 잡고 있는 것처럼 보인다. 물론 「깊」의 심해가 주는 '무시무시한 충만감'에 비견한다면, 「아스피린」에서 소설이 시작되자마자 고층빌딩의 도심 한가운데 일찌감치 떠 있는 직경 10킬로미터의 거대한 '아스피린' 덩어리가 주는 고요한 정적이 주는 충격은 미미한 것처럼 보인다. 『카스테라』가 비상사태가 일상에 대해 예외가 아니라 일상 그 자체가 되어버리는 이 시대에 대한 우화라고 말하는 것은 더이상 낯선 이야기가 아니다. 예를 들어 「그렇습니까? 기린입니다」에서 출근 시간의 지하철 플랫폼은 '신체의 안전선'과 '삶의 안전선', 생존과 삶, 일상과 비상사태를 가르는 경계가 아니라 그 둘이 뒤섞여 혼란스럽게 되어버리는 문턱이다. 「아스피린」 또한 이 점에서 예외가 아닌 소설인 듯하다. 공중에 엄청난 크기의 아스피린이 떠 있다는 전대미문의 예외적 사건과 여느 때와 같은 도심의 분주한 일상이 뒤섞인 채 공존하기 때문이다. 그러나 직경 10킬로미터의 아스피린이라 하더라도 그것이 『카스테라』식의 "UFO와 정서(情緖)가 다른 어떤 '것'"을 준다는 점만큼은 분명하다. 『카스테라』의 UFO와 여러 기계장치의 신들은 더러 이름이 주어져 있고 친숙해지더라도 그 정체를 끝내 파악할 수 없는 수수께끼 같은 사물로 남아 있다면, 말하자면 상징화될 수 없다면, 「아스피린」의 미확인비행물체는 그 이름과 실체가 곧 밝혀지고 심지어 광고 카피의 아이디어를 제공하기까지 한다. 즉 사물은 상징화되고 길들여진다.

후반부에 "백 퍼센트 순수한" 아스피린으로 밝혀지겠지만, 소설의 초반, 도심의 공중에 나타난 이 정체불명의 "그 '것'"의 등장에 견줄 만한 그 어떤 사건도, 충격도, 재난도 일어나지 않는다. 아스피린은 작중 인물들의 상상처럼 굉음 한 번 내지 않고 광선 한 방도 쏘지 않는다. 주인공이 속한 광고회사의 일상은 여전히 "점심시간, 간단한 식사, 스타벅스, 에스프레소" "회의, 회의, 회의, 회의"라는 규칙과 습관으로 바쁘게 돌아갈 뿐이며, 아스피린은 빌딩 창밖 저만치에 그저 떠 있을 뿐이다. 보름달처럼 고요히 떠 있는 아스피린이 주는 그토록 고요한 정적이 가끔 무섭기도 하고 불안감도 주지만, 이상하게도 사람들은 아무렇지도 않게 밥을 먹고 커피를 마시고 요실금팬티 시장에 관한 브리핑과 회의를 한다. 사람들은 예외가 점점 더 규칙이 되고, 비상사태가 정상이 되어버리는 데 완전히 익숙해진 걸까, 불안이 아스피린 복용처럼 습관이 되어버린 것일까, 아니면 재해의 성격 그 자체가 뒤바뀐 것일까. 물론, 셋 다이다.

"그러니까, 이제 재해란 건…… 그럼에도 불구하고 커피를 마시는…… 뭐 그런…… '것이거나' ……그럼에도 불구하고…… 일을 하는 것이다." 이 '그럼에도 불구하고'가 사태의 진정한 핵심이다. 이제, 아스피린으로 밝혀진 '그것'은 더이상 놀람과 불안, 요컨대 관심과 흥미의 대상이 아니라 그저 일하다가 한번 쳐다보는 여느 때, 여느 계절의 바깥 풍경이 되거나 광고카피의 아이디어로 소용될 뿐이다. "대응할 수 없을 때 인류는 적응한다"는, 아스피린에 대한 회사의 광고카피가 환기하는 아이러니는 여기서 최고조에 이른다.

'무시무시한 공허'라고 했지만, 하늘에 떠 있는 아스피린이 주는 저 침묵과 공허가 진정 무서운 것일까. 미래의 인류가 발견한 전대미문의 심해가 주는 꽉 찬 공포가 무서운 것일까. 아스피린 덕택에 자신이 서 있는 곳이 "이십삼 층"의 고층아파트이며, "칠십일 층"의 고층빌딩임을 문득 깨닫는 데서 오는 일시적인 "현기증"을 "자, 일해야지"라는 일상의 어휘로 재빨리 번역해내는 인간의 경이로운 적응력과 무심함이 조금은 더, 무섭다고 말하는 건 지나친 일일까. 엄청난 수압과 충격을 견디는 고도의 적응과 생존 그 자체가 꿈인 자들의 삶이 혹시, 더 무서운 것은 아닐까.

사람의 편에서—생존과 꿈

속류화된 다윈적 진화론이나 적자생존을 굳이 언급하지 않더라도 『핑퐁』이나 「아스피린」에서 유추되는 박민규식의 인간학은 '인류는 생존을 위해 적응하는 동물이다'쯤 될 것이다. 박민규의 이러한 인간학은

「깊」의 꽉 찬 공포를 가져다주는 심연이나 「아스피린」의 텅 빈 고요함을 유발하는 거대한 아스피린 덩어리, 곧 사물의 시점에서 인간을 바라보았을 때 생겨날 법하다. 우주, 지구, 해저의 심연, 곧 거대한 사물의 관점에서 볼 때 인간은 모래먼지나 물방울처럼 정말 하찮고 보잘것없기에. 이러한 설정을 일컬어 박민규 소설에 대한 비평적 언급에서 흔히 지적되곤 하던 방법적인 숭고(sublime)라고 할 수 있다면, 「굿바이, 제플린」(『내일을 여는 작가』 2006년 겨울호)과 「아치」(『현대문학』 2007년 1월호)는 정반대의 시점을 취한다.

생각해보면, 인류가 모래먼지나 물방울처럼 하찮은 존재이며 그런 인류가 모인 적자생존의 지구라면 거대한 핼리혜성과 충돌해 얼마든지 사라져버렸으면 좋겠다는 『핑퐁』의 중학생 주인공들의 망상은 결론에 너무 빨리 이른 감이 없지 않아 보인다. 그보다 『핑퐁』에서 '왕따'를 당한 두 중학생이 세계가 "깜빡해버린" "소외가 아니라 배제된" 자들이라는 점, 그들의 시점에서 자신들을 '왕따' 시켜버린 세계를 바라보는 방식에 주목하는 것도 괜찮으리라.

멜빌의 『모비 딕』에 대한 한 토막 캐리커처로 읽히는 「굿바이, 제플린」은 각자의 소시민적 꿈을 가진 드림마트의 직원들이 매장 오픈 기념으로 제플린 비행선을 띄우다가 발생한, 가슴 아픈 해프닝을 그리고 있는 단편이다. 당연히 공중으로 날려버린 제플린은 "변리사가 된 나의 인생이 한껏 부푼 모습으로 창공에 투영된" 꿈의 객관적 상관물일 터이다. 드림마트에서 가면라이더를 하고 있는 '나'에게 그 꿈의 구체적 세목(細目)은 "서른까지 직장에 뼈를 묻고, 작은 사무실을 키워내고 미려에게 청혼"하며, "주식투자하고 공부도 해서 변리사자격증을" 따는 것이고, 그래서 실은 '나'와 동거중인 미려 몰래 아파트 청약적금도 붓고 있는 중이다. 천 사장에게 그 꿈은 드림마트를 세운 회장의 꿈을 보필하는 것이며, '나'와 함께 가면라이더인, "영어가 되"는 제이슨 형에게 그 꿈은 라스베이거스에 살고 있는 딸과 함께 사는 것이다. 그러나 순간의 실수로 제플린이 공중으로 날아가버리면서 그들 각자가 품던 꿈들은 마치 제플린이 멀리 공중으로 떠올라 날아가듯 달아나버리려 한다. 더군다나 행사도우미 미려는 개업식을 하는 음흉한 노래방 사장의 꾐에 안타깝게도 아무것도 모르고 넘어가는 중이다. 천 사장은 낙심해 새벽기도를 다니고 '나'와 제이슨 형만이 거의 다 잡을 것 같으면 다시 멀리 떠나버리는 듯한 저 "지능적이고 교활한 흰고래"를 뒤쫓을 뿐이다. 게다가 성가신 훼방꾼들은 또 어찌나 많은지, "한무더기의 코찔찔이들"은 맞으면 구멍이 뚫릴 만한 비비탄을 점점 바람이 빠져 낮게 떠가는 제플린에게 쏘려 하며, 겨우 한고비 넘었다 싶으면 이번에는 밴에 탄 중년들이 엽총으로 사냥하려는 식이다. 게다가 '나'는 미려가 이미 노래방 사장에게 겁탈당했음을 직감하지 않았던가. "그 새끼…… 콘돔이나 쓰고 했냐?"라는 들끓는 방백(傍白)을 입속으로 겨우겨우 삼키면서. 정말 애들이고 어른이고 할 것 없이 다 이 모양일진대, 차 뒷좌석에 잠시 태웠는데 어느 순간에 사라져버린 할머니가 기거하고 있던 양로원 운동장 한가운데로 바람이 완전히 빠진 제플린이 떨어진다는 마지막 설정은 낙상(落傷)한 꿈의 이미저리를 표상하기에 충분하다.

착잡함과 서글픔을 안겨주는 소설의 일련의 추격 신은 짧지만 강렬한 이미지로 제플린의 최후를 묘사하면서 막을 내린다. "먼지가 얼룩진 상단에 깨알처럼 작은 구멍 하나가 뚫려 있었다. 죽어가는 고래의 눈동자처럼, 그것은 깜박이고 있었다." 산다는 게 "먹고 자고 싸면서 시간을 보내"기 위한 생존일진대, 그것을 위한 조그만 꿈들이 그렇게도 실현하기 힘들고 또 위태로운 일일 줄이야.

누군가 삶이 겨우 '먹고 자고 싸면서 시간을 보내는' 생존에 불과하냐고 반문할 법도 하겠지만, 박민규의 소설은 순간의 자그마한 실수가 돌이킬 수 없는 상황을 초래하는 이 시대의 헐벗은 삶, 삶이 곧 생존이더라도 '그럼에도 불구하고' 여전히 자그마한 꿈을 그리고 있지 않느냐고 되묻고 싶다. 「아치」에서 곧 만나겠지만, "21세기에 한강의 아치에" 오르는, "내몰리고 도망칠 수밖에 없는 인간들"은 너무도 많다. 이제 위로와 긍휼의 이야기가 필요할 때고, 이야기가 무엇에 쓰는 물건인지 물을 시간이다. 그새, 누군가 한강교각의 아치로 막 올라갔고, 다른 누군가가 신고를 받고 현장으로 출동했다.

'아치'에 올라선 두 남자가 있다. 멀리서 보면, 사내는 죽기 위해 경찰은 살리기 위해 올라선 것처럼 보인다. 그러나 가까이서 보면, 사내는 죽기 위해서라고 하지만 실은 "어떻게든 살고 싶어", 사내를 살리는 게 직업인 경찰은 평소대로 먹고살기 위해 올라선 것이다. 과연 주인공인 '나', 김 순경은 "별 탈 없이, 먹고산다면 나로선 그만이다. (……) 빌어먹는 사람 없이 벌어, 먹고살아간다"는, 단순 소박하지만 나름대로의 연륜과 경험에서 자라난 믿음을 갖고 있는 사람으로 소개된다. 한편, 사내는 서른둘의 나이에 사채업자에게 얻어맞아 붕대를 감고 있고 돈도 빼앗긴 상태로 그전에 공장에서 잘렸으며, 방세를 낼 형편도 아니어서 급기야 아치까지 올라오게 된 사람이다. 말하자면, 아치에 오르는 인간유형 중 "생계형"에 해당한다. 한편, 8년 전 아치에 처음으로 올라가 죽겠다던 사람을 구한 적이 있어서 그 이후로 계속 아치전담형사가 된 '나'에게 갈수록 늘어가는 게 있다. 그것은 물론 거짓말이다. 거짓말은 아치에 올라간 사내에게 걸려 있는 삶이냐, 죽음이냐는 비상사태와 예외상황이 그 자체로 밥벌이가 되고 일상이 되는 아치전담형사에게 온당히 필요한 삶의 기술이 아니겠는가. 이처럼 한강교각의 아치는 비상(非常)과 일상, 예외와 규칙이 만나는 자리가 되며, 사내와 형사의 만남과 대화를 통해 그 둘, 진실과 거짓말, 존댓말과 반말, 사실과 허구, 꿈과 절망, 밥과 굶주림, 사람에 대한 증오와 연민,

삶과 죽음, 세속과 초월, 심지어 '무전유죄 유전무죄(無錢有罪 有錢無罪)'와 '무전무죄 유전유죄(無錢無罪 有錢有罪)'조차도 엎치락뒤치락, 때론 뒤섞이고 때론 뒤바뀌게 된다. 처음에 '나'는 사내의 처지에 서며, 마지막에 사내는 '나'의 처지에 공감한다. '나'는 '너'가 된다.

극한의 아찔한 상황임에도 불구하고 「아치」에는 독자들에게 어쩔 수 없이 재미와 웃음을 주는 대목들이 있다. '나'가 사내를 구슬리기 위해 준비해둔 거짓말들을 늘어놓는 장면들이 그렇고 거짓말이 통하지 않을 것 같아 '나'의 진짜 고민을 털어놓는 장면들이 그렇다. 가령 '나'는 사내를 보면서 5년 전에 죽은 동생이 널 닮았다고 연민으로 호소하는가 하면, 내려온다면 딸을 주겠노라고 약속한다. 모두 거짓말이다. 위로만 형이 셋일 뿐이며, "아무리 정신이 바로 박혀도 이런 놈한테 딸 못 준다"는 속셈이 진짜다. "딸이 알면 바로 가출이고, 나는 마누라한테 전치 이 주"이기에. 참말도 있다. 아버지가 중풍에다 당뇨고 딸들은 곧 시집보내야 하며, 직장 다니는 큰놈은 돈 한 푼 용돈으로 주지 않고 후에 양로원 신세질까 지금부터 두려운 처지다. 결국, "진실만으론 사람을 살릴 수 없다"는 진실, 거짓말(허구)이 필요하다는 것 또한 삶의 진실이 아닌가. 죄책감이 들어도, 부처님께 미안해하더라도 먼저, 살리고 봐야 한다. 누군들 그렇지 않을까.

> 사내의 몸이 이윽고 움직인다. 불상(佛像)을 옮기는 기분이다. 눈발은 자꾸만 어른거리고, 빵빵대는 차들… 저 철교에 매달린 천불천탑, 아치에 올라선 천불천탑… 연등(蓮燈)처럼 하나 둘 가등은 켜지기 시작하고, 속수, 무책으로 나는 쏟아지는 눈 속에 서 있다. 젖지 않은, 사내가 앉았던 그 자리에 커다란 눈사람 같은 것이 녹아 있는 듯하다. 웬일일까, 그 눈사람에게 나는 진심으로 미안해진다.

아래는 검은 강이 흐르고 하늘에서는 눈이 내리는 겨울날 오후, 한 강교각의 아치에 초월의 흔적이 남아 있는, 최근의 박민규 소설이 도달한 한 절경(絶景)이 아닌가 싶다. 생존이 꿈인 자들의 삶이 있으며, 생존이 삶인 자들의 꿈이 있다. 두 개의 '그럼에도 불구하고'가 있다. 그 쌍쌍은 비슷하면서도 또 얼마나 다른가. 21세기 한국의 이솝, 박민규가 들려주는 허구의 진실이다.

우정을 상상하는 세 가지 방법

그들은 어떻게 만나는가

최근 한국문학의 현단계에 관한 인상적인 논의들 중 몇몇은 세간에 화제가 되었던 가라타니 고진의 '근대문학의 종언'론을 명시적으로 더러는 암암리에 참조하고 있다. 가라타니의 글에서 비롯되는 특유의 묵시록적 어조 때문에 그랬다고 볼 수만은 없겠지만, 이에 대해 반응을 나타낸 한국의 일부 비평가와 소설가는 근대문학이 끝났다는 가라타니의 발본적인 문제의식에는 공감을 보내면서도 일본비평가의 '일반적' 진단과 한국문학이라는 '특수한' 현주소 사이에서 발생하는 강한 시차(視差, parallax)를 표현하기도 했다. 그중 상상력에 관한 논의는 계발적(啓發的)일 수 있다.

『근대문학의 종언』에서 가라타니는 근대문학의 종언 이후의 문학이 이른바 오락이 되어가고 있는 사태에 대해 말한 다음 그것을 상상력의 형질변화와 연관시킨다. 칸트를 기점으로 상상력은 감성론(미학)이 순수이성이나 실천이성의 능력과 무관하지 않다는 것이 증명되었으며,

그리하여 근대문학은 미학을 경유하여 철학의 지적인 인식, 종교나 윤리학의 도덕적 태도를 그 짐으로 떠맡으면서도 그것을 넘어서려고 했다는 것이 논의의 요점이다. 근대문학의 종언은 바로 상상력이 인식론과 윤리학의 짐을 벗어버리고 감성론, 즉 오락의 형태로 복귀한 사태에 대한 명칭이 되는 것이다. 최근 한국문학에서 그러한 징후는 의미나 해석을 거부하는 오락이 되어가고 있는 문학에 대해 당혹스럽게 반응하는 비평(critic)에서도 찾아볼 수 있다. 비평이라고 했지만 critic이야말로 본래 칸트적인 용어('순수이성비판' '실천이성비판' '판단력비판')가 아니던가. 상상력이 그랬던 것처럼 비평도 오성과 이성과 판단력을, 인식론과 윤리학과 미학을 매개하고 경유하지 않았던가. 이쯤 되면 근대문학의 종언은 어쩌면 성급하게 근대비평의 종언과 동일시될 수도 있겠다. 그러나 이렇게 말하는 것으로 끝나고 마는 것일까.

최근의 한국소설(더불어 비평 또한)의 상상력은 오히려 미학적인 만큼이나 윤리적인 것을, 판단력만큼이나 실천이성을 시급히 요청하고 있다. 탈국가적 상상력이라는 명칭이 암시하는 바가 그러하며, 이산(diaspora)이나 환대(hospitalité)라는 개념이 뜻하는 바가 그러하기도 하다. 우연의 일치일까, 한 일본비평가가 말한 시차적 경험이 최근 한국소설에서 수다하고도 강렬한 형태로 이루어지고 있는 것이다. 비단 외국인과의 만남뿐인가 하면 또 그렇지도 않다. 만남은 사람의 말을 전혀 모르는, 그러나 사람 편에서도 그 울부짖음이 뜻하는 바를 도무지 알 길 없는 동물과의 만남일 수도 있으며, 같은 말을 주고받는 이른바 '동포'끼리의 적대적인 만남일 수도 있다.

이 글에서 조우한 세 편의 소설, 김연수의 「모두에게 복된 새해」(『현대문학』 2007년 1월호)와 최인석의 「유도幽都를 아십니까」(『실천문학』 2007년 봄호) 그리고 전성태의 「목란식당」(『창작과비평』 2006년 겨울호)은 각각 외국인, 동물, 동포라는 타자와의 만남을 형상화하고 있되 그

만남의 성격이 꽤 문제적인 소설들이다. 김연수 소설에서는 인도인 청년이 주인공의 아내와 어떻게 친구가 되었는지, 최인석의 소설에서는 유기견인 토백(土伯)이와 주인공인 영주가 어떻게 같은 처지임을 공감하게 되었는지, 그리고 전성태의 소설에서는 어떻게 동일자는 타자를 '동포' 또는 '적'으로 상상하게 되는지를 각각 예리하게 포착하고 있다. 여기서 '어떻게'가 먼저 상상력과 연결된다는 것쯤은 다시 언급해도 좋겠다. 자국인과 외국인, 인간과 동물, 우리와 그들은 어떻게 만나는가. 게다가 그 상상력이 이른바 '근대문학의 종언'을 살아가고 있는 한국문학의 상상력 및 그 형질변환과 무관하지 않다는 점도 아울러 지적해두어야겠다.

모두에게 친구가 되는 복된 소설

김연수의 단편 「모두에게 복된 새해」는 작가의 두번째 소설집 『내가 아직 아이였을 때』(문학동네, 2002)를 감싸고 있는 노란 불빛과 함박눈이 잘 어울리는 따뜻한 분위기를 연상시키는 작품이지만, 최근 김연수 소설의 주제적 관심과 방법론이 집약된 소설이기도 하다. 단적으로 말해, 타자와 친구가 되는 방법이 그것인데, 이 방법론은 김연수 소설에서 마치 두 방향으로 흐르다가 하나로 합쳐지는 물줄기와 같다. 첫째, 주체는 타자를 재현하지만 그 재현 불가능성 앞에서 막막해하며, 소설은 그 실패의 기록을 담는다. 둘째, 소설은 그 실패가 어디에서 비롯되는지를 탐색한다. 한마디로, 김연수에게 소통은 아이러니하게도 오해에서 비롯되며, 언어는 처음부터 소통과 번역 불가능성을 자신의 몸에 지니고 있는 한, 외국어다. 김연수의 소설은 이 두 개의 물줄기가 나뉘지고 다시 합쳐지는 여정이 된다. 이러한 진실은 『나는 유령작가입니다』(창비, 2005)에 실린 「그건 새였을까, 네즈미」와 같은 단편에서 두 한국인 자매의 불행을 '영어'로 접한 일본인 남자 네즈미가 마주친 것이었으며, 또 「다시 한달을 가서 설산을 넘으면」에서 죽은 여자친구에 관해 소설을 쓴 '그'와 그 소설의 독자이자 『왕오천축국전往五天竺國傳』을 '번역'하는 화자 '나'가 당혹해한 그것이기도 했다.

「모두에게 복된 새해」는 현재시간에서 주인공 '나'와 아내 혜진의 부탁으로 피아노조율을 하러 온 '사트바르 싱'이라는 인도청년이 서로 어색한 분위기에서 서서히 말문을 터가며 친교를 나누는 과정을 실내악곡의 분위기로 묘사하는 소설이다. 현재시제의 이야기에서는 한 노인이 '나'에게 선사했던 피아노가 어떻게 이곳까지 오게 되었는지에 대한 사연이 '나'의 회상과 그 일부를 싱에게 들려주는 서투른 영어를 통해 번갈아가며 재현된다. 피아노는 주인이었던 노인의 딸이 전처와 함께 미국으로 떠나면서 놓고 간 것으로, 딸의 흔적이 담겨 있는 피아노는 이제 타국 사람이 다 된 딸이 노인에게 보낸 편지가 환기시키듯 "죽은 한국어"에 진배없는 물건이다. 그 사연이 함축하는 바는 현실에서 더이상 어찌해볼 수 없을 때, 과거는 과거로 남을 수밖에 없다는 아픈 진실이다.

그러나 피아노에 얽힌 사연은 '나'가 아내와 함께 일본의 홋카이도에 있는 오타루 온천으로 떠났던 슬픈 여행의 추억과 다시 교차하면서 새로운 의미를 띠게 된다. 그리고 '나'는 '싱'과의 대화를 통해 아내와 "말하자면 친구"인 싱으로부터 평소에 알고 있다 생각했지만 정말 알았을까 싶은 아내의 성향, 이루지 못한 은밀한 꿈을 알게 된다. 그 꿈은 물론 아이를 낳고 싶었던 소망이었으며, 화자에게 이미 과거로 완료되었으리라 생각됐던 아내의 꿈은, 싱의 이야기에 따르면, 여전히 현재진행형이었던 것이다. 그리고 싱과의 대화를 통해 '나'는 아내와 오래도록 가까이 살았지만, 아내와 만난 지 5개월 정도 된 싱보다 그녀를 몰랐으며, 같은 모국어를 사용하고 있었지만 서투른 외국어로 말하는 싱보다도 아내와 소통할 줄 몰랐다는 진실을 깨닫기에 이른다. 아내가 자주 쓰는 "그치?"라는 표현을 말끝마다 갖다붙이는 싱이 어떻게 그녀와 '말하자면 친구' 사이가 되었을까, 그리고 그들 사이에 어떤 일들이 있었을까와 같은 이런저런 궁금증들, 버스에서 취객들에게 "알카에다"로 몰린 사건 등으로 일부러 터번을 두르고 찾아왔으리라 짐작되는 낯선 이방인과 단둘이 있는, 긴장과 침묵 어린 분위기에 대한 묘사가 한층 재미를 더해가는 김연수의 「모두에게 복된 새해」에서 화자인 '나'가 인도인으로부터 배운 소통의 방법론은 가령 이렇다.

> "그리고 혜진 영어말 합니다. Always I wanted a baby. I want to be a elephant like this. I am alone. I feel lonely. 혜진 영어 잘 못합니다. 맞습니다. 저도 한국말 잘 못합니다. 혜진 영어말 하면 저는 한국말 합니다. 서로서로 틀린 부분을 고쳐줍니다. 항상 저는 아기 원하겠습니다. 저는 이 코끼리 되기를 원하겠습니다. 저는 혼자입니다. 저는……."
>
> 그리고 이 친구는 더 이상 말을 잇지 못했다. 'lonely'라는 게 무엇인지는 알고 있지만, 다만 한국어로 어떻게 말하는 것인지 알지 못해서. 하지만 그게 무슨 상관이겠는가. 그게 무슨 상관이겠는가.

언뜻 볼 때 참으로 난감하게만 보이는 저 비문법적인 번역과 문장에는 소통 없는 소통의 진풍경이 담겨 있다. 인용문의 저 문장들 속에서 거의 모든 게 번역되고 있으며, 또 모든 게 이야기되고 있지 않은가. 과거시제의 문장이 미래시제로, 말 못했던 아내의 슬픔이 미래의 간절한 희망으로 번역되고 있지 않은가. lonely에 마땅하게 대응할 만한 수많은 한국어들 대신 침묵의 말줄임표('…….')가 더 많은 것을 의미하지 않는가. 그사이, 그들은 모르는 사이에 어느새 웃으며 맥주를 권하는 친구가 되었을 것이고, '나'는 수염이 덥수룩하고 손에 땀이 많은 외국인 싱은 물론 아내를 조금 더 이해하게 되었을 것이다. 물론 그들이 우정을 나눈 시간은 아내가 곧 도착할 시간에 한정될 수 있겠고, 또 그들의 우정은 피아노음이 들리는 실내에서 눈 내리는 제야(除夜)의 풍경을 바라보는 따스함에 의해 감싸여 있지만. 그러나 잘못된 문법과 시제든, 어색하게 도치된 직역투 문장과 어순이든, 서투른 한국어와 영어든 간에 "서로서로 고쳐주는" 인내심과 친절함이 있다면, 도대체 "그게 무슨 상관이겠는가".

집 없는 자들의 소통 없는 소통

최인석의 소설에는 인간이 짐승처럼 포효하는 장면들이 종종 묘사된다. 최소한의 합리적인 의사소통마저 통하지 않는 심연의 세상에서, 말이 오로지 서로를 물어뜯고 할퀴기 위해 존재하는 곳에서, 집 없이 길거리를 배회하는 인간은 짐승의 상태로 전락하고 그들의 말은 동물의 원초적 음성으로 되돌아간다. 최근에 나온 소설집 『목숨의 기억』(문학동네, 2006)에서 이러한 생각들은 인간을 인간이게 만드는 제도, 가족과 성별, 이름과 같은 이른바 강제된 선택에 대한 급진적인 회의로 이어진 바 있다. 루소는 "인간은 시민이 된 다음에야 비로소 인간이 된다"라고 했지만, 최인석 소설의 주인공들은 시민이 되는 법, 즉 정치사회적 제도로 편입되기를 거부당한 채 여전히 그곳에서 사는, 배제되면서 포함된 추방자들이다. 그런데 최인석의 이전 소설들이 배제된 자들 간의 아귀다툼의 지옥도를 보여주었다면, 최근 소설은 그들 간의 연대의 가능성도 더러 묘사한다. 여전히 희망의 기미는 조금도 없는 채로, 더욱더 깊은 어둠에 휩싸인 채로. 「유도를 아십니까」에서 연대의 수준은 병들고 더러운 유기견인 토백이와 불우한 처지의 소녀와의 만남과 이별에 국한되지만, 그동안 최인석 소설의 여러 주제를 끌어안고 있다는 점에서 새로워 보인다.

「유도를 아십니까」는 이전 최인석 소설의 주제들, 예를 들면, 가족과 자식들에게 폭력적이며 무관심한 부모들에 대한 업둥이적 부정의식, 제도가 부여한 강제된 선택에 대한 본원적 거부, 짐승의 처지로 전락한 인간들의 적자생존의 생태학, 절망과 희망의 길항 등을 환상적 알레고리로 형상화하고 있는 작품이다. 소설의 주인공인 영주에게 부모란 빚쟁이들에 쫓겨 도망다니면서도 '부자 만세! 부자 되자!'라는 고정메시지가 뜬 휴대폰 문자로 이따금 무책임한 안부를 묻는 사기꾼 아비와 '별 다섯 개짜리 호텔'에서 호텔투숙객들이 주는 1달러짜리 지폐를 모아 어려운 생계를 꾸려가면서도 자식의 학원비나 학교생활에는 아랑곳하지 않고 명품구입중독증에 빠진 어미 순정의 모습으로 대변된다. 게다가 서로를 증오하기까지 한 부모를 둔 영주에게 집이란 "그들만의 오붓한 집이 아니라 사방이 훤한 길바닥, 아무나 오갈 수 있고 아무나 침도 뱉고 담배꽁초도 내던질 수 있으며, 심지어는 오줌도 내지를 수 있는 길바닥에 불과"한 곳이 된다. 최인석 소설의 주인공들이 대개 그러하듯 영주 역시 집에 살고 있으면서도 길에 내던져진 채 도심에 살고 있다. 또 그런 도심으로부터 추방된 채, 자신의 사연을 전부 들어줄 친구처럼 보이지만 실은 '키스알바'로 유혹하는 낯선 남자의 채팅에 자신을 내맡겨야 하는 정체 모를 위협이 도사리는 세계를 살아가고 있다. 유도(幽都)는 본래 중국의 기서(奇書) 『산해경山海經』에서 검은 새, 검은 뱀, 검은 표범, 검은 호랑이, 검은 여우가 살고 있는 곳으로 소개되는데, 소설에서 '유도'는 검은 사람들이 검은 안경을 쓰고 검은 비와 눈이 내리는 검은 거리와 시장을 걷는, 즉 불가해하고 음산한 세계에 대한 알레고리로 변형된다. 그러니 토백이와 이런 식의 대화(독백)를 나누는 것도 결코 무리는 아닐 것이다. "어째서 우린 꼭 부모랑 같이 살아야 하는 거니? 정말. 우리끼리 살면 어때서? 왜 아이들이 부모를 선택하면 안 되는 거야? 그러게 말야. 그게 훨씬 더 합리적인 거 같지 않아? 애들이 무슨 죄가 있어서 선택권도 없이 부모가 넌 내 자식이다, 하면 거기 그대로 붙어서 살아야 하는 거야? 맞아. 형벌이나 마찬가지야. 누가 정했어, 그런 걸?" 그리하여 토백이는 이러한 세상의 입구에 지키고 서서 "멋대로 또는 남몰래 유도를 넘나들며 쓸데없이 야릇한 빛을 끌어들이는 사악한 귀신들을 적발하여 쫓아내고 잡아먹는" 집의 "문지기" 역할을 하는 상서로운 존재로 격상된다.

최인석 소설의 독자라면 유도와 같은 세계상을 일찌감치 「심해에서」의 창녀촌에 대한 묘사를 통해서도 익숙하게 접했을 터, 그다지 신선하지는 않다고 여길지도 모른다. 부모, 가족제도 등 강제된 선택에 대한 거부의 행위 역시 『목숨의 기억』에서 강렬하게 발산된 주제였으며, 그것이 또다른 아비와 어미, 또는 유토피아에 대한 소망으로 나타나는 업둥이 의식으로 그간 표현되어왔던 점도 최인석 소설의 독자들에게는 낯익다. 그렇지만 방화로 유곽의 세계를 모조리 태워버리겠다는 「심해에서」(『혼돈을 향하여 한걸음』, 창비, 1997)의 주인공의 위악(僞惡)은 「유도를 아십니까」에서는 파괴적 일탈이나 충동으로 나타나지 않으며, 마찬가지로 현재의 가짜 부모 말고 미래의 진짜 부모가 있을 거라는 업둥이적 의식 또한 그의 다른 소설에서만큼 강하지 않다. 대신 병든 토백이에 대한 무조건적인 애정과 보살핌이 이 모든 것을 대체하고 있으며, 이렇게 사람과 동물 간의 소통 없는 소통의 진정성은 죽은 토백이를 씻기려는 영주의 애도행위를 묘사한 아래의 환상적인 대목에서처럼, 인간과 동물, 주체와 타자의 위계가 역전되는 순간에 도달하기도 한다. 최인석 소설이 최근에 도달한 삶의 소중한 진실이다.

순정의 어깨 너머로 귀신들이 뭉게뭉게 밀려드는 것이 보였다. 토백이는 벌떡 일어나 물과 샴푸 거품으로 젖은 털을 힘차게 털고 그 귀신들에게 덤벼들었다. 컹컹, 토백이가 짖어대는 소리가 욕실과 거실에서 우렁차게 울려퍼졌다. 얼핏 돌아본 욕실 안의 풍경에 토백이는 깜짝 놀랐다. 대야 안의 시커먼 물 속에 너무나 작아진 영주가 자빠져 있었다.

"식당은 식당입니다."

전성태는 아마도 이 글에서 제기한 물음을 가장 지속적으로 던지는 작가일 것이다. 타자에 대한 미적인 몽상이 한낱 미망으로 끝나고 마는 아이러니한 과정을 그린 「코리언 솔저」(『실천문학』 2005년 겨울호)를 기점으로 전성태의 소설적 탐구는 「늑대」(『문학사상』 2006년 5월호)에서 수많은 인물과 동물이 화자로 등장하여 하나의 사건을 각양각색으로 말하는 대화적 실험을 거쳐 「남방식물」(『현대문학』 2006년 11월호)에서는 다시 타자를 돕겠다는 도덕적 의식이나 연민마저도 결국 자기 연민이나 허위의식에 불과했음을 깨닫는 각성의 순간에 이르렀다. 전성태와 더불어 한국소설은 다만 분단체제의 내외부적 모순을 겪고 있는 여느 민족국가를 살아가는 신민들의 이야기가 아니라 탈국가적 시대를 살아가고 있으며 저임금노동력 상품을 수입하고 수많은 기업과 고급인력을 해외의 저임금노동시장으로 진출시키면서 초국적 자본의 신식민지화를 꾀하는 하위제국(sub-empire)을 경험하는 주체와 타자에 관한 이야기로 확대되고 있다. 소설의 제국주의가 있다면, 바로 이 사태를 정확히 염두에 두어야 할 것이다. 「코리언 솔저」에서부터 「목란식당」에 이르는 공간적 무대인 몽골은 자본이 유동하며 정착하는 신식민지이며, 거기에 잠시 머무르거나 사업상 거주하기 위해 몰려드는 한국의 교수, 늑대사냥꾼, 호텔경영인, 여행가이드는 정도의 차이는 있을지언정 모두 하위제국의 사역꾼들이다.

「목란식당」은 전작인 「남방식물」에서도 잠깐 등장했던 북한의 여성 경영인들이 영업을 하고 있는 목란식당을 둘러싸고 북녘 사람들에 퍼붓는 남녘 사람들의 이데올로기적 적대감과 그들을 구원하겠다는 남녘 사람들의 일방적이고도 도착적인 허위의식을 묘파한 작품이다. 소설의 공간적 배경인 몽골의 수도 울란바토르는 국제자본의 흐름이 관통하는 곳이다. 그곳에서 여행가이드이자 "노마디즘과 경영마인드" 등 그와 관련된 교육훈련을 받고 있는 '나'는 "기업이 국가를 능가하는 이념체제로 바뀌고 있다는 인상, 글로벌 경영이라는 개념이 막연한 구호가 아니라 자본의 의지에 의해 낡은 구조를 깨고 있다는 확신"이 드는 것을 느낀다. 교육훈련 캠프장에 감도는 "종교적 분위기"와 '달러'로 교환되는 목란식당의 "분단장사"라는 구절들은 모두 국가나 민족 단위를 넘는 초국적 자본의 지류(支流)를 짐작케 하는 주요한 단서들이다. 소설은 목란식당에 평양 옥류관에서 보내는 공훈 냉면요리사가 방문하게 된다는 소문을 들은 남녘 사람 일부, 그리고 선교일정으로 목란식당에 찾아온 '구국을 위한 고난의 십자가'라는 남녘의 기독교단체가 목란식당에 들어오고 끝내 요리사가 오지 않자 발생해버린 다툼을 기록하고 있다. 목란식당은 다만 북녘의 냉면을 먹을 수 있는 식당일 뿐이지만, 그곳에서 같은 동포들 간의 소란과 다툼이 발생한다는 점에서 일종의 이데올로기적 진앙지(震央地)이기도 하다. 전성태 소설의 탁월함은 바로 동포라고 부르는 민족공동체가 '우리'와 '그들', 친구와 적으로 순식간에 나뉘게 되는 근원적 적대(antagonism)를 열어젖히는 공간을 창조한 데에 있다. "세상이 신들린 듯 전혀 현실감이 느껴지지 않았다"는 구절은 바로 식당은 '그냥 식당'일 뿐인 한 공간이 돌연히 친구와 적으로 나눠지는 적대가 형성되는 이데올로기적 공간으로 뒤바꿔는 데에 대한 먹먹한 느낌의 반영이다.

그러자 목사가 외쳤다.

"사실을 호도하는 자나 거짓을 두둔하는 자나 다 민족 앞에 죄인입니다. 오늘날 이런 사태가 벌어진 것은 바로 저런 사악한 사탄의 마음 때문입니다."

"허허, 여긴 그저 밥 먹는 식당입니다."

삼촌이 두 손을 들어 다독이는 몸짓을 했다.

"식당이니까 내 하는 말이오. 성도 여러분, 우리는 오늘 불경한 음식을 먹고 말았습니다. 모두 나갑시다."

교인들이 목사를 따라 우르르 몰려나갔다.

박사장이 몰려나가는 교인들을 향해 한발짝 나서며 소리쳤다.

"여보시오! 그것도 말이라고 나불댑니까? 냉면 하나 가지고 우리가 왜 사탄이 돼야 한단 말이오?"

식당에 들어와서 자신들이 지불한 돈이 "당신네 장군님" 수중으로 들어가느냐고 의혹 가득한 채 묻고 나서도 실제로 그 돈이 평양으로 가지 않는다는 목란식당 여사장의 말을 듣자 도리어 실망하는 기색을 드러내는 남녘 목사와 신도들의 도착적 행태는 식당에서 연주되고 불리는 〈아침이슬〉로 '우리'와 '그들'을 한 동포로 묶는 상상적 일체감이 때로는 얼마나 허망한 것인지를 단적으로 잘 보여준다. 그에 비한다면 목란식당의 여사장과 직원들의 환대는 순수하기조차 하다. 작가는 「목란식당」에서 연대가 불가능함을 말하고자 했던 것이 아니라, 적대적 공간을 창조함으로써 이에 상응할 만한 또다른 연대와 우정을 아마도 염두에 두었을지도 모른다. 어려운 질문을 던진 것 같지만, 능력 있는 작가라면 한번 탐구해볼 만한 과제가 아닐 수 없다. 전성태의 소설은 그 점에서 전쟁과 분규가 끊이지 않는 오늘날의 전 지구적 현실에서 친구와 적의 임의적 구분으로 약소국을 적의 형상과 도식으로 발명하는 제국의 행태에서 비롯되는 정치적 상상력의 한 근원을 정확히 짚어내고 있다.

가라타니가 말한 '근대문학의 종언'은 일면 오락의 형태가 된 문학에 대한 명명이자 비판으로 보인다. 그렇지만 지금까지 살펴보았던 것처럼 '근대문학의 종언'은 또한 국민국가 형성에 기여했던 근대문학의 언어와 상상력의 범주를 극복하고 넘어서는 문학적 창조에 대한 긴급한 요청으로도 읽히며, 또한 인간과 동물, 언어와 음성, 모국어와 외국어, 인간과 기계, 친구와 적, 남자와 여자, 공동체와 공동체 등등 재래의 경계를 무너뜨리는 상상력에 대한 새로운 요구로도 읽힌다. 이 점에서 한국문학의 미래를 낙관적으로 점쳐도 괜찮을 것이다.

묻지 말라, 그/녀가 어디에서 왔는지, 어떤 말을 쓰는지, '우리'인지 '그들'인지, 친구인지 적인지, 신분증이 있는 시민인지 불법체류자인지, 남자인지 여자인지, 인간인지 동물인지를…… 블랑쇼와 레비나스를 거쳐 데리다가 마침내 말한 것처럼, 참된 우정 맺기 또는 진정한 친구가 되는 법은 이처럼 끝나지 않는, 무조건적인 환대행위일지도 모른다. 그런데 이 또한 얼마나 어려운 일인가. 김연수와 최인석, 전성태는 각각 독창적인 방식으로 그 어려운 일을 해내고 있는 작가들이다.

정신분석과 환상에 대한 13개의 시퀀스

"이건 당신의 세계예요."
—〈거미숲〉(2004)

"여기 꿈의 장 속이 바로 네 집이도다."
— 자크 라캉(1964)

그것이 있었던 곳에(Wo es war)……

영화의 전반부. 거미숲. 아무도 기억하지 않는, 죽었으나 죽지 못한 자들, 애도가 충분히 끝나지 않았기 때문에 이승에 남아 있을 수도, 저승으로 갈 수도 없었던 자들이 머무른다는 곳. 삶과 죽음이 뒤섞이는 섬뜩한 경계, 산주검(living dead)의 아테(atē). 단락(短絡)된 기억의 중심부, 그것이 있었던 곳으로 한 남자의 발걸음이 이끌린다…… 터널에서 당한 자동차사고로 2주 후에 깨어나자마자 그는 의사에게 간신히, 그러나 정언명령처럼 필사적으로 말한다. "거길 가야 돼요…… 거미숲."

영화의 후반부. 동굴 앞. 남자 옆에는 죽은 아내를 닮았지만 그 자신은 그녀가 누구인지 도무지 기억할 수 없는, 거미숲의 여인이 서 있다. 저승으로 떨어지기 직전, 잠깐 빛나다가 사라지는 에우리디케가 오직 목소리의 존재인 것과 마찬가지로 목소리의 현신인 거미숲의 여인은 남자에게 말한다. "이건 당신의 세계예요."

이 글은 지금 (돌아)보지도 듣지도 말라는 에우리디케의 경고를 뒤로하고 그것을 보아버렸던(그러나 어찌 보지 않을 수 있단 말인가), 그래서 순간의 선택으로 모든 것이 뒤바뀌어버린 한 남자의 환상의 입구에 서 있다. 영화 〈거미숲〉(송일곤 감독, 2004)은 그것이 있었던 곳으로 이 글을 인도하는 에우리디케의 역할을 할 것이다.

"나는 잘 알아…… 하지만"

정신분석의 개념으로서 환상은 프로이트 이후의 정신분석이 세공한 '판타지(phantasie 독일어, Fantasme 프랑스어, fantasy · phantasy 영어)'의 역어(譯語)이다. 한자의 조합이 뜻하는 것처럼 환상은 상상적, 비현실적, 공상적인 의미를 뜻하는 뉘앙스가 강하게 살아 있으며, 심리적인 제한이 강한 개념이다. 동음이의어인 환상(幻像)은 주체가 본 구체적인 환영, 비현실적 이미지를 의미한다는 점에서 대상의 왜곡된 측면에 더욱 밀착되어 있다. 판타지의 역어인 환상은 두 영역을 모두 포괄한다. 환상의 위상은 비밀스럽고도 내적인 상상과 그것의 왜곡된 재현이라는 측면에서 일찍부터 문학의 지대한 관심을 받아왔다. 문학, 그중에서도 환상문학이라는 장르의 경우에는 특히 그러하다.

『환상문학서설』의 저자 츠베탕 토도로프(Tzvetan Todorov)는 환상을 "자연의 법칙밖에는 모르는 사람이 분명 초자연적인 양상을 가진 사건에 직면해서 체험하는 망설임"[1]이라고 정의한다. 환상은 그것이 아무리 기묘하더라도 객관적 세계에 속해 있는 것이 아니며, 객관세계에 대한 주관적 반응일체에 귀속되지도 않는다. 그것은 말하자면, "객

---

1) 츠베탕 토도로프, 『환상문학서설』, 이기우 옮김, 한국문화사, 1996, 124쪽.

관적으로 주관적"[2]인 것이다. 〈거미숲〉에서 방송국장과 강민의 약혼녀 황수영의 피살은 주인공 강민과 형사인 친구 최성현에게 공통적인 현실이지만, 강민의 환상과 맞물려 그 피살사건은 전적으로 강민 자신만의 현실로 귀속된다. 최성현에게는 치정에 얽힌 살인사건에 불과한 것이 말이다.

환상의 체험을 독자(주체)의 망설임에 둠으로써 환상의 애매한 위치를 강조한다는 점에서 토도로프의 정의는 정신분석이 정의하는 환상과 맞닿는 측면이 존재한다. 토도로프의 환상공식은 "나는 그것이 존재하지 않는다는 것을 잘 알아…… 하지만 그것을 믿어"로 압축된다. 이 공식은 특히 주체의 지식(앎)과 믿음이 분열되는 양상을 보이는 물신주의적 부인(否認, denial)의 사례라는 점에서 정신분석의 관심을 끌어당긴다. 부인의 사례에서 아이는 엄마가 아빠의 그것과 유사한 성기를 가지고 있지 않다는 것을 잘 알면서도(엄마가 아빠의 침대로 가는 것은 아빠의 그것을 열망하는 엄마가 결핍의 존재라는 사실 또는 지식) 그것이 있다는 가정을 결코 포기하지 않는다(사랑하는 엄마와 공모하여 아빠의 거세위협을 방어하기 위해 선택한 믿음). 아이는 이 분열된 태도를 엄마의 성기와 유사한 대체물—예를 들면 두려움과 호기심 속에서 엄마의 치마 밑에서 속곳을 들여다보려 할 때 맨 처음 마주치는 맨살의 발목—에 대한 집착으로 유지하면서 해소한다. 아이는 엄마의 그것이 없다는 것을 잘 알지만, 그것과 실제로 마주치는 것은 자신의 토대를 무너뜨릴 정도로 충격적이기에 대체물을 통해 엄마의 그것을 믿는 편을 택한다. 이 믿음을 통해서 결국 불확실하고도 망설이게 만들었던 것(엄마의 그것)을 친숙한 것(엄마의 발)으로 되돌려놓는다. 토도로프의 환상개념은 결국 애매성을 확실성으로 대체하는 과정에 대한 시나리오다. 환상문

2) Slavoj Žižek, *The Plagues of Fantasies*, London: Verso, 1997, p. 119.

학의 고전적 예들이 현실에 대한 최종적인 승인—'그것은 그저 악몽일 뿐이야'—으로 귀착되는 이유도 그 때문이다.

"나는 믿지 않지만…… 확실해"

그렇다면 정신분석은 어떨까?

정신분석의 견지에서 볼 때, 토도로프적 환상은 상징적 현실, '아버지의 이름(Name-of-the father)'을 통해 증상을 해소한다는 구조주의 시기의 라캉의 견해와 일치하는 것처럼 보인다. 상상적인 것을 상징적 질서에 통합하기. 그러나 정신분석은 단지 '오이디푸스의 의례'가 아니다. 후기 프로이트, 라캉에 이르러 환상은 상징적 영역과 실재 사이의 접점에 위치하게 되었다. 이 글이 염두에 둔 환상은 상징적 영역과 실재, 삶과 죽음, 욕망과 주이상스(jouissance), 주체와 분신의 접경지대에 있는 환상이다.

따라서 정신분석은 토도로프의 공식과는 정반대 방향으로 나아간다(토도로프 자신은 정신분석과 거리를 둔다). 정신분석의 환상공식은 토도로프의 공식의 역전, "나는 그것을 믿지 않지만…… 그것은 확실히 존재해"이다. 〈거미숲〉에서 강민이 최성현에게 건네는 말로 바꾼다면, "너 내가 무슨 말을 해도 믿을 수 있지?"다. 그것은 '네가 믿지 못하겠지만, 그리고 나도 믿어지지 않지만, 그럼에도 불구하고 그건 분명히 일어났어'라는 뜻이다. 치명적인 사건들이 다가오고 주체는 그것을 피할 수 없어 보이지만, 무의식의 수준에서 그 피할 수 없음이 일어나리라고는 실제로 믿지 않는다. 따라서 정신분석적 환상은 "주체가 등장하는 상상적 각본으로, 방어 과정에 의해 다소 왜곡된 형태로 욕망의 성취, 요컨대 무의식적인 욕망의 성취를 보여주는 각본"[3]에만 머물지는 않는다. 환상은 욕망이 실제로 실현되는 것에 대한 주체의 필사적인 회피 전략이자 방어이며, 동시에 욕망을 불만족의 수준에서 유지하려는 무의식적 과정이다. 환상은 바로 결핍된 욕망의 무대화이면서 동시에 욕망의 실제적인 실현을 방어하기 위한 스크린이다. 환상은 앞으로 나아가는 것처럼 보이면서도 뒤로 물러서며, 뒤로 물러나는 것처럼 보이면서도 앞으로 나아가는 욕망의 피드백 과정이다. 환상은 바로 욕망의 근본 형식이다. 정신분석은 욕망의 근본적 형식을 탐구한다는 점에서 모든 환상문학 중에서도 가장 환상적이다.[4)]

프로이트가 여자들, 히스테리증자들과 만나면서 "심리적 현실(실재, *psychische Realität*)"[5)]로서의 환상개념을 거의 맨 처음 세공했을 때, 그리하여 탄생한 정신분석을 '코페르니쿠스적 혁명'에 비유했을 때, 바로 현실의 구성요소와 양상 중 적어도 어떤 것만큼은 정신분석의 탄생 이전과 이후로 나뉠 만큼 그 역사가 전혀 다르게 전개되었다고 할 수 있다. 정신분석이 탄생하는 바로 그때, 환상은 이제 현실과는 대립되거나 관계없는 상상적 영역이라는 의미에서 벗어나게 되었다. 환상이 '심리적 현실'이라는 정의는 인간의 심리와 내면 안에서의 내적이면서도 은밀한 또다른 현실에 대한 명명이 아니다. 정신분석에서 환상은 주체와 그를 둘러싼 현실을 근본적으로 구조화하는 것에 대한 이름이다. 환상은 현실/상상, 내부/외부 등의 모든 이분법의 기제, 빗금 바로 그것을 침범하면서 주체가 참여하고 그 일부를 이루는 현실의 하부구조를 구축한다. 환상은 현실이 자신의 지평을 여는 최초의 순간에 자리 잡

3) 장 라플랑슈·장 베르트랑 퐁탈리스, 「환상」, 『정신분석 사전』, 임진수 옮김, 열린책들, 2005, 541쪽.

4) 이 표현의 일부분은 다음 논문에서 가져왔다. Mladen Dolar, "'I Shall be with you on your wedding-night' : Lacan and the uncanny", *October* 58, Fall 1991, p. 23.

5) 지그문트 프로이트, 『정신분석강의 (하)』, 임홍빈·홍혜경 옮김, 열린책들, 1997, 524쪽.

고 있으며, 환상이 자신의 위상을 바꿀 경우, 현실 또한 달라진다. 따라서 환상은 단 하나의 개념으로 정립되어야 한다. 정신분석은 현실의 한계와 토대 바로 그 자체를 주조한다는 점에서 환상에 관한 유일무이한 이론이다(되어야만 한다).

사랑의 속임수, 분석가의 고독

정신분석이 모든 환상문학 중에서도 가장 환상적이며 환상에 관한 유일무이한 이론이라는 말은 괜한 미사여구가 아니다. 정신분석의 역사에서 최초의 트라우마적 체험이라고 할 만한 다음과 같은 사건을 연상해본다면 가질 법한 의구심은 풀릴 것이다. 정신분석의 트라우마란 다름 아닌 남자와 여자, 분석가와 분석주체의 환상적인 사랑의 체험이었다. 정신분석학의 역사는 사랑의 역사이다. 태초에 로고스가 있었다면, 정신분석 경험의 태초에는 사랑이 있었다고 라캉은 말한다. 거기에 안나 O와 프로이트의 동료인 브로이어와의 만남이 자리 잡고 있다. 이 만남의 충격이 얼마나 컸던지 프로이트의 공식적인 저작에도 두 사람의 사랑이야기는 등장하지 않을 정도다.

프로이트와 브로이어가 치료했던 여성 히스테리증자들은 분석치료 기간의 와중에 갑자기 팔, 다리가 마비되는 식으로 고통을 호소해와 두 분석가를 귀찮을 정도로 이리저리 오가게 만들었다. 알 수 없는 그녀들의 어떤 기억이 육체에 씌어 있었던 셈인데, 육체는 그녀들의 고통과 기억의 원인이자 장소였다. 그러나 원인이 쉽사리 밝혀지지 않았기 때문에 그녀들의 육체는 부재원인(absent cause)이자 존재하지 않는 장소였다. 안나 O도 그들 중의 한 명이었다.

1890년대 말 어느 저녁, 안나 O는 발작을 일으켜 급히 브로이어를 찾게 된다. 안나 O가 브로이어를 사랑해서 상상임신을 하고 분만을 했던 것이다! 환상적인 발작 속에서 그녀는 "저는 지금 브로이어의 아이를 낳고 있어요"라고 말했으며, 브로이어는 놀라 자리를 황급히 떠난 후, 아내와 이탈리아로 여행을 떠나고 다시는 안나 O에게로 돌아오지 않았다. 그는 자신도 모르게 빠져버린 사랑에 놀라 뒷걸음질쳤던 것이다. 라캉은 이 사건을 두고 다음과 같이 말했다. "작은 에로스는 브로이어를 놀라 도망가게 만들었고, 프로이트에게는 흥미와 놀라움을 낳았도다."[6)]

분석상황에서 분석가는 종종 분석주체가 사랑하고 증오하는 아버지, 숙부, 남편, 청년 등등의 역할을 떠맡게 된다. 즉 어렸을 때 겪었던 분석주체의 경험이 현재의 치료상황으로 이전되어 재현되는 것인데, 그것을 정신분석에서는 보통 전이(轉移, transference)라고 부른다. 요컨대, 분석가는 분석주체가 하는 이야기의 구성요소로 편입되며, 마찬가지로 분석주체의 이야기를 재구성하면서 그 이야기 속에 전이의 대상이었던 그 자신도 포함시킬 수밖에 없게 된다는 뜻이다. 분석주체와 분석가 간의 전이로 말미암아 주체와 타자 간의 관계는 역전 가능하며, 분석가는 분석주체의 이야기에 휘말린다. 전이는 분석가에 대한 분석주체의 사랑을 불러일으킬 가능성과 관련된다는 점에서 참으로 위험천만한 것이었다. 분석가가 분석주체를 사랑하는 그 순간, 분석은 끝장난다. 무의식에 대한 저항으로서의 사랑! 사랑은 환상이었다. 전이의 체험은 사랑이 인공적인 상황에서도 얼마든지 만들어질 수 있으며, 또 얼마나 열정적으로 불타오르는지를 보여준.[7)] 일종의 에로스학

---

6) 홍준기, 「자끄 라깡, 프로이트로의 복귀」, 김상환·홍준기 엮음, 『라깡의 재탄생』, 창작과비평사, 2002, 40쪽에서 인용.

7) Mladen Dolar, "At First Sight", Renata Salecl and Slavoj Žižek(eds.), *Gaze and Voice as Love Object*, Duke UP, 1996, p. 146.

(學)이었다. 나중에 프로이트는 신참 분석가를 위해 글을 쓰면서 분석 주체의 사랑은 분석을 지연시키는 속임수이니 결코 그녀들과 사랑에 빠지지 말라고 충고한다.[8] 사랑의 유혹에 가장 많이 노출되어 있으면서도 결코 누구도 사랑할 수 없는 고독한 존재, 정신분석가의 운명은 그런 것이었다. 사랑은 이들에게 속임수, 그러나 그토록 위험한 속임수였다.

환상의 내러티브, 내러티브의 환상

안나 O가 겪었던 히스테리는 환자들이 소급적으로 발견한 유년기의 외상과 결부된 불쾌하고도 피하고 싶어하는 고통스러운 관념과 이것이 의식으로 떠오르는 것을 막아보려는 방어기제 사이의 심리적 갈등의 결과다. 그리고 그 증상은 대개 육체의 특정부위에 심한 고통을 겪는 식으로 '전환'되어 나타난다. 프로이트는 이를 '전환히스테리'라고 일컬었다. 그 증상은 간접적으로 '**그것이 있었던 곳**', 무의식의 장소를 환기시킨다.

〈거미숲〉에서 전환히스테리는 주인공 강민이 취재차 찾아간 사진관에서 거미숲의 신비를 제보한 민수인과 만난 후에 발생한다. 방송국장과 약혼녀의 충격적인 정사 장면을 엿본 다음 날, 사진관에서 그는 갑자기 열이 오르고 몸살에 걸려 급기야 몸져눕게 된다. 민수인으로부터 거미숲의 전설(그것은 결국 강민 자신도 기억하지 못하는 그 자신의 이야기였다)을 듣게 된 다음에 그 증상은 더욱 심해진다. 민수인의 이야기가 강민의 잃어버린 기억의 어느 한 부분을 강하게 건드렸던 것이며,

---

8) 프로이트, 「전이 사랑에 대한 소견」, 『끝낼 수 있는 분석과 끝낼 수 없는 분석』, 이덕하 옮김, 도서출판*b*, 2004, 125~147쪽.

망각이 그 자신의 정체성이자 신분증명서였던 강민에게 그토록 저항을 불러일으켰던 것이다. 강민의 몸살은 움푹 파인 기억의 망각(정체성)과 돌출된 망각의 기억(실재) 사이에 벌어진 타협형성의 육체적 결과였다. 그런 점에서 민수인은 강민에게 분석가와도 같은 존재다. 분석주체를 카우치에 눕도록 하며 오직 목소리만으로 그의 말에 응답을 하거나 침묵하는 '아쿠스메트르(acousmêtre, 음성존재)' 말이다. 따라서 민수인이 아픈 강민을 이부자리에 눕히고 약을 떠먹이는 일련의 동작은 분석가적 제스처의 이형태(異形態)로 볼 수 있다.

안나 O의 사례로 되돌아가보자. 안나 O의 사례에서 환상이 현실만큼이나 실제적이라는 것은 분명하다. 아니, 그것은 현실보다 더 실제적인 것인지도 모른다. 안나 O의 환상은 브로이어를 도망가게 만들었으며 프로이트로 하여금 정신분석의 창세기를 기술하도록 만들지 않았던가. 그녀의 환상의 내러티브에서 환상의 장면을 구성하도록 만든 부재하는 원인 X는 결코 알려지지 않았지만, 그녀의 상상임신은 원인 X에 떠밀려 실제로 현실에서 발생했다. 한편으로 그녀는 상상임신의 장면을 연출함으로써 "내러티브 공간을 구부리는—정의상 그 내러티브 공간으로부터 배제된— 바로 그 해석할 수 없는 X를 상연한다".[9] 즉 정신분석의 탄생을 알린 안나 O의 환상의 내러티브가 불가능한 X를 상연하기 위해 환상을 연출한다는 점에서 내러티브는 그 구조상 언제나 환상적이다. 환상의 내러티브는 내러티브의 환상이다. 〈거미숲〉에서 강민의 진실이 오직 그가 친구에게 들려주는 이야기(내러티브)를 통해서만 전달되며, 그의 진실이 결국 이야기(내러티브)가 구축한 환상이었던 것처럼.

9) 슬라보예 지젝, 「그의 불손한 응시 속에 나의 파멸이 크게 써 있도다」, 『항상 라캉에 대해 알고 싶었지만 감히 히치콕에게 물어보지 못한 모든 것』, 김소연 옮김, 새물결, 2001, 354쪽.

환상의 기원, 기원의 환상

안나 O의 사례를 통해서 보았듯이 환상의 장면 또는 내러티브는 언제나 상실된 X를 상연한다. 원초적으로 억압된 이 X는 결코 재현되지는 않지만, 재현하고자 하는 노력의 흔적 또는 표상 그 자체는 어떤 형태로든 반드시 남는다. 추론할 수 있는 사실 중 하나는 그녀가 상상임신의 장면을 무대에 올렸을 바로 그때는 상실의 대상 X가 출현하기 직전의 순간, 즉 분석과정에서 매우 중요한 순간이었다는 것이다. 그녀의 전이 사랑은 그녀 자신의 무의식이 분출해 올라오는 것에 대한 저항이자 증상이었다. 그렇다면 안나 O가 상상임신을 무대에 올림으로써 그토록 마주치고 싶지 않았던 그 원초적 상실과 결여의 X는 무엇인가. 어떤 일이 유년기에 있었던 것이기에 그녀는 브로이어 앞에서 상상임신에다 분만하는 쇼를 연출했던 것일까. 그런데 이 원초적으로 억압되거나 금지된 X, 그것은 X 그 자체의 기원에서는 온전한 존재로 실재했었던 것인가. 그것은 정말로 존재하기라도 했던 것일까. 물음은 간단히 이렇다. 환상의 기원 그리고 원인은 존재하는가.

「창세기」의 저자는 원인과 환상의 개념을 최초로 세공한 점에서 역사 이전의 라캉주의자임에 틀림없었던 것 같다. 금단의 사과를 먹은 아담은 하나님에게 벌을 받았는데, 그것은 그가 신이 금지했던 사과를 먹었기 때문만은 아니었다. 금지의 위반에 그의 죄가 부속된 것은 아니며, 신과 같고자 했던 오만 때문만도 아니다. 아담은 자신의 환상, 눈이 밝아져 신처럼 되고자 하는 자신의 환상을 먹었던 것이다.[10] 그의 죄는 환상의 층위에 있으며, 스피노자가 말한 것처럼, 사과를 먹지 말라는 하나님의 말을 '금지'로 받아들였기 때문에 저질러진 것이다. 타

10) 홍준기, 「자끄 라깡, 프로이트로의 복귀」, 48쪽.

락 이전의 아담과 이브에게 선악과는 그저 다른 나무들과 매한가지였으며, 특별히 관심이 더 가거나 한 것은 아니었다. 그러나 뱀의 유혹 이후, 아담은 그것을 금지로 받아들였기 때문에, 금지 너머로 추가적인 의문과 탐색이 생겨났기 때문에, 그에 대한 나름대로의 응답이 필요했던 것이다. 그 답이 바로 환상이다. 결국 금지와 욕망은 대립하지 않는다. 금지는 그것의 위반인 욕망과 동일하다. 금지는 욕망을 낳고 욕망은 금지를 낳는다. 금지(법)의 위반으로서의 욕망은 금지(법) 그 자체에 대한 욕망과 다르지 않다.[11] 그렇다면 낙원의 아담은 사과를 먹기 전까지는 적어도 금지와 욕망의 수준에서 욕망하지는 않았을 것이라고 추론할 수 있다.

아담의 환상은 금단의 지식, 즉 주이상스에 대한 보충으로서의 환상 개념을 새롭게 조명하는 예다. 주이상스는 거세를 겪으면서 아이가 잃어버린 원초적 만족의 체험(엄마의 응시, 목소리 등등과 결부된)이다. 아이는 엄마와의 즐거웠던 나날들을 회억하며, 엄마의 따뜻한 목소리와 응시를 그리워한다. 정확히 말하면, 상실을 겪음으로써 아이는 엄마와의 즐거웠던 나날들이나 아이에게 만족을 줬던 그녀의 목소리와 응시를 가정하고 재생해내는 것이다. 그 재생의 노력 속에서 부재하는 엄마의 목소리와 응시는 환상의 형식을 통해 충만한 내용을 갖추게 된다. 라캉은 상실된 대상(인 엄마의 응시와 목소리)을 대상 a(*object petit a*)라고 정의했다. 그것은 거세과정을 거치면서, 타자와 분리되면서 상실된 주이상스의 잔여물이다. 대상 a는 주체의 목표를 비껴가지만, 예기치 못한 곳에서 조우하게 되는 그 어떤 것이다. 그것은 주체에게 언제나 너무 많거나(〈) 너무 적게(〉) 체험되며, 주체는 대상 a와 직면하

11) Jacques-Alain Miller, "Commentary on Lacan's text", Richard Feldstein, Bruce Fink and Maire Jaanus(eds.), *Reading seminars I and II: Lacan's return to Freud*, Albany: SUNY Press, 1996 참조.

여 분열된다($). 환상공식은 $◇a가 된다. 대상 a가 많을 경우, 엄마의 젖가슴(엄마의 욕망)이 때로는 그런 것처럼, 주이상스의 침입에 숨막혀 하는 주체는 환상의 스크린을 방패 삼아 주이상스를 욕망의 수위로 조절하여 낮추려고 한다. 대상 a가 적을 경우, 주체는 환상의 스크린으로 결핍된 욕망을 무대화한다. 목소리와 응시, 대상 a는 바로 그것을 되살리려는 주체의 노력이 구축한 환상의 내러티브 그 중심에 있는 X, 원인이다. 그렇기 때문에 X, 원인의 실정적(positive) 존재인 기원은 언제나 상실된 것으로만 존재한다는 사실을 알려준다는 점에서 내러티브의 환상이다.

불가능한 응시, 원초적 환상

아담의 낙원은 바로 낙원이라는 기원의 상실체험이 소급적으로 구축한 환상형성물일지도 모른다. 신화의 기원은 기원의 신화다. 그렇다면 아담은 어떻게 된 것인가? "아담이 주이상스를 얻기 위해 타락하기를 선택할 때, 그로 인해 그가 잃어버리는 것은 정확히 주이상스다."[12] 아담의 낙원, 기원은 그것이 상실되는 바로 그 시점에 출현하며, 상실 이전의 기원은 결코 존재하지 않는다. 낙원에서의 아담의 추방, 즉 상징적 거세는 "주체가 한 번도 소유해본 적이 없는 그 어떤 것의 상실"인 것이다.[13] 그러나 낙원에서의 추방 이후, 아담은 비로소 욕망하는 주체가 되며, 세계도 진정한 세계가 된 것은 아닌가. 그와 관련하여 라캉은 거세를 통해 인간이 비로소 욕망하는 존재가 된다는 사실을 언급한다. "거세는 향유가 거부되어야 함을 의미한다. 욕망의 법의 뒤집혀진 계단을 통해 그 향유에 도달할 수 있기 위해서 말이다."[14]

---

12) Slavoj Žižek, *The Plagues of Fantasies*, p. 15.
13) Ibid.

그렇다면 「창세기」의 첫 부분은 인류의 역사상 최초의 인간인 아담의 환상을 상연했다는 점에서, 프로이트의 말을 빌리면, 일종의 계통발생적인 '원초적 장면'과도 같다. 여기에서 강민이 별장에서 목격했던 충격적인 정사 장면은 상기될 필요가 있다. 방송국장이 황수영과 후배위 성교를 하면서 사과를 게걸스럽게 먹어치우는 그로테스크한 장면 말이다. 이 장면에서 중요한 것은 그가 아담의 사과와 비슷한 것을 먹었다는 유비적인 사실에만 있지 않다. 별장에서의 성교 장면은 민수인 엄마의 불륜의 정사 장면(그것은 강민 어머니가 불륜을 저지른 것에 대한 환상적인 변형이다)에 추가적으로 덧붙여진 것으로, 환상 그 자체가 아담의 신화처럼 계통발생의 흔적을 지니고 있다는 것에 대한 강력한 증거다. 사과라는 기표의 역할은 그런 것이다. 프로이트의 말처럼, 개체발생은 계통발생을 되풀이한다. 원초적 장면, 이제 그것은 유령이나 신의 존재처럼, 존재하지 않는다는 바로 그 사실 때문에 두려워하며 믿게 되는 허구이다. 현실은 허구에 의해 구조화되어 있는 것이다.[15]

원초적 장면(primal scene)은 어린아이가 실제로 관찰하거나, 몇 가지 단서로 추측하고 상상해서 재구성한 부모의 성관계 장면 같은 것이다. 예를 들면 거세 콤플렉스는 아빠가 아이의 고추를 자른다는 실제적인 위협이 아니다. 오히려 그와 유사한 제스처들, 가령 '그거 만지지 마라, 만지면 혼난다' 정도의 경고를 아이가 해석한 결과다.[16] 거세 콤플렉스는 주체의 선택이자, 선택에 따른 필연적인 상실의 경험이다. 원초적 장면 역시 거세의 결과 중 하나로 부모의 성관계를 실제로 목격한 결과라기보다는 부모의 스킨십이나 성적 제스처를 성관계의 장면으로 환상적

---

14) Jacques Lacan, "The Subversion of the Subject and the Dialectic of Desire in the Freudian Unconscious", *Ecrits*, trans. Bruce Fink, W. W. Norton, 2002, p. 311.

15) 미란 보조비치, 『암흑지점』, 이성민 옮김, 도서출판*b*, 2004, 169쪽.

16) 홍준기, 「자끄 라깡, 프로이트로의 복귀」, 48쪽.

으로 재구성해낸 것이다. 중요한 것은 (성관계 장면의) '내용'이 아니라, 아이의 주체적 해석과 선택의 '형식'이다.

응시 그 자체의 환상—늑대인간의 사례

초기의 프로이트는 안나 O와 같은 히스테리 여성들과 대면하면서 그녀들의 상처의 기원에 아버지의 유혹이나 강간과도 같은 실제 사건이나 체험이 있었다고 가정했지만, 곧 그 가설을 포기하면서 환상설에 도달했다. 실제로 체험한 바는 없지만, 그와 유사한 사건들을 겪으면서 소급적으로 그러한 장면에 리비도를 투자하면서 환상을 구성한다는 것이다.[17] 그리고 재구성된 환상장면은 성적인 활기를 띠면서 주체에게 또다시 영향을 미친다. 따라서 원초적 장면은 상상적 스크린이 아니다. 그것은 주체의 상징적 세계를 구조화하는 근본적인 환상이며, 그 세계가 언제나 실재의 중핵을 둘러싼 채로 불안정하다는 것을 알려주는 지표다.[18] 과연 라캉은 원초적 장면을 극적으로 무대화한 늑대인간의 사례에 대해 다음처럼 말한다. 늑대인간의 사례는 "환상의 장면은 바로 실재와의 관계 속에서 작동한다는 것을 보여줍니다. 실재는 환상을 지탱하고, 환상은 실재를 보호합니다".[19]

---

17) "환상은 그 기억의 회귀에 반대하는 심리적인 방어다. 동시에 환상은 그 기억을 정화하고 승화시킬 임무를 띠고 있다. 그 환상들은 이미 들었지만 나중에야 이용되는 사실로부터 만들어진 것이다. 따라서 그것들은 체험된 사건과 사건의 이야기(부모나 조상의 이야기)와, 주체 자신이 본 것들의 결합이다."(원고 L). 프로이트, 『정신분석의 탄생』, 임진수 옮김, 열린책들, 2005, 137쪽.

18) 프로이트의 멋진 비유를 보라. 주체의 증상은 "조개가 진주를 만드는 재료인 모래알"과도 같다. 이 모래알이 주이상스의 실재적 중핵이라는 진주를 둘러싼 환상적 구성물인 것이다. 프로이트, 「도라의 히스테리 분석」, 『꼬마 한스와 도라』, 김재혁·권세훈 옮김, 열린책들, 1997, 278쪽.

원초적 장면의 이론은 프로이트가 '늑대인간'을 분석하면서 늑대인간의 환상을 "만들어낸 환상"[20]으로 맨 처음 지칭한 후, 몇 번의 수정을 거쳐 '원초적 환상'으로 완성된다.

꿈에 나는 침대에 누워 있었는데, 그때는 밤이었다(내 침대는 발쪽이 창문을 향하게 놓여 있었다. 창문 앞에는 오래된 호두나무가 한 줄로 서 있었다(……)). **갑자기 창문이 저절로 열렸다.** 그리고 나는 창문 앞에 있는 큰 호두나무에 하얀 늑대들이 앉아 있는 것을 보았다. (……) 나는 매우 무서워졌다. 분명히 늑대들에게 먹힐까봐 그랬을 것이다. 나는 소리를 지르고 깨어났다. (……) 그것이 단지 꿈일 뿐이라고 믿게 되기까지 꽤 오래 걸렸다. 나에게는 창문이 열리고 늑대들이 나무에 앉아 있는 모습이 아주 선명하고 생생하게 느껴졌다. (……) 꿈에서 움직인 것은 창문이 열리는 것뿐이었다. (……) 늑대들은 나뭇가지에 조금도 움직이지 않고 아주 가만히 앉아 있었다. 그들은 나무줄기의 왼쪽과 오른쪽에 앉아서 나를 쳐다보고 있었다. **그들은 모든 주의를 나에게 고정하고 있는 것같이 보였다.**(『늑대인간』, 167~168쪽. 강조—인용자)

실로 늑대인간이 재구성해낸 이 꿈-장면에 모든 것이 담겨 있다. 환상장면의 구성요소 중 가장 중요한 두 가지가 여기에 들어 있다. 그것은 '창(窓)'과 '응시', 바꿔 말하면 시선(look)과 응시(gaze)다. 시선은 내 시야에서 모든 것을 볼 수 있다는 믿음이며, 응시는 그것이 불가능하다는 흔적이다. 늑대인간이 호두나무에 앉은 늑대들을 본 발치의 창문은 주체가 꿈-장면에 들어가는 입구라는 점에서 라캉이 말한 '환상

19) Jacques Lacan, *The Four Fundamental Concepts of Psychoanalysis*, trans. Alain Sheridan, W. W. Norton, 1977, p. 41.
20) 프로이트, 『늑대인간』, 김명희 옮김, 열린책들, 1996, 156쪽.

의 창'에 가깝다. 이 환상의 창을 통해 늑대인간은 부모의 성교 장면을 보는 불가사의한 장면을 구축하기 시작한다. 라캉이 "창틀은 정확한 원근법적 이미지를 구축하기 위해 만들어진 것입니다"[21]라고 말할 때 창틀이 환상의 입구라는 점은 명확하며, 원초적 장면은 그 시선의 맹점, 응시에 의해 구부러지고 왜곡된 형태를 갖는다는 것을 강조한다. 꿈-장면이 그토록 낯설고 희한한 것은 시선에 의해서 포착 불가능한 응시가 되살아나기 때문이다. 꿈에서 내가 죽은 나의 모습을 보는 불가사의한 장면이나 늑대인간처럼 그 자신보다 앞서 그의 잉태행위를 목격하는 장면(늑대들이 뒤에서 각자의 어깨에 올라타는 그 체위로 부모는 성교를 하고 있었다)은 바로 이 불가사의한 응시 덕택이다. 응시는 시선의 죽음, 보는 나 자신의 죽음의 장면을 무대화한다. 응시 덕택에 주체는 탄생 이전과 죽음 이후를 체험한다. 그렇게 볼 때 내가 꾼 꿈은 언제나 타자의 꿈이다. 정확히 말하면 타자는 나를 위해 그 자신의 꿈을 꾼 것이며, 나는 타자의 꿈에 의존하면서 나 자신의 꿈을 꾸는 것이다. 결국 늑대들은 단순히 나를 바라본 것이 아니라, 오로지 응시 그 자체의 형태로 늑대인간을 위해 자신의 모습을 보인 것이다("그들은 모든 주의를 나에게 고정하고 있는 것같이 보였다").

중요한 또 한 가지 사실은 "그들은~있는 것같이 보였다"라는 늑대인간의 생략된 진술방식에도 있다. 비록 그 진술이 나중에-사후적으로 그 사건을 회고(해석)하는 방식으로 기술된 것이라고 하더라도 정확히 그런 이유 때문에 이 추가적 진술은 꿈-장면이나 원초적 장면에 보이지 않는 제삼자의 응시가 구조적으로 첨가된다는 사실을 간접적으로 지시한다. 복원하면, 그 문장은 "(내가 보기에) 그들은~있는 것같이 보였다"이다. 자신에게 일어나고 있는 바로 그 일을 마치 다른 누군가가

21) Jacques Lacan, *The Four Fundamental Concepts of Psychoanalysis*, p. 87.

본 것을 전해들은 것처럼 진술하는 방식, 즉 제삼자의 눈을 통해 바라보는 진술의 방식. 그렇다면, 늑대인간의 꿈-장면에는 세 개의 시선 또는 응시가 있다고 가정해볼 수 있다. 늑대들을 바라보는 늑대인간의 시선과 늑대들의 응시, 그리고 그 모든 것에 대한 늑대인간의 응시(억압된 '내가 보기에'). 그것은 꿈 또는 원장면의 텍스트 속에 흔적으로 억압되어 있다. 원초적 환상은 환상의 구조적 차원을 분명하게 드러낸다. 원초적 환상은 응시가 더해진 환상이 아니라, 주체의 응시 그 자체의 환상이다.

"네 결혼 첫날밤에 너와 함께할 것이다!"

늑대인간의 꿈-장면에 대한 분석은 다음과 같은 문학적 사례의 조명을 받는다면 한층 타당한 본보기가 될 것이다. 『프랑켄슈타인—또는 현대의 프로메테우스』(1818)는 루소의 '사회계약론'이 유럽의 현실에서 빛을 보기 시작하던 바로 그때, 사회계약을 무효화시키는 저주받은 괴물(현대판 아담)의 탄생과 불가사의한 사라짐을 기록하는 공포소설이다. 이 소설에서 괴물(이름조차 없는 "그것")의 응시는 세 번 출현하며, 그때마다 늑대인간의 꿈에 나타났던 늑대들의 응시처럼, 정확히 '환상의 창'을 통해 침투한다. 괴물은 응시 그 자체다.

1) 그때, 창의 비늘 덧문을 비집고 들어오는 어스름한 달빛 속에서 나는 그 추잡한 것—내가 창조해낸 끔찍한 괴물을 보았다. 그가 침대 커튼을 걷어올렸다. 그 눈, 그걸 눈이라고 한다면, 그 눈이 나를 보고 있었다.

2) 몸이 부들부들 떨리고 심장이 멎을 것 같았다. 그때였다. 고개를

들었는데, 창문에서 그 악마의 모습이 달빛에 보였다. 소름끼치는 웃음으로 입술이 주름투성이가 되어 나를, 자신이 명령한 과제가 진행되고 있는 방을 보고 있었다. 그래, 그는 나를 따라왔던 것이다.

3) 절망의 고통 속에서 여전히 그녀를 부둥켜안고 있던 나는 우연히 고개를 쳐들었다. 아까는 그 방의 창문이 컴컴했었다. 방을 비추는 희미한 달빛 아래서 어떤 오싹함이 느껴졌다. 비늘 덧문이 활짝 열려 있었다. 그 열린 창에는 무어라 말할 수 없는 공포를 주는, 세상에서 가장 소름끼치고 혐오스러운 얼굴이 있었다. 그 괴물이 씨익 웃고 있었다.[22](강조—인용자)

괴물의 눈은, 죽은 자(들)의 신체로 태어난 그 자신의 유일한 기원이 알려주듯, 시선이 무화된, 죽은 눈[23]이며, 따라서 순수응시다. 응시가 그토록 두려운 이유는 무엇일까. 라캉은 말한다. "주체가 응시에 적응하고자 하는 순간, 응시는 점 형태를 띤 대상, 소실점이 되고 맙니다. 그리고 주체는 바로 그것을 자신의 결손과 혼동하게 되지요."[24] 라캉의 말을 거슬러 독해하면 모든 것이 분명해진다. 응시는 시선의 소멸, 즉 (시선의) 주체의 사라짐에 대한 증거이기 때문이다. 응시는 언제나 불가능한 응시다.

위 세 개의 원초적 장면에서 괴물, 그것의 응시는 매번 탄생(과 성관계)의 순간에 출현하여, 그것들을 방해하거나 무력화시킨다. 1)의 경우는 괴물이 탄생하는 바로 그 순간에 목격된 것이며, 2)의 경우는 자

---

22) 메리 셸리, 『프랑켄슈타인』, 오숙은 옮김, 미래사, 2002, 각각 90, 242, 287쪽.

23) 장클로드 아게르, 「소녀와 공포」, 질 메네갈도 편, 『프랑켄슈타인』, 이영목 옮김, 이룸, 2004, 198~199쪽.

24) Jacques Lacan, *The Four Fundamental Concepts of Psychoanalysis*, p. 83.

신의 기원조차 알 수 없었던 불행한 인조인간이 루소식의 사회계약을 프랑켄슈타인 박사에게 간절히 요구, 관철하려는 순간에 발생한다. 현대의 아담이었던 인조인간은 다른 시민들처럼 자신의 짝을 원했지만, 프랑켄슈타인은 두려움에 사로잡힌 채 괴물의 요청을 배반한다. "악마의 씨족들이 지구에 번식한다면 인간들의 존재 자체가 위험해지는 상황이 벌어질 수도 있었"던 것이다. 파괴적인 증오심에 사로잡힌 괴물은 박사에게 "네 결혼 첫날밤에 너와 함께할 것이다(I Shall be with you on your wedding-night)"는 말을 남기고 사라진다. 3)의 장면은 프랑켄슈타인이 약혼녀였던 엘리자베스와의 신혼 첫날밤에 벌어진 것이다. 괴물의 위협에 초조해진 프랑켄슈타인이 불행한 사태를 막기 위해 주변을 살피려고 잠시 신혼 방을 비운 사이, 파국은 실현되었다. 프랑켄슈타인의 (감시의) 시선이 자리를 비운 그곳에 괴물의 (살인적인) 응시가 들어앉았던 것이다.

결국 "네 결혼 첫날밤에 너와 함께할 것이다"는 프랑켄슈타인 부부의 성관계의 불가능성(저 악명 높은 라캉의 '성관계는 없다')에 대한 예언이지만, 그것은 라캉이 예언(신탁)에 대해 정의했던 것처럼 '절반의 예언(신탁)'이다. 그 예언은, 자신이 태어나는 불가사의한 장면을 목격했던 처음의 장소, 환상-응시의 장면으로 되돌아갈 때에야 온전히 실현된다. 이제 그 예언은 최종적으로 다음과 같이 진술될 것이다. '네 결혼 첫날밤에 너와 함께 해왔던 것이 될 것이다(I will have been with you on your wedding-night).' 놀랍게도 이 말은 프로이트의 진술, "그것이 있었던 곳에 내가 가야 할지어다(Wo es war, Soll ich werden)"[25]와 섬뜩하게 닮아 있지 않은가.

25) 프로이트, 『새로운 정신분석 강의』, 임홍빈·홍혜경 옮김, 열린책들, 1996, 115쪽.

환상($\$\diamond a$)에서 응시($a\diamond \$$)로

저주받은 창조물, 기원도 모호하며 아버지의 버림받은 자식인 괴물이 억울한 채로 그의 주인에게 가장 묻고 싶었던 것은 무엇일까. 괴물이 읽은 여러 책들 중 다음 구절에 질문의 형태를 띤 그 답이 들어 있다. "창조주여, 제가 부탁했습니까, 진흙에서 저를 빚어 사람으로 만들어달라고? 제가 애원했습니까, 어둠에서 절 끌어내달라고?"(밀턴, 『실낙원』) 이 반문은 현대판 아담이 그의 주인에게 히스테릭하게 묻는 질문의 원본이자 정신분석에서 타자의 욕망과 마주쳐 주체가 던지는 의문, '당신이 도대체 내게 원하는 것은 무엇이오?'인 '케 보이?(che vuoi?)'다. 당연히 이러한 괴물의 질문 앞에서 프랑켄슈타인(과 『프랑켄슈타인』의 독자들)은 무기력하게도 답을 주지 못한다. 어떤 답도 질문에 대한 답이 되지 못한다. 그런데 여기에 역전이 있다. 환상이 불투명한 타자의 욕망, 즉 타자 내의 결여를 주체가 자신의 결여로 덮어쓰는 것이라면($\$\diamond a$), 괴물의 '케 보이'만큼 타자가 무기력하다는 사실을 그처럼 뼈아프게 폭로하는 질문도 없다.

괴물의 환상공식은 통상적인 의미에서 $\$\diamond a$가 아니다. 오히려 『프랑켄슈타인』에서 괴물의 질문에 당혹스러워하며 괴물에게 '케 보이'를 던지는 자는 프랑켄슈타인 박사 그 자신이다. 프랑켄슈타인의 피조물은 괴물이자 대상(*object petit a*)이며, 정체를 알 수 없는 사물이자 순수응시다. 그것은 프랑켄슈타인과 독자들($\$$)의 편에서 볼 때 그렇다. 그러나 『프랑켄슈타인』의 불가사의한 11~16장("내 존재의 원점을 떠올리는 건 굉장히 힘든 일이오"로 시작되는)은 바로 괴물, 사물이자 응시인 대상 a가 스스로 말하기 시작하는 부분이 아닌가. 환상공식은 $a\diamond \$$로 역전된다. 사물이 말하기 시작하고 수신자는 공포와 두려움에 떤 채 듣고 있으며, 그의 시선은 사물의 응시에 옴짝달싹 못하게 붙박여 있

다……[26] 그때는, 시나이 산에서 야훼의 목소리를 듣던 모세의 경우처럼, 주체가 공포를 견딜 수 없으며 무기력해지는 순간이 될 것이다(실제 독자는 괴물의 말을 프랑켄슈타인, 가상의 내포독자라는 이중의 필터를 통과해 듣기 때문에 그만큼 충격을 덜 받는 것이다).[27]

섬뜩함

그런 점에서 볼 때, 영화는 이러한 환상공식의 역전, 대상의 지나친 근접으로 인해 섬뜩해진 표상 불가능한 영역을 탁월하게 촬영해왔다

26) 공평을 기하자면, 『프랑켄슈타인』과 쌍벽을 이루는 공포소설인 브램 스토커의 『드라큘라』(1897)에서 드라큘라도 적어도 한 번은 $a \diamond \$$ 의 위치에 선다. 그는 프랑켄슈타인과 마찬가지로 대상 a의 존재다. 드라큘라의 존재는 그 자신이 그림자, 이미지이기 때문에 거울에 비치지 않는다. 원작이 탄생한 시기부터 20세기 중반의 모더니즘 시기의 수많은 판본의 영화에 이르기까지 말이다. 그러나 대상 a로서의 그가 전면에 나설 경우(주인공이 될 경우), 그의 위치는 상상적인 것에서 실재로 이동한다. 그러한 이동은 실재가 강조되는 오늘날의 포스트모던 시대에 와서야 가능해진다. 코폴라의 영화(1992)는 그러한 반전을 부분적으로 성취했다. 주인공 드라큘라에게 거울을 들이밀자, 거울이 박살나고 마는 장면에서 말이다. 상상적인 거울은 결코 실재를 감당하지 못한다.

27) 단언컨대, 환상문학의 선구자(이자 모든 환상문학 중에서 가장 환상적인 정신분석의 창시자)는 이마누엘 칸트다. 그는 『순수이성비판』 『실천이성비판』 『판단력비판』 각각에서 오늘날의 환상문학의 이론이 되는 모든 초안을 작성했다(『프랑켄슈타인』(1818)과 『실천이성비판』(1788)의 출간 사이에는 정확히 30년의 격차가 있다). 『순수이성비판』에서 칸트가 '발견적 허구들'이라고 불렀던(또한 환상문학의 가장 중요한 주제인) '신' '불멸의 영혼' '무한한 우주'는 현실에서 경험될 수 없지만 존재하는, 즉 대상의 결여의 자리에 있는 대상들이지만, 그것들은 경험능력을 초월하는 인간의 이성이 존재하는 한, 언제나 반복적으로 욕망하게 될 필수불가결한 가상들이다. 『실천이성비판』에서 칸트는 만일 주체가 필연성의 속박인 현상계 너머인 예지계, 자유의 약속이 주어지는 예지계로 급작스럽게 점프한다면 프랑켄슈타인의 환상공식, 즉 $a \diamond \$$ 에서와 같은 일이 일어날 것임을 보여준다. 그는 신과 영원성(예지계적 사물)이 그 두려운 위엄과 함께 인간의 눈앞에 갑자기 나타난다면, 그때부터 그의 모든 도덕적 행위는 공포에서 생길 것이며, 인간의 자연본성은 한낱 (칸트 자신의 비유를 빌리면) '꼭두각시'처럼 기계적인 속성으로 변해버릴 것임

고 볼 수 있다. 미셸 시옹 등이 공들여 분석한 바 있는 〈사이코〉(히치콕 감독, 1960)에서 노먼의 어머니가 아보가스트 형사의 얼굴을 칼로 긋는 그 유명한 숏을 상기해보라. 관객은 노먼의 어머니(사물)의 응시를 통해 형사의 놀란 얼굴을 쳐다본다. 관객은 심술궂게도 끔찍한 범죄의 '자동적인(칸트의 표현을 빌리면 '꼭두각시' 같은)' 공모자가 된다.

〈거미숲〉에도 물론 이와 유사한 섬뜩한 장면들이 있다. 원초적 환상의 무대, '거미숲' 한가운데에 있는 별장의 현관문을 열자 강민은 거미로 뒤덮인 채 응고된 피투성이로 썩어가는 방송국장 최종필의 시체와 죽어가던 약혼녀 황수영을 목격한다. 그녀가 천천히 시선을 향하던 벽장을 강민이 열자마자 거울 속에 있던 누군가가 재빨리 뛰쳐나간다. 그는 낫을 들고 사내를 뒤쫓지만 결국 그 정체불명의 사내가 휘두른 흉기에 피를 흘린 채 숲속 한복판에 쓰러진다. 카메라는 강민이 정체불명의 사내를 뒤쫓는 광경을 따라가는 숏(관객은 강민과 동일시된다), 강민이 남자를 뒤쫓다 멈춰 서며 사내가 나무 뒤에서 모습을 드러내는 숏을 번갈아 보여준다(관객은 객관적 관찰자가 된다). 그 다음은 첫번째 숏의 역전이다. 카메라는 두리번거리는 강민의 뒷모습을 보여준다, 바로 사내의 응시로 말이다(관객은 사내와 동일시된다). 사내는 쓰러진 강민의 점퍼에서 지갑을 꺼내는데, 다소 흐릿하지만 강민의 신분증이 보

을 경고한다. 주체는 근본적인 수동성의 위치에서 한 발자국도 벗어나지 못한다. 『판단력비판』에서 칸트는 '숭고론'을 통해 이러한 주체의 수동성의 위치를 확실하게 자리매김한다. 숭고(sublime)는 주체가 사나운 허리케인, 화산폭발, 파도치는 대양 등을 볼 때 생기는 두려움과 존경의 감정이지만, 그러한 감정은 칸트의 말처럼 안전하게 관찰할 수 있는 거리가 확보되는 한에서만 가능하다. 놀랍게도 칸트는 그러한 사나운 허리케인, 화산폭발, 파도치는 대양을 본 적이 없으며(그는 쾨니히스베르크를 단 한 번도 떠난 적이 없다), 그런 한에서 그 숭고한 대상들은 안전한 거리를 통해 비로소 칸트의 '환상의 창'에 비친 것들이 아니겠는가. 이에 대해서는, 알렌카 주판치치, 『실재의 윤리』(이성민 옮김, 도서출판*b*, 2004)의 4장; 슬라보예 지젝, 『까다로운 주체』(이성민 옮김, 도서출판*b*, 2005) 특히 1장을 볼 것.

이는 지갑이다. 이 장면은 신분증이 들어 있는 지갑을 빼앗김으로써 강민이 자신의 정체성 또는 기억을 잃어버린다는 것에 대한 환유다. 사내가 강민의 지갑을 빼앗는다는 것, 거울에서 그 모습을 처음 드러낸다는 것은 그가 강민의 분신임을 암시한다. 영화 마지막 부분에 와서야 관객은 영화의 초반부에 터널을 빠져나와 헤매다가 차에 치여 피를 흘리며 쓰러진 강민을 응시하던 사내의 정체를 비로소 알게 된다. 마지막 장면에서 거미숲과 터널 사이에 난 동굴을 빠져나온 강민은 피를 흘리고 쓰러져 있는 누군가와, 바로 그 자신과 대면한다! 그는 자신의 환상적 응시와 섬뜩하게 조우하며, 격렬하게 울부짖는다.

사랑과 증오의 대상으로서의 응시와 목소리

강민이 거울 속에서 마주친 사내는 응시의 존재이지만, 한편으로는 전화로 걸려온 정체불명의 낯선 목소리이기도 하다. 스크린 안을 떠돌면서도 결코 스크린 안에서 포착되지 않는, (사내의) 응시와 목소리는 민수인의 그것과 비교했을 때 대단히 섬뜩한 대상이다. 〈거미숲〉에서 대상 a의 상관물인 응시와 목소리는 민수인과 정체불명의 사내가 가진 공통적인 특질이지만, 그 기능과 역할은 완전히 상반된다. 미셸 시옹은 특히 목소리와 관련하여 다음과 같이 말한다.

> 스크린 안에 존재하지 않으면서도 거기에 있으며, 스크린 안에 들어가지 않은 채 표면을 떠돌아다니는 음성 존재는 불안정과 긴장의 요인이고, **보러 가게 하는 이끎이며, 파멸로의 유도가 될 수 있다.**[28](강조—원저자)

인용문은 〈거미숲〉에서 불길한 목소리의 담지자인 사내에게 더 어울릴 법하지만, 민수인은 사내와 정반대의 역할에서 마찬가지로 음성 존재의 모든 기능과 역할을 가지고 있다. 카우치 뒤에 있는 목소리로 존재하는 분석가와 에우리디케적 존재인 민수인과의 유비는 이미 언급했다. 잠시 강민이 전환히스테리를 겪는 그 장면으로 되돌아가보자.

그녀는 그에게 거미줄을 뭉친 약을 먹임으로써 아픈 강민을 낫게 한다(그때 그녀는 눕힌 그를 자애롭게 내려다보는, 사랑스러운 응시의 존재이기도 하다). 그리하여 거미줄은 〈거미숲〉에서 가장 중요한 은유가 된다. 시옹에 따르면, 자궁 안의 어머니의 목소리는 거미줄을 연상시킨다. "주위에 그물을 짜나가면서 사방에서부터 나오는 목소리" "태(態)의 그물(toile ombilicale)".[29] 민수인은 강민에게 거미줄을 뭉친 약을 먹이면서 강민에게 "좀 쓰고 배가 아플 거예요"라고 말한다. 거미줄은 어머니와 아이를 연결하는 탯줄이며 목소리인 것이다. 한편 민수인은 강민의 죽은 아내와 닮아 있기도 하다. 영화에서 아내와 민수인의 역할은 한 배우(서정)의 몫이다. 그렇다면 죽은 아내의 목소리는 민수인의 몸을 빌려 발음되었다고 볼 수 있다. 민수인은 한 육체에서 다른 육체로 옮겨다니는 목소리(voice) 그 자체인 것이다. 사진관의 민수인은 강민의 유년 시절의 친구 민수인처럼 서투르게 감긴 강민의 목도리를 자애롭게 다시 감아준다. 목도리/목소리라는 음운적 유사성, 그리고 탯줄을 연상시키는 목도리와 거미줄의 이미지를 상상한다면, 그녀가 어떤 존재인지는 보다 분명해진다. 대상 a는 이처럼 친숙한(canny) 사랑의 목소리이자 응시를 체화하지만, 사랑 그것이 현실의 자리에서 빠져나갔을 때는 도리어 섬뜩해진다(uncanny). 사랑은 파괴적인 증오로 변한다.

어둠 속에서 보이지 않음으로써 순수하게 응시 그 자체의 현존인 사

---

28) 미셸 시옹, 『영화의 목소리』, 박선주 옮김, 동문선, 2005, 47쪽.

29) 같은 책, 91쪽.

내는 어떤 존재인가. 앞서 언급한 것처럼 그는 거울 속에서 맨 처음 등장하며, 강민의 신분증을 빼앗는다는 점에서 강민의 또다른 분신이다. 또한 전지전능한 신처럼 도처에 편재하며, 강민의 일거수일투족을 모조리 투시하고 있는 불길한 초자아적 목소리이기도 하다(그는 탯줄을 닮은 전화기 줄에서 태어난 존재다). "너무 오랫동안 침묵해왔어. 이젠 행동이 필요해. 네 분노를 터뜨릴 때야"라고 말하면서 그는 살인이라는 파괴적 주이상스를 강민에게 강요한다. 대상 a의 위상과 관련하여, 환상은 그토록 섬뜩하다. 그렇다면 〈거미숲〉에서 살인자가 강민 자신이라는 것은 어렵지 않게 유추 가능하다. 강민은 초자아의 명령을 따라 살인이라는 '행위로의 이행(passage à l'acte)'을 감행함으로써 자신의 원초적 환상을 돌파하려고 했던 것이다. 물론 그것은 윤리적인 '행위(act)'와 같지 않다. 그러나 잃어버린 기억의 고리를 되찾기 위해 충동에 이끌린 듯 거미숲을 다시 찾아가는 그의 모습은 자신의 원초적 환상과 대면하려는 필사적인 노력의 반증이다.

……내가 가야 할지어다(Soll ich werden)

이 글은 오르페우스의 신화와 〈거미숲〉의 유사성을 지적하면서 시작되었다. 그것이 있었던 곳으로 안내하는 거미숲의 여인은 에우리디케, 그녀를 따라 그곳으로 간 남자(와 관객)는 오르페우스적 존재였다. 그리고 이 글은 〈거미숲〉이라는 또다른 에우리디케의 인도를 받아 정신분석에서의 환상의 영역을 가로질러갔다. 이러한 유비는 정신분석이 '무의식이 있던 그곳에 가야 한다'는 윤리적 책무를 에우리디케를 찾아 떠나는 오르페우스의 모험담과 비교한 사실과 관련해서 보면 더욱 설득력 있어 보인다. 라캉 자신이 분석가를 오르페우스에, 분석주체의 무의식을 에우리디케의 순간적인 나타남과 사라짐("반짝거리는 사라짐과 비틀거리는 출현")에 비유하지 않았던가. 무의식이 모습을 드러내는 순간, 그것은 상실의 차원을 만들면서 다시 사라질 준비가 되어 있다고 덧붙이면서 말이다(물론 〈거미숲〉에서 그 역할은 다소 바뀌었다. 에우리디케가 분석가의 역할을 하며, 오르페우스는 분석가의 인도로 그 자신의 원초적 환상과 대면한다).[30]

〈거미숲〉의 결말은 모호하다. 정신분석에서 분석의 종결 또는 환상의 횡단은 내러티브의 종결과 반드시 일치하지는 않는다. 원초적 환상은 주체 자신의 선택의 결과이자 원인이다. 그것은 타자의 결여를 필사적으로 틀어막고, 타자에게 자신의 욕망을 의존하는 행위다. 분석의 종결 또는 원초적 환상의 횡단은 원초적 환상을 없애거나 그것을 다른 환상으로 대치하는 것이 아니다. 원초적 환상은 결코 사라지지 않는다. 다시 말해, 타자는 사라지지 않는다. 다만, 환상의 횡단은 환상이 더이상 분석주체의 환상이기를 멈추는 것을 알리는 지표다. 즉 타자는 존재하지 않는 것이다.

〈거미숲〉은 초자아적 명령 반대편에, 민수인이라는 여인을 통한 구원이라는 해결책을 마련하는 것처럼 보인다. 그것을 모성적 구원으로 성급하게 승인하거나 기각하기 전에, 이 영화의 내러티브 자체가 반복적임을, 언제든 강민이 자신의 원초적 환상과 다시 대면할 수 있음을 명심해야 할 것이다. 마지막 신에서 영화는 강민이 그 자신과 대면하는 장면과 그가 병원에서 숨이 끊어지는 장면을 번갈아 보여준다. 그리고 그가 민수인의 도움으로 기적적으로 되살아나는 장면 또한 보여준다. 도대체 어디까지가 현실이며, 어디까지가 환상인가. 〈거미숲〉의

---

30) Jacques Lacan, "The Subversion of the Subject and the Dialectic of Desire in the Freudian Unconscious", *Ecrits*, p. 288; *The Four Fundamental Concepts of Psychoanalysis*, p. 25.

세계에서는 그 무엇 하나도 확실하지 않다.

다만 영화는 여전히 진행중이며, 분석은 아직 끝나지 않았다는 것만큼은 확실하다. 이 글은 프로이트의 정언명령, 'Wo es war, Soll ich werden'을 다음과 같이 고쳐 씀으로써 지금까지의 모든 이야기를 잠정적으로 마무리할 수 있을 뿐이다. "여기 환상의 장 속이 바로 네 집이도다."

제3부

문학의 국경,
국경의 문학

연대의 환상, 적대의 현실

— 최근 한국소설의 연대적 상상력과 재현에 대한 비판적 주석

지방문학과 세계문학

일찍이 시인 김수영은 몇몇 산문에서 한국문학이 언제쯤이면 세계의 창을 내다볼 수 있는지, 삼팔선이라는 경계를 넘어설 수 있는지에 대해 자문한 적이 있다. 삼팔선이 김수영 자신이 즐겨 쓰는 어휘군 중 하나라는 것은 김수영 시와 산문의 독자라면 누구나 다 아는 사실이다. 삼팔선을 넘는 언어에 대한 김수영의 강박은 시에서 남북한이 통일되는 꿈으로, 그리고 남북한 문학사의 기술에 대한 그의 바람으로 이어졌지만 그 소망이 반드시 민족주의적인 것은 아니었다. 심지어 그는 민족주의를 문화에 적용하려는 의도는 민중의 생활이라는 주(主)와 언어라는 종(從)의 관계가 뒤바뀐 것이라고 우려하기도 했다. 그 자신이 바타유와 블랑쇼, 피터 비어레크와 쥘 쉬페르비엘 등에 심취한 문화적 세계주의자였으며 그것이 다만 포즈에 머무르지 않았던 김수영의 질문에는 분단의 틀에 의해 주조(鑄造)된 상상력과 모국어의 한계에 대한 선구적인 자각이 있었다.

물론 김수영의 '언제쯤'이라는 물음은 분단과 민족국가라는 경계를 넘어서는 시기에 대한 구체적인 예측을 요구하는 것은 아니었다. 그렇지만 김수영 사후 약 반세기가 지난 지금에 김수영의 물음을 연상시키는 다음과 같은 언어들은 최근 한국문학의 장에서는 거의 일반화되고 표준화된 이야기가 되었다. "21세기에 들어서도 한글로 쓰는 문학은 마치 냉전체제의 기나긴 늦겨울을 지나가는 것처럼 '민족'이라는 두툼한 외투를 벗지 못하고 있다. 분단의 철조망을 걷어내는 그날까지, 민족은 '방어를 위한 투쟁'이라는 정당방위 수준의 논리적 토대로 작용할 것 같다. 그러나 우리의 민족은 배타적인 모습을 드러내기도 한다. 북녘의 '우리 민족끼리'와 남녘의 아시아 출신 외국인노동자에 대한 편견이 그것을 대표한다."[1] 탈민족, 탈국가, 탈식민, 디아스포라 등 경계의 양가성을 지휘하는 어휘들의 폭발적인 증가를 대변하는 인용문은 2006년 창간된 문학잡지 『아시아ASIA』 창간호의 발간사에 나오는 한 구절이다. 그에 따르면 『아시아』는 "민족의 경계를 넘어 아시아의 연대와 공존"을 통해 미국이 주도하는 신세계질서의 재편에 맞서 세계평화의 일익을 담당하며, 아시아 각국 문화와 예술의 소통을 통해 국제적 문화연대를 꾀하고 마지막으로 한국문학의 근간이 되는 모국어 한계를 돌파, 분단의 장벽을 넘어서는 상상력의 지역적 확장을 목표로 한다. 흥미로운 사실은, 구체적인 세부항목에서 한국문학과 관련된 각론을 들여다보면 『아시아』 창간사가 현단계의 한국문학의 경향에 대한 비판을 전제로 하고 있다는 것이다. 『아시아』의 편집위원 중 한 사람인 작가 방현석은 "남쪽의 작가들 중에 분단의 옹색한 자루 안에 갇혀 있지 않은 작가들"이 얼마나 되느냐는 작가 황석영의 말을 인용한다. 역시 편집위원 중의 한 사람인 평론가 방민호는 『아시아』 2호에서 좀더

1) 이대환, 「아시아의 내면적 소통을 위해」, 『아시아』 창간호, 2006년 여름, 2쪽.

직접적으로 몇몇 작가와 작품을 언급하며 민족의 틀에 갇힌 한국어와 상상력의 빈곤함, 작가들의 현실 대응 능력의 마비를 거듭 질타한다. "문학은 실천 행위가 되어서는 안 되며 심미적인 유희가 되어야 한다는 강박관념이 많은 작가들을 사로잡게 된 나머지 그들은 문명·체제·전쟁·평화 등의 문제들과는 담을 쌓고, 유행과 세태와 풍속을 그리거나 현실적인 의미가 박약한 역사소설로 도피하거나 대중적인 취향에 호소하는 양태를 보이고 있다." 이러한 비판은 다소 막연하다 치부할 수도 있겠지만 비판의 근거로 작가와 작품의 이름을 구체적으로 거론한다는 점에서 전혀 추상적이지만은 않다. 방민호는 이 글에서도 언급되는 작가들인 김재영, 방현석, 오수연 등의 작품에서 "한국의 상황을 세계가 직면한 문제들과 긴밀하게 관련지어 사고하는 지성적인 태도를 발견하게 된다"고 적고 있다.[2] 그러나 이와 같은 비평적 평가는 한국문학이라는 지방(민족)문학이 바야흐로 세계문학으로 도약하는 발판을 마련했거나 그러한 가능성을 내포하는 언표인가. 이 글은 이러한 의문에서 시작하고자 한다.

마르크스·엥겔스의 설명을 빌리면 지방(민족)문학이 세계문학으로 발돋움하는 것은 지방(민족)문학의 탁월한 성취의 결과라기보다는 '모든 단단한 것을 녹아 날아가게 하는' 저 맹렬한 근대화의 필연적 귀결에 가깝다. 90년대 초중반 이후, 남한의 경제적 현실에 대한 확실한 지표 중 하나는 이른바 IMF와 최근 FTA협상에 이르기까지 남한이 신자유주의라는 전 지구적 경제체제에 확실하게 편입되면서 노동수출국가에서 노동수입국가로 변했다는 것이다. 이러한 변모는 마르크스·엥겔스가 일찌감치 '민족들 상호 간의 전면적 교류와 전면적 의존'이라고 부른 것의 21세기적 판본이다. 그런 점에서 최근의 문학 흐름에 대해

2) 황석영의 말은 방현석, 「레인보 아시아」(『아시아』 창간호)에서 인용되었으며, 인용한 방민호의 글은 「오늘의 아시아와 문학의 의미를 생각한다」(『아시아』 2006년 가을호)이다.

이구동성으로 타자에 대한 관심의 증가라고 부르는 문화적 현상은 어떻게 보면 세계화라는 정치적, 경제적, 문화적 변동에서 남한이 차지하고 있는 세계화 위상의 변모와도 무관하지 않다. 최근의 한국소설에 등장하는 아시아 출신의 이주노동자들이나 이라크, 팔레스타인인들은 실제로 더이상 지방문학으로서의 한국문학이라는 범주틀에서는 사유하기 어려운 타자의 형상들이다. 한국소설의 언어와 상상력은 바야흐로 자기 자신을 근본적으로 재고하고 시험하는 중이다. 그것은 인식론적(주체와 타자), 미학적 문제(재현과 전형)일 뿐만 아니라 윤리적인 문제(만남과 연대)이기도 하다. 언어와 상상력은 이 세 가지 문제를 관통하며 시험대에 올려진다. 이 글은 최근 한국소설에 나타나는 연대적 상상력과 그와 연관된 재현(전형)의 문제에 대해 다시 한번 생각해보는 자리가 될 것이다.[3)]

희생자와 연기자

김재영의 「코끼리」와 「아홉 개의 푸른 쏘냐」는 이주노동자의 삶에 대한 문학적 재현의 모범적 성취로 여러 비평에서 언급된 작품들이다. 두 소설은 최근 한국문학에서 이주노동자들과 같은 타자를 재현할 때 근간이 되는 상상력과 정서의 특별한 전형을 창출하고 있다. 「코끼리」

3) 이 글에서 다룰 르포르타주와 소설의 목록은 다음과 같다. 르포르타주: 오수연, 『아부 알리, 죽지 마』(향연, 2004). 소설: 김재영, 「코끼리」「아홉 개의 푸른 쏘냐」(『코끼리』, 실천문학사, 2005); 김남일, 「노을을 위하여」(『문학수첩』 2005년 겨울호); 방현석, 「존재의 형식」, 「랍스터를 먹는 시간」(『랍스터를 먹는 시간』, 창비, 2003); 오수연, 「꽃비」(『문학동네』 2004년 겨울호), 「길」(『문학수첩』 2005년 봄호), 「황금지붕」(『문학수첩』 2005년 가을호), 「문」(『아시아』 2006년 여름호); 손홍규, 「이무기 사냥꾼」(『문학동네』 2005년 여름호). 본문에 인용할 경우엔 인용부호만 표시한다.

에서 그 정서는 서사 내부에서 작중인물들이 겪는 고통과 향수이며, 내포독자는 서술에서 환기되는 작중인물들의 고통과 향수에 함께 반응하고 공감하도록 유도된다. 그 정서는 물론 고통받는 타자에 대한 연민이다. 또한 「아홉 개의 푸른 쏘냐」와 같은 소설은 연민을 유도하는 서술기법을 통해 타자를 형상화할 뿐만 아니라 타자의 전형을 창조하기도 한다.

「코끼리」는 네팔인 아버지와 조선족 어머니 사이에 태어난 혼혈인인 '나'가 바라본 이주노동자들의 고통스러운 현실과 달력에 붙어 있는 네팔의 전원적인 풍경사진이 표상하는 향수를 대립시키는 극화된 서술전략을 택하고 있다. 세계를 온전히 이해하고 경험하기에는 아직 어리고 무지한 소년 화자를 내세워 이주노동자들의 현실을 재현하는 내포작가의 발화적 위치를 최대한 낮추려는 방법도 이 소설의 또다른 서술전략이라고 할 수 있다. 「코끼리」는 세상의 고통과 악을 무기력하게 응시하고 어떠한 행위도 할 수 없는 무구한 화자를 내세움으로써 화자인 '나'의 무능력을 그에 감응하는 내포독자의 부끄러움으로 자연스럽게 전치시킨다. 아버지가 폐를 다치면서까지 만든 전구들이 백화점, 거리의 간판, 야시장에서 찬란하게 반짝거린다거나 하루 종일 나른 무거운 종이가 종합선물세트 상자나 고급 와이셔츠 상자가 된다는 서술은 어떤 이들의 행복과 사치가 타인의 고통스러운 노동의 대가와 무관하지 않음을, 타인과 내가 연루되어 있다는 진실을 단적으로 시사한다. 「아홉 개의 푸른 쏘냐」는 「코끼리」에 비해 좀더 복잡한 시점을 택하는 소설이지만, 서술의 기본 구도는 「코끼리」와 비슷하다.

「아홉 개의 푸른 쏘냐」는 일단 우화적 서술전략을 취한다. 이 소설은 러시아의 왼돌이달팽이가 러시아에서 한국의 이태원으로 이주한 창녀인 쏘냐의 고통스럽고도 은밀한 삶의 내력을 달팽이인 쩨레스레스라는 가상의 청자에게 들려주는 방식으로 되어 있다. 그리고 왼돌이

달팽이가 들려주는 이야기와 러시아 유학생인 '그'와 윤경이 쏘냐와 조우하게 된 내력이 맞물린다. 이 소설의 우화적 서술전략은 "오래된 전설, 러시아 달팽이들의 고향이라는 바이칼 호수, 그 푸른 물결"처럼 아득한 연원을 상기시킴으로써 그로부터 훼손되지 않은 삶의 근원성을 부각시키고 이와 대비되는 이국에서의 쏘냐의 삶, "자본주의 찌꺼기가 쌓이고 쌓여 냄새를 풍기며 썩어가는 이 사창가로 소중한 딸을 내몰게 된" 불행의 이력에 집중한다.

먼저, 「코끼리」는 고통의 전시장, 카탈로그를 방불케 할 만큼 작중 인물들 개개인의 궁핍과 불행, 갈등을 최대한 응축해서 재현하고 있다. '나'의 주변에는 조선족 어머니가 집을 나간 전후로 향수병을 앓고 있는 아버지와 돈을 통째로 도둑맞은 비재 아저씨, 한국에 온 것은 '외(소용돌이)'에 빠진 것이라고 말하는 미얀마 아저씨들, 리바이스 청바지에 나이키 점퍼를 입고 미국인 흉내를 내지만 벌써 두 개의 손가락이 절단된 쿤, 불법체류자 남편이 스리랑카로 추방되어 혼자 이곳에 남아 "날 그곳으로 데려다주세요"라고 연방 중얼거리는 토야 엄마, 그 밖에 러시아에서 온 마리나 아가씨와 세르게니 아저씨, 노랭이라 불리는 인도의 나딤 몰라 등이 돼지 축사로 쓰인 건물과 그 주변(희망슈퍼)에서 함께 모여 산다. 그런가 하면 혼혈아로 살아가기 위해서는 "보호색"이 필요할 만큼 '나'는 다른 아이들의 놀림과 조롱의 대상이다. 피부를 노랗게 하려고 지금까지 하루도 거르지 않고 탈색제를 써왔다거나 부자인 친구 어머니에게 떡볶이와 스파게티를 얻어먹기 위해서라도 영어를 배워야겠다는 '나'의 다소 유치한 모습 등은 현재 '나'를 둘러싼 불행한 처지를 극적으로 환기시키는 단적인 예들이다. 이 소설에서 돼지 축사를 개조한 숙소와 희망슈퍼는 불법체류자이거나 불법체류자의 처지와 크게 다를 바 없는 다양한 국적을 가진 이주노동자들의 집합소이자, 그들 각자의 신산스러운 타향 체험과 억울한 사연이 응집

된 장소이다. 「코끼리」는 이처럼 아버지의 생일이라는 특정한 하루에 일어난 소소한 사건을 서술하는 데 치중하기보다는 아버지의 생일을 중심으로 저마다의 불행한 과거의 목록을 서술자의 기억력에 의존해 총동원하고 하나의 상징으로 그것을 대표하는 극적 방법을 택하고 있다. 네팔의 신화적 동물인 코끼리의 강렬한 이미지는 구름보다 높은 히말라야에서 태어났지만 지금은 후미진 공장지대에 살고 있는 처지로 전락한, 향수병에 걸린 아버지에 대한 상징이 된다. 또한 코끼리가 '외'에 빠지는 소설의 환상적인 장면은 아버지의 처지와 다를 바 없는 작중인물들의 곤핍한 상황을 대표하는 은유로 확장된다.

「코끼리」의 재현방식은 고통스러운 개개의 장면들을 상징으로 고정시켜 영원히 현재화하는 기술이다. 그런데 흥미로운 것은, 이러한 재현방식이 사진기술이 대상을 재현하고 제시하는 방법을 연상시킨다는 점이다. 현실세계를 지각할 때 사람들은 보통 지금 무슨 일인가가 벌어지고 있으며 앞으로 무슨 일이 벌어지게 될지도 모른다는 단속(斷續)의 감각을 갖는다. 그러나 사진과 같은 이미지의 세계를 지각할 때는 무슨 일인가가 이미 벌어졌으며 앞으로도 무슨 일인가가 벌어지게 될 것이라는 지속(持續)의 감각을 갖게 된다.[4] 사진은 그 오브제가 고통받고 있는 모습을 재현함으로써 이 고통이 과거에도 내내 그래왔고 앞으로도 계속 그럴 것임을 환기시키며 피사체를 영원한 현존으로 수렴시킨다. 물론 「코끼리」에서 코끼리의 상징이, 사진이 피사체를 재현하는 기술과 연관되었다는 직접적인 단서를 찾을 수는 없다. 그러나 아버지와 '나'가 함께 지루한 여름을 견디기 위해 내내 보았다는 네팔의 풍경이 실린 달력 사진은 앞서 말한 코끼리라는 상징의 기능을 대신하는 상관물이자 아이콘으로 간주해도 무방하다. "투명하고 생생한

4) 수전 손택, 『사진에 관하여』, 이재원 옮김, 시울, 2005, 239쪽.

햇빛, 푸른 티크나무 숲, 눈 덮인 안나푸르나, 잔잔하게 물결치는 페와 호, 그리고 사탕수수를 빨아먹으며 웃고 있는 아이들……" 대상의 현존방식을 나타내는 부사, 형용사, 동사가 고정된 명사를 수식하고 모두 명사로 수렴되는 앞의 인용문은 사진의 오브제가 그렇듯 움직이는 대상을 영원한 이미지로 고정시키는 방식으로 구성되어 있다. 향수를 표상하는 사진 이미지는 고통의 영원한 현존이라는 코끼리의 이미지 반대편에 자리 잡고 있지만, 그 기능은 상보적이다.

「아홉 개의 푸른 쏘냐」는 더 나아가 「코끼리」에서 활용되었던 상징의 기능이 타자의 독특한 형상을 창조해내는 소설이다. 이 소설은 표면적으로는 달팽이를 화자로 내세우지만, 달팽이가 이 소설에서 차지하는 실제적 기능은 작중인물 쏘냐의 고통스러운 인생유전을 그녀가 생활하는 가장 은밀한 곳에서도 관찰할 수 있는 유리한 시점을 확보하는 데 있다. 그것은 쏘냐의 삶을 밀도 있게 다각도로 형상화함으로써 이주노동자나 불법체류자와 같은 이 시대에 등장한 타자의 전형을 창출하고자 하는 서술자의 욕망과도 관련이 있다. 그러나 간혹 이태원의 밤무대 무희이자 창녀인 그녀가 다른 사내들에게 몸을 파는 장면에 대한 화자의 논평이 제시되는 대목에서 그 욕망과 의도는 재고의 여지를 남긴다. "더군다나 그 사내들은 쏘냐의 몸을 정성껏 쓰다듬거나 핥아주지 않은 채 자신의 딱딱한 관을 쏘냐의 사타구니에 꽂는답니다. 오로지 그녀만이 사내들의 몸을 핥아주고 주물러주어야 한다니, 정말 이해하기 힘든 일이에요." 화자의 논평은 쏘냐의 몸이 사내들이 던져주는 "양배추 겉껍질처럼 파란 종이"에 의해 한낱 교환대상에 지나지 않으며, 그럼으로써 그녀의 몸이 사내들에게 폭력적으로 다뤄지고 심지어 훼손됨을 암시하기 위한 서술전략의 일환이다. 왜냐하면 그녀의 몸은 소설의 첫머리에서 소개되듯 "한밤의 그림자처럼 날렵하고 언덕의 첫눈처럼 새하얀" 처녀의 그것이었지만, 이태원이라는 낯선 한국 땅에서 살아가는 그녀의 현재 처지는 "자신을 보호할 껍데기를 갖지 못한 한 마리의 가련한 민달팽이"의 그것에 불과하기 때문이다.

쏘냐의 몸과 관련된 묘사를 따라가면서 「아홉 개의 푸른 쏘냐」를 읽으면 소설의 후반부로 갈수록 그녀가 순결함을 연상시키는 흰색의 이미지와 결부되어 묘사된다는 사실을 알아차릴 수 있다. 그녀는 사내들로부터 전보다 더욱 심하게 구타를 당하고 "전보다 더 많은 남자를 상대하는데도 결코 힘들어하거나 슬퍼하지 않는" 모습으로 제시되어 있으며, 고통을 당하면 당할수록 다음처럼 승화된 자연의 이미지와 후광에 둘러싸여 묘사된다. "천상의 깃털 같은, 지상에서 가장 숭고한 자연의 축복인 눈. 그 눈으로 인해 모든 것은 깨끗해지고, 용서되고, 잊혀지고, 따뜻해지는 거라 믿는 러시아 처녀에게 하얗게 뒤덮인 설원을 볼 수 없는 겨울은 참혹한 고통이겠지요." 서술자의 의도는 그녀가 당하는 폭력과 고통을 점차 부각시킴으로써 더욱 순결한, 어떠한 고통에도 불구하고 죽지 않고 훼손됨 없이 새롭게 태어나는 독특한 신체를 창조하는 것이다. 앞의 인용문의 한두 단어를 재인용한다면, 쏘냐의 신체는 '천상의' '숭고한' 신체이다. 소설은 마지막 대목에서도 "빙하기의 추위를 견디지 못해 남방으로 내려왔다는" 모시나비에 대한 묘사를 등장시킴으로써 부활하는 신체와 영원한 생명의 이미지를 굳이 강조하고 있다. 물론 훼손되는 쏘냐의 몸에 대한 논평과 묘사 이면의 서술자의 욕망이 그녀의 유한하고도 연약한 신체로부터 어떤 대상, 예를 들어 순결이나 숭고함 등을 추출하기 위해 쏘냐의 몸을 폭력에 무방비 상태로 노출시켰다고 말하는 것은 지나치다. 그렇지만 작가가 쏘냐를 통해 추출한 타자의 형상 또는 전형이 적어도 구체적이고 리얼하다기보다 서술자의 리비도가 강렬하게 투자된 이미지나 환상이라고 말하는 것은 지나치지 않다. 쏘냐의 이미지를 보는 것은 마치 희생자들과 난민을 오브제로 삼는 보도사진을 보면서 그들은 영원히 고통당하고 있고 앞으로도 계속 그렇게 있을 것만 같은 환상을 역투사하는 것과 그리 다르지 않다. 「코끼리」와 「아홉 개의 푸른 쏘냐」에서 재현되는 것은 이주노동자나 불법체류자가 겪는 현실의 단면이라기보다는 고통을 받고 있으며 앞으로도 영원히 그러할 이주노동자들이나 불법체류자라는 강렬한, 스테레오타입의 이미지 다발이다.

두 소설에서 고통과 악에 대한 반작용과 그에 대한 분노로서의 연민어린 감수성과 상상력은 연대의 단초를 이룬다. 「아홉 개의 푸른 쏘냐」에서 쏘냐를 돕는 '그'와 윤경의 행위가 보여주는 바는 연대성과 고통당하는 타인에 대한 상상력이 밀접하게 연관된다는 사실이다. 실제로 미국의 철학자 리처드 로티는 연대성(solidarity)이 상상력과 관련 있음을 증명하고 있다. 잔인성이야말로 가장 나쁜 짓이라고 여기는 로티의 자유주의 아이러니스트는 "자신을 나머지 인류와 통합시켜주는 것은 공통의 언어가 아니라 〈바로〉 고통에 대한 감수성, 즉 굴욕에 대한 감수성이라고 생각한다".[5] 로티에게 "낯선 사람들을 고통받는 동료들로 볼 수 있는 상상력"은 타자를 인식하고 재현하는 서술의 발명 그리고 도덕적 공동체의 창출 모두를 가능하게 만드는 원리이다. 그러나 자유주의 아이러니스트가 이렇게 말할 때, 그가 어떤 위치에서 말하는지에 대해서는 좀더 생각해볼 필요가 있다. 전쟁과 폐허의 이미지들을 관찰할 때 관찰자에게 일어나는 것이 무엇인가에 대해 잠시 생각해보자. 관찰자가 동일화하는 것은 보통 사진에 재현된 고통당하는 희생자들처럼 보인다. 그러나 이것은 기껏해야 관찰자 자신에게 있음직한 외상적(traumatic) 체험의 범위 내에서 가능한 희생자들과의 동일시일 뿐이다. 그러한 동일화가 관찰자에게 영향을 끼치는 것은 순간적인 동정과 곧 익숙해질 경악이다. 어떤 점에서 보면 관찰자는 궁극적으로

---

5) 리처드 로티, 『우연성, 아이러니, 연대성』, 김동식·이유선 옮김, 민음사, 1996, 178쪽.

희생자와 동일화하는 것이 아니라 관찰자 자신의 자아-이상(ego-ideal), 내가 나 자신에게 좋아할 만한 자로 연출할 수 있는 관점과 동일화한다. 이것이 진짜 요점이다. 희생자의 사진을 볼 때 관찰자인 나는 그/녀에 관심을 갖고 연민을 느끼며 염려하는 자, 즉 연기자(actor)가 되는 상징적 공간에 위치하게 된다.[6] 희생자인 타자에 대해 나는 희생자를 돕는 선의의 위치라는 그 자신에게 어울리며 만족스러운 역할을 하는 연기자이다. 희생자를 돕는 관찰자는 자신의 환상 시나리오 안에서 선의의 위치에 선 연기자의 역할을 담당하며, 그때 그/녀가 돕는 타자는 관찰자의 환상 속에서 언제나 희생자의 역할을 떠맡아야 한다.

「아홉 개의 푸른 쏘냐」에서 쏘냐를 돕는 윤경은 옛 연인이었던 '그'에게 이렇게 말한다. "혁명의 깃발을 들고 거리를 나설 수 없"는 대신 "눈에 보이는 대로, 닥치는 대로 선행을 쌓는 거…… 그게 요즘 나의 전략이고 전술이야". 그리 문제없는 대화의 한 부분처럼 보이지만 윤경이 선행이라고 말했을 때 그 선행이 누구의 선행인지, 자신이 행하는 일을 선행이라고 인식하는 자는 실제로 누구인지는 묻지 않을 수 없다. 쏘냐를 돕는 일을 선행이라고 말하는 자, 그리고 쏘냐가 감사로 응답한다 하더라도 그것이 선행임을 인지하는 당사자는 윤경 그 자신이다. 여기서 윤경은 희생자를 돕는 선의의 위치에 선 연기자의 역할을 맡고 있다. 로티가 말한 자유주의 아이러니스트란 그/녀가 선의의 대행자임을 자임하는 한, 나르시시스트에 가깝다. 연대성은 굴욕당하는 희생자들에 대한 주체의 풍부한 상상력에 기초하는 것일까. 오히려 이런 식의 상상력이야말로 로티식의 연대성에 숨어 있는 연기자, 나르시시스트의 정체를 도리어 은폐하고 있지 않을까.

---

6) Renata Salecl, "Conclusion", *The Spoils of Freedom: Psychoanalysis and Feminism after the Fall of Socialism*, London·New York: Routledge, 1994, p. 139.

먼 곳과 가까운 곳

「아홉 개의 푸른 쏘냐」에 등장하는 '그'는 과거에 운동 경력이 있고 그후에 "거대한 역사의 실험실이 결국 발효가 아닌 부패의 장이 되고 말았다는 풍문을 직접 확인하고 싶어" 러시아 유학을 떠난 경험이 있다. 소설의 마지막 장면에서 왜 자신을 도와주느냐는 쏘냐의 질문에 그는 이렇게 대답한다. "당신 등에 상처를 낸 죄로. 당신한테 산 붉은 훈장…… 지금도 잘 간직하고 있어요." 그는 러시아 유학 시절에 한 러시아 소녀로부터 붉은 무공훈장을 산 적이 있는데, 그때 그는 그녀의 오빠가 훈장을 싸게 팔았다는 이유로 그녀를 흰 블라우스에 피가 배도록 때린 것을 충격적으로 목격했다. 그는 눈앞의 쏘냐를 과거의 그 소녀로 오인한 것이다. 이러한 오인은 일시적이고 단순한 오인이나 착각으로 보일 수도 있겠지만, 소설 전체에 보기보다 넓게 퍼져 있어 징후적이다.

「아홉 개의 푸른 쏘냐」에서 '그'는 사람이나 사물을 볼 때마다 러시아 유학 시절이나 학생운동의 과거를 추억하는 등 과거지향적 인물로 그려진다. 그는 자동차 창문을 통해 본 이태원의 일몰 풍경에서 '뻬쩨르부르끄'의 일몰 풍경을 떠올리며, 병실 밖에 있는 '께삐르(kefir)'란 음식점 간판을 보고는 "러시아의 뜨베르스까야 거리에 서 있는 듯한 착각"에 빠진다. 그런가 하면 병실에 누워 있는 쏘냐를 보면서 시베리아의 사납고 추운 겨울 들판을 상상하기도 한다. 그녀의 피부는 자작나무 수피처럼 희고 아름답다고 묘사되어 있다. 그가 쏘냐를 도와준 것은 따라서 쏘냐를 러시아 유학 시절의 소녀로 오인한 결과로도 볼 수 있다. 그렇다면, 그가 보는 것은 정확히 무엇일까. 다만 누추한 현실을 찬란한 과거로 채색한다고 말하는 것으로는 뭔가 부족해 보인다. 그는 눈앞의 현실을 보고 있어도 보지 못한다. 그가 보고 느끼고 상상할 수 있는 감각적 실재는 현재가 아니라 과거이며, 이곳이 아닌 저곳이다. 물론 이 말은 그가 정신착란을 겪고 있다는 따위의 얘기는 아니다. 다만 그러한 모습이 그가 현실로서 경험하고 있는 일체라는 것이다.

후일담소설에 등장하는 회향적인 지식인의 전형으로 볼 수 있는 「아홉 개의 푸른 쏘냐」의 '그'와 같은 인물은 김남일의 「노을을 위하여」나 방현석의 「존재의 형식」과 같은 소설에서도 다른 방식으로 등장한다. 「노을을 위하여」의 주인공인 '그'(현)는 두 아랍인을 만나기 전까지 무덤과 같은 도피의 나날을 보내던 작가이다. 그의 삶은 헤어진 아내와 새 연인인 정원 사이에서 갈등을 느끼다가 정원을 선택했으나 그것조차 사랑인지 확신할 수 없는 괴로움의 연속이다. 사적인 삶에서 그는 자신의 비존재감과 스스로 선택한 부재와 도피 때문에 자학을 한다. 그런 그에게 한국 작가들의 초청으로 한국에 온 이라크와 팔레스타인 작가인 아사드와 라자브와 동행하는 공적인 역할이 주어진다. 그는 그들의 비극적인 삶의 내력을 전해듣는 와중에 스스로에게 이렇게 묻는다. "내가, 다시, 시작할 수 있을까." 공적인 역할의 수행을 통해 사적인 삶의 방황에 종지부를 찍겠다는 인식의 어설픔, 이라크 침공에서 찬란한 티그리스 문명의 파괴를 떠올리는 연상의 상투성 등은 차치하고서라도 이 소설에는 일관된 것이 있다. 그것은 주인공의 심리적 상태인 자학과 방황, 두 이방인이 들려주는 고통스러운 삶에 대한 그의 계속되는 상상이 서로 곡예를 벌이듯 교차하고 있다는 점이다.

「노을을 위하여」에서 두 아랍인들이 들려주는 팔레스타인과 이라크의 현실을 재구성하면서 그는 지금 여기 자신의 삶에 내재한 누추함을 모멸적으로 질타한다. 자신의 삶에 대한 모멸감이 깊어질수록 이방인의 삶에 대한 상상은 증가하며, 이방인의 삶에 대한 상상이 강렬해질수록 자기모멸도 깊어진다. 그는 아사드로부터 "소중한 사람"이라는 말을 듣지만 그 자신은 "허깨비"라고 생각하고 자신의 "생 자체가 거대한 착각"이라고 자조한다. 그는 자신의 생을 허깨비로 여기지만, 아사드와 함께 인티파다 다큐멘터리를 볼 때는 "저런 곳에서 생이 유지된다는 것을 상상할 수 없었다"고 놀라워한다. 결개에 새겨진 자유(FREEDOM)라는 로고를 보고 아내와 아이들을 저버리고 정원을 선택한 건 자유였을까 반문하면서도 아사드가 들려준 25년간의 망명생활에서 자유란 것이 "아주 시시하고 소소한 것들의 끝없는 일상"임을 깨닫는다. 그에게 허깨비의 생과 부재의 자유라고 불렸던 것이 아랍에서 온 이방인들에게는 더할 나위 없이 소중한 것들이었다. 여기서 「노을을 위하여」의 현은 「아홉 개의 푸른 쏘냐」의 '그'와 비슷한 심리적 현실을 공유한다. 먼 곳에 대한 상상력이 증가할수록 가까운 곳에 대한 모멸감은 커지고, 가까운 곳에 대한 모멸감이 커지면 커질수록 먼 곳에 대한 상상력은 확장된다. 물론 「노을을 위하여」에서 현의 상상력은 모멸감을 치유하고 극복하기 위한 것으로 제시되어 있다. 이 소설에서 연대의 기초를 이루는 것은 이와 같은 치유와 극복으로서의 상상하기이며, 그것은 "존재의 위엄"을 회복하는 일이기도 하다. 소설 초반부, 김과 라자브가 서로 고문을 받는 제스처를 주고받으며 "고문의 연대"를 확인하는 장면을 보고 그가 마음속으로 묻는 다음과 같은 대목은 주의를 요한다.

> 라자브, 너는 그 눈빛으로 무엇을 보았니? 도대체 어떤 일이 있었지? 어디까지 봤지? 그게 끝이었나? 바닥이 보였어? 그리고 지금, 무엇을 보고 있는 거니? 네 눈에 보이는 건 뭐지? 나는 보여? 이렇게 한시도 정처를 못 잡고 붕 떠 있는 나? 라자브, 그래, 네가 본 걸 나도 볼 수 있을까?

마치 거울을 보며 자문자답하는 듯한 정황을 떠올리게 하는 인용문은 소설에서 그려지고 있는 그와 두 아랍인, 즉 주체와 타자의 위치를 상징적으로 요약하고 있다. 라자브와 아사드는 그에게 자신의 현재 위치를 반성하고 자각할 수 있도록 하는 일종의 자아-이상의 기능을 담당하고 있다. 실제로 라자브는 주인공의 의중을 뚫는 듯한 "눈빛"의 소유자로 그려지고 있으며, 라자브가 시인임을 알아본 것은 그의 눈빛 때문이었다. 또한 아사드는 현의 처지를 헤아리기라도 한 듯 처음 만난 그를 '소중한 사람'이라고 부르고 있다. '다시 시작할 수 있을까'라고 자문하는 현의 반성과 깨달음은 그 자체로 족하며, 그 깨달음이나 반성이 자신의 주변에까지 영향을 미치는지에 대해서는 더이상 묻기는 어렵다. 그러나 「노을을 위하여」에서 연대의 기초를 이루는 상상력의 정체가 무엇이며, 또 그것이 어떻게 발휘되는지는 소설의 마지막 대목, 아사드가 현에게 남긴 말을 통해 드러난다. "하지만 내 방에서, 물론 저격수를 의식해 창문에서 멀찌감치 떨어져서일망정, 내 방에서 불타듯 번지는 라말라의 그 아름다운 저녁노을을 더 이상 볼 수 없다면? 안 돼! 그것만큼은 절대 용납할 수 없지. 안 그래?" 시인다운 발상이라고 할 수 있겠지만, 이러한 시어가 존재의 위엄의 회복이거나 연대적 상상력의 표현인지에 대해서는 의문을 던질 수밖에 없다.

단적으로 말해, 이러한 시(詩)는 밀란 쿤데라가 소설 『참을 수 없는 존재의 가벼움』에서 말했던 키치(kitsch)에 가깝다. 쿤데라에 따르면 키치는 존재에 대한 정언적인 동의이며 배설물, 존재의 위엄을 방해하는 이질적인 대상에 대한 거부이다. 후세인 독재 시절과 미군의 점령통치 기간의 이라크의 실상에 대해 라자브로부터 듣고 재구성한 바그다드의 모습은 어떤가. 소설에 따르면 그것은 라자브의 아름다운 시에 묘사된 바그다드와는 정반대다. 아내와 사랑을 속삭이던 티그리스 강변은 지금은 송장들이 떠다니는 곳이고 천일야화와 길가메시를 이야기하던 사람들은 지금은 죽은 자들의 소식이 실린 신문만 보고 있으며, 학교에 가지 못한 아이들은 불발탄에 다치거나 목숨을 잃는다. 키치는 창문을 주시하는 저격수와 창문 바깥의 라말라의 저녁노을, 시에 묘사된 바그다드와 폭격으로 폐허가 된 바그다드, 사랑을 속삭이던 티그리스 강변과 송장이 떠다니는 티그리스 강변, 천일야화 및 길가메시와 죽은 자들의 소식이 실린 신문, 일상과 전쟁 등의 분리선을 긋고 구분을 짓는 상상력이다. 그런데 키치가 참으로 용납하기 힘든 것은 둘의 차이가 아니라 동일성이 아닐까. 아마도 이 동일성은 예를 들면 전쟁 속에서 평범한 일상을 절망적으로 살아가는 행위와 비슷하지 않을까. 아사드가 현에게 들려준 말을 수정해본다면, 일상은 여느 날처럼 저격수를 의식하고 멀찍이서 창문을 열었을 때 들어오는 따사로운 햇볕에 뜻밖의 좋은 느낌을 갖고, 중무장한 채 서 있는 탱크 옆을 지나가는 친구에게 어젯밤 그 여자와 괜찮았어? 라고 묻는 데에 있지 않을까. 일상은 말도 안 되는 통금시간 때문에 노천카페에서 읽고 있던 제임스 조이스의 책을 서둘러 덮어야 하는 것에, 자살특공대원이 되겠다고 한 아이들이 숨바꼭질을 하고 노는 모습에 있지 않을까.

재현방식과 전형의 창출이 어려운 일임은 방현석의 소설 「존재의 형식」에서도 마찬가지이다. 주인공 재우가 베트남전쟁을 다룬 영화 시나리오를 베트남어로 번역하는 「존재의 형식」의 한 장면은 전형의 문제에 대한 작가의 고심을 반영하고 있는 대목으로도 읽힌다.

> 남들이 한 숟갈 먹을 때 두 숟갈 퍼먹는 밥벌레라는 인물의 성격을 드러내는 이 장면에 대해 레지투이가 사실에 부합하지 않는다고 한 이유는 두 가지였다. 첫째는 게릴라들은 숟가락을 사용하지 않고 젓가락만 사용한다는 것이고, 둘째는 밥을 한그릇에 퍼놓고 같이 떠먹는 것이 아니라 각자가 항상 소지하고 다니는 식기에 덜어서 먹기 때문에 젓가락질을 아무리 빨리 해도 남들보다 결코 더 먹을 수가 없다는 것이었다.

이것은 표현이 아니라 상황 자체를 다르게 그려야 하는 문제였고, 번역자인 재우는 물론 그것을 검토하는 희은이나 레지투이도 함부로 건드릴 수 없는 부분이었다.

원래의 시나리오는 배고픔을 견디며 싸워야 하는 게릴라들의 일상을 희극적으로 표현하는 데 주안점을 두고 씌어 있다. 그렇지만 전형은 단지 숟가락을 젓가락으로, 커다란 그릇을 각자가 소지하고 있는 식기로 표현을 대체한다고 해서 창출되지 않는다. 전형은 '함부로 건드릴 수 없'는 중요한 문제이다. 그것은 해방전선의 게릴라 출신의 시인이자 영화감독인 레지투이가 재우에게 주는 범접할 수 없는 근엄함, 염결성과 결코 무관하지 않다. 「존재의 형식」에는 재우가 레지투이를 응시하는 장면들이 곳곳에 나오는데, 이어지는 인용문은 「노을을 위하여」에서 현이 라자브와 아사드를 대하는 태도와 유사한 무엇을 연상시키는 문장들이다. "빗장을 풀고 문을 열던 재우는 대문 앞에 서 있는 사람을 보고 순간적으로 몸이 굳었다. 레지투이였다. 폭우를 뚫고 달려온 그가 오토바이를 잡고 서 있었다. (……) 얼굴을 적신 빗줄기가 목을 타고 연신 가슴으로 파고들었지만 그의 표정은 너무나 태연했다. 그 순간 레지투이를 감싸고 있는 분위기는 전율적이었다. 그의 얼굴에는 범접할 수 없는 담담함이 깔려 있었고 눈빛에서는 비애를 넘어선 짙은 슬픔이 뿜어져나왔다. 슬픔과 달관이 빗물에 뒤엉켜 흘러내리며 빚어내는 얼굴의 평화로움은 적멸감을 불러일으켰다." 재우에게 레지투이의 위치는 현에게 라자브와 아사드가 갖는 위치와 동일하다. 현의 심리적 현실이 자기모멸이라면, 재우에게 그것은 10여 년 전의 동지들, 특히 다른 누구보다도 공장에서 왼팔을 잃고 나서도 지금도 노조단체에 헌신하고 있는 창은에 대한 부채감이다.

「랍스터를 먹는 시간」도 비슷하다. 건석은 노동현장에서 죽은 형에 대한 쓰라린 기억으로부터 도피하기 위해 한국 조선소의 직원으로 베트남에 와서 살고 있지만, 형에 대한 죄의식만은 결코 지워버릴 수 없다. 스스로 택한 외로움에 홀로 떠 있는 섬처럼 살고 있는 건석의 심리적 현실에 대해 소설은 이렇게 언급한다. "외로움을 견디는 유일한 방법은 더 큰 외로움을 불러들이는 것이다. 완벽한 외로움으로 자신을 밀어넣어가는 과정에는 약간의 희열이 있다. 그 희열의 실체가 자학이라는 것을 건석이 모르지 않았다." 건석에게 "불사조" 보 반 러이와 팜 반 꾹은 재우에게 레지투이가 그러한 것처럼 자학과 부채감을 극복하도록 이끄는 자아-이상의 역할을 담당하고 있다. 자아-이상과의 동일화과정 또는 상징적 동일시는 단순히 자신이 좋아하는 이미지를 닮고자 하는 열망으로만 설명될 수는 없다. 상징적 동일시는, 이미 언급한 바 있지만, 내가 누군가에게 관찰당하는 위치와 내가 나 자신을 바라보게 되는 위치와의 동일시이다. 그렇다면 재우는 단순히 레지투이를 '보는' 것도 아니며, 그를 닮고자 하는 것도 아니다. 재우가 레지투이를 볼 때 그는 자기 자신으로부터 누군가를 보며, 정확히는 그 누군가에게 자신이 '보여진다'. 그 과정에서 나는 무언가에 결박당한다. 어떤 위치에 있더라도 보여지기 때문이다. 재우가 레지투이를 바라볼 때 재우의 몸이 순식간에 굳어버리고 전율했다는 앞의 인용에 주목한다면, 재우는 무엇인가에 사로잡힌 채 누군가에게 보여지는 것이다. 이 누군가는 누구인가. 재우에게 레지투이가 10년 전 과거의 노동현장에서 운동을 하던 투사였던 자신의 다른 초상이라고 말하는 것은 다소 안이하다. 그러나 재우의 과거는 생생히 살아 있으며, 여전히 자신을 사로잡고 있다. 이 말은 그가 과거지향적이라거나 향수에 의해 추동되는 존재라는 방식으로 간단히 설명될 수 없다. 재우가 '보여지는' 이 누군가는 투사였던 재우이며, 바로 과거의 그가 현재의 재우를 응시한다. 현재의 재우는 과거의 재우의 시선으로 사물들을 보며, 그 외에는 보지 못하거나 보지 않는다.

「존재의 형식」에서 전형이라고 할 수 있는 것은 실제로는 강력히 현존하는 이 과거의 형식이다. 베트남은 과거가 전치된 시공간적 모델이며, 재우는 그 모델의 존재다. 더 나아가 작가에게 베트남은 관광지의 아이들이 '원 달러'를 외치며 달려들고 술집 아가씨들이 10불의 팁에 손목을 내맡기는 베트남이 아니라, 베트남전쟁 기간 베트남해방전선 게릴라들과 호찌민의 인민들이 단돈 1원도 받지 않고 호미와 망태기로 24년 동안 파놓은 250킬로미터의 땅굴이 있는, 레지투이와 보 반 러이와 팜 반 꾹의 베트남이다. 어떻게 보면 그것은 지극히 당연하다. 그에게 호찌민 루트인 구치터널 이외의 베트남은 보고 있어도 보이는 곳이 아니기 때문이다. "내가 알고 싶었던 것은 처음부터 베트남이 아니고 여기, 지금의 우리였다"는 『랍스터를 먹는 시간』의 '작가의 말'은 문자 그대로 받아들여도 무방하다. 재우가 문태에게 가르쳐주는 '떰 로옴(마음가짐)'은 지난날 가졌던 혁명과 변혁의 이상을 고수하려는 충실성(fidelity)으로 읽을 수도 있다. 그렇지만 이 충실성의 고수에는 대가가 따른다. 한 평론가가 지적하기도 했지만,[7] 「존재의 형식」에서 라면을 끓이고 코코넛을 사오고 커피를 나르는 가정부가 재우의 눈에 들어오지 않는 것은 그 인물이 소설에서 부차적인 역할을 맡고 있기 때문이 아니라 재우가 그녀를 보고 있어도 결국 보지 않기 때문이다. 너무 많이 보거나 너무 많이 상상하는 자들은 실제로는 아무것도 보지 못하거나 보이는 것보다 적게 본다. 이것은 「아홉 개의 푸른 쏘냐」「노을을 위하여」「존재의 형식」에 등장하는 작중인물들, 과거(부채)에 대한 애도를 멈추지 않는, 끝내려고 하지 않는 지식인들의 전형적인 존재의 형식이기도 하다. 카를 마르크스는 일찌감치 그런 사람들을 일컬어

7) 김형중, 「이국異國에서 얻은 '마음가짐'」, 『변장한 유토피아』, 랜덤하우스중앙, 2006, 59쪽.

"모든 경건한 환각의 비밀"을 지니고 있는 "신성가족"이라고 꼬집은 바 있다. 먼 곳, 이방인에 대한 그들의 환대와 상상력은 각별하고도 풍부하지만 가까운 곳, 주변의 타자에 대한 사랑과 관심은 형편없거나 빈곤하다. 애도(mourning)는 여전히 계속되며, 후일담문학은 아직 끝나지 않았다.

연대와 적대

김남일, 방현석의 소설에서 타자와의 조우와 연대의 움직임은 일정한 환상에 의해 도움을 받는다. 이들 소설에서 형상화된 연대는 주인공들의 비존재감, 과거에 대한 심리적 부채와 죄의식으로부터 출발하고 그를 극복할 자아-이상을 발견하는 여정을 통해 가능해진다. 자아-이상의 메커니즘은 자아-이상을 통해 자기 자신에게 좋게 보이는 모습을 원하는 것이기도 하다. 그러나 개인에게 그것은 나르시시즘으로 귀결되고, 문화적 입장에서 그것은 자문화중심주의로 판명될 여지가 있다. 어떻게 보면 결국 타자는 주체의 심리적 외상과 부채의식을 극복하기 위해 상상되고 또 필요했던 것일지도 모른다. 작가 오수연도 죄의식과 양심으로부터 출발한다. 그러나 그 죄의식과 양심은 작가 본인의 심리적 외상과는 별 관련이 없다. 오수연의 소설은 90년대 초반에 대거 등장해서 여전히 존재하는 어떤 문학적 잔재들과도 상관이 없다. 이것이 그녀의 소설을 특이하게 만든다.

『아부 알리, 죽지 마』는 2003년 미국의 이라크 침공 전후의 이라크와 팔레스타인인들이 겪는 삶의 참상과 연대의 노력을 담은 르포르타주다. 이 책에서 주목할 만한 것은 작가가 동아시아문명권 출신의 한국 여성이라는 자신의 주변부적 정체성에 민감해지는 대목들이다. 그것은 이른바 문화적 다양성에 대한 존중이나 정치적 올바름(Political Correctness)과는 무관하다. 『아부 알리, 죽지 마』에는 이혼녀로 혼외 임신을 해 이슬람 율법에 의해 사형선고를 받은 나이지리아 여성에 대한 기사를 접하고 그들의 문화적 관습에 작가가 격렬히 분노하는 장면이 있다. 이에 비해 서구와 미국 등 제1세계에서 온 국제주의자들은 문화적 다양성이나 오리엔탈리즘, 또는 자문화중심주의의 역사적 우연성과 한계를 말한다. 나이지리아 여성의 문제는 나이지리아인들의 관습과 상식에서 처리해야 할 문제이며, 그에 대해 함부로 간섭하거나 하는 행위는 서구 우월주의자들의 전형적인 발상이라고 말이다. 그러나 작가는 그러한 사고방식을 따르지 않는다. "해방을 꿈꾸는 자들은 정의를 포기할 수 없다. (……) 이를테면 자유, 평등, 인권 같은 개념들. 어떤 이들은 그것이야말로 고작해야 200년 전 서구 부르주아의 발명품이라고 냉소할 것이다. 그러나 나는 (……) 그런 개념이 인간에게 있어왔고 앞으로도 있을 것이라고 생각한다. 그렇지 않다면 돌에 맞아 죽어도 내가 저항할 수 없을 테니까." 주변부적 정체성에 대한 그녀의 자의식에도 불구하고 이러한 입장은 매우 보편적이다. 그 보편성은 작가에게는 여성 해방과 인간 해방에는 순서나 위계가 없으며 언제나 동시적이어야 하는 보편성이다. 또한 그것은 "자신이 아침에 마시는 진한 에스프레소 커피와 아랍인의 피눈물이 별개가" 아니라는, 나의 행복과 타자의 불행이 결코 무관하지 않다는 도덕적 연루감과도 맞닿아 있다. 연대성에 대한 그녀의 상상력은 바로 이러한 도덕적 연루에서 비롯된다. 그녀에게 "팔레스타인은 바로 내 문제"인 것이다. 한편 죄책감과 양심은 타자와의 연대라는 도덕적 행동의 동기이지만, 죄책감과 양심이 실제로는 타자들이 아니라 자기 자신을 위해 필요했던 것일지도 모른다는 자기 해부로 이어지는 면에서 작가의 사고는 철저한 데가 있다. 『아부 알리, 죽지 마』는 글쓰기와 행동적 실천, 주변과 중심, 3세계와 1세계, 문화적 상대성과 보편성, 여성 해방과 인간 해방, 개별적 양심과 보편적 정의 등에 관심을 기울인다. 그렇다면 두 가지 대립쌍들의 연장선상에서 작가가 쓴 르포르타주와 소설의 관계는 어떠한가.

『아부 알리, 죽지 마』에 포착된 이라크와 팔레스타인의 현실은 그녀가 쓴 소설들의 중심 소재와 모티브를 이룬다. 그러나 그것들이 활용되고 재구성되는 방식을 보면 작가가 르포르타주와 소설 간의 장르적 차이를 어느 정도 염두에 두고 있음을 짐작할 수 있다. 르포르타주와 소설의 차이는 현실과 허구의 차이라기보다는 그 둘의 재현에 내재된 언어의 차이다. 르포르타주는 현실 그 자체를 알리려는 단일하고도 계몽적인 의도로 언어를 재현의 수단과 기능으로 일정하게 제한한다. 이에 비해 소설은 인간과 세계가 맺는 관계의 단면을 성찰하는 언어의 상징적 역할에 주목한다. 또한 르포르타주의 재현과 허구적 재현의 차이는 개별성과 보편성의 차이다. 르포르타주에서 현실은 그 낱낱의 세목(細目, detail)이 아무리 다양하고 풍부하더라도 언어가 붙잡으려 따라다니는 개별적 사실의 집합에 머무를 소지가 있다. 이에 비해 소설적 허구에서 현실은 그 세목의 요소들을 분해하고 재조립하는 언어의 상징적 기술과 공정(工程)을 통해 승화되어 새롭고도 각별한 의미를 부여받을 가능성이 높다. 요컨대 허구는 상징화과정을 통과한 현실의 새로운 의미, 그 잠재성과 현실성 모두를 언어로 보존하려 한다. 허구에서 현실은 그것이 아무리 하찮고 사소한 것들의 재현이라고 하더라도 보편적이려고 한다. 그렇지만 오수연에게 르포르타주와 소설의 경계는 생각보다 그리 확연하지는 않다. 이라크와 팔레스타인의 현실을 가공한 단편인 「꽃비」 「길」 「황금지붕」 「문」에는 『아부 알리, 죽지 마』에 묘사된 특수한 정황과 인간관계를 연상시키는 대목들이 적지 않다. 그중 「길」과 같은 작품은 르포르타주에 매우 가깝다. 그러나 다른 단편들에는 구체적인 국명(國名)이나 개별적 지명, 인명 등 현실적 맥락과 정보가 상당 부분 소거되어 있으며, 때로는 「꽃비」처럼 맥락의 삭제가 과도해 소설 그 자체의 정황과 맥락조차 알아볼 수 없게 만들기도 한다. 이것은 아마도 르포르타주에 기록된 이라크, 팔레스타인인들의 고통스러운 상황에 대한 있을 법한 즉물적인 감정이입을 최대한 차단하고 그들이 겪고 있는 비참한 상황을 예외적이고 특수한 것이 아니라 인간과 세계의 보편적 존재방식으로 부각시켜 냉정한 성찰을 유도하려는 노력에서 비롯된 결과일 듯하다. 중심과 주변에 대한 작가 특유의 성찰은 소설에서는 비동시적인 것의 동시성을 유도하는 기법, 곧 중첩된 시공간에 대한 환상적 몽타주와 에세이적 성찰을 통해 직간접으로 드러난다.

오수연의 소설에서 몽타주는 과거와 미래, 이곳과 저곳, 가상과 현실 등 서로 다른 시공간의 중첩을 통해 나와 타인이 정치적으로나 도덕적으로 서로 연루된 존재들이며, 서로에게 무한책임이 있음을 환기시키는 기능을 담당하고 있다. 또한 그것은 작가의 정체성을 이루는 요소들이 한순간에 무너져내리는 비-장소(non-place)의 형성에 대한 알레고리이기도 하다.

> 해변에 줄지은 상점마다 흡혈귀들이 가득 차 있다. 흡혈귀 마을을 몰살시키고 살아나온 흡혈귀들, 다른 흡혈귀라도 피를 빨아야만 사는 가엾은 흡혈귀들. 그의 눈에서 눈물이 흘러내린다. 그는 한도 끝도 없는 사랑, 받은 만큼 주는 게 아니라 아무런 대가 없이 일방적으로 주기만 하는 자비와 은혜다. 피조물의 비탄과 한숨을 더이상 참고 볼 수 없어, 그는 뱃속으로 그들을 다시 불러들였다. 피조물이 스스로 완성되기까지 기다리지 못했다. 그는 섭리를 취소했다. 남을 죽이고 사는 고통으로부터 피조물을 한시도 지체 없이 구원했다. 두루마리처럼 펼쳐졌던 시공간이 거꾸로 되말린다. 수많은 전투기들이 당당하게 하늘을 뒤덮어온

다. 상점들 앞에 있는 야자수 모양의 간판들이 불타오른다. 여기가 거기다. 아무도 봉쇄 직전에 빠져나오지 못했다. 빠져나온 적이 없다. 그의 자궁이 열린다. 살짝 이슬이 비친다. 꽃비가 내린다.(「꽃비」)

종이접기 하듯 일 년 전 오른쪽이 왼쪽으로 구부러져 현재 시끄러운 거리에 겹쳐졌다. 일 년 전과 현재가, 왼쪽과 오른쪽이 서로를 무리하게 잡아당겼다. 실외에서 머리카락이 헝클어진 채 마이크를 꽉 쥔 기자들, 실내에서 서가를 배경으로 강한 조명 때문에 땀을 흘리는 전문가들은 과거를 예언했다. 그리고 시끄러운 거리와 흥분한 사람들이 점점 더 텔레비전으로 끌려들어 거듭 확대되었다. 어마어마한 아지랑이를 일으키고 출격한 전투기들이 음속으로 지표면을 쭈글쭈글 단축시켰다. 어디 가나 텔레비전을 안 볼 도리가 없는 나까지 화면으로 점점 끌려들어 갔다. 그리고 어느 날 화면 안과 밖이 겹쳐졌다.(「문」)

「꽃비」에는 유사 환대와 거짓 기적으로 가득 찬, 전쟁이 일상이며 예외가 정상인 삶들이 그려져 있다. 제국은 "민주주의와 인권"이라는 유사 환대로 세계를 폐허로 몰아넣고 있으며, 그 세계 안팎의 사람들은 서로를 증오하며 보상이라는 거짓 기적을 기다리며 살고 있다. 그들의 삶은 미래가 이미 죽음인 산송장의 그것과 다르지 않다. 제목 '꽃비'는 스마트폭탄(smart bomb)에 대한 별칭으로 짐작된다. 즉 '꽃비'는 폭탄의 명칭과는 정반대로 폐허의 세계에 내리는 저주에 대한 은유가 된다. 「꽃비」에서 저주는 은총과 마찬가지로 맹목적이고 무차별적이다. 이 저주의 속성은 신의 은총에 대한 말브랑슈의 비유, 곧 은총의 비는 "비를 필요로 하는 씨 뿌린 땅에만 내리는 것이 아니라 비가 아무 쓸모도 없는 사구(砂丘)나 바다에도 내린다"라는 구절을 연상시킨다. 「꽃비」에서 은총은 무차별적이고도 맹목적인 저주로 둔갑한다. 작가가 종잡을 수 없을 정도로 여러 시공간을 중첩시켜 묘사하기 때문에 선뜻 파악하기 쉽지 않지만, 소설은 "민주주의와 인권의 폭탄"이 퍼부어지는 곳과 그곳으로 "군대"를 파병하는 나라에서 사는 각각 다른 두 남녀의 가학적이고도 고달픈 삶을 교차편집하는 데 중점을 둔다. 소설 마지막 부분에 이르면 '민주주의와 인권'의 폭탄이 떨어지는 국가로 '군대'가 파병되는 나라의 어느 바닷가 하늘에서 폭격이 시작된다. 별개의 시공간은 몽타주된다. 인용문에서처럼, 창조주는 폐허가 된 세계를 창조했던 자신의 애초의 기획을 철회한다. 「꽃비」의 몽타주가 암시하는 바는 간단히 말해, 이곳의 삶과 저곳의 삶이 본질적으로 무관하지 않다는 것이다. "다른 흡혈귀라도 피를 빨아야만 사는 가엾은 흡혈귀들"이라는 구절이 예시하듯, 타인의 불행과 아픔의 대가로 누군가는 행복하고 기쁠 수도 있다. 한편 「문」에서 인용한 두번째 구절은 국경을 상징하는 고국의 공항 게이트와 점령지의 바리케이드, 중간 기착지의 출입국사무소 문 앞에서 주인공이 겪은 세 개의 에피소드와 연관된 몽타주다. 그렇지만 이 몽타주는 「꽃비」에서처럼 더이상 이곳과 저곳, 과거와 미래, 주체와 타자, 안과 밖의 연속이 아니라, 둘의 합성에서 예상치 않게 발생하는 단절과 좌표 상실에 대한 알레고리로 바뀐다.

이 단절과 좌표 상실은 「황금지붕」에서 이미 예고된 바 있다. "세상에는 나만 있는 게 아니라는 사실을, 내게는 서쪽을 동쪽이라고 부르는 자들이 밀려와서 가르쳐주었다. 너는 중심이 아니라고. 그러면 나는 어디에 있나. 나는 중심으로부터 멀고 먼 동쪽 끄트머리일 뿐, 내게는 동쪽도 서쪽도 남쪽도 북쪽도 없다. 세상은 어디나 다 나로부터 멀기만 하다. 나를 중심으로 놓아볼 수 없다면, 내게 보다 가깝거나 조금 먼 장소 따위도 없다. 중심 말고 내가 아는 곳은 없는데 나는 중심이 아니다. 나는 아시아가 어디인지 알 수 없었다." 「황금지붕」에는 국제연대를 위한 토의 도중, 제1세계 출신의 국제주의자인 한 백인 남성에게 주인공인 '나'의 존재가 간단히 무시당하는 에피소드가 있다. 방금의 인용은 영어가 서투른 비서구권에서 온 아시아 여성이 세계의 중심인 황금지붕을 보면서 자신의 정체성에 대해 의문을 던지는 연장선상에서 나온 것이다. 누구도 들어갈 수 없으며, 누구를 위한 성전도 아닌, 피로 세워진 황금지붕은 역설적으로 주변인의 시각에서 볼 때 결국 "아무 데도 아닌 곳"이다. 아무 데도 아닌 곳이지만 여전히 중심으로 현전하는 어떤 곳. 황금지붕은 「문」에서는 국경으로 재등장한다.

「문」은 카프카의 「법 앞에서」를 연상시키는 수작(秀作)이다. 「법 앞에서」는 한 촌부가 문지기가 서 있는 문 앞으로 와 안으로 들어갈 수 있는 때를 기다리지만 결국 들어가지 못한 채로 문이 닫히고 마는 이야기이다. 카프카의 장편 『소송訴訟』에도 등장하는 이 우화에서 문은 법이며 법으로부터의 추방(abandonment)으로 풀이된다. 「문」에서 점령지 바리케이드 앞에 선 사람들의 기나긴 행렬과 끝없는 기다림이 끝날 때는 아이러니하게도 점령군의 몸수색이 시작될 때뿐이다. "이 세상에서 점령군들만이 문을 열어줄 수 있다. 원로도 성직자도, 누군가의 혈관에 흐를지도 모르는 예언자의 피 한 방울마저 이 순간만큼은 전혀 도움이 안 된다." 그런가 하면 출입국사무소 에피소드에서는 순간의 사무적 몸짓과 종이 한 장이 이 나라에서 저 나라로 들어갈 수 있는가 없는가를 결정하는 법이 된다. 이때 법은 카프카의 법과 비슷하게 '인간의 운명을 단칼에 가르는 섭리'이며, 추방의 잠재태가 된다. 법 앞에서 삶이란 곧 추방인 것이다. "국경에서는 종이 한 장의 두께 0.1밀리미터가 히말라야보다 높고 심해보다 깊다. 지구는 다리미로 눌러 다린 반반한 평면이며, 인간의 운명을 단칼에 가르는 섭리는 이차원이다." 그리고 이러한 부조리는 공항 게이트에서 "왜 나한테는 출구도 입구도 없지?"라는 결정적인 물음으로 완성된다. 「문」에서 국경은 나라와 나라를 이어주거나 하는 경로가 아니다. 그곳은 자신의 정체성을 이루는 요소들이 한순간에 증발되는 비-장소(non-place)이며, 삶이 근본적으로는 추방임을 선언하는 법정이다.

오수연의 소설에서 이러한 비-장소는 어떤 의미에서 언어로 구성되는 상징적 현실의 비일관성을 가리키는 곳이기도 하다. 예를 들어 국가는 단지 한 조각의 영토가 아니라, 이 영토에 대한 일관성 있는 이야기/이야기하기이다. 사람들이 국가를 하나의 '실제'로 경험하기 시작하는 것은 오수연 소설에서 보았듯 국경과 같은 비-장소가 드러내는 '현실(reality)'의 비일관성을 가린 덕택이다. 환상(fantasy)이란 이러한 현실의 비일관성을 일관된 내러티브와 상징으로 은폐하는 기술이자 바로 그러한 기술의 결과인 내러티브와 상징이다. 신민/주체(subjects)가 국가를 일관되고도 단일한 현실로 경험하는 한 국가는 환상의 체계이다. 이런 의미에서 볼 때, 「문」에서 국경이라는 비-장소는 자아와 타자, 공동체와 공동체, 모국어와 외국어, 국가와 국가 사이의 근원적 적대(antagonism)가 맨살로 제 모습을 드러내는 곳이다. 적대는 앞서 말한 상징적 현실의 비일관성에 대한 정의이며, 그 앞에서 나는 완전히 나 자신이 될 수 없는 상황에 직면하게 된다. 적대, 그것은 직접적으로는 언표 불가능하나 언표를 통해서 보이게 되는 그 무엇이다.[8] 그래서 「꽃비」는 전쟁의 비극적 상황 속에서 개별자들이 오히려 가학과 피학의 관계로 삶을 붕괴시키는 모습에 주목한다. 불행과 고통의 체험을 공유하는 자들에 대한 상상을 통해 연대가 가능할 것이라는 환상은 작가에게 그리 많지 않아 보인다.

연대의 어려움은 「길」에서 국제적 연대를 위해 모인 자들 간의 불화와 그들이 돕고자 한 이라크인과의 갈등에서도 잘 드러난다. 타인을 돕겠다는 "순진한 열정"도 이기적일 수 있으며, 연대 또한 국제적 힘의

---

8) Renata Salecl, "The fantasy structure of war", *The Spoils of Freedom*, p. 15 ; 에르네스토 라클라우·샹탈 무페, 『사회변혁과 헤게모니』, 김성기 외 3인 옮김, 터, 1990, 274쪽.

역학관계에 대한 이데올로기적 반영일 수 있다. '나'와 동료들에게 자발적으로 찾아온 이라크인 알리를 보면서 '나'는 이렇게 생각한다. "한 번도 회의에 알리를 끼워주지 않았다. 그럴 생각을 못했다. 동료로 인정하지도 않고 그렇다고 공정한 대가도 치르지 않으면서, 우리는 그를 통역인이자 운전사로까지 부려먹었다." 그렇다고 이 소설이 연대의 불가능성을 절망적으로 암시하는 것은 아니다. 소설은 다만 타인에 대한 동정과 배려를 통한 연대의 환상에 감춰진 자기만족과 기만을 해부할 뿐이다. 작가의 이러한 자기 성찰은 「황금지붕」에서 동아시아 출신의 여성이라는 자신의 주변부적 위치에 대한 자각과 만나며, 「문」에 와서는 다시금 삶이 추방임을 지시하는 국경에 대한 근본적 사유로 이어진다.

오수연의 소설은 전쟁을 감정이입의 대상으로 생각하지 않으며 그러한 이입을 불러일으킬 만한 맥락과 정보를 거의 소거시킨다. 그것은 독서의 전이에서 올 법한 즉물적인 감상을 제거하기 위한 노력으로 보인다. 그녀의 소설에서 자주 사용된 몽타주와 알레고리 기법은 국가든, 언어든, 공동체의 연대든 간에 현실의 비일관성을 은폐하는 환상을 오히려 파괴하는 역할을 맡고 있다. 거꾸로 오수연 소설의 환상성은 환상이 파괴된 이후에 주체가 경험하는 현실의 잔해, 파편 덩어리에 대한 지각반응이다. 그것은 결국 당사자에게는 비현실적인 악몽으로 경험될 수밖에 없다. 그러나 이 악몽의 비-장소가 텅 비어 있는 한, 그곳에서 삶을 살아가는 사람들은 산송장으로, 곧 운명에 한낱 좌지우지될 뿐인 존재로 결정(結晶)될 공산이 크다. 누군가가 맨 먼저 그 빈자리를 점유하려 한다면, 그것은 다시 그들을 보호하기 위한다는 명분인 '민주주의와 인권'의 폭탄일 가능성이 높다. 오수연 소설에서 간혹 산송장에 가까운 삶의 구체적 모습을 존재론적으로 일반화하는 구절들이나 역사적으로 특수하고도 구체적인 비극적 상황을 종말론적 묵시록으로 비약하는 결말에 대해서 어쩔 수 없는 의문이 생기는 것은 바로 그러한 우려 때문이다. 이것은 현실의 보편화 전략에 대한 작가의 지나친 의도가 텍스트의 짜임새를 손상한 결과로 볼 수도 있다.

그러나 「문」의 결말은 이런 우려가 아직은 기우임을 말한다. 바리케이드와 철조망, 탱크와 장갑차가 마을을 뒤덮고 있는 비상시에서도 사람들은 차를 끝까지 마시고 자신은 지키지 못하더라도 "그것 말고도 또 지켜야 할 것"을 위해 묵묵히 경비를 서러 나간다. 곧 그들은 산송장이거나 꼭두각시이기를 멈추는 것이다. '또 지켜야 할 것'이 구체적으로 무엇인지 짐작하기는 쉽지 않지만, 소설의 마지막 대목을 통해 훼손할 수 없는 삶의 존엄성에 대한 작가의 신뢰만큼은 충분히 엿볼 수 있다. 오수연은 지금, 특수한 역사적 현실에 대한 르포르타주식 재현과 그로부터 보편성을 길어올리기 위한 문학적 재현 사이를 방황하는 중이다.

참을 수 없는 존재의 동일함

손홍규의 단편 「이무기 사냥꾼」에는 최근 한국소설에서 형상화된 이주노동자들이나 이라크, 팔레스타인인들과 같은 타자와는 사뭇 다른 이주노동자인 타자가 등장해 이목을 끈다. 방글라데시 청년 알리는 위장술로 세상을 살아가는 인물이다. "죽은 시늉"을 하는 알리가 위장술로 선택한 언어는 전형적으로 희생자들의 언어다. 이미 언급했듯이, 희생자들을 돕고 싶어하는 주체는 연대라는 환상 시나리오의 각본을 짜는 연기자일 수 있다. 그러나 주체만 연기자가 되는 것은 아니다. 주체가 타자를 희생자로 인지하는 한, 희생자인 타자 또한 연기자가 된다. 희생자 역시 그/녀를 도우러 온 타자에게 그 자신이 희생자임을 알리는 상징적 위치를 지속적으로 연출하는 연기자인 것이다. 알리는 희생자들의 언어로 가면을 쓰고 자신의 삶을 연기로 꾸미는 데 있어서 적극적이며 음흉한 편이다. 알리의 "앗살라무 알라이 꿈!"(안녕)은 저 상투화된 '나마스테(안녕하세요)'마저도 뒤집는다. 언어 그 자체는 가면이며, 산다는 것은 위장술이다. 알리의 사기술은 언어가 교환되는 상징적 경제의 장을 구부러뜨린다. 사타구니에 붙어 죽은 체하고 살아가는 사면발니의 인생인 한, 돈 이야기를 듣고 침을 꿀꺽 삼키는, 화폐라는 유일신의 숭배자인 한 주인공 용태와 용태의 돈을 들고 잠적한 알리는 같은(same) 존재들이다.

「이무기 사냥꾼」은 차이와 다름에 대해 강조하는 것이 거의 신성한 강박처럼 되어버린 이즈음, 참을 수 없는 것은 차이가 아니라 동일함, 같음이라는 것을 잘 보여주는 소설이다. 독자들은 알리의 '죽은 시늉', 가면과 연기 뒤에 무엇이 있는지 결코 알아낼 수 없다. 그러나 가면 뒤에는 실제로 아무것도 없을 것이다. 알리의 얼굴 자체가 가면이기에. 그때 얼굴은 심연이 된다. 이에 비해 최근에 외국인 타자를 형상화한 상당수의 한국소설은 선량한, 그 차이를 존중할 만한, 동일자에게 좋은 타자만을 다룬 것은 아닌지 모르겠다. 「이무기 사냥꾼」에서 독자들이 당혹스럽게 직면하는 진실이 있다면 그것은 알리를 상상할 방법이 도무지 없다는 것이다. 어떻게 보면 타자와의 진정한 연대란 자신과 닮은 이미지대로 타자를 상상하는 데 있지 않으며, 타자를 상상하는 주체의 바로 그 능력이 좌절되는 것을 경험하는 데서 시작될지도 모른다. 언어 또한 그렇지 않을까.

소설에서 타자의 언어는 그것이 재현되었는가, 그렇지 않았는가에 따라 그 존재 여부가 결정되는 문제가 아니다. 타자의 언어가 6성조를 가진 베트남어처럼 제아무리 신비롭든 알리의 한국어처럼 서툴든, 그것은 문제가 아니다. 타자가 불법체류 외국인노동자이든, 베트남의 공산주의 전사든, 시베리아의 백향목을 닮은 러시아의 처녀든 그것이 문제가 아닌 것처럼. 그들이 네팔의 코끼리와 러시아의 바이칼 호수, 니르바나 같은 이국적 신비를 업고 흡사 문화사절단처럼 등장하더라도 그 문화의 표징들은 하위제국(sub-empire)인 남한의 정치경제적 현실에서 한국인들이 그들에게 지불한 최소임금에 부합하는 관광상품에 불과하다. 이 상품교환의 정치경제적 현실을 문제삼지 않는 한 이방의 문화는 물신(fetish)이며, 그에 대한 상상력은 키치(kitsch)일 따름이다. 요점은 타자의 언어가 소설이라는 상징적 언어의 경제를 위기로 몰아붙이고 무너뜨릴 수 있는가의 여부에 달려 있겠다. 이 글에서 타자의 재현(전형)과 연대성은 결국 언어의 문제, 상상력의 문제로 귀결된다. 언어와 상상력은 앞서 비판적으로 언급했던 작가들에게 여전히 고투해야 할 가능성으로 남아 있는 과제이다.

그러나 이 글에서 다룬 작가와 작품을 통해 기생하는 비평적 언술에 대해서는 한마디 덧붙이고 글을 끝내고 싶다. 그 비평적 언술은 글머리에서 인용한 한국문학에 대한 비평적 진단을 포함해 한국문학의 특정한 장에서 유행하고 있는 다음과 같은 교의(doxa)이다. 미국의 이라크 침공과 한국의 이라크 파병, 거대한 분리장벽으로 가로막힌 팔레스타인과 같은 비참한 상황과 재난이 오늘날 전 지구적으로 발생하고 있으며 새로운 타자들인 이주노동자들이 엄연히 고통스러운 삶을 살고 있음에도 불구하고 한국의 상당수 작가들은 한가롭게 상상력의 유희를 탐닉하는 하찮은 소설이나 시를 쓰고 있다. 그것은 진술문이지만 답을 강요하는 질문의 구조를 갖고 있다. '어째서 그따위를 쓸 수 있는가'이다. 이런 식의 비평적 언표는 항상 언표 대상의 당사자라고 간주되는 이들뿐만 아니라 독자마저 호명해서 답을 강요하는 경향이 있다. 그런데 이러한 언표는 유고슬라비아연방 출신의 철학자 슬라보예 지젝이 미국 대학에서 강연을 끝마치고 나서 청중인 한 미국 지식인으로부터 받은 질문과 흡사한 언표형식을 공유하고 있다. 지젝이 히치콕에 대한 강연을 끝마치자 그 지식인은 분개하며 이렇게 물었다고 한다. 당신의 옛 조국이 지금 화염에 휩싸여 불타고 있는데, 당신은 어떻게 이 자리에서 히치콕과 같은 하찮은 주제를 이야기할 수 있는가. 그에 대한 지젝의 답변은 이러하다. 그렇다면 미국에 있는 당신이 히치콕에 대해 말할 수 있는 것은 왜인가. 미안하게도 나는 희생자들과 함께 행동할 만한 어떤 정신적 외상도 없다. 상황이 나에게 불리하다는 것이 입증되면 당신은 대단히 만족스러워할 것이지 않은가. 나는 나의 거짓 수치심과 죄책감, 우쭐한 나르시시즘을 유도하는 당신의 위선적 질문을 만족시킬 만한 그 어떠한 대답도 마련되어 있지 않다. 지젝의 답변은 이 글 첫머리에서 인용했던 것과 같은 비평적 언표의 위치가 실로 어떤 것인지 짐작가도록 하지 않는가. 이 글의 첫머리에서 언급한 선배 작가 김수영의 질문을 다시 떠올려볼 때, 이러한 비평적 언표는 지정학적 경계는 오래전에 넘었을지는 모르지만 그 상상력과 언어는 여전히 삼팔선 이남에 머무르고 있는 한국문학의 처지를 새삼 절감하게 한다.

공포와 동정

— 최근 한국소설에 재현된 타자성과 정념의 정치경제학

콜로노스 숲에 도착한 오이디푸스

……콜로노스 숲의 오이디푸스로부터 이야기는 시작된다. 눈멀고 헐벗은 늙은이 오이디푸스가 그의 딸인 안티고네의 손에 이끌려 방금 도착한 콜로노스 숲은 테바이와 아테나이의 국경이었다. 그곳은 금기와 계율이 지배하는 신성한 땅이었으며, 국가와 국가, 법과 법, 외국인과 내국인, 외국어와 모국어가 만나는 경계, 곧 국경이었다. 환대(hospitalité)를 예상했던 오이디푸스는 한 걸음도 더 나아가지 못한 채 적의(hostilité)에 찬 국경 주민들로부터 제지당하고 있었다. 그를 맞아들일 아테나이의 왕 테세우스가 소문을 들어 익히 알고 있었듯, 오이디푸스는 전혀 모른 채로 자신의 아버지 라이오스를 죽이고 어머니 이오카스테와 결혼해 두 아들인 폴리네이케스와 에테오클레스, 그리고 두 딸인 안티고네와 이스메네를 낳았다. 어머니의 뱃속에서 태어났다는 점에서 두 아들과 두 딸은 오이디푸스의 두 형제와 두 누이이기도 했다. 그러나 오이디푸스가 부친인 라이오스의 자리(조부祖父)를 차지했다는

점에서, 두 아들과 두 딸은 각각 그의 손자들과 손녀들이기도 했다. 오이디푸스의 네 자식들은 각각 아들이자 딸이요, 형제이자 누이이며, 손자이자 손녀가 된다. 그런 이방인에 대한 아테나이 주민들의 알 수 없는 공포와 적의는 당연히 예상될 만도 하다. 오이디푸스, 이 사내를 보라(Ecce homo).

테바이의 주권자 오이디푸스, 그는 세 세대의 혈통을 뒤섞은 자, 혈통이라는 자연의 순환을 어지럽혀 테바이를 죽음의 역병으로 몰아넣은 범법자였다. 그는 테바이를 역병으로 몰고온 원인을 밝히기 위해 총력을 기울이는 수사관이었지만, 그 원인이 자기 자신임을 알고 마침내 경악한 범인이었다. 언젠가 스핑크스가 오이디푸스에게 던졌던 수수께끼, '아침에는 네 발로, 점심에는 두 발로, 저녁에는 세 발로 걷는 것이 무엇이냐'의 답은 오이디푸스를 테바이의 왕으로 추대하도록 만든 답인 '인간'이 아니라, 오이디푸스 그 자신이었다. '부어오른 발'이라는 뜻의 오이디푸스(Oedipus)는, 그의 또다른 어원이 뜻하는 것처럼, 지식('알다', oida)과 불구(不具, '부어오른', oidieo) 사이에서 분열된 존재다. 그는 '네 아비를 죽이고 네 어미와 동침할 것이다'라는 모호한 신탁(神託), 기표와 기의, 언표와 언표행위 사이에서 찢겨진 존재다. 그는 신탁을 피해 달아났지만, 달아났기 때문에 신탁은 실현된다. 두 눈을 찌르기 전, 그는 자신의 운명에 대해 맹목(blindness)이었으나 눈을 찌르고 나자 자신의 눈멂에 대한 통찰(insight)을 가지게 되었다. 그는 오이디푸스이면서 스핑크스였고 인간인 동시에 괴물이며, 주권자인 동시에 무법자였고 수사관이면서 동시에 범인이었다. 마침내 그는 공포의 대상인 동시에 동정의 대상이 되었다. 콜로노스 숲에 도착한 오이디푸스, 그에 대한 아테나이 주민들의 적의와 환대, 공포와 동정에서 이 글을 시작해볼까 한다. 오이디푸스의 이러한 형상은 최근 한국소설에서 재현되는 타자성과 그에 대한 주체의 반응을 형식화할

수 있는 하나의 모델로 시사하는 바가 적지 않다고 여겨진다.[1]

공포의 비인간학

공포(horror)와 동정(sympathy). 먼저 이에 대한 최초의 비평적 기록을 옮겨본다. "동정은 부당하게 불행해지는 사람에 의해 유발되는 것이며, 공포는 그 불행에 부딪히는 사람이 우리 자신들과 같은 사람이라는 것을 인정할 수 있을 때 환기되는 것이다. 동정은 확실히 전자의 이유 때문에 생겨나며, 공포는 후자의 이유 때문에 생겨난다."[2] 아리스토텔레스가 『시학』에서 소포클레스의 비극을 염두에 두면서 분석한 이 두 감정은 흔히 이야기되듯, 비극이 상연되는 극장에서 관객들에게 카타르시스를 불러일으키는 심리적 감정만은 아니다. 그리스비극에 대한 최근의 학자들이 내놓은 성과에 따르면, 동정이 사회적 결속을, 공포가 그 결속이 와해되는 위기를 그린다는 점에서 두 정념은 기본적으로 정치적이다.[3] 그렇지만 동정과 공포는 본질적으로 타자에 대한 주체의 정념적 반응의 핵심축이라는 점에서 심리적이며 또 그만큼 정치적이기도 하다. 나는 지난번 한 문예잡지에 발표한 「연대의 환상, 적대의 현실」의 어느 대목에서 동정의 문제를 다루었고, 그보다 먼

---

1) 나는 이 글과 함께 쓴 「하나이면서 여럿인: (포스트)문학의 윤리와 정치—소포클레스의 『오이디푸스 왕』『콜로노스의 오이디푸스』를 경유하여」(『너머』 창간호, 2007년 여름)에서 소포클레스의 비극 두 편에 대한 보다 구체적인 독해를 발전시켰다. 이 글의 처음과 마지막에서 행한 오이디푸스에 대한 필자의 언급은 앞의 글에서 부분적으로 차용했다는 것을 밝힌다.

2) 아리스토텔레스, 『시학』(원본 영역 레온 골든, 해설 O. B. 하디슨), 최상규 옮김, 도서출판 인의, 1989, 24쪽. 이 글의 맥락에 맞게 번역문을 약간 수정했음.

3) 테리 이글턴, 『우리 시대의 비극론』, 이현석 옮김, 경성대학교출판부, 2006, 280쪽. 동정과 공포에 대한 이 글의 분석은 이글턴의 폭넓고도 계발적인 기왕의 논의에 빚진 바 크다는

저 쓴 글인 「축생, 시체, 자동인형」에서 공포에 대해 분석했다.[4] 지금 생각해볼 때, 나 자신은 그런 결과들을 전혀 예상하지 못했다.

먼저 「축생, 시체, 자동인형」에서 나는 인간이 인간에 대해 늑대인 무법의 상태, 만인이 만인에 대해 생살여탈권(生殺與奪權)을 지닌 주권자가 된 홉스적 자연상태가 최근 한국의 젊은 작가들의 소설적 작업 속에서 독특한 상상력의 형태로 나타나며, 그 속에서 인간-동물에 대한 기존의 개념이나 이해가 근본적으로 뒤바뀌고 있음을 지적했다. 축생(백가흠), 시체(편혜영), 자동인형(박형서)이라는 캐릭터는 인격이나 개성, 심리적 깊이를 지닌 자아가 더이상 아니다. 축생, 시체, 자동인형은 인간이 헐벗은 상태로, 부정성의 원초적 형태로 되돌아갔을 때의 주체에 대한 고유한 형상들이라고 말할 수 있다. 그 캐릭터들이 처한 환경(Umwelt) 또한 흥미로운데, 폭력이 유일무이한 법이 되는 노모스(백가흠), 인간과 동물을 해부하는 각종 보호소와 생체실험실(편혜영), 고문과 유희가 알아볼 수 없게 뒤섞여 펼쳐지는 잔혹소극장(박형서) 등은 사회계약이 무효화된 공간, 타자성에 대한 근원적 적대감과 원초적 공포가 자리 잡고 있는 곳이다. 이러한 생각은 그 글을 쓸 당시에는 명확하게 의식하지 못했던 것이다. 타자는, 이웃의 정체는 근본적으로 공포다. 그 예로, 편혜영 소설의 한 대목은 이렇게 씌어 있다. "엄마는 늘 이웃을 조심하라고 일렀다. 그들은 마음으로 돕는 대신 말로 일을

것을 미리 알려둔다. 아울러 이 글은 나의 지난번 글인 「연대의 환상, 적대의 현실—최근 한국소설의 연대적 상상력과 재현에 대한 비판적 주석」(『문학동네』 2006년 겨울호)에 대한 몇몇 비판들을 접한 후에 새롭게 구상된 것이다. 그렇지만 나는 내 글에 대한 비판을 직접적으로 반박하기보다는 지난번 글을 쓴 이후에 진전된 나의 생각들을 개진하는 방향으로 이 글을 진행할 예정이다.

4) 복도훈, 「축생, 시체, 자동인형—2000년대 젊은 작가들의 소설에 등장한 캐릭터와 신(新)인류학」(『문학동네』 2006년 여름호), 「연대의 환상, 적대의 현실」은 각각 이 책의 1부와 3부에 실려 있다.

만드는 사람들이었다. 그런 사람들 눈에 띄어서는 안 되었다. 그렇게 되면 당장 보호 시설에 가게 될 것이다. 거기서는 한쪽 발을 절뚝거리며 구걸을 하게 시킨다. 하반신에 검은 고무를 끼고 번잡한 거리를 엉덩이로 기어 다니게 한다."[5)]

한쪽 발을 절뚝거리며 구걸하는 편혜영의 부모 없는 아이들을 절름발이 오이디푸스로 연상하거나 아비가 가족을 죽이고 자식이 어미를 구타하는 백가흠 소설의 작중인물들, 어머니와의 원초적 결합을 위해 아버지를 몰아내고 갓난아기인 동생을 죽음으로 몰아가는 박형서 소설의 무성적(nonsexual) 아이를 오이디푸스의 후예라고 말하거나 그 반대로 아니라고 반박하기란 그리 어렵지 않다. 일체의 요점은 이들 오이디푸스의 변태(變態)들이 지각하는 타자성이 근본적으로 숨막히는 공포라는 진실이다. 폭력과 강간(백가흠), 유기와 고립(편혜영), 고문과 잔혹놀이(박형서) 등은 모두 공포의 존재인 이웃에 대해 주체가 내보이는 방어의 극단적 결과다. 정말 이웃이 공포의 존재인가. 그런데 그 결과는 정반대다. 공포의 존재는 바로 나였다. 나는 축생이고 시체며 자동인형이다라는, 나는 나 자신에 대해서 공포의 타자라는 역설(逆說)이 그것이다. 그런 점에서 네 이웃을 내 몸과 같이 사랑하라는 명령은 하나의 곤경이 아닐 수 없다. 이 문장은 명령법, 즉 법의 형식('~해야 한다, ~하지 말아야 한다')이 아니라면 이웃이라는 근본적 공포를 막을 수 없다는 교착을 그 내부로부터 잘 드러낸다. 사랑은 이웃이라는 공포에 대한 방어이자, 공포를 막는다는 점에서 법일 수밖에 없다. 사랑은 변덕스러운 감정이 아니라 냉혹한 법이다. 법이라는 환상이 무너진 그곳은 나와 이웃이 어떻게든 그 자신의 구역질나는 타자성으로 드러나는 곳이다. 나는 나 자신의 불쾌한 이웃이며, 불쾌한 이

5) 편혜영, 「저수지」, 『아오이가든』, 문학과지성사, 2005, 16쪽.

웃은 다른 누구도 아닌 바로 나 자신이다. 타인에 대한 증오는 실제로는 자기 증오다. 이것의 극단적 형태인 반유대주의는 나(의 공동체)를 사랑하고 유대인(의 공동체)을 증오하는 행동이 아니라, 유대인(의 공동체)을 증오하는 방식으로 나(의 공동체)를 증오하는 행동이다.

이미 김영하, 하성란의 어떤 단편들이 이웃의 존재에 대한 자아의 불안감을 (극)사실적으로 묘사한 바 있듯이, 이웃은 그/녀가 너무 가까이 있는 한, 구역질나고 혐오스러운 공포의 대상으로 변질한다. 「축생, 시체, 자동인형」에서 언급했던 소설들은 그 비평적 대상이 타자성이라면 누구나 글의 결미에 덧붙이는 말, 이웃을 절대적 타자로 환대해야 한다는 레비나스적 타자의 윤리가 어떤 경우에는 공염불일 수도 있음을 시사한다. 생각해보면 레비나스의 절대적 타자의 객관적 상관물은 만일 그것이 존재하기라도 한다면, 예컨대, 편혜영의 소설에 등장하는 시체와 같은 형태는 아닐까 싶다. 시체야말로 절대적으로 낯선 타자의 형상이 아닐까. 시체는 또한 분신이 그렇듯 나에게 가장 낯선 타자의 형상이면서 동시에 나와 절대적으로 닮은 타자이기도 하다. 편혜영의 「시체들」에서 그러하듯 주인공은 익사한 여자의 시체를 두고 그것이 실종된 아내의 것인지 아내와 닮은 누구의 것인지 구별할 수 없어서 혼란스러워한다. 시체의 현상학이 궁극적으로 말하는 바는 나는 나 자신과 절대적으로 동일한 존재가 될 수 없으며, 내 안에는 나조차도 낯설어하는 공포의 타자가 있다는 진실이다. 물론 시체는 절대적 타자의 신성(神聖)을 전혀 지니고 있지 않다고 반박할지도 모르겠다. 그러나 편혜영의 소설에서 묘사된 시체는 오히려 부정적 현현(顯現)의 형태마저 띤다. 물론 시체애호증자가 레비나스를 연구하는 장면은 상상하는 것만으로도 역겹지만. 축생, 시체, 자동인형이라는 캐릭터가 알려주는 진실은 내 안에 각각 야수와도 같은 동물성, 섬뜩한 분신, 맹목적 충동의 기계가 있다는 말이다. 이웃, 타자에 대한 공포는 실은 나 자신의 타자성에 대한 공포이다. 눈먼 오이디푸스처럼, 나는 인간이면서 동시에 비-인간(非/卑-人間)이기도 하다.

동정의 정치경제학

공포가 그렇다면, 동정은 어떠한가. 「연대의 환상, 적대의 현실」에서 내가 문제삼았던 동정은 단지 나르시시즘과 간단하게 동의어가 되는 정념, 인간이 윤리적으로 더 높은 차원에 존재하기 위해서라면 마냥 부정해야 할 낮은 단계의 저속한 정념이 아니다. 동정은 기본적으로 주체에게 여러 정체성이 가능하다는 사실을 인정하는 정념이다. 나는 나이면서 동시에 나와 무관한 타인일 수 있다는 것이 동정의 속성이다. 엄밀히 말해 동정심 없는 주체는 존재하지 않는다고 말해도 좋다. 더 나아가 내가 타인의 고통과 동일시할 능력은 연대의 기본적인 출발점이다. 물론 그것은 내가 타인의 고통을 반드시 대리 체험해야 한다는 뜻은 아니다. 타인의 고통을 반드시 겪는 과정을 포함하지 않고도 나는 타인을 동정할 수 있다. 그렇지만 바로 그런 경우에 동정이 타자의 불행한 처지에 비해 나의 안전한 위치가 상대적으로 전제되지 않으면 발생하기 어려운 감정인 것 또한 진실이다. 동정이 이기주의적이고 나르시시즘적인 감정이며, 불행에 어느 정도 기생할 수밖에 없다는 여러 통찰들이 설득력 있게 다가오는 것은 그 때문이다. 「연대의 환상, 적대의 현실」이라는 글에서 내가 김재영의 소설 「코끼리」를 문제삼았던 것은 동정 그 자체가 아니라 바로 동정의 이러한 측면이었다.

불법체류자 처지의 이주노동자들의 고통스러운 삶과 고향에 대한 향수를 그린 김재영의 단편 「코끼리」가 이주노동자들을 동정심 많은 서술자가 내려다보는 듯 재현하는 방법을 택하지 않고 어린 혼혈아의 수평적 시선을 서술전략으로 삼은 것도 동정에 내재해 있는 상대적 자기만족과 안도감을 반성적으로 의식한 결과일 것이다. 마찬가지로 러시아 처녀 쏘냐의 고통스러운 삶을 미적으로 승화시키는 우화인 「아홉 개의 푸른 쏘냐」의 서술자를 달팽이처럼 인간 외부의 동물로 치환시켜 가능한 한 인간적 시점을 배제하려는 노력 또한 주체의 고정된 위치를 탈구시키려는 연장선상에서 보면 높이 살 만하다. 그러나 이것만으로는 충분하지 않다는 것이 내 생각이다. 예를 들어 「코끼리」의 서술자를 혼혈아가 아닌 불법체류자의 사정과 처지를 가까이서 이해하고 동정하는 한국인 서술자로 바꿔 읽어도 소설적 전개와 전언의 핵심을 파악하는 데 큰 무리가 따르는 것은 아니다. 오히려 떡볶이와 스파게티를 얻어먹기 위해서라면 부잣집 한국 친구에게 영어를 가르쳐주어야 하고 그 때문에 친구 집의 초인종을 눌러야 한다는 서술이 내게는 상황의 비참함을 두드러져 보이게 하기 위해 억지로 동원한 대목처럼 느껴진다. 서술자가 열세 살 먹은 아이이기 때문에 그 연령다운 발상처럼 보이기도 하겠고 실제로 그런 일이 일어나지 못하리라는 법이 없는 것도 아니겠지만, 나는 이것이 정말 리얼한 재현인지 묻고 싶다. 공장에서 두번째로 손가락이 잘린 청년 쿤이 "다행히 손가락 세 개는 남았어"[6]라고 말하는 대목도 실제 현실에서 그러한 일들이 얼마든지 일어날 수 있음을 고려하더라도 그 역시 인물들의 비참한 처지를 부각시키기 위해 부러 각색된 극적 장면처럼 보인다. 하루라는 현재시간 속에서 등장하는 작중인물들의 불행한 처지를 최대한 집중 부각시키려는 「코끼리」의 서술전략과 상징화 기법이 역으로 무리한 서술이나 대화, 과장된 상황을 연출한 것처럼 보인다는 뜻이다. 고통은 특별히 과장한다고 해서 더 부각되거나 표현이 덜하다고 덜 부각되거나 하는 것은

6) 김재영, 「코끼리」, 『코끼리』, 실천문학사, 2005, 20쪽.

아니다. 마찬가지로 동정 또한 더 많이 표현하거나 과장한다고 해서 내가 갑자기 타자가 된다거나 타자를 감복시킬 수 있는 것은 아니다.

비단 「코끼리」만의 문제는 아니겠지만, 이주노동자들이나 불법체류자들이 문학적으로 재현될 때마다 반드시 따라붙는 문화적 표상들도 동정이라는 정념과 관련지어 반드시 재고해야 한다. 예를 들어 「코끼리」에서 '외'(지옥)에 빠진 아버지의 표상인 코끼리는 본래 신들의 왕 인드라를 태우는 구름이었으며, 「아홉 개의 푸른 쏘냐」에서 헐벗은 쏘냐의 피부는 러시아의 백향목과 바이칼 호수의 흰빛을 닮았다는 등의 대목들. 나는 이주노동자들과 불법체류자들, 그리고 한국에 비해 정치경제적 약소국에 속하는 (비)국가 출신의 타자들을 작가들이 재현할 때마다 그들 나라의 코드화된 문화적 상징이나 기호를 반드시 동원해야 하는지 이해하기 어렵다. 아랍인이면 『아라비안 나이트』를 읽어야 하고 베트남인이면 6성조의 신비로운 발음을 해야 하며 네팔인이나 스리랑카인은 시바 신과 인드라를 모셔야 한다면, 그럼 조지 W. 부시는 텍사스 출신의 카우보이 복장에 말을 타고 있어야 하는가. 물론 나는 이라크를 폭격한 조지 부시 대통령이 췌장암 말기라는 소식을 전해들었더라도 그를 동정할 필요는 조금도 느끼지 않겠지만, 미국과 다국적군이 폐허로 만들어놓은 이라크 사람들의 삶은 기꺼이 동정한다. 그렇다고 이라크인들이 『아라비안 나이트』를 읽고 길가메시 서사시를 이해하기 때문에, 또는 그들이 더이상 『아라비안 나이트』나 길가메시 서사시를 읽지 못할 처지에 빠졌다고 동정하는 것은 결코 아니다. 어쩌면 진정한 동정은 나의 자기만족, 타인에 대한 호기심이나 즉자적 감상주의를 넘어서는 비인간적 감수성을 요청하는 것일지도 모른다.

앞서 말한 것처럼 타자를 신비화시키는 서술과 묘사는 거꾸로 타자에 대한 상상력이 지극히 빈곤하다는 반증이 될 수도 있다. 어떤 동정심은 불행한 그/녀가 결국은 나와는 상관없는 사람이기에 그들은 될수록 신비하고도 숭고하게 표상되는 것이 좋겠다는 생각을 은연중에 조장하는 측면이 있는 것은 아닌가. 한국인인 나는 이주노동자인 그/녀에게 일자리를 주되 그들의 문화와 교환하는 형태로 그것을 준다. 문화는 정치경제의 교환대상이자 훌륭한 대리보충물이다. 강대국의 정치경제와 약소국의 문화, 나의 시혜적 위치와 타인의 고통은 때로 교환가치가 될 만한 상품이다. 문제는 정치경제학이되, 문학의 경우는 정념의 정치경제학이 문제다. 타자의 문화는 이미 돈을 주고 산 것이므로 그들의 것이 아니라, 나의 것이다. 타자의 문화의 타자성이라는 사용가치는 최소한 내게 공포와 두려움의 대상이 될 수 있지만, 돈으로 교환할 경우, 그것마저도 친숙하게 만들 수 있다. 쏘냐는 바이칼 호수에서 온 시베리아 백향목과 같은 순결한 여자가 아니라 바이칼 호수와 시베리아 백향목 사진이 인쇄되어 있는 값싼 관광책자로 덧칠한 이미지일 수도 있다. 슬라보예 지젝과 같은 철학자들이 '인종주의 시(詩)'라고 부른 이것을 한국의 작가들은 혹시 (무)의식적으로, 무반성적으로 답습하고 있는 것은 아닐까. 타자의 고통에 진정 동참하고 그들을 그렇게 만든 부당한 처사에 맞서려는 작가의 순수한 의도까지 멋대로 왜곡하지 말아달라고 말할지도 모르겠다. 또 동정심에 내재해 있는 나르시시즘이 한국문학의 장래에서 볼 때 오히려 긍정적인 출발점이 된다고 반박할지도 모르겠다. 나는 호랑이를 그려놓고서는 이것은 사자를 그린 것이니 사자로 봐주십사 부탁하는 말과 사람, 더 큰 선을 위해서라면 그보다 작은 악 정도는 허용해도 좋다는 말 또는 그런 말을 하는 사람을 별로 신뢰하지 않는다.

되돌아와서 말하면, 「코끼리」의 서술적 언표는 혼혈아의 것이지만, 언표행위는 그들의 처지를 이해하고 동정하는 익명의 한국인 서술자에 여전히 가깝다. 「아홉 개의 푸른 쏘냐」도 비슷하다. 쏘냐를 바라보는 보다 다양한 시점(왼돌이달팽이라는 일인칭 관찰자 시점, 전지적 서술자의 시점, 쏘냐를 유학 시절의 러시아 처녀로 오인하는 삼인칭 '그'의 시점 등)을 마련하지만, 외관상 다양하게 보이는 시점들은 공통된 하나의 목표, 곧 쏘냐를 어떤 고통과 아픔에도 불구하고 숭고하고도 이상화된 이미지로 만드는 데에 복무한다는 점에서 단일한 시점에 가깝다. 「아홉 개의 푸른 쏘냐」에서 과거의 운동권 출신으로 지금은 쏘냐와 같은 이주노동자들이나 불법체류자를 돕는 작중인물 윤경이나 '그'는 전혀 다른 인물이지만 실제로는 단일한 시점을 소설 속에서 체현하는 인물들로 보인다. 예컨대 윤경과 '그'의 다음과 같은 대화는 이 소설이 갖고 있는 이분법적 현실인식의 단순함을 그대로 드러낸다. "낯선 문화를 접하는 건 아주 흥미롭고 즐거운 일이야, 안 그래?"/ "마음을 열고 서로를 존중해주기만 한다면. 하지만 쉽지 않은 문제지. 인류에겐 패권주의란 일종의 불치병이 있으니까."/ "불치병?"/ "그렇지. 지금은 미국에서 발생한 악성병균이 전 세계를 감염시켜놓았어. 특히 면역력이 없는 사회주의 국가에서는 변종 바이러스가 되어버려 더 심각해. 마약, 매춘, 마피아……."[7] 러시아 처녀인 쏘냐가 어떻게 이태원의 사창가로 들어오게 되었는지, 그런 현실은 어떻게 만들어진 것인지를 묻는 일은 결코 간단치 않다. 그러나 적어도 현실이 이렇게 된 복잡한 원인을 느리지만 끈질기게 규명하는 대신 질병의 은유(악성병균, 면역력, 불치병, 변종 바이러스)를 구사하여 원인을 외부(미국식 패권주의)로 성급히 돌리고 타자(의 문화)에 대한 존중이 가능한 대안이라고 말하는 발상법은 외국인노동자라는 노동력상품을 막대하게 수입하다가 교환가치가 없어질 때쯤 되면 추방시키는 일이 비일비재하고 미국을 중심으로 하는 신자유주의적 국제자본의 흐름이 관통하면서 점점 더 부익부 빈익빈을 낳는 남한의 경제적 현실에 대한 작가적 대응치고는 다소 안

---

7) 김재영, 「아홉 개의 푸른 쏘냐」, 『코끼리』, 58쪽.

이하다. 대신 「아홉 개의 푸른 쏘냐」나 여타 작가의 작품에서 지난 시절의 노동·민중문학에서 노동자나 농민을 신성한 표상으로, 어떤 역경에도 굴하지 않는 숭고한 신체로 승화시키는 재현의 누습(陋習) 또는 낡은 관례를 새삼스럽게 떠올렸다면 그것은 나만의 지나친 연상일까.

동정에서 공포로, 공포에서 동정으로

그럼 어떻게 해야 하는가. 동정과 공포는 어떻게 보면 내가 타자가 될 수 있는 한편으로 결국은 내가 타자가 아닐 수밖에 없다는 근본적 타자성에 대한 느낌을 편의상 둘로 나눈 것에 불과할지도 모른다. 앞서 언급한 작가들의 소설에서도 공포가 내가 타자와 지나치게 가까울 경우 발생하는 정념에 가깝게 재현된다면, 동정은 내가 타자와 멀리 떨어져 있을 때 발생하는 정념과 근사(近似)하게 표현된다. 여기서 다시 아리스토텔레스의 정의로 되돌아가 문제의 그 문장을 자세히 검토할 필요가 있다. "동정은 부당하게 불행해지는 사람에 의해 유발되는 것이며, 공포는 그 불행에 부딪히는 사람이 우리 자신들과 같은 사람이라는 것을 인정할 수 있을 때 환기되는 것이다. 동정은 확실히 전자의 이유 때문에 생겨나며, 공포는 후자의 이유 때문에 생겨난다."

아리스토텔레스가 동정과 공포를 구분할 때 그는 은연중에 방금 언급했던 거리의 문제를 끌고 들어왔다고 볼 수 있다. 확실히 동정은 내가 타자보다도 안전하며 공포는 타자와 내가 서로 멀리 있지 않다는 거리감각과 관련이 있다. 동정에 대해 그의 불행은 부당하다고 느끼는 것과 공포에 대해 나와 그는 같은 존재일 수도 있다고 느끼는 것은 같지 않다. 아리스토텔레스 자신이 확신하듯, 그는 타인에 대한 동정과 공포의 반응 중 유독 공포만 동일시의 측면에서 다루었다. 동정이 반드시 동일시에 의해 유발되는 감정이 아님을 분명히 했다는 데서 아리스토텔레스는 옳았다. 동정은 불행한 그와 불행하지 않은 나는 거리가 멀리 떨어져 있는 만큼 결국은 아무런 상관이 없다는 감정일 수 있다. '부당하게'라는 가느다란 정념이 겨우 나와 타자 사이를 잇는, 그러나 언제나 잘라버릴 수 있는 유일한 끈일 뿐이다. 그에 비해 공포는 나와 그는 본질적으로 다르지 않다는 것을 인정하는 것이다. 나는 나이면서 동시에 내가 아니다…… 그것은 기본적으로 내가 타인과 어떤 식으로든 연루되어 있다는 감정이다. 그것은 연루와 책임을 유발한다. 아리스토텔레스의 수사학적 구분에 신경을 너무 곤두세우지 않을 수 있다면, 인용한 문장에서 공포 대신에 동정을 넣어도 무방할 것이다. 그때 그의 수사학은 자기도 모르게 윤리학으로 이동한다. 불행한 그에 대해 그의 불행은 전혀 부당하다는 나의 관심이 극대화될 때, 어느덧 내가 그와 무관하지 않다고, 저것은 더이상 그의 문제가 아니라 내 문제라고 느낄 때, 동정은 공포로 반전될 수 있다. 동정은 이제 타자의 거울 속에서 나를 인지하는 상상적 차원으로부터 내 속에서 타자를 인지하는(또는 인지하는 데 실패하는) 공포라는 실재의 차원으로 이동한다. 동정이 공포와 같아지는 순간, 그리고 공포가 동정으로 반전되는 그 순간에, 윤리학은 수사학에 등록된다. 모르긴 해도 문학이 윤리적일 수 있는 순간이란 이때가 아닐까 싶다.

타자에 대한 동정이 공포로 반전되거나 그 반대로 진행되어 어느 순간에는 그 둘을 구분하는 것이 무의미해진다든가, 이웃에 대한 두려움이 진정한 우정이나 사랑으로 바뀌는 역류나 교류의 현상 등을 발견하기란 최근 한국소설에서는 생각보다 쉽지 않은 일인 것 같다. 오수연 또는 강영숙의 어떤 소설들, 그리고 아마도 『국경을 넘는 일』 이후의 전성태의 최근 소설이 국경에서 느끼는 본질적인 공포감이나 나와 말이 통하지 않는 외국인 타자가 더러는 두렵고 때로는 공포의 대상이 될 수 있음을 그렸을 것이다. 「국경을 넘는 일」에서 일본 여자인 나오꼬는 한국인 박과 정서적, 육체적 교감을 나눈 후에, 한국인 박이 그녀와 정서적인 친밀감을 느꼈다고 생각한 순간에, 도리어 이렇게 말한다. "우린 상상할 수 없는 낯선 사람들이에요."[8] 이후, 작가의 「강을 건너는 사람들」「코리언 솔저」「남방식물」「목란식당」 등은 타자에 대한 동정과 공포가 드물게 교차하는 순간을 다루고 있는 소설들이다. 또한 동정과 공포와 같은 정념이 심리적인 차원에 머무르는 것이 아니라 정치경제학의 핵심, 이데올로기와 적대의 깊숙한 곳에 자리 잡고 있음을 그의 소설이 드러낸다는 것도 덧붙여야겠다.

「강을 건너는 사람들」은 탈북자들이 처한 극한상황을 감정을 배제한 채 최대한 사실적으로, 더러 비정하게 느껴질 정도로 자연주의적으로 묘사한다. 소설의 마지막 대목에서 강을 건너는 길잡이 역할을 하던 아이엄마가 죽은 지 나흘이 지난 아이를 묻는 장면은 동정보다는 공포의 전율을 불러일으킨다. 작중인물들은 약속한 시간을 한참 넘어서도 나타나지 않는 그녀가 돈만 받고 결국 그들을 배신했을 것이라고 생각하지만, 사실 바로 그 시간에 아이는 생사의 고비를 오락가락하고 있었던 것이다. 소설에서는 아이엄마의 수상쩍은 행동만 작중인물들의 초점화 대상이 되며, 등에 업힌 아이에 대한 그 어떠한 진술도 결말 전까지는 서술되거나 묘사되지 않는다. 소설은 다만 그 정황을 결말에 가서야 "나흘 전에 일을 당했어요"[9]라는 아이엄마의 간단한 말로, 무수한 추측과 상상을 떠오르게 만드는 공백의 말로 처리함으로써 독자의 상상을 극한으로 유도한다. 순전히 결말의 반전과 몇 마디 간단한

8) 전성태, 「국경을 넘는 일」, 『국경을 넘는 일』, 창비, 2005, 157쪽.

9) 전성태, 「강을 건너는 사람들」, 『문학수첩』 2005년 가을호, 302쪽. 이하 전성태 소설들에서 직접 인용할 경우 인용문들의 쪽수를 본문에 표기한다. 출처는 다음과 같다. 「코리언 솔저」(『실천문학』 2005년 겨울호); 「남방식물」(『현대문학』 2006년 11월호); 「목란식당」(『창작과비평』 2006년 겨울호)

대화로 소설은 국경의 공포가 생사의 공포와 근본적으로 다르지 않음을 보여준다. 「코리언 솔저」는 문학교수인 한국인 주인공이 몽골에서 느낀 이국적이고도 낭만적인 감정이 타자에 대한 공포로 반전되는 정황을 포착하는 작품이다. 집을 빌려줬으나 정작 도움이 필요할 때 나타나지 않는 바트 씨 부부, 시장의 강도들, 점원 아가씨, 계량기 검침원, 아파트의 이웃 주민들은 갈수록 낯설어지고 "나는 코리언 솔저"라는, 한국에서 군인으로 의무 복무했다는 (무)의식적 정체성이, 인정하고 싶지 않았던 그 정체성이 유일하게 몽골인 타자들이 주인공에게 친절함을 베풀도록 하는 관계의 매듭이 된다. 이 아이러니는 「남방식물」에서도 그대로 이어진다. 타자를 도와야 한다는 주인공의 동정은 그를 둘러싼 자못 비극적이고도 진지한 분위기와는 상관없이 그것이 타자와는 아무런 관계가 없는 것으로 밝혀지자마자, 어이없는 실소를 자아내는 희극으로 추락하고 만다. 목란식당의 종업원인 북녘 처녀 명화가 준 한 통의 편지는 탈북을 도와달라는 구원의 요청이 아니라 식당을 자주 방문해줘 고맙다는 답례의 인사말에 지나지 않았던 것이다. 그런 점에서 주인공의 상념이 창밖의 한 여인(명화로 오인한 몽골 여인)을 바라보는 것으로 시작되고 마무리되는 것은 증상적이다. 그 창은 바로 '환상의 창(frame of fantasy)', 주인공의 정념과 사색이 투사된 그 자신만의 환상의 체계다. 타자에 대한 연민은 자기 연민이었던 것이다. 한편 「목란식당」은 '동포'라는 상상적 일체감이 서로에 대한 가없는 적대로 얼마든지 뒤바뀔 수 있는 순간을 여실히 묘사한다. 목란식당은 일종의 텅 빈 기표('식당은 식당입니다')로, 주적(主敵)이라는 적의와 동포라는 상상적 친화력이 각축장을 벌이고 누비는 이데올로기적 장이다. 신도들이 음식값으로 지불한 돈이 "당신네 장군님"(83쪽)의 주머니로 들어가지 않느냐는 남녘 출신 목사의 질문에 북녘 출신의 식당관계자들이 아니라고 대답하자 도리어 실망의 기색을 보이는 도착적 행태에 대한 서술은 단순한 동정만으로, 〈아침이슬〉이나 〈휘파람〉 등의 노래만으로 동포라고 부르는 연대와 일체감이 얼마나 깨지기 쉬운 상상적 거울인지를 전도된 방식으로 보여준다. 전성태의 최근작들은 이처럼 타자에 대한 친숙함이 공포로, 공포가 동정으로, 동정이 자기 연민으로, 상상적 일체감이 적대로 뒤바뀌는 전도의 순간을 예민하게 포착하고 있다. 아마도 이러한 전도의 순간만이 문학적으로 윤리적이거나 정치적일 수 있을 것이다.

그에 비해 최근의 또다른 수다한 여행소설과 국경 바깥으로 나가는 체험을 형상화한 어떤 소설들을 읽다보면 이런 생각이 들기도 한다. 이러한 소설의 주인공들은 여행이나 국경을 넘는 체험에서 타자를 잘 이해하고 느끼며 멀리 떨어진 대상일수록 그들을 더욱 현실적으로 잘 느낀다. 그렇지만 타자에 대한 이와 같은 과대한 상상력은 대개 타자에 대한 사랑에서보다는 자기 자신에 대한 과대한 경멸로부터 나온 것일 경우가 많다. 「아홉 개의 푸른 쏘냐」에서 사회주의운동에 대한 회한과 자기모멸감을 갖고 있는 '그'가 쏘냐를 도우며 그녀를 이상화하는 것은 러시아 유학체험과 관련된 상처(쏘냐를 닮은 러시아 처녀를 도와주지 못한 점)와 그 시절에 대한 향수라는 환상 없이는 사실상 불가능해 보인다. 비단 김재영의 소설만 두고 이런 이야기를 하는 것은 아니다. 내가 문제삼고 있는 소설들은, 예컨대 방현석의 「존재의 형식」이나 「랍스터를 먹는 시간」처럼, 다음과 같은 서사방정식에 충실하다. 주인공은 심리적 모멸감과 상처를 극복하려고 외국을 찾거나 그에 상당할 만한 타자와 만난다. 그리고 타자를 자기 초월의 길을 제시하는 눈부신 신성의 존재로 격상시킨다. 그렇지만 그것은 결국 타자를 드높이는 듯하다가 재빨리 주체의 신성과 초월을 확보하는 길로 방향을 튼다. 루트비히 포이에르바흐가 일찌감치 간파했듯이, 자기 부정과 신성에 대한 욕구는 사실상 같은 것이다. 신은 인간존재의 소외의 형식, 바로 존재의 형식에서 돌출된 초월적 자기(自己)이다. 그리고 「존재의 형식」에 대한 분석에서도 언급했듯이, 이러한 자기 초월과 깨달음에의 열망은 바로 눈앞에 있는 흔한 세속적 타자를 보지 못하는 무능력을 동반하기도 한다. 관계의 도착(倒錯, perversion)이라고 불러야 할 이러한 전도를 어떻게 보아야 할 것인가. 나는 전성태의 뛰어난 또다른 단편인 「연이 생각」이 그 문제를 우회적인 방식으로 다루었다고 생각하고 있다.

「목란식당」에서 그랬듯이 우파의 도착적 행태만 있는 것이 아니다. 이른바 좌파의 도착도 있다. 도착(perversion)에도 여러 판본(version)이 있는 것이다. 「연이 생각」의 서술자가 "상주(喪主)의식"이라고 부른 것은 87년 6월에서 91년 5월에 이르는 수많은 공적인 죽음 또는 그러한 역사에 대한 엄숙주의이고 죽은 자들에 대한 애도(mourning)이자 부채의식이겠지만, 그 이면에 상주를 핑계로 일상에서 일탈하고 도피한 자의 은근한 안락감을 계속적으로 조장하고 향유하는 태도를 숨기는 진원지이기도 하다. 내가 앞서 말한 도착은 여기에서 발생한다. 상주의식은 공적인 애도의 뒤에 숨어 안락한 일탈을 꾀하는 바로 그 방식으로 애도를 어떤 식으로든 지속시키려는 전도된 태도다. 스스로를 황폐하게 만들면서도 "그 죽음은 나의 죽음이었고, 순식간에 틀어막았던 격정은 나의 죽음에 흘리는 세상의 눈물이리라는 생각"[10]은 매우 구체적이다. 그에 비한다면 연이의 죽음은 추상적으로 보인다. 어떤 이유도 원인도 찾을 수 없는 연이의 자살은 공적인 죽음, 의미 있는 죽음의 편에서 비추어볼 때, 무의미한 죽음처럼 보인다. 그렇지만 이것은 간단히 공적인 열사들의 죽음과 사적인 한 개인의 죽음이라는 대립으로도, 의미와 무의미의 대립으로도, 구체적인 것과 추상적인 것의

10) 전성태, 「연이 생각」, 『국경을 넘는 일』, 116쪽.

대립으로도 볼 수 없다. 서술자의 생각은 전혀 다르다. 오히려 공/사, 의미/무의미, 구체/추상의 대립이 상주의식에서 비롯된 내재적 분할이다. 공적인 애도와 허무주의, 자괴감과 초월주의가 한통속이며, 지난날의 투쟁을 그리워하는 후일담과 아무것도 남아 있지 않다는 환멸의 서사가 짝패인 것이다. 그에 비한다면 연이의 죽음은 아무리 해도 그 의미와 원인을 찾을 수 없다는 점에서 앞서의 대립에 대립되는 비-의미(non-sense), 또는 공/사, 구체/추상으로 해소할 수 없는 진공상태다.

나는 연이의 죽음, 진공상태, 비-의미에 대한 작가의 이러한 성찰이 한국어, 남한, 한민족공동체 등의 동일자를 벗어나려는 외부(타자)에 대한 발견으로 나아가되 그 외부를 고정된 실체가 아니라 진공과 공포가 스며든 알 수 없는 타자, 국경과 같이 생사(生死)와 의식/무의식이 겹쳐지는 비-장소(non-place)를 포착할 수 있었던 감각의 근원이라고 보고 있다. 물론 작가의 시각이 그 감각을 반드시 원숙한 차원에서 표현하고 있다고는 볼 수 없다. 그의 작품들에는 타자의 전면적 등장보다는 타자와 대면한 자기반성의 형태가 아직은 강하게 부각되어 있다. 또한 한국인에게 국경이란 비행기를 타고 넘어서 그 안쪽으로 들어와 버린 곳이고 이에 비해 몽골인, 탈북자 등에게 국경은 생사를 주관하는 주권적 저울일 터, 그에 대한 추가적 성찰도 미비하다. 그럼에도 상주의식에 대한 비판에서 출발하는 그의 소설은 역사와 문학에 대한 90년대식 평가가 방기한 어떤 부분에 대한 날카로운 자기 해부인 동시에 자기모멸을 극복하는 방식으로 타자를 필요로 하지만 실제로는 자기초월에만 관심이 있는 최근 문학의 한 형태에 대한 탁월한 비평임은 분명하다.

'인간이기를 포기한 이 순간 나는 인간이 되는 것인가'

다시 콜로노스의 숲에 도착한 오이디푸스의 말로 되돌아가 이 글을 마무리짓겠다. 그는 어디에서 와서 지금 어디에 있고 어디서 자신의 삶을 끝마쳤던가. 『오이디푸스 왕』이 비인(非人·卑人)의 탄생에 관한 이야기라면, 『콜로노스의 오이디푸스』는 국경에 관한, 국경에서 일어난, 국경의 추방된 자에 관한 이야기이다. 20여 년의 제작 격차가 있지만, 『오이디푸스 왕』과 『콜로노스의 오이디푸스』는 무관하지 않다. 죽을 때 죽지 못하고 살아 있을 때 살아 있지도 못한 산주검(living dead)과 같은 나날을 보내다가 훨씬 후에 추방된 오이디푸스는 테바이와 아테나이의 국경에 도착하고, 국경에 머무른 채, 국경에서 삶을 마감한다. 그는 헐벗은 불법체류자 출신으로, 어떤 애도도 장례도 거부한 채, 홀로 사라진다. 국가의 안도 바깥도 아닌 동시에 안이면서 바깥인 국경 위의 산주검 오이디푸스가 외친다. "인간이기를 포기한 이 순간 나는 인간이 되는 것인가"라고. 이것은 인간이자 비인간인 오이디푸스 자신에 관한 윤리적인 물음인 동시에 국경 위의 추방당한 이방인, 공포와 동정의 대상인 오이디푸스라는 삶을 관통하는 정치적인 물음이기도 하다.

『콜로노스의 오이디푸스』에서 사용되는 언어는 이름과 국적, 체류 이유를 묻는 국경의 언어였다. '당신의 국적과 이름이 무엇이며, 무엇 때문에 이곳에 왔는가.' 그러나 그 언어는 결국 추방의 언어로 변한다. '그대는 그 자리에서 도로 물러나시오. 서둘러 우리나라를 떠나시오. 그대가 우리 도시에 더 큰 짐을 지우지 않도록 말이오.' 이에 대한 오이디푸스의 항변은 국적과 이름, 체류 이유에 대해 시종일관 되묻고, 따지며 저항하는 언어로 이루어져 있다. 그런데 그 언어는 근친상간과 부친살해를 저지른 비인간의 끔찍한 언어, 오염된 언어가 아니었던가.

오이디푸스의 항변이 지금의 문학에 대해 알려주는 진실이 있다면 그것은 무엇일까. 그것은 국가, 법, 이름, 애도와 장례 등 고정된 상징의 언어와 의미를 그 한계까지 밀고나가는 오염의 언어, 국경 위의 이방인의 언어, 비-언어가 아닐까. 그것은 의미를 잃고 심연으로 굴러떨어져버리기를 주저하지 않는 언어가 아닐까. 오이디푸스 최후의 유언이 우리 시대의 문학에게 알려주는 진실은 이런 것들이 아닐까.

노르망디의 실종자

— 조정래 장편소설 『오 하느님』[1]에 대하여

한 장의 사진

이제 자신의 관등성명과 계급, 부대 이름, 국적과 출신을 말할 차례가 돌아온 사진 속 그 독일군 포로는 그의 얼굴 피부색을 보고 놀란 미군 병사가 호기심 가득 들이대는 카메라를 피한 채 애써 다른 곳을 바라보고 있었다. 카메라라면, 이미 몽골에서 소련으로 이송되던 트럭 안에서 포로들인 그와 그의 동료들을 감시하던 소련군이 느닷없이 들이대어 겁에 질리게 만들었던 물건이었기 때문에 그에게 특별히 낯선 물건만은 아니었다. 그러나 그는 여전히 카메라의 눈과 마주치고 싶지 않았다. 그런 그의 몸짓이 눈을 부러 치켜뜨게 한 형용이어서 조금 자세히 보면, 그는 마치 카메라의 시야 바깥에 있는 또다른 누군가를 노려보는 듯도 하다. 그러나 차라리 그의 눈은 초점 없이 허공을 향하고 있다고 말하는 게 나을 것이다. 그의 뒤에는 그와 마찬가지로 무장해

1) 『오 하느님』(문학동네, 2007)은 『사람의 탈』(문학동네, 2009)로 개정해 재출간되었다. 이하 이 책에서 인용할 경우 본문에 첫 출간 당시의 쪽수만 표시한다.

제를 당한 또다른 독일군 포로가 유타 해변에 내리쬐는 맑은 날의 햇빛에 흰 얼굴을 찡그린 채, 앞에 있는 노란 얼굴과 왜소한 체격을 지닌 동방대대 병사의 뒤통수를 쏘아보며 자신의 차례를 기다리고 있었으며, 사진의 오른쪽 하단에 보이는 미군 병사는 빈 탄약상자 위에 놓인 서류에 급히 포로의 인적사항을 기재하고 있었다.

노란 얼굴을 한 그 독일 포로가 작은 체구에도 불구하고 자신의 몸에 비교적 잘 맞는 나치의 복장을 하고 있는 것으로 보아 그는 오랫동안 독일군 병사로 복무한 것처럼 보였다. 그에게 카메라를 들이대는 미군 병사가 보기에 이것은 좀 이상한 일이었다. 악명 높은 인종차별 정책으로 수많은 유태인들을 학살한다는 무시무시한 소문의 당사자인 히틀러가 어떻게 노란 피부의 동양인을 제3제국의 병사로 삼을 수 있겠는가. 그렇지만 이 의문은 금방 풀렸다. 이미 패전한 이탈리아보다도 더욱 신뢰할 만한 동료인 일본이 있었기 때문에, 어쩌면 그가 일본군이 독일군에게 지원한 일본 병사일지도 모른다고 생각했던 것이다. 어색해 보이는 것은 여전히 그의 노란 얼굴뿐이었다. 그러나 노란 얼굴의 독일군 포로는 그의 인적사항을 기재하던 미군 병사의 사무적이고도 신경질적인 질문에 단 한마디도 답할 수 없었다. 그는 히틀러의 독일어는 물론, 그가 속해 있던 동방대대 795부대의 웬만한 다른 병사들처럼 러시아어도 할 줄 몰랐다. 영어는 말할 것도 없었다. 일본군이었지만 일본어조차 할 수 없었다. 그는 그 누구도 모르는 언어, 일찌감치 다른 나라의 식민지가 되어 모국어를 더이상 사용할 수 없는 동북아시아 변방의 조그만 반도 출신 소작농의 아들이었다. 아마 그는 할 말이 너무도 많았을지 모르지만, 실제로 그의 말을 들을 수 있는 사람은 아무도 없었을 것이다. 어떻게 자신이 이곳까지 오게 되었는지, 그의 고향에서 일본군 조선인 지원병으로 입대, 인천항에서 배를 타고 만주로 갔다가 어떻게 소련, 몽골, 중국 국경에서 몽골군과 소련군의 포로로 붙잡혀 몽골과 소련으로 이송되었는지, 소련의 붉은 군대의 일원이 되어 모스크바 전투에 투입되었다가 이번에는 어떻게 독일군 포로로 붙잡혀 독일행 기차를 타게 되었는지, 독일군 포로로 수감되어 강제노동을 하다가 어떻게 동방대대 소속 독일군이 되어 프랑스 해변에서 대서양 장벽 및 벙커 공사 등에 투입되었는지, 숱한 조선인과 까레이스끼(고려족) 포로들이 군인으로 포로로 죽어나가는 가운데에서도 얼마나 수많은 생사의 고비를 넘겨 지금까지 기적적으로 살아나왔는지, 자신이 지금 잃어버린 나라의 고향으로부터 얼마만큼이나 멀리 떨어져 이 낯선 곳까지 왔는지를 그는 말하고 싶었고 또 왜 그랬는지 묻고 싶었을 것이다. 어쩌면 그는 애써 말하고 싶지 않았을지도 모른다. 그런 말이라면, 이미 소련군의 포로가 되던 때부터 통역관에게 부탁하여 자신은 일본인이 아니라 조선인이라고, 그러니 고향으로 보내달라고 수없이 말해왔던 터였다. 그의 주장은 묵살되었고, 그는 말 대신 침묵을 택했다. 보도사진은 의도와 무관하게도 그 침묵의 짧은 순간을 담았다. 사진 속, 허공을 응시하는 듯 그의 눈은 말 없는 웅변으로 이 모든 이야기를 담아내고 있었다. 그리고 이 한 장의 사진을 뒤로 한 채 그는 노르망디의 유타 해변에서, 그를 담은 한 장의 흑백 보도사진에서, 그리고 공식적인 역사에서 완전히 사라져버렸다. 그후에 그를 보았다는 사람도 없었으며, 그의 기구한 운명이 가닿은 종착지에 대해서 그 누구도 더이상 밝힌 바 없다.

소설, 역사로부터 배제된 인간의 탐구

상식적으로 볼 때 현실에서 도저히 일어날 수 없을 법한 이 놀라운 사건에 대해 후대의 역사는 무어라 말하고 있을까. 1944년 6월 6일 프랑스 노르망디의 유타 해변에서 다른 세 명의 동양인과 함께 미군에게 맨 처음 투항했다고 전해지는 동방대대 출신의 이 독일 병사가 담긴 사진에는 다음과 같은 건조한 설명이 붙어 있다. "이 남자는 일본군으로 징집되었다. 1939년 만주 국경 분쟁 당시 소련군에 붙잡혀 붉은 군대에 편입되었다. 그는 다시 독일군 포로가 되어 대서양 방어선을 건설하는 데 강제 투입되었다. 노르망디 상륙작전 때 다시 미군의 포로가 되었다. 포로로 붙잡혔을 당시 아무도 그가 사용하는 언어를 알아들을 수가 없었다. 그는 한국인으로 밝혀졌으며, 미 정보부대에 자신의 사연을 이야기했다." 노르망디에 투입된 미 공수부대의 증언을 바탕으로 제작된 TV시리즈 〈밴드 오브 브라더스〉(2000)의 원작자이자 전쟁사학자로 명성이 있는 스티븐 앰브로스가 자신의 책 『D-Day』에서도 언급한 이 '노르망디 조선인(한국인)'의 이야기는 몇 년 전부터 앞서 언급한 한 장의 사진과 함께 사람들의 입소문을 타기 시작했다. 주로 전쟁사와 관련된 인터넷 사이트에서는 그가 양경종이라는 이름을 가진 실존인물이며, 포로로 영국에서 미국으로 이송되어 미국에서 살다가 1992년경에 생을 마친 것으로 추측되기도 했지만, 그 진위 여부는 『오 하느님』이 출간되는 지금 시점에서도 여전히 확인 불가능하다. 국내의 한 방송사도 이 노르망디 조선인에 대한 2부작 다큐멘터리를 제작해 2005년 12월에 방영하기도 했다. 그리고 이를 바탕으로 『태백산맥』과 『아리랑』 『한강』의 작가 조정래가 '노르망디 조선인'의 숨겨진 이야기를 『오 하느님』이라는 소설로 다시 써냈다. 『인간 연습』(실천문학사, 2006) 이후 두번째 발표된 경장편이며, 한국 근현대사에 대한 조정래의 방대한 소설적 작업이 마침내 마침표를 찍게 된 완결편이라고도 부를 만한 작품이다. 실제로 『오 하느님』은 『아리랑』 후반부의 일제 말기라는 시대적 배경을 그 서사적 출발점으로 삼고 있다.

『오 하느님』은 조정래의 소설적 작업에 친숙한 독자들이라면 감지할 수 있듯이 강대국의 틈바구니에 낀 한민족의 일원이 겪는 수난에 관한 이야기이지만, 그것만으로 환원되지 않는 이색적인 측면이 여럿 눈에 띄는 작품이기도 하다. 우선 노르망디에서 포로가 된 조선인의 운명이라는 독특한 소재를 다루는 방법도 그러하거니와 민족이야기를 하나의 국경과 국가 내부에 국한해서 다루지 않고 2차 세계대전이라는 세계사의 한가운데 배치한 시도도 흥미롭게 보인다. 물론 이것들은 소재에서 자연스럽게 취할 만한 특성이기 때문에 이것만 가지고 『오 하느님』의 독특함이라고 말할 수는 없을 것이다. 무엇보다도 『오 하느님』은 작가 조정래가 이미 수없이 선보여온 여러 작가적 장기 중 기록하고자 하는 사관(史官)의 열정이 유감없이 발휘되는 소설이다. 이미 『인간 연습』에서 "기록이 없으면 인간사도 역사도 존재할 수 없는 것 아닙니까"라는 한 작중인물의 말을 빌려 작가는 짧지만 인상적으로 자신의 소설론을 피력한 바 있다. 기록의 열정은 서구뿐만 아니라 동아시아의 전통에서 역사가의 천직에 오래전부터 내재해 있는 것이며, 서구적 의미의 소설 개념이 거의 뿌리를 내리고 익숙해진 지금에도 비교적 심한 굴절과 단절을 겪지 않고 면면하게 이어져 내려오는 한국의 서사적 관습과 전통에서도 얼마든지 확인할 수 있다는 점에서 단지 한 작가만의 전유물이라고 볼 수는 없다. 그러나 조정래의 경우 잘 알려져 있듯이 기록에 대한 그의 열정은 공식적인 역사에서 탈락되고 배제된 민초들의 삶을 복원하고 숱한 고난의 격랑 속에서도 결코 실종되지 않는 민족공동체의 강인한 근성과 함께하고자 하는 데서 비롯된 것이다. 또한 그러한 열정에 상응할 만한 철저한 역사적 고증, 민초들의 삶의 세부에 대한 끈질긴 천착, 그들의 삶이 녹아 있는 방언과 화술을 재현하는 능란한 기예, 숱한 문제적 인물들을 창조하고 그들의 심부에 도달하려는 통찰력 있는 인간해부, 한국 근현대사를 전체적으로 조망하려는 비범한 역사철학적 해석 등으로 조정래는 적어도 역사소설 분야에서 그 누구도 모방할 수 없는 독보적인 업적과 성취를 이루어낸 작가이다.

2차 세계대전 직전에 발표된 베르톨트 브레히트의 시 「어떤 책 읽는 노동자의 의문」(1938)이 말해주는 것처럼, 역사라는 것은 언제나 왕과 통치자, 국가의 업적만을 기록한 역사이다. 책 속에는 왕의 이름들만 나와 있을 뿐이며, 역사와 그를 기록하는 사가(史家)는 알렉산더가 인도를 정복할 때 그 혼자서 해냈는지 묻지 않고 진시황제가 만리장성을 완성한 날 밤에 벽돌공들과 인부들이 어디로 갔는지 더이상 궁금해하지 않는다. 조정래는 소설 또는 문학의 임무는 만리장성을 쌓았던 벽돌공들과 인부들의 한 많은 이야기와 신산스러운 삶에 귀를 기울이고 그것을 충실히 전달하는 것이 일차적 소임임을 분명히 한다. 근대의 파국과 다가올 냉전을 예고하는 2차 세계대전이라는 세계사의 무대 속에서 실종되어 생사 여부는 물론 그 행방조차 확인할 수 없는 조선인들의 삶에 대해 들려주는 작가의 이야기는 60여 년이 지났지만 분단체제를 살아가고 강대국들의 정치적, 경제적, 군사적 역학구도에서 여전히, 그리고 어쩌면 그 어느 때보다 더 격렬한 부침을 겪고 있는 한국 독자들의 심성에 호소할 만큼 보편적이라고 할 수 있을 것이다. 그렇지만 그것을 어떻게 전달할 것인가라는 서술전략을 선택하는 데서도 『오 하느님』은 비교적 세심한 편이다. '노르망디 조선인'이라는 소재에서 올 만한 즉물적인 흥미나 일시적 관심을 그대로 전달하는 대신 도리어 냉정하다고 느껴질 정도로 감정이입을 차단하고 절제하는 단문, 아비규환의 전투장면과 포로수용소의 헐벗은 삶의 세부에 대한 사실적 묘사, 동아시아 변방 출신의 나라 잃은 조선인들이 겪는 모진 유랑체험의 아이러니와 역사의 간지(奸智)를 결합시키는 서술과 대화, 이념적 서술자를 표나게 내세우는 대신 작가 특유의 민족적 동질감에 대한 열망과 호소를 인물들에 부조(浮彫)하는 솜씨 등은 『오 하느님』이 가진 서술적 장점이라 할 만하다.

역사의 간지(奸智)

역사적 사실과 문서보관소의 자료를 바탕으로 씌어진 『오 하느님』의 스토리시간은 2차 세계대전이 시작되고 끝나는 7년 정도의 역사적 시간과 거의 일치한다. 그리고 작중인물들의 생사와 운명이 결정되고 돌이킬 수 없이 되어버리는 순간은, 물론 역사의 플롯이 어느 정도 완료된 사후적인 관점에서 판단하는 것이겠지만, 2차 세계대전사를 구획짓는 중요한 역사적 순간과 상당 부분 겹쳐진다. 말하자면, 『오 하느님』의 작중인물들은 자신들의 기구한 삶이 다하는 그날까지도 전혀 의식할 수조차 없겠지만 세계사의 한복판에 내던져진 인물들이 되는 것이다. 독자들이 보기에 그들의 운명이 비극적으로(결정론적으로) 느껴지는 한편 아이러니하게(우연적으로) 보이는 것도 그 때문이다. 그들은 역사의 가장 중요한 순간에 그 자리에 있었지만, 역사가 그들을 위해 배당한 자리는 없었다. 헤겔은 세계사의 주역인 나폴레옹 같은 영웅이나 프리드리히 대제와 같은 왕과는 다른 보통의 무구한 사람들은 세계사의 여백이라고 썼다. 그러나 역사는 무구의 인간들조차도 때때로 세계사의 한복판으로 내몰아 자신의 교활한 과업을 완성하는 수단으로 소모한다. 『오 하느님』이 단순히 기록의 열정으로 재조립된 마이너리티나 하위주체의 역사가 아니라 한 편의 소설(허구)이 되는 것은 이처럼 무자비한 역사가 인간의 삶을 제멋대로 구획짓고 개인과 집단의 운명을 순식간에 결정할 때, 역사 앞에 선 인간이 느끼고 체험하는 강렬한 이질감과 위화감을 형상화하려고 노력하기 때문이다. '일본군' '소련군' '독일군' '미군의 포로' '소련에서……' 등 모두 다섯 개의 소제목이 붙은 『오 하느님』의 플롯은 이 비극적 아이러니의 순간과 마디를 중심으로 짜이고 누벼진다.

『오 하느님』의 작중인물들에게서 감지되는 비극적 아이러니는 그들을 만주 국경 근처에서 벌어진 노몬한 전투(1939)로 내몰았던 일제말기, 즉 식민지 조선의 역사적 상황과 일본 군국주의의 간교한 이데올로기적 술책과 관련이 있다. 주인공인 신길만과 그의 조선인 동료들은 대부분 소작농 출신으로 당시 이광수나 최남선과 같은 식민지 지식인들이 열심히 동참하기를 선전했던 일제의 육군특별지원병령(陸軍特別支援兵令, 1938. 2) 등에 의해 반강제적으로 일본군에 입대하지만, 실제로 그들은 최전방인 만주에 배치된 관동군의 일부로 편입되고 만다. 조선인 지원병의 경우, 함경도 19사단이나 서울 이남의 20사단으로 배치된다는 일본군의 말은 물론 거짓이었다. 신길만은 입대를 거부할 경우 가족을 만주로 내쫓는다는 협박으로 인해 지원을 한 것이 아니라 "지명"(27쪽)을 당했던 것이다. 소설은 간접적으로나마 만주로 쫓겨난 조선인 소작농들 대부분이 "관동군의 군량을 대는 노예들"(29쪽) 신세로 전락당하고 있음을 알려줌으로써 신길만의 선택이 불가항력적인 것이었음을 알려준다. 이제 가까스로 살아남아 몽골군의 포로가 된 작중인물들은 저마다 "나는 일본 사람이 아니오. 나는 조선 사람이오, 조선 사람"(41쪽)이라고 하소연을 하고 귀향을 꿈꾸어보지만, 그들의 신병을 인수한 몽골군과 소련군 중 아무도 그들의 말에 귀를 기울이지 않는다. 첫번째 역사의 간지에 이은 두번째 역사의 간지가 등장하는 순간이다. 일본군의 닛뽄도가 소련군의 탱크와 몰로토프 칵테일이라 불리는 화염병으로 철저하게 무력화된 노몬한 전투는 중일전쟁(1937)이 시작된 이래, 당시 출전했던 2만 명의 일본군 중 3분의 2 이상이 전사하여 최초로 치욕적인 패배를 겪은 전투이며, 일본군이 그 참담한 진실을 은폐하기에 급급했던 전쟁비사(戰爭秘事)였다고 후대의 역사는 기록하고 있다. 급기야 일본군은 소련과 휴전협정을 맺게 되고 그 협정은 원자폭탄의 투하로 일제의 패망이 가까워질 무렵까지 지속된다. 신길만과 그의 동료들의 통역을 맡았던 소련군 장교이자 고 바실리라는 러시아식 이름을 가진 까레이스끼 출신의 고현태는 신길만과 동료들의 요구사항을 다음과 같이 거부한다. "왜냐하면 당신들은 만주에서 일본군에게 체포될 것이 뻔하고, 그렇게 되면 일본군은 우리가 스파이들을 침투시켰다고 문제를 일으킬 것이기 때문이다."(81쪽) 이른바 강대국의 협약과 결정 속에서 소수의 권리와 요구는 완벽하게 무시되고 하찮은 것이 되어버린다. 대신 그들에게 소련식 이름을 얻고 일명 붉은 군대가 되어 소련과 공동의 적인 일본군, 독일군과 싸우는 기회가 주어지게 된다. 이런 선택은 작중인물들에게 일본군 포로로 일본에 송환되어 다시 일본군이 되는 것보다는 더 나은 선택인 것처럼 보이며, 설령 그렇지 않더라도 선택의 길은 달리 없어 보인다. 그러나 『오 하느님』의 작중인물들은 러시아식 이름을 부여받고 소련군이 되던 찰나가 영영 고향으로 돌아가지 못하는 돌이킬 수 없는 선택의 순간이 될 줄을 꿈에서조차 감지할 수 없었다.

『오 하느님』은 소련군이 되어 일본과 싸우라는 강대국의 그럴듯한 강제된 선택과 영미귀축(英美鬼畜)과의 성전으로 아시아를 해방해야 한다는 일제의 대동아공영권을 모두 강대국의 지배를 합리화하는 수단으로 대동소이하게 다루고 있다. 소련군이 약소국과 민족해방의 명분으로 대동아공영을 다른 방식으로 반복하고 있는 것이며, 소련에 대항한 독일군이 독일군 포로가 된 작중인물들에게 다시 그것을 반복하고 있는 것이다. 고현태의 까레이스끼들이 스탈린의 강제이주정책에 의해 무려 10만여 명 가까이 죽음을 당하고 다시 소련을 침공한 독일군을 막기 위해 동부전선으로 징집된 사연을 들은 『오 하느님』의 작중인물들은 도리 없이 소련군으로 호명되어 최전선에 배치된다. 그러나 모스크바 근교의 제도프스크 전투에서 독일군 포로가 된 작중인물들에게 독일군은 다음과 같은 방식으로 독일군이 될 것을 강요한다. "봐라. 너희 민족은 스탈린에게 짓밟히고 착취당하는 노예가 되어 있다. 우리 독일은 스탈린에게 고통당하고 있는 모든 소수민족들을 독립시키고, 구해줄 것이다. 그러면 너는 독일군으로서 독일에 충성을 다할 수 있는가!"(166~167쪽) 그들은 역사책에서 그 이름조차 생소하게 들리는 전투부대로 소련의 슬라브족과 그 밖의 소수민족으로 이루어진 독일군 동방대대원이 된 것이다. 이쯤 되면 그들에게는 "항복한 자, 포로가 된 자들은 모두 조국의 배신자들"(100쪽)이라는 스탈린의 명령 또는 후퇴하거나 탈출하는 병사들은 스메르시(방첩대)에 의해 처형된다는 협박에 절망하여 독일군이 되는 것이 낫다는 식으로 판단할 기력조차 남아 있지 않게 된다. 이제 남은 선택지는 무조건 살아남는 행위, 생존 그 자체다. 그러나 역사는 백지상태의 무구한 인간을 호명하여 그들의 헐벗은 목숨을 제물로 삼으면서까지 자신의 기획을 무자비하게 실현시킨다. 『오 하느님』의 작중인물들은 작가 특유의 필법이 그려내듯 쉽사리 좌절하는 자들이 아니다. 그러나 그들이 가진 마지막 희망조차 또다시 전쟁의 예비승리자였던 소련과 미국이 주고받은 얄타 회담(1945. 2)의 포로송환협정에 의해 완전히 꺾이고 만다. 전쟁이 완전히 끝났으니 일본군 포로수용소로 보내달라는 그들의 요청이 있기 전에 스탈린은 이미 미군의 독일군 포로 중에서 국적이 소련인 자들을 송환할 것을 요구했고 미 대통령은 소련의 점령지에 남아 있던 미군 포로의 신변안전을 위해 그 요청을 받아들였던 것이다. 소련군 조선인 포로들은 "우리는 소련인이 아니다./우리는 조선인이다./우리의 국적을 고쳐달라./우리를 조선인이 많은 수용소로 보내달라"(193쪽)는 요구를 혈서로 써서 그들의 생존의지와 귀환의 열망을 장엄하게 표현한다.

네 사람의 손가락에서는 피가 흘러나오기 시작했다. 흰 종이 위에 새빨간 피글씨들이 한 자씩 그려져나갔다. 몸속에 감추어져 몸의 보호를 받고 있었던 피들이 이제 주인의 몸을 구하려고 몸 밖으로 흘러나오고 있었다. 피는 붉었지만 단순히 붉은색이 아니었고, 액체였지만 단순히 액체가 아니었다. 피의 붉은색은 피만의 독특한 붉은색이었고, 액체이되 농도와 온기가 다른 액체였다. (……) 주인의 생명을 구하려고 그려지고 있는 떨리는 피글씨들은 숙연하고 처연했다.(195쪽)

인용문은 '단순히 붉은색'이 아닌, '단순히 액체가' 아닌 피를 강조함으로써 강대국에 의해 짓밟히는 약소민족 구성원의 불운한 처지를 강렬하게 환기시킨다. 피로 민족적 동질성을 강조하고 대표하는 제유법(提喩法)은 낡고 진부하며 맥락에 따라서는 타자를 배제하는 배타적인 동일성을 조장하는 인상을 주기도 하지만, 그런 이유 때문에 작중인물들의 염원에 담긴 진실 어린 절박함이 감소되는 것은 아니다. 더군다나 작가는 저들의 절실한 요구가 이루어질지도 모른다는 숨죽인 기대마저 접고 마는 포로송환에 관한 최후의 이야기를 배치함으로써 인용문이 환기하는 효과를 다시 한번 극대화한다.

『오 하느님』의 마지막 장은 전쟁을 일으키고 주도한 강대국들의 배타적인 자국이기주의와 포로들조차 인간이 아닌 교환되는 물건으로 취급하는 주권자들의 무자비한 결정에 의해 희생되는 사람들의 비참한 최후를 그리고 있다. 소설은 작중인물들이 지워지지 않는 그 낯선 이름 때문에, 그들의 국적 때문에 소련으로 송환되던 도중 머무른 어느 야산에서 모두 총살당하고 마는 장면으로 끝을 맺는다. 종전 후, 살아남은 포로들과 인민들에게 전쟁책임을 뒤집어씌웠던 스탈린의 지시로 적어도 500만 명 이상이 학살당했다는 근거 있는 역사적 정황을 염두에 둔 작가의 결말처리다. 신길만과 그의 동료들은 그들을 소련군으로 다시 '태어나게' 만들었던 바로 그 이름, 바로 그 국적 때문에 어처구니없는 비극적 최후를 맞는다. 이미 카이로 회담(1943. 11)과 포츠담 회담(1945. 7)을 통해 식민지 조선의 독립이 재차 확인되고 조선총독부의 완전철수(1945. 9. 9)로 조선인들이 해방의 기쁨을 한창 맛보던 그 즈음, 고향으로 귀환하리라는 한 가닥 불안한 희망을 가진 소수의 사람들은 황량하고도 낯선 이국의 땅에서 역사가 파놓은 망각의 구덩이로 집단매장되고 만다.

노르망디의 실종자

『오 하느님』을 읽다보면, 추상적으로만 인식되던 '역사의 간지'라는 헤겔의 개념이 그 어느 때보다 구체적 실물로 만져지고 생생한 육성으로 울리는 것을 느끼게 된다. 조선인 일본군으로 소련군 포로가 되고 소련군 포로에서 소련군이 되었다가 다시 독일군 포로가 되고 독일군 포로에서 독일군이 되었다가 또다시 미군 포로가 되어 마침내 미군의 교환물품으로 패전국 독일의 협력자이자 승전국 소련의 배신자가 되어 총살당하는 식민지 조선인들. 여기서 소설 제목인 '오 하느님'은 이러한 역사의 간지 앞에 선 헐벗은 인간들의 절망적인 외침이자 희망어린 절규를 함축적으로 담고 있다. 『오 하느님』에는 '하느님'이라는 단어가 아이러니하게 들리는 대목이 단 한 번 나온다. 독일 포로수용소에서 폭설로 고된 강제노동을 멈추고 잠시 휴식을 가질 때, 작중인물들 중 한 명인 문복동은 하늘을 향해 합장을 하며 "아이고, 하느님 고맙습니다"(144쪽)라고 말한다. 그러나 폭설로 길이 막혀 보급차량이 도착하지 않아 마침내 모두 굶주리게 되었을 때, "아이고, 하느님 고맙습니다"는 이내 "아이고 하느님, 우리 죽습니다"(145쪽)로 뒤바뀌고 만다. 소설은 전쟁포로와 군인으로 번갈아 뒤바뀌는 기구한 삶을 살아가는 작중인물들의 생존의지와 결부된 최소한의 양식과 잠자리, 의복 및 치료에 대한 요구와 강제노동에 대한 정당한 불평, 휴식에 대한 갈망, 고향에 대한 간절한 그리움, 그들만의 단합의지 등을 빠뜨리지 않고 기록함으로써 그들이 더이상 헤아릴 수 없는 역사의 무대에서 이리저리 조종되는 꼭두각시가 아니라 살아 있는 인간임을 방증(傍證)하고 있다. 독일 포로수용소에서 철도부설 강제노동에 동원된 작중인물들이 굶주림과 추위를 참으면서 "목도소리"(141쪽)에 서로 발장단을 맞춰가며 무거운 각목을 솜씨 있게 메고 가는 장면은 비록 소작농 처지라 하더라도 고된 생업에서 삶의 요령과 생활의 지혜를 체득한 조선인 농군다운 낙천적 의지와 그들로 대표되는 민족공동체가 저장하고 있는 삶의 건강성에 대한 작가 특유의 강조가 잘 드러난 대목이다.

그렇지만 그런 대목들만큼이나 전쟁의 광기가 인간과 자연의 질서 전체를 전혀 다른 것으로 변모시키는 과정을 실감나게 묘사한 구절들도 마찬가지로 주목을 요한다. 소설이 시작되는 첫 대목, 계속되던 전투가 잠시 멈춘 노몬한 초원에 대한 묘사와 작중인물들이 독일군 포로가 되고 "발가숭이" 상태로 벗겨져 수모를 겪는 장면은 한번 병치해볼 만하다.

> 산이 없어 가려질 데가 없는 초원의 하늘은 초원보다 더 아스라하게 넓었다. 그 하늘에서 크고 작은 새떼들이 휘돌고 맴돌면서 회오리바람을 일으켰다. 새떼들은 맘껏 날갯짓하며 무성한 풀숲으로 급강하하고는 했다. 시체를 뜯어 먹으려는 독수리떼와 까마귀떼였다. 그것들은 날마다 포식을 했다. 새떼는 사람을 무서워하지 않았다. 죽은 사람을 맘대로 뜯어 먹고 있으니 산 사람도 먹이로 보이는 것인지 몰랐다. 새떼들은 대포가 폭음을 터뜨릴 때나 겨우 자취를 감추었다. 그것들은 비웃기라도

하는 듯 소총 소리나 기관총 소리에는 끄덕도 하지 않았다.(8쪽)

추위 속에서 이천여 명은 삽시간에 발가숭이가 되었다. 알몸으로 우글거리고 있는 그들의 모습은 인간의 모습이 아니었다. 이상스럽게 생긴 짐승들이었다. 그들은 알몸이 되자마자 피부색을 가리지 않고 하나같이 몸을 웅크리며 두 손을 모아 아래를 가렸다. 그리고 고개를 떨구었다. 그러니 그 모습은 옷을 입고 움직이는 독일군들과는 너무나 다르게 보였다. 인간은 옷을 입어야만 비로소 인간다운 인간의 모습을 갖춘다는 것을 여실히 보여주고 있었다. 신길만은 이보다 더한 수치심을 그전에 느껴본 적이 없었다.(117쪽)

인용문의 인상적인 장면들은 전쟁이라는 광기의 소용돌이 속에서 자연과 인간이 그 원초적인 야만성, 헐벗은 형상으로 되돌아가는 순간을 강렬하게 포착하고 있다. 시체를 파먹는 까마귀 떼는 소설의 거의 모든 배경마다 출현하여 전쟁과 죽음의 이미지를 부각시킨다. 그러나 전쟁이라는 파국의 순간순간과 맞닥뜨린 인간의 모습에서 섬광처럼 번뜩이는 개체성과 단독성은 비록 그것이 개체적 인간실존의 문제나 종말을 가져온 문명에 대한 성찰 등으로 반드시 이어져야 할 필요까지는 없다 하더라도 『오 하느님』에서는 더이상 진전되지 않는 주제인 듯하다. 그것은 비단 경장편이 요구하는 분량상의 문제만은 아닐 것이다. 『오 하느님』은 민족적 동일성을 일관되게 표현하는 수사법이나 구절들을 통해 같은 조선 사람을 만났다는 사실에 대한 안도감과 그들만의 일체감에 대한 강조, 고향에 돌아가고 싶다는 흔들리지 않는 공동의 신념에 대한 확신을 표현하면서 강대국에 의해 짓밟히는 소수민족의 이유 있는 불행과 비참함을 환기하고 대변하는 데 주력한다. 동시에 소설은 교묘한 전쟁 이데올로기와 포로와 병사 들에 대한 비인간적

대우, 이기적인 포로교환 정책, 오만한 힘의 논리로 주권을 표현하는 강대국에 대한 고발과 탄핵 속에서 약소민족과 강대국을 선과 악으로 나누려는 이분법을 확고히 한다.

『오 하느님』에는 작중인물들이 처한 실존적, 역사적 처지를 약소민족 구성원 전체가 당면한 상황으로 일반화하는 증거들이 여럿 있다. 그중, 신길만에게 소설의 처음에서 마지막까지 수차례 들려오고 때로는 그 자신이 직접 발화하기도 하는 어머니와 아버지의 목소리는 특별히 취급되어야 하는데, 이 목소리는 훼손되지 않은 민족, 조국, 고향의 이미지를 표상하는 이른바 대타자의 목소리이다. 대타자는 부모, 민족, 모국, 신(神), 공동체, 고향 등등으로 주체가 그 일부로 자신을 편입시키면 그로부터 자기의 일관성과 동일성을 보장해주는 존재로 말할 수 있다. 『오 하느님』에서 대타자의 목소리가 등장한다는 것은 소통이 생존과 이어지는 절실한 상황 속에서 말이 통하지 않고 말을 잃어버린 작중인물들을 고려한다면 서사의 전개상 필수적일 수 있다. 아이에게 엄마(Mother)의 목소리가 그렇듯, 주체는 대타자(Other)를 통해 죽음 대신에 삶을, 분열과 혼란 대신에 통합을, 단절 대신에 연속성의 환상을 실현한다. 소설에서 노몬한 전투에서 동료 병사와 함께 일본군 장교의 옥쇄(玉碎) 명령을 이행해야 하는 순간부터 미군의 포로수용소에서 동료들과 함께 더이상 가망 없는 송환을 기다려야 하는 때에 이르기까지, 곧 절체절명의 위기와 생사기로의 순간과 마주쳤을 때 기다렸다는 듯 어머니와 아버지의 목소리가 신길만 곁에 출몰하는 것은 바로 그 때문이다. "호랑이한테 열두 번 물려가도 정신만 채리면 살아"난다는 (어머니의) 전근대적 속담과(12, 18, 85, 114, 155, 201쪽) "총알 피해 댕겨라"라는 (아버지의) 비합리적 주술은(12, 20, 39, 85쪽) 실현되고 신길만은 살아남는다. 어머니의 말, 모어(母語)여서 가능했던 것이다. 그리하여 그가 수많은 전쟁터에서 살아남게 된 것은 우연이 아닌 필연이 되며, 그가 혼자서 우연히 살아남은 것이 아니라 아버지와 어머니가 기어코 그를 구해낸 것이 된다. 『오 하느님』은 신길만이 어머니의 말을 자신도 모르게 불쑥 말하고 아버지의 목소리에서 "담배 냄새까지 묻어났다"(20쪽)고 서술하는 대목을 통해서도 부모로 표상되는 민족공동체가 다만 상상적 관념이 아니라 물질적 실재임을 넌지시 강조하고 있다. 소설의 제목이 다른 무엇도 아닌 대타자의 대표적 표상(하느님)과 연관되는 것도 우연만은 아니다.

작가에게 공동의 운명과 삶을 함께하는 민족은 수많은 역사적 격변의 와중에서도 한 번도 그 동일성을 믿어 의심치 않은 실체이며, 이것은 『오 하느님』의 경우에도 여전하다. 민족주의 전반에 대한 비판이 어느 때보다 대세인 오늘날, 민족의 관념 또는 실체를 부정하거나 그 반대로 무조건 추수하자는 말도 아니다. 소설의 주인공이 민족과 같은 대타자의 충실한 대변인으로 머무는 한, 독자들이 문제적 개인으로서의 주인공의 실존 대신에 집합적 표상 및 이념의 화신(化身)과 만날 수 있다는 우려와 노파심을 말한 것뿐이다. 아무래도 『오 하느님』의 주인공 신길만이 그의 다른 동료들과 변별되는 개성이 그다지 두드러져 보이지 않고 항상 다른 동료들과 마찬가지로 '순박한 조선인 소작농 출신의 청년'이라는 일반적 존재로 보다 가깝게 연상되는 것도 그러한 연유에서이리라. 중요한 것은 어디까지나 공동의 운명이며, 공동의 실존뿐이다. 그러다보니 소설의 작중인물들이 표상하는 약소민족의 대당(對當)인 강대국의 존재 역시 추상적 등가물로 간단히 처리된 듯한 인상을 피할 수 없다. 『오 하느님』이 기록하고자 하는 한 작가의 집요한 열정이 이룩한 성과이면서도 기록과 전달의 힘만으로 글을 시작하면서 언급했던 장점 대부분이 만들어진 소설이기 때문에 발생한 문제가 아닌가도 싶다.

한 장의 사진이 주는 강렬한 인상에서 출발했을 수도 있는 이 소설에는 신길만이나 그의 동료들 중 누군가가 미군의 카메라에 찍히는 장면이 의외로 묘사되지 않는다. 글을 시작하면서 묘사해보았던 노르망디 조선인의 자리는 진정 어디에 있을까. 상상적 재구성이든 더 많은 자료의 확보든 간에 그의 역사적 실존과 운명에 대한 보다 치열한 탐색이 없다면, 조선인이든 그 누구든 간에 그는 노르망디의 실종자로 끝끝내 남아 있을 것이다. 『오 하느님』이 그 탐색의 징검다리 역할을 해냈다.

거인과 북소리
—강영숙 장편소설 『리나』[1] 읽기

"어디서 왔냐구요? (……)
국경이오."

경계에서 무슨 일이 일어나고 있나

최근 한국소설의 두드러진 경향 중 하나가 월경(越境)의 서사라는 것은 한국소설의 흐름에 조금만 주의를 기울인 독자라면 누구나 눈치챌 수 있는 사실이다. 국가, 민족, 국경을 넘는 이야기들은 가로지르기, 탈주, 혼종성, 망명, 이산(diaspora) 등등 지금에 와서는 비평적, 학술적 상투어로 코드화된 개념, 아니 차라리 시적인 은유에 힘입어 분단적 상상력을 넘는 세계문학의 가능성으로 칭송받는다. 국민국가의 지리적, 문화적 경계를 문제시하며 국가, 민족이라는 '상상된 공동체(imagined community)'를 의문시하고 탈구축하는 태도 자체는 여전히 급진적인 것으로 장려되는 분위기다. 마치 국가, 민족에 대한 트랜스적 사유와 분열증적 탈주, 혼종의 언어로 국가와 민족의 경계를 흔들거나 애매하게 만들 수 있다고 믿는 것처럼. 물론 국가와 민족의

1) 이하 『리나』(랜덤하우스, 2006)를 인용할 경우, 본문에 인용부호만 표시한다.

단일성을 한 치의 의심도 없이 옹골차게 고수하는 사람들은 애처롭다 못해 희극적이기조차 하니 계속 그리하라고 내버려두도록 하자. 국경 또한 국가처럼 트랜스적인 사유가 지목하는 의심의 대상, 더러는 무엇이든 가능할 것만 같은 경계로 승화되는 장소의 하나다. 비행기를 타고 바벨탑의 다언어로 가득 찬 학술회의에 도착한 사람들의 트랜스내셔널한 사고는 국경은 국민국가를 괄호로 묶고 의심하는 경계이자 저항의 탈주선이라고 말하기를 좋아한다. 그도 아니면 싱가포르나 홍콩, 인도에서 제1세계의 학술계로 진입한 그들은 국경체험에서 비롯된 망명자적 우울과 나르시시즘을 제국의 언어로 과대 선전한다.

그렇지만 비행기 대신에 도보와 트럭으로, 가죽트렁크와 여행비자 대신에 너덜너덜해진 신발과 한 뭉치 돈만으로 국경을 넘는 사람들에게 망명자의 고독과 우수(憂愁) 따위는 들어설 여지가 없다. 국경 앞에서 그들을 기다리는 자들은 돈을 받고 탈출을 도와주거나 사기를 치는 군인들 또는 해외브로커들이며, 국경 이편으로 다시 추방당한 자들을 기다리고 있는 것은 가혹한 저임금노동과 착취가 행해지는 화공약품 공장이거나 경제자유구역의 다국적 공장지대뿐이다. 트랜스내셔널한 사고를 좋아하는 이론가들의 용어를 빌리면, 국경은 국가를 가로지르는 자본이 만들어놓은 '매끄러운 공간'이 되자마자 자본에 토지, 국가의 영토가 등기되는 '홈 파인 공간'으로 기능하기 시작한다. 국경은 국가와 국가 간의 트랜스적인 경계도, 망명자들의 향수병을 자극하고 충당하는 장소도 아니다. 주의 깊은 독자들은 이질적인 것들이 혼종적으로 모여 무엇인가를 생성하는 장소로 경계를 상상하기 좋아하는 저 상투화된 은유적 몽상을 거슬러 올라가, 먼저, 이러한 경계에서 무슨 일들이 실제로 벌어지고 있는가를 냉정하게 생각해보아야 한다. 강영숙의 장편소설 『리나』는 투철한 산문정신으로 이 문제에 접근하고 있다.

『리나』 또는 시작의 이야기

국가에 대항하는 전쟁기계라는 탈주적 이미지에 매혹당한 사람들이 스승으로 받들기 좋아하는 들뢰즈·가타리가 저술한 『천 개의 고원』에서조차도 전쟁기계와 국가장치, 거대기계와 제국, 유목민과 정주민 등이 국경과 같은 곳에서 상호 독립적으로 반목하면서 존재하는 것이 아니라 끊임없이 공존하고 경합한다고 말하고 있다. 『리나』에도 묘사되어 있지만, 국경 근처는 실제로는 북반구에서 온 다국적기업들과 폐기물처리장, 원자재와 산업쓰레기, 기업인들과 NGO들, 3세계 출신의 노동자들과 1세계 출신의 인권단체 등이 운집하고 있는 일종의 (포스트)모더니티의 도가니(melting pot)에 가깝다. 국가는 다만 국제자본의 흐름에 가담하면서 경계 선점의 권리를 그들에게 내줬을 뿐이다. 국경은 자본과 국가가 주권자(sovereign)의 단일한 몸체를 이루어 제 모습을 드러내는 곳이다. 더 나아가 국경은 한 국가에서 다른 국가로 들어가려는 탈출자들의 삶을 모종의 한계상황에 위치짓는 곳이다. 그들은 국가로부터 추방되지만, 바로 그 형식으로 자본에 임노동으로 저당잡힌다. 탈출자들이 흘러들어가는 다국적 공장지대는 어떤 곳인가. 그곳은 원료의 원산지이며 지대를 제공하고 최저임금과 고강도노동을 담당할 저개발국의 인력수입을 지원하며, 제1세계의 아웃소싱 관리경영을 통해 생산과정을 초국적화하는 곳이다. 또한 그곳은 오늘날, 자본주의가 어떤 방식으로 형성되는지를 알려준다는 점에서 자본의 본원적 축적의 장소라고 부를 만하다. 탈출자들은 국가 내부로 추방된 자들인 동시에 국가가 묵허(默許)하는 자본의 영토에 편입된 자들이다. 국경을 넘기 위해 그들이 쥔 한 움큼의 자본은 강탈과 착취의 형식을 통해 다만 그들을 관류해 지나갈 뿐이다. 황량하고도 잿빛 가득한 사막 한가운데서 탈출자들의 정체성(identity)이나 기원(origin)과 연관된 모든 기억은 희미해지거나 사라진다. 아울러 국경 너머의 국가에서 누리고 싶은 삶에 대한 또다른 환상마저 지워지기 일쑤다. 이 월경자들을 국민국가라는 범주에 안착하기를 거부하는 디아스포라들로 특권적으로 재현하거나, 또는 국민국가에 귀속하기를 열망하는 정주자들로 비판적으로 표상하는 한, 그들은 국경이 보이는 지평선에서 사라져버리고 만다.

돌이켜 생각해보면, 한국소설은 이광수의 『무정』(1917)에서도 그랬듯 민족(국가)의 기원 또는 정체성을 구축하는 이야기로부터 출발한다고 할 수 있다. 국민국가의 상상적 지리학을 넘어서려는 최근의 소설들 또한 국가를 부정항목으로 상정하고 있다. 그러나 여전히 기원과 정체성의 문제는 근본적으로 남겨두고 있다는 느낌이 든다. 최근의 소설들과 비평들은 민족국가라는 기원과 정체성 자체를 사유하기보다는 문화적 상대주의, 혼종성, 양가성, 디아스포라와 같은 후근대적 담론으로 치장하면서 기원과 정체성의 문제를 슬쩍 비켜간다. 그리하여 『무정』이 일본어, 영어 등의 다언어적 상황을 노출하는 작품이며, 이형식과 그 일행의 일본 및 미국 유학은 피식민지/식민지의 분열체험을 가져오는 디아스포라의 시작이라고 말하는 해석의 자가당착마저 생겨난다. 강영숙의 장편소설 『리나』는 기원과 정체성에 대한 믿음과 의문 그 자체를 절단하는 행위에서 시작한다는 점에서 지금까지 만날 수 있었던 월경의 서사들과는 차별된다. 『리나』는 국경에서 출발해 국경으로 되돌아오는, 기원이 아닌 시작(beginning)의 서사이며, 목적/결말(ending)을 향해가는 주-플롯(main-plot)이 중심을 관통하는 서사가 아니라 무수하고도 이질적인 에피소드들이 난만한 꽃다발처럼 엮여 있는 서사라는 점을 강조해야겠다. 그리고 『리나』는 다른 무엇보다도, 한 여자아이가 겪은 삶의 고통과 희망, 기적에 관한 이야기이다.

반(反)성장의 서사

엄밀하게 말해서 『리나』는 '똑똑하며 아리땁다(俐娜)'는 뜻의 이름을 지닌 리나가 P국으로 향하는 탈출담도, 헐벗은 16세 소녀의 고달픈 성장기도 아니다. 서사이론을 빌려 말하면, 『리나』는 '핵(kernel)' 서사보다도 '위성(satellite)' 서사들이 위주인 소설이다. '핵'은 여러 가능한 선택사항 중 느닷없이 돌이킬 수 없이 되어버린 사건이나 선택의 결과라면, '위성'은 그 선택과 사건의 경로를 보조하고 수식해주는 부수적인 사건들이다. 『리나』는 탈출과 성장이라는 '핵'을 중심으로 다른 에피소드들, '위성'이 곁가지나 배경을 이루는 소설이 아니다. 스물일곱 개의 서로 다른 제목이 붙은 각 장의 에피소드들은 리나의 국경탈출이나 성장체험 주변을 회전하다가 수렴되지 않는다. 각각의 에피소드는 선형적인 인과관계에 구애받지 않고 독립적이며 자율적으로 기능하지만, 혼란스럽게 얽히지 않은 채로 전체를 형성한다. 그 전체는 에피소드들의 산술적 합계나 유기적 총합이 아니라는 점에서 비(非)전체이면서 동시에 전체에 대해 과잉인 서사이다. 어떻게 이것이 가능했을까.

『리나』를 자세히 읽어보면, 각각의 에피소드가 자주 변주되는 단일한 기표를 중심으로 누벼지고 고정되는 동시에 다음 에피소드의 교량역할을 하는 점을 발견할 수 있다. 리나가 신고 있거나 신고 싶어하는 신발이 바로 그 기표이다. 거의 모든 장에서 신발은 운동화, 부츠, 슬리퍼, 장화, 그도 아니면 맨발 등으로 변주되며 등장하지만, 서술자는 신발과 관련된 정황을 자세히 묘사하다가도 어떤 경우에는 특별한 강세 없이 스쳐 지나가듯 언급한다. 『리나』에서 국경을 탈출해서 P국으로 가려는 소망이 강할 때는 리나가 운동화를 고쳐 매거나 새 운동화를 갖고 싶어하는 묘사가 등장하며, 시링 창녀촌이나 공단지대 등에 머물러 P국에 대한 동경과 탈출의 욕망이 희미해질 때는 운동화 대신

슬리퍼를 찾는 행동이 등장하고 양말이나 발에 대한 언급이 신발에 대한 묘사를 대신한다. 그에 비해 국경에 대한 소설의 묘사를 보면, 국경탈출이 『리나』의 서사적 핵심이 아님은 쉽게 짐작할 수 있다. 국경은 소설의 초반부에서 "그저 퇴로가 없이 사방이 막힌, 비탈지고 조용한 산길의 일부"로 묘사될 뿐이며, 후반부에서도 "그냥 지평선에 지나지 않았다"고 언급된다. P국에 대한 묘사도 그와 대동소이하다. 어떻게 보면, 집요하다 싶을 정도로 신발에 대한 서술자의 묘사와 언급은 한편으로는 『리나』가 세목(detail)이 넉넉하고 풍요로운 소설임을 넌지시 말해준다. 『리나』를 읽는다는 것은 에피소드들의 풍요로운 잔가지들과 뿌리들을 향유하는 체험 이외에 다른 무엇이 되기 어렵다.

한편 『리나』는 주인공 리나가 납치와 린치, 살인과 강간, 인신매매와 노동착취 등 상상할 수도 없는 무수한 체험을 겪어나가더라도 그 체험을 통한 성숙의 징표가 나타나지 않는다는 점에서 반(反)성장소설에 가깝다. 청년의 체험이 영구혁명이라는 모더니티의 본질에 속한다면, 또한 성숙이 개인과 사회의 조화를 형성하는 데 기여하는 것이라면, 리나가 겪은 수많은 사건들은 반(反)성장의 체험이라고 불러야 옳다. 프랑코 모레티가 『세상의 이치』에서도 언급했지만, '모더니티의 상징적 형식'인 교양소설은 사회 또는 국가와 젊은 남자들 간의 타협형성의 서사이다. 이에 비해 리나에게 체험이란 어떤 면에서는 참을 수 없는 반복과 비슷하다. 국경 근처에서 뭇 남자들에게 붙잡혀 화공약품 공장이 있는 나라로 들어온 탈출자들은 "멀리 오긴 했는데 우리나라나 여기나 다를 게 별로 없"다고 이야기하고 있으며, 그곳에서 "반복되는 노동 이외에는" 달리 할 수 있는 일이란 별로 없다. 더 멀리 가도 마찬가지다. 서술자는 가스저장용 탱크시설이 있는 대규모 플랜트공단으로 들어왔을 때, 리나가 그곳이 맨 처음 도달한 국경 근처에서 그리 멀지 않은 곳, 대륙을 한 바퀴 돌아 떠나온 지점으로 다시 와 있다는 "황당한 사실"을 알고도 "울지도 않았다"고 적고 있다. 성장의 주요 키워드인 정체성 형성의 문제는 또 어떠한가. 『리나』는 정체성이 자신의 자율적 의지와 판단을 통해 선택하는 것이 아님을 알려주고 있다.

국가와 가족, 성별과 이름은 애당초 리나가 선택한 것이 아니다. 차라리 정체성은 '돈 아니면 목숨'이라는 식의 강제된 선택에 가깝다. 목숨 이외의 선택이란 달리 없기 때문에 선택의 행위란 이미 강제된, 주어진 선택을 인정하는 공허하고도 형식적인 몸짓에 불과하다. 그 점에서 리나라는 이름은 정체성의 내용을 비워버린 텅 빈 기호가 되며, 리나의 발걸음은 기원과 무관한 시작이 된다. "리나라는 이름을 누가 지어주었는지"라는 소설 초반부의 반문과 "'나는 도대체 어디서 온 걸까?'"라는 후반부의 물음은 기원이나 정체성에 대한 질문이라고 보기 어렵다. 리나가 자신에게 주어진 정체성의 형식을 벗어버리는 데서 보다 본질적인 삶의 모험을 시작하는 것은 따라서 당연한 이치이다.

「풍요야, 안녕?」에서 P국으로 가는 중간경로인 '마약과 관광의 도시'에서 다시 조우한 부모와 함께 P국으로 가는 대신에 여가수가 공연하는 천막에 머무르기를 선택하는 리나의 행위는 주어진 정체성을 거부하는 단적인 예에 불과하다. 리나에게는 그저 천막에 머무르며 거짓말로 자신의 탈출담을 이리저리 꾸며내는 일이 더욱 즐거울 뿐이다. "떠버리"라는 별명을 지닌 리나에게 "인생을 좀 더 재미있게, 신나게 살기 위해서는 거짓말이 필요"한 것이다. 결국, 체험이 반복에 불과하다면 그녀가 택하는 삶의 방식은 반복이 아닌 거짓말이, 성장이 아닌 변신이 되어야 한다. 『리나』에서 변신은 다른 무엇보다도 남근적 폭력과 수탈의 질서에 저항하거나 그와 확연한 분리선을 긋는 여성의 몸 자체의 변신이다.

감각과 변신

『리나』 곳곳에는 여자의 육체, "몸의 감각"이라고 부를 법한 세부가 매우 풍부하게 그려져 있다. 그것은 노동착취의 대상일 뿐만 아니라 인신매매, 강간과 성매매 등 남자들의 비루한 욕망을 충족시키는 폭력적인 교환물품인 여자의 육체에 대한 저항의 표식이다. 가혹한 노동으로 인해 심신이 지치고 뭇 남자들에게 육체를 강탈당하고 난 후에도 리나의 생명력은 강인하고 끈질기다. 소설에서 리나는 상황의 희생자로도, 서술자의 연민과 동정의 대상으로도 그려지지 않는다. 리나가 겪는 참담한 인생유전에도 불구하고 『리나』는 활기찬 소설이다. 작가는 리나가 립스틱을 바르자, '몸의 감각'이 "되살아나는" "그 짧은 순간만이라도 다른 사람이 되고 싶었다"고 적고 있다. 인용문에서처럼, 몸의 감각은 순간의 감각이기도 하다. 순간의 감각에 대한 예민한 집중이야말로 참혹한 정황에도 불구하고 『리나』를 '끼'가 가득 찬 서사로 만드는 주요인이다.

여자의 몸이 지니고 있는 특유의 생명력과 활기는 다국적 플랜트공단의 6번 가스탱크가 폭발한 뒤에도 살아남은, '녹색 이끼들'이 자라고 '희고 작은 나방들'이 부화하는 천막 가수 할머니의 나신(裸身)에 대한 경이로운 묘사에서 단적으로 드러난다.

> 할머니의 등허리에는 땅에서 옮겨 붙은 녹색 이끼들이 자리를 잡고는 한창 신나게 자라나는 중이었다. 리나는 얇은 수건으로 할머니의 등을 살살 문질렀다. 척추뼈 주변의 녹색 이끼들은 쉽게 떨어져 나가고 분홍색 피부가 드러났다. 등 한가운데 약간 도드라지며 튀어오른 말간 피부를 계속해서 문질렀다. 그 순간 마찰에 의해 피부 껍질이 살짝 벗겨졌다. 그리고 볼록 튀어나온 피부가 올록볼록 혼자 꼼지락거리면서 움직

이는 게 보였다. 놀랍게도 볼록 튀어나온 곳에서 희고 작은 나방들이 계속해서 태어났다. 나방들은 천막 안을 낮게 날며 앵앵 우는 것 같았다. 한순간 부화장 같은 샤워실 한가득 나방들이 들어찼다. 리나는 나방들을 쳐다보며 옆에 있는 여자에게 말했다. "이 할머니가 대단한 사람이거든요. 그러니까 몸속에 이런 이상한 것들을 키우고 살았겠죠."

『리나』의 현실은 리나의 음부에서 화공약품 냄새가 나는 등 도저한 불임과 불모의 세계다. 그렇지만 그 자체로도 경이롭고 신비하며, 심지어는 그로테스크하기까지 한 인용문의 묘사는 모든 생명이 깃들고 부활하는 대지모신(大地母神)의 신화적 표상에 부합하는 것과는 상관없이 남성들이 만들어내는 파괴적인 불모의 세계와 좋은 대조를 이루는 여자의 고유한 신체에 대한 작가만의 독특한 이미저리임이 분명하다. 그 이미저리는 한편으로 리나가 겪는 삐와의 사랑과 동성애, 임신, 여자들 간의 연대와 유사-가족(hybrid-family) 만들기 등이 다음 묘사에서처럼 리나 주변의 현실의 행정과 질서가 어떤 것인지를 가히 짐작하게 만든다. "공장지대의 서쪽 하늘에 우뚝 솟아 있는 타워크레인과, 50미터쯤 되는 높이의 가스 분리탑이 오른쪽 하늘을 지탱하고 서서 공업도시의 위용을 한껏 뽐냈다." 이처럼 초국적 자본의 현실을 대표하는 다국적 공단지대는 모더니티의 본질이 발기한 남근을 지닌 초자아의 그것임을 알려준다. 그리고 초자아적 남근이 발기한 결과는 아이러니하게도 다산과 생식, 생명과 부활이 아니라 도저한 불모와 황폐이다.

『리나』에서 현실을 환기시키는 풍경은 황량하고 참담해서 어떤 경우에는 약품 냄새와 연기, 강철빛이 뒤섞인 공단 노을처럼 섬뜩한 아름다움마저 자아내기도 한다. 『리나』에서 자연은 주로 모더니티의 산물인 제2의 자연, 인공물과 쓰레기 더미들이다. 그렇지만 그것들과 무관한 듯 보이는 자연, "강이나 사막, 태양이나 나무 같은 것들"도 인공

자연에 대한 유토피아적 대안이 되지 않는다. 오히려 자연이 존재한다면, 그것은 원초적 공포의 대상일 뿐이다. 폐허에 가깝게 자연을 묘사하는 『리나』의 문체는 이 점에서 가혹하다 싶을 정도로 냉정하다. 강요된 화해란 없다. 이곳은 온통 황사와 흙비, 잿빛 하늘과 모래사막의 세상이다.

거인과 북소리

"그러나 위험이 있는 곳에 구원도 자란다"고 했었다. 횔덜린의 이 시구는 리나의 삶과도 잘 어울린다. 환부가 곪아터져 삶으로부터 멀어지는 곳에 치유의 손길은 이미 와 있다. 『리나』에는 기적적인 장면들이 종종 묘사된다. 폐허가 된 잿빛 하늘의 경제자유지대 공단에서 "공포와 절망"에 찌들어 있던 어느 날, 신기한 목소리를 가진 새들이 날아들어와 빗속의 리나의 잠을 깨울 때, 소설은 새들의 출현을 "기적"이라고 명명하고 있다.

마지막 장, 「첫 번째 편지」에서 국경을 지키던 군인은 예상치 못한 환대(hospitalité)로 리나를 맞이한다. "뭐든 타이밍이 좋아야" 한다는 군인의 말에서 타이밍은 몸의 감각이 되살아나는 순간이며, 새들의 기적과 적의(hostilité)만은 아닌 환대의 순간이다. 기적은 우연이 아니다. 기적은 어떠한 화해나 희망도, 구원이나 기적도 바랄 수 없을 때 누군가가 내밀었던 구원의 손을 재발견하는 능력이다. 반복해서 말하면, 리나는 희생자로 그려지지 않는다. 억울하고도 황당한 일을 당하면서 '죽어, 죽어' 소리를 내뱉더라도 리나는 원한이나 복수심에 사로잡히지 않는다. 정확히 말해 리나는 원한과 복수심을 삶의 양분으로 삼지 않으며, 기적은 그런 주체에게 은총처럼 다가온다. 리나가 보았던 환상 속의 '거인'과 그녀의 뱃속에서 들려온 '북소리'는 기적의 뛰어난 표상들이다. 그것들은 순간('그때' '신기하게도' '순간에' '갑자기')에 출현한다.

리나는 그때 파란 하늘을 머리에 이고 이쪽을 향해 다가오는 거인을 보았다. 거인의 머리카락은 길고 검었으며 몸 전체의 실루엣이 하늘과 일체를 이루어 움직이고 있었다. 리나는 서둘러 사람들을 깨웠다. 그리고 거인의 부드러운 발걸음과 둔중한 몸의 움직임을 따라 앞으로 앞으로 걸어갔다. 신기하게도 발바닥에 두꺼운 막이 생긴 것처럼 통증이 사라지고 몸이 가벼워졌다. 사막은 사라지고 노란 꽃들이 핀 평원이 다시 나타나는 순간, 리나는 점처럼 작아진 채 사막으로 돌아가고 있는 거인의 뒷모습을 보았다.

그 조용한 순간에 리나는 갑자기 뱃속 저 안쪽에서부터 들려오는 둥둥둥 북소리를 들었다. 북소리는 처음엔 아주 작게 시작해서 온몸을 통처럼 커다랗게 울려 때리고는 리나의 귓가에 머물러서야 다시 작은 소리로 잦아들었다. 리나는 북소리를 들을 때마다 낯선 나라의 도시 한가운데로, 뜨거운 사막으로, 심지어 다시 국경으로 나가 서 있고 싶은 충동에 입술을 달싹거린다. 온몸의 핏줄들이 팽팽하게 곤두서고 팔과 다리는 벌써 허공을 짚고 혼자서 저만치 앞으로 성큼성큼 걸어나가고 있다. 입을 커다랗게 벌리고 목청껏 노래라도 부르지 않으면 둥둥둥 북소리에 휘말려 귀가 터져버릴 것만 같다.

강영숙 소설에서 거인이 남근적 이미지와 무관한 순하고 여리며 부드러운 존재라는 것은 작가의 자전소설인 「자이언트 시대」에서도 이미 묘사된 바 있다. 인용문에서 '부드러운 발걸음'과 '둔중한 몸'을 지닌 거인을 본 후 리나는 '신기하게도 발바닥에 두꺼운 막이 생긴 것처럼 통증이 사라지고 몸이 가벼워'짐을 느낀다. 그런가 하면 뱃속에서 들려오는 북소리를 듣자 리나의 몸은 갑자기 활력으로 가득 찬다.

거인과 북소리는 리나의 환각이거나 내면에서 들려오는 음성만은 아니다. 거인은 이끼와 나방으로 뒤덮인 할머니의 거대한 몸체를 연상시킨다는 점에서 리나의 주관적 환상만은 아니다. 가령, 거인은 강영숙의 단편에 나오는, 덩치가 커 무섭게 보이지만 정작 한없이 순한 주인공인 "자이언트 언니"(「자이언트 시대」)를 닮았다. 북소리 또한 리나의 뱃속에 있는 태아가 내는 삶의 맥동인 것만큼은 확실하다. 그것들은 뫼비우스 띠의 안과 밖처럼, 리나에게서 '거인처럼' 가장 멀리 있으면서도 '북소리처럼' 가장 가까이 있는, 삶의 본원적 '충동(drive)'에 대한 표상들이다. '입을 커다랗게 벌리고 목청껏 노래라도 부르지 않으면 둥둥둥 북소리에 휘말려 귀가 터져버릴 것만' 같은 충동, 거부할 수도 회피할 수도 없는 삶의 존엄에 대한 다른 이름이기도 한 충동.

수많은 탈출담이 있어왔고 월경의 서사들이 씌어졌다. 그것들은 "주인공도 비슷하고 스토리도 다 비슷해서 새로울 게" 없는 경우가 적지 않았다. 그러나 『리나』는, 최근 한국소설이 이룩한, 당당한 예외다.

문턱에 대하여

— 신경숙, 강영숙, 백가흠의 단편소설에서 읽은 윤리의 아포리아

1

어떤 문턱이 있고, 거기, 문턱에 서 있는 타자의 어른거리는 실루엣과 낯선 음성이 있다. 타자는 물음으로 다가오고, 그래서 그 음성은 불가해하다. 타자는 나에게 친구인지 적인지, 나를 해하러 온 것인지 내게 도움을 주러 온 것인지 도무지 알 수 없다. 그의 응시는 나의 시선과 같지 않고, 그의 언어는 나의 언어와 달리 해독이 쉽지 않은 외국어에 가까우며, 그의 바람은 나의 바람과 같지 않다. 내가 여자면 그는 남자고, 내가 한국인이면 그는 외국인이고, 내가 노인이면 그는 어린아이다. 내가 인간이면 그는 동물이고, 내가 지구인이면 그는 외계인이다. 나는 주인이고, 그는 손님이다. 나는 집에 있는 주인이고, 그는 집을 떠났거나 집이 없는 사람이다. 나는 이름이 있고, 그의 이름은 알 수 없다. 그리하여 그와 나 사이에는 도무지 '우리'가 들어설 틈이 없다. 공통감각이라고는 전혀 없는 우리, 불가능한 우리를 상상할 수 있을까. 나와 그 사이에는 수많은 문턱들, 성별의 문턱, 언어의 문턱, 세

대의 문턱, 종(種)의 문턱, 심지어는 명명조차 불가능한 문턱이 있다. 그러나 이 글에서 읽을 신경숙, 강영숙, 백가흠의 단편소설은 그럼에도 불가능한 '우리'를 이야기하려고 한다. 그 각각에는 저마다 독특한 윤리적 감수성이 깃들어 있다.

2

신경숙의 아름다운 단편소설 「어두워진 후에」(『문학동네』 2004년 겨울호)는 이렇게 시작된다. "남자는 돌아서려다가 입장권을 받으려고 손을 내민 여자에게, 돈이 없는데 그냥 들어가면 안 되겠소? 물었다." 그러자 매표소 직원인 여자의 대답이 들려온다. "그렇게 하세요." 이런 물음과 대답은 여러 번 반복되면서 소설의 직물을 짠다. 남자: "내가 배도 몹시 고픈데 나중에 밥 좀 사주겠소?" 여자: "그러지요." 남자: "술도 마시고 싶은데 술도 한잔 사주겠소?" 여자: "이거면 되겠어요?" 남자: "잠잘 곳이 없는데 재워주겠소?" 여자: "우리집에 가겠어요?" 남자: "돌아갈 차비가 없소." 여자의 무언의 대답: "여자는 잠시 남자를 응시하더니 지갑 안에서 만원짜리 지폐 두 장을 꺼내 내밀었다." 남자의 요구는 막무가내고 불가해하다. 요구는 다른 요구를 낳는다. 어쩌면 뻔뻔해 보이고 어쩌면 안타까워 보인다. 그러나 여자는 남자의 요구를 무조건 들어준다. "여자는 뭘 묻지도 않았고 남자에게 특별히 친절하지도 않았다." 밥을 사달라는 남자의 말에 여자는 잘 아는 식당에 들어가면서 주인 부부에게 말한다. "배가 많이 고픈 사람을 데려왔어요." 남자를 데려간 식당에서 여자는 주방에 들러 손수 음식을 장만하고 주인 부부의 손길을 돕는다. 밑반찬거리를 가져오고 생선 다듬는 것을 도우며, 멍게 껍질을 버리고 물을 부어주고 조개를 퍼다 날라준다. 여자는 손님이면서 주인이고, 주인이면서 손님이다. 환대하는 자의 초상이다. 소설은 "여자는 몸놀림이 재고 익숙해서 종업원 같았다"고 비유한다.

「어두워진 후에」는 소설이 발표될 전후로 세간을 떠들썩하게 했던 연쇄살인범을 연상시키는 살인범에게 가족 모두를 잃은 한 남자가 절 입구의 매표소 직원인 여자로부터 조건 없는 환대를 받는 계기를 통해 훼손된 삶을 복원한다는 이야기다. 연쇄살인범은 단지 남자의 집 앞에 교회가 있었다는 이유만으로 남자의 가족인 어머니, 자폐아 형, 할머니를 모두 죽이고 사체를 유기했다. 연쇄살인범이 어렸을 적 자신의 집 앞에 있는 교회를 증오하면서 자랐다는 게 살인의 동기라면 동기다. 홀로 살아남은 남자는 가족을 몰살한 엉뚱한 혐의로 몰려서 남은 것마저 모두 잃은 부랑자의 신세로 여자가 있던 절의 매표소 입구까지 이르렀던 것이다.

남자는 여자의 집에서 자신이 잃어버린 가족의 풍경이 온전하게 복원된 모습을 발견한다. 여자의 삶이라고 특별하지 않다. 오히려 남자의 옛 가족과 비슷하다면 비슷하다. 몇 마리의 강아지, 동생들인 어린 소녀와 소년, 이불에 변을 지리는 불구의 어머니와 함께 살고 있을 뿐이다. 그러나 여자의 집에는 남자에게 없는 그것이 있으니, 바로 우물이다. 남자의 어머니가 그토록 생전에 파고 싶었던 우물. 이 우물이 삶의 원천에 대한 상징임은 신경숙 소설의 독자라면 어렵지 않게 짐작할 수 있을 것이다. 남자는 우물곁에서 오열하다가 잠들어버린다. 그러나 남자는 이 가난한 신성가족의 단출한 삶에서 신생의 희망을 길어올린다.

이처럼 삶의 본원적 형상인 우물에 대한 상징화, 한없이 베푸는 대지모신과도 같은 여성인물의 설정, 한상 가득 차려진 음식들의 세목에 대한 인상 깊은 묘사는 신경숙 소설 특유의 문양(紋樣)을 이루는 것들이다. 당연히 「어두워진 후에」에서 이끌어낼 수 있는 강렬한 주제가 있다면, 그것은 앞서 언급했던 '환대'이다. 환대는 이방인이 다른 삶, 다른 세계로 들어가는 문턱, 경계의 문제와 관련되어 있다. 또한 환대는 이방인을 받아들이는 주체의 삶, 문턱, 경계의 문제이기도 하다. 「어두워진 후에」에서 남자와 여자가 처음 만났던 곳이 매표소 입구, 문턱이며, 그가 다시 살아가리라 다짐을 하면서 떠올린 곳이 가족이 살해된 집의 대문이라는 것은 의미심장하다. 여자의 환대행위 속에서 남자의 실존에 걸려 있던 삶과 죽음은 마침내 화해한다. 여기서 잠시 데리다의 환대론을 신경숙의 소설과 겹쳐서 읽어볼 필요가 있겠다. 데리다의 말은 마치 신경숙의 소설에 대한 탁월한 응답처럼 읽힌다.

> 환대는 물음 없는 맞이하기로, 이중의 말소 즉 물음의 말소와 이름의 말소에 의해 시작하는가? 더욱 정당하고 더욱 사랑하는 것은 묻는 것인가, 묻지 않는 것인가? 이름으로 부르는 것인가, 이름 없이 부르는 것인가? 이미 주어진 이름을 주는 것인가, 또는 배우는 것인가? 우리는 환대를 주는가? 주체에게? 신분 증명이 가능한 주체에게? 이름으로 신분 증명이 가능한 주체에게? 법적인 주체에게? 그렇지 않으면 환대는 스스로 가는가, 환대는 스스로 자신을 타자에게 주는가? 타자가 자신의 신분을 밝히기 전에, 타자가 주체이기 전에 벌써, 요컨대 타자가 법적인 주체이기 이전에, 가족의 이름(姓) 등으로 불려질 수 있는 주체 등이기 이전에 벌써 자신을 주는가? 환대의 문제는 결국 물음에 대한 문제이기도 하다. 그와 동시에 주체에 대한 문제이고, 세대의 가정(假定)으로서의 이름에 대한 문제이다.[1)]

데리다에 의하면, 환대는 환대의 주체이자 타자인 이방인의 이름을

1) 자크 데리다, 『환대에 대하여』, 남수인 옮김, 동문선, 2004, 72~73쪽.

부르지도 밝히지도 않는다. 당신이 누구이든, 남자든 여자든, 출신이 어디든, 어떤 언어를 쓰든, 인간이든 짐승이든 그 무엇이든 간에 환대의 법칙은 주인을 찾아온 손님에게 이런저런 조건과 계약을 내세우지 않는다. 환대는 무조건적이다. 환대의 행위에서 주인은 손님이 되고 손님은 주인이 된다. 이 모든 전도(顚倒)는 신경숙의 「어두워진 후에」에서도 그대로 일어나는 사건이다. 매표소 직원인 여자는 헐벗고 굶주린 남자에게 아무것도 묻지 않는다. 심지어는 궁금할 법한 이름조차 묻지 않으며, 어떤 것도 요구하지 않는다. 대신 남자가 원하는 것을 그녀는 묻지 않고 들어준다. 이런 환대의 행위가 과연 가능할까라고 묻고도 싶다. 절의 입구에서 남자에게 환대를 베푸는 여자는 마치 보살(菩薩)을 떠올리게 한다. 소설의 마지막 대목인 시적인 묘사는 앞의 연상에 신빙성을 더해주는 문장이 아닐까 싶다. 여자의 뒤로 '꽃살무늬가 화사한 대웅보전'이 마치 후광처럼 깃들어 있다. "여자 대신 점점 멀어지는 매표소가 보였다. 매표소 뒤로 아름드리 전나무 숲이 보였다. 그 뒤로는 단풍나무 길이 이어질 것이고 또 그 길은 꽃살무늬가 화사한 대웅보전으로 이어질 것이다."

그러나 이 소설에는 또다른 타자의 심연이 어른거리고 있다. 바로 연쇄살인범이라는 타자가 그 심연이다. 지금까지 말한 환대가 만일 동기도 원인도 불분명한 살인을 저지른 연쇄살인범이라는 타자와 직면할 때는 어떻게 될 것인가. 데리다는 환대는 시적(詩的)일 수밖에 없다고 말했다. 이 말은 환대의 한계를 인정하는 말인가 아니면 환대에 대한 또다른 명칭인 법 없는 정의, 무한한 용서를 뜻하는가. 신경숙의 소설은 거기서 질문을 멈추지만, 이것은 신경숙 소설의 한계가 아니라 차라리 환대의 윤리에 대한 있을 법한 의문이다.

3

한편, 신경숙 소설의 '환대'를 강영숙의 단편소설 「갈색 눈물방울」(『문학과사회』 2004년 겨울호)에서 주인공 '나'와 동남아 여자인 '갈색 눈물방울'이 만나는 과정에서 발생하는 '기적'과 견줘보면 흥미로울 것이다. 「갈색 눈물방울」에서 동남아 여자는 처음에는 공감적 반감, 반감적 공감을 불러일으키는 타자였지만, 소설은 타자의 상처와 '나'의 상처를 어떤 식으로든 만나게 하는 과정을 통해 두 사람의 우정을 만들어낸다.

"연대감도 이렇다 할 교류도 없"는 "저기 빌라에 사는 것들" 중 한 명인 동남아 여인에 대해 그저 막연한 적의와 무심함으로 바라보던 '나'는 우연하게 동남아 여자와의 마주침을 통해 자신이 품고 있던 분한과 우울, 상처를 한 꺼풀씩 벗기게 된다. 지금껏 '나'는 인생 최대의 고통을 치통으로 알고 있었지만, 엄마의 죽음, 5년간 만났던 애인과의 이별이라는 사건들은 '나'의 정신적, 육체적 실존을 무너뜨린다. '나'는 급기야 조울증마저 앓는데, 그 모습이 차라리 희극적이어서 더욱 안타깝게 느껴진다. "그러나 실연의 아픔을 치통보다 우위에 놓을 시간이 온 것이 분명했다. 가슴에 구멍이 뚫려 몸속의 수분이란 수분이 콸콸 빠져나가는 듯한 통증을 씹어 먹는 아스피린으로 다스리며 정말이지 온갖 생쇼를 다 하며 시간을 보냈다. 밤이 되면 수화기를 가랑이에 끼운 채 엉엉 소리를 내며 울기도 하고 그런 스스로가 한심해서 웃기도 했다. 그렇게 몇 시간을 방 안에서 헤매고 나면 두피가 욱신거렸고 머리카락이 한 움큼씩 빠졌다. 그런 식의 통증은 곧 불면으로 이어졌고 죽은 엄마가 즐겨 입던, 발끝까지 내려오는 두꺼운 초록색 스웨터를 몸에 감고, 마법을 걸다가 실패한 처참한 마녀 꼴로 빌라 앞마당에 서서 파란 새벽하늘을 멀뚱히 바라보곤 했다."

그러니 '저기 빌라에 사는 것들'이 당연히 눈에 들어올 리가 없다. 여러 겹의 상처는 급작스레 한꺼번에 다가왔다는 데서 '나'로서는 어찌해볼 수 없는 저주처럼 소설에 묘사되어 있다. '나'는 급기야 자살시도까지 하지만, 실패하고 만다. 그런데 놀랍게도 실연은 그것으로 끝난다. 어디선가 들려오는 "바이올린인지 통기타인지 알 수 없는 악기 소리와 소프라노로 일관되는 이상한 노랫소리"를 듣고 난 후에 일어난 일이다. 누구의 악기 소리이며 누구의 노랫소리일까. 아무튼 '나'는 영어를 배우기로 결심한다. 말더듬이 증세가 시작되어 실어증이 찾아왔기 때문이다. 모국어로는 표현할 수도 극복할 수도 없는 실어증. 어머니(모국어)의 죽음에 대한 애도의 과정, 환유일까. '나'는 열심히 영어를 배우지만, 그 속도는 상처를 다스리는 과정이 그렇듯 마냥 더디기만 하다. 그 와중에 '나'는 동남아 여자와 여러 번 마주치게 된다. 동남아 여자가 동거하는 남자와 기괴한 춤을 출 때, 그녀가 혼자 쓰레기통을 뒤질 때, 그녀와 함께 사는 남자들 중 한 명이 저질렀을지도 모를 범죄에 대한 소문 때문에 경찰이 그녀의 집에 들이닥쳤을 때, 마침내 혼자 남겨진 동남아 여자가 치질을 앓고 있는 장면을 목격할 때. "나는 그때 보았다. '노 팬티'인 여자의 검은 엉덩이 사이에서 독이 오를 대로 올라 꽈리처럼 부푼 흰 치질 덩어리를……" 동남아 여자는 여러 사람의 도움으로 수술을 받고 회복된다.

세 개의 상처가 있었다. 그리고 세 개의 기적이 일어날 것이다. '갈색 눈물방울'과의 일련의 마주침을 통해 엄마의 죽음, 치통, 실연이라는 세 겹의 상처는 순서를 바꾸게 된다. "여자는 흰 유리병 안에 조갯살처럼 퍼져 떠다니는 터진 치질 덩어리를 기념품으로 담아 들고 왔다. 나는 얼굴이 아주 작아진 동남아 여자의 몰골을 본 순간 고통에 대한 순위를 새롭게 매겨야 했다. 치통보다 참기 어려운 건 실연의 아픔, 실연의 아픔보다 참기 어려운 건 치질의 통증. 새로운 순서는 그랬다."

'나'는 '갈색 눈물방울'의 치질 걸린 엉덩이를 들여다보고 그곳을 어루만져주게 되며, 그때 두 사람은 가까워진다. 아마 이것이 첫번째 기적일 것이다. 그런데 두 개의 기적이 연이어 더 일어난다. '나'는 마냥 더디기만 했던 영어로 '갈색 눈물방울'을 "내 친구"라고 부르면서 고국으로 떠난 '갈색 눈물방울'이 들려준 삶을 다음처럼 훌륭히 '번역해낸다'. 두번째 기적이다.

> 내가 여기 어떻게 와 있는지 잘 모르겠어. 낯선 사람이 준 사탕을 먹다가 잠이 들었는데 깨어보니까 낯선 곳이었어. 밤마다 뒤를 돌아보는 꿈을 꾸었지. 뒤에는 밀림 천지였고 코끼리 소리와 북소리가 들렸어. 난 거기 서서 생각했어. 북소리가 들리지 않는 곳으로 가보자. 그냥 가보자. 그리고 난 이리로 왔어. 그런데도 난 아직 밀림을 돌아보며 거기 서 있는 것 같아. 난 영원히 거기에 서 있을지도 몰라. 난 스리랑카에서 태어났어.

'갈색 눈물방울'이 서 있던 '낯선 곳'은 일종의 문턱으로 봐도 좋겠다. 북소리가 들리는 밀림 천지를 돌아보며 북소리가 더이상 들리지 않는 곳으로 첫발을 디뎌 낯선 한국 땅에 오게 되었지만, '갈색 눈물방울'은 여전히 밀림을 돌아보며 거기, 보이지 않는 문턱에 서 있다. 그런데 '나' 역시 아픔과 망각의 문턱에 서 있었다고 할 수 있다. 그리고 세번째 기적. 같은 빌라에 살던 앉은뱅이 할머니가 휠체어 한쪽을 짚고 갑자기 일어선 것이다. 이 기적의 결말은 그동안의 '나'와 '갈색 눈물방울'과의 만남들을 고려한다면, 자연스러워 보인다. 만일 '나'가 자신이 겪은 상처에서 헤어나오지 않았다면, 고통의 순위를 바꾸지 않았더라면 앉은뱅이 할머니가 일어선 사건이 '나'에게 전혀 기적으로 다가오지 않았으리라. 기적(miracle)은 주술의 효과도, 우연히 일어난 사건도 아니다. 니체의 말을 빌리면, 기적은 원한감정을 배양(培養)하는 행동을 중지시키는 결단에서, 그리고 그로부터 열리는 세계의 틈새에서 은총으로 내려온다. 원한 어린 아픔과 망각의 문턱에 서 있던 '나'는 이제 기적을 기적 그대로 받아들이면서 삶의 한가운데로 나아간다. '나'와 '나'의 고통 사이에, 아픔과 망각 사이에, '나'와 '갈색 눈물방울' 사이에, 모국어와 외국어 사이에 가로막혔던 문턱은 기적처럼 허물어진다. 그것이 기적이다. 이제 타자는 문턱 너머에 있는 낯선 이방인이 더이상 아니다. 문턱이 바로 타자이다.

이쯤에서 강영숙의 소설을 신경숙의 소설과 비교해보는 일도 흥미로울 것이다. 신경숙 소설에서 위로받아야 할 주인공의 상처가 깊다는 것은 분명하다. 그런데 어떤 경우 신경숙식의 무조건적 환대는 소설 자체의 극단적 상황설정 자체에서 연유된 시적인 부수효과처럼 보이기도 한다. 신경숙 소설이 시에 가까운 은유적 응축의 원리에 따라, 강영숙 소설이 환유적 전치의 원리에 따라 작동해서일까. 신경숙의 환대는 보살과도 같은 초월자의 설정과 시적 순간에 의탁한다면, 강영숙의 기적은 하나의 상처가 또다른 상처와 만나 등나무줄기처럼 얽혀드는 환유적 갈등의 와중에 탄생한다. 타자와 만나는 두 가지 방식, 두 유형의 소설에서 만날 수 있는 윤리에 대한 가치판단은 이 글에서는 더이상 다루기 쉽지 않겠지만, 적어도 신경숙, 강영숙 두 여성작가가 타자를 받아들이고 맞이하는 방식이 각각 환대와 기적으로 나타난다는 점만은 분명해 보인다.

4

백가흠 소설의 환대에는 앞의 두 소설이 주는 위로나 정겨움 같은 것이라곤 거의 없다. 백가흠 소설은 그것을 불편하게 말한다. 『귀뚜라미가 온다』(문학동네, 2005)를 읽은 독자라면, 백가흠의 소설세계가 인간이 인간에 대해 늑대인 도저한 비참극장임을 별로 떠올리고 싶지 않은 채로 기억해낼 것이다. 백가흠 소설에 재현되는 폭력과 살인, 구타와 강간, 사도마조히즘 등은 휴머니티에 기대어 인간과 세계를 설명하고 이해하는 기존의 사유와 윤리의 방식이 폐기되고 그 한계에 다다르는 곳에서 문득 인간이란 무엇인가에 대해 다시 묻도록 만든다. 그의 소설들을 읽다보면, 독자들은 더이상 어떻게 인간이 축생일 수 있을까라는 휴머니즘적 질문이 아니라, 인간이란 그 안에 이미 비인간적인 것, 야수적인 것이 포함된 섬뜩한 존재가 아닐까라는 반문을 던지지 않을 수 없다. 백가흠의 소설이 알려주는 것은 비참하거나 더럽고 폐기된 추한 것을 부인하거나 없애는 데서가 아닌, 그것을 끔찍하더라도 있는 그대로 긍정하는 데서 새로운 윤리를 상상할 수 있다는, 아직은 여명(黎明)의 믿음일 것이다. 그것은 상황에 따라 가변적이고도 변덕스러운 상상의 윤리가 아니라, 무조건적이고도 비인간적으로도 보일 가혹한 의무를 필요로 한다는 점에서 실재의 윤리다. 진정한 사랑이 있다면, 아마도 그런 것이 아닐까 싶다. 물론 그것이 어떤 목적이나 대의를 위해서 부차적인 고통과 희생을 무조건적으로 감수하자는 식의 희생의 윤리가 아님도 아울러 지적해야 할 것이다.

백가흠의 단편소설 「매일 기다려」(『문학들』 2007년 봄호)는 독자들의 인내를 시험하고 그 극한에 이르도록 만드는 작품이다. 최소한의 감사나 예의도 모르는 난폭하고도 건방진 아이들을 받아들이는 주인공인 노인의 무조건적인 연민과 환대가 과연 어디까지 이를 것인지 독자는 가늠하기가 쉽지 않다. 또 그것은 윤리적 시험의 한계선이 과연 어디인지를 독자들이 헤아릴 수 없을 정도로 시종 냉정한 태도로 소설의 정황을 기술하는 기법, 그리고 그것들에서 엿보이는 비인간적인 감수성과 결코 무관하지 않다. 이 소설에서 윤리의 기초를 이루는 타자에 대한 연민과 환대는 타인의 불행을 멀찌감치 바라보는 속편한 자의 눈물 어린 감상이나 그 이면의 조건부적 계산 또는 교환법칙과는 아무런 상관이 없다. 집 안의 침입자와도 같은 건방진 아이들에 대한 노인의 연민과 환대는 차라리 순수한 선물이고 무조건적 환대며, 헤아릴 수 없는 용서다. 노인의 형상이 간혹 추상적으로 느껴지는 연유는 노인의 행위에 내재한 무조건성 때문이지, 형상화의 미비 때문은 아니다.

소설은 평생 가족이라곤 없이 떠돌아다니면서 폐품수집으로 생계를 연명하던 한 노인이 겨울 무렵, 철거 날짜가 확정된 자신의 연립주택 반지하방으로 가출한 열여섯 살가량의 여자아이인 연주를 무료급식을 하는 공원 근처에서 데려오는 것으로 시작된다. 연주는 세상 어른들의 "호의를 가장한 탐욕스러움"을 일찌감치 겪을 대로 겪은 상태라 노인의 알 수 없는 호의에 대해 "'기껏해야 한번 자 주면 되겠지'" 하는 마음으로 대비한다. 그에 비해 노인은 가족이 생겼다는 기쁨 하나로 방을 깨끗이 닦고 연주에게 밥을 차려주며, 자는 연주에게 이불을 덮어주는 등 호의를 보낸다. 물론 연주는 감사해하거나 고마워하지도 않는 등 노인의 환대와 배려에 상응할 만한 그 어떠한 행동이나 반응도 전혀 보이지 않는다. 물론 노인도 연주가 그렇게 하지 않는다고 실망하거나 아쉬워하지 않는다. 다만 그는 평생 가져보지 못했던 가족이 생겨났다는 데에 대해 그저 감사해할 뿐이다. 노인의 은밀하지만 무해한 욕심이 있다면, 기껏 이 정도다.

그러나 한 달 넘게 지난 어느 날, 연주는 노인이 모아놓은 돈을 들고 다시 집을 나가게 되고, 노인은 그때부터 하던 일마저 놓고 하염없이 연주를 기다린다. 그러던 중에 노인은 연주가 다시 두 여자아이를 더 데리고 집으로 돌아온 것을 보고 반가워하게 된다. 이제 이 임시적인 가족은 네 식구로 늘게 된다. 그러나 연주와 그가 데려온 여자아이들이 노인에게 보이는 행동은 상상을 초월할 정도로 무례하고 난폭하고 뻔뻔하기만 하다. 언니뻘인 현숙이 건방지다고 은영을 이불로 덮어씌워 구타하는 모습, 놀고 싶다는 아이들에게 노인이 돈을 주었다가 액수가 조금이라고 도리어 "시발, 장난하냐고"와 같은 욕설을 듣는 장면 등은 아이들의 공격성과 염치없음이 도대체 어디서부터 비롯된 것인지를 헤아릴 수 없도록 만든다. 그러나 노인의 태도는 일관되기만 하다. 다만 아이들을 보살피기 위해 그전보다 돈을 더 벌어야 하는 것이 걱정이라면 걱정이다.

그렇지만 여자아이들이 새로 데려온 세 명의 남자아이들과 술을 마시거나 노인에게 라면을 끓여오라고 명령하거나 남자아이와 여자아이가 "하의만 벗은 채" 자고 있는 등의 파렴치한 모습은 이 모든 사태에 그저 호의와 연민으로 대하기만 하는 노인의 태도를 비난하고 싶도록 만든다. 누가 이 집의 주인이고 누가 손님인가. 아이들은 문 안에서 말하고 노인은 문밖에서 자신에 대한 이야기를 듣는다. "원래 주인도 아냐." 문턱에서 주인과 손님의 관계는 역전되며, 노인의 환대는 아이들의 적의로 둔갑한다. 하지만 상관없다. 노인은 다만 "버려지는 쓰레기에도 이미 임자가 정해져 있는 세상이니" "무얼 해먹고 살아야 할지" 걱정만 하고 있을 뿐이다. 아이들에 대한 노인의 호의가 변함없을수록, 그리고 이에 응답하기라도 하듯 노인에 대한 아이들의 요구와 신경질이 늘어가기만 할수록, 그런 식으로 소설이 막바지에 다다를수록 독자는 견디기 힘든 인내를 강요당한다. 마침내 철거일이 결정되고 노인은 남은 돈으로 아이들 모두를 데려갈 수 있는 비닐하우스 집을 미리 봐둔다. 그러나 아이들이 모의한 도둑질로 노인은 남은 돈을 몽땅 빼앗기며, 그 정황을 알 길 없는 노인은 또다시 새집을 얻지 못한 아이들 걱정뿐이다. 퇴거일 아침, 아이들과 노인의 간단한 이별인사 장면을 마지막으로 소설은 이렇게 끝맺음한다. "노인이 리어카를 끌고 뛰

다시피 골목을 내려갔다. 따뜻한 날씨가 고마웠다. 전철역도 있고 지하도도 있었다. 원래 그랬던 것처럼 노인의 집은 여전히 많았다." 집없이 쫓겨난 자에게 집이 많다는 표현은 지독한 모순어법이다. 그러나 이 모순어법은 독자로 하여금 이 소설이 부여한 어떤 윤리적 리트머스 시험에 참여하도록 다시 이끈다. 그것은 앞서 잠깐 언급했듯이, 아이들의 저 무조건적인 악함에 대비되는 노인의 환대와 선물, 저 순수한 선함이 과연 어디까지 이르는가와 관련이 있다.

백가흠의 「매일 기다려」는 노인과 아이들의 선악대비를 그리면서 노인의 팔을 들어주는 소설이 아니다. 교환의 논리와 대비되는 증여라는 관점에서 보면, 노인의 일방적인 베풂과 아이들의 일방적인 패악에는 어떠한 계산이나 교환과 같은 이익에 대한 고려가 눈곱만큼도 없다는 점에서 오히려 공통되는 측면이 있다. 교환이 그에 상당한 보상이나 이득을 바라는 통상적인 경제적 행위라면, 증여는 선물처럼 보상이나 대가를 바라지도 의도하지도 않는 순수한 소모와 낭비의 경제행위다. 교환과 증여라는 이 역설을 꽉 붙잡아 사고해야 한다. 우선 어떤 보답도 응답도 바라지 않았다는 점에서 노인의 행위는 그 자체로 순수한 선물과 같은 것이다. 그러나 그에 대한 감사나 고마움 같은 최소한의 응답 대신 일방적이고도 무리한 요구만을 했다는 점에서 아이들의 패악 또한 노인의 증여와 기묘하게 닮게 된다는 것을 인정해야 한다. 이것은 노인의 환대와 동정이 뻔뻔스럽다거나 염치없다는 말도, 노인의 선과 아이들의 악이 같다는 뜻도 아니다. 그들은 서로가 서로에게 일방적이기만 한 어떤 형식, 각각 베풂과 요구의 어떤 형식을 공유하고 있다는 점에서 전혀 다르면서도 닮아 있다.

흥미롭게도 소설은 노인과 아이들 사이의 소통이 실패하고 있음을 일관되게 보여주고 있다. 그것은 노인과 아이들이 대화하지 않는다는 말이 아니라, 서로간의 정서적, 도덕적 소통이 이루어지지 않고 있다는 뜻이다. 노인의 감사는 다만 자신의 마음을 향해 있을 뿐이며, 그가 자주 흘리는 눈물 역시 아이들에게 한 줌도 전달되지 않는다. 아이들에게 개선의 여지라곤 조금도 없다. 마찬가지로 노인에 대한 아이들의 무례한 말투와 요구, 절도 등의 간악한 행위가 노인의 심경을 변화시키거나 하지 않는다. 노인은 무조건적이며, 자신의 행위가 어떤 결과를 낳을 것인지에 대해 별 관심이 없다. 물론 노인의 환대와 아이들의 패덕은, 어리석어 보이는 노인의 관심과 극악무도한 아이들의 무관심의 내용은 같지 않다. 다만 한쪽은 일방적으로 주고 다른 한쪽은 일방적으로 요구한다고 할 때, 바로 그 '일방(一方)'의 형식을 그들은 공유한다는 뜻이다. 참으로 아찔하지 않은가.

한국문학은 백가흠의 「매일 기다려」가 보여준 윤리의 한 태도, 형식을 놓치지 말아야 할 것이다. 이 소설의 어떤 장면에 이르면, 독자들은 아이들에게 속박되고 연루된 노인의 무조건적이고도 한계 없는 환대에서 비인간적인 섬뜩함마저 느낄 수 있으리라. 그때 타인에 대한 동정은 이상하게도 공포와 비슷해진다. 아이들에게 결박되어 꼼짝달싹 못하게 되다가 결국 모든 것을 아이들에게 주고 혼자 떠나게 되는 노인의 형상은 독자를 붙들어 맨다. 작가가 독자에게 가하는 이 결박을 윤리적이라고 말할 수 있지 않을까.

제4부

소설의 성좌 1

고통의 몸, 고통의 기록

— 백가흠과 윤대녕의 단편 읽기

가끔씩 인문학뿐만 아니라 문학 또한 사물들이 빠르게 변화하는 이 시대의 속도에 뒤처지지 않기 위해 안간힘을 쓰고 조바심을 내는 것이 아닌가 하는 생각이 들 때가 있다. 문학보다도 문학비평(이론)이나 문학을 취급하는 언론이 그러한 조바심의 주범인 경우가 더 많다. 예컨대 문학이 하나의 제도이며, 그것은 국민국가 형성에 이바지했으며 구축되었다는 푸코식 믿음과 학설에서부터 그것은 언젠가 끝을 고하리라는 헤겔적 종말론에 이르기까지, 문학은 주로 시간의 빠른 변화와 연관되어 정의되곤 한다. 문학이 탄생해서 죽음에 이르리라고 측정되는 기간은 의학의 발달로 인해 한 사람의 생물학적 탄생에서 죽음에 이르는 최장의 시간과 비교해도 거의 차이가 나지 않을 정도에 이르렀다. 이른바 한국에서 100여 년도 되지 않은 근대문학의 나이가 그러할 것이다. 그런데 변화와 결부지은 결과, 문학 또한 삶과 사물의 가변성, 덧없음, 순간적인 것에 집착하게 되었고 이제는 문학이 그 가변성과 덧없음, 순간적인 것 그 자체가 될 지경에 이르렀다. 문학은 자신도 모르게 스스로의 수명을 단축시키는 형국이 된 것이다.

문학이 역사적인 형성물임을 강조하는 근대성에 관한 수많은 이론들은 만물유전(萬物流轉)이라는 헤라클레이토스적 법칙을 믿고 따른다. 그러나 문학은 변하는 것뿐만 아니라 변하지 않는 것도 다룬다. 강물은 흐르지만, 강물 속의 돌들은 좀처럼 움직이지 않는다. 문학이 변하지 않는 어떤 것을 취급한다면, 그것은 무엇일까.

많은 것들이 있겠지만, 육체적 고통이 그중 하나가 아닐까 싶다. 일찌감치 벤야민은 『아케이드 프로젝트』 원고에서 자본주의의 영겁회귀의 신화 속에서 '권태(ennui)'라는 근대인 특유의 정신적 질병을 발견했다. 그러나 그것은 어디까지나 근대성의 질병이다. 반면에 아도르노는 『부정변증법』에서 "이따금의 휴식 기간은 빼고 고통의 절대성만이 오늘날까지 계속되어 온 유일한 것이다"라고 쓴 바 있다. 생물학적 질병과 같은 고통이야말로 수많은 역사적 변천, 생산양식의 변화에도 불구하고 인류의 탄생과 더불어 거의 불변하고 있는 유일무이한 것이라는 뜻이다.

아이러니하게도 고통이나 질병에 관한 이 시대의 수많은 담론들은 그것의 역사적 전개와 변화방식에 주목하지만, 정작 고통 그 자체가 비역사적이거나 통(統)역사적인 삶의 진실임을 사람들은 잊고 있다. 이번 계절에 읽는 두 소설은 몸의 고통에 관한 이야기다. 그중 하나는 존재하지 않는 신체로 인한 고통인 환상통이며, 다른 하나는 암이라는 생물학적 질병이다. 최근 시에서도 회자된 바 있는, 팔다리가 절단이 되었는데도 빈 곳이 쑤시고 가렵고 아프다고 호소하는 환상통 환자들, 그리고 아직은 이른 나이에 치명적인 질병인 암으로 죽음 앞에 서게 된 여자가 각각 두 소설가의 소설에 등장한다. 이 두 소설에서 작중인물들은 고통받는 몸을 응시하면서 자신의 정체성을 되돌아보거나 한사코 그것을 회피하면서 삶을 기만하는 모습을 보인다. 고통받는 몸은 언젠가 소멸하겠지만, 문학은 그러한 유한한 몸의 기억을 보다 오랫동안 기록해나갈 것이다.

1

백가흠의 「로망의 법칙」(『문예중앙』 2007년 여름호)에는 환상통을 앓는 환자들이 나온다. 환상통은 예를 들어 팔다리와 같이 특정한 신체부위가 절단되고 봉합되었는데도 절단된 자리에 원래의 신체부위가 그대로 있는 것처럼 쑤시고 가려운 등 고통이 느껴지는 병을 일컫는다. 특정 환부가 구체적으로 존재하지 않는데도 고통이 발생하는 이 질병은 고통의 육체적 원인이 직접적으로 존재하지 않는다는 점에서 정신적인 질환에 가까운 것처럼 보이지만, 또한 두뇌의 질환으로 발생하지 않는다는 점에서 정신적인 질병으로도 설명하기 어렵다. 「로망의 법칙」에서 환상통은 물론 하나의 질환으로 머무는 것이 아니라 주인공 P의 대학동창인 K를 둘러싼 수많은 소문들, 부인과의 결별, 정 간호사와의 관계를 통해 보다 은유적인 의미로 승격된다.

이야기는 귀국한 친구 K와의 만남이라는 주요사건이 미국에 딸아이와 함께 있는 아내의 결혼소식, 은밀한 관계였던 정 간호사의 떠남, 환상통 환자들이 찾는 마약성 진통제 도난사건 등을 관통하는 방식으로 전개된다. 의대에서 마취통증의학을 전공하고 구시장통에 개원(開院)한 P는 얼마 전 미국에서 귀국한 K의 초대를 받고 그를 찾아가는 중이다. 소설이 알려주는 정보에 따르면, K는 수많은 동료들이 민주화를 위해 현장에서 노동과 투쟁에 자신의 삶을 내걸었을 때 처가의 도움으로 미국유학을 떠난 이른바 "반동 K"이다. 그때부터 그는 동료들의 명명백백한 비난의 대상, 그리고 보다 은밀하게는 부러움의 대상이 된다. 샌프란시스코에서 치질 치루 전문 병원을 열었다는 K를 두고 "똥

구멍만 들여다보는 삶" "부인이 남자"라고 하는 등의 K에 대한 동료들의 험담은, 주인공도 잘 알고 있듯이, 한때 신성한 노동의 가치를 운운했지만 지금은 골프와 여행을 즐기고 돈 잘 버는 시술정보를 주고받는 자신들의 삶에 대한 면죄부 또는 알리바이와 비슷하다.

소설은 동료들의 행태에서 "이데올로기를 가장한 비루한 욕망의 끄트머리"를 정확히 집어내고 있다. "술자리가 있을 때마다 친구들은 역사에 대한 부채의식을 모른 척하고 외면해버린 K를 씹어댔지만, 씹으면 씹을수록 그에 대한 동경과 부러움은 곱절로 더해가는 것 같았다." K에 대한 동료들의 끝없는 험담은 멈추려 해도 좀처럼 멈춰지지 않는 욕망과 비슷한 것으로, "젊은 날 꿈꿨던 로망에 대한 보상, 지금 자신들의 현실에 대한 당위성을 주장하는 일과 같은 것"이다. 아마도 이데올로기의 종언 시대에 가장 탁월하게 작동하는 이데올로기가 있다면, 그것은 트로이의 목마처럼 이데올로기를 빌려, 이데올로기의 가면 뒤에 숨어 작동하는 욕망일 것이다.

소설의 제목이 환기하는 것처럼, 로망의 법칙은 그것이 가공되는 과정을 결코 중단하지 않는다. 로망은 현실이 되면 물거품이 되어버린다는 점에서 존재하지 않는 것이지만, 그럼에도 현실에서 끊임없이 만들어지고 작동한다는 점에서 허구와 현실의 결합인 "팩션"과 비슷하다. 그런 점에서 K를 둘러싸고 구축되는 로망은 주인공의 환자들이 지속적으로 호소하는 환상통과도 연결된다. 환상통 역시 더이상 존재하지 않는 신체부위에서 생생한 아픔이 느껴지는 증상으로, 허구가 현실에서 존재하는 하나의 방식인 것이다. 주인공 P를 찾아온 환자의 말을 들어보자. "팔다리가 잘려나가도 그 자리에 머물던 기는 사라지지 않거든요. 자기장이라고도 하고. (……) 스스로 없어진 부분을 복원하려고 팔다리가 애를 쓴다는 말이죠. (……) 잘려진 부분에서 점점 팔이 자라나는 거예요."

로망의 법칙과 환상통은 다르면서도 비슷하고 비슷하면서도 다르다. 로망이 쾌락을, 환상통은 고통을 동반한다는 점에서 그 둘은 다르지만, 모두 존재하지 않는 것이라는 데서 로망과 환상통은 비슷하다. 한편 비슷하면서 다른 점은, 소설에서는 이것이 훨씬 중요하지만, 로망이 정체성의 기만적인 변신을 동반하는 데 비해 환상통은 정체성의 변화와 무관하다는 점이다. 희한하게도 소설에서 주인공은 의사임에도 불구하고 환상통 환자들의 증상을 이해하지 못하는 모습을 보인다. 이것은 K와의 만남을 통해 그에 관한 수많은 소문들 중의 일부가 현실로 확인되었을 때 주인공이 보낸 반응과 유사하다는 점에서 연관이 있다.

만취한 채 이태원에서 운영하는 K의 술집으로 이끌려 간 주인공은 "분홍색 원피스를 입고 여장을 한 채 노래를 부르"는 K를 흐릿한 눈길로 본다. 동료들의 소문은 실체가 된 것이다. 소문은 그것을 즐기는 자들에게 불법적이라는 일말의 느낌을 주지만, 실체가 될 때 소문은 합법화되고 소문을 즐긴 자들은 당당히 면죄부를 얻는다. 애당초 주인공 P는 K에 대한 동료들의 험담의 이면에 숨어 있는 흉측한 욕망을 들여다보면서 그들과 거리를 두는 존재로 스스로를 간주했을 것이다. 그러하기에 자진해서 K를 만나러 그의 병원을 찾아갔던 것이다. 오랜만의 만남에서 K는 자신의 정체성의 문제로 인해 유학을 떠났고 거기에는 주인공의 충고가 유력했음을 주인공에게 상기시킨다. 주인공 P 자신은 그렇게 생각한 기억이 거의 없지만, K에게 가장 친한 친구는 P였던 것이다. 그런 K가 게이였다는 사실은 주인공의 불안을 증폭시킨다. 왜 그는 나를 가장 친한 친구로 여겼던가, 그는 왜 내 충고를 듣고 고마워했으며 덕택에 유학까지 떠났다고 말하는가, 그런 그는 돌아와 하필이면 다른 누구도 아닌 나를 찾는가, 그는 자신의 술집으로 왜 날 데리고 갔던가 등등. 이튿날, K의 안부전화에 주인공은 딴청을 피운다. "왠지 그렇게 하는 것만이 모든 것을 제자리로 돌려놓을 수 있는 방법 같았다."

결국, 로망의 법칙에서 주인공 역시 예외는 아니었던 것이다. 아내와의 불화에 대해 "10년 동안 내 삶이라는 건 없었어"라고 말하는 주인공의 희생자적 태도, 사라졌을 때에서야 그 존재를 실감하는 정 간호사에 대한 주인공의 뒤늦은 그리움도 부질없는 것이다. 라캉이 했다는 말처럼, 희생자는 모든 것을 희생하지만 예외인 단 하나, 희생 그 자체는 희생하지 않는다. 그것은 동료들이 K를 자신들의 예외라고 간주하는 태도를 포기하지 않는 것과도, 자신은 K에 대해 동료들이 험담하는 내용에 포함되지 않는 예외라고 생각하는 주인공 자신의 은연중의 태도와도 결코 무관하지 않다. 또한 그것은 정 간호사를 자신의 삶의 중심이 아니라 주변, 예외로 간주했던 것과도 맞닿아 있다.

어떻게 보면 진짜 환자는 주인공을 찾아오는 환상통 환자들이 아니라, 자신이 무엇을 앓고 있는지 모르는 주인공 P 자신이 아니었을까. 소설에서 마약성 진통제를 복용하려는 자들은 존재하지 않는 것에서 고통을 느끼는 환상통 환자만이 아니다. 존재하지 않는 것에서 질투와 욕망을 느끼는 동료들, 그리고 그로부터 거리를 두었다고 스스로 안심하는 주인공에게도 그것은 마찬가지로 해당된다. 「로망의 법칙」은 사람들이 현실을 그저 살아가는 것이 아니라, 로맨스의 주인공으로 살아간다는 통렬한 진실을 말해주며, 이러한 진단이 뛰어난 세대비판과 맞닿아 있다는 점에서 특별하고도 인상적인 소설이다.

2

윤대녕의 「보리」(『현대문학』 2007년 5월호)에는 소설이 세공하는 여러 정황으로 미루어 볼 때, 유방암 증세를 발견한 삼십대 초입의 여자인 '수경'이 등장한다. 그녀는 7년째 밀회를 이어오는 한 유부남과 만날 약속을 하고 거의 매년 들르던 온천에 미리 내려와 있고, 혼자 있는 시간에 그와 함께 있었던 추억의 장소들을 하나씩 거닌다. 이 소설에서 수경의 질병은 앞서의 환상통처럼 여러 해석의 가능성을 열어놓는 은유가 아니라, 글자 그대로 유한자의 육체가 마주칠 수밖에 없는 생물학적인 고통이다. 다만 수경이 앓고 있는 질병에 하나 얹혀 있는 것은 그것이 그녀에게 정체성의 질문을 동반한다는 점이다. "온갖 비릿한 생명의 냄새"가 스며드는 봄밤의 풍경과 유한한 실존에 덧씌워진 죽음의 그림자가 마주하는 곳에서 그녀는 자주 거울 앞에 서고 이따금 다음처럼 묻는다. "너 누구지?" "너 누구니?"

삶과 죽음의 교차점에서 던지는 정체성에 대한 본원적 질문은 남자가 수경에게 선사한 '보리'라는 또다른 정체성의 기호가 함의하는바, 연애관계에서 그녀가 맞닥뜨린 위기와 연관된다. 보름달이 뜬 봄밤과 수경이 몸의 이상을 감지한 시기가 보름 전이라는 서술도 시작과 끝이 있는 유한자의 인간실존과 무한자인 자연의 순환과 반복을 대비하는 효과를 빚는다. 보름달이 뜬 봄밤의 풍경을 자전거 탄 노인이 소설에서 두 번에 걸쳐 지나가는 풍경은 그 효과를 극대화하는 묘사라고 할 수 있다.

유부남인 그와 수경이 처음 만나게 되었던 7년 전의 운명적인 그날에 대한 회상은 소박하면서도 아름답게 그려져 있다. 수경의 친구 준호는 일 때문에 수경을 만나고 자신의 먼 친척뻘 형인 '그'와 별도로 마련된 약속에 수경을 동석시킨다. 수경은 그를 보고 그는 수경의 눈 속으로 들어온다. "일순 바람이 불어 갔던가. 머리칼이 흩어져 그의 이마 위에서 부드럽게 흩어졌다. 어깨 위에 하얗게 이슬비가 듣고 있었다. 회색 물방울무늬가 점점이 찍힌 붉은 넥타이가 수경의 눈을 찌르듯 압박해왔다." 그리고 그들은 창을 사이에 두고 세 번 눈길을 마주친다. "관(冠)이 향기로운 사람"인 그는 또한 수경의 눈에 "태산처럼" 고요한 남자로 보였다. 수경은 그에게 전화를 걸고 수경과 마주한 자리에서 그는 수경을 본 적이 있노라고 말한다. 다른 남자와 호텔에서 나오는 장면을 그가 보았고 그것을 그가 기억해냈던 것이다. 수경은 자신이 어리석고 가난하고 무섭기 때문에 매달려 울 수 있는 태산 같은 남자를 필요로 하며, 그러니 부디 자신을 살펴달라고 부탁한다. 1년에 그저 몇 번만 만나달라는 수경의 말을 수락하면서도 남자는 "훗날 바위를 치며 서로 후회하게 될 거"라고 말한다. 수경은 앞으로 일하지 않고도 먹고살 수 있는 돈을 보내달라고 농담조로 말하고 그는 묵묵히 고개를 끄덕인다. 소설에서 이 대목은 사랑이 발생하는 불가사의한 법칙을 매우 간결하게 요약한다.

첫눈의 마주침과 같은 우연한 순간이 있었고, 서로에 대한 약속을 통해 그 우연성은 사랑의 필연성, 운명으로 뒤바뀐다. 사랑은 느닷없는 우연과 돌이킬 수 없는 필연성의 접속이고, 해방이자 구속이며, 능동적으로 주체화되는 순간이자 타자에게 수동적으로 결박되는 순간의 이상한 결합물이다. 만나자고 먼저 사정을 한 것은 수경이었으므로 그녀는 그가 원하는 때에만 그를 만날 수 있게 될 것이고 그는 이 만남을 훗날 후회하게 될 거라고 말한다. 선택은 어느 순간에 갑자기 이뤄졌고 그들은 다만 그것을 확인하는 제스처를 말로 주고받은 것이다. 사랑의 우연성을 필연성으로 둔갑시키기 위한 절차로 그들이 주고받은 말은 그들의 과거뿐만 아니라 훗날까지 어떤 식으로든 영향을 미치고 또 서로를 구속할 것이다. 사랑의 말은 서로가 몰랐던 과거에 대한 운명적 정당화이며, 현재에 대한 신비한 연루이자, 미래에 대한 예언이 된다. 사랑의 법칙이 있다면 우연이 필연으로 바뀌는 이 불가사의한 순간이 아닐까.

따라서 「보리」의 현재이야기는 유방암이라는 질병과 맞닥뜨리게 된 수경이 다시금 그 자신의 삶과 사랑의 우연성 앞에 문득 놓이게 된 경우라고 할 수 있다. 유방암이라는 수경의 질병은 '그'와의 관계 속에서 있었던 지난날 삶의 필연성이 우연한 것으로 드러나도록 하는 역할을 맡는다. 따라서 그녀가 즉각적으로 할 수 있는 행위는 그와 7년 동안 지속된 저 사랑의 필연성을, '그'로부터 '보리'라는 이름으로 부여받은 또다른 정체성을 필사적으로 재확인하는 일이다. 「보리」에서 그녀가 같은 행동을 되풀이하는 것도 아마 그 때문일 것이다. "오전에 수경은 다시 영화은마차에 가서 유산슬을 먹었고 극장 앞 정류장에 서 있는 사람들을 붙잡고 무의미한 질문을 되풀이했다. 여기서 아직 영화를 하나요? 문을 닫은 게 언제죠? 몰라요, 모른다고 했잖아요. 혹시 영화은마차의 주인은 알고 있지 않을까?"

수경의 이러한 행동은 '보리'라는 그녀의 다른 정체성이 타자인 '그'에게 그동안 결박되어 있었음을 환기하는 몸짓인 동시에 '그'로부터 벗어나려는 마지막 몸부림이다. 이전에는 삶이었으나 이제 그들의 관계는 죽음을 뜻하며, 파국에 가까운 사랑에서 벗어나는 것이 유일한 자기 구원이 된다. 바위를 치며 후회하게 될 거라는 '그'의 옛말과 다른 남자와 함께라면 500년쯤 묵은 느티나무에 혼자 살겠다는 수경의 옛말도 신탁처럼 실현되었다.

사랑의 파국은 의례적으로 밥을 먹고 어떤 것도 묻지 않고 곧바로 수경과 섹스에 돌입하는 '그'가 섹스를 거부하는 그녀를 두고 "남자가 생긴 모양이군"이라고 무심코 뱉은 말과 수경에게 이미 돌이킬 수 없는 상처를 준 그 말을 하지 말았어야 했다는 수경의 생각에서 충분히 가늠된다. 그러나 이제 다음과 같은 소설의 끝말 속에서 사랑은 더이상 삶이 아니라 죽음이 되고 수경의 질병은 죽음의 선고가 아니라 삶의 개화가 된다. "아침이 오면 당신과 헤어져야겠지만 내 어찌 너를 미워할 수 있겠는가. 또한 보리라는 이름을 내 평생 어찌 잊을 수 있겠는가."

미워하지 않으면서도 평생 잊지 못하는 기억의 자리, 그곳은 또한 문학이 언제나 '존재해왔던 것이 될(will have been)' 자리이기도 하다.

위무하는 소설

— 윤대녕 소설집 『제비를 기르다』, 윤성희 소설집 『감기』에 대하여

강물 속의 돌들—윤대녕 소설집 『제비를 기르다』(창비, 2007)

"그때 우리는 서른네살의 젊은 나이였다." 「낙타 주머니」에서 이 문장과 처음 마주쳤을 때, 숨이 잠시 멈췄던 것을 기억한다. 그리고 지금까지 이 구절을 한 번도 잊은 적 없다. 「낙타 주머니」는 작중인물들이 사막에서 처음 만났던 그 시간으로부터 4년이 더 지나 의자에 앉은 채 조용히 숨을 거둔 한 젊은 화가에게 누구도 모르게 남아 있었던 마지막 나날들과 살아남은 주인공에게 앞으로 남아 있을 삶을 담담한 톤으로 교차시킨 작품이다. 처음 문학계간지에 발표된 「낙타 주머니」를 읽을 당시에는 서른셋, 지금은 서른네 살인 한 독자의 나이와 소설 속 인물들이 처음 만났던 시간인 서른네 살이 묘하게 겹치고 충돌해 잠시 숨이 멈추는 일이 있었더라는 말은 분명 감상(感想)에 못 미친 감상(感傷)이고 실없는 췌언(贅言)이리라. 죽은 친구가 살아 있을 적에 보낸 마지막 편지, 이제 육신이 사라져버린 목소리를 듣던 주인공에게 급작스레 엄습해 기도를 막히게 한 천식의 어택(attack)은 그에 비한다면

그리 놀랍지도 않다. "그때 우리는 서른네살의 젊은 나이였다." '대녕 본색'의 정수(精髓)를 보여주는 그 숱한 문장들 중에서 도저히 어울릴 법하지 않을 것 같은 명사와 형용사, 수식어와 피수식어가 만나는 문장이라니. 서른네 살인데, 젊다니. 그때는 서른셋이었고 지금은 서른네 살인 당신은 여전히 젊다고 누군가 대신 말해줘 그리 위로받았던 것일까. 서른네 살의 젊음, 조금 어색한 나이고 어색한 수식어지만, 울림이 있고 진솔하다. 그에 비해 '서른네 살의 늙은 나이'는 나중엔 모르겠지만 조로(早老)를 티내는 것 같아 아직은 의심스럽다. 주인공에게 그랬듯 갑자기 끊어야 할 때가 오기 전까지는 "몸도 마음도" 가난해 계속 담배를 피울 작정이다.

윤대녕의 다섯번째 소설집 『제비를 기르다』에는 윤대녕의 다른 좋은 소설들과 마찬가지로, 더는 불타오르는 고목 밑, '배암'의 맹독은 아니더라도 서서히 신경을 잠식해버리는 독기가 남아 있다. 이전에 그의 문장에 잘못 붙들려 찔리게 되면, 금세 마비되고 중독이 되었다. 심하면 며칠씩 몸살로 앓아누울 때도 있었다. 그 효과를, 조금 밋밋하게 그저 시(詩) 또는 현현(顯現)이라고들 불러왔다. 『제비를 기르다』는 제비 떼가 평행선과 곡선을 번갈아가며 봄날 들녘을 수놓는 광경처럼 여전히 아름답다. 그리고 그전보다 기품이 더 생겨났고 더 우아해졌다. 이제 군복을 입은 남주인공이 처음 만난 여주인공을 구석으로 밀쳐놓거나 하지 않고 두세 번 만나고 나서도 함부로 반말하지 않는 듯하다. 그들은 남은 세월을 함께 나누고 서로 기대는 아슬아슬한 친구가 되었다. 그러고 보니 『은어낚시통신』에서 『제비를 기르다』까지, 12년 하고도 10개월의 세월이 흘렀다. 강물 속 돌들의 울음은 조금은 잠잠해졌는지.

뭔가를 품었다 이내 비워두는 허허로운 사물들만 엄선한 듯한 소설의 제목들도 주목을 끈다. 진눈깨비 내리는 저녁나절에 한 노인이 날리는, 천지간(天地間)을 잇는 연(「연鳶」), 제비식구들이 떠나간 텅 빈 둥지와 40년 가까운 세월이 얹힌 작부 문희의 집(「제비를 기르다」), 수백 년 된 뱀이 산다는, '큰 고요함(대정大靜/大定)'이 깃든 편백나무숲(「편백나무숲 쪽으로」), 돌아가시기 몇 달 전, 40년 만에 고모가 들른 한산 읍내 초등학교의 탱자나무 울타리(「탱자」), 수없이 이사 간 집과 마지막에 지은 집 처마 밑을 내내 밝히고 있는 어둠 속의 고래등(「고래등」), 무(無)를 담고 있는 낙타 주머니(「낙타 주머니」), 누군가 박았다가 뺀, 상처의 흔적과 같은 무수한 못구멍들(「못구멍」), 여행을 떠난 두 여자의 고단한 삶을 각각 암시하는, 어머니의 칠기 반짇고리가 나온 집 마루 밑과 마룻장이 뜯겨나간 어둡고 텅 빈 휴게소(「마루 밑 이야기」).

철새와 텃새, 삶과 죽음, 만남과 헤어짐, 이별과 재회 등 저마다의 사연을 담은 제목들은 소설의 문장 안으로 모였다가 풀어지고 흩어진다. 무유(無有)며 유무(有無)다. 무는 없는 것이 아니라, 없음(無)이 있는 것이다. 노장(老壯)과 불교를 신봉하는 선승의 말이 아니라, 「낙타 주머니」의 세속적인 작중인물들이 주고받은 여백 많은 대화의 일부다. 아무것도 없어야 할 그 자리에 무가 대신 둥지를 틀고 자리 잡는다. 무무(無無)다. 금반지를 반지로 만드는 것은 금이 아니라, 반지의 테두리를 감싸는 공백, 무이다. 물끄러미 들여다보면, 처음부터 거기에 무는 오랫동안 있었던 듯도 하다. 이야기는 만들어지고 흩어진다. 인위도 꾸밈도 없어, 그 없음이 오히려 인위이고 꾸밈 같아 더러 싫을 때도 있다. 어떤 다툼도 적대도 어색함도 원한도 세월의 흔적과 무게를 쌓아올린 이야기 앞에서는 저절로 무화되는 것 같은 느낌이다. 「제비를 기르다」에서 어머니의 철새와도 같은 삶은 돌이킬 수 없는 필연처럼 느껴지더라도, '나'의 연인이자 어머니와 같은 철새인 문희가 겪어왔던 신산(辛酸)의 삶을 어머니나 작붓집의 또다른 문희의 삶과 동일한 운명으로 만들어버리는 작가의 술법(術法/述法)은 서른네 살의 젊음이 감당하기엔 여전히 버겁다. 작가가 들려주는 세월의 이야기가 그래서 소설이라기보다는 전설 같고 또 신화 같다. 전설 같고 신화 같아서, 꾸밈도 또 인위도 없어서 그래서 편안하고 좋을 때도 있지만. 「연」에 나오는 북한산 만경대 바위마냥, 삶과 죽음이 들려주는 이야기는 "늘 거기에" 있었던 것 같다. 다른 여느 때보다 윤대녕의 이번 소설집의 주축을 이루는 저 "생리적 플롯"(김윤식)의 마력은 직관적 감상만큼이나 분석을 요구하는 문제이기도 하다.

조금은 딱딱하게 들리겠지만, 문학사적 맥락에서 볼 때 『제비를 기르다』의 윤대녕은 그 누구보다도 「역마」 등의 김동리(등 문협정통파의 시인과 소설가)에 근접하고 기울어진 측면이 많아 보인다. '한여름, 먼 산에서 들려오는 뻐꾸기 울음소리'가 주는 영원의 이미지에 사로잡혔던 김동리는 "누군가 그럽디다. 영원의 나라가 있다고. 우리 모두가 그곳에서 이 세상에 잠시 머물다 가기 위해 찾아온 새들이라고"(「제비를 기르다」) 후배작가가 말할 때, '그 누군가'를 연상시키는 선배작가이다. 다만 30년대 후반기, 마르크스주의라는 사상적 공백을 '구경적 생의 형식'으로 전환해야 했던 김동리 자신의 방법적 필요성과 근사(近似)한 그 무엇이 윤대녕에게 있었는지, 있었다면 그것이 어떤 형태인지는 더 궁구해야 할 문제이다. 「연」에서 주인공 자신을 포함한 386세대에 관한 이야기들이 등장하지만, 그것만 가지고는 유추하고 짐작하기가 쉽지 않다. 괜히 어쩌지도 못할 문제를 짧은 글 안에 어지러이 부려놓고 말았다.

그래서 엉뚱하게도 「편백나무숲 쪽으로」에 나오는, 연이은 두 문장이 다시금 눈길을 잡아끈다. "찬영이 몸을 씻는 동안 달이 옮겨와 우물 속으로 들어갔다." "방으로 돌아오니 휴대폰에 문자메시지가 떠 있었다." 우물 속으로 옮겨간 달의 이미지가 환기하는 불변성과 문자메시지가 뜬 휴대폰이 대표하는 테크놀로지의 변화무쌍함이 단속(斷續)되는 문장에서 교차된다. 산란을 위해 회귀하는 은어 떼나 밤을 수놓는 유성우(流星雨)의 자연적, 우주적, 순환적 이미지만큼이나 밤에 불현듯 걸려오는 전화나 무선통신 등 테크놀로지라는 문명의 이기(利器)가 아니었다면 결코 씌어질 수 없는 소설이 윤대녕 소설이었음을 모두들 잊지 않고 있다면, 인용문은 그의 소설이 있었던 최초의 자리를 상기하는 구절로도 읽힌다.

윤대녕의 『제비를 기르다』는 언젠가 갑자기 사라진 길과 늘 거기에 있었던 집이, 도심과 시골이, 헤라클레이토스의 강과 플라톤의 이데아가, 철새와 텃새가, 흐르는 강물과 강물 속의 돌들이 어울려 있는 이야기들이다. 어머니가 젊었을 적 해마다 제비들이 봄날의 화폭을 아름답게 수놓았던 「제비를 기르다」의 강화도는 그보다 오래전에 한국의 비극적인 근대를 예고하는 총포 소리가 울렸던 최초의 장소이며, 소설에서는 거의 사반세기가 흐른 지금 어쩌다 한 번씩 찾아오는 철새처럼 작중인물이 이따금 방문하는 고향이자 정착한 텃새마냥 늙은 작부 문희가 40여 년 전부터 살고 있는 둥지이기도 하다. 공장의 대량생산처럼 기억이라는 것은 망각만큼이나 허다하다. 그러나 제대로 떠올리고 추억하는 일은 장인의 수공업마냥 더디고 어렵다. 『제비를 기르다』의 소설가 윤대녕이 드물고도 귀한 일을 손수 해냈다.

"걱정 말아요"—윤성희 소설집 『감기』(창비, 2007)

그가 숨을 헐떡였다. 청년이 오른손을 그의 무릎에 올려놓았다. 힘내세요. 무릎에 올려놓은 손에 지그시 힘을 주면서 청년이 말했다. 그는 왼쪽 무릎이 따뜻해지는 것을 느꼈다. 그러자 갑자기 잊고 있던 수많은 장면이 한꺼번에 떠올랐다. 담벼락에 쪼그리고 앉아 덜덜 떨고 있는 그에게 다가와 그의 두 무릎에 가만히 손을 올려놓던 큰누나. 걱정 마라, 라고 말하면서 주먹으로 그의 무릎을 툭툭 치던 아버지. 그의 무릎을 베고 낮잠 자는 걸 좋아했던 남동생. 식구들은 많고 집은 좁아서 마루에 모여앉으면 서로의 무릎이 닿았다. 그의 가족들은 한겨울에도 추위를 느낀 적이 별로 없었는데, 그게 서로의 무릎이 닿도록 모여앉아 있었기 때문이라는 것을 그는 이제야 알았다.(「무릎」)

주인공 '그'는 머나먼 방황 끝에 계속 찾아 헤매던 청년을 만나고 마침 호숫가에 버려진 오리배를 함께 수리한다. 청년과 함께 수리한 오리배를 탄 '그'는 청년으로부터 위로의 말을 듣고 또 멀리 떠나온 가족들과의 궁핍했으나 따뜻했던 유년 시절을 회상한다. 윤성희의 세번째 소설집 『감기』에는 무수히 아름다운 장면들이 등장하는데, 「무릎」에서 인용한 이 구절들 역시 이번 윤성희 소설집의 핵심적 주제와 어휘를, 형용사나 부사어와 같은 수식어를 최대한 배제한 채, 담담하면서 절제 있는 문체로 담아내고 있다.

「무릎」은 "이 세상에서 가장 쓸모없는 것들만을 모아 놓은 박물관을 짓고 싶어 하는" 주인공 '그'의 오랜 방황과 그에 따른 성장의 이야기이다. 왜 박물관을 짓고 싶어할까? 어린 시절, 우연찮은 교통사고로 자기 대신에 죽은 사내에 대한 죄책감에 젖어 '그'는 자신이 쓸모가 없는, 사내의 목숨과 바꿔치기한 잉여의 삶을 살고 있다고 생각했을 것이다. 쓰다 버려진 사물들 중에서 쓸쓸한 느낌이 드는 물건들만 모으는 '그'의 기벽(奇癖)은 자신이 우연찮게 살아남았다는 잉여의 느낌과 맞물린다. 버려진 사물들은, 바로, 사고가 있던 그날에 죽었어야 했으나 죽지 못했던 자기 자신을 대변하는 객관적 상관물이었던 것이다. 그런데 청년이 슬픔에 젖은 '그'를 위로하면서 쓰다듬은 몸의 부위가, 하필이면 어깨나 등이 아닌, '무릎'일까.

윤성희 소설이 대개 그렇듯, 소설은 직접적인 설명을 피하고 몇 가지 암호와 같은 단서들을 슬쩍 흘려 독자들이 그것을 쥐고 이리저리 추측하고 상상할 여백을 남긴다. '그'의 삶의 운명을 결정했던 그날의 사고를 피했을 때, '그'는 아마도 무릎의 관절을 이리저리 움직임으로써 양다리가 온전한 것을 확인했을 것이다("자리에서 일어난 그는 오른쪽 다리를 움직이고 왼쪽 다리를 움직여보았다"). 그리고 "하나도 안 다쳤네!"라고 안심하는 바로 그 순간, '그'는 "구두만 신은 사내의 발"을 보았던 것이다. 양 무릎이야말로, 단 한순간 때문에 오래도록 이곳저곳을 방황한 '그'의 삶에서 가장 시린, 구멍 난 부분들이 아니었을까. 그럼 '그'가 그토록 찾아 헤매어 마침내 조우하게 된 청년은 또 누구인가. 정황상 유추할 수밖에 없지만, 청년은 그때 죽은 사내의 아들로, 사내에게는 만삭의 아내가 있었고 청년은 바로 아버지의 장례식장에서 태어나 매스컴의 조명을 받았던 바로 그 유명한 아이였을 것이다(아이는 '그'의 아버지에게 매번 편지를 보내왔고 어렸던 '그'는 그 이유가 늘 궁금했었다). 아마도 '그'는 청년을 만나 미안하다거나 위로를 주고 싶었겠지만, 엉뚱하게도 청년이 먼 곳까지 자신을 만나러 온 '그'의 시린 무릎을 만져주고 위무한다. 청년과 '그'가 오리배를 함께 타고 또 그들의 삶의 계획을 주고받고 언젠가 돌아갈 집을 상상하는, 인용문의 아름다운 장면은, 한편으로 『감기』를 관통하는 핵심적인 어휘 두 개를 저장해놓고 있다. 추운 겨울날, 단칸방에서 시린 무릎을 마주하고 있는 '가족(식구)'이라는 어휘와 그들이 각자에게 건네는 '걱정 말라'는 위로의 말이 그것이다.

먼저, 『감기』를 더 깊이 들여다보면, 윤성희가 그려내는 가족의 모습이 공동의 주거공간에 있는 혈연공동체를 연상시키는 '가족(家族)'보다는 함께 밥을 먹는 사람들이라면 혈연과 상관없이 누구나 공동체가 될 수 있는 '식구(食口)'에 가깝다는 생각을 하지 않을 수 없다. 이미 『거기, 당신?』(문학동네, 2004)에서 윤성희는 우연한 계기를 통해 비슷한 상처와 사연, 이름, 신체의 표식 등과 고유하고도 공통적인 특질을 공유하는 서로 다른 사람들이 의기투합하여 친족관계와 무관하게 형과 동생, 누나, 언니, 이모 등등으로 부르는 '하이브리드 가족'(김형중)의 풍경을 선보였다. 실제로 이번 소설집 『감기』를 읽다보면, 식구라는 단어가 가족이라는 단어보다 월등하게 많이 쓰이고 있음을 발견할 수 있다. 국어사전을 찾아보면, 가족은 "부부를 기초로 하여 한 가정을 이루는 사람들, 또는 가족 제도에서, 한 집의 친족"으로, 식구는 "한 집에서 같이 살며 끼니를 함께하는 사람"이라고 정의되어 있다. 윤성희의 소설과 관련지어 생각하면, 가족은 결혼 등의 '제도'가 기초가 되는 친족관계를 강하게 표상하지만, 식구라는 단어에서 혈연관계나 제도는 그리 두드러지게 부각되지는 않는다. 이번 윤성희 소설집이 그려내는 가족의 구성원들, 여타의 작중인물들은 모두들 저마다의 상처를 드러내지 않고 어렵게 살아가면서도 그렇지 않은 척, 아무렇지도 않은 척, 시린 무릎을 맞대고 함께 밥을 먹으며 서로를 위로한다. 그 모양이 우스꽝스러우면서도 한편으로는 아슬아슬하여 안타깝고도 슬프다.

둘째로, 『감기』에 등장하는 작중인물들이 서로에게 그리고 자기 자신에게 가장 많이 하는 말은 "걱정 말아요" 등의 위무의 말이다. 적어도 이 소설집에 실린 열한 편의 소설 중 「무릎」을 포함해서 일곱 편의 단편들(「구멍」「하다 만 말」「등 뒤에」「감기」「이어달리기」「부분들」)에 반복되고 미끄러지는 어구가 나온다는 점에서 이 말은 예사롭지 않다. 몇 개의 예를 들면 이렇다. 아버지가 완전히 파산한 상태에서 새로 이사를 간 좁은 집에 벽지를 바르던 어머니는 딸에게 지독한 시집살이를 겪었던 외할머니의 죽음을 들려준다. 시어머니의 호령이 무서웠던 외할머니는 우물 속에 들어간 닭을 찾기 위해 우물에 들어갔다가 빠져 죽었고 시체를 건졌을 때 "외할머니는 닭을 두 손으로 꼭 껴안고 있었다". 그리고 어머니는 딸에게 말한다. "걱정 마라. 그걸 견뎠는데 이쯤이야. 게다가 닭고기도 잘 먹잖니."(「구멍」)

이처럼 그들의 삶에는 벽지로도 덮을 수 없는 '구멍'이 있고 위무의 말은 그 구멍을 넌지시 환유한다. 「하다 만 말」에서 어머니는 병든 어린 딸을 위로한다. "걱정 마라. 엄마의 심장은 철로 만들어졌단다." 소설의 화자인 딸은, 그때의 병으로 죽은 유령이다. 「등 뒤에」에서 아버지는 사고를 당해 얼굴에 붕대를 감고 있는 아들에게 속삭인다. "걱정 마라. 내가 이 세상의 모든 거울을 다 없애주마." 붕대를 풀고 보니, 아버지가 아들로 생각했던 이는 다른 사람이었으며, 그때 아들은 이미 이 세상에 없었다. 아버지는 아들을 장사지낸 곳에서 사고를 당하고 그 주변을 떠나지 못하는 유령이 되었다. 한편, '기적의 사나이들' 중 한 명은 산속에서 조난을 당했지만 다음과 같은 말을 주문처럼 되뇌고 주위의 사물은 이에 감응한다. "걱정하지 마! 나무들이 바람에 흔들리면서 내게 속삭여주었다."(「부분들」) "걱정하지 마!"라는 소설의 첫 문장과 마지막 문장은 주인공이 직면한 현재의 위태로운 삶의 구멍을 감싸고 있다. 문학은 삶의 어두운 구멍을 감싸고 빛을 내는 위로의 반지와 같다.

다른 이들에게 선물을 만들어주는 작중인물들 특유의 삶도 여기서 반짝인다. 선물은 버려진 물건들과 마찬가지로 교환가치로는 계산 불가능한 잉여물인 한편, 작중인물들을 둘러싼 삶의 구멍과 그로부터 비롯된 죄책감을 달래려는 애도의 몸짓이자 산물이다. 니체의 말처럼, 죄책감은 교환물목으로는 상쇄되지 않는다. 그러나 윤성희 소설에서는 죄책감의 맞은편에서 선물의 상상력이 탄생한다. 선물의 상상력은 『감기』에서 그렇듯 때때로 삶의 기적을 낳으며, 생일과 같은 예외적인 날을 한바탕 축제로 만든다. 이처럼 컴컴한 우물 속처럼 삶의 심연이 깊어지고 그럴수록 기적과 위무 또한 빛나는 윤성희의 이번 소설집은, 분명, 독자들에게 선사한 최근 한국문학의 소중한 선물이 아닐 수 없다.

잔혹 동화, 자정의 소설, 캐비닛 산해경

—김숨, 박형서, 김언수의 소설에 대하여

동화의 저주에서 소설의 운명으로—김숨 소설집 『투견』(문학동네, 2005)

동화는 대개 신화적인 숲의 저주가 낙관적인 희망으로 바뀌는 마법적인 순간을 그린다. 숲의 끝은 마침내 햇살과 함께 열리고 악령은 아침의 찬란한 공기 속으로 증발해버린다. 이야기의 숲이 끝나는 곳에는 여백처럼 들판 한가운데에 자리 잡은 집이 빵과 잠자리를 마련한 채 친근한 눈으로 아이들을 응시한다. 그러나 그런 동화에도 예외는 있다. 「빨간 모자」는 수많은 동화의 소망충족의 결말을 당혹스럽게 배반하고 우리를 잡아끄는 예외의 동화, 동화의 예외다. 샤를 페로와 그림 형제가 교훈적인 구원의 이야기로 각색한 「빨간 모자」의 원본은 그 끝맺음이 얼음처럼 차갑고 투명하다. "늑대는 이렇게 말하고서 소녀를 한입에 잡아먹어버렸습니다"가 전부다. 혹시나 하는 어떤 반전을 기대해봐도 소용없다. 이야기는 허리가 잘린 채 뚝 하고 꺾이며, 단지 가련한 소녀가 늑대에게 저토록 무참하게 씹어먹히고 마느냐는 억울한 느낌만 여백을 가득 채운다. 우리 시대의 「빨간 모자」 이야기인 「유리눈물을 흘리는 소녀」를 포함, 김숨의 소설은 마법의 숲을 빠져나왔다고 믿었던 동화 속 소녀에게 닥친 생명 없는 부활, 희망 없는 절망의 도저한 주문(呪文)과도 같다.

"천장에 난 구멍을 통해 별을 바라보는 오빠의 옆에서 풀 한포기가 자라고 있다고" 믿었던 김숨의 가녀린 처녀작에는 분명 희망이 있었다(「느림에 대하여」). 천장의 구멍을 막는 무뚝뚝한 아버지와 속도로 저주받은 세계 속에서 느림의 삶을 마친 어머니에 대한 삽화는 애틋하기조차 하다. 구멍 뚫린 천장을 통해 신의 눈을 관조하는 쿤데라식의 느림은 차라리 향수에 가깝다. 그러나 그 집을 벗어나자마자 세상의 모든 길은 감금과 유폐가 무한히 반복되는 신화적 세계의 입구가 되며, 아빠와 엄마는 각각 무절제한 폭력과 냉담한 금욕을 강요하는 초자아의 형상으로 둔갑한다. 이러한 양상은 김숨 소설에 독특한 색감을 부여한다. 독자들이라면 진자처럼 한 축에서 다른 축으로 왕복운동을 할 때마다 미묘하게 변하는 김숨 소설의 색채를 감지할 수 있으리라. 한편에는 폭력과 잔인함으로 들끓는 천연색의 무간지옥(無間地獄)(「투견」), 다른 한편에는 금욕과 경건함만 가득한 회백색 카타콤(「중세의 시간」)으로 이루어진 구상화가 있다. 영원한 저주와 반복의 운명이 강조될수록 소설은 암흑의 알레고리적 추상화로 변하며(「지진과 박쥐의 숲」「검은 염소 세 마리」「부활」), 감금과 유폐의 공간에서 상처받은 자들끼리의 희미한 소통의 여운이 남아 있는 경우, 소설은 샤갈의 도시처럼 음영 짙은 색채의 반추상화가 된다(「새」「카페, 천사」「질병통제」).

김숨 소설을 이루는 세계의 한 축이 피와 살점이 난무하는 도살과 폭력의 '투견장'이라면, 다른 축은 혈흔과 피냄새를 제거하려고 세정제와 과도한 금욕을 강요하는 결핍의 '중세'다. 쾌락을 처벌하려고 자신의 몸에 채찍을 휘두르는 바로 그 행위로 더 비밀스러운 쾌락을 얻는 중세 편타고행자의 행렬처럼, 세상의 이치는 폭력과 금욕, 피냄새와 세척제가 불가분의 관계로 얽혀 있다. 김숨 소설의 여리고 거세된 주인공들은 그토록 잔인하고도 냉혹한 욕망에서 멀어지기 위해 자발적으로 감금을 선택하거나 감금에서 벗어나기 위해 욕망의 대로로 나아가지만, 그 어느 길도, 공간도 막히거나 닫혀 있기는 마찬가지다. 소녀와 소년은 더 자라지 않으며 그들의 재생과 부활은, 저주받은 제물인 염소로 다시 태어난 아이들의 운명처럼, 악무한의 반복에 불과하다. 여자들은 낙태나 불임으로 유폐당하거나 멸균된 공간 안에 감금되며, 지상으로 추락한 천사 같은 노동자들은 공장굴뚝의 연기로 날아가거나 어디론가 사라진다. 막다른 골목에서 소녀가 태우던 성냥 한 개비의 불빛은 꺼지고 어둠 속에서 손 하나가 튀어나와 아이의 입을 틀어막는다. 이처럼 김숨이 그려내는 잔혹한 세계는 양극단으로 펼쳐져 있으면서도 그 양극은 전선의 두 가닥처럼 맞붙어버린다. 세계는 더욱 캄캄해지며 외마디 짧은 비명을 들을 귀는 그 어디에도 없다.

그렇다면 김숨의 소설은 소녀의 마지막 백일몽조차도 꺾어버리는, 다만 가망 없는 우리 시대의 지옥도에 불과해도 좋은 것일까. 그러나 작가는 세상과 자신에 대해 한층 더 가혹해지기로 결심한 것처럼 보인다. 「지진과 박쥐의 숲」의 글로리아는 "아직도 숲속의 검은 길 안을 헤매고 있"지만, 그 이름(Gloria)이 암시하듯, 그녀의 헤맴은 차라리 운명애(amor fati)에 가깝다. 발표 순서로 볼 때 가장 최근 작품인 「부활」에서 노파의 인공눈을 빼내어 자신의 눈에 박아 넣는 카나코의 폭력적 행위를 눈여겨볼 필요는 충분하다. 카나코의 저 섬뜩한 "한 개의 거대한 '오른쪽 눈동자'"는 「느림에 대하여」에서 하늘로 난 천장의 구멍이었던 친숙한 "어머니의 눈"을 대체한 것이다. 원래 '어머니의 눈'은 김숨 소설의 주인공들이 세상의 입구를 벗어나자마자 상실한 대상이 아니었던가. 이제 그것은 되돌아왔다, 잔혹한 세상보다 더 잔혹하게 세상을 응시하기 위해. 카나코의 이 거대한 인공적인 눈은 혹 '신체 없는 기관', 세계를 폭력적으로 조각내고 재조합하는 카메라의 눈이 아닐까. 거세와 결핍, 폭력과 절망으로 점철된 도시에 떠올라 거대한 눈으로 세계를 몽타주하기 위해 등장한.

이번 첫 소설집에서 김숨 소설의 주인공들이 마법에 들린 숲의 '검은 길'을 헤매는 글로리아의 운명이었다면, 당분간 저주받을 이 소설의 운명은 한동안, 고통스러운 즐거움 속에서, 계속되어도 좋을 것이다. 만일 운명애가 한낱 운명에 대한 수고스럽고도 부담스러운 떠맡음이 아니라, 운명을 선택하는 바로 그 우연적 결단에 대한 무한하고도 기쁜 긍정이라면 말이다.

소설의 올빼미, 자정을 날아오르다—박형서 소설집 『자정의 픽션』(문학과 지성사, 2006)

먼저, 인구에 회자되는 '음란소설', 시쳇말로 '개콘보다 웃긴' 「「사랑손님과 어머니」의 음란성 연구」(이하 「음란성 연구」)부터 보자. 이 소설은 주요섭의 「사랑손님과 어머니」(『조광朝光』, 1935)에 대한 패러디, 또는 그에 대한 서사학적, 리얼리즘적, 역사주의적 등등 해석들의 뒤집기인가. 또는 "흑사병 수준"의 문장을 구사하는 "가금류의 뇌를 가진 비평가" "붕산칼슘처럼 생긴 문학평론가" 들의 아전인수 격, 침소봉대식의 작품 해석에 대한 전면적 도전인가. 그도 아니면, 학회의 논문 중심적 글쓰기와 보수성에 대한 분개 어린 풍자인가. 이도 저도 아니라면, 「음란성 연구」는 달걀과 불알의 상징성을 연결시키는 저 구태의연한 신화비평적 해석으로의 퇴행인가. 얼마든지 계속해보시라.

그러면, (필자가 언젠가 이런 식의 해석에 정확히 1만 6450번 굴복한 적이 있는) 「논쟁의 기술」은 아버지-아들이라는 비대칭적 관계의 논쟁에서 드러나듯, 권력적 언어에 내재한 해소할 수 없는 적대, 교착상태에 대한 망상적 돌파인가. 「날개」는 클론들이 170년 후의 지구를 지배하면서 인간과 기계의 정체성이 뒤바뀌는 〈블레이드 러너〉(1982)식의 암울한 디스토피아적 소묘를 담은 SF인가. 한편, 아날학파 역사학자 필립 아리에스는 오늘날의 죽음이 그저 속화된 일상처럼 '나'와는 아무런 상관없는 '타인의 죽음'이 된다고 말한 적이 있다. 그렇다면, 「노란 육교」는 아리에스의 4만 3000원짜리 대작 『죽음 앞의 인간』에 대한 소설적 독후감이자 죽음에 대한 오늘날의 세태에 대한 희극적 풍자인가. 고명하신 일군의 평론가님들께서 요즘 싹수 노랗고 인사성 없는 젊은 작가들은 현실과 무관한 편집증적 망상들만 써낸다고들 탄식한다. 「두유전쟁」은 그에 대해 평소 부담감을 갖고 있던 한 현실도피적 작가가 던진 항의였던가 싶다. 「두유전쟁」은, 그럼, 머리카락에서 막대한 양의 석유가 흘러나오는 남한의 한 젊은이 성범수를 둘러싸고 미국 CIA와 남한정부가 벌이는 국제적 스파이 전쟁을 속도감 있게 묘사함으로써 석유전쟁인 미국의 이라크침공을 나름대로 우회적으로 비판한 반(反)제국주의적 소설인가. 『자정의 픽션』에 등장하는 수다한 알레고리와 패러디는 이차적 대상이나 의미를 최소한으로 환기시키거나 아예 그것들과 무관한 경우가 많다. 알레고리와 패러디는 그 자체로 수단이자 목적이요, 원본이자 복제물이 된다. 「진실의 방으로」 「물속의 아이」가 잔혹극이 펼쳐지는 소극장처럼 간단히 세팅되어 있는 까닭도 그 때문일 것이다. 이쯤 해두고 다시 「음란성 연구」로 되돌아가보자.

"마음이 되게 섬세한 문학 연구자"요, "요새 좀 바쁘긴 하지만" 대의를 위해서라도 논의를 진행해야겠다고 너스레 떠는 「음란성 연구」의 서술자는 사랑손님과 어머니 그리고 옥희를 매개하는 '달걀'이라는 해석적 기표를 통해 주요섭의 순수소설을 음란소설로 새롭게 읽고자 한다. 마치 사드가 대혁명 전야, 당대의 순정소설을 도색소설로 착색시

켰듯이. 달걀에 대한 사전적 정의, 그 구조와 성분분석, "노먼 야콥슨" 식의 음성언어학적 접근, '알'에 관한 동서양의 신화고찰, "『못된 유전자』"의 DNA구조 응용, 달걀과 고환과의 형태적 유사성 등에 대한 기나긴 사색을 통해 서술자는 힘주어 말한다. "우리는 남근 중심적 사고에서 벗어나 불알 중심적 사고로 옮겨가야 할 것이다."

이제 하나하나씩, 모든 게, 차례차례 변한다. 과부인 어머니는 '과붓집 가지밭에는 애가지가 안 남는다'는 속담 등을 통해 "정조 개념이 희미하고 성행위에 자유분방한 의식"을 가진 음란녀로 변하며, 그러한 해석은 "불알 중심적 인물"인 사랑손님의 등장을 필연적으로 암시한다. 여섯 살 난 옥희는 왜 스스로를 구태여 '처녀'라고 부르는가. 「음란성 연구」의 의심 많은 데리다적 서술자에 따르면, 옥희가 처녀라고 해서 성경험의 유무라는 기표가 고정되는 것은 아니다. 성경험은 기표의 연쇄처럼 불확정적이며, 끊임없이 미끄러진다. 우선 처녀는 섹스보다는 결혼이라는 의례를 통해 정의되어야 하며, 그리하여 옥희의 성경험 여부는, 텍스트에 따르면, 도무지 알 수 없다. 그럼 옥희가 "나는 금년 여섯 살 난 처녀애입니다"라고 말한 것은 어떻게 되는가. 이 과소진술에 대한 서술자의 흄(David Hume)식 경험주의적 반박은 이렇다. "정직해서 늘 손해만 보고 사는 필자도 예쁜이들이 득실대는 나이트클럽에 가면 보통 일곱 살은 깎는다"고. 옥희의 성경험만 미끄러지는가. 달걀도 미끄러진다. 달걀은 포(E. A. Poe)의 「도난당한 편지」의 편지처럼, 사랑방아저씨—어머니—옥희 사이를 매개하는 부재하는 중심, 초월적 기표, (기막히게 일치하게도 라캉이 말했듯이) 남근(phallus)이 된다. 어머니가 사랑손님에게 달걀을 준 행위는 사랑손님에게 정액의 생산과 사출을 요구함이요, 사랑손님이 옥희에게 달걀을 건네주는 심층적 의미는 사정(射精)하고자 함이다. 그럼 옥희의 진술, "나는 거의 매일 아저씨 방에 놀러 갔읍니다"의 심층적 의미는? 딱, 여기까지만 해두자.

『자정의 픽션』의 상상력은 이처럼 이리저리 둘러치고 삐딱하게 우회하다가 제자리로 잠시 돌아오는 듯하며, 돌아온 듯 잠잠하다가 다시 너스레를 떨고 딴청부리다가 갑자기 심각해져, 비틀거리며 넘어지고 언제 그랬냐는 듯 또 일어선다. 그리고 마지막에는 날개를 달고 날아오른다. 『자정의 픽션』에 정신없이 휘둘리다보면 비평언어가 무용지물이 될 지경이지만, 가끔, 어떻게 이런 '막가파식' 소설이 태어나게 되었는지 묻고 싶기도 하다. 멀리 갈 필요 없이 작가의 이전 소설들을 잠시 상기해보아도 좋을 것이다.

첫 소설집 『토끼를 기르기 전에 알아두어야 할 것들』(문학과지성사, 2003)에 실린 단편들은 어떤 점에서 의미의 과잉으로 넘쳐난다고 할 수 있었다. 그 작품들에도 블랙유머가 있으며 또 황당무계의 상상력이 발휘되지만, 여전히 심각하며 사변적으로 보인다. 『자정의 픽션』의 몇몇 단편들도 사정은 비슷하다. 세계는 촘촘한 그물망처럼 필연적이며, 주체는 「진실의 방으로」의 O처럼 "자동인형"으로 세계의 볼모로 붙잡혀 있다. 그 상상력은, 말하자면, 편집증적이다. 그렇지만 편집증은 여전히 하나의 물음, 의미에 붙들려 있다. 불가지(不可知)의 세계는 무엇에 의해, 어떻게 만들어졌나에 대한 필사적인 응답을 요구하는. 그러나 『자정의 픽션』의 상당수 소설은 의미와 인식을 중지시키며, 도덕과 판단마저 괄호로 닫는다. 그에 대한 어떠한 해석이나 답변도 가면이요 덫일 뿐이다. 그것을 다만 편집증적이라 부를 수 있을까. 『자정의 픽션』에서 새로운 것은 인식이나 도덕과 결합되어 있던 상상력이 그 짐들을 벗어버리고 원점회귀하는 순간이 아닐까. 편집증적 상상력이라는 비평적 수사는 『자정의 픽션』에는 썩 어울리지 않는다. 편집증에서 벗어나는 상상력의 날개, 자정을 날아오르는 소설의 올빼미는 어떤가.

『자정의 픽션』에는 「자정의 픽션」이라는 단편도, '자정의 픽션'이라는 구절도 나오지 않는다. '자정의 픽션'은 '나는 유령작가입니다' (김연수)처럼 하나의 성명(manifesto)이다. 2005~2006년 한국문학의 젊은 지형도에서 성명이, 예컨대 '미래파'처럼, 한국문학의 어떤 특이점을 구성하고 있음을 짐작하는 것은 어렵지 않다. 성명은 새롭다는 뜻이기도 하지만, 그보다 먼저, 『자정의 픽션』만을 놓고 판단컨대, 상상력이 360도 기어변속한 것과 연결된다. 소설집 「후기」에서 '자정'은 이렇게 정의된다. "'자정'이란 가라타니 고진이 그리워하는 '요란했던 근대' 이후의 시간이다. 동시에 서사문학이라는 대가족 안에서 소설이 태동하던, 태아처럼 웅크린 채 자신의 미래에 대해 홀로 자문해보던 근대 이전의 저 먼 '새벽'을 의미하기도 한다." 가라타니도 『근대문학의 종언』에서 이를 소설적 르네상스, 르네상스적 소설의 가능성이라고 부른 바 있다. 근대문학의 종언이라고 부른 사태는 이러한 가능성의 소진이다.

확실히 『가르강튀아와 팡타그뤼엘』 『트리스트럼 샌디』 『운명론자 자크』 『나는 고양이로소이다』의 좋았던 옛 시절은 가버렸다. 그렇지만 문학이 순수하게 오락이 된다는 것은 문학의 타락이나 종말이 아니라, 문학이 그 자체를 즐기기 시작했다는 뜻은 아닐까. 아니, 이 말은 너무 앞서 가는 것은 아닌가. 그럼에도 무릇 오락은 「물속의 아이」의 아이처럼 끝장나도록 잔혹하게 즐기는 법. 오락이란 이러한 즐김 이외에 아무것도 아니다. 이제 독자들은 『자정의 픽션』과 더불어 소설을 오락으로 즐길 수 있게 되었다.

캐비닛, 소설의 산해경(山海經)—김언수 장편소설 『캐비닛』(문학동네, 2006)

어떤 소설이 좋은 소설일까? 흥미롭고도 진지하며 슬프도록 유쾌한, 지적인 분석과 멜랑콜리한 아포리즘이 결합하는, 옴니버스식 이야기들의 무진장한 꽃다발인 『캐비닛』을 읽으면서 내내 품었던 물음이다. 어떤 소설이 좋은 소설일까. '구라'가 장난이 아닌 『캐비닛』의 서술자가 들려주는, 한순간에 기억을 상실하고 한참 후가 되어서야 남태평양 섬에서 깨어난 한 타임스키퍼에 관한 13호 캐비닛 보고서를 시간 가는 줄 모르고 읽고 있다가, 타임스키퍼라는 별종이 100년 묵은 신흥 종교인 자본주의라는 제단(祭壇)이 요구하는 불우한 희생양이 아닐까 하고 읽던 책을 접고 멍하니 상념에 잠겨 있다가, 13호 캐비닛에서 꺼내어져 마술의 양탄자처럼 펼쳐질 다음 이야기들이 마저 궁금해져 서둘러 책장을 넘기다가, 어느새 몇 쪽 남지 않은 책장의 부피를 못내 원망하며 한편으로는 이게 끝인가, 하고 갸우뚱해하다가, 가까스로 던진, 질문이다. 그리고 소설이란 무엇인가라는 근본적인 질문을 던지도록 만드는 소설이 좋은 소설은 아닐까, 하고 생각해본다.

그럼 『캐비닛』은 도대체 어떤 소설인가. 『캐비닛』의 한 구절처럼, 이 소설은 인간이라는 마지막 종, 그리고 새로운 종의 탄생 사이에 존재하는 돌연변이들에 대한 믿거나말거나 "인류학 박물지"인가? 아니면 그 온갖 심토머(symptomer)에 대한 사회심리학적 해부인가. 그들을 만들어낸, 적어도 IMF 이후 한국사회의 자본주의적 생리학에 대한 풍자와 비판? 심토머들마저 관리하고 화폐로 환산하려는 체계들, 군대, 학교, 회사의 규율들에 대한 저항과 거부? 작가가 생각하는 형식주의적 소설론에 대한 의미심장한 선언적 알레고리? 자본주의적 망탈리테에 대한 사회심리학적 분석, 허구의 인물인 아랍 의사들의 의학논문과 다윈적 진화론, 블랙유머의 대화들, 갖가지 우화와 기담, "이쑤시개의 존재론적 본질"에 대한 에세이적 사변과 시적 아포리즘, 러시아 형식주의자들의 곰탕 뚝배기 소설론에 이르기까지, 이 모든 것들이 작가 특유의 구라와 능청이라는 긴 대꼬챙이에 줄줄이 북어 엮이듯 엮인

『캐비닛』은 이채로운 부분들의 총합이되, 부분으로 환산되지 않으면서도 총합을 뚫고 나오는 과잉과 혼돈의 마술램프라고 부를 수 있다.

『캐비닛』 이전이라면 누가 상상이나 해봤을까. 80~90년대의 동사무소에서나 볼 수 있었던, 냄새나는 추리닝과 테니스 양말 한쪽, 바람 빠진 축구공과 기한이 다 된 자료들이 아무렇게나 뒤섞이고 구겨 넣어져 쾅 하고 닫힌, 누구도 돌보지 않았던 이 낡아빠진 13호 캐비닛에서 황당무계하면서도 현실적 연관을 놓치지 않는 이야기들이 이처럼 마구 쏟아져나올 줄이야. 『캐비닛』을 읽다보면 주(鴸)라는 새가 나타날 때 그 고을에 귀양 가는 선비가 많아지고 비(蜚)라는 짐승이 지나간 자리에 풀과 물이 말라 천하에 큰 돌림병이 생긴다는 식의 이야기들이 수록된 중국의 기서(奇書) 『산해경』을 자꾸만 연상하게 된다. 물론 『캐비닛』의 심토머들이 해악과는 거리가 한참이나 멀고 더군다나 상서로운 것과도 아무런 상관이 없는 존재들임은 부언해야겠지만.

『캐비닛』, 21세기 한국판 『산해경』에 실린 심토머들은, "진료과목이나 상담분류표" 등 합리성의 잣대로는 분류가 되지 않는 존재들이다. 그들은 분류를 거부한다는 점에서 괴물에 가까운 존재들처럼 보인다. 새끼손가락에서 은행나무가 자라는 문방구 사내, 혀에서 붉은 혀를 내미는 도마뱀이 자라는 여자, 신용이 중요한 자본주의사회에서 시간을 잃어버린 타임스키퍼들, 자신의 분신을 만나는 도플갱어들, "시간이 곧 돈으로 환금되는 21세기"에 긴 잠을 자는 토포러들, 불행한 기억 대신 행복한 위장기억을 소유하는 메모리모자이커들, 일명 어지자지 또는 남녀추니로 불리는 네오헤르마프로디토스, 외계인 무선통신 회원들, 육체를 마음대로 바꾸지만 자기가 누구인지 모르는 다중소속자들, 머리가 붙은 샴쌍둥이들, 침대 밑에 악어가 숨어 있다고 호소하다가 악어에게 실제로 잡아먹힌 망상증적 블러퍼들.

그러나 『캐비닛』에서 이 돌연변이들, 저마다 증상(symptom)을 호소하는 그들은 괴물처럼 보이지만, 시장이나 체계에 위협적인 존재들은 결코 아니다. 오히려 그들은 도심에서 외롭게 앓으며 서서히 미쳐가지만 누구도 돌아보지 않는 지극히 불쌍한 존재들이다. 그들은 우선 '앓는' 자들이다. 키메라 파일을 둘러싼 납치와 감금, 탈출에 대한 소설 후반부의 에피소드가 암시하듯, 심토머들 중 일부는 관리되고 교환되는 최신 유전자정보를 소유한 값비싼 상품이지만, 대부분의 심토머들은 상품가치조차 없는, 버려진 존재들이다. 『캐비닛』의 서술자이자 주인공 공덕근이 앓는 그들과 직접 만나거나 상담전화를 받고 충고해주는, 그 역시 증상을 가진 존재이면서도 더러 우뚝 서서 혼잣말을 내뱉거나 흥미롭고도 솔깃한 사례들만 소개하거나 둔탁한 사변을 늘어놓는, 다소 아슬아슬하고도 좌충우돌하는 것처럼 보이기도 하는 유사분석가로 설정된 것은 그 때문이리라.

무엇보다도 『캐비닛』의 장점은 활달하게 말할 줄 알면서도 동시에 잘 귀 기울이고 세심히 듣는 소설이라는 특질에 있을 것이다. 『캐비닛』은 시장과 체계에 대한, 시장과 체계가 낳은 돌연변이들의 반란을 그린 원한의 이야기라기보다는, 시장의 잉여생산물들, 체계의 폐기물들인 돌연변이들과 함께하면서 그들의 "억지와 하소연"을 듣고 (샴쌍둥이였지만 지금은 혼자 살아가는 "안개꽃 같은 여자"인 안(眼)과의 만남에서처럼) 때론 안아주며 ("먼지 날리는 환풍기 아래에서 밥을 먹는" 거구의 독신녀 손정은과의 관계에서처럼) 때론 안기기도 하는, 위무의 이야기다. 그렇다면, 심토머들의 애환과 울혈, 외로움과 비존재감이 환기시키는 현실의 모습은 어떠한 것일까.

『산해경』이 고대 중국의 한 시대에 대한 우언(寓言)인 것처럼, 『캐비닛』은 21세기, 구체적으로는 IMF 이후의 한국식 자본주의 현실에 대한 우화라고 할 수 있다. 종신고용제가 무너지고 비정규직과 실업이 잠식해버린 IMF 이후의 한국의 경제적 현실에서 산업예비군이나 임노동자에게 명백하게 드러난 가장 큰 증상이 있다면, 그것은 아마도 '불안(anxiety)'일 것이다. 특별히 고용불안만은 아닌 이 불안은 일찌감치 발터 벤야민이 성찰한 것처럼, 자본주의가 앓고 있는 증상 중 하나다(「종교와 자본주의」).

『캐비닛』에서 타임스키퍼들에 대한 환상적인 이야기는 자본주의가 불안과 걱정을 회피하려는 종교적 강박증과 연결되어 있다는 성찰과 탁월하게 결합한다. 타임스키퍼들은 그들이 시간을 전부 잃어버리기 전까지는 자본주의가 요구하는 최상의 인간들이지만, 실제로는 불안하기 때문에 자신들의 삶을 특정하게 반복되는 의례와 규칙에 종속시키려 매순간 긴장하고 애쓴다는 점에서 강박증자들과 흡사하다. 그들은 자본주의가 요구하는 의례와 규칙을 수행하지 않으면 자신의 존재감을 느끼지 못한다. 소설에서 타임스키퍼들이 한순간에 사라졌다가 어느 날, 전혀 상이한 시공간에서 깨어난다는 사실은 그들의 비존재에 대한 알레고리이다. 자본주의에는 휴일(holiday)이 없다고 말하기는 쉽지만, 오히려 그 반대로 말하는 것이 더 정확할 것이다. 특정 교리도 신학도 모르며 십자가조차 없는 자본주의라는 신흥종교에는 평일이란 없으며, 매일매일은 강박증적 신도들이 극도의 긴장으로 경배와 찬양을 드리는 축제일(holiday)뿐이다. 『캐비닛』의 표현을 빌리면, "에브리데이가 할리데이"인 것이다.

이쯤 되면, 『캐비닛』을 자본주의의 증상학으로서의 소설로 정의해도 무방할 터이다. 『캐비닛』의 첫 부분, 상피에르에서 유일하게 살아남아 상피에르 사람들의 이야기를 들려주는 도둑, 루저 실바리스의 일화와 마지막 부분과의 연결은 구성의 일관성을 고려한 시도치고는 다소 무리하지 않았나 싶다. 그렇지만, "개껌이라도 질근질근 씹어 먹고 싶은 지독한 무료함으로" 가득 찬 절해고도(絶海孤島)에 자발적으로 망명하여 13호 캐비닛의 자료들을 옮겨 적는 서술자를 묘사하는 마지막 에피소드를, 자본주의라는 망망대해로부터 유폐된 자리에서 선언된, 소설쓰기에 대한 작가적 자의식의 발로로 읽어보면 어떨까. 예컨대, 작가와 더불어 이렇게. "곰탕 뚝배기에 냉면을 담아오면 그것은 냉면이 아니다. 그것은 잘못 만들어진 곰탕일 뿐이다." 바야흐로 독자들은 『캐비닛』과 더불어 새로운 소설 종(種)의 탄생을 목도하고 있는 것일까. 아마도? 어쩌면!

멜랑콜리, 히스테리, 그로테스크

—김인숙, 권여선, 김지현의 소설에 대하여

땅으로 간 물고기, 망망대해를 건너는 나비의 부활—김인숙 소설집 『그 여자의 자서전』(창비, 2005)

때로 이야기를 한다는 것, 서사행위는 어쩌면 도저히 기억하고 싶지 않은 어떤 근원적 기억을 회피하고 그것을 대신할 만한 또다른 기억, 존재를 견딜 수 있도록 하는 '행복한 한때'나 '좋았던 옛 시절'을 재창조하는 과정인지도 모른다. 본래 '나'의 정체성은 이야기하기의 과정을 통해 만들어지기도 하지만, 한편으로는 그 정체성은 '나'를 파괴할 만한 외상(trauma)의 기억으로부터 도피하는 행위에 자주 의존하기도 한다. 서사는 기억의 재현과 그에 따른 '나'의 정체성의 복권행위이지만, 그것은 또한 삶의 중핵, 존재의 공백을 애써 막고 채우려는 연막장치, 스크린이기도 하다. 지난 시절, 좋았던 한때를 기억하는 자들의 이야기, 이른바 후일담은 과거를 화려한 무늬로 수놓았으며 그들의 정체성은 이제는 사라져버린 빛나는 한때에 계속 의존하는 행위를 통해 성립된다.

사라져버린 것, 더이상 존재하지 않는 것, 그들의 믿음의 담보가 되었던 타자를 잊지 못하는 자들은 그러나, 어쩌면 애도를 멈추지 않는 자일지도 모른다. 타자는 이미 죽었거나 배신했지만, 타자의 죽음과 배신은 '나'의 정체성의 근간을 뒤흔드는 행위이기에, 그것은 도저히 일어날 수조차 없는 일이기에 '나'의 애도는 끝나지 않고 계속되어야만 한다. 그리하여 후일담에서 '나'는 언제나 살아남은 자이며, 살아남았기 때문에 알 수 없는 죄책감을 가져야만 하는 자가 된다. 타자에 대한 기억행위, 그것은 지금부터 타자의 상실을 필사적으로 방어하려는 점에서 위장기억이며, 위장서사다. 이야기는 허구이지만, 그 허구는 애도하는 이들이 살아가는 현실의 필수적인 보충물이다. 만일 그 허구마저 저버린다면, 현실도 그와 함께 무너지리라.

그러나 과거에 관한 이야기들이 비단 모두 그런 종류의 것만은 아니다. 금반지가 금테두리와 그를 둘러싼 공백을 함께 지녀야 비로소 빛나는 금반지가 되듯, 어떤 진솔한 이야기는 삶과 죽음의 단절을 잇는 어두운 터널, 우물의 컴컴한 심연과 1000년 전의 유물인 동경(銅鏡)의 아득한 기억, 문장의 여백인 말줄임표를, 밤하늘에 긴 여운을 남기는 유성(流星)의 꼬리처럼 지니고 있다. 김인숙의 소설집 『그 여자의 자서전』에는 유달리 말줄임표들이 가득하다. 무언가를 한사코 말하려는 듯이, 그러나 그것을 끝내 말하지 못하고 입을 틀어막는 울음을 울다가 그저 체념할 수밖에 없다는 듯 그치고 말며 남겨지는 말줄임표들이…… 대체 그 말줄임표는 어떤 외상과 충격을 감싸며 돌고 있는지, 말하려 하지만 말할 수 없으니 말할 수 없음 그 자체라도 애써 표시하고 각인해보려는 이 무언(無言)의 충동은 무언지.

『그 여자의 자서전』은 '슬픔과 환멸 이후의' 생이라는 길고도 외로운 터널에 들어서는 사람들의 컴컴한 숙명과 그 울림이 멜랑콜리한 검은 물무늬를 그리는 소설집이다. 사려 깊은 독자들이라면 좋았던 옛 시절에 대한 추억과 그 추억에 이어지는 슬픔의 후일담으로 김인숙의 소설을 읽으려는 유혹으로부터 서서히 거리를 둘 것이다. 비록 소설집 여기저기에서 기억은 각색되어 추억이 되고 후에 '좋았던 옛 시절'의 신기루처럼 보이는 풍경이 있더라도. 그러기에 김인숙 소설의 주인공들은 기억에 자신의 정체성을 의존하기에는 너무도 많은 것들이 상실되거나 훼손된 인물들이다. 그들은 최소한 애도하는 사람들이 아니다. 그들은 지금 거의 예상하지 못했던 현실적, 계급적 위치의 지진변동으로 대단히 위태로운 생활을 영위하거나 과거와 현재를 잇는 삶의 고리가 가파르게 끊어질 위험에 놓여 있다. 그들은 고통스러운 기억은 더욱더 고통스러운 기억으로, 상처는 더 큰 상처로 봉합하며 겨우나마 살거나 도박이나 마약복용이라는 한순간의 "엑스터시"로 옛 기억과 현재의 단락(短絡)을 간신히 이어가며 그 대가로 몰락해가는 중이다.

대학 시절 "해피엔딩"을 믿었고 파업투쟁을 주도했으나 지금은 차마 말 못한 채 종신보험계약서가 든 가방을 들고 부끄러워하는 "아이" 같은 친구(「숨은 샘」), 어느 날 돌아오지 않는 남편을 기다리는 순간부터 "유예의 시간"을 살고 있는 치매증상의 노모(「짧은 여행」), 자수성가한 졸부의 자서전을 대필해야만 오빠에게 급한 돈을 마련해줄 수 있는 처지가 되어버린 작가 '나'(「그 여자의 자서전」), 불구가 된 남편과 자신이 외도할 거라 의심하는 늙은 시어머니가 지키고 있는 집이 도리어 "떠나야 할 곳"처럼 여겨지는 모텔청소부(「모텔 알프스」), 그토록 격렬히 사랑했던 여자가 창녀 같다는 소문에 시달리다가 그녀와의 행복한 미래와 소박한 직장을 접고 심야의 고속도로를 질주하게 된 트럭운전사(「밤의 고속도로」), '갖고 싶어요'라는 냉장고광고 목소리 출연으로 한때 대중매체의 인기를 한 몸에 받았지만 지금은 베이비시터로 가파른 삶을 꾸려나가는 성우 출신의 여자(「빨간 풍선」). 전락 이후의 '유령 같은' 삶을 살고 있는 그들에게 회억(回憶)의 행위는 이제는 아무래도 좋은, 다만 그저 좋았던 한때에 대한 쓰라린 재확인에 불과할 때가 많다. 소설집에서 행복의 기억을 갖지 않고 사는 사람들은 거의 없지만, 그것을 애써 아름답게 추억하려는 자들도 드문 편이다. 대부분의 이야기들은 "충격은 사라지고 환멸만 남은 목소리"(「감옥의 뜰」)로 발음되며, "피로한 생과 죽음"(「바다와 나비」)의 "냄새, 멀미, 기억의 통증"(「밤의 고속도로」)을 동반한다. 그럼 김인숙이 말하는 기억의 정체 또는 위상은 무엇일까.

통증을 동반하는 기억의 정체는 이렇다. "그러나 냉장고는 내 이빨 중에서도, 가장 가혹한 통증을 선사하면서도 이뿌리를 잇몸 전체에 심어놓은, 거대한 사랑니였다."(「빨간 풍선」) 기억은 집요하고 완강한 애증의 대상이어서 옥상에 올라서 재생을 꿈꾸는 「빨간 풍선」의 화자처럼 '내가 만일……했더라면……했을 텐데' 라는 식의 회한을 동반한다. 그것은 그/녀가 한 번도 살아보지 못했으나 꿈꿀 권리가 있는 삶에 대한 의지표출이겠지만, 그것은 이미 가정법(假定法)의 시제를 지닌 '과거가 된 미래'다. 김인숙 소설의 주인공들이 실제로 겪었던 과거 또한 허구로 착색된다. 빵집 여자를 과거의 '그 여자'일 것으로 추측하는 트럭운전사 역시 "그 시절의 나를 나라고 기억할 만한 근거는, 창 안의 그 여자를 그 여자라고 믿을 만한 근거만큼이나 존재하지 않았다"고 체념조로 말한다. 그렇다면 실제적인 과거마저도 과거완료가 됨으로써 허구의 형식을 갖게 될 것이다. 그럼에도 "존재하지 않는 것의 기억, 어긋나고 뒤섞여 그것이 무엇인지도 알 수 없는 기억, 그런데도 생생히 남아 있는 어느 순간의 고통과 아픔……"(「빨간 풍선」)이라니. 도대체 허구가 생생한 아픔과 고통을 주다니. 날개가 찢겨진 나비가 망망대해를 건너며 느끼는 환상통(幻想痛)이라니. 그러나 '그럼에도 불구하고……' 라는 이 또다른 허구의 형식은 대체 무엇일까. 그것은 김인숙 소설의 말줄임표에 암시되는 무언의 충동, 이야기를 통해 삶의 진실에 근접하려는 근원적 충동은 아닐까.

『그 여자의 자서전』의 「바다와 나비」「감옥의 뜰」은 공교롭게도 모두 일제말기인 1939년에 발표된 김기림의 시 「바다와 나비」, 그리고 최명익의 소설 「심문心紋」과 각각 오버랩되며 문학사적 보편성을 획득하는 작품들로 보인다. 김기림 시에서 수심을 모르고 망망대해를 건너는 나비의 위태로운 날갯짓은 김인숙의 소설에서 팔다리마저 꺾인 남편의 수척한 모습으로 중첩, 비유되지만, 주인공은 "그를 아주 오랜만에 안아주고 싶었다"면서 이 소설집에서 드물게 희망을 말한다. 전향한 사회주의 지식인이 마약에 빠져 서서히 몰락해가는 「심문」의 하얼빈의 풍경은 「감옥의 뜰」의 퇴폐자본주의의 무대인 하얼빈의 풍경과 겹쳐지지만, "땅으로 간 물고기"(「짧은 여행」)와도 같은 몰락 이후의 삶은 1000년 전의 동경(銅鏡)과 함께 "봄의 들판에서 연초록 새순처럼" "다시 태어나는 꿈"을 꿀 것이다. 수심을 알 수 없는 망망대해를 날고 있는 나비, 땅으로 간 물고기의 형상은 이제 구원에의 소망을 간직한 메타포가 된다. 김인숙 소설의 행복한 과거의 상은 구원에의 소망을 담고 온전히 부활한다. 부활할 것이다, '그럼에도 불구하고……' 삶이 계속되는 한, 이야기가 끝나지 않는 한.

왜 그녀는 부치는 것보다 더 많은 편지를 쓰는가—권여선 소설집 『분홍 리본의 시절』(창비, 2007)

권여선의 두번째 소설집 『분홍 리본의 시절』을 읽으면서 작품집에 실린 어느 단편소설의 서술자가 풀이한 집요(執拗)라는 단어를 자꾸만 떠올리게 된다. "국어사전에 따르면, 집요란 고집스럽게 끈질김, 성가시게 따라붙어 떨어지지 않음, 이라고 풀이되어 있었다. 놀라운 집중력과 인내심을 품은 단어였다. 한자를 직접 풀면 꽉 잡고(執) 꺾어버리거나 비틀어버린다(拗)는 뜻도 있으니 무시무시한 파괴충동까지 내장한 단어였다."(「가을이 오면」) 로라라는 '우아한 이름'과 알레르기 증세가 있는 '흉물스러운 얼굴' 사이의 좁혀지지 않는 간극을 견디지 못하는 소설의 여주인공이 '우아'한 척하지만 실제로는 빚쟁이들로부터 도망쳐 어느 교회의 골방에 남루한 처지를 의탁하는 그녀의 어머니를 증오심 가득 떠올릴 때 서술자가 부여했던 표현이다. "국어사전에 따르면"이라고 잘라 운을 떼고 사전을 펼쳐들어 '집요'라는 한자를 세세하게 풀이하고 심층적 의미를 부여한 다음, 가상의 독자에게 '집요'의 뜻을 또박또박 들려주는 서술자, 나아가 작가가 뭔가 집요한 면모를 지니고 있는 형상으로 추측될 법한 대목이다.

『분홍 리본의 시절』에는 그런 추측을 불러일으키는 장면들이 여럿 있다. 가령 「반죽의 형상」에서 "모든 물건은 생선과 야채와 과일류로, 저렴한 가격에 판매하고 있습니다"라는 방송 내용을 들은 일인칭 서술자 '나'가 '모든'이라는 "오만한 형용사"가 주는 획일화와 무차별성에 분개하면서 그 단어의 화용론(話用論)을 꼼꼼하게 분석하고 스스로 통쾌해하는 장면도 집요해 보이기는 마찬가지다. 이런 면모들이 권여선의 소설을 마치 가운데가 불쑥 솟아오른 볼록거울처럼 만들면서 초점이 된 대상을 한순간 기괴하게 부각시킨다. 스토리 전개상 에피소드나 여담에 속하는 돌출부들이 다만 그것으로 머물고 말았더라면, 독자들은 한낱 유난떠는 서술자나 작중인물의 캐리커처, 그리고 언뜻 불안정해 보이는 소설의 구성에서 오는 혼란스러운 인상밖에는 얻지 못할 것이다. 그런데 권여선 소설의 독특함은 이런 돌출된 여담과 에피소드가 소설이 전하는 주제의 핵심과 긴밀하게 이어지는 데서 온다.

「가을이 오면」에서 집요라는 단어는 소설의 결말 부분, 자신과 부딪친 술 취한 사람에게 마구 욕설을 퍼붓는 여주인공을 두고 그녀의 남자친구가 되풀이한 말 속에서 그대로 반복된다. "너 진짜 못됐고 집요하다." 마치 우표를 덜 붙이거나 수신인 주소가 잘못되어 반송된 편지처럼, '집요'라는 말은 소설의 여주인공이 그토록 증오하던 어머니에게로 향하는 것처럼 보이다가 그 자신에게로 되돌아와서 뒤통수를 후려친다. 타인에 대한 증오는 실상 자기 증오였던 셈이다. 그 이유는 앞서 「반죽의 형상」에서 인용한 대목 바로 다음에 이어지는 서술자의 생각을 통해 보다 명확해진다. "대상에 대한 혐오 속에는 자신과의 깊은 유사성이 깃들어 있다. 닮았기에 싫은 것이다." '우울한' 로라와 그녀의 '우아한' 어머니든, '나'와 오랜 단짝친구인 N이든 간에 닮은 것은 혐오스럽다. 분신(double)의 존재가 그러하듯, 그들 사이에는 별다른 차이가 없기 때문이다. 같음이 오히려 동일성의 상실을 가져온다. 그럼 이번에는 '모든'이라는 단어가 '나'를 도리어 타격하는 꼴이 아닌가. 획일화와 무차별성의 '모든'을 혐오하는 '나'와 N 사이를 구별지을 만한 차이도 실제로는 별로 없기 때문이다. '나'와 N, 둘만으로도 '모든'이 되고 만다.

『분홍 리본의 시절』은 이처럼 타인의 지옥, 더불어 자아의 지옥과 그들의 연루됨, 곧 관계의 지옥을 참으로 명석하게 해부한다. 그럼 작중인물들에게 차라리 외부와 담을 쌓고 혼자 방 안에 틀어박혀 지내보라 권유해보면 어떨까. 권여선의 소설은 종종 스토아주의적인 평정심을 자부하고 그것을 한사코 유지하려는 주인공들의 고고한 다짐에서 시작한다. 그러나 그 결말에 이르면 주인공의 처지는 참담하기에 이를 데 없다. 다음과 같은 구절들이 살얼음만큼이나 아슬아슬하게 느껴지는 것도 그 때문이다. "내 덕목이랄 수 있는 것은, 별볼일 없는 인간들과 사귀느니 차라리 혼자 있는 게 낫다고 자위할 줄 아는 능력에 있다. 눈은 다락같이 높으나 몸이 따라주지 않는 자의 외로움을 견딜 줄 안다는 뜻이다."(「분홍 리본의 시절」) 이러한 스토아주의는 모든 관계가 만신창이 된 다음, 이어지는 구절에서처럼 뒤늦게 후회해봤자 부질없다는 점에서 허위의식으로 판명난다. "현실은 한 입 속에 두 혀를 갖지 않는다. 나는 노끈을 리본 모양으로 단단히 묶으면서, 그래도 혀가 한 쌍이었다면, (……) 내 혀가 번갈아 내디딜 수 있는 찰나의 유예를 허락하는 한쌍의 분기하는 욕망이었다면, 내 삶은 지금과 아주 많이 달랐을 거라는 생각을 했다."(「분홍 리본의 시절」) 현실이 분명 두 혀를 허락하지 않는 것을 '나'는 잘 안다. 하지만 만일 혀가 한 쌍이었더라면 삶이 지금과는 많이 달라졌을 텐데…… '나는 잘 알아, 그럼에도 불구하고……' 권여선 소설의 주인공들이 이처럼 '삶은 다른 곳에' 있을 거라고 소망하기에 이곳 현실의 누추한 삶은 '내가 타인들에게 어떻게 보일까'에 골몰하는 포즈 속으로 감춰진다. 「가을이 오면」에서 주인공의 어머니가 가진 '우아'가 바로 그런 포즈였으며, 어쩌면 『분홍 리본의 시절』의 작중인물들이 대부분 포즈의 삶을 살아간다고 해도 과언이 아닐 것이다. 포즈의 삶, 타인을 지나치게 의식하는 시선에서 비롯된 삶에 대한 작가의 형상화는 「가을이 오면」의 어머니의 눈빛에 대해 "반질하고 끈적한, 녹즙과 계란과 오일을 섞어놓은 듯한 미역 같은 눈빛"과 같은 독특한 구절의 묘사가 그렇듯 감각의 깊이를 부여하고 있다.

『분홍 리본의 시절』은 타인의 시선을 의식하고 살아가는 포즈로서의 삶을 해부하는 한편, 그 동전의 이면, 즉 타인의 시선에 의해 짓밟히고 으깨어지는 삶 또한 형상화하고 있다. 본래 노출증과 관음증은 일란성쌍생아라고들 했다. 「약콩이 끓는 동안」의 "발정난 돼지"의 세계, 휠체어 신세의 김 교수가 제자인 서영에게 히스테리를 부리면서도 그녀를 몰래 훔쳐보고 김 교수의 아들이 그녀에게 추잡하고도 외설스러운 농담을 던지는 도심의 아파트, 엿보는 음란한 눈과 엿듣는 사악한 귀가 그 먹잇감을 집요하게 찾아다니는 저 동물의 왕국에서 서영은 그런 추잡한 세계와 선을 긋겠다고 결심하는 바로 그 순간, 어이없는 교통사고를 당해 김 교수와 똑같은 반신불수의 신세가 되고 만다. 이 대목에서 아이러니는 극대화되고 있지만, 성별도 계급적 위계도 폭력의 수위도 전혀 다른 김 교수와 서영이 극화된 아이러니에 의해 동일한 처지로 자리매김되어야 하는지에 대해서는 다소 의문이 들기도 한다. 그것 또한 잔인한 세상의 이치라고 말한다면 별다른 도리가 없겠지만.

페터 슬로토다이크가 『냉소적 이성 비판』에서 말한 것처럼, 계몽된 포스트모던한 개인들은 이미 반성적이다. 그들은 자신이 무슨 일을 하는지 잘 알고 있으면서도 여전히 그것을 한다. 『분홍 리본의 시절』의 도처에서 만났듯 '나는 잘 알아, 그럼에도 불구하고……' 라는 식의 문장구조가 이를 단적으로 시사하며, 저곳의 초월성과 이곳의 누추함을 한사코 구분짓는 '자기기만(mauvaise foi)'이라는 나쁜 믿음이 말하는 바가 또한 그러하다. 권여선의 소설을 읽다보면 엄정한 자기 해부와 세상에 대한 냉소가 그 자체로 이미 시한폭탄을 간직한 정열로 이루어져 있다는 느낌이 강하게 든다. 그것이 작중인물들의 히스테리로 표출되든, 서술자의 집요함으로 해부되든 간에 작가의 냉소는 그 냉소의 대상에서 자신만을 슬쩍 빠뜨리는 '아름다운 영혼'의 관조는 물론 아니다. 오히려 권여선의 소설적 탐구는 사람들이 반성이라고 속편하게 자위하면서 접고 마는 바로 그곳에서 시작한다는 점에서 새롭다.

그런 점에서 권여선의 소설은 잘못 부쳐져 되돌아와 송신자가 수신자가 된 기묘한 연애편지와 흡사하다. 히스테리 여성들의 말을 잘 들어주었던 어떤 남자가 조심스럽게 말한 것처럼, 그들이 그네들의 연인에게 통보하는 결별의 제스처는 때때로 사랑에 대한 강렬한 또다른 요구이다. 그 편지는 씌어지기를 결코 멈추지 않는다. 결별편지는 그래서 연애편지이기도 한 것이다. 왜 그들은 부치는 편지보다 더 많은 편지를 쓰는가. 권여선이 언젠가 자신의 소설에 대해 '연애편지'라고 말한 것은 이 질문에 대한 멈추지 않는 대답이 혹시 아닐까.

여자의 여자, 그 여자의…… 몸—김지현 소설집 『플라스틱 물고기』(문학동네, 2007)

시장에서의 살인적 무한경쟁이 '자유'에 대한 유일무이한 정의로 통용되고, 자본이 상품을 사고팔기에 좋은 여건을 만드는 일이 '평등'의 현실적 구현으로 인식되는 요즘, 사람들의 살림살이가 '살기 위해 먹는다'는 생존과 '먹기 위해 산다'는 웰빙이라는 생존윤리의 어휘들로 요약된다는 느낌은 그 어느 때보다 강하게 체감된다. 게다가 자유, 평등, 정의와 같은 천부인권의 어휘들이 권력과 자본의 주도권을 쥔 자들의 계급적 성향을 적극 대변하고 가난하고 헐벗은 자들의 삶과는 점점 더 무관해져버리는 것이 아닌가 하는 위기감도 갈수록 그 수위를 높여가고 있다. 기존 언어의 안팎을 넘나들면서 삶의 참다운 가치와 공동이 함께할 살림의 어휘들을 새롭게 발굴하고 창안해 세상으로 내보내는 미적 과업이라는 문학의 정의는 낡았지만 여전히 유효하다. 신인작가들에게 각별히 기대하는 바가 있다면 그것은 불화와 모순의 질서를 균열내고 스스로 이름 없는 자들, 자신의 어휘를 빼앗긴 자들과 한 몸이 되어 삶의 진정성을 회복하고 계승할 참신한 상상력과 감수성을 담은 어휘들을 창안하는 일이다. 다른 무엇보다 오늘날 문학이 시장과 대기업, 테크놀로지가 장악한 어휘들 속에서 점점 더 이름 없는 위치로 밀려나고 있기에 젊은 문학에 거는 기대는 더욱 각별해 보인다.

그런 생각을 하던 와중에 만나게 된 신예작가 김지현의 첫 소설집 『플라스틱 물고기』는 첨단자본주의가 가져다준 문명의 이기와 해악, 그로 인해 점점 더 가속화되는 생활세계의 식민화 속에서도 인간에게 남아 있는 사납고도 고삐 풀린 원시성을 발굴하고 다듬어 자신만의 문학적 어휘로 세공하는 데 남다른 성실함을 보여준다. 작가가 공들여 닦아놓은 어휘들이 주목하는 것은 무엇보다 『플라스틱 물고기』의 군데군데에서 언급되는 것처럼 관음증적 응시나 스펙터클한 노출에 포획된 삶의 영역에서 미세한 자극에도 민감하고 상처받으며, 늘 폭력과 위협에 날것으로 노출되기 쉬우나 회복은 그만큼 더딘 인간의 몸이다.

김지현이 첫 소설집에서 능란하게 그리는 몸은 늘 신중하고 조심스럽게 행해지지만 또 그만큼 소홀하게 취급당하는 월경, 임신, 출산, 수유를 하는 여자의 몸이다. 의학기술의 부분적 혜택을 누리고 있음에도 불구하고 여자의 월경, 임신, 출산, 수유처럼 첨단의학의 과업이 그 수고스러움을 덜어주는 데 그처럼 인색해하는 몸의 행위도 달리 많지 않을 것이다. 그래서 다른 성차의 관점에서 이 여성작가의 소설을 읽다 보면 여자의 몸이 석기시대 이래로 유전자의 큰 변화 없이 그 원시성을 거의 그대로 보존하고 있는 것은 아닌가 하는 생각마저 들기도 한다. 한국사회의 몸에 대한 최근의 관심은 웰빙의 깃발 아래 보디빌딩, 식이요법, 성형, 참선 등 이른바 후기자본주의의 이데올로기가 되어버린 '자기에의 배려'로 간단히 요약할 수 있겠다. 그 몸은 사회적 초자아의 요구에 알맞게 규율된 몸, 리비도 경제의 잉여와 결핍을 미리 차단하고 예방하는 몸, 소소한 쾌락과 고통의 범위를 벗어나지 않으려는 몸, 한마디로 자본의 요구에 호응하고 궁극적으로 화폐로 교환 가능한 몸이다. 그러나 김지현의 소설에서 그려지는 몸은 교환과 계산 가능성을 넘어서 고통과 쾌락, 불모와 재생이 뒤얽히다가 때로는 성차와 생물학적 종차마저 넘어서려는 카오스적 몸이다. 거기에는 타자의 불행과 고통에 민감해하고 반응하는 전이적 상상력이 한몫을 하고 있다.

『플라스틱 물고기』에 등장하는 대다수 인물들은 작가의 의도가 다소 강하게 개입되어 있다는 인상을 줄 정도로 그/녀들이 체험하는 바가 성차에 따라 판이한 존재들로 나뉘어 등장한다. 소설집에서 묘사되는 남자들은 폭력과 빚의 악순환을 산출하는 자들이요, 여자들은 그 빚과 폭력에 시달리면서 생명력을 한사코 전달하는 자들로 묘사되어 있다. 여자는 월경하고 임신하며 출산하지만, 남자는 노름하고 탕진하며 빚을 남긴다. 그리고 그 빚은 어머니이자 아내요 딸인 여자가 고스란히 감당해야 할 몫이다. 그러나 좀더 들여다보면 사각거울로 자신의 음부를 이리저리 들여다보며 알 수 없는 "쾌락"을 즐기는 치매 노인(「사각거울」), 화장품을 잘못 써서 온몸에 털이 나는, 식탐이 강한 여자(「털」), 임신중독증에 걸려 몸무게가 100킬로그램에 육박해 숨조차 제대로 쉬기 어려운 딸(「나무구멍」), "모래주머니처럼 생긴" 젖가슴과 "물이 가득 든 동이를 몸 안에 숨긴 듯한" 엉덩이에 멧돼지의 귀를 지닌 식당 여종업원 L(「멧돼지 이야기」) 등 김지현 소설의 여자들은 어떤 야생적 혼돈이나 잉여에 강하게 결부되는 이미지를 지닌다.

여자들이 과잉의 존재라면, 남자들은 결여의 그것에 가깝다. 남자들은 자신의 육체에 대한 결여의 증상을 가진 몰골이거나 어린아이로 퇴화하는 강박증적 행동을 보인다. 그들은 "엄마, 하며 징징 울어대는 아버지"(「멧돼지 이야기」)이거나 물질적 삶이 나아지는 만큼이나 "고막이 찢어지고 달팽이관이 파괴"되면서 점점 청각을 잃어버리는 사내, 그리고 경마에 집착하면 할수록 자멸해가는 남자, "젖꼭지를 입에 문 아기"처럼 곰인형의 앞발을 빠는 퇴행적 증상을 보이는 남자들이다. 과연 못나긴 못났지만, 또 안쓰럽기도 한 남자들이다. 그렇다고 김지현의 소설이 모성을 특권화하거나 여성의 신비함을 강조하는 누습을 답습하지는 않는다. 모성에 대한 작가의 생각은 『플라스틱 물고기』에서 그리 일관성이 있어 보이지는 않지만 어떤 경우에는 탯줄의 기억으로 되돌아가기에 두려우며, 더러는 모종의 숨은 계산을 위해 빙자하고 둘러대는 기만적인 그 무엇이기도 하다. 이야기는 여자 대 여자, 남자 대

남자라는 이자관계의 적대와 갈등에서 시작, 결말에 이르러 화해를 도모하거나 끝내 불화를 남겨두는 약간은 작위적인 설정이 엿보인다. 그렇지만 이러한 구도와 배치에 신경을 곤두세우는 대신 마치 그 미지의 땅에 처음 발을 들여놓고 놀라워하는 것처럼, 이 소설집에서 묘사되는 몸의 행위와 그로부터 빛을 발하는 광물학적, 생물학적 상상력의 문장과 리듬에 독서를 내맡기는 것도 생산적일 수 있다.

오히려 『플라스틱 물고기』에서 고통은 고통을 끝내 알아보고 감싼다는 공감과 전이의 상상력은 모성이나 여성 고유의 경험에 대한 강조를 앞지르고 있다. 그리고 이쯤에서 놀라운 언어의 화학작용의 한 예를 보라. 평범하고 자명하게 보였던 여자들의 신체적 행위는 경이롭고 신비로운 것으로 탈바꿈한다. 예를 들어 한 무더기의 똥은 생명력 있는 된장과 간장으로 변환하며, 배추 이파리 같은 치매 노인의 생명력 없는 음부에서는 새가 태어나 날아간다. 말 사육사인 아버지의 벌려진 사타구니에서는 말의 머리가 솟아오른다. 아마도 이 작품집에서 「사각거울」과 더불어 뛰어난 단편으로 꼽을 수 있는 소설은 「멧돼지 이야기」다.

「멧돼지 이야기」는 여성적 몸의 고유한 경험이 그것을 넘어서서 남녀의 성별을 월경하는 것뿐만 아니라, 동식물계와 같은 생명일반이라는 유적 존재에까지 이르는 공감적 상상력을 발휘하여 감화시키는 소설이다. 정교하고도 세심한 수공업적 손놀림이 돋보이는 몸의 묘사는 이 신인작가가 지닌 잠재력을 두루 확인시켜주고도 남는다. 마침표 없이 문장이 문장을 낳고 그 문장이 다음 문장을 잉태하는, 리듬감 있으며 신명이 절로 나는 다음 문장을 읽어보라. "내 어머니의 어머니, 그 어머니의 어머니가 집이 궁핍해 자신을 매음굴로 팔아넘기려는 식구들 야합에 분노하며 밥 한 솥을 고추장에 전부 비벼먹었지, 그러고 배탈이 나 열흘 내내 똥을 쌌는데, 그 배설장소가 하필이면 콩밭이었지,

동산처럼 쌓인 똥을 거름통에 담다 지친 어머니의 어머니, 그 어머니의 어머니는 될 대로 되라는 심정으로 똥을 그대로 방치했는데, 그후로 또 열흘이 지난 어느 날, 콩이 5미터가량 껑충 자라 수풀에 덤불까지 이룬 모습을 목격해야 했지, 그 콩을 쑤어 만든 메주들이 초가집 한 채와 뒤꼍을 전부 채웠으며, 그 메주를 띄워 만든 간장, 된장, 고추장을 장에 나가 팔아 식구들의 굶은 배를 달래주었지. 남는 메주는 딸의 딸에게, 그 딸의 딸에게 전달되어, 지금 나의 간장이 탄생했단 말이지."(「멧돼지 이야기」)

김지현의 소설은 이처럼 '우주의 물질적 요소는 인간의 몸에서 그 진정한 본성과 최고의 잠재성을 드러낸다'는 바흐친의 그로테스크 리얼리즘의 공식에 충실해 보인다. 내 어머니의 어머니, 그 어머니의 어머니가, 내 딸의 딸, 그 딸의 딸이, 어머니와 딸이라는 여자의 여자, 그 여자의 여자가 전수하는 원시와 혼돈을 창조적인 언어의 마술적 비법으로 탈바꿈시킬 줄 아는 젊은 작가의 언어에는 지금은 뭐라고 설명하기 어려운, 줄리아 크리스테바가 코다(coda)라고 부른 적이 있는 야생적 힘이 비축되어 있다. 이 소설집이 창조한 가장 멋진 '멧돼지' 여인 L은 이렇게 한 말씀 건넨다. "혼란스럽고 변덕스러우며 정체불명인 면이 있긴 하지만, 분명 어떤 움직임을 불러오는 에너지라는 말씀, 좋게 다루면 열정이 되고 나쁘게 다루면 폭력이 되는 뭐, 그런 에너지."(「멧돼지 이야기」)

뉴웨이브 역사소설의 세 경향

—김훈, 신경숙, 김경욱의 새로운 역사소설에 대하여

이 글에서 읽을 김훈의 『남한산성』, 신경숙의 『리진』 그리고 김경욱의 『천년의 왕국』에 이르기까지 최근의 역사소설은 과거를 사실적으로 재현하기보다는, 현재를 고고학적으로 발굴하는 소설에 가깝다고 말할 수 있다. 누군가는 뉴웨이브로, 다른 누군가는 뉴에이지로 또는 메타역사소설로 부르기도 한 이 새로운 경향은 과거를 통해 현재를 묻는다는 점에서 이전의 역사소설과 비슷하지만, 방점이 과거가 아닌 현재에 찍혀 있다는 점에서 이전 것과는 사뭇 다르게 읽힌다. 이 새로운 역사소설들에는, 마치 고대의 로마신전 위로 날아가는 20세기의 비행기를 쳐다보는 일이 시적 허용처럼 황당무계하지 않고 설득력 있게 다가오는 어떤 영화의 예처럼, 일종의 '방법적 아나크로니즘'이 전제되어 있다. 새로운 역사소설은 어디까지나 우리가 살아가고 있는 여기 지금의 현대적 삶에 대해, 그리고 그 기원에 대해 묻기 위해 과거를 동원한다. 그 과거에는 현대성에 절망한 사람들의 피로와 허무감이 짙게 묻어 있다. 세 편의 소설에서 재현되는 과거가 몰락의 인상을 짓게 되는 것은 그 때문일 것이다. 과거를 활용하는 방법론적 측면에서 역사와 과

거의 이름은 더러 현재의 소실점으로 수렴되고 응결되는 과정을 통해 결국 현대성에 색깔을 입히는 의장(意匠)이거나 고고학적 부장품으로 소용되기도 하며, 다른 경우에는 현대성의 기원에 대한 색다른 접근방법으로 현대성에 대해 근본적인 질문을 던지는 방편이 되기도 한다.

말(言)먼지의 세상에서—김훈 장편소설 『남한산성』(학고재, 2007)

이것은 역사소설이 아니다. 이것은 과거의 사실을 재현하지 않는다. 이것은 차라리 김훈의 언어론이자, 그것을 극적 언어로 육화한 것이다. 서로 흘리고 홀리는 간계의 말이 병사와 신하 대신에 분주히 오가고, 전장은 총포 대신에 말들이 싸우는 곳이 되며, 그 중심에는 한없이 우유부단하고도 고뇌 어린 왕의 실어증이 있다. 이것은 차라리 현대적 비애극이다. 『남한산성』은 그러한 작품이다.

김훈은 어디선가 주격조사 '은/는'과 '이/가'의 식별 불가능해 보이는 차이가 결정적이라고 말한 적이 있다. 전자가 사실 대신 의견을 기술할 때 쓰는 조사라면, 후자는 의견 대신 사실을 기술할 때 쓰는 조사라고 한다. 그것들을 구별하지 않을 때, 말은 실체의 가면을 쓴 헛것, 헛것의 가면을 쓴 실체가 되기 십상이라고 말한다. 김훈은 조사(助詞)의 용례에 민감하지만, 통사론이 전공인 언어학자는 아니다. 김훈은 '버려진 섬마다 꽃은 피었다' 대신 "버려진 섬마다 꽃이 피었다"(『칼의 노래』, 생각의나무, 2001)로 소설의 첫 문장을 쓰는 소설가다. 김훈은 '버려진 섬인데도 꽃은 여전히 피고 있구나'라는 감상의 미문이 아니라, '꽃이 피었다'는 계절의 주기와 순환의 사실을 적는 건조한 기록으로 『난중일기』가 시작한다는 데에 주목한다. 생각해보면, 7년의 전란을, 아귀지옥의 세상을 사실의 언어로 끝끝내 기록하는 자의 내면은 헤아릴 길 없는 것이다.

김훈은 무엇보다도 말을 다루는 사람들에 대해, 그리고 말이 사람들을 다루는 세상에 대해 생각하는 소설가다. 말을 다루는 사람들은 자신들이 말의 주인이라고 생각한다. 그들에게 말은 실체다. 그러나 김훈은 사람들이 말의 주인이라고 생각할 때, 실체인 말이 헛것으로 바뀌는 과정을 응시한다. 말은 발화되는 순간, 주관이냐 객관이냐를 떠나 욕망에 붙들린다. 말하는 자는 욕망하는 자요, 욕망에 사로잡힌 자다. 말은 욕망이기에 사람들은 말한 것보다 적게 말하며, 말한 것보다 많이 말한다. 말은 결핍이고 과잉이다. 여기서 세상은 사람이 말을 다루는 세상이 아니라, 말이 사람을 다루는 세상이다. 말이 사람의 주인인 세상에서 헛것인 말은 세상을 조종하고 사람을 움직이기 시작한다. 헛것일까 싶었는데, 말은 어느새 효력 있는 실체가 된다. 사람은 사라지고 말들만 남는다. 말은 실체고 헛것이며, 헛것인가 싶으면 실체다. 가히, 어지러운 말(言)먼지의 세상이다.

김훈은 여기서 머무르지 않는다. 『칼의 노래』에는 헛것이자 실체인 말이 현실과 맺는 이데올로기적 관계에 대한 통감(痛感)할 만한 성찰이 담겨 있다. 임진년 전란이 일어날 무렵, 길삼봉이라는 이름이 출현한다. 길삼봉은 혹세무민하여 군사를 양성하고 조정을 위협하는 도당(徒黨)의 중심인물이라고들 한다. 들은 사람은 많은데, 본 사람은 없다. 허깨비인지 실체인지, 실명(實名)인지 허명(虛名)인지도 알 수 없다. 몇몇 사람들을 잡아왔고 실토를 하게 했다. 처음의 심문은 "길삼봉은 누구냐?"였다. 시간이 지나자 질문의 구조가 바뀐다. "누가 길삼봉이냐?" 『칼의 노래』는 그 다음에 벌어진 일을 이렇게 적고 있다. "질문의 구조가 바뀌자 길삼봉의 허깨비는 피를 부르기 시작했다." 소설에는 여덟 살, 다섯 살짜리에게 길삼봉의 실체에 대해 물었고 자백하지 못하자 무릎을 으깨어 죽였다고 씌어 있다. 비평가 서영채도 김훈과의 대담에서 지적한 바 있지만, '길삼봉은 누구냐'와 '누가 길삼봉이냐'의 차이는 하늘과 땅 차이다. 후자는 이데올로기적 질문으로 동지와 적을, 우리와 그들을 나누는 질문이다. '길삼봉은 누구냐'에서 길삼봉은 한 명이지만, '누가 길삼봉이냐'에서는 모두가 길삼봉일 수 있다. 2001년 9·11테러 직후, 미국 언론은 '아랍인 테러리스트'라고 썼다. 그러나 미국과 이스라엘의 국기(國旗)가 뉴욕 시내를 완전히 뒤덮었을 즈음, '아랍인 테러리스트'는 '테러리스트 아랍인'으로 둔갑해 있었다.

『남한산성』의 첫 문장은 『칼의 노래』의 첫 문장과는 정반대로 시작한다. "서울을 버려야 서울로 돌아올 수 있다는 말은 그럴듯하게 들렸다." '말이'가 아니라, '말은'이다. 사실이 아니라 의견의 언어이고, 욕망의 언어이다. 의견과 의견이, 말과 말이 칼과 칼 대신 부딪치고 대립한다. 『칼의 노래』가 칼을 든 주인공이 있고 그의 언어가 세상과 부딪치는 소설이라면, 『남한산성』은 말(言語)이 주인공이고 말에 들린 자들이 세상을 만드는 소설이다. 40여 일치의 식량, 바닥난 탄약, 배고픔과 추위로 헐벗은 군사들이 성안에 있다. 백성들이 있고, 임금이 있고, 신하들과 사대부들이 있다. 말하는 자들은 주로 신하들, 사대부들이다. 성안에 갇힌 임금의 신하들은 싸움을 벌인다. 그러나 그들은 성 밖에서 청(淸)의 20만 대군을 맞아 칼과 총, 대포로 전투를 벌이는 대신에 성안에서 말싸움을 벌인다. 처음에는 누군가가 말하지만, 나중에는 누가 말하는지 알 수 없게 된다. 청을 치고 명(明)을 도와 200년 동안 지켜온 종묘사직(宗廟社稷)을 구하자는 크고 높은 목소리가 울려퍼지는 한편, 치욕을 감내하더라도 살길을 도모하여 종묘사직을 보존하자는 작고 낮은 목소리가 후벼판다. 대의를 밝히는 목소리가 화(和), 전(戰), 수(守)는 다르지 않다고 말하면, 사세를 살피는 목소리는 그 셋은 다르다고 말한다. 대의를 말하는 자는 죽음이 가볍다 말하고, 사세를 살피는 자는 죽음이 가볍지 않다고 말한다. 최명길을 죽여 사직의 앞날을 보존하자 하는 김상헌과 척화파의 말이 있고, 성문을 열면 날 죽여도 좋으나 지금은 때가 아니라는 최명길의 말이 있다. 다들 옳은 말이고, 옳은 사람들이다.

성안에 갇힌 말들은 시간이 지날수록 격렬해지고, 격렬해질수록 아름다워지며, 아름다워질수록 허무해진다. 그런데 치욕의 날이 가까워 올수록 말들은 서로 부딪치기만 하는 것이 아니라, 뒤섞여 알아볼 수 없게 변하기도 한다. 치욕을 감내하자는 신하는 자신의 말이 곧 길이라고 하고, 치욕은 안 된다는 신하는 말은 길과 다르다고 말한다. 또다른 자는 말은 길이 아니지만 글을 밟는다면 글과 길은 곧 다르지 않다고 말한다. 이쯤 되면 말은 의미를 잃고 공허 속으로 떨어진다. 그렇기에 임금은 말한다. 말이 아름답다, 준열하다, 어지럽다, 괴이하다, 어렵다. 소설 초반에서 임금은 말들의 안팎에 있으면서 동시에 말들에 결박당하는 존재다. 임금은 비상사태에 직면하여 어떤 결정도 내리지 못하고 마비되어 있는 우울증적인 군주의 전형적 표상이다. 그러나 마지막에 임금은 성문을 열고 치욕의 길을 밟지만, 그것은 누구의 뜻을 따랐다기보다 그저 주어진 길을 밟은 것뿐이다. 칸이 오줌을 누는 동안에는 임금은 치욕을 감내하고 계속하던 절마저 잠시 멈춰야 한다.

결국 사람이 말을 소모하는 것이 아니라 말이 사람을 소모한다. 말이 바닥난 곳에서 임금이 울고 조정대신들이 운다. 말이 끝나고 소멸된 자리에 울음이 있고 울음이 끝난 자리에서 말이 시작된다. 묵묵히 자신의 임무를 수행하면서 "나는 아무 쪽도 아니오"라고 말하는 수어사 이시백처럼 울지 않는 자가 더러 있고 말과 울음, 이 모든 것을 기록하는 사관 또한 울지 않는 자로 잠깐 모습을 비춘다. 그럼 성곽 안쪽의 말 너머에는 무엇이 있는가. 성 바깥에는 20만 대군을 호령하고 홍이포(紅夷砲)를 쏘아대는 칸의 말이 있고 이쪽저쪽을 넘나드는 통역관 정명수의 말이 있다. 정복자의 화포처럼 펴 내지르는 말이 있고, 일찌감치 "말의 신기루"를 터득하여 말의 안팎을 넘나드는 말이 있다. 이들의 삶과 말의 물질성 편에서 보면, 성안의 말은 헛것 중의 헛것이다.

말이 그 실체를 드러내는 자리 한편에 백성의 삶이 둥지를 튼다. 『남한산성』은 성 안팎의 나라 잃은 백성의 삶에 대한 이야기이기도 하다. 청병을 건너게 하고 그 대가로 식량을 마련하겠다는 사공은 "나를 따르지 않겠느냐?"는 김상헌의 말에 이렇게 대답한다. "아니오. 소인은 살던 자리로 돌아가겠소." 김상헌은 사공을 칼로 벤다. 이 놀라운 장면의 끝을 소설은 이렇게 마무리한다. "그날 새벽에 강은 상류부터 먼 하류까지 쾅쾅 얼어붙었다." 김상헌은 청병을 건너지 못하게 하기 위해 사공을 벤 것이고, 사공은 먹고살기 위해 돌아가겠다고 말했던 것이다. "이것이 백성인가"라고 김상헌은 물었던 것이고, '이것 또한 백성이오'라고 죽은 사공은 아마도 대답했을 것이다. 대장장이 서날쇠도 있다. 연장을 다루는 자, 장인에 대한 김훈 특유의 외경감이 엿보이는 인물설정이다. 서날쇠는 쇠를 녹여 갖가지 연장을 만들고, 좋은 흙을 골라내며, 똥을 삭혀 저장해둔다. 물, 불, 공기, 흙 모두를 다룬다. 말의 현란함과 삶의 단순성이 교차하고, 비상사태와 일상이 맞물린다. 대의냐, 치욕이냐를 선택해야 하는 자들이 있고, 그것과 상관없이, 자신과 자식을 돌보기 위해 살아야 하는 백성들이 있다.

『남한산성』은 한겨울밤 편전을 울리는 신하들의 울음에서 시작해서 봄볕 아래 사공의 딸 나루를 쌍둥이자식 중 누구에게 시집보낼까 생각하는 서날쇠의 혼자웃음으로 끝맺는 소설이다. 김훈에게 무수히 던지지만 늘 하나로 수렴되는 세간의 질문, '당신은 누구 편이냐'에 대한 김훈의 묵시적(默示的) 대답이 있다면, 그것은 서날쇠의 이 웃음이 아닐까 싶다.

우울한 응시, 애도의 글쓰기—신경숙 장편소설 『리진』(문학동네, 2007)

신경숙의 장편소설 『리진』은, 그녀의 다른 소설들이 그렇듯, 매혹적이며 아름다운 작품이다. 최근 한국소설에서는 드물게 거의 완벽에 가깝도록 아름다운 주인공을 창조했기 때문에 그렇고, 독자들로 하여금 끝까지 그 형상을 사랑하지 않을 수 없도록 만들었기 때문에도 그렇다. 이것은 순전히 작가의 빛나는 공력 덕분이다. 『리진』의 '리진'은 아름답다. 그런데 이상하게도 그 구체적인 모습을 상상하려 들면 독자들은 당혹감에 빠질 수밖에 없다. 그것은 소설의 대단원, 명성황후가 시해당한 후 교태전(交泰殿) 후원에서 독을 묻힌 불한(佛韓)사전을 한 장씩 찢어 입에 넣어 자살하는 장면에서도 그녀가 죽었다기보다는 사라졌다는 느낌이 더 강하게 남는 이유이기도 하다. 이렇게 말한 까닭은 리진이 재현 불가능한 존재임을, 나아가 『리진』이 재현 불가능한 것에 대한 서사라고 강조하기 위해서다. 『리진』은 표상할 수 없는 것, 말 없는 우울(melancholy)의, 또는 우울에 대한 글쓰기다. 글쓰기가 무엇을 대신하고 표상하며 대표하는(represent) 행위라는 것, 또한 주요 작중인물들이 모두 글을 쓰는 공통점을 가졌다는 점도 아울러 언급해두기로 하자.

물론 소설에는 리진에 대한 재현, 이른바 '묘사'들이 있다. 그렇지만 그녀를 형상화하는 다음 장면을 과연 묘사라고 부를 수 있을까. 그녀는 재현되었다고 볼 수 있겠는가. "검은 눈동자 때문일까. 붉은 입술 때문일까. 눈과 같이 밝은 피부 때문일까. 리진의 얼굴은 꽃과 같았다. 윗눈썹은 가지런했고 숱 많은 속눈썹에 둘러싸인 눈동자는 검고 맑고 깊었다. 뺨은 붉고 손가락은 희고 길었으며 가슴과 엉덩이는 풍만하고 이마는 매끄럽고 미간은 넓고 손목과 발목은 가늘었다. 검을 곳은 검고 붉을 곳은 붉었다. 가늘 곳은 가늘고 밝을 곳은 밝았다. 풍부할 곳은 풍부했다." 간단히 말해, 관찰대상의 세목(細目)들보다 관념과 상징이 부각되는 묘사다. 소설 속에서 구한말 왕실을 중심으로 한 조선인들의 생활상 그리고 제3공화정 시기 파리 부르주아들의 삶의 세목을 밀도 있게 재현한 작가의 능력을 염두에 두면, 리진의 형상에 대한 작가의 묘사에는 뭔가 의도적인 것이 있다. 소설에서 리진은 결여라고는 찾아볼 수 없는 아름다움의 현신(現身), 곧 피와 살을 가진 구체적인 인격이라기보다는 하나의 이데아를 온몸으로 체현하는 개성에 더 가까운 존재다. 그렇기에 그녀는 미(美)처럼, 생성과 소멸 사이에 있다. 소설을 읽고 나면 리진의 형상에서 그녀의 검은 눈동자만 잔상처럼 남게 된다. 그러나 그녀를 바라보는 독자들을 도리어 응시하는 듯한 이 검은 눈동자야말로 작가가 남기고자 했던 리진의 참모습은 아닐까. 리진은, 그녀의 삶을 바라보는 독자들까지 포함해서, 뭇시선에 의해 관찰되는 호기심의 대상이 아니라 누군가의 응시를 받고 그 응시를 되돌려주는 사랑의 대상이자 주체로서만 존재한다. 반대로 사랑의 대상을 상실한 리진의 검고 깊은 눈은 우울증자의 텅 빈, 공허한 눈이 된다(『리진』의 신문연재 당시의 제목은 '푸른 눈물'이었다).

그러나 작가는 누군가를 바라보는 행위가 상대방을 사랑할 수도, 또 다치게 할 수도 있다고 조심스럽게 말한다. 그럼 누군가가 사물과 사람을 바라볼 때 그가 보는 것은 실제로 무엇일까? 그것은 낯설고 신기한 대상에 대한 호기심일 수도 있고, 보는 자의 시선을 얼어붙게 만드는 아름다움일 수도 있겠다. 소설에는 리진을 바라보는 두 개의 시선이 있고, 그것들은 종종 뒤섞인다. 먼저 파리의 부르주아들이 이국의 춤을 추는 조선의 무희를 바라보는 호기심의 시선이 그 하나일 것이며, 리진을 둘러싼 작중인물들과 서술자가 보내는 사랑의 응시가 다른 하나일 것이다. 호기심의 경우 대상은 구경거리로 변하며, 아름다움의 경우 대상은 사랑을 낳는다.

그런가 하면 리진의 남자가 되는 프랑스 외교관 콜랭, 리진에 대한 그의 시선과 응시는 따로 감별하기 쉽지 않다. 그는 리진 몰래 그녀의 사진을 찍는가 하면, 그녀의 우물처럼 깊은 눈에 무방비로 이끌리기도 한다. 따라서 콜랭과 리진의 만남은 사랑의 시작이자, 훗날 있을 비극의 예고가 된다. 그 비극은 리진이 프랑스에서 근대 체험을 겪어나가는 소설의 중반을 넘어서면서부터 겹겹의 부피와 무게를 지니게 된다. 리진을 둘러싼 사적인 삶과 사랑은 구한말 조선을 둘러싼 동아시아의 공적 역사라는 회오리바람을 타게 되면서 서구와 조선의 갈등, 약소국과 제국주의적 열강 사이의 불화, 전근대의 몰락과 근대의 부상, 대한제국의 몰락 등 걷잡을 수 없이 커져버린 소용돌이 한가운데에 놓이게 된다. 그리고 그 정점에 리진의 눈으로 지켜본 명성황후 시해라는 비극적인 역사적 사건이 자리 잡고 있다.

『리진』은 무엇인가를 표상하고 대표하는 자를 작중인물로 내세워 리진의 사적인 삶과 그녀의 삶을 둘러싼 공적 사건을 매개하고 있다. 그들이 글을 쓰는, 무엇인가를 대리 표상하는 존재임은 앞서도 언급했다. 구체적으로 보면, 임오년의 난을 기록하고 명성황후에게 프랑스에서의 삶을 편지로 쓰지만 결코 부치지 않는 리진, 리진에게 부치지 않은 연서(戀書)를 쓴 강연, 대통령에게 보낼 조선과 관련된 공문서를 작성하는 콜랭, 『춘향전』『심청전』 등을 번역하고 그것들을 통해 조선을 소개(대표)하려는 홍종우, 리진이 낭독하는 『여자의 일생』의 작가이자 부르주아 사회의 문화를 극단적으로 혐오하는 모파상 등 주요 작중인물들은 공교롭게도 모두 글을 쓰는 자들이다.

리진과 콜랭의 이별은 외교관이자 수집가인 콜랭의 존재, 즉 무엇인가를 표상하고 또한 대표하는 존재로 시종일관하려는 그의 태도와 무관하지 않다. 콜랭은 이국의 풍물들을 수집하여 파리를 세계의 중심=대표로 만드는 데 일정 부분 공헌하는 파리지앵이자 외교관으로서 대통령에게 조선과 관련된 공무를 보고하는 프랑스의 대표이며, 귀족이라는 아버지의 평생 꿈을 이어받고 그 꿈을 실현하려는 부르주아의 성공한 자식이다. 그런 콜랭에게 리진은 사랑하는 사람이지만, 또 자신의 꿈을 실현하기 위해서는 어쩔 수 없이 버려야 할 존재이다. 또한 파리에서 리진의 삶은 조선에서 온 '무희'의 그것이며, 콜랭도 그런 방식으로 리진을 사교계에 소개한다. 『리진』에서 재현되는 제3공화정 파리의 부르주아 사교계는, 제2제정기 파리에 대한 방대한 유물론적 보고서인 벤야민의 『아케이드 프로젝트』에서도 암시된 것처럼, 파리코뮌(1871)의 붕괴로 혁명적 가능성이 사라진 대신에 엑조티시즘의 무대인 박물관, 미술관, 심지어는 시체전시실과 흑인수용소 들로 가득 찬, 온갖 데카당스의 집합소다. 당시 '무희'가 동양에 대한 서구의 엑조티시즘의 대표적 이미지임은 말할 것도 없거니와 리진 자신의 의지와는 상관없이 그녀는 조선의 이미지로 표상되고 그녀에게 호기심을 나타내는 수많은 시선들을 더이상 견뎌내지 못하는 구경거리의 존재다. 결국 그녀는 점점 침묵 속으로 빠져드는 우울증적인 주체가 된다. 무도회장에서 있었던 두번째 유산(流産)을 계기로 찾아온 오랜 실어증과 몽유증 속에서의 말 없는 춤사위, 각별한 사이였던 모파상의 자살 소식을 듣고도 애도하지 않으려는 그녀의 고집스러운 모습은 전적으로 우울증자의 그것이다.

리진에게는 두 개의 죽음이 있었고, 그녀는 두 죽음 사이에 가로놓인 존재가 된다. 모파상의 죽음이 그 하나였고 명성황후의 시해가 다른 하나였다. 모파상과의 만남과 그의 죽음을 통해 리진은 시체전시실과 흑인 여자가 갇힌 수용소로 표상되는 모더니티의 조락(凋落)을 목격했으며, 그녀의 상징적 어머니이기도 했던 마지막 왕조의 국모가 시해당하는 장면을 목격함으로써 전근대의 죽음을 몸소 체험했다. 리진의 삶과 죽음은 전근대의 몰락과 근대의 여명을 당연한 듯이 여기고 그것을 역사라고 명명하기 좋아하는 자들에게는 낯설고 당혹스럽게 여겨지지 않을 수 없다. 대문자 역사 속에서 리진은 그 어느 곳에도 존재하지 않고 그 어떤 것으로도 그녀의 죽음을 표상하지 못하는 이방인, 죽었으나 죽지 못하는 산주검(undead)이 되었다.

그리고 신경숙이 『리진』을 썼고, 근 한 세기 만에 리진을 애도했다. 최근의 소설들이, 마르크스의 말을 빌리면, 살아 있는 자를 짓누르는 악몽인 역사로부터의 휴가를 즐기려는 듯, 역사를 깃털보다 가벼운 어휘로 취급한다고들 한다. 그런 만큼이나 역사의 울혈(鬱血)을 풀려는 노력이 많지 않았던 것도 진실이다. 새로운 감각의 역사소설인 신경숙의 『리진』이 그 쉽지 않은 일을 해냈다.

정신의 오디세이아—김경욱 장편소설 『천년의 왕국』(문학과지성사, 2007)

김경욱의 장편소설 『천년의 왕국』은 건조하고도 담담한 문장으로 이렇게 시작된다. "운명은 반복된다. 때로는 비극으로 때로는 희극으로." 프롤로그에서 이제는 모국어 네덜란드어조차 감감해진 코레시안, 노년의 '나'(벨테브레, 박연)는 제주도에 표착한 붉은 수염의 이방인들을 조사하러 제주도로 파견된다. '나'는 공교롭게도 자신과 동향인 하멜 일행을 만나게 된다. 그 만남은 수십 년 전 우연히 이교도 왕국의 섬에 표착한 이방인인 자신의 신산(辛酸)했던 삶을, 누군가가 비슷한 정황 속에서 반복할지도 모른다는 필연적인 느낌을 '나'에게 남겼을 것이다. 그런데 '운명은 비극과 희극으로 반복된다'는 말은, 하멜 일행과 만났을 때 '나'가 느꼈을 법한 삶의 기구한 운명에 대한 술회만으로 끝나지 않는다. 이 말은 『천년의 왕국』의 안팎을 넘나들면서 보다 다양하고도 많은 의미를 함축하게 된다.

마치 동심원을 그려나가는 물결의 파동처럼, 이 인용문, "운명은 반복된다. 때로는 비극으로 때로는 희극으로"는 장편 『천년의 왕국』의 부분과 전체를 구성하는 여러 마디를 분절하고 연결한다는 점에서 소설의 제유법적 금언, 핵심어(maxim)라고 할 수 있다. 먼저 이 말은 방금 보았듯이, 작중인물이 겪었던 부조리한 체험의 총체에 대한 간결한 묘사이며, 또한 작중인물들이 겪는 사건의 층위를 조직하는 서사의 주된 틀이 된다. 나아가 그것은 『천년의 왕국』의 핵심적 주제에 대한 상징이 되며, 이 소설의 장르적 특징까지 암시한다. 결국 이 말은 김경욱의 예전 소설 세계와도 무관하지 않다. 차례대로 살펴보자.

잘 알려진 것처럼, "운명은 반복된다. 때로는 비극으로 때로는 희극으로"라는 문구는 "역사는 반복된다. 한 번은 비극으로, 한 번은 희극으로"라는 마르크스의 금언에 대한 인용, 반복, 패러디다. 그런데 미세한 차이가 있다. 역사는 운명으로 대체되었으며, 운명은 역사를 구성하는 핵심 인자였던 시간의 운동, 즉 과거, 현재, 미래라는 목적과 방향의 의미를 더이상 갖고 있지 않다. 『천년의 왕국』에서 운명은 미래와 목적이라고는 찾아볼 수 없는 현재의 영원성에 대한 은유, 또는 이 모든 것들이 뒤섞여 잡거(雜居)하는 카오스에 오히려 가깝다. 시간은 공간이 되며, 근대적 정신의 부산물인 역사는 네덜란드와 조선, 서양과 동방, 서구적 근대정신과 아시아적 정체성(停滯性)이 충돌하고 공존하는, 이른바 '비동시적인 것의 동시성'에 자신의 자리를 내준다. 그것은 중세에서 근대로 넘어오는 여명의 순간, 코페르니쿠스의 학설과 칼뱅 신학의 합리적 추종자였던 동인도회사의 직원 '나'가 마치 이 모든 것들을 무화하고 정지시키는 것 같은 '천년의 왕국' 조선에서 느꼈을 정신적 충격 및 혼란과 무관하지 않다.

『천년의 왕국』에서 네덜란드인인 벨테브레, 즉 '나'가 바라보는 '천년의 왕국' 조선은 어떤 곳인가. 소설에서 조선은 당시의 서양인들이 상상했듯이 '짐승도 목에 금줄을 걸치고 다니는 동방 왕국'이라는 상상적 이미지도, 네덜란드 동인도회사 출신의 이방인들이 제주도에 표착한 1627년 무렵, '빛의 제국' 명(明)이 동아시아 무대에서 힘을 잃어 가고 '타타르 제국' 청(淸)이 득세하는 역사의 격변을 체현하는 실정적인(positive) 조선도 아니다. '나'가 바라보고 체험하는 조선은 오히려 이렇다 할 변화 없이 장기적으로 지속된 한 나라의 문화적, 정신적 삶의 양식이, 엔트로피의 법칙에서처럼 시계추마냥 공허하게 반복되면서 몰락의 에토스를 흘려보내는 표징(emblem)에 가깝다. 그래서 소설에서 조선을 묘사하는 어휘인 '시의 왕국'은 의미심장해 보인다. 시의 왕국은 다른 말로 은유의 왕국이라는 뜻이다. 은유가 그렇듯 '나'는 다른 존재로 변화될 수 있으며, 시가 그렇듯 순간적인 것의 현존, 현재에 대한 긍정이라는 시의 정의에 가까운 삶을 암시한다. 조선은 역사적 실체가 아니라 '나'의 믿음과 회의, 정신적 변화를 차례차례 비추는 거울이다. '나'는 그 속에서 신에 대한 믿음, 고향에 대한 향수, 귀환의 욕망을 차츰차츰 잃어버린다.

그렇다면 몰락의 에토스를 담은 이 표징은 역사의 종말, 근대문학의 종말 등 온갖 허구의 묵시록이 유령처럼 배회하고 원본과 복제, 창조와 에피고넨, 사실과 허구 등이 과포화상태로 알아볼 수 없게 뒤섞인 채, 실험되고, 소모되며, 마침내 박제품으로 전시된 거대한 자연사박물관을 마주 보는 것 같은 이 시대의 허무한 표정을 예비하고 있지 않은가. 김경욱은 바로 이런 문제를 천착해온 작가가 아니었던가.

그리하여 『천년의 왕국』은 17세기 초반, 조선에 살았던 이방인의 삶을 재현한 역사소설이 아니라, 오히려 역사라는 모델을 현재로 끌어당겨 텍스트 안으로 용해하고 다시 이를 통해 당대의 정신적 징후를 탐색하는 일종의 메타역사소설이 된다. 이때 17세기의 시대정신은 21세기의 시대정신에 대한 반복이 된다. 조선 해안에 표착한 뒤 이교도 왕의 신하가 되고 탈출과 유배생활을 거쳐 '나'는 마침내 전투병이 된다. 남한산성에서 타타르 대군과 맞서는 것으로 갈무리되는 지난 10년간의 '나'의 삶이 마치 "천 년의 세월"을 산 것과 같다고 묘사될 때, 이제 『천년의 왕국』은 근대의 여명에서 황혼에 이르는 문명과 정신사의 핵심적 마디를, 소설의 각 장('머나먼 바다' '이교도의 전사' '고귀한 야만' '영혼의 전투')으로 분배하고 압축적으로 재현한 실험적 모델과 비슷하게 된다. 주인공 '나'와 작중인물인 데니슨, 에보켄은 각각 그 단계를 표상하며, '나'는 앞서 세 존재의 정신을 하나씩 통과하면서 마지막까지 살아남는다. 소설에서 에보켄으로부터 '선장'이라는 호칭을 부여받고 세이렌의 노래가 들려오는 컴컴한 바다 한가운데를 표류하는 꿈을 꾸며, "바다 위를 떠도는 자", 이른바 '영원히 방황하는 네덜란드인' 등 불멸의 신화적 표상을 등에 업은 '나'는 바야흐로 정신의 오디세우스이다.

소설에서 루터적 의미의 금욕주의자였던 '나'에게 동료인 데니슨과 에보켄은 각각 '나'의 정신적 변화를 매개하고 사라지는 존재들이다. 이교도들이 신성하게 여기던 백호(白虎)를 사살했으나 귀환을 꿈꾸다가 아사(餓死)한 데니슨에게서 '나'는 무엇에도 굴복하지 않는 자유의 고독한 정신을 배운다. 그리고 모든 언어와 가치의 이항대립을 뒤섞는 바벨탑의 언어를 구사하고 이교도의 땅에 삶의 터전을 뿌리내리자마자 전사하는 에보켄으로부터는 현재의 삶에 대한 영원한 긍정을 배운다. 이제 정리해보자. '나'는 자신에게 닥친 불가해한 운명은 신의 뜻이라고 믿는 경건한 루터식 금욕주의자에서 신이 자신을 이교도의 땅에 내려놓은 섭리의 불가해함에 점차 의구심을 갖는 '불행한 의식'의 회의주의자로, 마침내는 신에게는 그 어떤 목적도 의도도 없으며 오로지 운명에 대한 충실한 긍정만 있을 뿐이라는 니체적 무신론의 정신으로 변한다.

그렇다면 『천년의 왕국』은 금욕주의, 회의주의, 불행한 의식의 세 단계(『정신현상학』)에 가까운가, 아니면 고행의 낙타, 자유로운 사자, 놀이하는 아이라는 정신의 세 변용(『차라투스트라는 이렇게 말했다』)에 가까운가. 생각해보면, 김경욱 소설의 주인공들은 세계와 접속하는 곳에서 존재하지 않고 존재하지 않는 곳에서 접속을 꾀하는 이방인의 '불행한 의식'이었으나(『장국영이 죽었다고?』, 문학과지성사, 2005), 이제는 그것마저도 긍정하는 '놀이하는 아이'가 되었다. 『천년의 왕국』은 누구도 그 유혹으로부터 자유롭지 못했던 가치의 허무주의와 에피고넨이라는 카리브디스와 스킬라를 통과하여, 춤추는 카오스의 별을 지도 삼아 항해하는, 정신의 오디세이아이다.

소설, 정념이 배치되는 성좌

소설, 정념의 형식

소설은 때로는 정념의 화장술이며, 감정의 연기(演技)이다. 18세기 프랑스의 걸작 서간체 소설인 피에르 쇼더 로 드 라클로의 『위험한 관계』(1782)의 주인공들은 연적에 대한 예의와 친절을 가장하면서 적을 죽이거나 궁지에 빠뜨릴 계략들을 획책한다. 또한 그들은 연인을 얻기 위해 자신의 정념을 극도로 자제하며 정념의 발산지인 눈과 얼굴 표정에서 예기치 못하게 드러날 슬픔과 기쁨의 여분을 통제하는 자제력을 습득한다. 그들의 연기는 마치 전투에 임해서도 당황하지 않는 절도와 품위를 반복하는 군인의 동작과 흡사하다. 그 오랜 절차탁마의 결과, 『위험한 관계』의 탁월한 모사가(謀事家)이자 사랑에 빠진 메르퇴유 후작부인은 무심한 연인 앞에서 슬픈 순간에는 기쁨을 표현하고 기쁜 순간에는 슬픔의 가면무도회를 열 줄 아는 절도 있는 자제력을 마침내 얻게 된다. 『위험한 관계』의 작가가 적의 전술과 모략에 예민하게 대처해야 하는 군인이자 단 한마디의 말과 어설픈 복장으로도 눈 밖에 나고 마는 매서운 시선들이 가득한 18세기 말 프랑스 궁정 사교계의 달인이었다는 이력은 충분히 흥미롭다.

라클로 소설에 나타난 정념의 형식들은 정념을 극도로 통제하고 자유자재로 조작하는 모사와 술수에서 드러나듯 정념을 통제하는 정념, 그리하여 정념을 극단까지 발산시키는 비인간적 냉정함의 구조를 띠고 있다. 라클로 소설에서 정념의 주된 형식인 기계적 무심함과 고삐 풀린 열정은 등가이다. 이처럼 소설은 저마다 '망탈리테(mentalité)'라고 부르는 고유의 심성구조를 지니고 있게 마련이다. 소설은 다만 정념의 표현이나 발산에 그치는 것이 아니라 작중인물들 특유의 정념의 형식을 통해 구조화되기도 한다. 소설의 작중인물들을 사로잡는 정념은 형식적 측면에서 볼 때 서사이론에서 징조단위라고 부르는 것, 즉 소설에 환기되는 시적 분위기를 형성하는 데 기여할 뿐만 아니라 플롯을 구축하는 동기가 되기도 한다. 한편 소설의 정념들은 내용적인 측면에서 볼 때 현대성을 형성하는 다양한 정서적 징후들, 예를 들면 최근 소설의 주인공들에게서 볼 수 있는 열정과 환멸, 우울과 냉소 등의 사회심리학적 발생지점을 추론하도록 이끈다. 이 글은 다만 소설이 정념을 직조하고 정념에 의해 구조화되는 서사적 형식이라는 소박한 언표 수준에서 배수아의 『당나귀들』(이룸, 2005)에서 권지예의 『꽃게 무덤』(문학동네, 2005)에 이르는 최근의 한국소설을 스케치하려는 시도이다.

망명자의 멜랑콜리

데카르트는 네덜란드라는 사유의 망명지에서 모든 자명한 것, 심지어는 생각하는 '나'의 확실성조차 의심하게 되었던 일단의 계기들을 아이러니하게도 일인칭 주어 '나'의 회고적인 어투로 말한다. "여기서 나는 (……) 대도시의 편리함을 만끽하면서도 가장 먼 황야에 있는 것처럼 유유자적하는 은둔생활을 할 수 있었다."(『방법서설』) 그 어투는 고백을 닮았지만 고백은 아니다. 일인칭으로 말하되, 고백이 아닌 어떤 '나'의 이야기. 『방법서설』은 오히려 자명한 '나'를 의문시하는 '나'의 이야기다. 그럼 일인칭이되 고백과는 다른 코기토, 고백을 괄호 안에 넣는 '나'의 이야기란 도대체 어떤 것일까. 그리고 하나의 인칭이되 두 개의 이 착잡한 '나' 사이에는 어떤 정념의 전류들이 흐르고 있는 것일까.

이즈음 배수아 소설의 주인공들, '가장 먼 황야에 있는' 망명자들도 목하 비슷한 고민을 계속하고 있는 것으로 보인다. 데카르트와 다른 점이 있다면 배수아는 소설을 쓴다는 것이며, 이야기를 한다는 것이 '나'의 고백에 지나지 않는 것은 아닐까, 하고 다음처럼 끊임없이 의심한다는 점이다. "그러므로 자신에 대해서 잘 알고 있는 듯이 느낄수록, 그러고자 하는 질긴 욕망에 사로잡힐수록, 그리고 결정적으로 매번 '나'라는 인칭으로 문장을 시작할 때마다 '나'는 빠져나올 수 없는 부끄러움의 깊은 수렁에 빠진다……" 『에세이스트의 책상』(문학동네, 2003), 『독학자』(열림원, 2004)를 거쳐 『당나귀들』에 이르면 인용문에서처럼 '나'를 이야기하면서 '나'로부터 끊임없이 벗어나고자 하는 배수아식 코기토의 추구는 이른바 '에세이소설'이라는 명칭을 얻어 절정에 이르고 있다. 장편소설 『당나귀들』에 따르면 배수아적 코기토는 추상적으로 "존재하나 실존하지 않겠다는 것과 같고 끊임없이 추구하나 결코 이루지 않겠다는 신념"으로 표명된다. 그리고 그 코기토는 구체적으로는 『당나귀들』에 등장하는 쇼팽, 조이스, 쿤데라 등의 수많은 예술적 망명자들과 "Noman's land"처럼 경계를 나타내는 황야와 사막 들, "여행에의 욕구(Wanderlust)"를 대변하는 시, 소설, 음악 등의 문화적 아이콘들로 보충되고 있다. 끊임없이 추구하나 이루지 않겠다는 바에야 이런 아이콘의 목록들 또한 무한히 추가될 수 있을 것이다.

한편 이러한 코기토는 "나는 어디서 왔는가" 따위의 존재의 이동과 변환에 대한 질문을 수반한다는 점에서 특별한 형식의 정념을 요구한다. 그 정념은 존재의 소멸과 탄생, 망명자들처럼 끊임없이 이동하고 변신해야 하는 운명에 들러붙는 "슬픔"이다. 이 슬픔은 상실된 대상을 애도하는 정념이라기보다는 어떤 상실이 자아를 완벽하게 감쌀 정도의 슬픔, 오로지 상실로 틀지어지는 슬픔, 즉 멜랑콜리(우울)에 가깝다. 『당나귀들』에서 슬픔은 망명자의 또다른 존재형식인 "사라짐"과 유사하다. 화자는 만일 사람들 모두가 사라진다는 사실을 지배하는 무(無)가 존재한다면 "사라짐 또한 어딘가에 존재해야만 하지 않는가"라고 질문한다. 슬픔은 사라짐이 그렇듯 내용이라기보다는 유한자의 운명이자 형식인 것이다. 이처럼 에세이는 망명자적 운명의 예술적 형식인 셈이다. 화자의 말을 다소 수정하면, 오직 슬픔만이 에세이, 즉 코기토적 글쓰기의 "동력"이며, "불타는 호흡"이다. 한편 슬픔은 오로지 잠길 수 있는, 누구와 "공유되거나 위로될" 수 없는, 극도의 자기 침잠을 필요로 하기 위해 부러 선택하고 짊어져야 하는 '성 안토니우스' 수도사의 덕목으로 보인다. '당나귀들'은 이러한 수도사적 고행, 심각함의 정신의 객관적 상관물이다. 『당나귀들』 초반부에만 스물여덟 번 언급되는 당나귀는 존재하지 않는 아름다움을 추구하다가 "땀냄새"나 풍기며 죽고 잊히고 마는 추구의 정신으로 정의된다. 그런 점에서 에세이는 오직 분투해야만 하는 악무한과 힘겹게 대결하는 예술형식이다.

그러나 이것은 어디까지나 에세이에 해당하는 미덕일 뿐이지 소설에 해당하는 덕목은 아니지 않을까. 『당나귀들』에도 언급되는 밀란 쿤데라는 『배반된 유언들』에서 소설의 가능성 중 하나로 자유로운 성찰, 에세이의 삽입을 예로 들었다. 다만, 에세이가 소설로부터 완전히 독립할 때 그 에세이는 소설과 결부되었을 때의 재미를 상실하고 만다고 경고한다. 『당나귀들』에도 비슷한 말을 할 수 있지 않을까. 『에세이스트의 책상』 『독학자』와 얼핏 비교해보더라도 『당나귀들』에는 최소한의 플롯이 없다고 해도 과언이 아니며, 단지 배수아적 망명자의 분신들이 빚어내는 사유의 핵 주변을 몇몇 에피소드가 위성처럼 떠돌고 있다. 『당나귀들』은 『에세이스트의 책상』 『독학자』에서 에세이스트의 사변적 코기토만 별도로 모아놓은 형국이다. 때로 자유는 한계 없음이 아니라 최소한의 한계를 넘어서려는 추가적 탐사에서 나오는지도 모른다. 물론 『당나귀들』을 배수아적 코기토 삼부작의 하나로 간주한다면 이야기는 또 달라지겠지만. 다만 배수아의 이번 장편 『당나귀들』만큼은 소설의 최소한의 형식적 층위와 결별하여 스스로 자유롭다고 느끼는, 무거운 정신의 에세이임이 적어도, 분명하다.

'더 큰 심판관'의 연민 어린 소설

공지영의 장편소설 『우리들의 행복한 시간』(푸른숲, 2005)을 감싸 도는 압도적인 정념은 슬픔이지만, 그것은 대상에 대한 연민에 가까우며, 그를 통해 "타인의 잠겨진 문을 여는 열쇠", 즉 소통과 연대의 기반이 되는 정서다. 그러나 『우리들의 행복한 시간』의 소설적 미덕은 소설 전반에 흘러넘쳐 기어코 독자들을 감염시키고야 마는 전염성 강한 연민과 동정의 정서라기보다는 그 연민과 동정의 정서와 충돌하고 걸려 넘어지는, 스스로 "꼴통"이라 여기는 '나' 문유정의 성마르고 좌충우돌하는 자의식에 있다고 보아도 무방하다. 이러한 독법은 소설의 주플롯(main plot)이 의도하고자 하는 바를 거슬러 서사적 흐름이 잠시 정지되는 에피소드들을 염두에 두는 읽기방식이다.

'나'는 자신이 보아도 별 쓸모 없는 자의식('돌아온 탕자는 돌로 쳐 죽여야 한다') 대신에 사형수 정윤수를 향한 연민을 선택한다. 물론 자의식적인 에피소드는 이내 연민과 동정이라는 정념의 파도에 휩쓸려 사라지고 만다. 먼저 눈에 들어오는 에피소드는 참회의 기록인 '블루노트'를 남긴 윤수가 그리스 신화의 인물인 오레스테스와 자신을 동일시하면서 한 이야기다. 아가멤논의 아들 오레스테스는 불륜을 저지르는 어머니와 그녀의 정부가 자신의 아버지를 죽이자 복수를 계획한다. 고대 그리스인들에게는 자신의 아버지를 죽인 자에 대해 죽음으로 되갚을 의무가 있었다. 물론 복수의 대상이 어머니였다는 것이 곤란하긴 했지만 말이다. 그는 어머니를 죽이지만, 복수의 여신들은 오레스테스에게 저주의 소리와 환영을 보낸다. 어머니를 죽이는 환영, 복수의 여신들이 보내는 저주의 소리로 오레스테스는 죄책감에 미쳐 세상을 떠돈다. 아폴론이 불쌍한 그를 위해 제신들 앞에 나서서 죄는 그에게 없다고 변호하지만, 오레스테스는 오히려 어머니를 죽인 것은 다른 누구도 아닌 바로 자신이라고 말한다.

감방의 면회실에서 윤수가 창 너머로 '나'에게 들려주는 오레스테스의 복수극 에피소드에서 무엇보다 빛나는 것은 신들의 변호와 연민에도 불구하고 자신의 잘못과 부채감을 스스로 떠맡으려 하는 인간 오레스테스의 당당함이다. 그 당당함에는 자신의 도덕적 죄책감과 그에 대한 타인의 연민을 한꺼번에 뛰어넘는 무엇인가가 어렴풋하게 존재한다. 그것을 신들의 연민이라는 '도덕'을 넘어선다는 점에서 '윤리'라고 부를 수는 없을까. 물론 이 질문은 소설 속에서는 더이상 추구되지 않으며 오레스테스 에피소드 또한 '내가 잘못했다'는 식의 연민과 용서의 사례로 재해석된다. 다만 수녀인 모니카 고모의 저 무조건적인 용서의 행위와 "우리 모두는 실은 사형수야"라는 애매한 종교적 어법에 대해 "정말 죽여주는 교화의 현장이군" "나는 위선자들이 싫었다"라고 신경질적으로 반응하는 '나'의 일련의 냉소적 반응은 여전히 흥미롭다. '나'의 신경질적인 반응은 소설의 지배적 정념인 연민, 동정의 정서에 내재한 자기만족과 나르시시즘을 겨눈다. 한 늙은 사형수가 평소에 그에게 친절했던 성당 아주머니의 손을 잡자 그녀가 매우 당혹스러워했다는 또다른 에피소드도 그런 점에서 중요하다. "음식은 해다 줄 수 있고, 심지어 돈도 얼마간은 줄 수 있고, 이렇게 겨울날에도 교도소에 찾아와서 함께 미사를 드릴 수도 있지만, 손만은 잡지 않겠다는 단호한 거부"로 나타나는 연민의 자기만족에 대한 해부. 하지만 이러한 에피소드들은 소설의 전반부에만 자리 잡고 있을 뿐이며, '나'의 성마름과 남자에 대한 냉소와 불신의 원인으로 사촌오빠에게 강간을 당한 적이 있는 '나'의 아픈 삶의 비밀이 중반 이후에 다소 느닷없이 끼어들면서 소설은 상처받은 자들끼리의 오래된 연대감, 인간의 성스러움에 대한 예찬으로 급진전한다. '나'가 윤수에게 다가간 것은 자신의 은밀한 상처를 '고백'하는 행위를 통해서였다. 상처받은 자들 간의 고해성사는 죽음에 대항하는 인간의 권리선언이 된다. "위선자들, 다 자기들 위안받으려고 하는 거지. 그런데 나는 이제 윤수를 위해 그런 일을 하고 싶었다. 그가 좋으면 나도 좋았다. 위선자가 되는 것도 괜찮은 기분일 수가 있다는 것을 나는 처음 알게 된 것이다." 그리하여 이제 사형수든, 교도관이든, 재판관이든, 수녀든, 그 누구든 인간은 성스러우며 생명이란 살아야 할 지상명령이 된다. "검은 승용차를 타고 다니는 재판관이나 극악무도한 살인자나 더 큰 심판관의 입장에서 보면 똑같이 가엾고 똑같이 삶에 있어서의 채무자인 것이다."

'더 큰 심판관의 입장'이라…… 신은 무한히 자비로우며, 인간은 무한히 성스럽다. 단, 그/녀가 무한히 신에게 빚지는 한에서 그러하다. 채무가 늘어날수록 자비와 용서는 무한하며, 무한한 자비와 용서는 거꾸로 무한한 채무에 의존한다. 그러나 이러한 순환고리를 벗어난 오레스테스의 이야기는 존재하지 않는 것일까. 죗값, 심판, 정의, 판결, 용서, 권리 등등 법정의 언어로 넘쳐나는 공지영의 『우리들의 행복한 시간』은 결국 오레스테스를 용서하고 그에게 연민을 선사하는 신들만의 이야기가 된 것인가. 연민과 심판은 결국 서로의 꼬리를 물고 있는 것은 아닌가. 법정에서 사형선고를 내리지만 그를 위해 기도한다는 심판관이 쓴 인간의 성스러움과 신의 자비에 대한 이야기에는 사람의 극한의 상처를 연민으로 소독하고 방부 처리한 냄새가 어쩐지, 나는 성싶다.

무심한 '절대적 존재'의 심술궂은 이야기

신예작가 안보윤의 장편소설 『악어떼가 나왔다』(문학동네, 2005)에는 인간에 대한 어떠한 연민도, 측은지심도 존재하지 않는다. '세상은 정글의 법칙으로 운행된다'는 암시적인 명제가 흐르는 이 소설에는 갑자기 만지면 뜨거운, 그러나 꽝꽝 얼어붙은 수도관의 냉혹한 차가움이 있다. 소설의 표현을 빌리면, 이 소설의 정글의 법칙은 "어떤 절대적인 존재에 의한 위압감"에 의해 운행되고 있는 것처럼 보인다. '어떤 절대적인 존재'…… 연민과 심판을 동시에 행하는 신이라기보다는, 그저 세상사를 냉혹하게 응시하는 신이라고 해도 좋겠다. 이때 신은 인간의 행위에서 모든 우연과 자유를 잔인하게 박탈해버리고 저 무자비한 필연성으로 인간을 복속시키는 형상을 띤 초자아에 가깝다. 냉정함과 잔인함. 그것은 『악어떼가 나왔다』의 전반에 흐르는 정념이자, 인간사의 세목을 응시하는 서술자가 취한 전략적 태도이기도 하다.

강요된 선택과 책임이라는 현실원칙을 매끈하게 던져버린 가상은 자유롭고 무한해졌지만, 도리어 잃어버린 것은 선택의 자유이며, 얻은 것은 냉혹한 정글의 법칙뿐임을 소설은 넌지시 환유한다. 생선장수가 자신을 모욕한 술집여자인 '열대어'를 살해하는 장면을 보자. "남자는 당황했다. 열대어의 밉살맞은 머리통을 한 대 갈겨줄 생각뿐이었는데 자신의 손에 방금 전까지 고등어 대가리를 자르던 칼이 쥐어져 있다는 것을 깜빡한 것이다. 그것도 칼날이 날렵하고 시퍼렇게 벼려진 새 칼이. 열대어의 머리는 거짓말처럼 쪼개졌다. 균형을 잃은 열대어의 몸이 휘청대다 남자를 스쳐 생선내장을 담는 커다란 양철통에 머리부터 거꾸로 처박히는 것을, 남자는 커다랗게 뜬 눈으로 바라보았다." 이 건조하고도 속도감 있는 문장에서 "당황했다" "머리통을 한 대 갈겨줄 생각" "뜬 눈으로 바라보았다"라는 생선장수의 행위는 "고등어 대가리를 자르던 칼이 쥐어져 있다" "머리는 거짓말처럼 쪼개졌다" "커다란 양철통에 머리부터 거꾸로 처박히는 것"이라는 돌이킬 수 없는 필연성에 복속된, 자동기계적 반응에 불과하다. 이처럼 인간은 냉정하고도 잔인한 신의 섬뜩한 응시에 그 고유성을 박탈당한 한낱 꼭두각시처럼 움직일 뿐이며, 그에 대처하는 방법은 이 소설의 등장인물들이 그러하듯 오로지 그건 내가 아니라고 변명하는 '자기기만(mauvaise foi)'밖에 없다. 인간이 변하고 언어와 기호체계도 바뀐다. 원관념과 고유명인 이름은 사라지고 전체가 부분을 대신하며, 메타포와 이미지, 기호 들이 난무한다. 『악어떼가 나왔다』는 정글의 법칙으로 운행되는 늪지대에 떠오른 신의 무자비한 복수극이다.

「실종」「열대어의 무덤」「늪지대에 선 사람들」「악어떼가 나왔다」의 네 부분으로 이루어진 이야기는 거대한 톱니바퀴처럼 한 치의 오차 없이 맞물려 모든 작중인물들의 파국을 향해 속도감 있게 치닫는다. 이 네 이야기를 하나로 꿰어 소설의 플롯을 누비는 바늘은 물론 '악어'라는 기표다. '악어'는 히치콕의 유명한 '맥거핀'처럼 자체의 축어적, 비유적 의미는 없지만, 이야기를 증식시키되 편집증적으로 집중하도록 만드는 역할을 하는 떠돌이 기표라고 보아도 무방하다. 「실종」에서

'악어'는 배꼽에 악어 문신이 있는 실종된 아이 고유의 표식이었지만, 이내 모든 부모들이 자신의 아이에게 문신을 새김으로 인해 "가장 흔하고 평범한 것"이 되면서 고유의 의미가 삭제되고, 마침내는 아이를 잃어버린 경찰청장의 아내에게 갑자기 나타난 강아지의 "악어 문양 펜던트"로 대체된다. 강아지는 악어와 발음이 유사한 "아가"로 불린다. 「열대어의 무덤」에서 '악어'는 생선장수 부부가 공모하여 창녀인 '열대어'를 토막내 담는 "아마존 악어 가방"으로 이어지며, 그 악어 가방에서 실종된 아이가 나온다. 「늪지대에 선 사람들」에서 맥거핀 '악어'는 C컵꽃띠가 찍은 "촌스러운 초록색 악어 장난감 광고"로 이어진다. 뭉툭한 자신의 다리를 잘라버린 C컵꽃띠의 불행한 부모인 생선장수 아내는 악어 문신을 한 아이에게 집착한다. 그리고 마지막, 「악어떼가 나왔다」에서 당연히, 악어떼는 제목 이외에는 결코 등장하지 않는다. 대신에 휠체어를 탄 채 한강으로 질주한 C컵꽃띠와 열대어를 비롯한 무수한 시체들이 한강에 떠오르더라도 이야기는 계속되어 실종된 아이는 보육원 욕조 속에서 악어 문신이 지워지면서 영원히 행방불명이 되고 만다. 무자비한 기표의 유희는 끝난다. 그러나 악어 문신, 악어 문양 펜던트, 아가, 아마존 악어 가방, 초록색 악어 장난감 광고, 악어떼 모두 악어가 무엇인지에 대해 결코 말해주지 않으며 바로 그러한 궁금증을 끊임없이 이탈하는 기표의 작동방식으로 이야기는 진행된다.

이 섬뜩한 이야기를 출현시킨 꼭두각시 주인공들이 공통적으로 가진 욕망의 병리적 구조는 앞서 말했듯이 '자기기만'이다. 생선장수는 열대어를 죽이고 난 뒤 "이것만 넘기면 돼, 이것만 넘기면"이라고 자기 최면을 걸며, 그런 아비를 닮았는지 광고모델 오디션에서 떨어진 C컵꽃띠는 뭉툭한 자신의 발목을 보고 "이것만 없어지면, 나는 완벽해질 거야"라는 환상을 품는다. 그러나 소설은 '이것만, 그것만' 없으면 모든 것이 실현 가능해질 거라는 믿음과 가능성을 바로 '이것 때문에, 그것 때문에'라는 불모의 필연성으로 뒤집는다. 자기기만은 자아가 그 자신에게 속하는 불편한 잉여(살인을 저지른 것, 자신의 뭉툭한 발목)를 부인하고 회피하는 방식으로 거울에 비친 '온전한 나'에 집착하는 물신적 믿음이다. 소설 곳곳에서 볼 수 있는 가상/현실의 차폐에 대한 묘사는 현실의 어떤 객관적 상태가 아니라, 자기기만적 주체가 부인하는 방식으로 선택을 회피한 현실의 필연적 결과이자 냉혹한 법칙이다. 이제 '온전한 나'(전체)를 위해 버린 잔여물들(부분)이 심술궂은 신으로 변하여 되돌아왔다. 그렇다, 악어떼가 나왔다!

나는 내가 접속하는 곳에서 존재하지 않고 접속하지 않는 곳에서 존재한다

'나는 접속한다, 고로 존재한다'는 말이 하이텔 통신과 인터넷이 본격적으로 보급되던 10년 전 무렵에 시대정신처럼 유행했던 적이 있었다. 사람들은 정보의 파시스트적 속도보다 더 느리거나 더 빠르게 대응함으로써 컴퓨터 화면 속으로 지워져가는 정체성의 위기를 첨예화하거나 접속의 환상 속에서 다시 태어날 새로운 나를 전략적으로 꿈꾸었다. 더 느리거나 더 빠르게 세상과 접속하기. 그러나 2005년의 김경욱 소설의 주인공들은 특유의 세대적 우수를 동반한 채 '나는 접속한다, 고로 존재하지 않는다'라고 말하는 것처럼 보인다. 환(幻)에서 멸(滅)로 이동하는 데 자그마치 10년이 걸린 셈. 그렇다면 미래는 오직 신용에 의해서만 열린, 풍요 속의 빈곤함이라는 필연의 세계에서 작가는 어떤 우연과 자유를 꿈꾸고 있는가.

그러나 김경욱의 소설집 『장국영이 죽었다고?』(문학과지성사, 2005)에서 두드러지게 눈에 띄는 것은 우연의 자유에 대한 기대라기보다는 접속의 환상과 환멸을 뼈저리게 체험한 주인공들 특유의 우수 어린 여운이며, 세계와 대면하는 일인칭 화자의 고독한 진술들이다. "그 누구와도 관계하지 않음으로써 나는 겨우 존재할 수 있다."(「장국영이 죽었다고?」) "살아있는 사람을 나는 믿지 않기로 했다."(「당신의 수상한 근황」) "과잉의 세상에서 의도적인 결핍은 되레 자부심의 원천이 되기도 한다."(「페르난도 서커스단의 라라 양」) "나는 고독했으므로 다시 세계의 중심이 되었다."(「낭만적 서사와 그 적들」) "다만, 자신으로부터 용서를 구하지 못한 나를 위해 울 것이다. 눈물이 마침내 나를 이 세계로부터 지워버릴 때까지."(「성난 얼굴로 돌아보라」) "세상이 뭐라 해도 나라는 인간은 내 오류를 근거로 존재하고 내 오류 속에서 소멸할 것이다."(「타인의 취향」) "헛것의 세상, 헛것의 세월이 오히려 내 자신을 온전하게 만들었소."(「나가사키여 안녕」) 이처럼 접속과 소통이 반비례하며, 과잉이 결핍을 불러오는 세상 속에서 김경욱 소설의 주인공들은 이제는 고인이 된 〈아비정전〉의 장국영의 캐릭터가 그랬듯이 소외의 반(半)영웅주의 또는 비루한 영웅주의를 대변한다고 말해도 좋다. 영웅주의라고? 오해 없기를. 영웅주의가 그 존립 근거가 의심스럽고 그저 장국영이 출현하는 영화에나 있을 법한 허황된 말이라고 해도, 『장국영이 죽었다고?』의 일인칭 주인공들의 진술들은 세계로부터 자발적으로 도피하여 속편한 소외감을 즐기는 고독한 단자의 중얼거림과도 분명 다르다고 말할 수 있다. 냉소 어린 우수이되, 그 속엔 진정 어린 분노가 숨어 있다. 작가도 성난 얼굴로 돌아보라고 말하지 않는가. 그럼 누구도 자신을 볼 수 없도록 모자를 쓰고 고개를 수그리는 버릇을 가진 이 주인공들이 처한, 맞서는, 도피하는, 몸을 감추는 세상과 그 관계양상은 어떠한가.

『장국영이 죽었다고?』의 주인공들 대부분은 빚보증을 서거나 주식투자에 실패하여 신용불량자가 된 자들, 구조조정으로 밀려난 실직자, 셔터맨, 임시직 학원강사들이다. 이전 소설집인 『누가 커트 코베인을 죽였는가』(문학과지성사, 2003)의 주인공들이 모두 거리로 내몰리거나 피시방 아르바이트생 등의 일용직으로 전락한 셈이다. 그들은 소설에서도 묘사되듯 요컨대 신용과 주식이 미래를 점유해버린 세상에서 추방된 자들이다. 「성난 얼굴로 돌아보라」에서 주인공은 한때 동거했던 옛 애인이 쓴 소설로 인해 미래를 저당잡히는데, 그것은 타자에게 무심했던 과거가 미래를 점유함으로써 복수를 꾀한 결과이다. 관계의 문제는 어떠한가. 남성 주인공인 그들 대부분은 아내와는 이혼했으며 가족들은 다만 먹여 살려야 할 성가신 존재들이거나 그 자신이 도리어 성가신 존재들이다. 다른 주인공들보다 사정이 조금 나은 보험사 직원이 거꾸로 엎어진 차 안에서 가족들에게 구조의 메시지를 보내지만, 돌아오는 것은 "의미를 헤아릴 수 없는 소리뿐이다". 요컨대 소통매체는 넘쳐나지만, 소통은 가히 절망적이다. 접속하되, 소통은 없다. 편지를 보내도 망망대해의 가상을 건너 목적지에 도착할 수 있을지 심히 회의적이다(「나가사키여 안녕」). 관계의 양상 중 최대치의 가능성과 희망을 가지고 있는 사랑마저 작가는 탈신비화한다. 「낭만적 서사와 그 적들」에서 사랑은 "교환 경제의 규칙을 교란시킨다는 점에서 자본주의의 가장 위협적인 적"인 만큼이나 제도와 관습에 대한 존중과 비호 아래에서만 그 고유성을 인정받을 수 있다. 즉 사랑은 제도이며, 제도는 사랑이라는 판타지를 생산하는 공장이다. 이제 관계는 교환이 되며, 사용가치란 다만 취향의 문제가 될 뿐이다. 김경욱 소설의 주인공들이 겪는 우수는 교환의 유통구조 속에서 모든 가치가 '취향'이 되고 마는 우울한 현실에 대한 주체의 조난신호다. 대상과의 관계 맺음과 접속이 차단될 때 발생하는 우울증적 밤을 견디기, 그리고 그에 따른 주인공들의 우수.

작가가 이처럼 냉정하고도 우울하게 바라본 21세기적 세태와 풍속은 「나비를 위한 알리바이」나 「페르난도 서커스단의 라라 양」에서 드러나는 것처럼 '나'를 대신해서 웃고 울고 믿어주며 사는 텔레비전의 세계, "게토 PC방", 타인들의 시선을 견딜 수 없는 벤담의 감옥이거나 베버의 철창(iron-cage)이다. 그렇기 때문에 작가는 선언한다, 아니 절규한다. '나는 접속하는 곳에서 존재하지 않으며, 접속하지 않는 곳에서 존재한다.' 이러한 우수 어린 비-실존의 전략이야말로 역설적으로, 『장국영이 죽었다고?』의 주인공들의 최대의 실존방식일 것이다.

'화성인들은 좋겠다'

1758년, 스웨덴의 영성학자 에마누엘 스베덴보리는 '행성들로 일컬어지는 우리 태양계에 있는 지구들에 관하여, 그리고 별무리 하늘에 있는 지구들에 관하여, 그곳의 주민들에 관하여, 그래서 거기 있는 영들과 천사들에 관하여, 듣고 본대로'라는 다소 길고도 황당한 제목의 책을 쓴다. 제목 그대로 스베덴보리는 수성에서 아리스토텔레스를 만나는데, 거기서 그는 수성의 한 꼬마가 하는 이야기가 아리스토텔레스의 논리학보다 더 지혜롭다고 경탄한다. 물론 화성과 화성인들도 등장한다. 스베덴보리에 따르면 화성은 태양계에서 가장 선한 이들이 자유자재로 소통하는 곳이며, 또 기후도 선선하다. 물론 지구가 우주에서 가장 사악하며 말이 통하지 않는 인간들이 사는 화염지옥이라는 전제하에. 책을 읽으면 문득 그런 생각이 들 법하다. '화성인들은 좋겠다.'

박민규의 첫 소설집 『카스테라』(문학동네, 2005)에도 비슷한 구절이 눈에 들어온다. 태양계의 세번째 행성, 지구에서 비교적 동아시아 북반구에 위치한 작은 나라, 그것도 분단된 대한민국의 서울이라는 인구 1000만이 넘는 뜨겁게 달궈진 도심의 한가운데, 오후에는 주유소, 밤에는 편의점에서 일하며 생계비를 벌어 일찍이 인생의 "산수"에 눈을 뜬 상고(商高) 학생인 '나'도 무심코 중얼거린다. "화성인들은 좋겠다." "덥지도 않고, 멀고먼, 화성."(「그렇습니까? 기린입니다」) 동시대 철학자 칸트는 스베덴보리의 황당무계한 형이상학을 두고 "어느 형이상학적 환몽가의 망상"이라고 조롱했다. 그러나 우주를 가로질렀던 스베덴보리의 몽상에 칸트가 동의할 만한 점이 있었다면, 그것은 우주의 종족에 비하면 지구인들이 얼마나 타락했으며 또 한심한 족속들이겠느냐라는 것이었으리라. 왜냐하면 스베덴보리의 책이 나온 해로부터 정확이 30년 후에 칸트는 『판단력비판』에서 우주에서 볼 때 자아의 지위와 재산, 안녕은 얼마나 하찮은가라는 식의 숭고론을 다시 전개하기 때문이다. 그리하여 박민규의 『카스테라』의 저변에 흐르는 스타일상의 미학에 하나의 이름을 붙이는 것이 허락된다면, 그것은 희극적 숭고 또는 숭고의 캐리커처라고 부를 수 있을 것이다. 박민규식으로 번역하면, 왜소한 인류에 비해 저 웅장한 엠파이어스테이트 빌딩도 "우주에서 보면 (……) 빨판이 달린 한 마리의 기생충"에 불과하다(「몰라 몰라, 개복치라니」). 그래서 『카스테라』의 주인공들은 종종 하늘을 날아 지상을 내려다보는 비행사가 되거나(「대왕오징어의 기습」), 고무동력선을 타고 우주로 날아가 지구를 물끄러미 쳐다보곤 한다(「몰라 몰라, 개복치라니」). 그도 아니면 비행기라도 탄다. "무엇보다 대기권에선, 지상의 일들이 한눈에 보이기 마련"이기 때문이다(「헤드락」). 왜 그런 겁니까. "세상이 너무 그렇고 그렇"기 때문입니다. "어쩌겠어."(「고마워, 과연 너구리야」)

이처럼 소설 전반을 지배하는 정념은 자본=시장, 지구의 바깥은 없다는 사실 앞에 선 무력한 단자의 허탈한 웃음과 씁쓸한 비애다. 그렇지만 박민규의 서사는 탈주할 '바깥이 없는' 후기자본주의 시대의 탈주의 유희와 그러한 유희의 허망함을 「몰라 몰라, 개복치라니」처럼 우스꽝스럽게 그리되, 그저 그런 비루한 인류들, ㉿ 마크가 찍힌 "코리언 스텐더즈"(「코리언 스텐더즈」)를 긍휼히 여긴다는 점에서 위로와 유머의 서사다. 이 소설에서 자주 반복되는 말은 세상이나 인간이 '그저 그렇고 그렇다'이며, '과연' '물론' '이미' '이제' '너무'처럼 자주 쓰이는 부사에는 돌이킬 수 없으며 불가항력적으로 완료된 사건들과 현실에 대한 체념의 여운마저 담겨 있다. 그러나 박민규의 미학적 전략은 여기서 출발한다. 더, 가볍게 가보자. 남아메리카에 전해 내려오는 이야기 하나. 어느 이야기의 주인공이 산적들에게 쫓겨 낭떠러지에 다다른다. 도저히 더 나아갈 수 없는 막막한 상황에서 주인공은 그러나, 기적적으로 탈출하며 거꾸로 산적들은 오도가도 못하게 된다. 어떻게? 의외로 간단하다. 주인공은 이야기 밖으로 뛰쳐나감으로써, 산적들은 이야기 안에 가둬짐으로써. 이른바 냉장고에 코끼리를 넣는 방법이 되겠다. 자, 저 빌어먹을 후기자본주의 세계의 바깥은 없다고 하지만, 밖에서 안을 한번 괄호쳐보자. 세상을 부패시키는 것들, 미국이라도 좋으니 냉장고에 한번 집어넣어보자. 무한을 유한으로 축소하여 세계의 부패를 막고 우주적 고요로 잠잠하게 만들어보자.

"고오오오"(「헤드락」)

한 문단과 단락을 끊어 서사적 물줄기에 편입시키지 않은 채 그 자체의 형식적 자율성과 의미영역의 캠프를 확보하려는 박민규식의 스타일 역시 숭고 고유의 축소능력에서 비롯된다.

물론 도도새를 멸종시킨 자본주의의 생태학은 엄혹하고 냉정하다. "시장은 이미, 우리의 운명이다."(「야쿠르트 아줌마」) 아마도 이처럼 숭고한 말도 달리 없을 것이다. 그러나 숭고한 것은 다른 관점에서 바라볼 때는 왕왕 우스꽝스러운 것으로 드러나게 마련이다. 너구리, 기린, 대왕오징어, 외계인, 그도 아니면 야쿠르트 아줌마의 관점에서 시장을 바라본다면 그것조차도 긍휼히 여길 수 있을 것이다. 개별자의 체념과 비애를 더 큰 존재자의 긍휼과 유머로 감싸안기. 그래, "심야전기가 흐르는" "저렴한 인생들"끼리 "오리배 세계시민연합" 보트라도 타고(「아, 하세요 펠리컨」) 훌쩍 날아올라 비틀스의 저 몽상적인 노래처럼 '우주를 가로질러(Across the Universe)'보면 어떨까.

사랑과 증오의 화학변화

성 아우구스티누스는 "내가 나의 신을 사랑할 때 나는 무엇을 사랑하는가"라는 물음을 던진 적이 있다. 이 질문은 범속한 일상에서 만나고 사랑하고 헤어지는 남녀 간의 사랑의 방정식에 그대로 던져도 무방하다. 내가 그/녀를 사랑할 때 나는 그/녀의 무엇을 사랑하는가. 나는 그/녀의 무엇 때문에 그/녀를 사랑하게 되는가. 즉 그/녀는 자신이 사랑받는 원인을 알고 있는가. 거꾸로 나는 그/녀를 사랑하는 원인을 알고 있는가. 물론 사랑하는 나는 사랑받는 그/녀의 기쁨의 원인이 되고 싶어하며, 사랑받는 그/녀는 사랑하는 나의 기쁨의 원인이 되고 싶어한다. 그러나 사랑의 숭고한 드라마는 도리어 이 원인(X)이 무엇인지 잘 알 수 없고 또한 반드시 일치하지 않기 때문에 발생하는 것이며, 그래서 늘 불가사의하고 예측 불가능하다. 사랑이 그렇다면, 증오 또한 그러할 것이다. 권지예의 소설집 『꽃게 무덤』은 대부분 남녀 간의 사랑과 증오의 불가사의한 일치와 어긋남, 중독과 결핍, 만남과 헤어짐, 떠남과 돌아옴, 삶과 죽음, 현실과 꿈, 나타남과 사라짐으로 변주되는 존재의 이원성과 적대를 물과 불의 원소적 화학작용을 통해 아름답게 빚어내고 있다. 당연히, 사랑과 증오는 『꽃게 무덤』을 빚어내는 다채로운 화학변화의 주된 정념적 질료들이다.

표제작 「꽃게 무덤」은 사랑의 화학작용이 발생하지만, 그것이 행복한 결합과 지속을 오래 이루지는 않는다는 아픈 진실을 그려내는 수작이다. "누군가를 사랑하는 일이란 이렇게 체질의 변화를 가져오기도 하는 이해할 수 없는 화학변화란 생각이 들 무렵, 그녀는 떠났다." 바다로 들어가려는 여자를 구해준 덕택에 인연을 맺게 된 그가 그녀에게 맨 처음 사준 것은 그에게 게 알레르기 반응을 불러일으키는 꽃게탕이었다. "게에 환장을 하는 정말 이상한 여자"였던 그녀는 그가 먹다 만 꽃게까지 집어 먹는 무서운 식욕을 드러낸다. 꽃게는 이들의 사랑이 발생하는 숭고한 순간의 원인을 제공해주는 재료이지만, 그 원인이 무엇인지까지는 결코 밝혀주지 않는 그 어떤 것이기도 하다. 사랑의 원인인 그 어떤 것, 알 수도 없고 질문해도 답을 구할 수 없는 부재원인(absent cause), 요컨대 사물(Das Ding)에 다다르려는 남자의 집요한 노력이 시작되는 순간, 사랑은 내리막길을 타며 증오의 드라마로 바뀐다. "그녀의 내부엔 무엇이 있는 걸까"라는 남자의 궁금증이 "그곳에 닿고 싶다는 안타까운 호기심의 몸짓"을 결코 해명할 수 없을 때, 그녀의 가방 속에서 발견된 또다른 남자의 사진은 고삐 풀린 증오의 촉매제가 되며, 그녀에게 단 한 번의 손찌검을 가한 그날 밤 그녀는 그의 곁을 영원히 떠나고 만다.

한편 「꽃게 무덤」에서처럼 단 한순간에 의해 모든 의미가 뒤바뀌며 삶이 갑자기 드라마틱해지는 반전의 미묘한 경계에 대한 작가의 탐구는 꽤 집요하다. 「산장카페 설국 1km」에서 "보이진 않지만 치명적인 것들은 모두 밑에 숨어 있는 것이다"라는 진술이 암시하듯, 평온해 보였던 산장카페는 갑자기 남녀들 간의 살기와 음모가 도사리고 있는 섬뜩한 산장으로 뒤바뀌며, 「봉인」에서는 불치의 병으로 죽을 줄만 알았던 수옥의 운명과 해산한 동생과 갓 태어난 조카의 운명이 다소 해프닝처럼 엇갈리면서 삶과 죽음이 자리를 뒤바꾼다. 이러한 자리바꿈,

전치(轉置)/역전치의 작용은 「이것은 파이프가 아니다」에서 허구와 실제, 이미지와 현실에 대한 물음으로 이어지며, 「우렁각시는 어디로 갔나」「여자의 몸—Before & After」에서는 끊임없이 변신해야만 하는, 그러나 변신하지 않더라도 여전히 고달프기만 한 여성의 삶에 대한 질문으로 전환된다. 「비밀」은 엄마의 현존과 부재를 알리는 프로이트의 포르트-다(fort-da) 놀이처럼, "사라짐과 나타남"의 마술, 전치와 반전에 대한 작가의 탐구가 어디에서 비롯되었는지를 엿볼 수 있는 '원장면(primal scene)'의 역할을 하는 소설이다.

그러나 이러한 작품들보다도 「뱀장어 스튜」「물의 연인」처럼 작가의 소설적 탐구가 물과 불이라는 두 원소의 질긴 화학작용이 빚어내는 강렬한 이미지의 도움을 받을 때, 소설적 육체가 더 풍요로워지는 것 또한 사실이다. 다만 「뱀장어 스튜」에서 뱀장어 스튜를 만들기 위해 필요한 "고요하고 평화로운 화력"이 "살의나 열정보다는 평화로움에 길들여지는", 즉 "용서하는 일"로 귀결되기보다는 "남자는 갈퀴손처럼 여자를 한없이 비우고, 여자는 부서져내리고. 남자는 더 깊어지는 허기로 결국엔 나가떨어질 것이다"에서처럼 남녀 사이의 환원 불가능한 적대의 간극을 분명히 하는 쪽이 아직은 더 의미심장해 보인다. 물론 「물의 연인」처럼 남녀의 적대를 바슐라르적인 의미에서 이원적 존재의 순간적 합일로 전치시킨 에로티시즘의 성취 또한 엄연히 있다. 적대냐, 합일이냐. 선택의 곤란함이 반드시 미학적 차원의 문제만은 아닐 것이다.

소설의 성좌들

배수아, 공지영, 안보윤, 김경욱, 박민규, 권지예의 소설들은 저마다의 독특한 개성과 상상력으로 공통점이라고는 거의 찾아볼 수 없는 작가들이지만, 이들 소설의 장(field)에 산포되는 정서와 인식의 성좌(constellation)는 묘한 무늬의 배치를 만든다. 배수아의 망명자적 멜랑콜리는 접속하되 존재하지 않는다는 김경욱의 일인칭 주인공들의 우수 어린 비실존과 연결되며, 한편 권지예 소설에서 꽃게를 먹고 꽃게가 되어 바다로 사라지는 우울증의 여인들과 조우한다. 공지영 소설에서 죄 많은 인간에게 슬픔을 느끼는 신, '더 큰 심판관'의 연민으로부터 출발하는 연대적 열정은 젊은 작가 안보윤 소설의 저 '절대적 존재'의 무시무시한 냉혹함에서 빚어지는 정글의 법칙과 좋은 대조를 이룬다. 박민규라면, 애덤 스미스의 '보이지 않는 손'에 의해 가혹하게 작동하는 '후기자본주의 세계'를 냉장고에 집어넣거나 우주로 날아가 긍휼 어린 눈으로 지구를 바라보는 유머러스한 창조주의 자리에 앉고자 할 것이다. 공지영의 '더 큰 심판관'과 안보윤의 '절대적 존재'가 앉았던 권좌에, 비록 3억 개의 인류를 낳는 개복치로 창조주의 정체가 금세 탄로나더라도 말이다. 그리고……

……아마도 또다른 소설들이 빚어내는 더 많은 성좌와 그것이 빚어내는 망탈리테가 소설의 우주 어딘가에서 생성될 것이다. 그 우주는 또한, 당연히 비평이 있어야 할 자리이기도 하다.

제5부

소설의 성좌 2

잃어버린 시간을 찾아서

— 윤대녕의 『옛날 영화를 보러 갔다』를 다시 읽다

옛날 영화를 보러 갔다

누구에게나 그런 순간이 한 번쯤은 있을 것이다. 밤새도록 앓고 난 늦은 겨울날, 덜 회복된 몸을 간신히 일으켜 봄의 기미가 아득하게 느껴지는 베란다의 벽이나 집 담장에 기대고 서서 따사롭게 내리쬐는 정오의 햇빛을 온몸으로 받는 그런 순간. 갑자기 환해진 몸이 중력으로부터 벗어나는 느낌의 순간. 그때 까마득하게 내려오는 정오의 햇살은 일순간 주위를 빛과 어둠의 이중주로 물들여놓는다. 그때 주위의 사물들은 빛을 발하는 동시에 자신의 그림자와 겹쳐진다. 그때 슬픔이라고도 기쁨이라고도 딱히 말할 수 없는 감정이 제어할 길 없이 솟아오르며, 돌이켜본 지난날의 꿈은 희망과 절망으로 분절된다. 감상적으로 보여도 그런 감상을 제어할 자의식마저도 어쩔 도리가 없는 순간이 있다. 가만, 대낮에 가깝게 울리던 사물들의 소란스러움은 갑자기 멀어지면서 귀가 먹먹할 정도의 고요함과 일치한다. 지금 돌이켜보아도 여전히 혼란스럽고 아득하기만 한 청춘의 자오선을 통과할 무렵, 문학을 통해 다른 삶이 가능하다는 꿈을 암시해주는 동시에 그러한 꿈이 푸른 빛의 실루엣을 데리고 현실의 지평선 밖으로 서서히 사라져갈 수밖에 없다고, 저 속절없는 아름다움의 정체는 당신이 현실의 질서에 틀어박혀 있는 한 결코 다시는 만날 수 없으리라고 안타깝고도 야속하게 속삭여줬던 작가가 있었다. 94년 겨울 무렵, 강원도의 먼 산골짜기에서 막막한 젊음을, 통제와 규율의 엄혹하고도 고된 시간을 하릴없이 견디며 보내던 그때, 멀리서 그런 젊음의 사정을 딱하게 여긴 누군가가 보낸 소포의 내용물에는 '은어낚시통신'이라는 낯설고도 매혹적인 소설집의 제목이 환각처럼 찍혀 있었다. 신산(辛酸)했던 젊은 날의 한때에 만났던 윤대녕의 소설은 청춘의 질병을 가까스로 빠져나오기 직전의, 회복기 환자에게 내리쬐던 늦겨울 정오의 순간과 같았던, 문학의 고유명이었다.

그리고 그로부터 십수 년 만에, 윤대녕의 첫 장편소설 『옛날 영화를 보러 갔다』(재출간, 문학동네, 2008)를 다시 읽게 되었다. 처음 읽었을 때, 『옛날 영화를 보러 갔다』는 윤대녕의 다른 소설들이 그렇듯 결코 잊혀지지 않는 이미지, 낯선 자의 최면적인 목소리로 각인되었던 것 같다. 『옛날 영화를 보러 갔다』는 소설의 첫 대목이 인상적으로 수놓은 것처럼, 수많은 새떼가 일제히 강기슭을 박차면서 날아오르는 소리와 비틀스의 멤버 존 레넌의 나른하면서도 몽환적인 음성이 결합된 노래로 기억되는 소설이다. "하염없이 내리는 비처럼 말들은 종이컵으로 흘러들어가고/그러는 동안 스르르 미끄러지고 저 우주 가로질러 어느덧 사라져버리네."(비틀스, 〈우주를 가로질러Across the Universe〉) 그리고 일종의 전(前)의식 상태에서 자신의 분신과 만나 낯선 목소리를 주고받던 축축하고도 습기에 찬 영화관, 잃어버린 젊은 날, 언제고 거기에 있을 것만 같았던 바닷가 언덕의 빨간 자동차, 상처받은 젊은 영혼들의 은신처였던 오렌지빛의 "사건의 지평선", 그리고 누에가 명주실을 짜내면서 바스락대던 푸른빛의 잠사(蠶舍)…… 윤대녕의 첫 장편 소설에 대한 인상은 추억 어린 사물과 장소, 인물이 언제나 동일한 곳에 놓여 있는 영원회귀의 이미지, 그것이었다.

1995년에 출간된 『옛날 영화를 보러 갔다』는 윤대녕을 90년대 이래로 가장 중요한 작가로 만들어줬던 첫 소설집 『은어낚시통신』(문학동네, 1994)이 이룩한 문학적 성취의 연장선상에서 읽힌 작품이었다. 모두가 알다시피, 『은어낚시통신』은 "생리적 플롯의 구조와 이미지"(김윤식), "존재의 시원으로의 회귀"(남진우) 등으로 대표되는 향후 윤대녕 소설의 미적 성취에 대한 문학적 평가와 찬사를 이끌어낸 첫 작품집이었다. "우주와 그 안의 인간 위치에 대해서는 보다 폭넓게 언급하고, 삶의 사회적 상황에 대해서는 덜 포용적이며 덜 온화한 시각을 갖는" '진정성(authenticity)의 윤리'(황종연)도 윤대녕의 단편이 이룩한 주제적 성취였다. 그러나 이러한 평가들에도 불구하고 윤대녕의 첫 장편소설 『옛날 영화를 보러 갔다』는 첫 소설집 『은어낚시통신』이 이룩한 미적, 주제적 성취의 연장에서 그 비평적 검토가 대부분 이루어졌으며, 그에 따라 어떤 경우에는 부당하게 평가된 측면도 없지 않다. 이번에 다시 읽는 『옛날 영화를 보러 갔다』는 또다른 의미와 느낌으로 다가온다. 마치 소설의 주인공 '나'가 분신이자 옛 친구인 E와의 처음이자 마지막 대면에서 영원회귀에 대해 이렇게 말하는 것처럼 말이다. "이봐, 몇 달 전에 날아온 되새떼가 수십 년 전에 시베리아에서 날아온 바로 그 되새떼라고 누가 말할 수 있겠나."(303쪽) 되새떼가 이동하듯이 『옛날 영화를 보러 갔다』도 이제 상이한 독서의 지평선에 다시 놓이게 되었다. 『옛날 영화를 보러 갔다』는 서른두 살의 겨울을 맞은 고독한 주인공 '나'가 되새떼의 도래를 알리는 신문기사를 본 이후, 자신에게 연속적으로 찾아온 기이하고도 낯선 사건들을 하나씩 체험하면서 완벽히 잠들어 있었던 고등학교 1학년, 열일곱 청춘의 아픈 기억을 다시 회복함으로써 잃어버린 시간을 되찾고 또 새로운 사랑을 만난다는 이야기다. 우연의 일치일까. 주인공이 회복한 저 망각의 세월은 『옛날 영화를 보러 갔다』가 처음 출간되고 나서 지금까지 흐른 시간과도 거의 일치한다. 지금 여기에 놓여 있는 『옛날 영화를 보러 갔다』는 십수 년 전의 그 작품과 동일하지만 또 다르다고 보아야 한다. 마치 영원회귀의 이치가 그렇듯, 윤대녕의 첫 장편소설 역시 독자들에게 다른 의미, 다른 아름다움, 다른 추억으로 되돌아온 셈이다. 『옛날 영화를 보러 갔다』는 앞서도 말했듯이 잃어버린 기억을 복원하면서 정체성을 되찾고 새로운 사랑을 발견하는 '회복기 환자'(니체)의 이야기다. 그럼, 그 회복기 환자에게 존재의 틈새를 여는 사건의 이미지, 곧 삶의 정오에 해당하는 형상은 어떻게 다가왔던 것일까.

Across the Universe

그때 갑자기 지진이라도 난 듯 상점 건물들이 눈앞에서 마구 흔들렸다. 파적(破寂)!

…… 새떼 소리였다.

담배에 불을 붙이려던 터에 어디선가 새떼 날아가는 소리가 귀청을 때리며 들려왔던 것이다. 두터운 정적에 눌려 있던 지붕들이 순식간에 파르르 떨고 나는 아득히 흔들리는 몸을 가누며 주위를 둘러보았다. 그러나 비에 젖은 상점들의 지붕만 눈에 들어올 뿐, 어디서도 새떼가 날아가는 모습은 보이지 않았다. 서울 한복판에서 그런 일이 벌어질 리 만무했다.(9쪽)

종로2가 도심 어딘가에 한 남자가 마치 들녘의 허수아비처럼 외롭게 서 있다. 주인공 '나(남형섭)'는 젊은 나이에 대기업의 기획실 차장 대리에 올라 출세와 앞날을 보장받은 인물이었지만, 결혼의 실패와 함께 그때까지 뒤도 돌아보지 않고 나아가던 삶의 닻을 내려두고 고독과 방황을 살아가는 서른둘의 젊은 남자다. '나'가 어느 날 우연찮게 신문을 통해 본 되새떼의 귀환 소식은 주인공에게 닥칠 갖가지 사건들을 개시할 하나의 징조로 찾아온다. 어느 날 '나'는 인용문에서처럼 누군가를 만나기로 한 종로2가에 있는 한 카페 처마 밑에서 우연찮게 도심의 정적을 깨는 '새떼 소리'의 환청을 듣게 된다. '나'가 그 소리의 출처로 짐작되는 카페 옆 '쇼팽네 가게'로 발걸음을 옮기기 전에, 인용문의 저 아름다운 장면을 다시금 상기해보자. 『옛날 영화를 보러 갔다』를 이미 읽은 추억이 있는 독자라면, 소설의 이 첫 장면을 결코 잊지 못할 것이다. 그리고 새떼 소리의 정체와 그것의 의미를 해독할 중요한 단서를 제공하는 아래의 대화를 계속해서 이어가보도록 하자.

메마른 목소리로 그녀가 다시 무얼 찾느냐고 물어왔을 때야 나는 정신을 차리고 팝송 코너로 시선을 돌렸다.

"밖에서 새떼 날아가는 소리를 듣고 들어왔습니다."

"네?"

약간 신경이 예민해진 얼굴로 그녀가 나를 바라보았다. 피부가 흰 탓인지 차가워 보이는 인상이었다.

"제 기억이 맞다면 〈우주를 가로질러〉란 곡일 겁니다."

비틀스의 〈Across the universe〉 말이죠, 라고 나는 덧붙였다. 그녀가 의자를 뒤로 밀고 카운터에서 빠져나와 진열대로 다가갔다.

"최근 CD 버전은 도입부의 새떼 날아가는 소리가 녹음돼 있지 않아요. 혹시 LP라면 몰라도."

나는 LP판을 달라고 했다. 아직 CD플레이어를 장만하지 못한 것이

다.(11~12쪽)

인용문은 소설 초반부 도심을 가로지르며 날아오르는 새떼 소리의 환청에 이끌려 레코드점 '쇼팽네 가게'로 들어온 '나'가 레코드점 여자(최선주)와 주고받는 대화의 일부다. '나'는 종로 도심의 한복판에서 새떼 소리를 듣지만, 새떼가 날아가는 모습을 확인하지 못하며 또 도심에서 새떼가 날아오르는 광경은 없을 거라고 생각한다. '나'는 새떼 소리가 누군가를 기다리기로 한 카페 옆의 '쇼팽네 가게'에서 들려왔던 것으로 짐작하고 밖에서 레코드점 안을 기웃거리다 자신도 모르게 그곳으로 들어간다. 그리고 주인공은 언젠가 오늘처럼 카페가 닫혀 있고 처마 밑에서 비를 피하다 레코드점으로 들어온 적이 있었다는 "기시감(既視感)"(10쪽)에 사로잡힌다.

그러나 '나'에게 들려온 환각적인 새떼 소리는 인용한 대화가 말해주듯 레코드점의 스피커에서 들려온 소리가 아닌 것으로 밝혀진다. 레코드점 안으로 들어온 손님인 '나'는 비틀스의 〈우주를 가로질러〉라는 노래를 요구한다. '나'는 "밖에서 새떼 날아가는 소리를 듣고 들어왔습니다"라고 뭔가에 홀린 듯 말하는데, 그에 대한 여자의 대꾸가 흥미롭다. "최근 CD 버전은 도입부의 새떼 날아가는 소리가 녹음돼 있지 않아요. 혹시 LP라면 몰라도." 만일 여자의 말이 사실이라면, 주인공이 들었던 '새떼 소리'의 정체는 이내 불분명해진다. 그럼 도대체 '나'는 무엇을 들었던 것일까. 정황상 '나'는 비틀스의 〈우주를 가로질러〉를 듣기는 했지만, 그 노래의 도입부에 있으리라고 짐작한 새떼 소리는 듣지 못했다. 레코드점 안에서 틀었던 〈우주를 가로질러〉는 여자의 말처럼 새떼 소리가 별도로 녹음되어 있지 않은 CD 버전이기 때문이다. 물론 새떼 소리는 〈우주를 가로질러〉라는 노래로 인해 자연스럽게 떠올렸을 '나'만의 환청일 수도 있겠으나, 그 소리는 레코드점 바깥에서는 들리되 레코드점 안에서는 들리지 않는다는 점에서 한층 수수께끼를 더하게 된다. 바로 이것이다. 소설의 첫 부분에서 들려오는 이 '새떼 소리'는 그 정체가 끝내 밝혀지지 않음으로써 신비로움을 하나의 결정체마냥 간직하고 있다. '새떼 소리'는 '나'의 안과 밖의 경계에서, 가까이에 있지만 멀리서 들려오고 또 멀리 있지만 가까이서 들려오는 소리로 추정할 수 있다. 그리고 이것은 『옛날 영화를 보러 갔다』의 도처에서 출몰하는 일련의 낯선 신호음과도 연결된다.

소설 전체에서 반복적으로 들리는 사이렌, 총성, 호각 소리, 소낙비 소리 등과 같은 계열의 '새떼 소리'는, "호출"이라고도 부를 수 있는 낯선 타자의 부름이며, 그것들은 '나'의 정체성의 변화를 이끄는 일종의 계시, 사건이다. 그 소리는 한편으로는 '나'의 정체성만큼이나 타율적이고 닫혀 있는 일상이나 현실도 실제로는 그 내부로부터 대단히 불안정적이며, 또 깨지기 쉬운 어떤 것임을 암시하는 신호이기도 하다. 새떼 소리에 상점건물들이 흔들리는 것과 같은 강렬한 느낌의 '지진'이란 바로 사건의 다른 이름이다. 윤대녕의 소설에서 이처럼 낯선 타자의 부름, 호출은 현실이나 일상 저편의 신비한 어떤 곳에서 지금 여기로 들려오는 소리가 아니라, 현실 또는 일상이 균열을 내면서 일으키는 소리다. 현실이나 일상 너머에 신비로움이 있는 것이 아니라, 파열음을 내는 현실이나 일상 그 자체가 신비로운 것이다. 그리고 그것은 『옛날 영화를 보러 갔다』가 자유자재로 먼 과거와 현재, 낯선 신비와 무미건조한 일상을 오가면서도 삶의 회복과 사랑의 발견이라는 소중한 주제를 지금 이곳의 일상에서 궁극적으로 찾는 이유이기도 하다. 한편, 여기서 한 걸음 더 나아가, 윤대녕의 소설에서 테크놀로지에 의해 출몰하고 명멸하는 이미지, 음성 등의 효과가 다만 소설을 화려하게 만드는 장식적 역할에 머무르거나 외피와 감각을 탐하는 현대사회와 인간의 즉물성을 반영한다는 식의 무딘 비판은 적어도 지금 시점에서는 윤대녕의 소설과 상관없는 이야기가 된다.

소비자본주의 사회에서 현대도시인의 삶을 매개하는 전화, TV, 팩시밀리, 사진, 영화, 음악 등의 영상매체와 패션, 여행 등의 라이프스타일에 대한 작가 윤대녕의 관심은 '취향의 사회학'이라고 부를 법한 범위를 훨씬 넘어선다. 앞의 인용문에서 CD판의 〈우주를 가로질러〉에는 새떼 날아가는 소리가 녹음되어 있지 않다는 '문화적 정보'는 음악에 대한 작가의 심미적 취향과 애호를 과시하기 위해서 표출된 것이 아니다. 그것은 비본래적 '존재'의 상태에서 살고 있던 주인공이 자신을 엄습하는 '사건'의 의미를 깨닫도록 하고, 나아가 누군가가 도시적 삶의 은폐성으로 일컬었던 '익명인(Das Mann)'의 실존에 본래성(Eigentlichkeit)을 일깨울 계기를 마련하는 매개체로 기능한다. 윤대녕 소설에 대한 가장 중요한 일련의 글들을 썼던 남진우는 『옛날 영화를 보러 갔다』의 "주인공이 시원으로 회귀하도록 매개하는 인물이 팩시밀리를 통해 소식을 전해오는 것도 유념할 만하다"[1]라고 언급하면서 윤대녕 소설에서 첨단테크놀로지와 시원적 향수가 분리불가의 관계임을 일찌감치 간파한 바 있다. 팩시밀리, 전화, 사진, 영화 등 테크놀로지의 매개를 통해 전파되는 인쇄물의 문자와 글, 전화기의 친숙하거나 낯선 음성, 영화나 사진처럼 운동하거나 정지해 있는 이미지는 윤대녕 소설에서 현존과 부재, 원본과 사본, 빛과 그림자, 실존과 분신, 이곳과 저곳, 과거와 현재, 사랑과 이별, 삶과 죽음, 죽음과 재생 등의 무수한 대립항들, 즉 둘(double)을 동시에 지칭하고 결정(結晶)한다. 테크놀로지에는 이처럼 존재하면서도 존재하지 않고, 존재하지 않으면서도 존재하는 어떤 유령성 같은 것이 늘 도사리고 있다. 윤대녕 소설의 인물들이 자주 시달리는 기시감이란 바로 이 둘의 간극이

1) 남진우, 「달의 어두운 저편—윤대녕, 후기자본주의 시대의 목가」(『문학과 사회』 1996년 봄호), 362쪽.

빚어내는 시차(時差, 視差)에 대한 지각반응이다.[2] 시차는 소설의 한 구절을 빌리면, "'아까의 나'와 '지금의 나' 사이에 연속성이 사라져버린 느낌"(245쪽), 간극의 체험으로 정의할 수 있다. 윤대녕 소설의 주요 모티브인 주인공의 정체성 상실 그리고 주인공을 둘러싼 작중인물들이 언제나 유령처럼 느닷없이 돌아오거나 갑자기 실종되는 것은 이러한 시차 체험과 무관하지 않다. 그들은 너무 늦게 도착하거나 일찍 사라지는 시차적, 유령적 존재들이다. 그들은 때로는 가까이 있는 서로를 낯선 외계인으로 느끼면서도 정체 모를 머나먼 타자의 신호에 극히 민감하게 반응하기도 한다. 주인공의 삶의 중요한 순간에 출현한 E라는 수수께끼 같은 인물이 그 중요한 예다. E는 주인공이 있는 곳이면 어디에든 있지만, 주인공이 그를 볼 수 없는 반면, 그는 주인공을 본다는 점에서, 마치 신처럼, 부재하는 현존, 현존하는 부재다. 『옛날 영화를 보러 갔다』에 부여되는 추리소설적 외관 역시 팩시밀리를 통해서만 자신의 현존을 알리고 다른 신상정보는 철저히 감추는 E라는 인물(망각된 젊은 날의 '희배')의 시차적 존재 방식과 관련이 있다(E라는 이니셜은 영원회귀Ewige Wiederkunft/Eternal Return의 첫 글자 E와 연관된다). 그는 주인공이 있는 곳이면 어디든 따라다니는 분신의 특징과 함께 부도기업을 합병 인수하여 막대한 자산을 소유한 자본가라는 현실적 면모도 지닌 인물이다. E는 소설에서 악마적이고 음산한 성격으로 그려지지만, 그와의 대면이 없다면 '나'는 과거의 기억으로 통하는 "벌레 구멍"(35쪽)으로 들어갈 수 없으며, 또한 영원회귀를 통한 삶의 긍정으로도 나아갈 수도 없다는 점에서 '나'에게는 양가적이며 반면교사 같은 존재다.

곧 살펴보겠지만, 윤대녕 소설에서 테크놀로지의 도움으로 출몰하

2) 우찬제, 「시간의 그림자 가로지르기, 혹은 신생의 현현」, 『타자의 목소리』(문학동네, 1996), 432~435쪽 참조.

는 시원으로의 회귀 또는 영원회귀의 이미지는 앞서의 이항대립(현존과 부재, 삶과 죽음 등등)을 응축하는 이미지, 언제나 둘의 이미지다. 이 소설에 등장하는 영화관이나 '블루 문'의 지하방, '사건의 지평선'과 잠사 등은 이러한 '둘의 이미지'를 잠재적으로 내포하고 있는 장소다. 그곳에서 과거와 현재, 실존과 분신은 조우하고(영화관), 복사본은 원본을 재현하며(블루 문), 빛과 그림자, 이곳과 저곳이 만나거나(사건의 지평선), 사랑과 이별, 죽음과 재생(잠사) 등이 함께 이루어진다. 『옛날 영화를 보러 갔다』에서 가장 중요한 '영원회귀'의 관념은 E가 '나'에게 보내는 팩스에 인용하는 엘리아데의 학설이나 '나'가 E의 비밀스러운 의뢰로 번역하다가 중단하게 되는 책 『시간의 화살』에 나오는 그 어떤 심오한 종교적, 철학적 내용이 아니다. 영원회귀를 그런 방식으로 접근할 수는 없다. 영원회귀는 윤대녕이 수놓은 '이미지의 은하수' (남진우)에서 가장 생생하게 살아 움직이며, 그 이미지들은 정체성의 혼란을 겪는 삶을 신생으로 인도하는 조용한 발걸음이 된다.

영원회귀

『옛날 영화를 보러 갔다』는 무엇보다 반복의 소설이다. 반복은 이 소설에서 이미지로부터 시공간의 구조, 소설의 주제로부터 플롯에 이르는 모든 소설적 공정(工程)의 마디마디를 구성하고 있다. 『옛날 영화를 보러 갔다』는 크게 네 개의 이야기로 나뉘어져 전개되고 있으며, 그 이야기는 시간의 층위에 따라 현재-과거(단순기억)-대과거(회상)로 분할되어 있다(엄밀하게 말해, 주인공을 시시때때로 엄습하는, 미래시제에 해당할 예감이나 징조까지 포함한다면 이 소설에는 모두 네 개의 시간이 병존한다고 할 수 있다). 그러나 이 모두의 이야기들을 관통하고 엮어내는 소설의 플롯은 겨울에 되새떼가 날아왔다가 이듬해 봄에 다시 날아간다는 계절의 순환, 반복이라는 자연법칙에 의거하고 있다. 그리고 계절의 순환은 현재(겨울에서 봄까지)와 대과거(고등학교 1학년 무렵의 여름에서 가을까지)의 연결로, 그리고 과거(아내와 만나는 1년 전의 겨울에서 별거상태중인 이듬해 가을까지)로 각각 체현되고 있다. 또한 주인공이 현재시점의 겨울에 영화관에서 보는 〈태양은 가득히〉는 여름을 배경으로 하고 있는, 욕망과 사랑의 삼각관계로 일그러진 청춘들의 드라마이며(겨울~여름), 겨울이 끝나갈 무렵(봄)에 보는 〈해바라기〉는 해바라기가 만개하는 가을에 대한 강렬한 추억을 중심으로 엇갈린 운명을 가진 인생들의 희로애락이 사계의 순환에 따라 전개되는 영화다(봄~가을). 다시 말해, 영화가 상영되는 현재의 계절과 영화 속에 재현되는 계절은 서로 교차하여 사계를 엮어낸다. 윤대녕 소설의 근간을 이루는 '생리적 플롯'은 이처럼 자연의 순환과 리듬, 이미지들의 포석과 별자리, 낯선 음성과 신호 들, 이른바 은유의 반복에 의해 직조된다. 그래서 이러한 은유의 상형문자를 해독하고 그 의미를 하나의 계열체로 묶는 일이 오히려 『옛날 영화를 보러 갔다』의 중심부로 진입하는 가장 빠른 방법이 될 수 있다.

한편, 현재시점에서 전개되는 이야기는 크게 E와의 직간접적 만남을 통한 정체성 회복의 여정, 그리고 아내와의 이별과 최선주와의 새로운 만남으로 나눌 수 있다. 과거의 이야기는 현재시점으로부터 1년 전, '나'와 아내의 만남, 결혼생활의 불화에 대한 에피소드로 이루어져 있다. 그리고 현재시점의 이야기와 밀접한 관련을 맺고 있는 대과거의 이야기는 고등학교 1학년이었던 열일곱 무렵, '나'와 희배, 유진과의 만남과 이별의 기억에 관한 단편적 서사와 불연속적인 장면으로 구성되어 있다. 『옛날 영화를 보러 갔다』는 이처럼 주인공이 현실적 상상적으로 네 번 겪는 네 계절의 시간체험, 그리고 네 개의 시간층위와 네 개의 이야기로 구성된 소설이다. 이 시간의 핵심에는 물론 반복이 있다. 시간뿐이 아니다. 『옛날 영화를 보러 갔다』에서 가장 중요한 공간 역시 네 곳으로 정리되고 반복된다. 현재시간의 영화관과 '블루 문'의 방, 대과거의 '사건의 지평선'이라는 다락방과 잠사가 바로 그 공간들인데, 소설에서 영화관은 대과거로 향하는 제의적(祭儀的) 통로, 낯선 자신과 대면하는 장소로, '블루 문'의 방은 기시감이 드는 여인이 출몰하는 장소로 설정된다.

이 소설에서 반복되는 것은 시간만이 아니라고 했다. 네 개의 공간 역시 타임캡슐을 타고 과거에서 현재로, 현재에서 과거로 이동을 반복한다. 먼저, 영화관은 '나'가 자신의 분신과 두 번 만나는 곳으로, 한 번은 자신의 분신 격인 "원숭이"(117쪽), 다른 한 번은 E와 조우하는 공간이다. 번역의뢰를 구실로 '나'를 그곳으로 유도했던 자가 E로 밝혀지게 되는 '블루 문'의 방은 낯선 여인이 두 번, 한 번은 기시감이 드는 창밖의 여인으로 다른 한 번은 "누에 여자"(280쪽)로 나타나는 곳이다. 그런가 하면, '나'의 아득한 회상 속에서 떠오른 "오렌지빛에 물든 환한 방"(207쪽)인 '사건의 지평선'과 푸른빛이 감도는 잠사는 어떤 곳인가. 아우라가 서린 두 장소는 각각 수직적 상상력과 하강의 상상력이 지배적인 공간이다. '사건의 지평선'은 희배 아버지 소유의 6층 건물 꼭대기에 위치하고 있는 곳으로, 거기에서 '나'와 죽음과 기시감에 매혹을 느끼는 아름다운 여학생 유진, 병약하지만 명석한 두뇌와 감수성을 지닌 애늙은이 희배, 이 젊은 세 몽상가들이 자신들만의 수업시대를 보내게 된다. 잠시 바슐라르의 말을 빌리면, 건물 꼭대기에 있는 '사건의 지평선'은 승화가 일어나는 다락방을, 어두운 푸른빛이 감도는 잠사는 원형을 보존하는 지하실을 닮아 있다.[3] '사건의 지평선'은

---

3) 가스통 바슐라르, 『대지 그리고 휴식의 몽상』, 정영란 옮김, 문학동네, 2002, 123쪽.

그들이 자주 옥상에 올라가 누워 하늘, 달, 은하수, 별자리 등 천체의 움직임을 바라보고 그것들에 대해 몽상하듯 수직적 상승, 초월의 열망과 관련이 있는 공간이다. 한편, 희배 아버지와 유진 어머니의 불륜을 목격한 후, 그 충격으로 희배가 기거하게 된 농장의 잠사는 지하실처럼 죽음과 하강의 이미지와 정조가 지배하는 처소다. 실제로 '사건의 지평선'에서 추방당한 이후, 세 사람 사이에 끝없는 불화가 발생하고 마침내 유진이 "온몸에 하얗게 명주실을 감고, 장독만한 고치가 되어"(266쪽) 삶을 스스로 끝마치는 곳, 그것을 본 '나'가 광기와 정신분열에 이르러 모든 기억을 잃는 곳도 잠사다.

그렇지만 '사건의 지평선'과 잠사, 이 두 공간은 대립된다기보다는 서로가 서로를 밀고 당기는 척력과 인력으로 상호 작용한다. 마치 '나'와 유진, 희배가 자주 산책하던 푸른빛의 호수가 하늘의 달빛을 반사하듯이. "하늘 한가운데로 하얀 달이 떠오르면서 호수는 푸른 비단에 둘러싸인 거대한 웅덩이로 변해갔다."(196쪽)[4] 대과거의 회상 속에 떠오른, 수직과 하강이 교차하는 수다하고도 아름다운 이미지들은 죽음과 자폐의 공간인 잠사를 부활과 신생의 성소(聖所)로 탈바꿈시키는 데 일조한다.[5] 유진의 죽음을 목격하고 고통의 나날을 보내다 홀로 다

---

4) 계속 지적해보자면, 잠사로 향하는 뽕나무밭 울타리 주변으로 달빛 가득한 밤은 푸르게 묘사된다. "달나라는 백야가 아니라 푸른 밤이었다."(259쪽) 그리고 빨간 자동차가 서 있던 언덕의 바다는 만월(滿月)로 환하게 밝아진다. "달이 점점 부풀며 바다가 대낮처럼 밝아지고 있었다."(249쪽) 빛의 합성과 분리, 이미지의 굴절과 반사를 능수능란하게 다루는 윤대녕만의 색채론이 그 정수를 발휘하는 문장들이 『옛날 영화를 보러 갔다』에는 무수히 흩어져 있다.

5) 그러나 유진의 행동과 그것을 본 '나'가 받은 충격이 그 의미의 심급에서 아무래도 다르다는 지적도 첨부해야 하겠다. 유진은 죽음으로써 자신만의 영원회귀를 성취했을지는 모르지만, '나'에게 그것은 당시에는 모든 기억을 잃게 만든 광기의 행위이기도 했다. 후에 '나'는 그 장소를 기억해냄으로써 그때의 상처로부터 벗어나는 동시에 영원회귀의 실천을 유진처럼 죽음이 아니라, 삶의 방편으로 현재에서 재창조해낸다.

시 찾은 잠사 안으로 들어간 "그때",

> 나는 고치 속에 있던 누에들이 마침내 수만의 나방이 되어 제 집을 뚫고 나와, 창문 밖으로 하얗게 몰려나오고 있는 광경을 목격했다. 거기서 나는 다시 정신을 잃었다. 그 순간, 나는 은하수로 유유히 날아가는 백조 한 마리를 눈앞에 보고 있었다.(267쪽)

여기까지가 불연속적으로 떠오르던 열일곱 살 무렵, '나'의 젊은 날의 마지막 기억이다. 그리고 상승과 하강, 죽음과 부활, 어둠과 밝음이라는 '둘의 이미지'로 결합된 누에고치의 부활을 목격한 젊은 날의 장소였던 '잠사'는 현재시간의 영화관과 '블루 문'의 방에서 다시금 반복된다. 흥미롭게도 누에고치는 '나'의 현재시간 속에서 가장 먼저 출현하는 대과거의 이미지이며, 죽음과 부활이라는 둘로 나누어지는 하나(의 이미지)다. 그것은 사물이 자신과 그것의 그림자로, 즉 둘로 나누어지는 정오의 순간과 연관된다. 다시 말해, 이 둘의 이미지를 그 씨앗으로부터 집약하는 단 하나의 배아(胚芽)는 대과거에서는 잠사의 누에고치로, 현재시간에서는 몽촌토성에서 주인공이 최선주와 함께 카라반의 〈빛의 진로〉라는 조각작품을 보던 순간, "나를 때리고 지나갔던 희디흰 불덩이"(163쪽)의 각성에 이은 정오의 형상으로 출현한다. "손목시계를 보니 시곗바늘은 때마침 정오를 가리키고 있었다. 대리석 위에는 그때 여섯 개의 나무기둥에서 떨어져 나온 그림자가 내가 서 있는 곳을 향해 길게 뻗어와 돌 위에 겹쳐 있었다."(163쪽) 거기서 '나'는 "기억의 문이 열리는 신호"(163쪽)를 듣지만 신호의 정체는 불확실하다. 그럼 정오와 누에고치는 어떻게 연결이 되는가. 몽촌토성에서 주인공이 최선주와 함께 택시를 타고 도착한 곳의 지명이 '잠실'이라는 것을 잠시 상기해보자. 윤대녕 소설에서 종종 그렇듯이 이름과 같은 고유명은 해독을 재촉하고 의미의 다발을 풀어놓는 촉매작용의 기호로 기능한다. 몽촌토성(夢村土城)이 '꿈을 꾸는 장소'라는 의미를 가진 것처럼, 잠실은 풀이하면, "누에나루"(172쪽)가 된다. 이처럼 하나가 둘이 되는 순간에, 누에고치는 죽음의 고치상태를 벗어나 부활의 나비로 날아오르게 되며, 사물이 자기 자신과 그림자로 나누어지는 정오에, 과거는 망각된 현재를 내부로부터 열어젖히게 된다.

다시 영화관으로 되돌아오자. 흥미롭게도 『옛날 영화를 보러 갔다』에서 "상자" 속 같은 영화관과 함께 '블루 문'의 방은 "어두운 방"(281쪽)으로, '사건의 지평선'과 잠사는 "환한 방"(207쪽), '밝은 방'으로 여러 번에 걸쳐 묘사되어 있다. 작가 자신이 참조했을 법한 롤랑 바르트의 사진론을 들면, 이 대립은 '어두운 방'을 뜻하는 라틴어 '카메라 오브스쿠라(camera obscura)'와 '밝은 방'을 뜻하는 '카메라 루시다(camera lucida)'의 대립일 것이다. 그러나 외관상 대립적으로 보이는 이 공간들은 과거와 현재의 상호 작용 속에서 이미지로 중첩된다. '블루 문'이라는 술집 이름은 잠사를 비추던 푸른빛(blue)과 달빛(moon)의 이미지를 함께 연상시키는 장소적 기호로, 이곳에서 명주실을 감고 죽은 유진의 형상은 E의 욕망에 의해 '블루 문'의 방에서 '누에 여자'의 모습으로 재생된다. 그러나 '잠사'의 현재적 반복인 '블루 문'은 죽은 유진의 형상에 대한 E의 섬뜩한 복제와 연기가 행해지는 "차갑고 어두운 방"(281쪽)으로 그 이미지가 석화(石化)되고 만다. '블루 문'의 아르바이트생이었던 이정란이 '나'에게 들려준 목격담에 따르면, E가 '블루 문'의 방에서 한 여자를 '누에 여자'의 복제물로 만들고 환각상태의 의식(儀式)을 치르는 행위는 "영혼을 도둑맞은 존재들"(281쪽)의 그것이었다. 이런 E의 행동은 대상의 상실을 있는 그대로 받아들이지 못하고 과거의 회한에 잠긴 자의 모습을 연상시킨다. 과거에 잠겨 그곳으로부터 벗어나지 않으려는 E는, 정오에 죽었다고 알려진 철학자 니체의 어법을 빌리면, 원한(ressentiment)에 사로잡힌 자에 가깝다. 그는 어떻게 본다면 아버지의 불륜과 유진의 죽음으로 요약되는 자신의 젊은 날에 대한 애도가 여전히 끝나지 않았으며, 그것을 어떤 방식으로든 무리하게 현재에도 지속시키고자 한다. 지하자본가의 면모를 지닌 그가 가진 자본력은 아마도 그런 행위를 가능하게 하는 타락한 수단과 방법일 것이다. 그러나 '나'의 행동은 E와 같은 반복을 겪으면서도 그로부터 긍정적인 이탈을 꾀한다. 영화관도 잠사의 반복이긴 마찬가지다. 영화관은 『옛날 영화를 보러 갔다』에서 자신의 현재가 분신(원숭이, E), 망각된 기억과 대면하는 일종의 최면적인 장소로 설정된다. 그래서 영화관 속의 관객의 위치는 잠사 속의 누에고치의 그것과 매우 흡사하다.[6] 하지만 영화관은 E가 자신만의 밀교의식을 치르는 '블루 문'의 방과 그 기능이 다르다고 생각해야 한다. '블루 문'이 과거를 복제(박제)한 주술적 공간이라면, 영화관은 주인공이 마침내 잃어버린 지난날의 기억을 온전히 되찾고 E의 회유로부터 벗어나 현재를 긍정하게 되는 결정적 계기를 마련해주는 곳이다. '나'는 "거기에 있는 여기"의 E와는 달리, "여기에 있는 거기"를 선택한다(298쪽). 그래서 그랬던 것일까. 소설의 대단원에 이르러 어두컴컴한 영화관은 비로소 "환하게 밝아지는 방"(303쪽)이 된다.

『옛날 영화를 보러 갔다』의 플롯과 이야기, 이미지를 직조하는 반복은 영원회귀의 다른 이름이기도 하다. 영원회귀는 세계가 동일하게 회

---

6) 누에고치와 영화관의 관객에 대한 유비도 바르트의 것이다. "〈영화관의 정황〉(……)은 전-최면적인 것이다. (……) 몸의 자유가 작용되는 것은 이런 도시적 어둠 속에서이다. 있을 수 있는 감정들의 이런 보이지 않는 작업은 하나의 진정한 영화적 누에고치인 데에서 비롯된다. **영화관의 관객은 내가 일을 하고, 내 모든 욕망으로 빛나는 것은 내가 갇혀 있기 때문이다(Inclusum labor illustrat)라는 누에의 명구(銘句)를 다시 취할 수 있는 것이다.**"(강조—원저자) 롤랑 바르트, 「영화관을 나오면서」, 『이미지와 글쓰기』, 김인식 옮김, 세계사, 1993, 182~184쪽.

귀하거나 반복된다는 자연법칙이 더이상 아니다. 영원회귀는 과거를 긍정하는 삶이 현재를 긍정하게 되는 삶의 참다운 이치로 변모하는 것에 대한 명명이다. 심지어 자연의 법칙과 리듬조차도, 『옛날 영화를 보러 갔다』의 처음과 마지막 장면에서 신문기사가 도래와 떠남을 각각 전하는 되새떼마저도 그 항로와 궤도를 이탈하는 존재로 암시되지 않는가. 영원회귀는 그 자신의 반복을 통해 '나'에게 비로소 긍정되며, 그리하여 긍정은 언제나 반복되는 것에 대한, 반복 그 자체의 긍정이 된다. 영원회귀는 지금 여기, 현재를 살아가는 힘이다. 그리하여 영원회귀는 과거로 회귀하려는 강박이 더이상 아니게 되면서 동시에 미래를 함께할 반려자의 모습을 동반한다. 『옛날 영화를 보러 갔다』가 한편으로는 사랑을 찾아나서는 이야기가 되는 것은 바로 그 때문이다. 다시, 영원회귀는 사랑이라는 사건에서 그 고유의 형상을 발견한다.

정오에

『옛날 영화를 보러 갔다』는 회복의 서사이며, 되찾은 시간에 관한 이야기다. 그리고 그 가운데에 정오의 순간이 있었다. 소설에서 그 순간은 단 한 번 찾아오지만, 오래된 기억을 되찾아가는 그 모든 순간들은 주인공이 몽촌토성에서 맞닥뜨렸던 정오의 이미지로 치환이 가능할 것이다. 정오는 다르게 말하면, 지금까지 당연하다고 필연적이라고 간주해왔던 삶이 우연에 불과한 것임을 깨닫는 순간, 자신이 삶에 대해 눈뜬장님이었음을 깨닫게 되는 찰나와 비슷할 것이다. 정오, 가장 짧은 그림자의 시간은 자신의 정체성이 한순간에 낯설어지고 붕괴되는 동시에 지금과는 전혀 다른 삶이 가능할 수도 있으리라는 막연한 미래를 감지하는 현기증의 순간이기도 하다. 이제 과거는 과거로만 머무르지 않고 잠재적인 어떤 것이 되어 미래를 예견하게 된다. 물론 그 순간은 곧바로 선형적 시간 안으로 포섭되면서 덧없게 될 것이다. 마치 보들레르의 시(「지나가는 여인에게」)처럼, 사건의 순간은 이내 여인을 삼켜버리는 도심의 군중처럼 익명의 시간 속에 파묻혀버릴 것이다. 『옛날 영화를 보러 갔다』는 이처럼 시간의 소설이며, '시간이란 무엇인가'라는 질문을 던지는 소설이다. 마찬가지로, 이 소설은 사랑의 이야기며, '사랑이란 무엇인가'라는 질문을 던지는 소설이기도 하다.

현재시간의 이야기와 대과거의 기억의 가운데에 있는 '나'와 아내 신승미와의 만남과 결혼, 그리고 이혼에 이르는 이별의 이야기는 각자의 어둠을 숨기고 사는 자들의 결합이 새로운 삶의 계기로 거듭나지 못하고 불행의 처지로 전락할 수밖에 없었던 안타까운 사례다. 아프리카에서 온 '펭귄'으로 스스로를 간주하는 신승미의 어두운 이력, 그렇지만 그에 비해 상대적으로 활달하고도 적극적인 그녀의 성격에 이끌렸던 '나'는 그녀가 조증을 동반하는 공황장애를 앓고 있음을 알게 되며, 서로의 이런저런 노력에도 불구하고 둘 사이의 불화는 끝내 해소되지 못한다. 소설의 구조적, 기능적 측면에서 아내와의 이혼을 포함해 현재시간으로 이어지는 지난 1년의 과거는 '나'가 그녀와의 길지 않은 인연을 통해, 그 인연이 행인지 불행인지 당장은 판단하기 곤란하더라도, 주인공이 그동안 뒤도 돌아보지 않고 빠르게만 달려왔던 자신의 삶과 피할 수 없이 맞닥뜨려야 하는 결정적 시간 또는 기회가 된다고도 생각해볼 수 있다.

소설의 현재시간에서 가장 중요한 사건인 '나'와 최선주의 만남은 정체성 회복과 사랑의 문제가 동일한 것임을 알려주고 있다. "사물이 의사 존재로 보이고 내가 침묵하는 사물의 그림자로 인식되는"(140쪽) 원본(이데아)과 사본(복제)의 전도(顚倒)는 주인공이 새로운 사랑을 찾아나가는 과정에서 반드시 해결해야 할 문제다. 최선주를 만나게 되는 소설의 첫 대목에서부터 그녀의 목소리가 "마치 먼 곳에 있던 사람이 다가와 귀에다 속삭이는"(11쪽) 것처럼 들린다는 데서, 최선주는 '나'에게 어떤 것의 환영으로 처음 다가온다. 소설의 중반에 이를 때까지 '나'는 최선주와 '블루 문'에서 보았던 정체 모를 여인을 같은 여자로 간주하며, 그런 상상으로부터 좀처럼 벗어나지 못한다. "레코드점 여자가 가게 문을 닫고, 옷을 갈아입고 강남의 술집에 나타났다"(37쪽)라는 상상이 최선주와의 만남이 이어지는 순간에도 '나'를 지속적으로 붙드는 것이다. 그녀들은 '나'의 무의식적 기억 속에서 어떤 여학생(유진)을 닮아 있다. 소설 초반부 그런 '나'의 모습은 이데아에 집착하는 플라톤주의자에 가깝다. 더군다나 E가 보내는 팩스의 내용은 '나'의 이러한 상상을 더욱 집요하게 부추긴다. "지금 자네의 옆에 와 있는 그 여자가 자네에게 상기시켜주는 바가 무언가 하는 것일세."(139쪽) E는 최선주가 아니라, 그녀가 '나'에게 상기시켜주는 그 무엇에 대해서만 관심을 가지라고 '나'를 종용한다. 최선주가 이러한 '나'를 잠시 떠나기로 결심한 이유는 그녀가 '나'의 생각대로 원본이 아니어서, 원본의 사본에 불과한 존재라고 판단했기 때문은 아니다. 최선주는 오히려 사랑의 원본이란 없다는 것을, 따라서 원본의 사본 또한 존재하지 않는다는 것을 끊임없이 환기시키는 존재다. 그녀는 '나'의 과거에 잠들어 있는 어떤 여학생을 연상시키되, 더이상 그 여학생이 아닌 누구이고자 한다. 이 작은 차이에 대한 인식이 사랑의 출발이다. 이 차이는 E가 죽은 유진의 형상을 복제한 '누에 여자'를 재연하는 의식을 행하는 고집스런 플라톤주의자라는 점과 비교하면, 보다 뚜렷해진다. E는 유진의 이데아를 믿으며, 그것을 '누에 여자'로 재현하고자 한다. 하지만 그 결과는 이데아의 실현이 아니라, 오히려 섬뜩한 복제가 되고 만다. 동일성에 대한 고집이 동일성을 파탄내고 만 것이다. 이에 비해 '나'가 원본의 사본으로 간주했던 여인을 '나'의 삶의 반려자, 연인으로 받아들이기로 결단하는 그 순간, 원본과 사본이라는 이항대립은 무너진다. 소설에서 그런 '나'의 결단이 구체적으로 어디에서 일어나는지는 지적하기 쉽지 않다. 그것은 사랑 그 자체의 비밀이기에. 그러나 적어도 '나'가 E와의 마지막 대면에서 E의 제안을 거절하는 가장 중요한 이유가 "어떤 여자의 현재"(298쪽)를 찾아주기 위해서라는 것만큼은 분명하다. 참된 사랑에는 이처럼 원본도 사본도 없다. 이제 '나'는, 사랑에 관한 한, 천상의 이데아를 숭상하는 플라톤주의자가 아니라, 같은 강물에 두 번 들어갈 수 없을 것이라고 말하는 헤라클레이토스주의자다. '나'의 동일성 회복은 사랑에서 그 고유한 차이를 발견하는 것과 같다. 윤대녕 소설에서 동일성의 발견과 차이의 눈뜸은 모순되지 않는다. 돌이켜보면, 『은어낚시통신』(1994)에서 『제비를 기르다』(2007)에 이르는 10여 년이 넘는 문학적 세월에서 윤대녕의 소설도 그랬다. 그의 소설들은 산란을 위해 회귀하는 은어떼와 밤을 수놓는 유성우(流星雨)의 우주적 리듬의 자연 이미지와 더불어 전화와 팩시밀리, 사진, 영화, TV, LP판 등 테크놀로지가 불현듯 일깨우는 도시적 삶의 낯선 고독과 친근한 환상이 한데 어울린 소설이었다. 거기에는 변하지 않는 것과 변화무쌍한 것이, 동일성과 차이가, 언제나 제자리에 있었던 길과 어느새 사라져버린 집이, 고향과 도시가, 플라톤의 이데아와 헤라클레이토스의 강이, 텃새와 철새가, 장기지속과 모더니티가, 존재와 사건이, 강 속의 돌과 흐르는 강이 함께 있었다. 그리고……

……처음, 『옛날 영화를 보러 갔다』를 읽었을 때, 강렬했던 영원회귀의 이미지는 이제 다른 의미, 다른 느낌, 다른 현재로 다가온다. 다시 읽게 된 『옛날 영화를 보러 갔다』는 바닷가 언덕 위의 빨간 자동차가 그 모습 그대로 머물러 있던 작품으로 더이상 남아 있지 않다. 그러나 또 아무런들 어떻겠는가. 지금 여기의 삶이 비록 보잘것없더라도, 주인공이 겪었던 바와 같은 사건의 순간이라는 저 은총이 주어지지 않

을지라도, 매순간을 긍정하면서 현재를 살아가는 것이야말로 이 소설이 일러준 삶의 진실이었으니까. '이봐, 몇 달 전에 날아온 되새떼가 수십 년 전에 시베리아에서 날아온 바로 그 되새떼라고 누가 말할 수 있겠나.' 봄날, 사랑하는 여자와 함께 비로소 자신을 되찾은 한 남자의 목소리가 오랜 울림으로 남는 지금 여기서, 윤대녕의 『옛날 영화를 보러 갔다』를 다시 읽는다.

추방된 젊음, 디오게네스의 윤리

— 김영하 장편소설 『퀴즈쇼』에 대하여

망명의 끝, 추방의 시작

김영하가 성장소설을 썼다. 『퀴즈쇼』(문학동네, 2007)가 바로 그 작품이다. 장편 『빛의 제국』(문학동네, 2006)이 출간된 지 1년 만이다. 한 일간지에 올해 초부터 연재되긴 했지만, 이렇게 급작스럽게 출간될 줄은 몰랐다. 느닷없는 불꽃놀이, '깜짝쇼'가 아닐 수 없다. 그런데 꽤 두툼한 장편이라서 또 한번 놀랍다. 대단히 빠르다고 할 수밖에. 전작인 『빛의 제국』에, 아니 그보다 훨씬 이전에 이 소설의 씨앗이 숨어 있다가 열대식물처럼 느닷없이 자라버린 것이 아니었을까 하는 생각이 들 정도니까. 천천히 돌이켜보도록 하자.

『검은 꽃』(문학동네, 2003)은 대한제국말기, 세계사의 소용돌이 속에서 망해가고 흩어지던 국가와 민족으로부터 망명을 자처한 조선인들의 이야기였다. 그리고 『빛의 제국』은 87년 이후의 형식적 민주주의체제에서 97년 IMF 이후의 후기자본주의체제로 사회시스템이 급변한 20여 년의 삶을 살아가는 한 망명객(간첩)의 이야기였다. 그럼 『퀴즈쇼』는?

『퀴즈쇼』는 『빛의 제국』에서 작중인물들이 살아가는 현재, 즉 97년 이후 남한의 자본주의가 만들어놓은 일그러진 모더니티의 수도에서 배제되고 탈락된 젊음에 관한, 젊음을 위한 이야기다. 세 작품 모두 체제에서 이탈하거나 배제된 망명객 또는 추방자의 이야기라는 데에 공통점이 있다. 물론 망명의 정도와 성격은 약간씩 다르다. 『검은 꽃』의 망명은, 후에 추방의 성격이 짙어지지만, 자율적이다. 『빛의 제국』의 망명은, 남한으로의 잠입이 어느 순간부터 유배가 되어버렸다는 점에서, 반(半)자율적이다. 이에 비해 『퀴즈쇼』에는 급격한 공간이동이 별로 없다. 오직 사회체제 내에서의 추방과 탈락, 그리고 창(窓) 없는 고시원의 삶이 표상하듯, 게토화된 생존만 있을 뿐이다. 이 세 장편을 일컬어 김영하의 '망명 3부작'이라고 불러도 좋겠다. 여기서 『퀴즈쇼』는 망명이 추방으로 변하는 곳에 자리 잡고 있는 소설이다. 『검은 꽃』에서 출발해 『빛의 제국』을 거쳐 『퀴즈쇼』에 이르게 되면서 시공간이 서서히 압축되는 양상도 흥미롭다. 100년 전, 세계체제의 주변부였던 대한제국과 중남미라는 시공간은 이제 멀게는 60년대에서 가까이는 90년대 중후반에 이르는 정치경제적 물살을 타고 반(半)주변부에서 중심부로(혹은 그 반대로) 변해가는 남(북)한의 시공간으로, 그리고 마침내 『퀴즈쇼』에 이르러 그것은 살인적인 물가에 인구 1000만 이상이 살고 있는 중심부 메트로폴리스 서울의 현재시간을 거의 벗어나지 않게 된다. 정리해보자. 시간단위는 전근대와 근대의 경계에서 시작, 근대에서 탈근대로 이어지다가 마침내 탈근대로 귀착되었으며, 공간단위는 세계에서 국가로, 국가에서 수도로 좁혀졌다. 세계체제는 주변부에서 반(半)주변부로, 반주변부에서 중심부로 이동했다. 그 마디마디에 『검은 꽃』 『빛의 제국』 『퀴즈쇼』가 각각 자리 잡고 있다. 물론, 『퀴즈쇼』에는 더이상 세계사의 격랑을 타는 주변부 민족국가의 구성원에 대한 아이러니한 이야기도, 민주화 이후 남한의 정치경제적 변화에 대한 비판적 자성과 성찰도 많이 찾아볼 수 없지만, 대신 한순간의 선택으로도 배제되고 탈락되어 거의 변화 불가능한 운명의 수준으로 굳어져가는 당대현실에 대한 뼈아프도록 일그러진 묘사가 있다.

『퀴즈쇼』는 여러모로 특이하다. 작가의 장편치고는 드물게 일인칭의 화자가 이야기를 이끌어가고 있으며, 현재 이십대에 해당할 법한 세대의 주인공이 등장한다. 97년 IMF체제 이후의 만성적인 경기불황과 온갖 정치경제적인 혼란 및 갈등의 무대인 대한민국의 수도 서울에서 대학원까지 다니고도 백수 신세를 벗어나지 못하는 이십대 후반의 한 젊은이가 겪을 법한 고통스러운 삶이 어떤 경우에는 감추어지지 않은 채 날것으로 펼쳐진다. 또한 일인칭 화자의 입술을 움직여가면서도 이따금 작가의 목소리가 아닐까라고 짐작되는 어떤 음성이 이 시대에 대한 탁발(卓拔)한 비평과 비정한 세상에 대한 숨죽인 분노의 형식으로 터져나오기도 한다. 인터넷 세대인 젊은 남녀의 수줍은 사랑을 소박하지만 아름답게 묘사하거나, 고시원에서 만난 빈한한 젊은이들끼리 옥상에서 삼겹살을 구워먹고 소주를 마시는 그들만의 조촐한 파티를 담담하게 재현하는 소설의 한 대목은 따뜻하다 못해 슬픈 여운마저 남긴다. 여기엔 작가 특유의 아이러니도 냉소도 특별히 끼어들지 않는다. 의외이고 놀랍다는 느낌마저 든다. 그렇지만 김영하가 누구인가. 좀처럼 그 내면을 드러내지 않고, 고백을 경멸하면서 매 소설마다 다양한 복화술로 그것을 넘어섰던 작가가 아니었던가. 내면이라는, 자기 자신을 말한다는 미명하에 그 고백을 물신화하는 동시에 고백하는 자기 자신을 은밀히 신성시하는 서사적 습속을 간파하고 그와 일찌감치 거리를 두었던 작가 김영하가 아니었던가. 『퀴즈쇼』는 일인칭 소설이지만, 그러나, 일인칭의 고백소설도 내면소설도 아니다. 『퀴즈쇼』의 표현을 빌리면, 고백은 내밀하고도 고유한 일인칭의 사담(私談)이 아니라, 자신이 만든 "화려한 과거"에 대한 일종의 은밀한 "공동창작" 혹은 "민담"에 가깝다(103쪽). 게다가 김영하의 소설은 그동안 자아, 내면, 진정성이 아니라 가면, 연기, 무대에 관한 소설이었다. 그는 시쳇말로 '그림자 없는 사나이', '쿨한' 작가가 아니었던가. 그런데 『퀴즈쇼』에는 오히려 가면, 연기, 무대, 이른바 '쿨한 척하는 것'에 대한 비판마저 엿보인다. 그렇다고 작가가 자아, 내면, 진정성의 영역을 새삼스럽게 발견하거나 그것들로 복귀하면서 이른바 '쿨한 (척하는) 것'을 비판하는 것도 아니다. 그럼에도 뭔가 변한 것만큼은 사실이다.

김영하의 소설은 또 무엇이었나. 김영하에게 소설은 늘 '소설'이라는 장르에 대한 질문이었고 그에 대한 대답 없는 대답이었다. 스핑크스가 다음과 같은 퀴즈를 낸다. 소설, 너는 무엇인가. 김영하에게 소설이란 언제나 소설이라는 장르를 거슬러 올라가는 근원적 질문이었으며, 퍼내어도 결코 마르지 않는 대답이었다. 김영하는 기존 장르에 질문을 던지고 파괴하면서 새로운 장르를 선보이는 작가다. 소설에는 소설로(『나는 나를 파괴할 권리가 있다』(문학동네, 1996), 『아랑은 왜』(문학과지성사, 2001)), 역사소설에는 역사소설로(『검은 꽃』), 스파이소설에는 스파이소설로(『빛의 제국』), 그리고 성장소설에는 성장소설로. 돌이켜보면 그의 첫 소설 제목이 그래서 퍽 암시적이다. '나는 나를 파괴할 권리가 있다'. 그렇다. 김영하는 장르를 파괴하는 작가고 장르를 구축하는 작가다. 그런데 이번에는 성장소설이다.

반(反)성장의 수업시대

그렇다면, 생존이 삶의 유일한 지상목표가 되고 '잘 먹고 잘 사는 법'으로 대표되는 웰빙이 문화 트렌드로 자리 잡은 살벌한 적자생존의 현실과 그 맞은편에 놓인, 무기력과 의기소침이 만성화된 이 시대에 이제 막 세상으로 입사하려는 젊은이들의 추방당한 삶, 그들의 청춘과 사랑, 고단한 세상살이를 그리는 것이 어떤 의미가 있을까. 과연 이 시대에 젊음은 어떤 형상으로 나타나며, 또 그들의 성장은 어떻게 이야기될 수 있을까.

앞서 성장소설이라고 말했지만, 『퀴즈쇼』는 성장소설의 일반문법과 그에 대한 변주, 즉 세계로의 입사를 위한 젊음의 고단한 자기 수련과 부단한 교양 형성이라는 문화적 과정, 자아 각성과 그렇게 형성되는 자기에 대한 신뢰, 개인과 공동체의 통합에 대한 총체적 비전, 그 최종적인 도착지인 성숙의 결말과 행복의 약속 등 그 어느 것과도 무관하다. 물론 이러한 성장소설의 주제 혹은 문법은 한국형 '모더니티의 상징적 형식'(프랑코 모레티, 『세상의 이치』)이라고 할 만한 한국의 성장소설 전통에서도 좀처럼 찾아보기 힘든 것들이며, 그 형식을 성취하기에는 이미 덧없거나 아직 요원한 것들뿐이다. 『퀴즈쇼』 또한 예외는 아니다. 부단히 유전(流轉)하는 삶에 대한 상징화의 가능성 또는 사회적 이동성을 대표하는 젊음의 모색에 대해 작가는 회의적이다. 또한 성장소설의 외양을 취하고 있지만, 김영하의 다른 장편소설들이 그러하듯, 『퀴즈쇼』는 남녀의 아름다운 로맨스, 세태에 대한 날카로운 풍자, 희비극적 상황의 엇갈림에 대한 아이러니적 극화(劇化), 지적 해부(anatomy) 등을 서사 곳곳에 알맞게 배치하고 있다. 『퀴즈쇼』는 그 형식과 내용으로 볼 때 반(反)성장소설에 가깝다.

김영하 소설이 재현하는 젊음은 세상을 덧없이 부유하되, 결코 이동하지는 않는다. 약동하고 숨죽이는 모험 대신에 가망 없는 방황만 있을 뿐이다. 젊음을 그 특유의 발랄함, 희망, 잠재성 대신에 불모와 절망, 폐색으로 덧칠하는 사회체제에 대한 작가의 시선 또한 냉소적이고 비관적이다. 그것은 이따금 자신의 기득권을 한 치도 양보하려들지 않고 "배경도 재능의 일부"(191쪽)라고 스스럼없이 말하는 기성세대에 대한 비판으로 드러나기도 하며, "후진국에서 태어나 개발도상국의 젊은이로 자랐고 선진국에서 대학을 다"닌(194쪽) 이십대 젊은이의 열정적인 자기 변호로 나타나기도 한다. 27세의 주인공인 '나(이민수)'와 훗날 여자친구가 되는 서지원이 인터넷채팅에서 서로를 동갑내기 '원숭이띠'로 알아보는 대목을 통해 주인공의 나이와 작가의 실제 나이(68년생, 80년생 원숭이띠)와의 평행적 유추도 가능할 수 있다. 플롯의 층위에서 볼 때, 『퀴즈쇼』가 현재 헌책방 '어제의 책' 아르바이트생이 된 '나'가 겪었던 수많은 사건들에 의미와 질서를 부여한 회고담이라는 점, 변화무쌍한 스토리와 현재진행형의 사건전개보다는 자신이 겪었던 세계를 재구성하고 그에 거리를 두는 논평(commentary)이 상대적으로 우위인 측면 등은 이 소설의 화자가 27세 나이의 일인칭 주인공에 작가와 같은 숨은 서술자의 존재가 덧붙여졌다는 것을 짐작하게 만든다. 말하자면, 이 소설은 이십대 젊은이의 이야기이면서 그보다 열두 살 더 많은 띠동갑내기이자 이미 기성세대의 일원이 된 작가의 자기반성이 포함된 이야기라고도 할 수 있다. 이 자기반성은 소설에서 연기하는 삶의 나르시시즘과 속물주의에 대한 아이러니한 희화화를 통해 간접적으로 드러나기도 하며, 보다 직설적이고도 진지한 비평의 형태로 표현되기도 한다. 『퀴즈쇼』가 연재되던 당시 이 소설의 이러한 내용을 빌려 기성세대와 젊은 세대의 세대론적 갈등으로 독해하려는 시각이 제출된 것도 그리 큰 무리는 아니리라. 그러나 그러한 시각은 이 소설에 대한 지극히 제한된 독법에 지나지 않는다. 소설은, 특히 성장소설은 인정투쟁(認定鬪爭)의 세대론적 표출이 아니다. 『퀴즈쇼』가 그리고 있는 사회의 실체는 세대 간의 인정투쟁으로 환원할 수 없을 만큼 한층 추상적이고 그만큼 더 위협적이다.

『퀴즈쇼』에서 이른바 "집회"(241쪽)로 불리는 정기적인 퀴즈대회를 통해 돈을 버는 '회사'(뒤집으면 '사회'), 외할머니가 유산으로 남겨놓은 연남동 집을 매각하고 처분하려드는 은행처럼, 사회는 소설의 도입부에서 결말에 이르기까지 잠재적인 수준의 갈등과 위협의 요소로만 머무르는 것이 아니라, 시종일관 사회에 입사하려는 개인의 삶을 처음부터 박탈하고 집어삼키려는 투기꾼의 이미지에 가깝다. 그것은 유령(spectre)처럼 추상적인 만큼이나 개인의 생존을 구체적으로 위협하는 것으로, 이른바 투기하는(speculative) 자본이 그 위협의 실체일 것이다. 굳이 말하자면, 이 소설에서 역점을 두어야 할 것은 인정투쟁의 세대적 갈등이 아니라 편의점 아르바이트, 생계형 고시원생활, 임시고용과 계약 등 비정규직에 대한 생생한 묘사에서처럼 자본에 의해 고용 및 추방을 당하면서 대두되는 신빈곤계급에 대한 도시생태학적 관찰이다. 그 점에서라면 『퀴즈쇼』는 주인공이 기거하며, 일을 하고, 데이트를 하면서 밥을 먹고 차를 마시는 공간에 대한 묘사와 오직 돈의 소유여부에 의해서만 그러한 공간이동이 가능하다는 것을 묘파하는 데 단연 압권이다. SF영화처럼 환상적인 느낌을 주는 코엑스 전시관에서 고시원 근처의 허름한 감자탕집에 이르는 주인공의 도심순례는 그 자체로 '취향의 사회학'이라고 부를 만한 고찰대상이다. "택배상자보다 조금 큰 고시원"(189쪽)의 창 없는 공간과 비좁은 복도, 옆방녀와 함께 삼겹살을 구워먹는 고시원 옥상, 유통기한이 지난 삼각김밥으로 끼니를 때워야 하는 편의점 계산대, 헌책방의 야전침대 등이 주인공의 경제적 처지를 실감나게 하는 삶의 공간이라면, 빌린 돈으로 입장료를 지불하고 들어가는 코엑스 아쿠아리움, 함께 장을 보는 대형마트, 부유하고 화려한 지원의 집 등은 계급적 위치와 문화적 취향이 서로를 구별짓고 반목을 일으킬 소지가 충분한 계급갈등의 잠재적 공간이다. 『퀴즈쇼』의 결말이 주는 전반적인 해피엔딩의 느낌에도 불구하고 '나'와 지원의 만남이 언제까지 계속될는지 알 수 없다는 일말의 불안감을 남기는 것도 어쩌면 이러한 이유 때문이리라.

연기를 빼앗긴 연기의 삶

이 소설이 외할머니 최여사의 죽음과 그녀가 남긴 막대한 빚을 주인공이 청산하고 집에서 쫓겨나는 것으로부터 본격적으로 시작하는 것은 의미심장하다. '막대한 유산'이 아니라 '막대한 빚'이라고 했다. 루카치가 일찍이 소설을 '초월적인 집없음'의 장르라고 정의했을 때, 그는 집을 떠나 모험을 시작하는 성장(교양)소설의 전형적인 서두를 염두에 두고 있었다. 그러나 『퀴즈쇼』의 첫 부분에서 '집없음(homelessness)'은 초월적인 것도 문제적 개인이 처한 실존적 조건도 아니다. 그것은 문자 그대로 생존에 대한 위협이며, 추방이자 파국이다. '나'는 자발적으로 집을 떠나는 것이 아니라 있던 집마저 '곰보빵 할아버지'에게 채무로 탕감한 뒤에 길거리로 방출된다. 이것은 정말로 형이하학적인 몰락이다. 이러한 방출은 임금도 받지 못하고 쫓겨나는 편의점 아르바이트에서, 29만 원이라는 월세를 마련하지 못해 한 달 만에 내쫓기는 고시원생활에서, 그리고 약육강식의 경쟁이 벌어지는 '회사'에서 또다른 형태로 반복된다.

그렇지만 주인공이 맞닥뜨리는 사회의 구체적인 모습, 또는 개개인의 형태로 형상화되는 기성세대의 질서는 알 수 없는 덫처럼 도처에 잠복해 있다. 그것을 한마디로 말하면, '연기(演技)하는 세계'라고 부를 수 있을 것이다. 김영하 소설에서 연기는 지금껏 타락한 세계를 나름대로 견디어가고 극복하는 자아의 자기 연출이었지만, 『퀴즈쇼』에서의 그것은 이미 기성질서의 일부로 굳어져버렸으며, 또 거기에 안주하거나 편입하려는 완고한 자기방어와 기회주의적 술책의 일환으로 속화되어 묘사된다. 연기는 더이상 '댄디즘'(보들레르)도 '자기의 배려'(미셸 푸코)도 아니다. 불어나는 빚과 채무를 일부러 숨기고 화려한 생활을 누리다가 급작스런 죽음으로 고스란히 그 빚을 외손자에게 떠

넘긴 왕년의 무명 '영화배우' 출신인 외할머니 최여사, 헤어지자는 주인공의 요구에 애교와 토라지기, 흐느끼기 등의 삼 단계 "외교적 기예"(22쪽)로 주인공을 눈속임하려들고 그 모든 과정에서 결국 '승리'를 거두자 '거울' 앞에서 얼룩지고 지워진 화장을 태연하게 고치는 빛나, 이른바 부모님 속 '깨나' 썩이고 돈푼 '깨나' 만지고 여자 '깨나' 울렸다는 등, 왕년의 자신의 삶을 파란만장한 인생역전의 신화로 채색하고 보잘것없는 사회적 경력을 허풍의 기술로 둔갑시키는 "'깨나' 족"(102쪽)의 일원인 편의점 점주, 가짜 명함과 중고 핸드폰으로 그 처지가 자신들과 그리 다를 바 없는 편의점 아르바이트생에게 사기를 치면서 구차한 생존을 이어가는 젊은 사기꾼 남녀들의 모습에 이르기까지, '연기'는 『퀴즈쇼』에서 이제 거의 모든 세대와 관계없이, 사회의 구성원들이라면 알게 모르게 채택하고 있는 세상살이에 순응하는 주된 전략전술이 된다. 그뿐 아니라, 정도 차이는 있지만, 인터넷 퀴즈방의 "몰라도 아는 척하고 알아도 더 아는 척하는 세계"(124쪽)에서 "내 눈으로 보는 것과 화면으로 보여지는 것"(130쪽)이 완전히 다른 TV 퀴즈쇼의 녹화현장, 아르바이트생과 손님들의 일거수일투족을 관찰하고 녹화하는 편의점의 감시카메라, 경보시스템이 작동하는 서지원과 곰보빵 할아버지의 저택, 전자단말기로만 드나들 수 있는 '회사'와 자신의 퀴즈 실력에 사람들이 돈을 거는 이른바 '집회'에 이르기까지, 『퀴즈쇼』에서 김영하가 그만의 기민한 감각으로 포착하는 한국사회는 가히 "원형 감옥" "빅브라더"(107쪽)라는 스펙터클 경기장, 획일화된 욕망의 매트릭스가 아닐 수 없다. 메두사의 살인적인 응시처럼, 도처에 사악한 눈들만 도사리고 있는 세상이다.

리처드 세넷이 『공인公人의 몰락』(1977)에서, 그리고 크리스토퍼 라쉬가 『나르시시즘의 문화』(1979)에서 공통적으로 해부한 바를 참조한다면, 김영하의 『퀴즈쇼』에서 관찰되는 '예술을 빼앗긴 연기자'(세넷)

또는 '나르시시스트'(라쉬)로 부를 수 있는 작중인물들의 형상과 스펙터클적인 세계의 이미저리가 공적 문화의 몰락, 또는 아버지로 표상되는 상징적 네트워크의 기능부전과 불가분의 관계에 있음은 어렵지 않게 짐작된다. 방금 살펴본 것처럼, 『퀴즈쇼』에서 그려진 기성세대 또는 기성세대에 편입하려는 구성원들은 보다 젊은 세대들에게 자신의 공적인 신분이나 위임에 합당한 합리적인 행동이나 열린 사고, 사회에 진출할 수 있는 기회의 공정한 배분, 기본적인 예의와 배려 등을 보여주기보다는(한국 현대사를 돌이켜보건대 언제 그런 적이 있었는지는 진정 의문이지만) 오로지 자신의 사회적 이미지를 일방적이고도 노골적으로 강요하거나, 경쟁에서 살아남으려는 생존과 패자부활전마저 허락하지 않는 처세의 가면을 쓰기에 급급하다. 라캉은 어디선가 "자신이 왕임을 주장하는 왕은 미쳤다"라고 말했다고 하는데, 『퀴즈쇼』에 등장하는 기성세대들이야말로 "모두 공무원이나 선생님처럼 보이려고 애를 쓰는" 자들(98쪽), 자신이 어른임을 과시하려는 어른이다.

자기 자식들을 잡아먹으려는 크로노스가 군림하는 엄혹한 세상의 이치 속에서 "사생아"인 '나'가 국어사전에 적힌 대로 "아버지의 인지(認知)"를 얻어 "서자"가 되는 것이 "인생의 목표"가 될 수는 없는 일이다(12~13쪽). 아버지를 찾아다니는 일은 가망 없는 인정투쟁의 소용돌이 속으로 빠져드는 일에 지나지 않는다. 오이디푸스에게 아버지 라이오스가 그러했듯, '나'에게 아버지란 신탁이 두려워 갓난아이의 발목을 뚫어 내다버리거나 길을 가로막았다고 젊은이이게 성내는, 고작 겁 많고 비루한 아버지에 불과할지도 모른다. 소설의 제목인 '퀴즈쇼'가 중요해지는 것은 바로 여기에서부터다.

퀴즈의 아이러니

『퀴즈쇼』에서 '나' 이민수는 소설 플롯의 전개상 가장 중요하고 당연하게 필수적인 인물이지만, 이른바 '문제적인 인물'은 아니다. 문제적 주인공에게 세상은 어느 정도 그를 중심으로 조직되고 운행되어야 마땅하겠지만, 『퀴즈쇼』에서 세상은 이미 주인공이 어떻게 손써볼 수 없을 정도로 거대하고 추상적이며 막연하다. 말하자면, 세상은 가련한 젊은 주인공 없이도 잘 돌아간다. 오히려 문제적인 것은 지금까지 보아왔듯, 세상이다. 주인공의 역할은 경험한 모든 사건들을 회고하고 거기에 의미를 부여한 다음, 서사의 각 마디에 이것들을 차례차례 배치하는 일뿐이다. 이것을 가능하게 만드는 것이 퀴즈, 바로 '질문'이다. 질문이야말로 주인공 이민수에게 "내 인생이, 예고편이 전부인 뻔한 영화가 되도록 내버려둘 수 없"도록(20쪽) 만드는 삶의 유일한 방식이 되며, 승자독식, 약육강식의 현실에 대해 "인생이라는 게 패자부활전도 없는 그런 잔혹한, 만인 대 만인이 투쟁하는 냉정한 게임인가요?"(97쪽)라고 되묻게 만든다. 과연 '나'는 외할머니의 죽음 이후, 모든 것을 하나하나 되묻는 습성을 갖게 된다. 그것은 어떤 세계에 들어가 그 일원이 되는 방식, 즉 대답이 주어지면 다시는 되묻지 않는 순응적인 삶의 방식을 스스로 거부하는 일이며, "어린 남자가 세상에 맞서 할 수 있는 최대치의 사보타주"(98쪽)인 것이다.

그러나 삶의 기로에서 선택할 수 있는 길은 생각보다 많지 않으며, 질문에 대답할 시간도 충분히 허락되어 있지 않다. "충분히 생각할 시간을 주지 않는 퀴즈"로 "인생의 거의 모든 질문"이 구성된다는 것을 깨닫게 될 때(70쪽), 이제 '나'의 삶은 운과 운명, 우연과 필연이 맞물리는 차원으로 고양된다. 희극과 비극, 축복과 저주를 교차시키는 아이러니의 신이 이 불확실한 세계를 주재하는 지배자가 된다. 거기서 언어는 그리스비극의 예언처럼 "'이것'을 묻는 것 같지만 실제로는 '저것'을 묻고 '저것'을 묻는 것 같은데 실제로는 '이것'을"(254쪽) 묻는 것처럼 중의적으로 변하며, 불가해한 인물이나 사건은 정체 모를 신의 얼굴의 반면(半面)으로 등장한다. 아이러니의 세계에서 언어는 언제나 두 가지 뜻으로 독해되며, 무심히 스쳤던 인물은 반드시 되돌아보지 않으면 안 된다. 희극은 비극이 되며, 축복은 저주로 돌변할 수 있다. 모든 답변은 되묻는 질문이 되어야 하며, 이야기는 다시 경청해야 한다(이것은 김영하 소설에도 그대로 해당된다. 그의 소설은 적어도 두 번 이상 읽혀야 한다). 한 가지 예로, 외할머니의 채무를 연남동 집으로 탕감해주고 주인공을 내쫓은 곰보빵 할아버지는 범인을 찾는 오이디푸스의 어리석은 무지를 끊임없이 일깨우는 예언자 테이레시아스처럼 인생의 반면교사와 같은 흥미로운 인물이다(곰보빵 할아버지와 그리스비극의 단골역인 테이레시아스 모두 수수께끼 같은 말을 던지길 좋아하며 장님이라는 점에서 서로 닮은 인물이다). 그는 주인공에게 "세상은 질문하는 젊은이를 좋아하지 않아. 자기 대답을 갖고 있는 젊은이를 원하지"(47쪽)와 같은 말에서처럼, 세상의 엄혹한 이치를 따르고 순응하라고 요구하는 한편, 다음과 같은 말로 주인공이 스스로의 미래에 대해 긴장과 각성을 갖게 만들기도 한다. "인생의 큰 시험이 기다리고 있어."(54쪽) 정말 곰보빵 할아버지의 예언처럼, 주인공에게 일련의 사건들이 밀어닥친다. 편의점 아르바이트, TV 퀴즈쇼 출연, 지원과의 만남과 옆방녀의 외로운 죽음과 장례식, 회사에의 입사와 탈출 등등. 축복이 있고 저주가 있으며, 희극이 있는가 하면 비극이 있다. 그리고 이 둘은 뫼비우스 띠처럼 서로 맞물린다. 인터넷 퀴즈방을 통해 우연히 알게 된 '벽 속의 요정' 지원과의 만남과 사랑의 성취가 축복의 운명적 사건이라면, 상한 고구마를 먹다가 체해 소화제 심부름을 대신해준 인연으로 알게 된 고시원 옆방녀 김수희의 자살은 비극적 사건이다.

『퀴즈쇼』에는 가상세계와의 접속을 통해 새롭게 펼쳐지는, 이른바 '사이버 시대의 사랑의 현상학'이라고 부를 만한 아름다운 장면들이 매우 풍부하게 그려져 있다. 거기서 사랑의 사건은 모든 사소한 우연을 변경이 불가능한 필연으로 만들며, 실제와의 만남에서도 그들은 만나기 훨씬 전부터 알아왔던 사이로 서로를 문득 알아본다. 김영하가 공들여 묘사한 21세기의 새로운 사랑법은 "가로 사십오 센티미터, 세로 십팔 센티미터의 키보드 위에서 생성"(84쪽)되며, 상대방에게서 연락이 오기만을 기다리면서 물끄러미 바라보는 핸드폰마저 사랑의 언어를 송수신하는 신 헤르메스처럼 "영물"(178쪽)이 된다. 그 맞은편에는 고시원 옆방녀의 세계가 있다. 한 사람의 독자 입장에서 볼 때, 『퀴즈쇼』에서 가장 아름다운 장면 하나만 꼽으라면, 고시원 옥상에서 '나'와 옆방녀가 삼겹살과 소주로 자신들의 가난한 식욕을 달래면서 살아온 이야기를 소소하게 주고받는 장면을 주저하지 않고 선택할 것이다. 시간 있으면 같이 고기를 구워먹자는 수줍은 제안과 동의, 익숙한 솜씨로 고기를 구우면서도 설익은 것은 조심해서 먹으라는 충고, 10급 공무원 시험을 준비하기 위해 상경한 가난한 집안의 막내딸로 스스로를 "촌년"(122쪽)이라고 부르는 그녀의 삶의 내력, 멀리 떨어져 지낸 다음부터 자주 다투는 남자친구 이야기, '나'가 들려주는 영화에 대한 수많은 이야기와 잘은 모르겠지만 뭐든 배워야 한다는 그녀의 미안한 듯한 반응, 아는 게 많다고 '나'를 진심으로 부러워하는 태도, 새벽에는 공무원 입시학원에서 공부하고 그후에는 대형마트에서 테이프 포장일을 하며, 일이 끝나면 고시원으로 돌아와 새벽에 공부했던 것을 복습하다 잠이 든다는 그녀의 단조롭고도 고단한 일상에 관한 정보 등등 이 모든 소소한 이야기는 그녀의 자살사건으로 인해 한층 슬픈 울림으로 다가온다. 게다가 옆방녀에게서 빌린 돈으로 지원과 데이트를 하고 그녀와 함께 처음으로 아늑한 잠자리를 함께하던 바로 그때, 옆방녀는 고시원에서 혼자 문 손잡이에 줄을 묶고 매듭을 지은 후 그 속에 목을 집어넣고 숨이 멎을 때까지 힘껏 줄을 잡아당겼을 것이다. 아는 게 많은 민수씨에게 뭣 좀 물어보고 싶다는 부탁을 하려고 밤늦도록 '나'의 방 앞을 서성거리다가 그렇게. 아이러니가 지배하는 운과 운명의 세계에서 시간이 제때 자신의 과녁에 도달하는 일은 발생하지 않는다. 뜻하지 않게 지원과 잠자리를 했으며, 하필이면 그때, 뜻하지 않게 옆방녀가 '나'를 기다리고 있다는 사실을 '나'는 몰랐던 것이다. 너무 빠름은 너무 늦음과 함께 오며, 희극과 비극, 축복과 저주는 단 한 순간에 엇갈린다.

이 사건으로 인해 '나'는 '나'의 지식이 절반의, 불구(不具)의 지식이었음을 깨닫는다. 옆방녀의 죽음을 겪고 나서 '나'는 이렇게 자문한다. "내가 아는 게 많다고요? 아는 게 많은, 그렇게 똑똑한 인간이 왜 이렇게 살고 있겠어요?"(294쪽) '나'는 스핑크스의 퀴즈가 자신의 운명에 대한 물음이었음을 몰랐던 오이디푸스와 닮았다. 오이디푸스가 누구인가. 그 어원을 풀어보면('알다'=oida와 '부어오른'=oidieo), 그는 '절름발이 철학자'다. 스핑크스의 물음에 대한 진짜 대답은 세 세대의 혈통(아침의 네 발, 점심의 두 발, 저녁의 세 발)을 뒤섞어 테바이를 무정부 상태로 만든 오이디푸스 자신이었다. '나'가 TV 퀴즈쇼에서 자신에게 접근해온 수수께끼 같은 인물 이춘성의 제안을 받아들여 퀴즈로써 운명이 지배하는 영역에 도전하려는 것은 불구의 지식을 가진 자신을 제대로 시험하기 위해서다. "지혜의 힘을 빌려 우연과 맞서는 인간의 운명을 시뮬레이션"(321쪽)한다는 이춘성의 말이 그럴듯하게 들렸다면 말이다.

'퀴즈'는 그것의 문자적 층위에서는 인터넷 퀴즈방에서의 취미활동이자 놀이이며, 나중에는 계약직 생계수단이 되기도 하지만, 비유적 층위에서의 그것은 '나는 누구인가'라는 본질적인 질문 그 자체가 된다. 퀴즈는 그 연원이 매우 오래되고도 심오한 문명사적 족보를 갖고 있다. 퀴즈에는 신과 인간의, 인간과 자연의 오래된 숙명적인 대결의 흔적이 있다. 죄를 짓고 숨은 아담에 대해 '아담아, 네가 어디에 있느냐'라고 물은 신의 질문이 그러했으며, '아침에는 네 발, 점심에는 두 발, 저녁에는 세 발로 걷는 존재가 무엇이냐'라는 오이디푸스에 대한 스핑크스의 물음이 그러했다. 운명의 논리에 의하면 삶은 닫혀 있지만, 운에 따라 이따금씩 그 미래가 열릴 수 있도록 또 닫힐 수 있도록 만드는 것이 바로 퀴즈다. 이춘성으로부터 계약을 종용받던 '나'가 받은 명함과 마침내 도착한 '회사' 집무실 간판에 라틴어로 이렇게 씌어 있듯이. "Fata regunt orbem! Certa stant omnia lege."(불확실한 것은 운명이 지배하는 영역. 확실한 것은 무릇 인간의 재주가 관할하는 영역)

『퀴즈쇼』에서 '회사'는 "수도원"(347쪽), "길드"(354쪽) 등으로 묘사되며, "혈연으로 이어진 생물학적 가족"(334쪽)의 대리역할을 하는 사회의 축소판이자 젊음을 관리하고 연장하는 사업공동체다. 『퀴즈쇼』에서 볼 수 있는 '상징적 아버지의 부재'는 주인공 '나'와 서지원에게 아버지가 없거나 멀리 떠나 있는 등의 원자화된 가족구성에 대한 소설적 정보에서도 엿보이지만, 이른바 한순간에 운명이 뒤바뀌어버린 각양각색의 사람들이 모여든 '회사'에서 보다 직접적으로 관찰된다. 그런데 『퀴즈쇼』가 묘사하는 새로운 형태의 '회사'는 전통적인 개념의 회사처럼 가부장적 권력과 엄격한 위계를 바탕으로 한 수직적 모델이 아니라, 중심이 더이상 존재하지 않은 채 형제자매만으로 새롭게 결연된 수평적 모델로 바뀌어 있다. "'회사'가 곧 우리고 우리가 곧 '회사'"이며, "'회사'의 부분집합도 '회사'"인 것이다(326쪽). 이춘성은 '회사'로 '나'를 안내하는 역할만 할 뿐이며, 공동생활방식과 규칙, 퀴즈스파링에서부터 '집회'의 규칙에 이르는 모든 것들은 동료들이 하나하나 일러준다. 동료들이나 이춘성 너머에 존재하는 초월적 권력은 없다. 거기에는 사장이나 회장 따위의 수직적 권위의 중심은 존재하지 않으며, 퀴즈대회의 선수들을 기다리는 방청객들만 그들의 고객으로 등장할 뿐이다. 그럼 새로운 사회의 모델인 '회사'는 권위 없는 가족처럼 더 온정적이고 더 부드러워졌다고 할 수 있을까. 처음에 '나'는 그렇게 생각하지만, 그 기대는 곧 배반된다. '회사'의 자율적인 운영 이면에는 보다 새로운 형태의 잔인하고도 가혹한 처벌이 도사리고 있었다. 오로지 팀의 효율성을 위해 보스와 패자의 운명이 임의적으로 뒤바뀔 뿐이다. 『퀴즈쇼』에서의 '집회'는 패자부활전이라고는 좀처럼 허락되지 않는 검투장의 무한경쟁일 뿐이다. 사소한 실수도 용납되지 않으며 패배의 대가는 즉각적인 추방으로 이어진다. "다시는 올라오지 마, 이 새끼야."(377쪽) '회사'의 체계를 떠올려보자. '회사'가 영화 〈매트릭스〉의 사이버 가상세계나 유령처럼 실체가 불분명한 까닭은 그것이 비현실적이어서가 아니다. '회사'는 '초월적-수직적 아버지'에서 '내재적-수평적 형제들'로의 네트워크 변동이라는 이 시대의 중요한 사회이동의 징후를 함축하기에 고정되기보다는 유동적인, 확고하다기보다는 불확실한 이미지로 그려졌다. 그럼 '회사'로부터의 '나'의 탈출은 실패일까, 성공일까. 헌책방에서, 그리 나아진 것도 없는 삶을 다시 시작해야 하는 '나'는 자신의 운명을 긍정했다고 할 수 있을까. "세상 어디에도 도망갈 곳은 없다는 거. 인간은 변하지 않고 문제는 반복되고 세상은 똑같다는 거야."(426쪽) 정말 그럴까. 그래도 삶에 대한 질문을 던질 수 있다면, 그 질문을 멈추지 않을 수만 있다면, 그래도 무엇인가가 조금은 변했고 더이상 반복되지 않으며, 또 나아지고 있고 앞으로 바뀌지 않을까.

통(桶) 속의 디오게네스

『퀴즈쇼』에는 창 없는 고시원에서 컴퓨터모니터라는 유일한 창으로 세계와 접속하는, 가난하고도 고독한 이 시대의 젊음의 형상이 상징적으로 그려져 있다. '창 없는 단자'를 연상시키는 인터넷의 퀴즈방에서 가상의 아이디와 아바타로 인터넷에 접속하는 작중인물들은 자신들만의 취미공동체에서만큼은 활력과 생기가 있어 보인다. 그러나 시간이 지나고 하나둘씩 인터넷채팅방에서 빠져나가 마침내 주인공 한 명만이 남아 커서만 깜빡이는 텅 빈 채팅방을 공허하게 응시하는 풍경에는, 컴퓨터의 전원을 끄자마자 밀어닥치는 남루한 현실세계에서 삶에 대한 전망이라고는 좀처럼 열리지 않을 것만 같은 이 시대 젊은이들의 우울한 자화상과 그들을 엄습하고 있는 선험적 절망의 생리마저도 엿보인다. 『퀴즈쇼』에는 주인공의 처지를 상징하는 대목이 여러 번에 걸쳐 묘사된다. '회사'의 창밖에서 들어와 다시 나가지 못하고 벽에 부딪혀 떨어지고 마는 직박구리의 형상, 거센 바람에 밀려 앞으로만 날아야 하는 날개를 단 '나'의 꿈, 그리고 통(桶) 속에서 우울증에 걸렸던 견유철학자 디오게네스의 이미지. 그런데 그중에서 마지막, 디오게네스가 누구였던가. 폴리스로부터 추방당한 헐벗은 몸으로 폴리스에 거주했으며, 자신에게 개뼈다귀를 던지는 대중들 앞에서 개처럼 오줌을 눴다는 철학자가 아니던가. 그는 삶이 본질적으로 연기임을 깨달았으며, '연기를 거부'한 것이 아니라 오히려 '거부를 연기'했다고 한다. 디오게네스가 보여준 연기의 거부, 거부의 연기는 가면, 연기, 무대 이면에 본질적인 삶 따위는 없으며, 오직 연기 없는 연기만 있을 뿐이라는 김영하 소설의 오랜 전언과 또한 회통(會通)하지 않는가. 작가가 『퀴즈쇼』에서 낮은 목소리로 말하고자 했던 디오게네스의 윤리는 바로 이런 것이 아니었을까.

IMF체제 이후, 신자유주의가 만들어놓은 소수독과점의 경제구조, 양극화현상, 비정규직의 전면화 등 '삶의 자본화' 또는 '삶의 생존전략화' 라고 총칭할 수 있는 이 시대의 젊음의 고단한 세상살이에 대한 김영하식의 답변이자 뛰어난 성장소설인 『퀴즈쇼』에서 형상화된 젊음에게 모험이란 그 답의 정오(正誤)에 따라 생존의 당락(當落)이 결정되는 '퀴즈쇼'로, 자기 형성의 교양(bildung)은 그것을 위해 마련된 무질서하고도 단편적인 정보의 집적으로 코드화된다. 그리고 그동안 잘난 척하며 편협하기만 했던 기성세대는 자기 폐쇄적인 세계에 틀어박혀 게임만 하는 이들 젊은이들에게 경멸적 어조를 담아 '오타쿠' 등으로 부르기를 멈추지 않았다. 이제 김영하의 『퀴즈쇼』와 함께 독자들은, 좀처럼 그 희망을 찾아보기 힘든 이 시대의 백수, 신빈곤계급의 일원인 한 젊은이가 세상에 대해 조용히 '사보타주'하는 광경을 볼 수 있게 되었다. 헌책방 아르바이트생 이민수, 야전침대가 유일한 재산인 디오게네스의 새로운 후예에게 부디 앞날의 행운이 함께하기를!

심연에서 비극으로

— 최인석 소설집 『목숨의 기억』에 대하여

1

최인석은 그동안 여러 작품집과 장편소설 등을 통해 유토피아에 대한 강렬한 희구와 현실의 심연에 대한 탐사를 특유의 부정의 상상력을 통해 극적으로 보여준 작가이다. 이 점에 대해서는 새삼 강조할 필요가 없을 것이다. 최인석 소설의 주인공들에게 이곳, 현실에서의 삶이란 근본적으로 추방이다. 유토피아에 대한 그들의 도저한 열망은 이로부터 솟아오른다. 이곳에서의 삶이 누추하고 비루하면 할수록 이곳이 아닌 다른 곳에 대한 열망은 증가하며, 이곳이 아닌 저곳에 대한 열망이 크면 클수록 이곳의 삶에 대한 절망은 배가된다. 그동안 최인석의 소설을 읽어온 독자들은 저곳을 유토피아로, 이곳을 절망의 장소로 명명하기에 이르렀다. 이러한 명명이 설득력이 있었다는 것은 그만큼 최인석 소설의 현실탐구가 치열했다는 증거였으며, 무엇보다도 인간이 인간에 대해 늑대인 관계에 대해, 고통이 고통을 낳으면서도 쉽사리 화해를 유도하지 않는 현실의 적대(antagonism)에 대해 작가가 독보적으로 탐구한 결과이기도 했다.

그런데, 다섯 편의 중편이 묶인 최인석의 새 창작집 『목숨의 기억』(문학동네, 2006)을 읽다보니 최인석 소설의 가장 중요한 어휘에 속하는 유토피아 대신 희망이라는 단어를 자꾸 곱씹어보게 된다. 유토피아와 희망은 최인석 소설의 독자라면 얼핏 별다른 차이가 없는 어휘처럼 보인다. 최인석 소설에서 유토피아는 철저히 그 부정항을 매개로 하고 있다면, 희망은 어떤 매개 없이 간접적으로 유추된다. 그것은 최인석의 소설적 탐구가 유토피아에 대한 탐색을 중단했다는 뜻은 아니다. 오히려, 유토피아에 대한 상상력 자체가 형질변환을 겪게 되었다고나 할까. 이곳이 아닌 저곳에 대한 직접적인 형상화나 희구 대신 이곳의 삶에 대한 보다 깊은 침잠과 사색을 통해 희망을 넌지시 암시하게 되었다고나 할까. 잠시 이에 대해 더 생각해보는 것도 나쁘지 않으리라.

유토피아에 대한 열망은 그 상관항으로 그만큼 이곳, 현실에서의 삶에 대한 부정으로 이어진다. 그리하여 삶은 항상 이곳이 아닌 다른 곳, 저 너머에 있게 된다. 그렇게 될 때, 이곳에서의 삶은 무정형의 것, 헐벗은 삶의 '혼돈을 향한 한 걸음'에 지나지 않게 된다. 유토피아는 그것이 아무리 찬란하고 황홀하고 아름답더라도 현실에 대한 증오 없이는 구성되지 않는다. 희망은 보상을 바라는 것이 아니다. 사도 바울의 믿음, 소망, 사랑에 대해 철학자 알랭 바디우가 『사도 바울—보편주의의 정립』이라는 책에서 해석한 것처럼, 희망이 보상을 바랄 경우, 그것은 반드시 타인에 대한 미움과 증오를 수반하게 마련이다. 바꿔 말하면, 이곳에서의 삶에 대한 부정과 증오가 남아 있는 한, 저곳에 대한 염원은 사실상 이곳의 일그러지고 전도된 거울상에 불과하다. 지금까지의 최인석의 소설이 이에 대한 치열한 탐색의 결과라고 한다면, 지금 시점에서 그것은 유토피아적 열망에 내재한 모순이 스스로를 드러내기 시작했다는 증거이기도 하다. 이번 소설집에서 최인석의 탐구는 그동안 유토피아와 현실 사이의 부정변증법이라고 부를 법했던 작가 특유의 상상력이 발휘되었다기보다는 삶과 죽음이나 우연과 필연 등에 대한 본원적인 질문으로 이어진다는 점에서 흥미롭다. 그것은 최인석의 소설적 탐구가 하나의 전환점에 이르렀다는 증거로 보인다. 그것을 심연에서 비극으로의 전환이라고 불러보자.

현실에 대한 부정성의 열망은 유토피아적 제스처이면서도 동시에 자칫 부정성 그 자체에 대한 자기 몰두적인, 퇴폐적인 탐닉으로 이어질 수도 있다. 인간이 인간에 대해 늑대인 근원적인 적대에 맞서려는 부정의 정신은 폭력이 폭력을 낳는 악순환의 고리에 스스로를 집어넣을 수도 있다. 그 누구보다도 작가 자신이 잘 알고 있는 진실이기도 한 이 악순환은 최인석 소설이 가진 한계점이라기보다는, 적어도 이번 소설집에 비추어볼 때, 현실에 대한 치열한 부정의 정신이 하나의 전환점을 필요로 한다는 것에 대한 방증이다. 아마도 다음과 같은 니체의 유명한 금언은 최인석 소설의 주인공들이 그동안 독자들에게 얼마만큼 매혹적인 존재들이었던가를 설명하는 동시에, 그들이 갖고 있는 인간조건과 세계에 대한 대응방식에 어떤 한계를 노출하고 있어왔는지를 암시하는 구절로 보아도 무방하다. "괴물과 싸우는 사람은 자신이 이 과정에서 괴물이 되지 않도록 조심해야 한다. 만일 네가 오랫동안 심연을 들여다보고 있으면, 심연도 네 안으로 들어가 너를 들여다본다."(프리드리히 니체, 『선악의 저편』) 어떻게 보면 최인석 소설에 내재한 가능성과 한계는 유토피아에 대한 그의 소설적 탐구가 방금 인용했던 니체의 저 원한(ressentiment)이라는 정념에 의해 추동되었다는 사실과도 무관하지 않다. 실제적인 반응이나 행동이 아닌, 상상의 복수로 정의되는 원한은 그동안 최인석 소설의 주인공들을 사로잡았던 근본적인 정념이며, 90년대 중반 이후의 한국소설에서 원한을 통한 노예들의 카니발적 반란을 가장 극단적으로 몰고 간 작가가 최인석이었다는 것도 명백한 사실이다. 그런데 『목숨의 기억』에는 원한의 모습은 거의 없거나 있어도 반성에 의해 겹으로 싸여 있다고 말해도 무방하다. 아이들의 존재가 그것을 가능하게 만들었다. 『목숨의 기억』은 원한의 화염이 강렬하게 타오른 후 잠시 찾아온 텅 빈 적막과도 비슷하다.

2

『목숨의 기억』에서 다른 무엇보다 눈에 띄고 두드러지는 특징을 꼽으라면, 그것은 그동안 최인석 소설의 구조를 지탱한 유토피아와 절망, 삶과 죽음, 행복과 불행, 이곳과 저곳 등의 이분법이 한꺼번에 의문에 부쳐지고 있다는 사실일 것이다. 구체적으로 볼 때, 이 특징은 우선 소설의 주인공이 어른에서 아이로 바뀌고 있다는 것과 밀접한 관계가 있다. 왜 어른이 아니고 아이인가. 우선 성장해가면서 자연(본능)으로부터 탈피하고 문화(승화)에 가깝게 가는 존재로 어른을, 아직 자연과 문화, 본능과 승화가 서로 갈등하고 있을 때 그 사이에 끼어 있는 어떤 존재로 아이를 정의해보도록 하자. 『목숨의 기억』 특유의 존재론적 탐구, 삶과 죽음, 기억과 망각 등의 주제는 어른들의 형이상학적 탐구주제라기보다는 아이가 말을 배우기 시작할 무렵에 떠올랐다가 잊혀질, 그러나 평생 무의식 속에 각인되는 질문들이다. 그것은 자유와 운명, 우연과 필연이라는 비극 특유의 삶의 요소들을 이룬다. 아이들은 생각한다. 유토피아와 절망 사이에, 삶과 죽음 사이에, 행복과 불행 사이에, 기억과 망각 사이에, 이곳과 저곳 사이에 잊혀진 뭔가가 더 있다고. 『목숨의 기억』에 등장하는 최인석 소설의 아이들은 이런 질문을 가능하게 만드는 존재들이다.

최인석 소설의 어른들, 정확히는 남자들은 심연에 매혹당한 존재들이었으며, 동시에 심연을 거슬러 유토피아를 꿈꿨던 자들이었다. 그들은 열망했으나 실제로는 절망한 자들이었으며, 좌절하기 위해 꿈을 꾸는 자들이었다. 유토피아는 곧 원한이었으며, 원한은 유토피아와 쌍둥이 자매였다. 최인석의 어른 주인공들은 근본적으로 그 둘의 (악)순환에 사로잡힌 자들이었다. 사도 바울은 반문한다. 은혜를 받기 위해 죄를 지어야 하느냐고. 유토피아를 실현하기 위해 악을 정당화해야 하느냐고. 메시아가 오기 위해 이곳은 반드시 타락한 소돔과 고모라여야 하는가라고. 혹시 최인석 소설의 주인공들이 걸릴 법한 덫은 이런 것들이 아니었을까. 심연이란 그런 덫이 아니었을까. 최인석의 자전소설 주인공인 최보(崔甫)는 이렇게 질문을 던지는데, 그 질문은 꿈과 현실, 오늘과 내일, 여기와 저기를 여전히 맴돌며 순환한다. "꿈 때문에 더욱 세상살이가 힘드는데도 불구하고 어째서 사람들은 끊임없이 꿈을 꾸는 것일까. 어째서 오늘이 아닌 것을, 여기가 아닌 것을, 오늘 여기 사는 자기가 아닌 것을 상상하는 것일까."(「소설가 최보崔甫의 어제, 또 어제」, 『나를 사랑한 폐인』, 문학동네, 1998, 94쪽) 이러한 질문이 익시온의 수레바퀴처럼 돌리면 돌릴수록 더욱더 소용돌이 속으로 빠져드는 어른들의 것이라면, 아이의 질문은 그보다 단순하면서도 더 원초적이다. 왜냐하면, 아이는 어른이라면 희미해지거나 잊혀진 자연과 문화(제도), 또는 본능과 승화의 문제를 한꺼번에 제기하는 존재들이기 때문이다. 아이들이 성숙하다거나 그 반대로 유치하다는 것은 그들이 본능을 승화시키는 문화(제도)에 진입했다는 증거 이외에 다른 어떤 것도 아니다.

예컨대 가족을 보자. 레비스트로스의 말처럼, 아이에게는 두 명의 부모가 있다. 하나는 아이를 낳은 생물학적인 부모이며, 다른 하나는 아이를 키운 문화적인 부모이다. 아이에게는, 그리고 부모에게도 이 생물학적인 부모와 문화적인 부모의 구별은 사실상 불가능하다. 아마도 문학사상 최초의 아이였을 오이디푸스, 그리고 마르크스의 말처럼 아이의 예술이었던 그리스비극이 부딪힌 문제는 바로 이 둘의 구별 불가능성이었다. 오이디푸스는 수수께끼 또는 예언('네 아비를 죽이고 네 어미와 동침할 것이다')에 시달리다가 실제로 예언을 실현하고 파멸을 당한다. 피하려고 했지만, 아니 피하려고 했기 때문에 예언은 실현되고 만다. 그는 애초에 신탁의 예언에 의해 자신의 생물학적인 부모로부터 버림받아 키워진 존재였다. 오이디푸스는 예언을 통해 가족을 근본적으로 우연적인 것으로, 교환 가능한 '문화'로 경험했지만 나중에 그 예언으로 말미암아 '자연', 즉 생물학적인 필연성과 맞닥뜨리게 된다. 오이디푸스가 겪은 근친상간은 성과 금기, 자연과 문화의 분할이 한꺼번에 의문에 부쳐지는 자에 대한 명명인 것이다. 근친상간은 그것이 금기인 한에서 자연은 아니지만, 본능인 점에서 문화도 아니다. 정확히 말하면, 그것은 금지되면서 욕망할 만한 것이 되며, 욕망하게 되면서 금지된다. 근친상간의 수수께끼를 운반한 말(言語) 또한 아이에게 근친상간만큼이나 양가적이다. 말은 사물을 죽이거나(아버지) 범하면서(어머니) 동시에 흔적으로 그것을 운반한다. 최초의 아이 오이디푸스는 본능과 승화, 자연과 문화의 잃어버린 고리를 묶는다는 점에서, 어떻게 보면 괴물과도 같은 존재다. 괴물이라고 했지만, 그것은 이전의 최인석 소설의 원한에 사로잡힌 야수들과는 무관하다.

『목숨의 기억』에서 아이들은 생물학적인, 나이가 몇 살인 아이들이 아니다. 그들은 특별히 똑똑하거나 성숙해서 그런 것이 아니라 우연찮게도 뭔가를 보았거나 부모의 속삭임을 한 귀로 엿듣거나 하면서 어떤 근원적 질문에 사로잡힌다. 「그림자들이 사라지는 곳」에서 그것은 삶과 죽음 사이에 가로놓인 어떤 불가사의한 영역에 대한 것이며, 「목숨의 기억」과 「달팽이가 있는 별」에서는 가족이라는 제도의 필연성에 대한 의문이다. 「미미와 찌찌」 그리고 「내 님의 당나귀」에서 아비는 갑자기 나타나 자신이 아비라고 주장하는 존재들이다. 그럼 이 아비는 내 아비가 맞는가. 이 모든 의문들에 대한 답은, 없다고 보아도 무방하다. 비극은 이 근본적 수수께끼에 대한 이러한 답 없음에서 시작된다. "낱말보다 낱말 뜻풀이가 더 어려운 것이라는 사실을 처음 배운 것"(61쪽)은 전적으로 아이 때의 일인 것이다.

1) 나의 무엇이 그런 것을 보아냈을까? 분명 나의 의식은 아니다. 나의 예감? 본능? 아니다. 의식도 예감이나 본능도 누구에게나 있다. 나는 그때 목을 매달지 않았다뿐, 삶과 죽음 사이의 경계 어딘가에 몸을 걸쳐놓고 있었던 것은 아닐까. 그런 나의 애매한 존재 자체가 틈이 되어 그들이 나에게 다가올 수 있었던 것은 아닐까. (……) 죽음의 영역에는 시간이 존재하지 않아 어제와 오늘, 과거와 미래가 뒤엉켜 있는 것일까. 만일 그렇다면 나 자신 역시 그 너머 어딘가에 벌써 존재하고 있었을 것 아닌가.(「그림자들이 사라지는 곳」, 51~52쪽)

2) 나는 할애비와 할미 손에서 컸다. 아비와 어미에 대한 기억이 거의 전혀 남아 있지 않았으므로 나는 초등학교에 입학할 때까지도 할애비와 할미를 아버지 어머니라 불렀다. (……) 할애비가 꾸중과 함께 앞으로는 절대로 아버지 어머니라 부르지 말라고 엄명을 내린 것은 내가 초등학교에 입학하던 당일이었다.

그날 많이 운 기억이 난다. 그들을 아버지 어머니라 부를 수 없다는 것이 나에게는 마치 아비 어미를 다시 한번 잃는 것처럼 여겨졌던 모양이다. 어쩌면 그들이 나에게 아비 어미가 되어주기를 거절하는 듯 여겨졌던 것인지도 모르겠다. 아무튼 나는 아주 쉽게 울었다.(「목숨의 기억」, 57~58쪽)

3) 이 세상 전체가 하나의 커다란 불가사의라는 것을 한순간에, 몸이 반동강이 나는 것 같은 충격과 더불어 깨달았다. 이 세상도, 여기 사는 사람들도, 아비도, 그 자신도 이해할 수가 없어졌다. 어째서 이렇게 살아야 하는 것일까. 어째서 이렇게 사는 것인가. 아비는, 또한 나는 어째서 이렇게 사는 수밖에 없는 것인가. 어째서 저 사람들은, 이모는, 저 청소부는…… 저렇게 사는 것인가.(「미미와 찌찌」, 159~160쪽)

4) 아버지 어머니는 왜 같이 살기 시작했을까? 왜 나를 낳았을까? 나는 그들의 자식으로 태어난 것이 전혀 마음에 들지 않았다. 도대체 왜 사람들은 하필이면 결혼이라는 것을 할까? 왜 아이를 낳을까?(「달팽이가 있는 별」, 196쪽)

의문문의 형식을 갖추고 있거나 의문에 처한 상황을 설명하는 위 인용문들은 어떻게 보면 부모라는 타자와 직면했을 때, 또는 그들과 세계 자체가 하나의 수수께끼로 다가올 때 아이가 던질 법한 질문들의 목록이자 원형이다. 아이들은 의문투성이인 이 질문들을 맞아 깊이 생각에 잠기거나 당혹스러워 그저 울거나 반문을 되던진다. 그것은 「그림자들이 사라지는 곳」에서 그렇듯 '나'의 한평생을 따라다닌다. 그 각각에 대해 설명해보자.

1) 이곳과 저곳, 부정적 현실과 유토피아를 분할해왔던 최인석 소설의 상상력은 이제 분할 그 자체를 분할한다. 「그림자들이 사라지는 곳」에서 주인공 '나'를 사로잡고 있는 삶의 의문은 "삶과 죽음 사이의 그 엄중한 격리가 간혹, 미농지처럼 얇아지거나 희미해지는 순간"(10쪽)이 있다는 불가사의한 진실이다. 첫째 인용문은 '나'의 할미가 돌아가셨을 때, 네 살 무렵의 '나'가 곡(哭)을 하던 고모가 손님이 오자 아무 일 없었던 듯 손님을 맞는 장면을 목격한 전후로 일어난다. 죽음은 삶

과 분리된 어떤 것이 아니라 이미 삶 속에서 다스려지는 것이라면, "죽은 자와 죽지 않은 자가 교류하는 현장"(39쪽)을 보는 일도 더이상 불가능하지만은 않다. 가족이 완전히 붕괴된 고등학교 시절, 완벽히 홀로 남겨진 '나'는 자살하기 직전에 친구인 성환과 상준을 만난다. 그러나 나중에 알고 보니 그때 보았던 성환은 이미 자살한 지 한참 지난 뒤였으며, 그만큼 놀라웠던 사실은 당시 상준의 복장이 4년 후에 죽은 상준의 복장과 완전히 일치했다는 점이다. 한 사람에게 죽음은 '나'의 과거였으며, 다른 사람에게 죽음은 '나'의 미래였던 것이다.

2) 불가사의한 일들은 이것만이 아니다. 세계는 수수께끼를 가져오는 곳이 아니라, 세계 그 자체가 수수께끼이다. 「목숨의 기억」의 인용문은 할애비 할미를 아버지 어머니로 부르지 못하게 금지하자 '나'가 당혹스러워하는 장면이다. 인용문에서 추출할 수 있는 핵심적인 전언은 자신이 가족에서 교환된, 전적으로 우연적인 존재라는 것이다. 가족이라는 자연과 문화의 연속에서 정체감을 느끼던 '나'는 그것들이 서로 분리되는 순간을 견딜 수 없었던 것이다. 이 부조리는 후에 자신의 집을 찾아온 어머니로 짐작되는 한 여인의 형상과 조우하면서 더욱 증폭된다.

3) 아이에게 삶의 우연성과 부조리는 자명하게 여겨졌던 제도(가족) 그 자체가 한순간에 의문에 부쳐질 때 강렬하게 느껴진다. 「미미와 찌찌」도 마찬가지이다. 이모부와 이모 집에서 쪽방거리로, 쪽방거리에서 교도소 감옥으로, 감옥에서 거리로 나아가는 어린 앵벌이들은 아비에게는 자식이 아니라 돈을 벌어오는 노동력상품일 따름이다. 앵벌이에게 가족은 삶의 우연성과 부조리가 돈과 교환되는 시장에 다름 아니다.

4) 가족이라는 형식을 그럴듯하게 유지하는 어떤 가정조차도 사실은 행복과 안정을 돈으로 사고파는 장소에 지나지 않는다. 이제 가족은 바보천치인 영득이를 삼청교육대에 팔아넘긴 덕택으로 아버지가

개인택시 면허를 취득하고 어머니와 함께 행복하게 삼겹살을 구워먹는다는 점에서 타락한 인륜성의 상징이다.

『목숨의 기억』에서 가족은 그 제도의 우연성이 노출되는 장소이며, 아이는 이 우연성을 체현하는 존재이다. 어떻게 보면, 이러한 해석은 최인석의 이전 소설에서 또다른 아비와 어미를 꿈꾸면서 세상을 부정하던 업둥이적 주인공들이 출현하게 된 원인을 설명해주는 동시에 삶이 그 출발부터 비극의 씨앗을 내포한다는 피할 수 없는 진실이기도 하다. 심연의 알레고리보다 암담한 것이 비극이다.

3

물론 『목숨의 기억』의 어떤 소설에는 최인석의 이전 소설에서 보여준 유토피아에 대한 염원과 탐구의 강렬함이 여전히 남아 있는 듯하다. 표제작인 「목숨의 기억」에서 실종된 아버지의 친우이자 아버지와 거의 동일시되는 인물, 남파간첩이었던 빵떡모자 빽덕이 아저씨가 작곡했던 노래는 최인석 소설의 독자들이라면 한 번쯤은 접해봤을 유토피아적 형상에 대한 변주곡이다. "저 산 너머 저 구름 너머 아직 내가 태어날 곳이 있다 저 뻘을 지나 저 골짜기 너머 아직 우리 태어날 땅이 있다 지금만이 아니다 여기만이 아니다 언젠가 언젠가 저기 저 너머 내가 살 곳 내 꿈이 살아 있는 곳……"(69쪽) 더 구체적으로 그곳은 이렇게 묘사되기도 한다. "사람들이 꽃만 먹고 산다. 밥도 고기도 안 먹는다. 꽃만 먹는다. (……) 사람이 채송화하고도 풍뎅이하고도 얘기를 하고, 단풍나무하고도 호랑나비하고도 사랑을 하고 결혼을 한다."(95쪽) 그러나 「목숨의 기억」에서 유토피아적 충동은 직접적으로 표출되기보다는 반성적 사유의 겹에 의해 둘러싸여 있다는 점에서 이전의 최인석 소설의 유토피아에 대한 열망과는 차이가 난다. 최인석 소설에서 유토피아적 형상은 언제나 선지자, 예언자의 목소리와 함께 그려졌다. 그러나 이번 소설집에서 유토피아는 어둠에 휩싸여 있다. 형상은 금지된다. 형상은 사실상, 우상숭배이기 때문이다. 메시아가 도래하기를 기다리던 자들은 그들이 견디어내야 할 오랜 시간을 참다못해 황금송아지를 만들고 숭배하기 시작했던 것이다.

아버지의 흔적을 확인하기 위해 빵덕이 아저씨가 있는 곡성의 황금연못, 금지(金池)로 찾아간 '나'는 아저씨로부터 다음과 같은 말을 듣는다. "어둡냐?"고.

"이놈의 게 다…… 내가 토해놓은 어둠 같구나. 어디 나만 토했겄냐. 니 애비도 토했을 것이고, 니 할배랑 할매도 토했을 거고, 너도 토했겄지. 공화국에 있는 내 새끼들이랑 마누라도 토했을 것이고…… 숨을 토할 때마다 시커먼 어둠이 뭉클뭉클 쏟아져나오는 것 같지 않드냐? 매일매일이 그렇드라. 순간순간이 그렇드라. 감옥소 안이나 밖이나 다를 게 없드라."(102쪽)

왜 어둡다고 말할까. 그것은 지금까지 최인석 소설에 내재한 두 가지의 근원적 충동, 유토피아에 대한 열망과 현실의 심연에 대한 탐구가 가진 어떤 한계에 대한 반성적 성찰에서 연유한다. 유토피아는 그것이 말해질 수 없다는 점, 그려질 수 없다는 점, 그래서 그것이 하나의 현실과 직접적으로 동일시되는 한 재앙을 낳는다. 빵덕이 아저씨의 공화국의 삶도, 아마도 그 모델이 되었을 법한 스탈린주의도 돌이켜보면 역사라는 이름으로 모든 것을 단죄하던 유토피아적 열망이 초래한 대재앙이었다. 그것이 유토피아라면, 어둠도 괜찮고 심연도 허용된다. 지난날 대문자 역사는 혹시 그런 것들이 아니었을까. 거기에, 이 현실이 근본적으로 어둠이며 감옥인 한, 모두가 그것에 대해 책임이 있는 것은 아닐까. 할아버지의 말처럼, 이 모든 것을 초래한 "사람만한 괴물"(90쪽)은 달리 없는 것이다. 황금연못, 금지(金池)는 금지(禁止)된 곳, 금지(禁地)이다. 그렇다고 유토피아가 정녕 포기될 수 있을까. 그것을 희망이라고 바꿔 불러보면 어떨까.

「내 님의 당나귀」와 같은 탁월한 소설에서 환기되는 어떤 피로감도 아마 이와 관련이 없지 않을 것이다. 하늘을 나는 당나귀와 하수구의 검은 진창이라는 대립항이 맞서는 이 소설의 구성방식은 최인석 소설 특유의 상승-하강 벡터적 상상력이 유감없이 발휘된 경우라고 할 수 있다. 모든 것을 잃고 홀로 거리에 나선 '나'의 마지막 독백, "적어도 내가 가지 말아야 하는 곳이 어디인지는 알 것 같았다"라는 소설의 마지막 구절이 주는 먹먹함은 어떻게 보면 희망의 다른 이름처럼 들리기도 한다.

「내 님의 당나귀」에서 둘 다 고아인 '나(안중호)'는 아내인 김순이와 함께 "하수구 냄새가 더 지독한지, 돈냄새가 더 지독한지 한번 두고 보자, 하는 심산"(227쪽)으로 시장통의 하수구가 있는 장소에 튀김집을 열어 악착스럽게 돈을 번다. 그러던 중에 교통사고가 나며, 아내는 전신불수에 식물인간 상태로 병원에 누워 있게 된다. 그때, 아내의 아비라는 낯선 사내가 전화를 하고 '나'를 찾아온다. "잘 봐주면 주정뱅이, 험하게 보면 도깨비의 형상"(235쪽)인 순이 아비는 그동안 순이가 몰래 부쳐주던 용돈을 마저 내놓으라고 '나'를 협박한다. 이 아비의 정체는 누구인가. 소설은 주인공이 아비의 음성을 처음 들었을 때 "그것은 단순히 순이 아비의 음성만이 아니었다. 그보다 훨씬 더 자주, 훨씬 더 가까이에서 들은 적이 있는 음성이었다. 어디서 들은 적이 있는 것일까?"(237쪽)라고 의문을 던지고 있다.

이미 암시되었겠지만, 순이 아비는 '나'의 분신과도 같은 존재이며,

'나'가 감히 하지 못한 일들을 '해버리는' 존재이다. 그는 평상시 무기력한 '술주정뱅이', 무능한 아버지처럼 보이지만 곤란하고도 처치하기 어려운 일이 생길 때에는 '도깨비'처럼 모든 것을 해결하는 위력적인 초자아와 비슷하다. 한편 순이 아비의 목소리가 이렇게 속삭인다는 점에서 그는 화폐-신과도 같은 존재다. "널 니 주인으로 만드는 건 돈밖에 없어. 돈." 순이의 병실을 옮겨주고 회생불가인 순이의 장기를 팔라고 권유하는 자도 순이 아비이며, 가게 터를 회생시키는 것도 결국 그이다. 그렇지만 '나'가 아비에게 의존하면 할수록, '나'는 자기 자신과 멀어져간다. "나는 누구인가? 나는 도대체 누구인가?"라는 질문은 '나'가 직면한 이러한 곤궁과 교착상태의 증거다. 그러나 결말에서 '나'는 순이 아비가 경영하는 질서와 손을 끊는다. 그것은 결국 "거래"(249쪽)에 지나지 않았기 때문이다. '나'는 자신의 삶을 이뤘던 기반을 모두 잃어버리는 방식으로 아비와 결별한다. 그러나 동시에 순이 아비 역시 '나'의 면전에서 사라진다. 당나귀 모형을 하수구에 던져버리는 '나'의 상징적 행위는 순이 아비와의 짧지만 괴로웠던 악연을 끝내는 제스처이다. '나'는 모든 것을 잃어버린 것처럼 보인다. 오히려 순이-아비와의 인연을 끊고 난 다음에 '나'에게 찾아오는 것은 먹먹한 홀가분함과도 비슷하다. 그것을 희망이라고 부르는 것은 어려운 일일까.

확실히 최인석의 『목숨의 기억』은 이전의 소설들에 비해 유토피아에 대한 염원이 강렬하게 느껴지지는 않는다. 그만큼 현실의 부정성에 대한 치열한 탐구도 덜한 인상을 준다. 그러나 그것은 순간적인 인상에 의거할 때 그럴 뿐이다. 이러한 인상은 우려될 만한 것도 아니며, 그것을 최인석의 소설적 탐구가 특유의 장기를 잃었다는 증거로 보아서도 곤란하다. 오히려 최인석의 이번 소설집은 작가가 책상에 놓아두고 참조하고 인용할 법한 책인 블로흐의 『희망의 원리』, 그리고 그와 상반되는 푸코의 『감시와 처벌』 중간의 어디쯤에 있으면서 또한 그 어디에도 속해 있지 않다. 작가의 탐구는 심연에서 비극으로 이동했지만, 사실 비극은 심연보다 더 암담하고 어둡기만 하다.

어두운 전조(前兆)라는 말이 있다. 우레가 내리치기 전에 하늘이 잠시 환해지는 모습이다. 우레의 예감인 이 어두운 전조는 생성의 잠재적 공간이며, 도약 이전의 움츠림과 비슷하다. 블로흐가 말했듯이 예감은 언제나 땀을 쥐게 한다. 그것은 시간의 주름이며, 꿈들의 겹침이다. 「목숨의 기억」의 할아버지가 다음과 같이 말했듯이. "사람은 때가 되면 죽어 사라지지만, 그가 꾼 꿈은, 그것이 아름답고 지극한 것이라면, 결코 사라지지 않아, 꽃씨처럼, 또다른 자리에, 또다른 사람의 가슴에 떨어지고, 그렇게 꿈으로, 꿈으로 이어지다가 언젠가는 피어나는 것 아닐까."(97쪽) 최인석의 『목숨의 기억』을 읽는 것은 밤하늘에 우레가 내리치기 전에 찾아오는 이 어두운 전조를 음미하는 것과 참으로 닮아 있다.

소금과 불멸

— 명지현의 첫 소설집 『이로니, 이디시』에 대하여

실패임을 알고도 하는 무모한 게임

시쳇말로 껌 좀 씹는다는, "스모키 아이라인"(14쪽)을 해서 제법 어른 흉내를 내려고 하지만 겨우 "학원 골목에서 '삥'이나 뜯는 날라리들"(11쪽)인 너구리 소녀들, 속칭 고딩 여자애 둘을 피자 두 판으로 꼬드겨 벤치에 앉혀놓고 언니뻘 되는 주인공인 '나'는 바람난 애인에게 복수하는 방법 이것저것을 열심히 묻고 있다. 이 "실연 클리닉 상담원"(12쪽)들에게 피자 두 판까지 사줬는데, 복수의 방법들을 막상 듣고 나니 피자 값마저 괜히 아깝게 보인다. 친구들과 낚시 간다고 해놓고서는 여자 후배와 밀월여행을 다녀와놓고선 천연덕스럽게 거짓말을 해대는 애인 상열에 대한 '나'의 복수의 정신은 그 어느 때보다 찬란하게 불타오르지만, 방법을 막상 택하자니 과연 감당할 수 있을지 도무지 자신이 들지 않는다. 소녀들이 기선제압용으로 면도날을 씹으라고 권해주자 "면도날은 난감하다"(9쪽)고 생각하고, "머리핀, 빗, 하이힐 굽, 헤어스프레이, 핸드백에 짱돌 놓고 내리"치거나 "두툼한 오버나이트

생리대를 입에 쑤셔넣으면"(9쪽) 어떠냐고 묻자 현실성이 없다 걱정하고, "'버럭 성질부리기' '송곳처럼 야리기' '물컵이나 발길질로 기선 제압을 하는 방법'"(14쪽) 등 실연 클리닉 상담원들의 갖가지 특강을 아무리 들어도 모든 게 실현 불가능할 것 같아 마음이 영 편치 않다. 그래서 고작 택한 목표가 "머리끄덩이"(16쪽) 잡아채기 정도라니! 역시 복수는 실천이 아니라, 상상의 실천이 아닌가. 왜 이리도 불타오르는 복수를 실행하려고 하는지, 그럼 그런 화자는 도대체 어떤 사람이냐고 묻는다면, 소설의 이 한마디면 족하겠다. "남자 보는 눈만은 발바닥 밑에 붙"어 "늘 바닥으로 기는 지렁이 같은 놈들만 눈에 들어왔"으니, 그동안 "사력을 다해 헌신하고 헌신짝"으로 버림받아왔던 '나'다(13쪽). 그래서 '나'는 다짐한다. 또 이럴 수는 없다. 이번에는 반드시 복수하고야 만다. "오입질에 미친 놈들에게는" "범국가적인 응징 프로젝트"로 응수해야 한다(25쪽). '나'는 마이크 타이슨의 브로마이드를 보면서 권투연습을 하고 복수의 당일에는 골프 장갑까지 준비한다. "무조건 갈아마셔버릴 테다."(16쪽) 「목표는 머리끄덩이」라는 단편 얘기다. 이 소설의 주인공에게 복수에 사무친 원한은 통쾌한 느낌마저 준다. 맹랑하게 살아 있는 화자의 입담도 그러하거니와, 보도를 울리는 높은 하이힐 굽 소리마냥 짧게 끊어지며 감칠맛 내는 현재형의 속도감 있는 문장들이 디테일들을 몰고 가는 매력적인 이 소설의 분위기는 앞으로 독자들이 명지현의 소설들에서 느낄 만한 강한 인상 중 하나일 것이다.

얼핏 보면 『이로니, 이디시』(문학동네, 2009)에 실린 작품 중 가장 이질적으로 보이는 단편이 「목표는 머리끄덩이」이다. 이후에 이 글이 해야 할 이야기의 핵심 대부분이 이 소설에 있다고 말하기에는 지나친 감이 있다. 그럼에도 먼저, 이런 구절들을 읽어보자. 복수의 여러 방법에 대해 '나'가 계속 소심해하며 고개를 젓자, 너구리 소녀 중 하나가

시범을 보인다. 알전구의 유리를 씹었던 것이다. 괜찮으냐는 '나'의 질문에 그 아이가 혀를 내민다. 그런데, 이 묘사를 보라. "혀에도 사람처럼 표정이 있다는 걸 처음 알았다. 건강하고 쾌활한 선홍빛의 혀가 방정맞게 꿈틀거렸다."(12쪽) 이런 모티브나 묘사가 바로 명지현 소설의 출발점이라고 해도 좋다. 신체는 유기체가 아니며, 신체의 각 기관은 그 자체로 하나의 독자적인 생명체라는 것. 그러기에 혀에 표정이 있다고 말할 수 있는 것이다. 둘째, 삶과 죽음의 문제다. 신체의 기관이 독자적인 생명체라면, 개체가 죽어도 신체는 흔적으로 여전히 살아 있다. 인연과 흔적이 여기서 중요해진다. 명지현 소설집 전체를 관통해서 삶과 죽음에 대한 문제는 심도 있게 추적되지만, 그 연원에 대한 질문을 하기란 결코 쉽지 않다. 다만, 「목표는 머리끄덩이」에서 언젠가 '나'가 상열의 고향집에 초대되어 갔다가 돌아오는 길에 시어머니가 될 수도 있었을 상열의 어머니가 꼭 쥐여준 지폐 일곱 장에서 "온기"(22쪽)를 느끼고 잠드는 대목들, 그리고 아버지의 낡은 옷의 헝겊으로 만든 걸레를 빼앗기지 않으려고 버스에서 도둑과 격투를 벌인 에피소드에서 작가 명지현이 생각하는 삶과 죽음에 대한 생각들이 잠깐 비춰지긴 한다. 그러나 그 상처의 연원은 깊숙이 감춰져 있다. 해설이 작품을 추적해가면서 소급해 작가에 대한 정신분석을 하는 자리는 아닌 만큼, 삶과 죽음의 보이지 않는 원초적 장면에 대한 이 소설집 특유의 풍부한 변주로 그 탐구를 대신해야 하리라. 셋째, 실패할 줄 알면서도 무모하게 도전하는 복수의 정신이다. 그러나 명지현이 소설로 행하는 복수는 무겁지 않으며, 그 안에 든 분한의 정념은 오히려 경쾌하기조차 해서 이를 도대체 복수나 원한이라고 불러야 좋을지 모를 정도다. 그런데 글쓰기가 실패라는 것을 뻔히 알면서도 도전하는 작가의 소설적 경주(競走)는, 『이로니, 이디시』를 완주하고 나면, 어느새, 성공마저 두려워해야 하는 지경(地境)에 다다랐다는 느낌을 준다. 잠깐, 여기서 너무 멀리 나아가지는 말자.

명지현의 첫 소설집 『이로니, 이디시』에는 명쾌하고 속도감 있게 진행되는 여덟 편의 흥미로운 이야기가 실려 있다. 『이로니, 이디시』를 관통하고 있는 굵직한 주제를 하나 고르라면 그것은 불멸이며, 불멸이라는 주제는 이식과 몸의 변신을 통한 삶의 연장이라는 개별적인 제재에 대한 탐구로, 그리고 글쓰기와 예술은 그것을 실현하는 상상적 방법으로 제시되어 있다. 소설은 무엇보다도 삶의 다면적인 구체성들에 대한 얘기다. 그것은 명지현 소설에서 인간, 신체 등에 대한 섬세한 탐구로 이어지는데, 이 탐구가 좀 별나고 특이해서 이전 한국소설에서는 그 범례를 찾기가 그리 쉽지는 않다. 하나씩, 차례대로 이 글은 신체, 불멸, 예술이라는 키워드로 명지현의 소설에 접근해보겠다. 그것은 이론적 어휘로 신체라는 개별성, 불멸이라는 보편성, 예술이라는 특이성으로 바꿔 불러도 좋다. 신체라는 개별성에 대한 탐구로부터 불멸이라는 보편성을 길어올리는 일, 그것이 예술 또는 글쓰기라는 특이성의 임무다. 이 프로젝트는 성공할까. 「목표는 머리끄덩이」의 유쾌한 복수극이 그러하듯, 실패할 줄 알면서도 무모하게 도전하는 그것이 바로 글쓰기의 정신이다. "나도 오늘 지러 나왔다. 처음부터 패자였고 무엇을 해도 이길 수 없다."(29쪽) 그러니 명지현은 실패를 두려워하면서 성공을 바라는 일을 그만두려 한다. 이 작가가 정말 고민해야 할 일이 하나 있다면, 오직, 성공을 결코 두려워하지 말라는 금언이다. 성공하지 못한 것이 실패가 아니다. 유일한 실패는 성공하지 못한 결과가 아니라, 성공을 두려워한 결과이다.

진화의 독특한 사례들

우선 신체들, 그러니까 개별성에 대해 살펴보자. 『이로니, 이디시』에는 표준적인 관점에서 볼 때, 특이한 신체들 또는 사람들이 무수히 등장한다. 중년이 넘어 동성(同性)에게서 진정한 사랑을 발견하게 된 삼촌, 옆구리가 붙어 태어난 쌍둥이 자매, 아가미와 지느러미가 몸에서 돋아나는 사내, 도예가의 눈에 들어가 유충을 키우는 곤충 등 어떤 경우 현실에서는 존재하지 않을 것 같은 이들 또는 개체들에 대한 작가의 묘사는 놀라울 정도로 생생해서 그(것)들이 실제로 정말 존재했는지 찾고 싶을 정도다. 한마디로, 명지현 소설의 주인공들은 '표준 사이즈'에서 한참이나 일탈된, 유전적으로 계통이 불분명한, 진화의 표준적 도식과 형성을 거부하는 족속들이다. 삶의 표준 사이즈가 과연 있겠느냐만, 표준 사이즈의 각도에서 보면 『이로니, 이디시』의 주인공 모두를 "기형"(「표준 사이즈」, 151쪽)이라 불러도 좋다. 그러나 표준적인 진화의 도식에서 탈락한 이 예외적인 개체들을 통해서만 삶과 죽음을 둘러싼 해묵은 진실과 수수께끼가 풀린다고 작가는 설득력 있게 역설(力說)한다. 그리하여 명지현의 소설은 "육체가 지닌 심연"(「너의 콩조각」, 214쪽)을 들여다보는 현미경의 탐구가 된다. 몇몇 사례를 뽑아 열거해보자.

예를 들어, 표제작인 「이로니, 이디시」에 등장하는 두 자매는 옆구리가 붙은 채 태어났지만 머리는 둘, 팔과 다리는 네 개인 쌍둥이 자매다.[1] 현실과 환상의 경계가 모호한 단편 「손톱 밑 여린 지느러미」의 남

---

1) 옆구리가 붙은 쌍둥이 자매의 거동을 보라. "둘이 불쑥 일어나 동시에 움직일 때면 내 속에서 소리 없는 비명이 터져나오곤 했다. 괴물이다. 괴물. 물론 둘이 붙어 편한 것도 없지는 않다. 오순도순 서로의 머리를 감기고 서로의 얼굴에 분을 발라주며 거울로 살피지도 않는다. 자신의 얼굴을 상대의 얼굴로 판단하는 것이다. 잠자리는 고통 그 자체라 보통 사

자는 목덜미 부근에서 아가미가, 손톱 밑에서는 지느러미가 자라나는 물고기 인간이다.[2] 이쯤 되면 도무지 믿거나 말거나이겠지만, 「충천」에서 그릇도예가인 선생의 눈에는 충천(蟲天)이라는, 꽁무니에서 빛을 내는 벌레가 들어앉는다. 작중인물들의 기묘한 동거, 공생관계도 흥미롭다. 「표준 사이즈」에서 중년남자들인 양복점 사장과 '나'의 삼촌은 서로에게 정성과 질투를 아끼지 않는 애인 사이이다. 특히 사장이 삼촌에게 맞춤양복을 해주기 위해 삼촌 몸의 치수를 재는 장면은 소설집 전체를 통틀어 가장 에로틱하게 읽히는 장면일 것이다.[3] 「더티 와이프」에서 '나'는 이른바 '더티 와이프'라고 불리는 리얼돌과 섹스를 하며 말을 건네는데, 그 행위가 진지하고 간절하게 묘사되어 리얼돌에게서 무언의 슬픈 표정마저 느껴진다. 한편, 「너의 콩조각」에서 고등학생인 '나'는 친구 '성진'이 교통사고로 죽어가면서 남긴 콩팥을 이식한

람들처럼 몸을 뒤챌 수가 없다. 그래서 노상 등이 결려 끙끙거린다. (……) 침을 맞고 뜸을 뜨고 한약을 먹어도 붙은 몸을 떼어낼 수는 없다."(「이로니, 이디시」, 45쪽)

2) 그중에서 남자의 턱 밑에서 자라나는 아가미에 대한 소설의 묘사는 이렇다. "창문 옆 조그만 거울로 우람하게 부푼 목덜미가 보인다. 이렇게 밝은 곳에서 보면 모든 것이 적나라하게 드러난다. 언뜻 보면 크게 덴 자국 같다. 요새는 열이 나거나 많이 아프지는 않다. 곪았던 자리에 딱지가 떨어지면서 확실한 형체의 아가미가 되어버렸다. 초승달처럼 길게 벗겨진 모양이다. 굵고 가는 주름이 움푹 팬 홈을 덮고 있다. 그 틈으로 손가락을 넣으면 야들야들한 주름이 만져진다. 아직까지는 깊이 벌어지지 않아 완전한 아가미의 기능을 하지 못한다. 그럼에도 언젠가는, 그 언젠가는 제 역할을 하게 될 것이다."(「손톱 밑 여린 지느러미」, 157~158쪽)

3) "조용히 고개를 끄덕이는 사장의 손은 어깨에 머물러 있다. 어깨는 매우 중요한 지점이다. 어깨의 경사 각도에 따라 스타일의 전체 균형이 잡힌다. 사장은 손바닥의 촉감으로 삼촌의 몸에서 수많은 정보를 수집하고 있다. 좌우가 어긋나게 솟은 어깨와 그만큼의 차이, 어깨선부터 상박까지 이어지는 돌기부분 등이 사장의 손바닥에 입력되고 있다. 칼처럼 빳빳하게 세운 손은 순식간에 삼촌의 몸을 알몸으로 만들고, 살을 가르고, 뼈를 발라내는 것처럼 날카롭게 움직인다. 두 사람을 둘러싼 공기의 결까지 차분하게 개켜지는 것 같다."(「표준 사이즈」, 141쪽) 사장이 옷을 입은 삼촌 몸의 치수를 재는 동작에 대한 특히 마지막 두 구절의 섬세한 묘사에서 사장은 이미 삼촌의 옷을 벗기고 있다고 해도 좋다.

채 살아가는 복사집 가게 아저씨의 일거수일투족에서 성진의 흔적을 찾아 모으려 한다. 성진은 죽었지만, 아저씨의 목소리와 몸짓에서 여전히 살아 있다. 소설의 주인공들이 이러한 존재들이라면, 이들이 살아가는 세상은 또 어떤 곳인가.

「그 속에 든 맛」은 이런 물음에 대한 간접적인 응답으로 보인다. 이 소설에서 사람은 단지 음식을 먹고 사는 것이 아니라, 죽은 것을 먹고 사는 존재다. 세상은 소설에서 음식재료를 납품하는 도매상처럼 인육 소스로 만들어진 음식을 즐기기 위해 사람들이 몰려드는 곳이다. 소설에서 미식가들이 탐내는 소스는 사산(死産)된 태아로 만든 젓갈인데, 사람들이 먹으려 몰려들지만 그 정체를 도무지 모르는 이 젓갈은 단적으로 인육식(人肉食)의 세상에 대한 객관적 상관물이다. "세상은 커다란 식재료창고"(87쪽)인 것이다.

다소 무미건조한 어투가 허락된다면, 명지현의 소설에서 신체는 사물들과 독립된 개체가 아니라, 끊임없이 다른 사물들과의 관계 속에서 소멸되고 생성되는 관계의 산물로 제시된다고 하겠다. 그렇기 때문에 나의 신체는 소멸하는 것이 아니라, 늘 무언가를 타자의 육체에 이식시키거나 흔적을 남기는 방식으로 타자에게 이체된다. 이것을 삶과 죽음의 문제로 치환하면 이렇게 요약된다. '삶 속에 죽음이 있으며, 죽음 속에 삶이 있다.' 이 말은 누가 말해도 아무래도 좋은, 보통 경험적인 증거물이 결여된 허황된 관념론으로 빠지기 십상이다. 그러나 명지현의 소설에서 '삶 속의 죽음, 죽음 속의 삶'은 독특한 관계의 유물론으로 재탄생한다. 물론 이런 생각이 특별히 명지현의 것만은 아니리라. 삶과 죽음이 있는 것이 아니라 끊임없는 변형의 순환만 존재한다는 생각, 넓게 말해 불멸에 대한 관념은 나비유충에 대한 아리스토텔레스의 관찰에서 시작, 라이프니츠의 단자(monad)를 거쳐 리처드 도킨스의 '밈(meme)'에 이르는 굵직한 진화론적 계보를 갖고 있다. 여기서 그러한 계보를 상세히 검토할 능력과 지면은 없지만, 짧게 언급하는 것이 허락된다면, 이렇게 말할 수 있겠다. 예를 들어, 아리스토텔레스가 『동물의 역사』에서 당혹스럽게 관찰한 나비유충은 마치 시체(nekýdallos)처럼 보인다. 그렇다면 때가 되어 시체의 껍질을 벗어버리고 날개를 펴는 나비의 정체란, 도대체 시체가 아니면 무엇일까. 이렇게 나비의 부활이라는 독특한 사례에서 영혼(psyché)은 존재하며, 개체는 어떤 방식으로든 불멸한다는 윤회(metempsychosis)를 확신하게 된 아리스토텔레스로부터 1500여 년이 지나면 라이프니츠가 아리스토텔레스의 나비에 주석의 핀을 꽂는다. '생성은 펼침이고 성장이며, 죽음은 접힘이고 축소일 뿐이다.' 라이프니츠에 따르면 엄밀한 의미에서 삶과 죽음은 없으며, 더 정확히는 삶과 죽음 사이의 단절은 더이상 없게 된다. 다만 끊임없이 변형(metamorphosis)중인 삶의 순환적 주기만 존재할 뿐이다.[4] 도킨스의 '밈'은 이런 주석에 대한 가장 급진적인 메타 주석으로 보인다. 그에 따르면, 이른바 '이기적 유전자'는 선조로부터 전승된 언어와 문화, 관습을 축적한 유전자정보를 내장하고 있다. 인간신체는 다만 유전자가 그 정보를 베끼고 모방하는, 이미 무수한 언어와 문화와 관습의 필적이 흔적으로 새겨진 양피지에 불과하니, 신체가 소멸한다고 애석해할 필요가 없다는 것이다. 명지현의 소설이 이러한 진화론에 대한 논리를 넘어서 독특한 언어로 관계의 유물론을 탐구하고 있음은 분명하다.

이러한 전제에서 읽어보면 「이로니, 이디시」는 여러모로 독특하고도 흥미로운 소설이 아닐 수 없다. 「이로니, 이디시」는 옆구리가 붙은 채 태어나 "소매가 네 개로 붙은" "특별한"(39쪽) 옷을 입고 살아야만 했던 두 자매가 일제와 해방기를 거치면서 겪는 삶과 죽음이라는 실존

4) 이에 대해서는 미란 보조비치, 「곤충들의 짧은 역사」, 『암흑지점』, 이성민 옮김, 도서출판*b*, 2004 참조.

적 부침을 독자들에게 들려주는 한편으로, 글쓰기 또는 이야기에 대한 작가 나름의 정의를 우회적으로 들려주는 소설이다. 때는 대중잡지인 『별건곤』, 심훈의 『상록수』에도 등장한 바 있는 실존인물로 거인인 김부귀(金富貴)가 장안에서 화제가 되었던 때인 일제말기, 1930년대 후반 무렵이다. 기형으로 태어나 어릴 적 버려진 이동희, 이덕신 자매는 '나'가 하녀로 있는 교동 사모님 댁에 머물며 그녀들을 독일에 있는 한 집의 양녀로 데려갈 선교사를 기다리지만, 유럽과 아시아에 일촉즉발의 전운이 감도는 등 상황이 여의치 않아 시간은 마냥 지체된다. 그러나 자매는 개의치 않는다. 옛 이야기책을 즐겨 읽거나 각색하면서 긴 장마 같은 나날을 자매와 함께 보내던 '나'는 그러나, '나'의 아버지의 급작스러운 병환으로 고향으로 돌아가게 되고, 그것으로 세 사람의 인연은 중단되고 만다. 해방 후, 점을 치는 어머니를 통해 자매의 행방을 궁금해하던 '나'는 우연히 작은아씨 이디시를 닮은 여인을 만나지만, 단장(短杖)을 짚고 다니는 그 여인은 '나'를 모른 체한다. 큰아씨는 어떻게 되었을까. 죽었을까, 살았을까. 다른 존재로 분리되어 어디선가 숨어 살아가는 것일까. 혹은 작은아씨의 영혼 일부로 들어가게 되었을까. 아니, 그녀가 작은아씨였던가. 도대체 "내가 만난 아씨는 이로니일까, 이디시일까."(67쪽) 점을 치는 어머니의 목소리는 「이로니, 이디시」를 끝내는 결어(結語)처럼 들린다. "귀신이 옆구리에 딱 붙은 걸 그 여자도 알 거라. 죽은 걸 붙이고 다니니 걸음새가 그 모양이지. 글이란 게 다 귀신 목소리 아니가. 귀신이 옆에서 술술 불러주는 대로 글을 쓰고 있을 거라."(66~67쪽) 참으로 소름이 돋는 대목이다.

소설의 제목인 '이로니' '이디시'는 그럼 무슨 뜻인가. 소설은 이렇게 말한다. "이름은 약속이고 신호이고 가면이며, 농담이고, 은유면서, 거울이지. 그리고 존재의 이로니야. 이로니."(48쪽) 그럼 이디시는 무엇인가. 작은아씨 '이디시'가 말한다. "너도 글을 적어봐. 속상하다고 아궁이 앞에서 눈물 짤짤 흘리지 말고 속 시원하게 종이에 써보라고. (……) 어찌 보면 세상에 있는 모든 책은 다 이디시란다. 분해서 써내려간 것이지. 속을 풀어내는 굿 같은 거란다."(55~56쪽) 그러니 두 개의 이름처럼 그들의 존재는 이로니, 곧 아이러니(irony)이며, 그들의 목소리는 이디시(yiddish), 곧 분한을 써내려간 언어이자 혼효(混淆)의 목소리가 된다. 옆구리가 붙은 채 태어나 한 몸인 존재, 그들은 하나일까, 둘일까. 참으로 아이러니하다. 그들이 내는 목소리는 하나의 몸에서 나온 한 목소리인가, 두 개의 목소리인가. 자매는 겉으로는 유쾌해 보였지만, 속으론 얼마나 원한이 많은 존재였을까. 명지현에게 소설이란 바로 그러한 이로니의 만물상이며, 분한을 풀면서 글을 써내려가는 귀신의 목소리, 이디시의 언어이리라.

Omnia mutantur, nihil interit……

……모든 것은 변하고 아무것도 죽지 않는다는 라틴어로, 『변신變身』의 시인 오비디우스의 말이라고 한다. 이 장에서는 변형과 변신을 통한 불멸을 다룰 것이다. 먼저, 명지현의 소설에서 작중인물들은 바야흐로 다른 존재로 변신중이거나 신체의 기관을 이식하는 과정중에 있다고 말해보자. 「손톱 밑 여린 지느러미」의 물고기 남자는 아버지가 죽은 바다로 결국 되돌아갈 것이며, 「너의 콩조각」에서 성진의 현존에 집착하는 '나'는 성장과 발달을 부인하고 영원히 미성년에 머무르려고 할지도 모른다. 이것을 진화를 거스르는 퇴행이라고 말해도 좋을까. 물론 퇴행의 위험성이 전혀 없는 것은 아니다.

「손톱 밑 여린 지느러미」에서 남자의 느닷없는 물고기 되기는 우악스러운 남근적 어머니에 대한 반작용의 측면이 다소 강해 보인다. 그것으로 인해 죽음에 무작정 이끌리는 남자의 행동은 때로는 작위적으로 보일 수 있겠다. 「너의 콩조각」에서 성진이 죽기 전의, "작년의 나를 잃어버릴 것" 같아 두려운 '나'의 행동은 어떻게 보면 청치마의 안전핀이 하나에서 세 개로 늘어나는 등 "멈추지 않는"(222쪽) 자연스러운 성장통에 대한 외고집의 거부로 읽힌다. 「더티 와이프」에서 동업자의 사기로 파산을 당하고 신용불량 상태여서 "유통기한"(202쪽)이 얼마 남지 않게 된 '나'가 섹스인형을 뜻하는 '더티 와이프'에 몰두하는 행위는 화자가 처해 있는 극한의 상황을 더욱 악화시킬 뿐이다. 자신에게 닥친 두려움과 고통을 정면으로 감내하기보다는 적당한 대체물로 위로받고자 하는 행위. 이해는 충분히 가지만, 여기서, 한 발 더 나아가는 적잖은 소설적 긴장(tension)이 필요한 것은 아닐까 싶다. 작가도 여러 차례 다짐한다. "텐션 플리즈"라고(「너의 콩조각」, 223, 225, 232쪽). 그래서 작가는 고통을 응시하는 대신 회피하고 그것에 대한 대체물에 집착하는 행위가 궁극적으로 실패할 것임을 몇 가지 단서로 암시한다. 가령 「더티 와이프」에서 '더티 와이프'인 리얼돌은 '나'가 마음대로 다룰 수 있는 환상적인 자위기구이지만, 아무리 감쪽같이 순간접착제로 붙여버려도 "깨어진 틈새"(187쪽)가 자꾸 신경 쓰이는 한낱 교환 가능한 상품일 뿐이다. 성진의 콩팥을 이식받은 복사가게 아저씨는 당분간은 면역억제제를 복용하지 않으면 안 되지만, 결국 성진과는 다른 타인일 뿐임이 거듭 확인된다. 주인공들의 행위가 안쓰럽게 보이지만, 완벽한 환상을 주는 기구도 접착제가 필요하며, 성공한 장기이식조차 약품을 필요로 한다는 진실은 매섭다. 그렇다. 주인공들이 의존하기 쉬운 기성품이란, 제아무리 완벽해 보이더라도, 언제나 결함투성이일 뿐이다.

그래도 이쯤에서 한번 바꿔 물어볼 필요가 있겠다. 도대체 진화란 무엇일까. 표준적인 진화론에서 진화는 발달(development)의 관념을 전제하고 있다. 진화의 과정에서 발생하는 자연도태란 먹이를 얻거나 환경에 적응하는 데 실패한 개체와 종들의 멸종이나 축소로 이해된다. 그러나 명지현의 소설에서 진화는 다소 다른 방향을 취한다. 발달이나 퇴행을 전제하지 않는 이 새로운 진화는 "시간을 통해 연장된 변태, 꾸밈과 장식보다 잡아 늘려진 변형"에 가까우며, "자아가 변형에 의해 제거되지 않고 치환되는" 장면에 특히 민감하다.[5] 거기에는 궁극적으로 퇴행과 발달, 성장도 없으며, 다만 끊임없는 변신과 변이, 생성만 있다. 그렇기 때문에 명지현 소설의 주인공들은 변신을 꾀하는 한편으로 경계나 기슭에 자주 머무르려 한다. 「손톱 밑 여린 지느러미」의 한 구절을 빌리면 "경계를 넘느냐, 마느냐"(167쪽)가 소설집 『이로니, 이디시』에 걸려 있는 중대한 내기의 판돈이다. 여기서 독자들은 명지현의 소설에 출몰하는 질료들의 화학작용에 특히 민감할 필요가 있다. 우선 소설의 주인공들은 빛에 섬세하게 반응한다. "눈을 감아도 빛은 여전하다. 감은 눈 안쪽으로 맑게 스며드는 빛을 떠올린다. 그 안에서 봤던 빛. 온화하게 흔들리던 환한 에메랄드 빛…… 햇살은 물속 깊은 곳에서 올려다볼 때 가장 아름답다. 태양이 지상의 소유물만이 아님을 그때 알았다. 잊고 싶은데 자꾸만 그 빛이 생각난다."(「손톱 밑 여린 지느러미」, 158쪽) 나중에 살펴보겠지만, 「충천」 역시 빛의 황홀경에 대한 찬가이다. 명지현 소설의 어떤 작중인물들은 특별히 빛에 민감하지만, 방금 인용한 문장에서 보듯이, 그 예민한 반응은 시각보다는 청각이나 촉각 등의 도움을 더욱 많이 받고 있다.

명지현의 소설에서 신체의 이식과 변형만큼이나 사물들의 이식과 변화도 활발하게 진행된다. 그것은 질료의 화학적 결합이라는 유물론적 공정(工程)을 밟는다. 명지현 소설 특유의 결정(結晶)과 용해의 상

5) 질리언 비어, 『다윈의 플롯』, 남경태 옮김, 휴머니스트, 2008, 244쪽.

상력은 여기서 돋보인다. 『이로니, 이디시』에 실린 몇 편의 단편들은 공기, 흙, 물, 불 등의 원소들의 화학적 합성의 순간들을 순간순간 잘 보여주고 있다. 특히, 「그 속에 든 맛」의 소금 이미지는 빛의 원초적인 이미지와 함께 명지현의 소설에서 대단히 상징적인 의미를 띠고 있다. 「그 속에 든 맛」에서 음식재료를 납품하는 도매상 주변으로 몰려드는 식도락가들의 속물적인 욕망에 부응하기 위해 사장은 불철주야로 인육요리에 매달려 있다. 한편 전직 종업원인 '나'는 폐전(廢田)되어 골프장으로 곧 바뀔 염전에 매달리는 아버지를 걱정하고 있다. 이 소설에서 흥미로운 것은 인육요리에 온 정신과 자금을 쏟아부으면 부을수록 사장의 안색과 몸은 더욱더 나빠진다는 진실이다. 그런 와중에서 '나'는 우연히 재료창고의 소금포대를 옮기다가 갈색 항아리를 발견하고 윗부분이 소금으로 채워진 항아리 깊숙한 곳에서 "인형의 것처럼 아주 작은 손가락이"(94쪽) 보이는 사산된 태아를 발견하고 두려움에 떨게 된다. "인육을 절여 만든 육젓" "낙태한 아기들로 만든 걸쭉한 국물"이 담긴 참기름 병을 나에게 건네면서 사장은 "이걸 가지고 있는 것만으로도 병이 더 깊어질 것 같다고"(97쪽) 말한다. 소설의 마지막 대목에서 '나'는 염전 옆에 흙구덩이를 파고 병을 묻어주는 의식(儀式)을 치른다. 태어나기도 전에 죽은, 한 번도 태어난 적이 없는 아기들의 장례식을 치러주는 '나'의 행위에서 죽음은 염전에서 땀을 흘리며 노동하는 아버지가 일궈낸 소금에서 피는 소금꽃의 이미지와 오버랩되면서 부활 또는 물질적인 불멸을 획득하기에 이른다. "차아악, 철썩, 눈부신 소금파도가 무겁게 일렁인다. 결정지를 훑어갈수록 바닥은 점점 창백해진다. 소금파도를 차분히 개켜올리듯, 모서리에서 모서리로 밀어낸다. 하염없이 밀고 또 밀고. 끝도 없는 고무래질에 소금이 조금씩 모인다. 소금꽃이 활짝 폈다. 고무래를 세우자 소금파도가 사르르 소리를 내며 하얀 것을 듬뿍 내놓는다. 인심도 좋다. 거저 내주기 아깝지

도 않나. 소금땀이 이마에서 주르르 흘러내린다. 나는 인중에 맺힌 땀방울을 혀끝으로 핥는다."(98쪽)

방금 읽은 문장과 관련해서 가스통 바슐라르는 일찌감치 소금에 대해 "물질의 야누스 신", 더 나아가 "물질의 중심"이라고 일컬은 바 있다.[6] 소금은 왜 야누스 신일까. 우선 소금은 용해와 결정이라는 이중의 화학적 결합이자 이완작용의 산물이다. 다른 말로, 소금의 용해와 결정은 각각 죽음과 삶에 대응한다. 또한 소금은 경계의 부산물이다. 소금은 대지와 물의 경계에서 생성하고 작용한다. 그것은 끊임없이 이식하며, 생성중이다. 마지막으로, 소금은 부패를 막아주는 '생명의 싹'이기도 하다. 이 모든 요소가 결합된 소금은 명지현의 소설에서 마침내 불멸을 실현하는 이미지의 수정체가 된다.

"제발 징그러운 그릇 좀 만들어봐라"

그럼 명지현이 생각하는 소설쓰기, 나아가 예술이란 무엇일까라는 특별한 물음을 경주의 마지막 트랙을 돌면서 물어야겠다. 『이로니, 이디시』에 실린 단편에는 글쓰기를 연상시키는 비유가 종종 등장한다. 예컨대 「표준 사이즈」의 화자이자 재단사인 '나'에게 바느질하는 시간은 "파괴와 창조가 나란히 이루어지는 시간"(152쪽)이다. 기성양복이 아니라 사람의 몸에 맞는 맞춤양복을 제작하기 위해 바늘로 옷감에 실을 누비는 행위는 '텍스트는 직물'이라는 문학적 비유를 연상시킨다. "한 몸이 되어도 각자 다른 꿈을 꾸겠지. 갈라서고 싶지는 않을까. 이다음 언젠가 실오라기를 뜯어내고 남은 실밥마저 일일이 뽑아낸다 해

6) 가스통 바슐라르, 『대지와 의지의 몽상』, 민희식 옮김, 삼성출판사, 1990, 389~390쪽.

도 바늘구멍이 남아 서툴렀던 과거를 증명하리니, 한번 맺은 인연이란 자국을 남기게 마련이다. 자국이야말로 인연의 본질이 아닌가. 헝겊의 끄트머리를 넘어선 바늘은 지친 몸으로 헛길을 달린다. 다 되었네. 박음질한 헝겊에 딸려나온 실을 찰칵 자른다. 가위 소리, 참으로 명징하다."(130쪽)

뭐니 뭐니 해도 「충천」은 지금까지 말해왔던 명지현 소설의 여러 중요한 문제의식을 가장 밀도 있는 화법과 문체, 구성으로 승화시킨 작품이 아닐까 싶다. 외형상 예술가소설의 구도를 갖추고 있는 「충천」은 한편으로는 물, 불, 공기, 흙이라는 질료와 그것의 형상화에 관한 소설이며, 다른 한편으로는 이식과 동거를 통한 삶의 연장을 이야기하는 소설이기도 하다. 이 소설에서는 숙주와 기식자, 주체와 대상의 관계도 근본적으로 역전된다. 아니, 대상인 기식자로 인해 숙주인 주체는 비로소 기식자인 대상과 동거하면서 아예 대상이 된다고나 할까. 대상은 통제 불능이며, 주체는 다만 그것을 좇을 수 있을 뿐이다. 이렇게 말해도 좋다. 이 소설에서 주어는 술어를 무작정 따라가야만 한다고. 말리려고 해도 듣지 않으려 하는 것을 넘어 하고 싶지 않아도 어느새 그것을 하고 있는 지경이다. 말하자면 「충천」에서 작동하는 것은 고민덩어리의 욕망(desire)이 아니라, 고집불통의 충동(drive)의 문법이다. 욕망은 보통 이렇게 말하곤 한다. '이것을 하는 것은 금지되어 있다. 하지만 그럼에도 불구하고 나는 그것을 할 것이다.' 충동은 별로 말이 없지만, 굳이 말로 바꾸면 이럴 것이다. '나는 이것을 하고 싶지 않다. 그럼에도 불구하고 나는 그것을 하고 있다.'[7] 그릇도예에 대한 선생의 열정은 도무지 한계를 모르게 된다. 유일하게 걱정스러운 것은 충천이 내뿜는 빛의 "찰나"(120쪽)를 그릇에 담으려는 선생의 열정과 집념을

7) 레나타 살레클, 『사랑과 증오의 도착들』, 이성민 옮김, 도서출판*b*, 2003, 84쪽.

지켜보면서 뭔가에 홀린 것 같은 선생의 무모한 계획이 정말 성공할지도 모르며, 성공하면 또 어쩌나 전전긍긍하는, 제자인 '나'만의 두려움뿐이다.

소설은 이런 얘기다. 언젠가부터 제자들이 한둘 빠져나가고 화자 '나'만 남아 모시고 있는 그릇도예가인 선생의 눈에는 반딧불이보다 작지만 빛을 내며 흙을 좋아하는 충천이라는 벌레가 들어가 앉아 유충까지 낳는다. 처음에는 선생도 충천을 빼내려고 한 모양이다. 병원에 갔더니, 의사는 신기하다며 소염제 정도만 처방하지만, 그것으로 끝나지 않는다. 선생에게서 제자들이 한둘 떠나기 시작하고 그릇마저 팔리지 않게 된 때는 선생이 그릇에 벌레 문양을 새겨 넣은 후였다. 당연히 벌레 문양을 새기기 시작하자 그릇은 인기가 없어지고 팔리지 않을 터. 하나 남은 제자에게마저 "제발 징그러운 그릇 좀 만들어봐라"(119쪽)라고 고집스레 말할 정도니, 선생과 제자를 둘러싸고 그릇 만드는 공방 돌아가는 정황이 충분히 짐작되고도 남는다. 소설은 충천이 처음 선생의 눈 속에 들어간 정황을 이렇게 신비롭게 묘사한다. "벌레집을 뜯어내다가 알이 얼굴에 튀었다고 한다. 젤리처럼 뭉글뭉글한 점액이 눈꺼풀에 스며들었을 것이다. 그날 선생은 종일토록 눈을 비벼댔다. 아무래도 눈병이 옮은 것 같다며 자꾸만 눈을 비벼댔다. 유충은 그렇게 자리를 잡았다. 따스하고 촉촉한 눈동자를 제 요람으로 차지해버린 것이다."(107쪽) 그리하여 선생은 "곤충의 숙주"(105쪽)가 된다. 그것으로 끝나지 않고 선생은 이런 주문(呪文)을 거듭 반복하면서 아예 황토반죽을 붙여 충천더러 먹으라고 한다. "어서 나와라, 내 눈알 먹지 말고 흙을 먹어라."(101, 108쪽……) 그리하여 선생과 충천의 기묘한 동거와 인연이 시작되었던 것이다. 소설이 한창 진행되는 와중에 스승과 제자는 충천의 무리가 발광(發光)하며 하늘로 날아오르는 장면을 목격하는데, 섬세한 묘사가 압권이다. 길어도 인용할 가치가 있는 아름다운 문장이다.

빛 무리는 점점 커지고 점점 두꺼워졌다. 수천 개의 크리스털, 수천 개의 찬란한 빛이 눈앞에 가득했다. 눈이 부셔 시력을 잃을 것만 같았다. 머리 위를 맴돌던 빛은 점차 하나로 모여들었다. 벌레가 많아질수록 유황 냄새가 코를 찔렀다. 성냥불을 끄고 난 다음처럼 매캐한 단내가 사방으로 퍼졌다. 벌레들은 대열을 따라 뱅글뱅글 돌며 조금씩 위로 올랐다. 선생의 얼굴이 불이 켜진 듯 환했다. 주변을 돌다 떨어지는 놈도 있었다.

충천은 귀가 아프도록 날갯짓 소리를 냈다. 웅웅대는 소리의 한복판에 내가 있었다. 빛의 회오리, 번뜩이는 회오리. 한참을 그렇게 있었다. 선생은 보이지 않았다. 손을 휘저어 빛을 털어냈다. 갑자기 놈들이 내게 덤볐다. 눈을 뜰 수 없었다. 살갗이 따끔따끔해 몸을 웅크렸다. 선생이 고함을 쳤다. 뭐라고 하는지 벌레 소리 때문에 잘 들리지 않았다. 비명을 지르며 눈을 감아도 빛은 계속 어룽댔다. 벌레들은 일제히 내게 불침을 놓았다. 겁이 덜컥 났다. 성난 짐승 같다. 아니, 이게 더 무섭다. 선생이 우악스럽게 나를 일으켜세웠다. 땀내 나는 점퍼에 싸인 나는 선생의 손을 잡고 소경처럼 끌려나갔다.(「충천」, 118~119쪽)

휘황찬란한 빛이 소리와 결합하면서 일순간 만들어내는 크리스털 이미지, 이렇게 빛이 울리는 먹먹한 순간이야말로 명지현의 소설이 포착한 두렵고도 아름다운 예술의 세계가 아닐까. 거기에 불멸이 있고, 불멸의 순간을 붙잡는 예술이 있다. 겁이 나고 무서운 순간이다. 아름다움은 아직은 우리가 가까스로 견디는 무서움의 시작이라고, 릴케는 「두이노의 비가悲歌」 제1가에서 읊었다. 이 휘황찬란한 찰나를 영원으로 결빙한 세계를 듣고 엿본 작가의 작품을 곁눈질하면서 이 글은 다만 멀리, 멀리 도망가고만 싶어진다. 물론 스승이 남긴 이 말 한마디는 내내 작가와 독자 모두의 귓전에 웅웅 맴돌 것이겠지만. '제발 징그러운 그릇 좀 만들어봐라.'

가면의 허구에서 비의 진실로
— 김연수론

가면의 시학(詩學)

다소 뒤늦고 진부한 감이 있더라도 김연수 특유의 어법을 좇아 그의 소설에 대해 말해야겠다, 고 결심했지만, 정말 어디서부터 이야기를 시작해야만 좋을까. 쉽게, 가면에 대해 이야기하는 것으로 시작해보면 어떨까. 가면극을 좋아했던 청년 데카르트가 "나는 손가락으로 내 가면을 가리키면서 앞으로 나아간다(Larvatus prodeo)"고 노트에 메모해뒀던 라틴어의 문장의 끝, 거기서부터 이 글의 운을 띄워보면 어떨까. 70년생, 89학번, 변혁과 해방의 기관차 마지막 칸에 올라타자마자 급정거로 내려야만 했던 김연수 세대의 신념과 좌절, 열망과 허무의 교차로, 거기, 수많은 길들이 갈라지던 크레타 궁전의 미노타우로스가 거대한 허무의 아가리를 벌린 미로 한복판에 서서. 이렇게 햇살이 강렬히 내리쬐는 한낮 속에 서 있어도 한 톨 진실의 느낌조차 발견할 수 없던 '명명백백한 벌판'에 서서 말이다(「이렇게 한낮 속에 서 있다」, 『나는 유령작가입니다』, 창비, 2005).

데카르트적 이성과 확실성을 믿고 역사의 의미를 궁구(窮究)했으며 그 가운데서 삶의 존재이유와 근거를 찾았던 청년들은 하나둘, 노동현장과 광장에서 유학과 대학원 진학으로, 직장과 결혼으로, 그도 아니면 자학과 방랑으로 뿔뿔이 흩어지고 만다. 그리고 "기다리는 것은 거짓으로 구축된 세계"(『가면을 가리키며 걷기』, 세계사, 1994)뿐인 곳에서 "거짓세계로 우주가 재편될 기세라면 그런 재편의 허구를, 혹은 그 방법이 얼마나 헛된 것인가를 스스로 확인하여야만 했"던 한 젊은 소설가의 '방법적 회의'만 남아 있을 뿐. 그렇지만 가투의 대오에서 이탈한 자들이 자신의 치부를 감추기 위해 더욱 열심히 손가락질을 해댔던, 90년대 초반의 시대정신에 역행하는, 작가의 저 '방법적 회의'는 그저 상자(李箱) 속에서 '외로운 사업에 골몰'하던 행위로 보일 수도 있었을 터(『꿈빠이, 이상』, 문학동네, 2001). 누구랄 것도 없이 너도나도 반(反)데카르트, 반(反)이성주의를 주창하던 90년대 초반의 포스트모던적 시대에 데카르트라니! 젊은 작가양반, 당신, 제정신이오? 대다수 미친 자들이 미치지 않은 사람에게 당신 미치지 않았으니 제정신이 아니라고 손가락질을 하는 해프닝이 벌어진다. 김연수의 등단작 『가면을 가리키며 걷기』에서 깊이 공감할 수 있는 바는, 오늘은 혁명의 징조, 내일은 쿠데타의 소식이 한곳에서 동시에 들려오는 코미디 같은 허구의 세계, 세계의 허구가 말 그대로 허구임을 증명하는 일의 진정성이다. 허구를 괄호에 묶는 허구를 조직하기, 텍스트 안에 텍스트를 끼워 넣기, 지도 제작, 그리고 가면을 가리키며 나아가기, 이른바, 방법적 허구.

이제 목적론적 시간과 역사는 "주름이 잡혀 서로 말려들어간 굴곡의 공간"(「노란 연등 드높이 내걸고」, 『내가 아직 아이였을 때』, 문학동네, 2002)으로 변했으며, 길은 수갈래로 갈라진다. 텍스트는 원본과 복사본의 거울유희를 통해 끊임없는 자기 복제 운동을 한다. '나'는 섬뜩한 도플갱어를 만들며, 저자는 죽고 유령작가가 태어난다. 마침내, 가면 너머의 진실이 가면 그 자체의 진실이 되어버릴 때까지. '나'의 맨얼굴이 가면 그 자체였음이 드러날 때까지. 그러기 위해 얼마간의 우회는 필요한 법이다.

뒈져버리거나 방랑하거나

그렇기 때문에 김연수가 맞닥뜨린 첫번째 과제는 목적론적 시간의 궤도에서 이탈한 자들의 초상을 그리면서 동시에 새로운 길 찾기를 시도하는 일이었다. 그러나 그 작업은 기존의 역사와 시간 '너머'에 또 다른 진실이 존재한다는 신념이나 희망에서 더이상 비롯되지 않는다. 가면 '너머'에는 아무것도 없다. 오히려 김연수의 길 찾기는 "인과관계의 연속" 또는 "연속적인 시간"을 철저하게 비워나가는 일이다(『7번 국도』, 문학동네, 1997). 김연수의 두번째 장편소설 『7번 국도』는 성장에서 낙오한 자들, 슬픔과 기쁨과 절망과 희망조차도 가짜가 되어버린 허구의 시대에서 "거짓이라고 부를 만한 어떤 것 속에 진실이 존재한다"는 희미한 믿음, 아리아드네의 실타래를 붙잡고 7번 국도를 일주하는 세대의 자화상이다. 텍스트는 이제 길 찾기, 자전거 타기, 걷기 등의 운동형식을 띠게 되며, 끊임없이 다른 지도와 텍스트를 참조하고 수정하는 자기-지시적 특징을 갖추게 되고 마침내 한 권의 완벽한 책, 또는 그 책이 꽂혀 있는 거대한 도서관을 상상한다. 7번 국도로 가는 길들은 미로처럼 다양하다. 수많은 (자작)시들과 음악가사, 에세이적 단상, 대화의 장면, 여행정보 등은 모두 그 길에 이르기 위한 각각의 길들이며 나침반이지만, 7번 국도라는 단일한 의미로 수렴되지 않는다. 지도상에 존재하는 강원도의 7번 국도조차 그 길의 하나에 불과하다. 과거에 '들린' 채 자신이 살아 있는지 죽어 있는지도 모르는 유령들로 가득 찬 7번 국도. 또한 7번 국도는 떠돌이 기표처럼, 동해안 도로, 전염병, 카페이름, 음악 등 다양한 기의들로 미끄러지면서 고정되지 않는다. 7번 국도 자전거여행은 지나간 과거에 대한 애착과 결별하고 맨얼굴의 일인칭 '나'를 지우는 반(反)고백의 가면서사이면서, 살아있는 유령들이 가득한 공허한 현재 그리고 거짓말과도 같은 "시간과 싸우는 일"이다. '나' 자신을 하나의 유령으로 인정하면서 말이다. 정확히 말하면, '나'와 유령으로 분열된 또다른 '나'를 인정하면서. '가면을 가리키는 나' 가 가면 안의 맨얼굴 '나'와 '나'가 쓴 가면 그 자체의 배치의 산물임을 수긍하면서.

그렇다면, 7번 국도에 출몰하는 저 수많은 유령들의 정체는 무엇일까. 유령들은 이미 죽었지만, 아직 죽지 않은 자들이다. 그것들은 과거가 되어버렸더라도, 기억으로 남아 고여 있는 시간의 늪지에서 태어난다. 과거에 대한 애도가 끝나지 않을 때, 과거가 아직은 완료시제가 되지 않을 때, 그리고 지금-여기의 시간이 도래했지만 그것이 무엇을 뜻하는지 불투명할 때, 그 시차(時差)에서 유령들은 수수께끼 같은 질문으로 출몰한다. 7번 국도를 배회하는 유령들은 "너희 삶의 배후를 형성하고 너희가 알지 못하는 일들을 하여 대지를 피로 물들이"는 지금-여기 '삶의 배후'에 있다고 말한다. 유령은 허구이지만, 지금-여기의 현실을 근본적으로 틀 지우는 허구다. 그러나 이렇게 말한다고 해서 달라지는 것은 아무것도 없다. 세계가 해프닝, 농담, 허구로 구조화되었다는 것은 작가 김연수에게는 너무도 뼈저리지만 자명한 세상의 이치, 스무 살의 첫 깨달음이었으니까. 유령들이 출현한다고 해서 놀랄 것은 없다. '나'가 곧 유령이며, 가면이기도 하니까. 그러나 속편하게 '나'가 유령임을 자처하면서 농담과도 같은 '세계'가 유령들의 세상임을 체념조로 수락한다면, 그것으로 '나'와 세계의 어긋나는 거리는 지워지며, 가면을 가리키며 걷는 자기 지시적 왕복운동도 끝이다. 따라서 유령들의 정체에 대해 더 물어야 할 필요가 있겠다. 그것은 소설적 창조는 왜 계속되어야 하는가와 동궤의 물음이다.

물론 작가는 유령들을 애도하지 않으며, 그럴 필요조차 느끼지 않는다. 그는 과거를 애도하기에는 역사의 기관차에 '너무 늦게' 탑승했으며, 또 '너무 이르게' 하차해 '스무 살'에 청춘이 멈춰버린 청년이었다. "스무 살이 지나가고 나면 스물한 살이 오는 것이 아니라 스무 살 이후"(「스무 살」, 『스무 살』, 문학동네, 2000)가 올 뿐. '너무 늦게, 그리고 너무 이르게.' 이 "비선형적 시간"의 굴레와 궤도 주위에서 사는 방법은, 작가의 첫번째 소설집 『스무 살』에서는 적어도, 두 가지 뿐인 듯하다. 스피드와 텐션의 궤도에서 롤러코스터를 타다가 영원히 이탈(「마지막 롤러코스터」), '뒈져버리거나' 전설의 인물 카르타필루스처럼 "중음신의 몸으로" 끊임없이 방랑하는 것(「기억의 어두운 방」). 전자는 광기이며, 후자는 영원히 살아 있는 절망, 죽음에 이르는 병이다. 다시, 전자는 광기, 즉 '작품의 부재'(푸코)이며, 후자는 도서관 사서의 절망, 곧 "불후의 소설"(「공야장 도서관 음모 사건」)에 대한 가없는 염원이 될 것이다.

골절된 시간의 하늘에서……

셰익스피어가 창조한 회의주의자 햄릿이 그랬던가. "The time is out of joint"라고. 시간은 골절되었다고. 아비를 대신해 삼촌에 대한 복수를 행하려는 햄릿을 그토록 망설이게 한 것은 무엇일까. 아비는 삼촌에게 복수를 하지 못하고 도중에 죽어버려 생전의 과오를 청산할 기회를 갖지 못해 유령으로 떠돌며, 아들은 아비를 대신해 복수를 계획한다. 그러나 햄릿의 복수는 다만 삼촌이 자신의 죗값을 치를 기회를 마련해주는 것에 지나지 않는다. 『햄릿』이 복수극으로 끝나지만은 않는 이유가 여기 있다. 진짜 문제는 삼촌이 죗값을 치르기 전에, 아비의 생전의 과오를 청산하기 위해 햄릿이 무엇을 해야 하는가이다. 그는 자신의 시간이 아니라, 청산하지 못한 아비의 유령 또는 '타자의 시간' 속에서 살아야 하며, 이것이 햄릿의 저 고뇌 어린 외침을 낳았던 것이다. 김연수 초기소설의 주인공들 역시 청산하지 못한 죄업이 있는 아비, 유령, 타자의 시간을 산다. 그들은 골절된 시간을 살고 있으며, 그 시간의 끝에서 타자, 타자의 타자인 자신의 도플갱어와 조우하면서 자멸해버리고 만다. 그들은 아비, 유령, 타자의 시간을 보완하는 "대용품"(『7번 국도』)에 불과하다고 자조하며, 또 저주한다.

그렇다면, 이제 어떻게 해야 할까. 어떻게 하면 나는 타자의 시간을 살면서 동시에 내 시간을 살 수 있을까. 두 개의 서로 다른 시간을 동시에 살 수 있는 방법이 있기나 한 걸까. 방법은 바로 『햄릿』의 복수형식인 연극-속의-연극 만들기에 있다. 즉, 타자의 시간을 흉내내고 공연하기, 스스로 배우가 되어 허구를 만들기, 그리고 '나'의 분신을 창조하기. 세번째 장편소설 『꾿빠이, 이상』이 위치하고 있는 곳은 정확히 여기다. 김해경이 작가 이상을 창조하고, 원본은 복제를 낳으며, 서혁민은 이상의 못다 한 삶을 살고 죽는다. 그리하여 이상은 텍스트로 불멸하지만 김해경은 한 인간으로 죽고, 복제는 넘쳐나지만 원본은 사라지며, 이상의 삶은 완성되지만 서혁민의 삶은 자취를 감춘다. 텍스트-속의-텍스트, 허구-속의-허구, 시간-속의-시간 만들기. "나는 시간을 바로잡기 위해 태어났구나"라고 햄릿은 다시 말한다. 그럼 햄릿의 이 말은 골절된 시간을 바로잡겠다는 의지의 표현일까, 그럼에도 불구하고 타자의 시간을 완성할 수밖에 없는 운명의 절규일까. 김해경이 이상이 되는 것은 그 자신의 의지의 소산일까, 아니면 불가항력적인 운명의 주사위놀이일까.

『꾿빠이, 이상』에서 이 물음은 식민지 시대의 작가 이상을 둘러싼 신화의 무수한 판본 한가운데에 수직으로 내리꽂히는 질문이며, 동시에 김연수 세대의 자의식이라는 척추를 관류하는 숨은 신경통이기도 하다. 이상에 관한 기존의 전기(傳記)를 들춰보면서 스스로 이상의 전기(삶)를 다시 쓰기로(살기로) 한 서혁민은 김해경이 보산(甫山)이라는 필명으로 스물한 살에 발표한 첫 장편소설 『12월 12일』의 다음 구절들에 주목한다. "불행한 운명 가운데서 난 사람은 끝끝내 불행한 운명 가운데서 울어야만 한다. 그 가운데에 약간의 변화쯤 있다 하더라도 속지 말라. 그것은 다만 그 '불행한 운명'의 굴곡에 지나지 않는 것이다." (『꾿빠이, 이상』) 이 문장들은 경성고등학교 건축과의 수재이자, 조선총독부 기수였던 김해경이 자신을 감싸는 '불행한 운명'에 맞서 이상이라는 또다른 삶을 선택한 실증이자 근거가 된다. 이때 의지는 운명의 대척점이며, 운명을 거스르는 행위다. 그리고 그때의 운명은 돌이킬 수 없는 필연의 다른 이름처럼 보인다. 이번에는 운명설. '자두 상자'라는 뜻을 가진 이상(李箱)의 '상(箱)'은 비구(比久), 보산이라는 다른 필명보다 이상의 삶과 문학이 실제로 걸어갔던 길에 훨씬 잘 어울리는 이름이다. '상'이라는 이름의 선택은 한낱 우연의 소산이었지만, 나중에 필연적인 것이 된다. 이때 운명은 의지의 대척점이며, 의지와는 무관한 과정이자 결과로 보인다. 그러나 과연 의지와 운명, 우연과 필연, 선택과 결과는 그처럼 대립하는 것일까. 분명한 진실은 이 둘을 대립항으로만 읽어 어느 하나를 선택하거나 우위에 두는 순간, 시간은 다시 타자의 시간이 되며, 삶 역시 유령처럼 실체 없이 방황하고 만다는 것이다. 김연수의 소설들에 함께 따라다니는 포스트모던적 불가지론의 서사나 하이퍼-리얼리즘 텍스트, 인식론적 회의주의, 또는 윤리적 상대주의라는 비평적 꼬리표는, 그것들에 대한 찬사와 우려까지 포함하여 김연수 자신의 것이라기보다는, 그렇게 읽고 싶어하는 비평가들의 해석적 선택에 지나지 않는다. 역사, 의미, 목적의 대서사가 주가 되었던 80년대적 과거와 어떤 식으로든 매듭을 짓기 위해 김연수의 소설을 옹호하거나 비판하는 각종의 세대론 또한 앞의 비평적 시선과 그리 다르지 않다. 그러나 여기서 한 걸음, 더 나아가보면 어떨까.

……떨어지는 한 방울 빗줄기의 진실

물론 분명 그렇게 읽을 수도 있겠다. 애도하는 사람들의 후일담은 충분히 냉소의 대상이 될 수 있다. 가슴은 AA컵이 됐는데, D컵 브래지어를 차고 허전해하면서 그 빈자리에 돈과 권력, 향수(鄕愁)를 뻥처럼 마구 집어넣으니까(『사랑이라니, 선영아』, 작가정신, 2003). 그리고 작가도 마냥 아비의 스무 살 아들이기만 한 것이 아니라, 이제 한 아이의 아비가 된다. 시간은 더이상 골절된 것으로 머물거나 사라지는 것이 아니라, "사라졌다고 믿었던 것들이 실은 내 안에 고스란히 존재하는"(「뉴욕제과점」, 『내가 아직 아이였을 때』), 굴곡과 주름이 겹겹이 진 순수 회상의 공간으로 화한다. 어른인 '나' 안의 아이와 어른이 될 '나'가 겹쳐지면서 과거는 다만 사라지지 않고 언젠가는 꽃과 열매로 만개할 씨앗처럼 스스로를 보존하게 된다. 김연수는 서혁민의 말을 빌려 이 주름진 시간을 "씨앗이며 고목을, 꽃이며 과실을, 새순이며 낙엽을, 탄생이며 죽음을" 한순간에 보여주는 "운명"이라고 일컫는다(『꾿빠이, 이상』). 그때 운명은 어떤 의지로도 돌이킬 수 없는 필연이 아니다. 운명은 필연을 필연으로 받아들이는 순간의 우연에 대한 긍정이며, 더 나아가 필연을 한낱 우연적인 것으로 만드는 작용이다. 그것은 또한 순간의 우연을 필연으로 만든 최초의 선택에 대한 긍정이기도 하다. 이러한 인식이 정점에 이르는 순간, 텍스트의 화면에는 문득 비가 내리며, 작중인물들은 그 비를 맞으며 그들 앞에 놓인, 여러 갈래로 갈라지는 삶의 교차로에 멈춰 서게 된다. 가면의 허구, 그 인식론적 지도의 한쪽 귀가 비에 젖어 푹 수그러지는 순간이다. 그렇게 김연수의 최근 소설들은 한 비평가가 섬세하게 들여다본 것처럼(황도경, 「'검은 선들'의 행로, 그 슬픈 농담을 위하여」, 『문학동네』 2005년 가을호) "긴긴 장마"를 만드는 "한 방울의 빗줄기로부터"(『꾿빠이, 이상』) 시작되는 듯하다.

그럼 세번째 소설집 『나는 유령작가입니다』에 실린 「뿌넝숴不能說」의 화자를 따라 비 이야기로 이 글의 말미를 장식해보는 것도 괜찮을 것이다. 『스무 살』에 수록된 단편 「카르타필루스」의 화자가 "아주 오래전부터 나는 이 비를 기다렸고, 이제 나는 조금씩 예전의 내가 아닌 다른 것으로 변전해간다"고 말했을 때부터 김연수 소설의 비는 이미 운명의 지침을 가리키며 내리고 있었다. 그리고 개고(改稿)중인 최근작 『밤은 노래한다』(『파라 21』, 2004년 봄~겨울 연재)의 첫 회분 첫 장면에서 비는 눈송이로 결빙(結氷)되어 다시 내리고 있다. "그 눈이 그칠 때까지, 먼저 죽음과 환생에 관한 이야기가 흘러나올 것이다."(『밤은 노래한다』, 1회) 모든 이야기, 언제 시작되었는지도 모르고 결코 끝나지 않을 것 같은 세계의 시작과 끝에 내리는 비 또는 눈. 네즈미가 자살한 그녀의 삶에 대해 아렴풋이 짐작하고 글을 끝낼 무렵, "'요기'의 그 어두운 구멍과도 같은 밤", 빗방울은 지붕을 두들기며 떨어진다(「그건 새였을까, 네즈미」, 『나는 유령작가입니다』). 돌이킬 수 없는 일들은 이미 일어나버렸지만, 납득하기는 여전히 어렵다. 사건들이 필연이 되는 과정은 전적으로 우연히 일어난다. 세희의 동생은 승용차 안에서 남편과 사소한 말다툼을 벌이다가 생각지도 못했던 교통사고로 남편을 잃고 그 자신은 크게 다친다. 남편에게 보여주고 싶었던 주택청약서 당첨통지를 손에 쥔 채. 사건 자체가 반드시 우연인 것만은 아니다. 사건이 순간에 의해 돌이킬 수 없도록 필연이 되어버린 그 컴컴한 우연성을 이해하기 힘든 것이다. 그저 짐작만 할 수 있을 뿐. 그리고 돌이킬 수 없는 필연에 대해 허허로운 긍정이 발생할 때, 그 필연조차도 한낱 우연의 소산임을 깨닫게 되리라. 비록 그것이 결코 쉽게 끝나지 않을 것 같은 농담이더라도. 그리고……

……비는 그때 다시 내린다, 여기저기에, 데카르트학파 수도사 말브랑슈의 묵상처럼, 농부가 파종한 밭고랑에, 쓸모없는 황무지에, 그리고 바다에. 목적도, 의미도 없이 세계를 구성하는 원자처럼, 비는 낙하하고 서로 마주친다. 필연과 목적, 의미를 애써 벗어버리는 것이 아니라 그것이 전적으로 우연의 소산임을 참으로 긍정하면서. 가면을 가리키며 걷던 허구의 텍스트에 진실의 비가 내린다. 가면을 가리키며 걷던 '나'는 비에 젖은 얼굴로 가면과 하나가 된다, 춤과 춤추는 사람을 구별할 수 없는 것처럼. 비의 수수께끼는 주인공들이 흘리는 눈물의 진실로 바뀌며, 그때 그들은 삶을 정면으로 받아들이게 된다. 지도, 허구, 길의 텍스트는 회상, 주름, 운명애(amor fati)의 텍스트로 바뀌며, 가면은 마침내 눈물을 흘린다. 체념도, 허무도, 비관도 더이상 아닌 채로. 비에 젖은 문장은 모두 끝났지만, 다시 "문장이 끝나는 곳에서 나타나는 모든 꿈들의 케른, 더 이상 이해하지 못할 바가 없는 수정의 니르바나, 이로써 모든 여행이 끝나는 세계의 끝"(「다시 한달을 가서 설산을 넘으면」, 『나는 유령작가입니다』), 거기서 비의 이야기는 다시 진행되며, 세계의 궁창(穹蒼)은 비로소 열리기 시작한다.

제6부

하나이면서 여럿인 문학

화염과 재: 김연수 소설이 말하면서 말하지 않은 것

— 김연수 장편소설 『네가 누구든 얼마나 외롭든』 『밤은 노래한다』를 중심으로

기억이라는 과제의 전반적 맥락 안에서는 군사적 승리 및 대규모 작전을 다룬 다채로운 기록들이 이른바 역사의 주요 사건을 형성한다. 이 역사는 한 시점의 파국에서 다음의 파국으로 무턱대고 비틀거리며 나아간다. 이러한 사건들이 발생하던 당시에 살아 있었고 자신이 목격한 것을 재차 기억해내는 기록자는 자신의 경험을 주체적으로 변형시킴으로써 자신의 몸에 새겨 넣는다. 그는 자신의 글 안에서 신이 섭리로 우리를 위해 예비한 전형적 순교자가 되며, 여전히 살아 있음에도 자신의 회상록이 재현하는 무덤에 이미 들어가 있다.

— W. G. 제발트, 『토성의 고리』 중에서

과거에 대해 이야기하는 것이 고통이기도 했고, 자신을 해방시키려는 시도이기도 했지. 말하자면 구원이자 가차 없는 자기 파괴이기도 했던 거야.

— W. G. 제발트, 「암브로스 아델바르트」, 『이민자들』 중에서

숭례문 전소에서 용산참사까지

"나는 망령, 화염, 그리고 재에 대해서 말할 것이다."[1)]

2008년 2월 11일 자정 무렵부터 다음 날 새벽까지, 대한민국 국보 1호인 숭례문이 한 방화자에 의해 완전히 불에 타 무너져내렸다. 매스미디어의 이구동성처럼, 수백 년 동안 보존되어왔으며 국가의 문화적 정체성을 상징하던 문화유산인 숭례문이 다섯 시간 만에 잿더미로 변했던 것이다. 압도적인 지지로 17대 대통령에 당선된 이명박 당선인이 인수위와 함께 정권 인수를 한창 준비하던 때였다. 당시 이명박 당선인은 추후에 그가 보여줄 예의 그 독선적이면서도 앞뒤 안 가리는 무수한 발상의 일단을 국민들에게 선보였다. 그는 국민성금을 걷어 숭례문 복원에 힘을 쓰고 이를 기회로 국가의 정체성을 바로잡고 국민통합에 힘쓰자는 식의 제안을 했던 것이다. 약 200억 원가량의 국민세금이면 복구비용으로 충분하다는 보수언론의 충정 어린 충고도 있었다. 물론 이 당선인의 제안은 몇몇 보수언론의 호의적 반응을 제외하곤 대다수 여론의 반발로 철회되었다. 대신 국민들은 추운 겨울날, 긴 행렬을 마다치 않고 한사코 흰 국화를 들고 찾아와 무너져내린 숭례문 앞에서 때론 눈물을 흘리며 추모했다. 이 당선인 역시 태도를 바꿔 국민들의 그런 추모 열기를 적극 장려했다. 그리고 그로부터 약 1년이 지난 2009년 1월 20일, 강제철거에 맞서 건물 옥상에 창고를 지어놓고 시위를 벌이던 용산 철거민들이 경찰의 진압작전 도중 사망하는 사건이 발생했다. 검경과 미디어는 창고에 있던 시너가 화염병에 옮겨붙으면서 순식간에 화재가 발생했으며, 그 결과 다섯 명의 철거 농성자들과 한 명의 경찰이 목숨을 잃었다고 발표했다. 이때 이명박 대통령은 이런 일이 일어

1) 자크 데리다, 『정신에 대해서』, 박찬국 옮김, 동문선, 2005, 7쪽.

나서 매우 안타깝다는 식으로 용산참사에 대한 입장을 표명했다. 여섯 명의 사람이 무리한 진압작전으로 사망하게 되어서 안타깝다는 말인지—다음 말이 더 그럴듯하게 들리지만—도심 한가운데서 시너가 든 화염병이 날아드는 폭력사태가 발생해서 안타깝다는 말인지는 불분명했다. 그리고 이명박 정부와 경찰은 용산 철거민들과 경찰의 죽음을 애도하려고 모인 시민들에게 법치주의 확립이라는 명분으로 공권력을 휘둘렀다. 용산참사는 그런 식으로 갈무리되었다.

미디어에 보도되는 크고 작은 죽음의 사건들이 해마다 없었던 것은 아니지만, 지난 1년을 돌이켜보면 우리 시대의 한 정신적, 정서적 징후를 이해하고 분석하는 데 '애도(mourning)'는 여기서 특별히 고려해볼 수 있는 어휘의 하나라고 생각된다. 서사적 관점에서 보자면, 이명박 정권의 시작을 상징적으로 보여주는 사건은 숭례문의 붕괴와 재건에 대한 담화였다. 이명박 대통령은 모든 국민이 숭례문의 붕괴를 애도하고 애도에 동참하는 식으로 국민통합을 이뤄내자는 의례를 요구했다. 그리고 중간에 촛불시위가 있었다. 돌이켜보면, 격렬했던 촛불시위가 종료된 시점은 2008년 7월에 있었던 국민사제단의 미사집회 전후가 아니었던가 싶다. 더이상 구호와 행동이 아닌 추모의 주체로 시민들은 촛불을 들고 때론 눈물을 흘리며 무언가를 애도하는 형식으로 집회에 참가했다. 그렇다면 애도의 대상으로 선점된 이것은 대체 무엇이었을까. 미사에서 국민통합과 평화를 염원했던 것, 미사집회가 공권력과의 마찰 없이 끝났던 정황을 상기해보면, 이것은 촛불시위 그 자체에 대한 예고된 애도는 아니었을까. 더이상의 촛불은 불가능할지도 모른다. 우리는 그만큼 지쳤고 상황도 불리하다. 그리고…… 용산 철거민 참사에 이르러 죽은 자들에 대한 애도는 공적으로 금지되었으며, 어떤 촛불도 이전만큼 그들을 위해 타오르지 못했다. 과연 촛불은 자기 자신을 애도하는 방식으로 재로 스러졌던 것일까.

한편 이런 정치적 애도와 맞물려 주목할 만한 문화적 애도의 사건들도 여럿 있었다. 신경숙의 장편소설 『엄마를 부탁해』(창비, 2008)에 대한 독자들의 열광, 김수환 추기경처럼 나라를 대표하는 상징적 어른의 죽음에 대한 시민들의 집단적 추모, 독립영화 〈워낭소리〉에 대한 관객들의 슬픔 어린 반응 등이 그것들이다. 그런데 『엄마를 부탁해』의 집 나간 노모에 대한 회고에서 환기되는 대지모신(大地母神)의 이미지, 김수환 추기경처럼 좌파와 우파를 통합하는 상징적 어른에 대한 염원, 주름진 농부의 손길만큼이나 늙은 주름으로 가득한 소의 목에 걸린 워낭 등은 어떻게 보면 한 번도 존재하지 않았던 것들이 아닐까. 애도에서 상실의 슬픔은 있었던 것을 잃어버린 데에 대한 반응이 아니라, 가져보지 못했던 것을 잃어버린 것에 대한 슬픔이라는 말을 할 수도 있겠다. 그러나 그보다도 사람들이 지난 1년 동안 이런저런 방식으로 참으로 많이 상처받았구나 하는 생각이 든다. 애도라는 이 정치적 무의식을 어떻게 진단해야 할지 난감하지 않을 수 없다. 이쯤에서 김연수의 소설에 대해 말해야겠다. 어떻게 보면 김연수의 소설이 바로 이런 난감함, 애도란 무엇이며 어떻게 해야 하고 그 대상은 누구인가라는 질문의 난감함에서 시작하기도 하니까.

김연수가 연이어 독자들에게 내놓은 장편소설인 『네가 누구든 얼마나 외롭든』(문학동네, 2007)과 『밤은 노래한다』(문학과지성사, 2008)는 먼저 작가 김연수가 그동안 밟아온 문학적 이력에 한 획을 그을 만한 탁월한 작품들이며, 또한 비슷한 시기 앞뒤에 출간된 그 어떤 장편소설 중에서도 우뚝 선 문학적 성취를 일궈낸 작품이기도 하다. 젊은이들의 고통스러운 입사식을 재연한 교양소설로도, 연인들의 만남과 작별에 관한 연애소설로도, 폭력과 저항에 관한 정치소설로도 읽을 수 있는 이 작품들을 통해 누군가는 수많은 개인들과 이야기들이 저마다의 소중함과 고유함을 갖고 상이한 과거와 현재, 가까운 곳과 먼 곳,

실제와 허구가 조우하며 빚어내는 새로운 소설적 시공간에 대한 작가 김연수의 밀도 있는 탐구에서 한국소설의 새로운 가능성을 엿볼 수 있을 것이다. 누군가는 김연수 소설 특유의 시적이면서도 사려 깊은 에세이적인 문장들과 만나면서 한때, 한 시대와 세대 전체가 투신했던 이상과 대의를 온몸으로 겪어내고 앓았던 눈먼 청춘들의 모험과 좌절, 열정과 냉소, 기만과 각성, 후회와 체념 등의 무수한 아우성을 바닥없는 심연으로부터 길어올리는 것 같은 생생한 전율을 체감할 것이다. 그리고 또 누군가는 이 모든 사람들, 인연들, 사물들에 대한 기나긴 애증의 체험을 통해 마침내 화해를 말하는 작가의 성숙한 시선에 공감할 것이다. 김연수 소설의 인물들과 조우하면서 독자는 때로는 적의와 두려움으로 때로는 연민과 공감으로 그들과 만나고 다투고 화해하면서 지금과는 다른 삶, 다른 세계에 대한 보다 확신 어린 예감을 얻을 수도 있을 것이다.

이 글의 문제의식에 비춰볼 때 김연수의 두 장편소설은 특히 앞서 이야기했던 국가, 미디어, 치안의 질서가 장려하고 기술하는 우리 시대의 정치적 애도의 서사와는 질적으로 다르며 진정성 있는 애도의 한 방식을 특유의 내러티브로 몸소 실천하는 것처럼 보인다. 애도를 통해 억울하게 죽어간 역사 속의 무명인과 이름 없는 추모비를 장례 지내고 그들이 남긴 유산을 물려받으면서 새로운 삶에 대한 예감을 조망하는 김연수 소설의 기원은 그럼 어디일까. 김연수 소설의 독자라면 누구나 알다시피, 그 기원은 이른바 '폭력과 죽음'의 시절이었던 1991년 5월의 분신정국일 것이다. 그리고 그 시절에 겪은 근원적 트라우마에 대한 추체험과 기억을 통해 글쓰기의 가능성과 불가능성의 벡터를 지속적으로 실험해온 작가가 바로 김연수다.

눈멂의 초상

김연수의 장편소설 『네가 누구든 얼마나 외롭든』과 『밤은 노래한다』[2]는 무엇보다도 눈멂에 관한, 눈먼 자들의 초상에 관한 이야기다. 거기에는 그런 눈멂과 동일시되던, 눈먼 초상들과 함께 눈이 멀었던 작가의 고백, 자화상도 담겨 있다(「작가의 말」, 『밤은』). 여기서 두 개의 에피소드가 중요하게 취급되어야 한다. 『네가』에서 오토바이를 탄 밤길에 벚나무가 절하는 것을 보는 정민의 삼촌에 관한 에피소드와 『밤은』에 등장하는 눈먼 혁명대원 서금원이 바이올린을 켜면서 노래를 부르는 장면이 그것들이다.

먼저 『네가』를 읽어보자. 정민의 삼촌은 정민에게 멋진 것을 보여주겠다며 한밤중에 느닷없이 오토바이를 함께 타자고 권한다. "더 크게 눈을 떠봐, 정민아. 벚나무들이 이렇게 절하는 게 안 보이니? 그 순간 겁이 덜컥 나는 거야. 거짓말을 하는 게 아니라면 삼촌이 미친 거라는 생각이 들었어. 아무리 눈을 크게 떠도 내 눈에는 그런 게 안 보였거든."(『네가』, 26쪽) 정민이 보지 못한 어떤 것을 삼촌은 본다. 후에 삼촌은 미쳐버리게 되며, 외로운 죽음을 맞게 된다. 정민 역시 그때의 충격으로 잠시 정신병원에 입원하게 된다. "여러 사람들이 함께 보는 것은 그게 제아무리 괴기한 것이라고 해도 우리를 미치게 만들지는 않아. 하지만 혼자서 새벽 두시의 국도를 달리는 오토바이 위에 앉아 있다면 바라본 게 그저 평범한 벚나무일지라도 미칠 수밖에 없는 거야. 그런 거야."(『네가』, 27쪽) 정민의 삼촌에겐 그럴 만한 기구한 인생유전이 있다. 앞날이 창창하던 고등학생이었던 그는 1968년 4월 말, 이른바 국

2) 이하 본문에서는 『네가 누구든 얼마나 외롭든』은 『네가』로 『밤은 노래한다』는 『밤은』으로 각각 줄여 부른다. 작품의 문장과 구절을 인용할 경우, 인용부호 뒤 괄호 안에 작품명, 인용문 쪽수를 표시한다.

가의 교육기관이 주는 '훌륭한 청소년상'을 받기 위해 상경했다가 서울 중앙전신국 폭탄 투척의 엉뚱한 혐의자로 몰리게 된다. 그는 그때 자신이 "현실의 바깥으로 튕겨나간"(『네가』, 100쪽) 것 같은 체험을 겪게 된다. 그러고 난 후, 밀항을 하기 위해 부산으로 내려갔다가 마약사범으로 몰리기까지 정민 삼촌의 인생은 외국서적을 모으고 여행을 떠나는 등 폭력적 국가 체제로부터 자발적으로 망명을 떠나는 자의 몸짓이었다. 그런 극한의 제스처 속에서 삼촌의 삶은 고독한 광기의 늪으로 빠져든다. 국가의 호명에 응하러 갔다가 폭력을 겪었고 마침내 그 호명을 의식적으로 거부한 자에게 닥쳐온 최후라니! 그런데 『네가』는 '여러 사람들이 함께 보는' '괴기한 것'에 대한 기록이자, 그것을 온몸으로 앓았던 청년들의 초상이 아닌가. 정민 삼촌을 통해 우리는 소설의 작중인물들이 눈먼 자들임을 짐작하게 된다.

이번에는 『밤은』을 읽어보겠다. 박길룡의 주도로 어랑촌 소비에트에서 민생단원 색출과 즉결처형이 한창이던 때, 혁명대원이자 장님인 서금원은 바이올린을 켜며 노래를 부르고 호소한다. "사람들아, 내 말을 들어보소. 혁명이란 무엇인가?" "나가라, 청년들아. 이 세상과 우주의 삼라만상이 모두 너의 것이니라."(『밤은』, 255쪽) 『네가』에서 가스실로 향하던 유대인들에게 헬무트 베르크가 아코디언을 연주하는 회상의 장면처럼, 처형을 알리는 총소리와 바이올린 소리가 뒤얽혀 부조리한 불협화음으로 연주되는 이 죽음의 무도(舞蹈)는 섬뜩하다. 원래 서금원은 작탄을 제조했지만, 실험 도중에 일어난 폭발사고로 시력을 잃은 뒤 이제 병기창에서 바이올린을 켠다. "장님 서금원은 자신이 본 환상을 횡설수설하고 있었다. 그의 눈에는 막강한 화력의 토벌대도, 초라한 무기를 든 사람들의 모습도 보이지 않았다."(같은 쪽) 이 대목을 끝으로 그는 소설에 더이상 등장하지 않는다. 어랑촌 유격구 대원들이 일본군 토벌대에 붙잡혔을 때 그 모습은 보이지 않으며, 민생단 숙청에서 처형되었는지도 확인되지 않는다. 그래서 서금원은 마치 소설 바깥에서 소설 안으로 들어온 인물처럼 보인다. 서금원은 그저 그런 작중인물의 한 명이라기보다는 마치 이 모든 부조리한 비극의 전개를 응시하던 관객 한 사람이 작중인물로 분장해 소설 속으로 직접 걸어들어온 인물처럼 보인다. 왜냐하면, 막강한 화력을 지닌 일본군 토벌대와 초라한 무기를 든 어랑촌 소비에트 단원들이 극명히 대비되는 실상을 보지 못하는 자는 장님 서금원만은 아니기 때문이다. 극한 상황 속에서 민생단 색출과 자백, 처형은 이어지고 노래도 계속된다. 서금원은 아무것도 보지 못하는 자인 동시에 주인공을 포함, 작중인물 전체의 눈멂을 체현하는(embodying), 작중인물의 운명 전체를 응시하는 작중인물에 가깝다.

눈먼 사람은 무엇인가를 보지 못하는 사람이 아니라, 무엇인가를 보기 때문에 다른 것은 볼 수 없는 사람이다. 그래서 눈뜬 자도 눈먼 자다. 화가는 그림을 그릴 때 대상을 보지 못하고, 대상을 보는 그 순간에는 그림을 그릴 수 없다. 재현과 대상은 어긋나며, 늘 불일치한다. 나는 나의 얼굴을 볼 수 없다. 나는 사진을 통해서 사진에 찍힌 누군가의 완벽한 얼굴을 본다. 그리고 그것이 나의 얼굴이 '된다'. 그러기에 나의 얼굴은 늘 초상화의 얼굴이다. 초상화의 얼굴이 나의 얼굴이 '된다'. 이 '된다'라는 동사에는 잠재적인 것이 현실화되기까지의 과정, 어떤 시차(視差)적 간극이 미세하게 서려 있다. 나의 초상화에서 비로소 그 얼굴이 나임을 알아보는 행위는 짧은 시간적 간격, 찰나의 시차(時差)에 의해 주어진다. 그래서 초상화는 언제나 눈먼 자의 초상화다. 사건을 겪는 자는 당시에는 그 사건이 무슨 의미인지 알지 못하며, 시간이 지난 다음에야 그것을 기억하고 기록할 수 있을 뿐이다. 그래서 김연수의 두 장편소설에서 기억은 언제나 눈멂의 기억, 눈멂에 대한 기억이다. 『네가』와 『밤은』 모두 눈먼 자화상들의 눈멂을 기록하는 자서

전이다.

눈먼 혁명대원 서금원은 마치 호메로스의 『오디세이아』에 등장하는 눈먼 가인(歌人)을 연상시킨다. 『오디세이아』에는 호메로스와 흡사한 눈먼 가인들이나 가수들이 등장해 오디세우스를 향해 노래를 부르는 대목이 적지 않게 나온다. 마치 히치콕의 영화에서 감독 자신이 카메오로 출연하듯, 호메로스가 분장을 하고 의상을 빌려 『오디세이아』 안으로 직접 들어온 것과 비슷하다. 오디세우스는 가인의 노래를 듣고 나서야 그것이 누구를 향한 노래인지를 알게 되고 눈물을 흘리며 방랑의 사연을 털어놓는다. 공교롭게도 이 눈먼 가인 호메로스가 김연수 소설에 등장한 적이 있었다. 2004년 연재되던 당시에 등장했다가 단행본에서 사라지기 전, 호메로스는 이렇게 읊조린다. "우리는 단지 뜬소문만을 들을 뿐, 아무것도 알지 못합니다."(「밤은」 1회, 『파라 21』 2004년 봄호, 158쪽) 서술자는 호메로스를 넘겨받아 덧붙인다. "대다수의 사람들은 환영에 속고 있다기보다는 진상을 보지 못할 뿐이다. 환영이란 뜬소문과 같은 것."(같은 쪽) 그런 것이다. 우리는 함께 보기에 결코 미치지 않으며(『네가』), 우리는 함께 미치기에 제대로 볼 수 없다(『밤은』).

김연수의 소설은 이 뜬소문과 환영의 현실을 살아가고 또 거기서 살아남은 자들의 증언이다. 그래서 『네가』에서 '나'의 할아버지가 남양군도에서 전쟁포로로 잡혀 귀환할 때 가져온, 한쪽 귀퉁이가 불타버린 흑백 누드사진, 그리고 『밤은』에서 측량기사 '나(김해연)'의 측량지도와 음화와 양화가 새겨진 사진의 은유 등은 중요하게 취급될 만하다. 그중에서 할아버지가 가져온 흑백 누드사진에 대해서만 간략하게 짚고 넘어가자. 소설의 설명에 따르면, 입체 누드사진은 두 눈의 거리만큼 떨어진 한 쌍의 조리개로 찍은 흑백 누드사진 두 장을 겹친 것이다. 이 사진은 사진을 눈에서 멀찌감치 떼어놓고 두 사진이 서로 겹쳐지도록 만들어야 환영과 같은 여인의 나체가 입체적으로 드러나는 사진이다. 화자 '나'는 이 흑백 누드사진을 만일 적당한 거리를 두지 않으면 "두 눈의 초점을 흐릿하게 만들"어야(『네가』, 10쪽) 겨우 볼 수 있는 사진으로 설명하고 있다. 설령 볼 수 있다 하더라도 흑백 누드사진은 대상의 실체보다는 실루엣이 두드러지는 입체사진이다. 흑백 누드사진에 대한 소설의 설명은 매우 중요하다. 눈을 분명하게 뜬다고 해서 사물을 제대로 보는 것은 아니며, 뭔가를 제대로 보고 있다고 믿을 때조차 우리 눈은 흐릿하고 초점이 잡혀 있지 않다는 얘기다. 그러니까 우리는 뜬 눈으로도 보지 못하며, 눈먼 상태에서도 본다. 『밤은』에서 이 '눈멂'은 주인공 김해연이 반(反)민생단 투쟁을 겪고 지켜보면서 "어둠을 보지 못하고, 또 믿지 못하는 두 개의 검은 눈동자"(『밤은』, 226쪽)로 암흑천지를 응시할 때도 마찬가지로 등장한다. 그래서 『밤은』은 뜬소문, 민생단원으로 추정되는 수수께끼 같은 인물 박타이/박길룡의 행적에 관한 무수한 소문들에서 이야기를 시작한다.

이렇게 『네가』의 '나'는 이 모든 환영을 "초록색 노트"(『네가』, 390쪽)에 옮겨 적는 자, 『밤은』에서 '나'는 우연찮게 살아남아 이 모든 현실을 증언하는 자가 된다. 서로 다른 이야기들이 모인 교차로에서 회고록을 집필하는 자, 그리고 불가능한 사건들을 증언하는 목격자. 『네가』와 『밤은』 모두 일인칭 서술자가 이야기를 하고, 듣고, 회고하는 방식의 소설이다. 그러나 그 일인칭은 이 글에서 좀더 사유될 필요가 있으며, 면밀한 감상과 분석을 위해 우리는 잠시 다른 이름으로 바꿔 불러야 한다. 이 일인칭의 다른 이름은 작가 김연수가 스스로를 지칭하는 말이기도 한데, 바로 '아키비스트(archivist)'다.

일인칭 또는 아카이브와 증언

일명 '아키비스트 작가' 김연수의 소설은, 김연수 소설에 대한 그간의 평론들에서 간간이 지적되었지만 깊이 있게 논의된 바 없는 아카이브에 대한 근본적 물음을 떠올리게 한다. 김연수의 소설에서 아카이브는 보통 김연수가 소설을 쓰면서 동원하는 수많은 자료들과 인용문의 동의어처럼 제시되고 있다. 그러나 아카이브는 역사의 자료 더미가 아니며, 그것은 김연수가 역사소설이나 사실과 허구를 뒤섞는 팩션을 쓰는 작가가 아니라는 말과 같다. 김연수의 소설은 보통 공식적인 역사라는 아카이브의 공백, 발화들이 점화되었지만 발화 지점이 은폐되고 불탄 재(ashes)의 장소, 소문이나 유언비어, 야담, 주석, 각주에서 출발한다고들 말한다. 그런데 아키비스트는 다른 무엇보다도 우선 기민한 유추의 감각과 상상력의 소유자로 이해될 필요가 있다.

김연수의 아키비스트는 『네가』에서 '나'가 방북예비대표로 독일로 떠나기 직전, 정민과 함께한 마지막 여행에서 본 공적비(功績碑)의 한문 글귀를 해독하면서 지리산의 빨치산 대장이었던 "이현상의 시체"(『네가』, 141쪽)를 떠올리고 유추하는 민감한 감각을 지닌 자다. 공적비는 문자 그대로 비석(碑)에 새겨진 공적(公的) 기록이다. 그런데 공적비(功績碑/公的碑)라는 아카이브의 여백에서 발견한 것이 하필이면 시체임에 한번 주목해보자. 시체의 진실은 거기에 공적 역사의 기록 이면에 은폐된 폭력과 죽음의 문제가 도사리고 있음을 간접적으로 시사한다.

미셸 푸코의 말을 빌리면, 아카이브는 케케묵은 문서들이 빛과 어둠의 유희 속에서 층층이 쌓아올려진 문서보관소가 아니라, 이러한 문서들을 문서고로 존재하고 관리하게 만드는 권력의 체계다. 푸코의 고고학은 아카이브의 구축과정을 마치 주체 없는 과정처럼 묘사하고 있다.

가령 아카이브의 언표는 이렇다. '누가 말해도 무슨 상관인가.' 푸코에게 이 언표는 주체 또는 저자의 소멸이라는 20세기 서구의 사유가 다다른 에피스테메의 결과다. 그러나 이것은 사태의 반면일 뿐이다. 아카이브는 주체의 발화 지점, 발화자의 자리, 그것의 장소를 소거시킨다. 그래서 발화자의 자리, 주체의 자리가 사라진 빈터를 점유하고 관리하는 누군가가 반드시 있다고 말한 이는 자크 데리다였다. 아카이브를 관리하는 자는 누구인가. 예컨대 그들은 국가의 대표자들이다. 그들은 공개할 수 없는 공공영역이라는 비밀의 담지자들이며, 그것을 해석할 수 있는 권한을 스스로에게 부여하고 위임받은 자들이다. 통치가 위태로울 때도 통치에 무해해 보일 때도 그들은 문서들을 불태움으로써 국가의 권위를 과시한다. 아카이브는, 발터 벤야민이 법(Gewalt)을 정초하고 보존하는 폭력에 대해 이야기했을 때와 마찬가지로, 국가 등의 공적 영역을 정초하고 보존하는 기능을 떠맡는다.[3)] 그래서 아카이브의 기원과 비밀은 다르게 보면 폭력 그 자체의 기원이자 비밀이 된다. 김연수가 자신의 소설을 종종 역사의 카운터파트로 정의하고자 할 때, 그 역사가 통칭하는 것이 바로 아카이브다. 김연수가 역사라는 공적인 자료 대신에 기억이라는 개별자의 진실에서 출발하는 이유는 그 때문이다. 그러므로 아키비스트는 필연적으로 폭력에 대한 탐구로 나아가지 않을 수 없게 된다. 그것은 한편으로 애도라는 김연수 소설의 과제와도 맞물려 있다.

아카이브의 관리자인 국가는 애도를 금지하는 기구처럼 보이지만 그렇지 않다. 오히려 어떤 애도의 의례는 적극적으로 권장하기도 한다. 만일 국가를 애도를 금지하는 기구로만 한정해서 이해할 경우, 진정한 애도는 사적인 애도라고 잘못 생각하기 십상이다. 오히려 국가는

---

3) Jacques Derrida, "Exergue", *Archive Fever: A Freudian Impression*, Trans. Eric Prenowitz, The University of Chicago Press, 1995, p. 7.

애도에 위계를 두면서 애도할 만한 가치가 있는 것과 그럴 가치가 없는 것을 구분한다. 이러한 사정은 아카이브와 관련해서도 진실이다. 국가는 애도할 만한 것은 기록하고, 애도되지 못할 것들은 파괴해버리거나 해독 불가능한 재로 남긴다. 아카이브는 국가의 애도 작업의 기술(技術/記述)에 가깝다. 이것은 트라우마를 고의적으로 삭제하고 부인하는 한편으로 다른 애도를 억압하는 방식으로 국가의 정체성을 확립하는 서사유형인 '서사적 페티시즘(Narrative Fetishism)'이라는 개념으로도 설명할 수 있다. 여기서 말하는 "서사적 페티시즘이란 최초에 서사가 성립한 존재이유인 트라우마나 손실의 자취를 삭제하도록 의식적 혹은 무의식적으로 고안한 서사를 퍼뜨리는 것을 말한다. 이는 애도를 할 수 없거나 하기를 거절하면서 참혹한 사건을 다루는 방식이다. 다시 말해 이것은 손실의 장소와 기억을 다른 곳으로 이동시킴으로써 상실 이전의 본래의 상태를 허구적으로 만들어내고, 그렇게 함으로써 환상 속에서 애도를 필요 없는 것으로 만들어내는 전략인 것이다".[4] 곧 아카이브에 쌓인 문서들은 선별되어 국가와 같은 공적인 빛 속에서 인화되며, 다른 것은 묻히고 삭제되는 식으로 비밀이 된다는 것이다. 아카이브는 마치 시체들이 되살아날 수 있는 납골당을 닮았다.

국가가 허용하며 장려하는 애도가 있고 국가가 금지하는 애도가 있는 것이지, 공적인 애도와 사적인 애도가 있는 것은 아니다. 말하자면, 애도에는 '감각적인 것의 나눔'(랑시에르)이라고 할 만한 정치적 분할이 은폐되어 있다. 한 나라의 '큰어른' 등의 죽음에 대한 시민들의 애도는 국가도 허용하고 적극 장려할 만한 감각적 실천이며, 이를 통해

4) Eric L. Santner, "History beyond the Pleasure Principle: Some Thoughts on the Representation of Trauma", ed. Saul Friedlander, *Probing the Limits of Representation: Nazism and "Final Solution"*, Harvard University Press, 1992, p. 144; 도미니크 라카프라, 『치유의 역사학으로』, 육영수 외 편역, 푸른역사, 2008, 89쪽에서 인용.

시민들은 '애도하는 국민'이라는 국민적 정체성을 얻을 수 있었다. '나는 애도한다, 고로 나는 국민이다.' 어쩌면 국민사제단의 촛불미사는 본의와는 무관하게 평화나 국민화합 등의 내용을 받아들이도록 함으로써 촛불의 주체를 애도하는 '국민'으로 되돌아가도록 만든 형식의 최종적 계기는 아니었을까. 그에 비해 사망한 용산 철거민들에 대한 애도는 어떠했던가. 그것은 국가의 금지, 그리고 촛불의 주체에서 국민으로 되돌아간 사람들이 그 금지를 법의 형식으로 준수하는 방식에 의해 배제되었다. 용산 철거민들이 국민의 신분 없는 프롤레타리아트, 또는 국가에 의해 배제된 몫 없는 여분의 존재, '국가의 찌꺼기'임을 알려주는 것은 오히려 억울하게 죽은 그들에 대한 애도를 국가가 금지하고 국민이 그 금지를 법으로 받아들이는 데서 선명하게 밝혀진다. 김연수 소설에서 '정치적인 것'은 2008년 5월 31일 촛불시위에서 전경과 대치하며 춤을 췄던 남총련 학생들에게 작가가 느꼈던 연대감에 있는 것이 아니라, 애도하는 자는 누구며 애도를 금지하는 자는 누구인가, 그렇다면 누가 애도하는 주체이며 애도의 대상인가에 대한, 김연수의 소설이 던질 법한 무언의 질문들과 관련이 있다. 김연수 소설에서는 누가 애도하는가?

그런데 이 '누가 애도하는가'는 '왜 일인칭인가'라는 물음으로 이어진다. 김연수가 두 편의 장편소설에서 일인칭을 택한 이유는 여럿 있겠지만 무엇보다도 발화 내용보다 발화자의 자리, 작가 또는 주체의 자리, 자신이 말하는 장소성에 대한 의식적 자각과 관련되지 않을까 싶다. 푸코의 논의로 되돌아가면, 아카이브에는 주체가 말한 자리, 장소성이 필연적으로 소거되어 있다. 아카이브는 누가 어떤 자리에서 말하는지가 결코 문제되지 않도록 하는 방식으로 국가, 공적 영역, 역사를 필연성의 법칙으로 자리매김한다. 아카이브에서 발화의 특징은 예컨대 『네가』에서 할아버지가 지은, "世上萬事 一場春夢 돌아보매 無常

ㅎ구나"(『네가』, 33쪽)라는 4·4조 운율로 시작되는 203행의 대서사시가 '나'의 할아버지라는 단독자의 이야기가 아니라, 고난에 찬 한국 근현대사를 온몸으로 살아갔을 사람이라면 누구나 그렇게 말했음직한 이야기로 환원되고 마는 것과도 무관하지 않다. "거기에는 그간 할아버지가 흘린 눈물이 몇 방울이었는지, 얼마나 기나긴 길을 혼자서 걸어야 했는지, 한 남자의 일생에 몇 켤레의 신발이 필요했는지에 대해서는 나와 있지 않았"던 것이다(『네가』, 34쪽). 그렇게 볼 때, 일인칭은 단순히 소설이 선택할 수 있는 여러 시점 중 하나가 아니라, 바로 이 필연성의 법칙에 흠집을 내거나 그것을 우연적인 것으로 체험하는 주체에 대한 소설적 실험의 결과다. 여기서 공식적인 역사가 아카이브를 구축하는 과정은 기억의 축적이 아닌, 기억 상실의 논리를 따른다. 또 이러한 기억의 빈혈은 공식적 역사가 자신을 필연으로 합리화한 결과이기도 하다. 그럼 이 일인칭은 어떤 역할을 하는가. 푸코의 논의를 비판적으로 이어받은 조르조 아감벤의 말을 더 들어보자. "아카이브(Archive)는 단순한 기능이나 빈자리로 축소된 주체에 대한 괄호 치기를 전제로 하여 정립된다. 반대로 증언(Testimony)에서는 주체의 이 빈자리가 결정적인 물음이 된다. (……) 증언에서는 오히려 발화의 가능성과 불가능성의 이접(離接) 가운데서 주체를 위치 짓는 일이 문제가 된다."[5] 아감벤에 따르면, 수용소 캠프에 수감되었던 유대인들, 삶과 죽음이 식별 불가능한 지점으로 수렴되는 절대적 필연성의 공간인 캠프에서 살아남은 무젤만(Muselmann)이 바로 발화의 가능성과 불가능성을 한 몸에 구현한 역설적 존재다. 이 증언자의 유일무이한 위치는 김연수 소설의 일인칭을 비평적으로 조망할 빛을 한층 더 던져준다.

김연수 소설에서 일인칭은 세계를 주관적으로 체험하는 시점일 뿐

5) Giorgio Agamben, "The Archive and Testimony", *Remnants of Auschwitz: The Witness and the Archive*, trans. Daniel Heller-Roazen, Zone Books, 1999, p. 145.

만 아니라, 소설에서 주체가 타자를 사유하는 윤리적 방법으로 고안된 것이다. 즉 일인칭으로 이해할 수 있는 타자와 세계의 심연이 드러나는 방식으로 주체성의 극한을 탐사하는 것이다. 여기서 일인칭이라는 인식론은 증언자라는 윤리학으로 이행한다. 『네가』의 '나'는 주인공이면서 동시에 무수한 타자들을 만나 그들의 말들을 듣고 층층이 포개면서 독자에게 전하는 매개적, 기능적 역할을 맡는다. 『네가』에서 '나'는 정민을 사랑하는 한 사람인 동시에, 소설이 3분의 1을 넘어서는 지점, 그러니까 '나'가 방북학생단의 예비대표로 독일의 베를린으로 건너간 후부터는 여러 작중인물들을 만나면서 그들 모두의 이야기를 듣고 기록하는 자가 된다. 표면적으로 볼 때, 소설에서 이러한 이행은 일인칭 주관적 시점에서 일인칭 관찰자 시점으로의 전환이다. 그러나 일인칭 관찰자는 사태를 방관하고 지켜보는 자가 아니며, 이야기를 하는 자가 아닌 이야기를 듣는 자, 타자에게 말하는 자가 아닌 타자의 말을 듣는 자가 된다. 이 '나'는, 『네가』의 연재본 제목처럼, '모두인 동시에 하나인' 이야기들이 모여들었다가 각자의 길을 떠나는, 무수한 길들이 한꺼번에 모였다가 분기되는 교차로와 비슷하다.

『네가』의 '나'는 이길용/강시우라는 가면으로 한 시대를 살아간 자의 초상을 기록하는 자이며, 『밤은』에서 '나'의 말은 수많은 죽음들을 목도하고 마지막까지 살아남은 자가 전하는 증언이 된다. 그것이 "시체만이 자신이 누구인지 말할 수 있다"(『밤은』, 248쪽)고 『밤은』에서 일인칭 서술자 '나'가 말한 이유다. 증언이란 말 그대로 발화의 불가능성과 가능성이 교차하는 주체의 빈자리, 시체가 말한다는 것과 같은 역설의 발화, 발화 불가능성 그 자체에 대한 발화다. 그러니까 증언자는 화염으로 잿더미가 된 아카이브에 앉아 아카이브의 재를 뒤지는 자다. 그런데 아카이브의 비밀은 김연수의 장편소설에서는 폭력의 비밀이기도 하다. 여기에 두 개의 비밀이 있다. 아카이브의 비밀이 아카이브가 은폐하는 비밀인 동시에 아카이브 그 자체의 비밀인 것처럼, 폭력의 비밀 역시 폭력이 은폐하는 비밀이면서 폭력 그 자체의 기원인 비밀이다.

Schibboleth/Scibboleth

스탕달은 『파르마의 수도원』(1839)에서 문학에서 정치란 마치 연주회장에서 갑자기 탕 하고 울리는 한 발의 권총 소리와도 같다고 말한 적이 있다. 정치는 문학이라는 연주회장의 흥겨운 분위기에 찬물을 끼얹고 연회를 망치는 것과 같은 즉흥적이고 예외적 사건이 아니라, 그것을 안으로부터 관통하여 그에 대해 근본적인 질문을 던지는 실재라는 얘기다. 동시에 정치는 문학이라는 내러티브에 이질적 충격을 가하는 불협화음과 비슷하다는 말이다. 동세대 작가들 중 김연수만큼 정치적 폭력의 문제를 개인과 공동의 삶을 관통하는 원초적이면서도 내밀한 체험으로 사유하는 작가도 아마 드물 것이다. 2008년 촛불시위에서도 그랬듯이, 폭력이라는 어휘에 대한 사유가 처음부터 금지당하고 대다수 사람들에게 알레르기를 불러일으키는 오늘날, 작가 김연수가 이에 대한 깊은 성찰과 이해를 나름대로 선보이는 것은 값져 보인다. 무엇보다 김연수에게 1991년 5월의 분신정국(『네가』)과 1930년대 초반의 민생단 사건(『밤은』)과 그에 얽힌 폭력은 바로 이 두 텍스트를 관통하고 뒤흔드는 한 발의 총소리다.

『네가』에서 '나'가 기록하며 분석하는 폭력의 역사는 광범위하다. 폭력의 총성은 2차 세계대전 당시 남양군도 전선에 학병으로 다녀온 할아버지 세대에서 91년 5월 분신정국을 맞은 주인공의 세대를 관통하며, 여기에 주인공이 독일에서 만난 헬무트 베르크 씨가 들려준 강제수용소 캠프에서의 극한상황, 이길용/강시우가 '나'에게 들려주는 한기복의 분신(焚身)과 안기부 요원들의 고문, 타밀호랑이반군 소녀대원 다누의 자살폭탄테러 등이 끼어들고 맞물린다. 김연수의 소설에서 정치적 폭력의 문제는 전쟁과 같은 국가 간의 폭력이든, 고문이나 공권력의 집행 등 이른바 권력을 보존하고 또 과시하기 위해 개인과 공동체에게 조직적이면서도 무차별적으로 집행되던 국가폭력이든, 정치적 약자의 저항 수단으로 표출되는 테러와 분신이든 간에 개별자에게 가장 사적인 기억과 내밀한 체험조차 공적인 정치로부터 결코 분리되어 존재할 수 없는 것으로 그려진다. 폭력은 예컨대 장래가 촉망되는 고등학생이었던 정민 삼촌의 삶을 외로운 광기와 죽음으로 몰아가는 우연의 체험으로 그려져 있다. 그와 비슷한 방식으로 1980년 5월의 광주, 그리고 91년 5월의 분신정국의 국가폭력에서 우연찮게 살아남은 젊은이들은 스스로 우연한 존재가 되어가는 자기 자신을 발견한다. 그리하여 우연한 존재로 내몰린 그들은 그들만의 연대를 조직하고 다시 국가폭력에 대항하는 공동체를 구축한다.

한편 『밤은』에서 다뤄지는 '민생단 사건'은 네차예프 사건을 다룬 도스토옙스키의 『악령』(1872), 스탈린 시대의 혁명재판을 비판한 아서 케스틀러의 『한낮의 어둠』(1941), 일본연합적군 단원들의 이른바 '우치게바(内ゲバ)'를 다룬 오에 겐자부로의 『하마에 물리다』(1985)에 이르는 '혁명조직 내부의 자살적 폭력'이라는 주제와 연결된다. 민생단 사건은 『네가』에서 1991년 5월에 있었던 일련의 '분신자살'에 대한 연장이라기보다는 분신자살을 다르게 바라보는 시차가 되겠고, 마찬가지로 91년 5월의 분신정국에서의 폭력과 죽음은 『밤은』의 민생단 사건의 폭력과 죽음을 바라보는 다른 거울이 되겠다. 『밤은』에서 민생단 사건은 『네가』에서 폭력적 상황에 맨살로 노출된 작중인물들이 그랬듯이, 폭력을 경험하는 개별자의 분열과 방황, 우울과 애도, 치유와 화해에 이르는 일련의 서사적 전개와 디테일들 속에서 이해되고 분석된다.

김연수의 소설에서 폭력은 무엇보다도 주체의 실존적 체험으로 제시된다. 그것은 곧 말할 수 없는 것, 언표 불가능한 어떤 것을 말해야 하는 글쓰기의 (불)가능성이라는 주제로 육박해 들어간다. 다시 여기서 정치와 문학은 '재현 불가능한 것을 재현하기'라는 글쓰기의 과제로 치환되기도 한다.

그렇지만 김연수는 91년 5월의 분신정국과 직접 대면하는 방식을 선택하지는 않는다. 대신 그는 언어와 소통에 민감한 소설가답게 91년 5월의 분신정국을 상징적으로 환기할 수 있는 기표들(사랑, 우울, 폭력, 죽음, 분신 등등)이 일련의 서사적 진행 속에서 의미의 다발로 묶이고 풀리면서 발생하는 차이와 반복에 주목한다. 역사와 현실의 환원될 수 없는 무게와 질감을 한낱 서사적 전개나 기표의 환유적 놀이로 환원시킨다는 말이 아니다. 1991년 5월과 민생단 사건이라는 서로 다른 역사적 사건을 묶는 방법은 역사를 우선 대물림으로 파악하는 것이다. 대물림, 상속이야말로 죽은 자가 산 자와 소통하고 말을 주고받는 방법이다. 그리고 상속의 역할을 떠맡을 수 있는 것은 죽은 선조가 살아 있는 후손에게 물려준 유산, 곧 언어다. 언어야말로 우리가 역사를 상속받은 것, 그러나 상이한 역사적 사건들이 다만 완료된 과거형이 아니라, 상속의 와중에서 여전히 진행형이며 상이한 의미계열에서 비슷하게 반복되고 있음을 이해하도록 하는 매개체이기 때문이다. 그래서 우리는 이길용/강시우라는 '광주의 램보/안기부 프락치'를 통해 민생단 사건에서 혁명조직 내부의 '동지와 적'을 만날 수 있게 되고, 또 서로를 다른 별처럼 비춰볼 수 있게 된다.

『밤은』의 반민생단 투쟁에서 발생한 '폭력과 죽음'은 『네가』의 91년 5월 분신정국의 그것과 더불어 역사철학적으로 풀어야 할 과제이지만, 김연수의 소설에서는 무엇보다도 말할 수 없는 것을 말하기라는 언표, 글쓰기의 난제와 연결된다. 이 난제는 무엇보다도 하나의 어휘가 다른 관점(시차)에서 보이게 될 때, 본래의 의미와 전혀 다른 의미로 둔갑하는가라는 기표의 수수께끼로 나타난다. 그런데 이 기표의 수수께끼는 김연수가 소통과 번역의 문제로 이전의 소설들에서 진지하게 다뤄온 것들이 아니던가. 먼저 『네가』에서 '나'가 베르크 씨의 말을 빌려 말하듯, 사랑은 '원수를 사랑하라'라는 산상수훈(山上垂訓)의 부조리한 구절을 지칭할 때도, 광주학살을 명령한 사람이 가족을 아끼는 감정을 가리킬 때도, 정민의 몸을 껴안으려고 하는 '나'의 마음에 이름 붙일 때도 똑같이 사용되는 어휘다. 소설에서 사랑이라는 어휘의 혼란은 단지 기표의 차이에서 비롯된 부산물이 아니다. 기표의 혼란은 광주학살에 대한 항의 표시로 분신자살한 한기복과의 관계로 인해, 그리고 안기부의 고문을 겪었다는 이유로 인해 '광주의 랭보' 대접을 받는 이길용에게 대학교수 상희가 품었던 감정으로 표상되는, 한 시대 젊은이들을 관통했을 감정 구조에서도 잘 드러난다. 예컨대 1980년 5월, 당시 광주에 있지 않았기 때문에 1980년대 사람들이 가진 살아남은 자의 죄책감은 이길용에 대한 상희의 사랑을 가능하게 만들었다. 살아남았다는 죄책감과 무기력, 분노 등이 사랑이라는 기표로 이해되고, 그렇게 사람들은 복수심과 연민을 사랑으로 오인하고 서로에게 눈멀었던 것이다. 그리고 거기서 도착(倒錯)의 미묘한 씨앗이 생겨난다. 가령 이길용은 "자신이 겪은 고통에 대한 세밀한 묘사를 통한 연민과, 세상이 공정해지려면 단 한 사람만은 자신을 위해 슬퍼해야만 한다는 식의 죄책감을 불어넣어"(『네가』, 208쪽) 자신에게 친절하던 여학생들과 동침하는 것이다. '그 누구의 슬픔도 아닌'이라는 제목의 이길용/강시우의 이야기 초반부는 혁명이나 역사, 대의와 같은 대서사, 또는 주인기표들에 대한 지난 시절의 확고한 신뢰에 대한 작가의 '의심의 해석학'이 전개된 예다.

『밤은』에서 기표의 혼란은 반민생단 투쟁을 둘러싸고 훨씬 더 극적으로 재현된다. 바로 '민생단(民生團)'이 기표의 혼란을 조장하는 어휘다. 민생단은 조선 민족주의자들과 전향한 공산주의자, 조선인들이 모여 사는 간도의 조선인 자치기구였지만, 일제의 비호를 받는다는 등 무수한 혐의로 인해 곧 해산된 조직이다. 1933년 7월 무렵, 대일투쟁 전선이 불리해지면서 중국공산당은 중국의 해방을 중심으로 반일투쟁을 도모한다는 기치 아래, 분산된 투쟁력을 한곳으로 모으기 위한 일련의 지시들을 간도의 조선인 공산주의자들에게 전달한다. 그러나 한인 중심의 소비에트 해체, 반민생단 투쟁, 파쟁주의 반대 등의 요구로 바뀐 이 투쟁지침은 간도의 조선인 소비에트 단원 내부의 민생단 색출이라는 목표로 집중된다. 조선인 소비에트가 자주 일본군 토벌대의 공격에 노출되는 정황이 아무래도 소비에트 내부에 잠입한 민생단원이 공모한 결과가 아닌가 하는 의심이 늘어갔던 것이며, 그 혐의를 뒷받침할 만한 일련의 사건들이 실제로 발생했기 때문이다. 이것이 대략 반민생단 투쟁의 골자다. 그러나 이 투쟁으로 간도의 조선인 공산주의자들이 치른 결과는 엄청났다. 훈춘현 공산주의 조직만 하더라도 "6개월에 걸쳐 60여 명의 간부 중 단 한 사람만 살아남고 모두 처형되는 피의 숙청이 계속"되었으며(『밤은』, 204쪽), 그 당시 반민생단 투쟁으로 죽어간 조선인 공산주의자들은 적게는 500명, 많게는 2000명에 가깝다 한다. 동지가 어느새 적이 되어 서로가 서로를 죽였던 것이다. 역사가 기술한 이 비극적 사건을 넘겨받아 소설은 그 소용돌이 와중에 있었던 자들의 눈멂과 기호의 도착의 사건으로 다시 쓴다.

『밤은』에서 민생단은 무엇보다도 부조리한 기호작용으로 다뤄진다. 먼저 민생단은 소설에서 서술되듯이 한 유격구 단원이 다른 유격구 단원에게 급박하게 건네는 문건처럼 표상된다. 민생단은 삶과 죽음, 동지와 적의 식별 (불)가능성이 뒤섞인 채 봉인된 기호인 것이다. 『밤은』에서 재현되는 마녀사냥 같은 민생단 색출과 즉결처형의 과정을 지켜보면, 민생단이 고정된 실체라기보다는 떠도는 유령에 가깝다는 인상을 어렵지 않게 받을 것이다. 민생단은 끝없이 미끄러지면서 그 의미의 정착이 계속 유예되는 글쓰기 자체의 속성과도 놀라울 정도로 닮아간다. 언어는 삶과 죽음을 가르고 결정짓는 생살여탈(生殺與奪)의 주권자가 된다. 여기서 '민생단'을 에브라임 사람들이 길르앗 사람들을 식별하고 처형할 때 쓰던 '쉽볼렛'과 같은 기호와 잠시 비교해봐도 좋을 것이다. 쉽볼렛은 구약성서 「사사기」 12장 6~7절의 에피소드에 등장한다. 에브라임의 과정과 전쟁중이던 길르앗의 과정이 요르단 강 반대편으로 피신하려는 에브라임의 과정에게 쉽볼렛(Schibboleth)을 발음해보라고 한다. 에브라임 사람들은 십볼렛(Scibboleth)이라고 발음하기 때문이다. 마침내 길르앗 사람들은 에브라임 사람들을 강 나루턱에서 모조리 죽이게 된다. 「사사기」에 실린 이 에피소드는 길르앗을 이끌었던 사사(士師, 판관)이자 영웅 입다의 장례식으로 끝난다. 이스라엘의 부족연맹을 건국신화의 일부로 편입시키기 위해 유대왕국의 역사가들이 이 참혹한 이야기를 각색했지만, 이 건국영웅담에서 피의 흔적조차 숨길 수는 없었던 것이다.[6]

원래 쉽볼렛은 물결, 강, 올리브 나뭇가지 등을 뜻하지만, 「사사기」에서는 본래의 의미가 중화된 채 국경을 넘어갈 수 있는/없는 일종의 암호, 미결정의 기표로 제시된다. 쉽볼렛/십볼렛이라는 피에 젖은 언어는 언어가 삶과 죽음을 결정하는 식별 (불)가능한 기호로 둔갑하는 극적인 사례다. "매일 열리는 군중대회에서 사람들은 보이지 않는 민생단 분자들을 향해 자복할 것을 쉼 없이 요구했다. 그건 어떤 의미에서는 간첩임을 자복할 것을 자신에게 요구한 것이나 마찬가지였다. 소비에트를 만든 것도 그들이었고 계속되는 토벌에 시달리는 것도 그들

6) 김진호, 「타인의 고통으로 지은 체제는 오래 지속된다고 해도 그 죽음의 냄새는 지워지지 않는다」, 당대비평 기획위원회 엮음, 『광장의 문화에서 현실의 정치로』, 산책자, 2008, 232쪽.

이었다. 하지만 그들 중에 민생단이 있느냐면 그것도 아니었다. 정황은 소비에트 안에 있는 모든 사람들이 민생단임을 가리키고 있는데, 정작 그들은 누구도 민생단이 아니었다. 군중대회가 되풀이되면 되풀이될수록 사람들은 점점 더 민생단을 찾아내지 않으면 자신이 미쳐갈 것이라는 사실을 깨닫게 됐다."(『밤은』, 201~202쪽) 인용문의 문장들에서 '민생단'이라는 기표가 어떻게 배치되고 작동되는지를 살펴보라. 민생단은 그 존재의 유무 여부와 지시라는 언어의 진술적(constative) 특징, 그리고 색출, 자백 등 언어의 수행적(performative) 특징 모두를 지닌 채 끊임없는 기표의 환유적 연쇄를 낳는다. 민생단은 보이지 않으면서도 보이고, 어랑촌 소비에트 단원들은 민생단이 아니면서도 민생단일 수 있다. 그들은 자백하면 민생단이 되고 혐의를 부인하더라도, 바로 혐의를 부인하기 때문에 더더욱 민생단이 된다. 주관적으로는 무죄이지만 객관적으로는 유죄인, 실존주의보다 더 부조리한 민생단 재판. 간도의 조선인 자치기구로 정의되는 민생단에 대한 담화는 혁명에 대한 배신과 일제에 대한 협력의 상징으로 의미가 변하다가, 마침내 도대체 그 실체가 모호해지고 이제는 어떤 의미화도 거부하면서 끝없이 미끄러진다. '민생단'은 의미의 닻을 내리지 못하고 떠돌아다니면서 한 사람의 살갗에 죽음의 표식을 찍은 다음 다른 사람의 살갗으로 미끄러지는 환유적 역할의 중심에 있다. 마침내 최후의 한 사람이 민생단원임을 자복하고 자신의 머리에 스스로 권총을 들이대기 전까지 계속. 민생단을 색출하는 일, 그것은 자신이 이성적 인간임을 증명하기 위해 점점 미쳐가는 일이며, 미치지 않기 위해 혁명과 인민, 역사의 이름 뒤에 숨는 일이다. 한편, 민생단은 생살여탈을 주관하는 기표의 시차다. "어디에서 바라보느냐에 따라서 민생단도 혁명가도 될 수 있었다."(『밤은』, 248쪽) 민생단원으로 지목된 자, 그/녀는 혁명단원이면서 배신자, 국제주의자면서 민족주의자, 독립투쟁을 하는 조선인

이면서 일제의 앞잡이가 된다. 누가 어떻게 보느냐에 따라 배신자이기도 하고 혁명투사이기도 한 이름. "1933년 여름, 유격구에 있던 조선인 공산주의자들은 누구인가? 하지만 이 물음의 정답은 없다. 그들은 조선혁명을 이루기 위해 중국혁명에 나선 이중 임무의 소유자들이었다. 그들은 중국 구국군이 일본군에게 패퇴한 뒤에도 끝까지 투쟁한 가장 견결하고 용맹스런 공산주의자이자 국제주의자였던 동시에, 한편으로 일단 민생단으로 몰리게 되면 제아무리 고문해도 절대로 자신의 정체를 밝히지 않던 일제의 앞잡이들이었다. 누구도, 심지어는 그들 자신도 자신의 정체를 알지 못했다. (……) 1933년 간도의 유격구에서 죽어간 조선인 공산주의자들, 그리고 간도의 조선인들은 그런 사람들이었다. 그들에게 객관주의란 없었다. 있는 것이라고는 오직 주관으로 결정되는 가혹한 세계뿐이었다."(『밤은』, 213쪽)

그렇게 식민지 조선의 뜻있는 청년들은 '만인에 대한 만인의 테러' 속에서 죽이고 죽어갔다. '민생단'이라는 기표는 사람의 신체들을 이리저리 옮겨 다니면서 누비고 마침내 혁명과 역사의 종말이라는 의미를 매듭진 다음, '간도의 조선인 자치기구'를 가리키는 역사의 평범한 화석으로 굳어진다. 누구는 그 과정에서 배신자임을 자백했고, 누구는 당과 역사의 이름으로 만세를 불렀으며, 또 누구는 다른 이들을 죽음으로 몰아넣었고 그런 자신도 또다른 누군가에 의해 처형되었다. 그런데 '있는 것이라고는 오직 주관으로 결정되는 가혹한 세계뿐이었'을까? 그랬을지도 모른다. 그들의 행위를 정당화시켜줄 객관성, 곧 박길룡이 저 천리봉 너머에 있다고 읊조리는 조선인들만을 위한 유토피아도, 인민의 대의한 의지도, 최후의 심판관을 자처할 역사라는 객관성이란 도대체 없었으니까. 그것들은 모조리 헛것이었으니까. 그러나 이 또한 역사가 아닐까. 만일 역사에서 이러한 폭력이 없었다면 유죄심판을 받을 자는 단 한 명도 없으리라. 민생단 즉결재판을 막고자 했던 국제공산주의자 박도만도 민생단 즉결재판을 감행했던 민족주의자 박길룡도 모두 옳을 것이다. 그러나 역사를 이러한 폭력만으로 간주하면 박도만도 박길룡도 단지 서로에게 총을 겨누는 미치광이들일 뿐이다. "역사의 우연성이 없다가 정치에서 죄 있는 자는 없을 것이고, 역사의 합리성이 없다가 단지 미치광이들만이 존재하게 된다."[7] 스탈린의 모스크바 혁명재판을 옹호했던 메를로 퐁티의 말은 잔인하게 들린다. 그러나 이 주관성의 세계를 무심히 응시하는 비정한 객관, 폭력의 우연성을 역사의 필연성으로 바꿔놓은 간교한 꼼수를 사람들은 일찌감치 역사라고 진절머리가 나도록 불러오지 않았던가.

애도와 우울

김연수의 『네가』와 『밤은』은 각각 1991년 5월의 분신정국과 1930년대 초반의 민생단 사건을 삶과 죽음의 곡예로 겪었던 청년들에 관한 이야기다. 그리고 역사적 배경의 시차에도 불구하고 모두 '애도의 서사'로 집약된다는 점에서 두 작품의 또다른 동시성이 있다. '나는 애도한다, 고로 나는 존재한다'(데리다)고 말하는 인물들이 있다면, 김연수 소설의 작중인물들이 바로 그들일 것이다.

먼저 이와 관련해서 『네가』에는 일견 '비극 속의 희극'처럼 보이는 부조리한 장면이 등장한다. 바로 '나'가 자신과 아무런 상관도 없는 사람들의 장례식장에서 문상객을 맞고 상주(喪主) 일을 도우면서 숙식을 해결하는 장면이 그것이다. 백골단으로 상징되던 공권력의 폭력과 그로 인한 강경대 학생의 죽음으로 촉발된 91년 5월의 투쟁이 수많은 분

7) 모리스 메를로 퐁티, 『휴머니즘과 폭력』, 박현모 외 2인 옮김, 문학과지성사, 2004, 84쪽.

신자살을 거치면서 불꽃을 점화하다가 유서 대필 사건, 총리에 대한 계란 투척 사건으로 인해 여론의 도덕적 지탄을 받는 등 수세에 몰리다가 마침내 한 줌 재로 소멸되었을 무렵인 초여름 어느 한때, 왜 '나'는 누구와도, 심지어 정민과도 만나지 않은 채 영안실에서 하릴없는 나날을 보냈던 것일까. 상주가 아니면서도 상주인 것처럼 행동하는 '나'의 이 말하지 못할 심정을 일단 우울증(melancholy)이라고 이름 붙여보자.

우리 시대의 비평과 철학은 애도와 우울증에 관한 수많은 프로이트적 분석의 여러 판본을 들려주면서도 가령 우울증이 슬픔을 극복하지 못한 자아의 망실 상태가 아니라, 자아의 전략으로 기능하는 조증(躁症, manic)이기도 하다는 프로이트의 언급에 대해서는 별말이 없다. 김연수의 소설은 91년 5월 전후의 정신적 상황이나 감정구조가 조증의 형태였음을 우선 서늘하게 진단한다. 91년 5월에 대한 김연수의 이번 소설이 이른바 후일담소설이 아닌 이유는 후일담소설을 감싸는 감정구조가 전형적으로 조증 형태의 우울증이었기 때문이다. 물론 김연수 혼자만 이런 생각을 한 건 아니다. 이미 같은 학번의 소설가 전성태 또한 뛰어난 단편 「연이 생각」에서 이를 '상주의식(喪主儀式)'이라고 정확하게 명명한 적이 있다.[8] 수많은 죽음들 앞에서 속수무책이었던 살아남은 자가 죽은 자들과 동일시함으로써 그들을 애도하는 한편 살아남은 자의 죄책감을 덜어내려고 하지만, 결국 더 깊은 우울 속으로 빠져들 수밖에 없는, 악순환 같더라도 불가피한 자기기만의 연출.

1991년 5월, 백골단과 최루탄이 난무하던 거리에 있었던 청년들을 감싸고 짓누른 상주의식, 또는 우울이라는 집단심리학의 정체는 무엇일까. 『네가』는 바로 "한 시대 전체가 느끼던 거대한 우울"(『네가』, 123쪽)

---

8) 전성태, 「연이 생각」, 『국경을 넘는 일』, 창비, 2005.

에서 조증을 예리하게 벼려낸다. "6월항쟁이 있었던 1987년부터 분신정국이 펼쳐졌던 1991년까지 4년에 걸쳐, 그동안의 한국사회를 완강하게 지탱해온 뭔가에 불길이 지펴지면서 그 불꽃이 화려하게 타올랐다가 장엄한 모습 그대로 몰락해"(『네가』, 47쪽)가던 사태를 두고 당시에 어떤 말들이 오갔던가. 미디어는 재빨리 공산주의적 세계관의 몰락이라고 했고, 누구는 포스트모더니즘이라고 했으며, 또 누구는 배신이라고 패배라고 또 누구는 승리라고 했다. 어떤 사이비 헤겔주의자는 '역사의 종말'을 선언하면서 "그 죽음을 입도선매하려"(『네가』, 48쪽)들기도 했다. 조증이란 바로 상실과 몰락을 인정하지 못하고 그것을 입도선매(立稻先賣)하려는 방식으로 전유하려드는 우울증의 또다른 이름이다. 프로이트의 설명을 빌리면, 조증은 대상의 상실로 인해 우울증이 억누르고 있던 대상리비도를 정반대 방향으로 재빨리 전환시키면서 새로운 대상에 미친 듯이 매달리고 자신이 우울증의 고통으로부터 해방되었음을 자랑스레 떠벌리지만, 바로 그렇게 회피하는 방식으로 죽음과 상실과 몰락을 더욱 깊이 앓는 것이다. 그렇다면 공산주의가 몰락했다고 자축하던 시장자본주의나 자유민주주의도 이러한 조증에서 결코 벗어날 수는 없었겠다. 어떻게 말하면 91년 5월의 분신정국 전후를 감싼 집단우울증은 그 상실과 몰락과 죽음을 점화한 마지막 불꽃이자, 다시는 타오르지 못할 재였을 것이다. 91년 5월의 투쟁, 그것은 당시까지 시대가 앓던 우울증, 곧 상실감과 죽음을 처절하게 깨닫는 과정인 동시에 그런 상실에 대한 격렬한 부인의 마지막 제스처였을지도 모른다. 한편, 시대의 우울증은 『네가』에서 91년 5월을 겪은 '나'의 우울증과 맞물리면서 구체화된 살의 감각을 얻는다.

『네가』에서 '나'의 우울증은 먼저 "그 누구라도 그 어느 곳에서 죽을 수 있었기 때문에 살아남았다는 사실"이 "죽음보다 더 우연적인 것처럼 보였"던(『네가』, 121쪽) 91년 5월 당시, 뭐라고 말할 수 없는 '나'의 심정을 다른 누군가가 차라리 대신하고 덜어주지 않으면 도저히 견디기 힘들었을 마음 상태이겠다. 분신자살이든 공권력의 무자비한 집행의 결과로서의 타살이든 일련의 죽음들이 마치 나의 죽음처럼 느껴지지만, 그 죽음은 아무리 발버둥치더라도 결국 나의 죽음이 아닌 타인의 죽음이다. 이 뼈저린 느낌은 곧이어 나만 살아남았다는 죄책감으로 이어진다. 그럼 대신 울어주는 곡비(哭婢)든 남의 장례식이든 그런 나를 견디도록 만들거나 나의 죄책감을 덜 수 있는 기회만 주어진다면 그 어떤 것이라도 상관없다. 우울은 상실의 늪에 빠져 있거나 타인의 부재로 생긴 자아 망실감이 아니다. 우울은 타인의 슬픔을 빌려 도피하고 그에 의존해야 견딜 수 있는 자아의 심적 현실이다. 우울은 타인의 죽음에 대한 자아의 죄책감을 덜어줄 '상주'임을 연기해야 나를 지탱할 수 있다고 믿는 자아의 전략과 무관하지 않다. 문상객들이 애도할 때, 그 애도는 상주를 향한 것이면서도 한편으로는 장례식장에 있는 불특정 다수를 향한 것이기도 해서, 그중 한 명인 나는 잠시 죽은 자의 역할을 떠맡을 수 있게 된다. 나는 타인을 대신해 죽지 못했던 죄책감을 '타인의 죽음은 곧 나의 죽음'이라는 상상으로 대치한 것이다. 그리하여 나는 나의 '죽음을 살아갈' 애도의 장소를 임대하는 상주가 된다. 내가 나 자신의 상주라니! 그래야 타인의 죽음에 대한 죄책감을 조금이나마 덜 수 있기에. 또 결국 그렇다고 믿어야 편해지기에. 다시 「연이 생각」의 한 구절을 빌리면, 그 안도감은 "죽음의 이름으로 얻어지는 휴가증"[9]이다. 우울증이란 그런 휴가증이다. '역사로부터의 휴가'라는 담론이든, 91년 5월 이후 사람들이 황지우의 시구대로 '대뇌(大腦)의 언어가 아닌 성기(性器)의 언어'로 '갑자기' 말하는 사태 모두 조증의 다른 변종에 불과할지도 모른다. 그리고 이 과정 일체야말

9) 전성태, 「연이 생각」, 116쪽.

로 바로 우울증의 진정한 전략이자 실체이다.

『밤은』에서 '나'에게 처음 찾아온 우울증은 사랑하던 정희의 죽음에서 비롯된 것이기도 하지만, 정희의 죽음을 둘러싼 현실의 거대한 베일과 음모가 벗겨지는 과정 속에서 '나'가 받은 충격과 더욱 관련이 있어 보인다. 곧 정희가 박타이(박길룡)의 프락치 활동에 연루된 박타이의 애인이자, 토벌대의 공격에 관한 정보를 빼내려고 '나'의 친구이자 일본군 장교였던 나카지마 타츠키에게 접근한 스파이였으며, 그 과정에서 정희와 나와의 만남과 사랑이 나카지마에 접근하고자 한 일련의 계획 중 하나였음을 감당할 수 없었던 데서 온 것이기도 하다. '나'는 이정희가 자살했다고 하는 나무에 목을 매달아 죽고자 하지만, 마침 그 곁을 지나던 팔가자 경성사진관의 송노인 등에 의해 구출되어 결국 살아남게 된다. 정희의 죽음 이후, 만철 측량기사직을 그만두고 아편에 취하거나 매음굴을 찾아다니고 자살을 감행하는 '나'의 행태, 그 이후에도 '나'에게 찾아온 실어증에서 우리는 '나'가 정희를 잃은 상실감의 다른 이름이 우울증이었음을 알게 된다. 그리고 이 우울증은 곧 극복되는 듯하다. 팔가자 사진관에서 사진현상 일을 돕는 등 허드렛일을 하면서 머물던 어느 날, 자신이 인화한 사진을 보고 이른바 진실이 "음화와 양화, 두 세계에 동시에 걸쳐"(『밤은』, 126쪽) 있음을 깨달았을 때, 화자는 이렇게 말한다. "거기까지 생각이 미치는 순간, 나는 지난가을의 고통을 완전히 치유받았다."(같은 쪽) 뒤이어 그 상실감은 정희에 대한 그리움 정도로 객관화된 것처럼 보인다. "일본군의 제1차 대토벌은 내가 용정에 도착하던 1932년 봄에 시작해 내가 정희의 죽음으로 받은 상처를 모두 치유한 1933년 3월에 끝났다."(『밤은』, 151쪽) 방금 읽은 문장은 '내가 정희의 죽음으로 받은 상처를 치유한 때는 일본군의 제1차 토벌이 끝난 1933년 3월 무렵이었다' 정도의 문장이 전치된 형태일 것이다. 자신의 트라우마를 잊으려는 주관적 노력을 객관적 사건에 끼워 넣으면서 마치 치유가 완료된 것인 양 위장시켰다고나 할까.

'나'의 말과 달리, '나'는 정말 정희를 잃은 상실감을 '치유'했다고 말할 수 있을까. 경성사진관 사람들과 함께 보내면서 일상의 행복을 깨닫고 여옥과 비밀스럽게 만나면서 천연덕스럽게 농담을 주고받는 모습의 '나'는 망자에 대한 애도를 마치고 새로운 삶을 받아들이기로 한 회복기 환자처럼 보인다. 그러나 소설의 실제 정황은 '나'가 겪었던 상실이 다만 잠복기간이 계속되었을 뿐임을 알려주는 것 같다. 여옥과의 새로운 만남으로 다른 사랑에 눈뜨고 사진관 사람들과 보내던 소박한 시간 속에서 삶의 기력을 회복하는 '나'의 모습은 정희의 죽음이라는 트라우마에 대한 치유의 조짐이라기보다는 그에 대한 의도적인 망각의 결과로 읽힌다. 팔가자 사진관 사람들의 정체가 소비에트의 일원임을 우연히 알게 된 계기로 '나'는 여옥 언니의 가짜 결혼식으로 위장한 물자조달을 위해 사진관 사람들과 함께 유정촌에 도착하지만, 일본군 토벌대의 공격을 받아 여옥과 자신을 제외하고 모두 몰살당하는 끔찍한 사건을 겪는다. 복수심에 사로잡힌 '나'는 어랑촌 소비에트의 유격구 대원으로 훈련받으면서 공산주의자 박도만 등과 만나게 되는데, 그때 '나'는 정희를 둘러싼 무수한 이야기들과 또다시 조우하게 된다. 이런 일련의 과정에서 정희의 자살이 민생단 혐의를 지니고 있는 박길룡 등이 위장한 타살임을 알게 되면서 정희의 죽음이라는 '나'의 트라우마가 재발한다고 우리는 추측할 수 있다. 그리고 정희가 살해당한 사실을 알고 난 후, 정희의 죽음을 처음 알린 최도식을 정희의 살해공모자로 간주하고 복수를 감행하려다 그만둔 다음, 영국더기에 앉아 정희의 편지를 읽는 소설 마지막 장면의 주인공의 모습을 상기해보면, 주인공이 정희의 죽음을 극복한 적이 소설 전체에 걸쳐 한 번도 없어 보인다는 인상을 준다. 유정촌 토벌공격 이후 분노와 복수심에 사로잡혀 총을 들게 되고 공산주의자로 훈련을 받는 한편으로 반민생단 숙청에 깊숙이 관여하는 등 '나'는 정희의 죽음에 사로잡혀 지내던 이전의 '나'와는 확실히 다르게 보이더라도.

정희의 죽음에 대한 복수를 하겠다고 '나'가 최도식을 찾아가는 일이 소설의 결말에 배치되어 있어 그때까지의 '나'의 복수심과 분노 일체는 사랑하던 정희의 죽음에 대한 복수에서 비롯되었다는 인상마저 준다. 내러티브 결말의 관점에서 돌이켜볼 때, '나'는 정희를 잊은 적이 단 한 번도 없는 것이다. 물론 이렇게 소급적인 관점을 지나치게 강조하다보면 반민생단 투쟁과 같은 역사적 사건은 다만 정희의 죽음에 대한 '나'의 복수심을 해소하기 위해 등장시킨 소설적 장치로 강등되어 읽히고 만다. 이렇게 읽을 수는 없다. 팔가자 사진관 사람들의 몰살, 반민생단 투쟁 와중에 겪은 동지들의 숱한 죽음이 어떤 경우 정희의 죽음보다 더 트라우마적일 수도 있기 때문이다. 그렇지만 소설은 그런 식으로 그리지 않으며, 또 그것이 김연수가 생각하는 소설의 역할이기도 하다. 정희의 죽음이 그녀와 함께했던 충만한 '나'의 삶을 근본적으로 조각낸 것이라면, 사건의 객관적 경중을 놓고 볼 때 팔가자 사진관 사람들의 몰살이나 소비에트 동지들의 죽음이 소설에서 정희의 죽음보다 더 비중 있게 취급될 만한 사건일 수 있더라도, 그 사건들이 정희를 잃은 '나'의 근원적 트라우마보다 반드시 더 큰 상실로 그려져야 할 의무는 없다. 그보다는 숱한 사건과 죽음을 목도하고 겪어나가면서 '나'가 정희의 죽음이라는 트라우마를 분노와 복수심으로 전치시켰다고 해석하는 편이 보다 나을 것이다.

『네가』와 『밤은』은 내러티브 순서로 볼 때, 존재의 충만한 경험인 사랑이 있었고 마치 그것의 상실이 뒤따른 것처럼 이야기를 전개해가고 있다. 『네가』에서 '나'와 정민의 사랑, 『밤은』에서 '나'와 정희의 사랑이 있었고, 이어 그 사랑 이야기가 각각 91년 5월의 분신정국과 민생단 사건과 맞물리면서 점점 상실의 이야기로 바뀌어가는 것처럼 설정되어 있다. 물론 '나'와 정민의 사랑은 소설이 끝날 때까지 지켜지고, '나'는 정희를 잃었지만 그녀를 결코 잊지 않았다는 데서 어쩌면 사랑의 상실이란 두 소설에서 없다고 말해도 무방하다. 이른바 연애소설로 읽으면, 두 소설 모두 '태초에 사랑이 있었다'고 말한다. 그렇지만 이 명제는 두 이야기를 다 읽고 난 후에야 우리가 마지막으로 확인하는 진실이며, 작가가 독자들에게 정말 들려주고 싶었던 결말이기도 하다. 이야기의 끝에 사랑이 있다! 한편으로 이 두 소설은 뭔가를 잃어버리고 난 후 진짜 삶을 깨닫고 성숙해가는 자들의 이야기이기도 하다. 이른바 교양소설로 읽으면, 두 소설 모두 '태초에 상실이 있었다'고 말한다. 이야기의 시작에 상실이 있다! 이야기하기, 곧 내러티브의 관점에서 흥미로운 것은 후자다.

애도의 서사에서 트라우마는 그로부터 회복되기 위해 이야기를 추동시키는 공백이자 이야기를 제자리에 계속 붙들어놓는 고착이기도 하다. 공백과 고착은 내러티브의 행위에서 하나의 벡터를 그린다. 이야기가 정면으로 대면하고 싶지 않은 트라우마에 대해서는 의도적인 검열과 삭제를 가하기도 하며, 또 이야기 자체가 트라우마 속으로 깊이 침잠하여 머물기도 한다. 마치 정신분석에서 전이(transference)처럼 서술자는 역사의 흉터를 간직한 인물들과 동일시하면서 그들의 이야기 속으로 침잠해 내려가는 한편으로, 이러한 전이과정에서 끔찍한 것과 대면하기를 회피하고 다른 전략을 고안해 그로부터 멀리 도망가기도 한다. 그래서 프로이트는 "억압과 다른 방어방법과의 관계는 삭제와 텍스트 왜곡의 관계와 같다"고 말했던 것이다.[10] 이렇게 볼 때, 애도의 서사로서 소설의 성패 여부는 서사화를 통해 과거의 상처와 흉터를 그럴듯하게 치유하는 데 있는 것이 아니라, 상처, 흉터를 정면으로

10) 지그문트 프로이트, 「끝낼 수 있는 분석과 끝낼 수 없는 분석」, 『끝낼 수 있는 분석과 끝낼 수 없는 분석』, 이덕하 옮김, 도서출판*b*, 2004, 352쪽.

응시할 수 있는지에 달려 있다고도 할 수 있겠다.

김연수의 이번 소설들은 그 오랜 눈멂의 방황 속에서 비로소 눈멂을 깨닫게 된 자, 긴긴 애도를 통해 애증의 대상과 마침내 결별한 자, 상처에서 회복되는 환자의 이야기다. 김연수의 소설은 바로 애도의, 치유에 대한 이야기다. 상처의 회복, 우울증의 극복과 관련되어 사용되는 '치유'라는 어휘는 『네가』에도 나온다. "모든 이야기는 저마다 한 가지씩 교훈을 지녀 듣는 사람의 마음을 치유하게 되는 듯 여겨졌다."(『네가』, 81쪽) 이야기 자체가 치유의 과정인 것이다. 그렇지만 생각보다 그리 간단치는 않아 보인다. 방금 읽은 문장이 그렇듯이, 작가 자신도 이야기=치유라는 등식에 대해 결코 확신 어린 태도로 말하지는 않기 때문이다.

그런데 '나는 치유되었다'는 진술과 김연수의 소설이 실제 결말을 맺는 방식은, 마치 발화와 발화행위의 구분처럼 종종 어긋난다. 그럼에도 두 장편소설 모두 치유, 화해의 결말을 의도적으로 내세운다. 김연수가 두 편의 장편을 통해 말하려고 한 사랑이나 화해, 용서 등이 혹시 결말을 잘 매듭짓기 위한 최면술은 아닐까. 분석과정에서 환자가 분석가에 품을 수 있는 '전이사랑'이 종종 최면과 같은 인공적 조작의 결과로 발생할 경우가 많다는 것은 정신분석이 알려주는 진실이다. 그러기에 사랑조차 어떤 경우에는 치료의 해법이 아닌 방해로 작동하기도 한다. 『밤은』에서 '나'를 취조하는 총영사관 조사반의 사토 나카도시는 마치 분석가처럼 말한다. 정희에 대한 '나'의 사랑은 자발적 의지처럼 보이더라도 "누군가의 치밀한 계획"(『밤은』, 66쪽)에 의해 조작된 것이라고. 인정하고 싶지 않더라도 이 잔인한 농담과도 같은 진실을 깨닫는 데서부터 세상살이의 모진 풍랑은 시작된다. 눈멂은 소설의 주인공을 포함해서 거대한 역사의 물결 속으로 휩쓸려드는 작중인물들을 사로잡는 생각과 정념, 행동에만 국한되지 않는다. 눈멂이 최면이라면, 사랑도 예외는 아니다.

정반합

우리는 김연수의 장편소설에서 눈멂의 초상화를 일종의 '시차'로 읽으면서 그것이 언어와 기호, 아카이브와 폭력 등으로 점차 확대되어가는 과정을 확인했는데, 이 과정은 『네가』와 『밤은』이 서로를 마주 보는 시차에도 똑같이 해당된다. 『네가』와 『밤은』 사이에도 시차적 긴장이 있다는 말이다. 물론 이때 시차는 시간적 차이(時差)면서 두 작품이 서로를 각자의 관점으로부터 마주 보는 데서 발생하는 시차(視差)이기도 하다. 먼저, 두 작품 모두 문학계간지에 연재되었지만 단행본으로 출간된 시기는 『네가』가 『밤은』보다 빠르다. 『네가』의 경우 연재본이나 단행본 사이에 큰 차이가 없다. 예를 들어 그 차이는 예컨대 연재본의 첫 장에서 주인공 '나'가 귀국행 비행기를 기다리는 공항의 명칭이 나타나 있지 않지만, 단행본에서 '프랑크푸르트'로 명시된 정도의 차이다. 그러나 『밤은』은 다르다. 작품이 처음 연재되던 2004년도와 단행본으로 출간된 때인 2008년도 사이에는 4년의 시차가 있으며, 작가가 연재본을 대폭 개작하면서 작품의 원래 성격마저 질적으로 변경시키고 있다.

확연한 차이로 우선 눈에 들어오는 것은 김해연이 정희의 죽음을 알린 최도식이 정희의 살해자 중 한 명임을 알고 복수를 하러 갔다가 포기한 후, 오래전 최도식과 처음 대면했을 때 그로부터 건네받은 정희의 편지를 읽는 장면이다. 그리고 편지 전문이 작품의 마지막 부분에 공개되어 있다. 연재본에서 정희는 '나'에게 다만 "당신만을 사랑해요. 미안해요. 지금 당장 피하세요"(「밤은」 1회, 177쪽)라는 쪽지만을 남기는 것으로 되어 있지만, 단행본에서 그것은 한 편의 간곡한 연애편지로 확대된다. 말하자면, 연재본에서 특별히 강하게 부각되지 않았던 사랑이라는 주제가 전면적으로 확대되어 단행본의 시작과 결말을 감싸게 된 것이다. 김연수는 『밤은』 단행본의 「작가의 말」에서 이 사정을 길게 털어놓는다. 그리고 여기에는 2008년 5월 31일의 촛불시위라는 정치적 사건이 가로놓여 있다. 「작가의 말」에는 이 정치적 사건이 김연수로 하여금 『밤은』 연재본의 결말을 고치게 만든 동기가 되었다고 적혀 있다. 이 후기를 곧이곧대로 읽는다면 정치적 사건이 내러티브에 개입하여 어떤 변형을 가한 셈이다. 김연수의 설명에서 그 변화는 김해연이 이정희를 죽인 최도식에 대한 복수를 포기한 것이다. 김연수는 적는다. "당장 내 눈앞에서 정의가 이뤄지지 않더라도 좋다."(「작가의 말」, 『밤은』, 345쪽) 그러나 이 대목을 작가의 의도 그대로 읽기엔 좀 난감하다. 복수와 정의에 대한 작가의 언표와 텍스트의 실제 결말을 비교해볼 경우, 그 둘의 차이는 확연해진다. 정치적 개입이 내러티브의 결말을 구부러지게 했다는 설명은 소설을 끝맺는 방식에 대한 작가의 알리바이처럼 보인다. 오히려 작가는 『네가』를 쓰면서 『밤은』의 연재본을 수정할 결정적 가능성을 얻었던 것 같다.

『네가』와 『밤은』 모두 화해를 무대화하는 방식으로 끝(ending)을 맺는다는 데서 공통점이 있다. 『네가』 편에서 단행본 『밤은』을 바라봐야 하며, 연재본 『밤은』에서 『네가』를 바라봐야 한다는 말이다. 그렇게 해야 연재본과 단행본 『밤은』의 시차가 분명해진다. 이것은 관점의 이동의 결과이지만, 사실 김연수가 종종 인용하는 유물변증법의 ABC인 정반합(正反合)의 테제이기도 하다. 정반합에서 합은 정과 반, 주인과 노예의 투쟁 속에서 반/노예가 정/주인을 지양한 결과로 보통 알려져 있다. 그러나 유물변증법의 또다른 전통, 예컨대 아도르노 같은 철학자는 『부정변증법』에서 변증법의 합을 정의 반에 대한 지양으로서의 합이 아니라, 합을 정의 반에 대한 관점이동으로도 정의한다. 이 변증법의 논리를 잠시 채택해보겠다. 즉 합은 반이지만, 정을 지양한 반 그 자체에 대한 관점이동인 반으로 읽어야 한다. 변증법의 합이 있다면 바로 그 관점이동이며, 우리가 앞서 시차로 불렀던 것이기도 하다. 『밤은』 편에서 보면, 『네가』는 『밤은』의 연재본을 단행본으로, 이른바 질적으로 변하게 만드는 매개체이며, 그런 매개 덕분으로 단행본 『밤은』은 연재본 『밤은』에 대한 관점이동의 결과로 정립된다. 그러니까 우리는 정반합 덕택으로 세 편의 소설을 얻게 된다. 1)연재본 『밤은』, 2)『네가』, 그리고 3)단행본 『밤은』.

이러한 변증법적 정반합, 관점이동의 한 예로, 우리는 『밤은』의 대단원 부분의 시점이동을 살펴볼 것이다. 「1941년 8월 용정」이라는 제목이 붙어 있는 『밤은』의 결말은 '나'가 어랑촌 유격구에서 박길룡을 사살하고 난 후 약 8년이 지난 시점에서 시작한다. 『밤은』 연재본에서 '나'는 단행본에서 '그'로 바뀐다는 것을 일단 지적하자. 아마도 작가는 결말에 이르러서야 '나'를 좀더 객관적인 관점에서 바라볼 필요와 여유를 얻었을 것이다. 그러나 이 시점이동에 대해서는 생각해봐야 할 문제가 여전히 남아 있다. 『밤은』 연재본에서의 '나'는 단행본에서는 '그'로 바뀌었지만, 단행본의 '그'를 '나'로 바꿔 읽어도 상관없다. 즉 여전히 일인칭이라는 말이다. 롤랑 바르트는 삼인칭을 일인칭으로 옮겨 썼을 때 일인칭으로 읽는 것이 가능하면, 그 소설의 시점은 삼인칭이 아닌 일인칭이라고 말했다.[11] 작가는 『밤은』 연재본을 수정하면서 결말에 시점이동을 시도했지만, 사실상 시점의 전환을 이뤄낸 것은 아니라는 말이다.

작가는 시점이동 대신에 대략 세 가지의 토포스를 덧붙이는 방식으

11) 롤랑 바르트, 「이야기의 구조적 분석 입문」, 『구조주의와 문학비평』, 김치수 편역, 홍성사, 1980, 125~126쪽.

로 시점이동을 대체한다. 그래서 시점이동을 제외하고 확인되는 연재본과 단행본 결말의 뚜렷한 차이는 이렇다. 첫째, 김해연의 아내. 김해연('그')이 최도식을 만날까 망설일 때, "아내는 가지 말라고"(『밤은』, 315쪽) 충고했다. 연재본에는 아내에 대한 언급이 없다. 둘째, 최도식의 아들들. 단행본에는 "아직 열 살도 넘지 않은 게 분명한, 최도식의 아들들"(317쪽)이 아비인 최도식을 마중 나오는 장면이 있지만, 연재본에서 아이들은 비 때문에 집 안에 있다. 셋째, 복수와 화해. "혁명의 배신자"에게 "응당한 대접을 내가 해주리다"(같은 쪽)라고 하면서 김해연은 주머니에서 뭔가를 꺼내려 했으며, 이에 최도식은 타고 있던 자전거에서 쓰러지고 만다. 연재본에서 '나'가 최도식을 만난 이유는 단지 정희의 자살/타살 여부를 확인하기 위해서다. 개작에서 유추할 수 있는 바는 분명, 복수의 포기와 화해의 메시지다. 여전히 "중국 공산당원"으로 "지하활동"을 해온 김해연이지만(같은 쪽), 그는 오히려 여옥으로 추정되는 한 여자의 지아비의 모습에 가까우며, 김해연이 지아비인 것처럼 최도식 역시 두 아들들의 아비에 가깝다. 김해연은 최도식에게 복수하려다가 "세 부자가" "비를 맞으며 엉거주춤 서" 있는(318쪽) 광경을 보고 그만두게 된다. 복수의 포기는 작가가 말했듯이, 『네가』를 통해 얻은 우회적 대답의 결과이기도 하다. 그럼 『네가』에서의 어떤 인식과 세계관의 전환이 『밤은』의 내러티브를 종결하는 방식을 바꾸도록 이끌었는가. 그 비밀은 바로, 사랑이겠다.

사랑과 점성술

서술자가 『네가』에서 별자리의 은유를 빌려 무수한 '나(Self)'와 무수한 이야기(Story), 그리고 '나'와 또다른 무수한 '나'가 주고받는 신호(Signal)에 대해 말하는 수많은 대목들은 사랑에 관한, 만남에 관한, 소설에 관한 있을 수 있는 아름다운 앙상블이다. 별자리의 앙상블은 사랑과 만남, 소설에 대한 정의를 상기시키기에 특별히 부족함이 없어 보인다. 이 별자리의 은유를 벤야민이 진리의 이념을 파악하는 방법으로 제시한 '성좌(constellation)'로 읽는 김형중의 유추와 해석[12]은 여기서 잠시 참조해야 할 사항이다. 벤야민의 성좌가 진리의 계시에 대한 유비(analogy)로 등장한 것이니만큼, 성좌의 비유는 먼저 소설에 대한 유비가 될 수 있겠다. 성좌가 철학에서 '진리란 무엇인가'라는 질문과 관련되어 있다면, 소설에서 성좌는 '소설이란 무엇인가'라는 질문과 분리될 수 없다. 별 하나하나는 각각의 이야기가 되겠고, 무질서하게 모여 있는 별들은 저마다의 별자리로 존재한다. 소설은 각 개별자들의 이야기의 총합이지만 어떤 총체성을 지향하는 종합은 아니다. 이것이 별을 나침반 삼아 길을 가던 행복한 시절의 총체성은 아니더라도 김연수가 별자리를 짚어가며 상상한 새롭고 다른 방식의 '소설의 이론'임은 분명하다.

이야기의 이념, 그런 것이 있다면 김연수에게 소설의 이데아는 서로 다른 이야기들이, 심지어 "삼등급의 별"(『네가』, 113쪽)이라 할지라도, 동등한 품격과 지위를 지녀 어느 하나가 다른 하나로 환원될 수 없는 저마다의 가치의 불빛으로 빛나야 한다는 전제에서 출발한다. 그러나 작가가 도달한 곳은 벤야민의 '성좌'라기보다는 칼 세이건의 '코스모스'가 아닐까. 벤야민은 이념적 세계를 직관을 통해 도달할 수 있다고 믿는 예지계, 즉 지적 직관을 통해 진리를 파악할 수 있다고 믿었던 형이상학에 대한 칸트의 비판적 유산을 물려받는다. 벤야민은 이념들은 오직 개념들의 성좌, 배치에 의해 언뜻 번쩍 타올랐다가 이내 어둠 속

12) 김형중, 「단 한 권의 책」, 『문학동네』 2007년 겨울호 참조.

으로 잠겨버리는 별들 간의 절대 좁혀질 수 없는 거리, 시차로 파악하고 있다. 벤야민이 칸트로부터 물려받은 교훈은 진리의 예지계는 직접적으로 파악될 수 있다는, 직접적 지(知)에 대한 믿음이야말로 독단적이라는 것이다. 각각의 별 또한 다른 별과 절대적으로 독립되고 불연속적이며 고유하게 존재해야 한다는 것 역시 벤야민의 성좌에서 유의해야 할 인식론적 전제다. "각각이 별들인 한 그들은 서로에 연결되어 있다. 그러나 어떤 특정한 하늘에 태양처럼 걸려 있는 별은 어떤 비교도 면제받고 있다. 이런 태양을 헛되이 다른 태양들과 동일화하려들지 모르지만 이 태양을 한 번의 호흡 속에서 다른 태양들과 함께 묶어 생각하는 것은 불가능하다. 이념들은, 아무리 다양하고 불연속적일지라도, 자신의 너머에 어떤 유추 가능한 지점, 또는 별들의 공존과 비슷한 그들의 공존을 포착할 수 있는 지점도 제공하지 않는다. 어떤 하나의 이념을 철학적으로 노출시키는 것은 그 빛으로써 다른 것들을 가려버린다."[13)]

제임슨처럼 말하지 않더라도 김연수가 별자리에 관한 논의를 '인용'한 책이 칼 세이건의 『코스모스』라는 점은 흥미롭다. 벤야민은 어디선가 인용은 글이라는 대로에 갑자기 뛰어든 노상강도와 같다고 말한 적이 있다. 이 말은 인용이 텍스트의 흐름을 중지시키고 맥락에서 떼어놓는 난폭한 단절이라는 뜻이다. 그러나 김연수의 '인용'은 불연속과 단절을 꾀하기보다는 자신이 하려는 이야기에 대한 그럴듯한 보충에 가까울 경우가 더 많다. 그리고 거기에는 존재는 저마다의 이유로 존재하고 또 서로 연결되어 있다는 '존재의 대사슬(The Great Chain of Being)'과 같은 믿음이 놓여 있다. 『코스모스』는 우주의 별들은 저마다의 존재이유가 있으며, 우주는 무용하지 않을 공간이기에 어떤 행

13) 프레드릭 제임슨, 『후기 마르크스주의』, 김유동 옮김, 한길사, 2000, 149쪽. 중략 표시 없이 인용했다.

성에는 우리와 같은 생명체가 살고 있으리라는 믿음이 주조를 이룬다. 이 책은 과학적으로 경이롭지만, 그만큼 종교적인 믿음으로 가득 차 있다(칼 세이건의 SF 『콘택트』(1985)를 영화화한 〈콘택트〉(1997)를 보라. 종교와 테크놀로지의 결합을 미국적 삶의 원리로 선전한 영화가 아닌가). 칼 세이건과 김연수의 천문학은 여기서 지동설보다는 천동설에 가까우며, 성좌의 인식론보다는 점성술을 더 많이 닮았다. 우주를 조망하는 중심으로 에고를 몰래 들여오기 때문이다. 그러나 우주는 별자리를 조망할 고정된 시점을 제공하지 않는 카오스이기도 하다. 각각의 별은 저마다 카오스를 품은 채 우주에서 절대적으로 고립되어 있으며, 그러기에 더 고독하며 각별한 존재이지 않을까.

때로는 옆에서 지켜보는 사람이 도리어 민망해질 정도로 작가는 사랑찬가를 계속 부른다. 사랑만이 구원이며 해답이라는 것이다. 아무래도 좋다. 그러나 비슷한 또래, 친구이자 연인이며, 오누이 같은 이들의 연애가 삼라만상을 움직이고 이야기를 생성시키는 원리가 되기엔 소설에서 둘만의 사랑으로 감당키 힘든 사건들이 너무 많이 일어나는 것은 아닌가. 사랑은 여기서 자신도 모르게 독단론에 접근한다. 사랑이 독단적이라는 뜻이 아니다. 사랑에 대한 확신에 찬 어떤 담화가 때론 독단적일 수도 있다는 얘기다. 예를 들면, 이런 대목들. "나의 결론은 그에게도 사랑하는 사람이 있었다면 모든 게 달라졌으리라는 것이었다. 사랑은 입술이고 라디오고 거대한 책이므로, 사랑을 통해 세상의 모든 것들이 내게 말을 건네므로. 그리고 이 세상 모든 것들이 그 입술을 빌려 하는 말은, 바로 지금 여기가 내가 살아가야 할 세계라는 것이므로. 그리하여 우리는 이 세계의 모든 것들과 아름답게, 이토록 아름답게 연결되므로. 그저 바라보는 것만으로는 만족할 수 없으니 사랑에는 아무런 목적이 없다는 것을, 오직 존재하는 것은 서로 닿는 입술의, 그 손길의, 살갗의, 그 몸의 움직임뿐이라는 것을 그도 알았더라면."

(『네가』, 94쪽) 삼촌에 대해 서술자가 하는 말치고는 꽤 얄밉게 들리지 않는가. 김연수의 사랑찬가의 살가운 문장들이 이 대목에서조차도 이기적으로 느껴지지 않는다면, 그/녀는 어찌해볼 수 없이 사랑에 눈먼 자라고 인정해줄 수밖에 없겠다. 그러나 정민 삼촌의 삶에 대한 이런 식의 서술은 삼촌이 실제로 겪어야 했던 비극을 봉합하는 결과를 가져오지는 않는가. 사랑조차 고립의 두려움에 대한 회피의 결과는 아닌가. 인용문은 마치 '나'나 정민과 달리 사랑을 경험하지 못해 정민 삼촌의 인생이 그렇게 비극적인 것이 되었다고 말하는 것처럼 보인다. 그러나 마이산을 토마스 만의 '마의 산'이라고 부르거나 『코스모스』를 출판한 코넬 대학의 소재지 이타카에서 오디세우스의 고향을 떠올리는 이십대 초반의, 어떤 면에서는 아직은 어수룩해 보이는 문청(文靑)들이 유폐의 삶을 살다가 외롭게 죽어간 자에게 이렇게 말해도 좋을지는 의문이다. 여기서 작가가 말하는 사랑은 프로이트가 모든 우연적인 사건을 자아에 대한 필연적인 계시와 의미 일체로 환원하는 것, 곧 '사고의 전능함'으로 불렀던 애니미즘에 아슬아슬하게 근접한다. 사랑은 과학을 필요로 하지, 애니미즘을 필요로 하지 않는다. 사랑은 저마다 결핍과 고독을 앓는 자들이 맞잡는 손이겠지만, 결핍과 고독이 두려워 맞잡는 손은 아닐 것이다. 사랑하는 사람은 별자리 안에 잘 배치되어 빛나는 별보다는 우주공간을 혼자 떠돌아다니는 운석을, 사랑은 그 운석의 충돌을 더 닮지 않았을까. 작가의 사랑찬가는 조금 더 세공되어야 하는 것은 아닐까.

더군다나 '나'와 정민의 사랑, 그리고 사랑과 이어지는 감각과 향유의 경험은 공적인 역할과 연기에서 물러나는 것으로, 심지어 그것에 혐의를 두는 방식으로 다소 편향되게 가치가 부여된 감이 없지 않다. 물론 토요일의 경험, 곧 주말에서야 비로소 바지 대신 치마를 입을 수 있거나 맨얼굴 대신 화장을 한 연인의 얼굴을 볼 수 있는 사적인 체험이 소중하지 않다는 말이 아니다. 그때 느낄 수 있는 몸의 섬세한 감각이야말로 타인의 말을 진정 듣고 이해하는 소통의 원천이기 때문이다. 작가도 이 경험을 각별히 강조한다. 『밤은』 단행본에 추가된 장면에서 정희도 '나'에게 일요일은 일주일 동안 기다린 것치고는 너무 바쁘고 빨리 지나가버린다며 못내 아쉬워한다(『밤은』, 33쪽). 물론 김연수 소설에서 공적인 삶, 내러티브 만들기에 대한 회의는 이길용/강시우의 내러티브, '그 누구의 슬픔도 아닌'이라는 비디오테이프의 내러티브를 재생하는 데서 가장 잘 나타나 있다. 안기부 요원들에 의해 조작되고 짜맞춰진 이 고백 서사에서 이길용/강시우가 일종의 시대의 영웅, '광주의 램보'로 자신만의 그럴듯한 공적 내러티브를 만들어갔던 이유는 자신을 희생자의 위치에 놓음으로써 얻을 수 있다고 생각된 부수적인 이득, 외설적인 쾌락, 여학생들과 자고 싶어하는 욕망 때문이다. 여기서 김연수는 공적 담화의 도착적 성격, 사적인 외설적 쾌락에 의해 더럽혀진 공적 내러티브의 사례를 날카롭게 제시한다. 그러나 공적인 내러티브 구축이 어떻게 외설성을 띠고 있는지에 대해서 예리하게 간파하는 만큼이나 '나'와 정민이 향유하는 사적 쾌락을 공적인 삶이나 내러티브로부터 방어되어야만 하는 그 무엇으로 설정하지는 않는가. 소설에서도 정민과 '나'가 토요일마다 벌이는 별자리의 향연은 1991년 5월, 죽음과 폭력의 시간이 다가오면서 점점 스러지고 "누워 있기 좋은 방"(『네가』, 89쪽)은 더이상 그들의 안식처가 되지 못한다. 흔히 김연수 소설에서 사적인 것과 공적인 것의 구별, 공적 담화나 의례에 대한 불편한 심기 노출과 사적인 삶에 대한 옹호와 찬양을 읽어내는 비평적 토포스는 한 번쯤 재고할 필요가 있겠다. 성좌가 점성술일 수 있듯이, 사랑도 독단일 수 있다. 그럼에도 사랑에 대한 『네가』만의 믿음 덕택에 작가가 『밤은』을 완성할 수 있었던 것만큼은 분명하다. 그것은 소설을 어떻게 끝맺을 것인가라는 추가적인 물음을 낳는다.

어떻게 끝낼 것인가

이처럼 김연수의 두 장편소설은 한 시대와 세대가 가졌던 이상과 대의의 몰락에 관한 추모, 매장되지도 못하고 버려진 시체들에 대한 눈먼 악사의 노래, 죽은 자가 산 자에게 남겨놓은 상속과 유산, 죽은 자에 대한 살아남은 자들의 애도, 세계를 열망하면 그 열망이 이루어질 것이라고 믿었던 청년들의 약속에 관한 못다 한 이야기다. 그러니까 김연수의 두 장편소설은 이 모든 것들에 대한 진혼의 퍼포먼스이자 증언이다.

김연수의 소설은 이 퍼포먼스와 증언을 실행하는 일인칭 서술자의 회고로 이루어졌다. 우리는 두 소설의 마지막 문장들을 모두 읽고 나서, 어디선가, 가령 『네가』에서 귀국행 비행기를 타려고 프랑크푸르트 공항 대기실의 의자에 앉아 출국수속 절차를 기다리면서 '초록색 노트'를 꺼내들고 과거를 회상하는 소설 첫 장면의 주인공의 모습을 떠올릴 수 있으며, 마찬가지로 『밤은』에서 최도식에 대한 복수를 포기한 김해연이 영국더기 언덕에 앉아 해란강을 바라보면서 정희가 보낸 편지를 읽는 장면을 통해 소설의 첫 부분, 정희와 함께 영국더기에 앉아 시를 읽고 그녀에게 반지를 건네던 행복했던 한때를 떠올릴 수 있다. 그래서 김연수의 독자들은 두 소설을 다 읽고 난 후 책장을 덮는 동시에 자연스럽게 소설의 시작으로 돌아가게 되는 자신을 발견하게 된다. 『네가』에서 다음과 같이 말하듯이. "우리는 인생을 두 번 사니까. 처음에는 실제로, 그 다음에는 회고담으로. 처음에는 어설프게, 그 다음에는 논리적으로. 우리가 아는 누군가의 삶이란 모두 이 두번째 회고담이다. 삶이란 우리가 살았던 게 아니라 기억하는 것이며 그 기억이란 다시 잘 설명하기 위한 기억이다."(『네가』, 384쪽) 다시 말해, 소설의 끝은 소설의 시작을 상상하는 행위와 분리될 수 없다.

소설이 소설에 대한 자의식을 갖는 순간은 이미 소설의 끝을 사고하는 순간과 다르지 않다. 또한 소설의 내러티브를 어떤 방식으로 결말지을 것인가라는 물음은 1991년 5월의 분신정국과 민생단 사건이라는 상처 가득한 역사를 작가만의 방식으로 어떻게 매듭지을 것인가라는 역사철학적 물음과 연결된다. 김연수가 역사의 고유명으로 선택한 91년 5월의 분신정국, 1933년 무렵의 민생단 사건, 그리고 2009년 봄부터 연재중인 장편 『바다 쪽으로 세 걸음』의 역사적 배경인 임진왜란, 이 모두가 공교롭게도 격렬했던 한 시대가 몰락하고 안온한 폐색이 시작되는 '역사의 종말'이라는 공통분모를 갖는다는 점은 흥미롭다. 또 이 '역사의 종말'을 확인하는 제스처로 김연수가 행복과 화해, 사랑을 내러티브의 결말에서 내세우는 방식도 의미심장하다. 마치 헤겔이 '역사의 종말'의 미적인 재현 양식으로 네덜란드 풍속화를 거론하면서 군인의 전투와 혁명의 창검이 아닌 일상, 곧 장삼이사의 노동, 행복, 휴식의 의미를 탐구하듯.

여기서 잠시, 김연수가 종종 자신을 일컫는 '프로 소설가'라는 명칭은 직업적 자부심의 발로라기보다는 소설쓰기가 일종의 노동임을 의식하는 전형적인 근대인다운 발언임을 지적해야겠다. 헤겔은 『정신현상학』에서 문인들의 창작 행위가 노동과 다른 상상적 행위임에도 불구하고 노동임을 의식적으로 드러내는 문인들의 기만적 속성에 대해 비판한다. 그러나 이런 비판은 '정신의 노동'인 '정신현상학'이라는 서사, 즉 자연적 의식에서 절대지에 이르는 자아의 기나긴 내러티브를 구축하는 헤겔에게도 똑같이 해당된다. 김연수가 자신의 소설이 자신이 체험한 일들에 대한 자서전이 아닌 허구라고 말하는 것에서 느껴지는 고집, 소설쓰기가 노동임을 독자들에게 상기시키는 행위는 불가분이다. 소설쓰기에 대한 김연수의 말에는 자기반성과 자기 옹호가 알게 모르게 뒤얽혀 있다. 「작가의 말」처럼 절실한 글도 그렇게 읽어야 한다.

그리하여 우리는 먼 길을 돌아 『밤은』의 대단원과 「작가의 말」로 되돌아오게 된 셈이다. 결국 작가는 익숙한 토포스를 배치함으로써 최도식에 대한 김해연의 복수심이 행동으로 표출되는 것을 방어했다고 잘라 말할 수 있다. 그러나 이러한 결말짓기는 복수심을 사유한 결과라기보다는 복수에 대한 익숙한 관념, '복수는 결코 정의가 아니다'는 식의 통념을 복수의 행동에 대한 방어기제로 전치시킨 덕분에 가능해진 것은 아닐까. 뛰어놀고 있다가 아비를 마중 나오는 아들들, 이 아들들에게 비에 젖은 새 가방을 건네주는 최도식의 부성적 이미지, 이를 보고 복수를 멈추는 장면들은 어디서 많이 본 적이 있는 장면이 아닐까. 이 장면은 흔히 결말을 짓는 데 유용한 토포스, 이른바 데우스 엑스 마키나(deus ex machina)가 아닐까. 최도식은 더이상 정희의 죽음에 책임을 져야 하는 김해연의 복수의 대상이 아니라, 아내가 있는 지아비인 김해연과 같은 상징적 위치에 놓여 있는 또다른 지아비가 된다. 이제 김해연은 최도식이다. 김해연의 아내, 최도식의 아들들, 그들 앞에서 김해연이 복수를 포기하는 장면 등과 같은 토포스들은 복수에 대한 방어로 고안된 산물이다. 복수를 해야 한다는 말도, 화해가 무의미하다고 말하는 것도 아니다. 작가가 복수를 사전에 차단하는 방식으로, 곧 복수를 더이상 사유하지 않는 방식으로 이야기를 끝맺고 있다는 뜻이다. 달리 말하면, 작가는 복수를 사고하지 않는 만큼이나 화해도 사고하고 있지 않다.

말할 수 없는 것을 말해야 하는 사명만큼이나 화해의 의미화를 거부하면서 과거에 대한 원한을 고수하는 일은 비윤리적인 것일까. 삶을 의미 있게 조직하는 내러티브를 만들면서 복수심과 원한을 중화시키는 행위는 정말 중요한 것을 은폐하고 삭제하는 것은 아닐까. 김해연의 복수심은 내러티브를 종결짓는 장치, 익히 알려진 화해의 토포스에 의해 무화된다. 작가는 복수보다도 이 화해의 토포스를 거부했어야 하지 않을까. 폭력과 복수로부터 한 걸음 물러나는 과정이 치유일 수도 있겠지만, 반대로 폭력과 복수를 더욱 진지하게 사고하는 데서 해방과 치유의 한 걸음이 시작될 수도 있지 않을까. 작가가 베르크 노인과 같은 현인(賢人), 마치 헤겔의 절대지를 인간학적으로 체현하는 존재를 통해 설파하는 사랑이라는 이념이나 정희의 편지에서 연상되는 영국 더기 언덕의 추억이 대단히 매혹적으로 느껴질 독자도 있겠고, 또 쉽사리 그런 화해가 주어지는 방식에 대한 거부감을 느낄 독자도 더러는 있을 것이다. 어쩌면 비평은 김연수의 사랑예찬 앞에서 "사랑 따위는 한 번도 해보지 못한 자의 시시한 표정"(『밤은』, 23쪽)으로 말할 수밖에 없을지도 모른다. 때에 따라서는 사랑에 대해 시시한 표정을 짓는 비평도 있을 수 있겠다. 그러나 텍스트에 대한 심판관을 자처하는 비평이라고 사랑에 대해 늘 시시한 표정만 짓는 것은 아니다.

남겨진 것들

그럼에도 "사랑은 여분의 것"이며, "인생이 모두 끝나고 난 뒤에도 남아 있는 찌꺼기와 같은 것이다"(『밤은』, 31쪽)라는 말은 누구에게도 양보할 수 없는 진실이다. 반민생단 투쟁에서 발생한 폭력이 역사의 의도치 않은 부산물이면서 역사를 만들어가는 것이라면, 비록 최면술로 조작된 것이라 하더라도 가짜 사랑도 사랑이 된다. '나'와 정희의 사랑은 정치적 음모와 계산의 부산물이다. 그러나 '나'는 그 부산물에 대한 충실성을 끝까지 지켜나간다. 『네가』에서 이길용/강시우는 공적인 내러티브를 거짓으로 꾸며낸다. 아니, 공적인 내러티브가 거짓인지도 모른다. 그러나 그 와중에 만난 상희와의, 또 레이와의 사랑의 내러티브만큼은 진실하다. 또한 이길용/강시우는 프락치 훈련을 위해 안기부 요원들로부터 배우고 암기한 마르크스-레닌주의 변증법을 혁명의 무기로 반전시켜 세공하지 않는가. 어쩌면 이 작은 반전이 변증법이 알려주는 소중한 진실일지도 모른다. 그런 점에서 김연수는 변증법적인 작가다.

『네가』와 『밤은』 모두의 결말짓기 방식에는 일종의 니체적인 의미의 긍정 같은 것이 있다. 복수심으로부터 해방되고 모든 것을 기억/기록했기 때문에 마침내 용서 가능한 자의 여유로움과 홀가분함 같은. 『네가』에서 이길용/강시우는 레이와 약식결혼을 올리고 떠나며, '나'는 그들과 작별인사를 한다. 『밤은』의 '나'는 아이들 앞에 있는 최도식을 남겨두고 추억의 영국더기로 간다. 그러나 여기서 우리는 '한 번 더!'라고 말하고도 싶다. 애도의 서사가 어떻게 화해와 사랑, 행복에의 약속으로만 결론지어질 수 있을까라는 의문은 여전히 남기에. 기억하는 일이 해방의 과정인 동시에 점점 더 고통으로 자신을 밀어넣는 경험일 수도 있지 않을까. 구원이 파괴인 사람들도 있고, 망령에 대한 애도 속에서 자신이 망령이었음을 섬뜩하게 깨닫는 자들도 있지 않을까. 마침내 돌아간 고향에서 모든 것을 망각해버리는 사람들도 있지 않을까. '역사의 종말' 이후에 전개될 삶이 어디 행복과 사랑과 화해에만 있을까. 그 '역사의 종말'도 반복되지 않는가. 이길용/강시우는 레이와 함께 북한으로 떠났고, 김해연은 일본군 토벌대가 점령한 만주에 여전히 서 있지 않은가.

그럼에도 눈먼 자들에게 눈뜨지 못했다고 비난하지는 말지어다. 김연수 소설의 저 눈먼 자들만큼 눈물을 자주 흘리는 자들도 달리 없음을 상기한다면 더더욱 그럴 것이니.[14] 우리는 해란강의 저 찬란한 빛들이 '빛나는 정지'로 솟아오르는 장면에서 시야가 흐려진 채 눈물짓는

14) 복도훈, 「가면의 허구에서 비의 진실로」(이 책의 5부에 수록)

김해연의 표정을 상상해볼 수 있으며, 프락치였음을 자백하고 언젠가 아버지가 불렀던 애국가를 부르는 이길용/강시우의 뜨거운 표정을, 또 황혼 속으로 이제 막 신혼부부가 된 그와 레이를 떠나보내면서 마침내 한 시절과 작별하고 눈물을 흘리는 '나'를 상상할 수도 있으리라. 눈먼 초상의 진실은 눈뜸에 있는 것이 아니라, 이 눈먼 자의 눈물에 진정 있을 것이다. 우리는 지금까지 김연수가 쓴 두 편의 탁월한 장편소설과 더불어 화염과 재에 대해 이야기해왔지만, 이 글은 눈먼 초상들이 흘리던 눈물에 관한 못다 한 고백일 수도 있다. 그 이야기는 언젠가 다른 방식으로 계속되어야 할 것이다. 소설의 이야기는 어디선가 끝날 수밖에 없겠지만, 사람들에게 상처를 주고 눈물을 흘리게 만드는 역사란 도대체 시작도 끝도 없는 이야기이기에.

아담의 말

— 최수철 소설집 『몽타주』에 대하여

자신의 목을 든 세례요한

독자층의 외면과 거부를 주된 목적으로 삼는 소설을 어떻게 보아야 할 것인가. 소설은 무엇보다도 어려워야 한다고, 소설 읽기는 집중과 인내력, 골치 아픈 두뇌싸움을 요구하는 행위여야 한다고, 편안한 소파나 침대에 누워 TV 채널 돌리듯 가볍게 소비되는 상품이 절대로 아니라고 항변하는 소설을 어떻게 받아들여야 할까. 물화와 소외를 자초하는 위험에 자신을 내맡겨 자가생식과 무염시태(無染始胎)의 아찔한 즐거움을 향유하는 인상을 주는 소설에 대해 뭐라고 말해야 할 것인가. 더구나 여느 비평의 지적, 분석적 언어마저 무화시킬 정도로 소설 쓰기에 대한 치밀한 자의식으로 중무장한 소설을 읽고, 요약하고, 분류해서 하나의 해석으로 정형화하는 행위는 어떤 쓸모가 있는 것일까. 도대체 그런 일이 가능하기나 한 것일까. 혹 그러한 소설에 대한 비평조차도 언어를 통해 언어를, 감각을 통해 감각을 반성하고, 자의식을 통해 자의식을, 문학을 통해 문학을 반성하는 저 이중의 게임을 벌이는 반인반수의 제물이 되고 마는 것은 아닐까. 더군다나 딱딱한 일직선 하나만으로 미로를, 거미줄 엉킨 욕조로 무간지옥을 만드는 소설이 아니던가. 이처럼 최수철의 소설집 『몽타주』(문학과지성사, 2007)를 읽으면서 비평행위의 그 실존이 심한 타격을 받는 듯한 위협감이 드는 것은 어찌 된 일일까. 아마 최수철 소설을 비밀스럽게 향유하던 누군가 소수의 독자들이 『몽타주』를, 잘려진 자신의 머리를 들고 나타난 세례요한의 말 없는 외침을 기꺼이 반길 준비가 되어 있을 거라는 망상에 이르면, 이러한 당혹감은 더욱 증폭되기만 한다. 마음은 갈수록 조급해지지만, 글 걸음을 떼기는 적잖이 힘이 든다.

잘려진 자신의 목을 든 세례요한이라고 했지만, 이렇게 말한 연유는 『몽타주』의 표제작이 암시하듯, 남의 얼굴만을 몽타주하던 화가가 짜깁기된 자신의 개성 대신 제 얼굴의 실상을 찾기 위해 누더기가 된 몸을 이끌고 길을 떠나는 모습이 세례요한을 연상시키기 때문이다. 또한, 자신의 잘려진 목을 든 세례요한이 『몽타주』의 소설적 방법을 대표하는 형상 중 하나이기 때문이다. 우선 전설 속의 세례요한이 예언자, 순교자이자 동시에 자신의 머리를 직접 들고 길을 나서는 부조리한 신체의 형상이라는 점에 주목해야겠다. 『몽타주』에 비추어 이를 다시 번역해본다면, 최수철에게 소설(가)은 그 사용가치를 다한 이 시대의 세례요한(의 외침)에 가까우며, 그 형상은 너덜너덜하게 으깨어지는 방식으로 자신을 해체하는 신체에 가깝다고 할 수 있다. 그는 마치 "'나'는 (이미) 죽었다"는 부조리한 문장을 (여전히 살아) 발화하는 '나'와 참으로 닮아 있다. 잘 알려진 대로, 최수철 자신은 일찌감치 자신의 소설쓰기를 "문학의 이름으로 문학을 위반하는 행위"(「작가후기」, 『내 정신의 그믐』, 문학과지성사, 1995)로 정의한 바 있다. 그것은 『공중 누각』(문학과지성사, 1985)과 같은 초기작들에서는 친숙하다고 여겨진 대상과 현실에 대한 자의식의 섬뜩한 이격(離隔)을 통해, 『매미』(문학과지성사,

2000)에서는 존재와 기억에 대한 직접적인 변신을 통해 행해졌다. 이번 소설집 『몽타주』를 대략 일별할 때, 무엇보다 눈에 띄는 것은 즉자적인 독서를 어지럽히고 방해하는 저 감각의 무수한 혼란들과 망상들이다. 그 혼란들은 동시에 '누가 진정으로 살아 있는가'라는 단 하나의 질문을 중심으로 회전한다고 생각된다. 살아 있음, 그것은 삶과 죽음을 둘러싼 실존적 문제이기도 하지만, 이미 최근작 장편 『페스트』(문학과지성사, 2005)에서도 확인된 것처럼, 구원의 문제이기도 하다.

누군가 나는 살아 있다고 말할 때, 그는 외부와 자신에 대한 감각적 확신을 통해 살아 있음을 확신하는가, 아니면 모든 것, 심지어 감각마저도 의심하고 더이상 의심할 수 없는 자의식의 명징한 확실성을 통해 그렇게 말하는가. 『몽타주』 이전의 최수철의 어떤 소설들은 주로 후자의 방법론에 근거해 인격, 자아, 개성 등의 허구적 정체성 및 전자의 감각적 확실성 또한 의문시하는 코기토의 현상학이었다. 최수철 소설의 코기토는 데카르트의 그것과 비교해볼 때 결론은 확실히 다르다. 그러나 방법과 절차는 여전히 똑같다. 데카르트가 '사고하는 나'의 확실성을 신이라는 타자에 의해 최후에 보증받은 것으로 간주하고 안심한다면, 최수철 소설의 주인공들에게는 자신을 보증할 신 또는 타자가 없다는 점에서 그 둘은 분명 차이가 있다. 최수철의 소설에서 '나는 죽었다'고 말하는 그 '나'의 여러 형상들이 스스로를 심문하면서 자백하고 자백하면서 심문하는 악순환의 괴로움을 몸소 체현하고 있는 자들인 것은 그 때문이다. 그들에게 구원은 곧 저주이며, 저주는 구원이고, 죽음이 삶이라면, 삶은 곧 죽음이 된다. 타자(신)가 없으므로, 최수철의 주인공들이 믿을 수 있는 것은 무한히 해체되었다가 복원되는 자기 자신과 말뿐이다. 말 또한 사물을 죽이고 사물의 개념과 이름을 얻지만, 그러한 방식으로 말과 사물은 '불멸과 소멸'을 거듭한다. 말하는 존재인 한, 그들은 이야기를 끝낼 수도 없고 끝내지 않을 수도 없다.

그것은 계속되어야 한다!

지난 20여 년간 최수철의 소설적 노력은 이러한 계속됨, 끝낼 수도 없고 끝내지 않을 수도 없는 괴로운 무한과의 힘겨운 싸움의 노력이었다. 지금까지의 최수철의 작품 분량이 그토록 방대하다는 사실이 그리 놀라운 일은 아닌 것이다. 여하튼 그 절차와 방법은 이랬다. 우선 자신에 의해 지각되는 모든 외적, 동물적, 인간적 존재로부터 빠져나오는 방법을 통해, 예컨대 『매미』에서처럼 매미의 강한 울음소리로, '자기'의 모든 내용물을 최대한 비워버린 다음, 비가시적 존재를, 최수철의 데뷔작 「맹점」(1981)에서 보듯, 쏘아붙이는 듯한 눈이 그 자신을 볼 수 없는 맹점(盲點)을 형상화하는 것이다. 그렇지만 이러한 방법은 단 하나의 가시적 존재이자 제거할 수 없는 코기토와 필연적으로 맞닥뜨리게 된다. 비록 '텅 빈' 코기토라고 하더라도, 그 코기토마저 지워버릴 수는 없는 것일까. 없다. 물론 『매미』에서처럼, 변신과 기억의 혼란을 통해 코기토의 근간인 인간 존재 자체의 확실성을 의문시하는 방법이 없는 것은 아니다. 그러나 그것은 여전히, 더욱 확장된 코기토로, 마치 뒤집어놓은 매미처럼 요란하게 제자리를 계속 맴돌 뿐이다. 코기토가 아니라 코기토의 담지자인 신체가 문제시되는 것은 바로 여기, 바로 이 지점이다. 그것은 코기토가 자신의 확실성을 세우기 위해 일찌감치 비워버리고 증발시킨 타자이며, 더 나아가 그 타자는 코기토가 미처 알아차리지 못한, 자신의 일거수일투족을 응시하는 시선을 벗어난, 예기치 못한 돌발 상황, '사건'으로 확장된다. 마지막에 다시 이야기하겠지만, 동물들의 울음소리, 여자들, 그들과의 만남과 사랑은 그러한 사건에 대한 다른 '이름'이다.

불혹의 미혹

최수철 소설의 주인공들이 일관되게 인격이나 개성을 지닌 인물이라기보다는 코기토를 실연(實演)하는 실험적 주체이거나 분신, 배치의 형상이라는 것은 어렵지 않게 파악할 수 있다. 『몽타주』에 등장하는 인물들은 여전히 작가적 의식과 언어적 실험을 배당받은 주체이지만, 이전의 최수철 소설의 인물들과는 다소 다르다는 점에서 눈길을 끈다. 무엇보다도 이들은 사유하기에 앞서 뭔가를 환각하고 망상하거나 오감(五感)에 민감한 존재들이며, 히스테리성 마비를 느끼거나 존재하지도 않는 팔다리를 감각하는 환지증자이거나 조증 환자, 요컨대 증상적인 인간들이다. 그들은 자신이 물속에 살고 있다고 감각하거나(「확신」), 창자가 없다고 여기거나(「창자 없이 살아가기」), 머리가 떨어져나가는 환영을 느끼거나(「진부한 일상」 「몽타주」), 머리에 동상이 걸렸다고 하거나(「첫사랑에 관하여」), 욕조에서 수생식물과 심해의 물고기가 자라나오는 것을 보거나(「격렬한 삶」), 자신의 몸이 누더기처럼 너덜너덜하다고 느끼거나(「채널 부수기」), 자신을 거인이라고 여긴다(「거인」). 믿을 것이 못 되는 게 보통 감각이라고들 하지만, 감각이야말로 최수철 소설의 작중인물들이 시종일관 유일하게 믿고 따르는 어떤 것이다. 더군다나 착란과 혼돈의 감각을. 그렇다면 외부세계는 그것과 무관하게 자명하고 합리적인 것인가. 최수철 소설의 주인공들이 앓고 있는 환각과 광기는 다만 그들 자신만의 주관적 착각에 불과한 것일까. 그렇지 않다. 『몽타주』는 한 인물에 대해 일, 이, 삼인칭 시점을 다각도로 교차하는 방법을 씀으로써 자칫 있을 법한 인물들의 비현실감에 입체감을 부여한다. 그리고 그들이 보고 감각하고 체험하는 딱딱하고 견고한 현실은 삐딱한 각도로 조명을 받아 물속에 비친 금속막대마냥 구부러진다. 도시는 머리 없는 시체들이 낙하하는 전시장이(「진부한 일상」),

법정은 똥물이 우글거리는 창자 속이(「창자 없이 살아가기」), 최첨단 정보관리시스템은 삭막한 무덤이(「메신저」) 된다.

「확신」과 같은 단편에서처럼, 최수철 소설의 주인공들이 만나는 외부세계는 우선 선험적 죽음과 폐허의 이미지들로 가득 차 있다. 「확신」에서 불혹을 맞은 주인공 '그'는 언젠가부터 자신의 귓가와 얼굴에 파도치는 소리와 바닷바람이 부는 환각을 강렬하게 느끼기 시작한다. 물가에 있으면 이상하게도 온몸에 힘이 빠져나가고 무기력감에 빠져들게 되면서 물은 그에게 "죽음의 감각"을 일깨운다. 불혹의 나이가 뜻하는 것과는 정반대로 그는 도리어 삶에 확신이 없어지는 것을 느낀다. 불혹(不惑)의 나이에 미혹(迷惑)이라니! 이상한 낌새를 챈 친구는 청별도에 있는 자신의 고향집에서 요양을 권유하고 그는 섬에 머무르기 시작한다. 그러나 섬 도처에서 그가 실제로 보게 되는 것은 "체액이 빨린 뒤 껍질만 남은 곤충들" "동그랗게 오그라든 채 죽어 있는 거미들" "마당 곳곳에 죽어 있는 지렁이들" "반쯤 채워진 누르스름한 물 속"의 벌레들, 그리고 "사람의 몸에서 뼈만 남기고 살을 발라내고 있는 듯한 인상"을 주는 유물 발굴현장 등 온통 죽어 있는 것들뿐이다. 그 밖에도 '그'는 미각(식욕을 앗아가는 곰팡이의 푸르스름한 솜털), 후각(욕조에서 풍기는 시큼한 냄새)을 차츰 잃어버리게 되면서 "죽음이라는 것이 그의 주변에 물처럼 존재"하는 것을 느낀다. 물은 그에게 공포와 동시에 매혹의 대상이 되며, "물 속에서 삶과 죽음"은 하나가 된다. 물기가 빠진 주검의 딱딱한 각질들로 표상되는 생명력 없는 세계는 한편으로는 '그'가 집주인인 노인의 요구로 어쩔 수 없이 함께 들으러 간 면장의 연설, "확신 없는 삶은 지옥"이라는 명제가 표상하는 세상살이의 냉정한 법치와 연결된다. 다시 말해, 면장의 확신에 가득 찬 연설에 따르면, '그'에게 확신 없는 삶이란 세상이 운행하는 법칙에서 밀려난 삶이며, 더 나아가 그 법칙으로부터 스스로를 추방시켜야 마땅한 듯한 위압감을 주는 삶이다. 그런데 '그'가 도처에서 본 주검과 무덤의 세계는 도리어 면장처럼 삶에 확신을 요구하는 세계와 등가인 셈이 된다. 이쯤 되면, '그'가 체험한 수많은 물의 환각과 자신이 "점토 인형처럼" "끈적끈적하게 녹아가고 있다는 느낌"이 단순히 감각상의 주관적 착란이 아니라, '확신 없는 삶은 지옥'이라는 식의 세상의 이치에 대해 주체가 품는 이질감과 위화감이라는 것은 능히 짐작 가능하다. 배를 타고 물이 손짓하고 유혹하는 곳으로 나아가는 환각 속 주인공의 마지막 모습은 확신을 강요하는 세상으로부터의 자발적 유배이자, 자기 소멸의 제스처다.

「진부한 일상」과 같은 단편에서는 「확신」에서의 면장의 말과 이에 대한 주인공의 반작용이 더욱 격렬하게 변주되어 표현된다. "세상은 진부함의 관습에 참여하느냐 마느냐라는 잣대로 인간을 판단한다. 그 관습을 거부하는 자는 악한 자, 미친 자, 홀린 자다."(「진부한 일상」) 「확신」이 확신으로 가득 찬 삶과 세상에 대한 주체의 일방적인 척력의 산물이라면, 「진부한 일상」은 진부한 일상 쪽에서 주체에게 강요하고 그를 잡아당기는 인력에 대한 반작용을 그리고 있는 소설이다. '삶은 부조리하지도, 지리하지도 않다. 단지 진부할 뿐이다'라고 반복해서 되뇌는 이 소설의 주인공과 그를 둘러싼 세계는 어떠한 모습인가.

회사와 아내의 눈총 때문에 어쩔 수 없이 강연요청을 수락하고 어느 도시로 가야 하는 자유기고가 '그'는 강연요청과 수락이 "일종의 실수"라고 생각하는 남자이다. 그에게 결혼 후의 삶이란 진부함으로 가득 차 있으며, 진부한 세상과 표현만이 강요되는 곳에서 그는 "수행을 한다는 수도승처럼 살아갈 수밖에 없"는 처지이다. 그런 점에서 이번의 강연은 유폐된 자신의 삶을 잠시 청산하고 "사회에 복귀하고 싶은 욕구"의 표현으로도 볼 수 있다. 그렇지만 도시로 가는 비행기에 오르자마자 그에게 "목이 뻣뻣해지는" 증상이 나타나기 시작한다. 급기야 그는 "목 위에 머리가 잘못 붙어 있다는 느낌"에 사로잡히고 나중에는 "거울 속의 그의 얼굴이 메두사의 머리가 되어 그에게 최면을" 가해 꼼짝할 수 없도록 만드는 것을 경험한다. 증상은 강연 도중에도 계속되며, 강연이 끝난 후 자신을 초대한 회사 간부들과의 회식자리에서 진부한 말들은 계속 이어진다. 만취한 채 찻집 여주인과 하룻밤을 보낸 그에게 자신이 되돌아가야 하는 세계, 비정한 도시는 이렇게 표현된다. "목격자가 없는 도시. 그를 불러 들였지만 그에게 관심조차 없는 도시, 그러면서도 그를 보내주지 않고 붙들어두려는 도시, 메두사의 잘린 머리와도 같은 도시." 결국, 목 위에 머리가 잘못 붙어 있다는 잉여의 느낌, 나아가 떨어진 자신의 목을 들고 세상을 야유하는 (나중에 「몽타주」에서도 변주되는 저 세례요한을 닮은) 주인공의 최후의 모습은 그가 진부함으로 가득 찬 세상과 도시에서 잉여의, 쓸모없는, 낭비된 존재에 다름 아니라는 것에 대한 증상적 표출이자, 메두사의 머리로 메두사와도 같은 세상의 진부함을 되비추고 되돌려주려는 주체의 저항으로 읽을 수 있다.

그렇지만 『몽타주』에서 주인공들을 느닷없이 엄습하여 그들을 지배하는 망상과 광기, 감각의 착란은 현대인의 자기소외와 실존의 불우함을 증명하는 돌발적인 상황이라기보다는 그들에게 "존재 의미를 밝혀주는 상징이 다가서는 순간" "첫사랑의 순간"(「첫사랑」), 하나의 사건으로 읽어야 한다. 그전에 우선 『몽타주』의 주인공들을 사로잡아 놓아주지 않는 데다가 그들마저 삼켜버리는 감각의 착란과 반란, 어지러운 망상들의 중추를 더듬을 필요가 있다.

모두가 왕이라고 하는……

"거지인데도 왕이라고, 벌거벗고 있으면서 황금과 자색(紫色) 의상을 걸치고 있다고 계속 주장하거나 자신이 항아리라고 혹은 유리 몸을 가지고 있다고 상상하는 그러한 사람들"이 있다. 데카르트의 『성찰』의 첫번째 항목에서 만날 수 있었지만 곧 침묵 속으로 빠져버리고 마는 이 전설적인 광인들은, 데카르트에 따르면, 감각을 기만하는 '사악한 천재(Malin Génie)'가 부린 속임수의 희생자들이다. 그들은 자신들이 뭔가를 보고 있다고 상상하는 자들이 아니다. 오히려 그들은 상상해야 하는 것을 실제로 느끼고 감각하는 존재들이다. 이에 비해서 근대철학의 '아버지' 데카르트는 어떤가. 그는 실내복을 입고 종이를 들고 난롯불 곁에 앉아 있으면서 이렇게 말한다. "어떻게 여기 이 두 손과 여기 이 종이가 내 것이라는 바를 부인할 수 있겠는가. 만일 내가 나를 정신이 돈 사람들과 같다고 여기면 또 모르겠지만."

그러나 감각상의 증거로, 자신의 따뜻한 손과 발을 만지고 종이를 들고 있음을 통해 데카르트가 저 형이상학적 착란자들을 조롱할 때, 그는 한 가지 중대한 실수를 저지르고 있다. 당신이 실제의 당신과 같다고 말할 때, 대부분 그렇게 하듯이 당신이 자신의 신체를 직접 만지고 느끼는 감각상의 확실한 증거를 통해 당신 자신을 정상인으로 판단할 때, 그러한 판단은 광인들이 자신의 신체를 실제로 감각하고 느끼고 판단하는 것과 다른 절차와 추론과정을 갖고 있는 것인가. 물론, 당신의 몸이 유리이거나 항아리가 아님을 당신 자신을 포함한 정상인인 사람들은 매우 잘 알고 있다. 그렇지만 광인이 자신의 몸이 유리이며 항아리라고, 실제로 유리와 항아리로 느끼고 감각할 때 감각상의 확실한 증거를 갖고 있는 당신과 정상인인 다른 사람들은 광인이 감각하는 바가 틀렸다고 말할 수 있는 근거가 있는 것일까. 마침내 이리하여 당신이 유리 몸을 지니고 있다고 믿는 사람을 광인이라고 판단할 때, 광기를 판단하는 유일한 기준이 되는 것은 당신을 포함한 다수의 암묵적인 동의뿐이다. 다수에 속한다고 자부하는 당신의 광기는 당신이 소수에 속하는 타인의 광기를 의심할 때, 가장 명백해진다.[1] 그렇다면 자신이 항아리라고 주장하는 사람을 광인이라고 판단하고 의심하는 데카르트적 코기토는 곧 또다른 광기이거나 광기의 다른 제스처일 수 있다. 어떻게 보면, 자신을 아버지라고 생각하는 아버지 또한 자신을 왕이라고 생각하는 거지 못지않게 미친 자다.

다소 길게 서술된 감이 있지만, 『몽타주』의 모든 주인공들은 말할 것도 없이 데카르트가 철학적으로 기각해버린 저 광인들과 닮아 있다. 물론 다른 점이 없는 것은 아니다. 데카르트의 저 광인들이 자신의 몸이 유리로 만들어졌다는 사실에 대해 한 톨의 의심도 보이지 않는다면, 『몽타주』에 등장하는 감각의 착란자들은 자신들에게 벌어진 기괴한 감각상의 혼란과 광기, 망상에 놀라워하며 곧 그것들을 점검한다. 물론 그 노력은 대개 실패로 돌아가지만 말이다. 「거인」의 주인공의 경우, 확장되는 몸의 감각은 그것을 통제하려는 수많은 계산법, 예를 들면 자신의 신체의 움직임을 낱낱이 파악하려는 "자기 수용기"와 미쳐 날뛰는 혼돈의 감각을 정리하려는 "감각분산법"을 일일이 물리친다. 감각은 그 정확함과 부정확함의 경계를 광기와 정상만큼이나 가늠하기 힘든 몸의 반응이다. 여기에 그 결정적인 단서가 될 만한 구절이 씌어 있다.

> 그러나 그때 이미 나는 나 자신의 자기 감각이 반드시 정확한 것은 아니라는 사실도 알고 있었다. 사실, 우리는 자신의 신체상에 대해 과장

1) 미란 보조비치, 『암흑지점』, 이성민 옮김, 도서출판*b*, 2004, 132쪽.

된 느낌을 가지게 마련이어서, 예를 들어 아이들이 사람을 그릴 때 머리와 손과 입과 때로 생식기를 크게 그려놓는 것도 자신의 몸을, 혹은 타인의 몸을 그렇게 느끼기 때문인 것이다. 그렇듯 나 역시 수시로 내 몸에 대해 터무니없이 과장된 느낌을 가지곤 했다. 그러나 다행하게도 내게서는 그렇듯 정확한 자기 감각과 부정확한 자기 감각이 반드시 서로 상충되는 것은 아니었다.

「거인」은 한때는 자폐증을 경험했지만, 언젠가부터 몸이 수시로 무한히 확장되어 그 크기를 도저히 가늠할 수 없는 상태에서 시공간의 폐소공포증을 극복하고 마침내 산과 강을 넘고 한 여자와 사랑도 나누었으나 "삶 자체의 폐소공포증"은 끝내 극복하지 못한 채 마침내 무너지는 벽에 깔려 죽게 된 한 자동차 세일즈맨의 이야기이다. 소설은 일인칭과 삼인칭, 거인이 된 '나'의 대부분의 고백과 거인이 된 '그'를 이따금 관찰하는 소설 후반부 제3의 시선으로 교차 서술되면서 거인의 이야기에 사실적 신빙성을 더한다. 주인공에게 일어난 몸의 확장이 환지증, 즉 "사고로 팔이나 다리를 잃은 사람이 이미 사라진 팔다리에서 가려움 따위의 감각을 느낀다는 증세"와 비슷하다는 점에서 우선 흥미를 끈다. "물론 내 경우에는 붙어 있다가 잘려나간 것이 아니라, 애초에 존재하지 않았던, 나중에 무의식적으로 상상했던 신체의 부분에 대한 감각을 느끼기 시작한 것이라 할 수 있었다. 하지만 그렇다고 하면 대체 나는 어떻게 늘어나고 커진 내 몸을 이토록 생생하게 감지하고 또 때로 내 눈으로 직접 볼 수 있다는 말인가."

앞서 서술하고 요약한 철학적 일화로 다시 한번 더 돌아가는 것이 허락된다면 환지증 역시 감각의 착란과 관련되어 새로운 명상을 요구한다. 비가시적 신체, 잃어버린 팔다리의 부위에서 실제적인 고통이나 생생한 가려움증을 느끼는 환지증은 일단 물질적 신체를 잃어버리고 난 후에 느끼고 감각하기 시작하는 어떤 것처럼 보인다. 그럼 환지증자들이 느끼고 감각하는 것은 실제로 무엇인가. 데카르트적 광인들의 사례에서 살펴보았듯 그것을 단순한 의미에서 환각이라고 말하는 것이 더이상 허락되지 않는다면, 추가적인 성찰이 그만큼 요구된다. 인용문에서처럼, 거인의 환각은 환지증의 환각과는 정반대의 순서로 이루어진다. 환지증자는 잃어버린 팔다리를 감각하는 것을 통해 죽은 신체가 재생하는 것을 경험한다. 이에 비해 거인은 애초부터 상상했던 신체의 부분이 확장되고 커지는 감각을 통해 죽기 이전의 신체가 재생하는 것을 경험한다. 과감히 말해보면, 거인과 같은 신체의 재생은 물질적이고도 유한한 신체의 죽음을 기다릴 필요가 전혀 없다. 거인은 죽음이나 절단을 필요로 하지 않는 신체재생의 극적인 예다. "나는 내가 새로운 인간으로 다시 태어났다는 것을 알았다"고 거인은 말한다. 그렇다면, 물질적 신체는, 거인의 편에서 볼 때, 혹시 처음부터, 죽어 있던 신체는 아닐까. 거인과 같은 신체의 부활에 어떠한 효력도 주지 않는다면, 물질적 신체 또는 감각적 외부경험의 현상 모두는 애초부터 환영들이거나 죽음의 증거들은 아니었을까. 광기의 주인공들의 환각이 정상인들의 감각, 살아 있음의 실체를 드러내는 것처럼 말이다. 이제, 감각의 착란은 감각의 반란이 된다.

「거인」은 이처럼 환지증 또는 거인 됨의 형이상학적 비밀을 드러내는 동시에, 『몽타주』에서 현실이나 일상, 외부세계라고 부르는 것의 진정한 실체를 드러낸다. "우리는 누구든 현실에 의해, 현실적 조건에 의해 상당 부분 마비된 채 살아가기 마련이다"라고 거인은 주장한다. 거인의 이 말은 외적 현실, 일상, 그에 대한 감각적 경험 모두가 이미 처음부터 죽어 있었다는 뜻이다. 『몽타주』에서 그토록 수없이 되풀이되는 '마비'라는 말은 '죽음'이라는 단어와 이제 얼마든지 바꾸어 쓸 수 있게 되었다.

따라서 최수철 소설의 주인공들은, 이를테면, 죽음을 살고 있는, 죽음을 살아갈 수밖에 없는 역설적인 운명을 타고난 사람들이다. 이렇게 된 바에야 『몽타주』의 산송장과 같은 주인공들은 차라리 스스로 죽음을 선택하는 것이 나을 법도 할 텐데, 과연 그들은 상당수 자발적인 죽음과 사라짐을 택한다. 「창자 없이 살아가기」와 「첫사랑에 관하여」에서처럼 당장 글을 써야 하는 주인공들을 제외하고는. 그렇다면 나머지, 글을 쓸 줄 모르는 무지한 대다수는 어떻게 되는가. 어떻게 자신들이 죽었다는 사실을 모르고서도 사람들은 현실을 살아갈 수 있는가. 유일하게 가능한 답변은 현실 또한 적당히 죽음과 환각, 광기를 품은 채로 그 나름의 시스템을 운영하고 있다고 말하는 것이다. 다른 말로, 현실은 광기를 결코 배제하지 않는다. 약간의 광기, 환각이야말로 현실을, 그 안에서 살아가는 사람들을 제정신으로 만든다. "사람은 누구나 나름대로 미친 짓을 하기 때문에 미치지 않는다, 따라서 우리 모두가 반쯤 미친 사람들이다"(「첫사랑에 관하여」)라는 말은 그래서 극히 온당하게 들린다. 이것은 한편으로는,「채널 부수기」와 같이, TV, 휴대폰과 같은 현대의 통신문명이 지배하는 삶에 대한 우언(寓言)이 말하고자 하는 바이기도 하다. 현대인들은 어머니의 뱃속에서 태어나는 것이 아니라 채널에서 태어난다. "채널이 나의 어머니다." 그들은 정적 상태보다 TV에서 흘러나오는 잡음과 화면이 있을 때, 그 공간을 더 편안히 여기며 안심한다. 채널을 돌리는 행위는 당신이 이 세상과 소통하고 있다는 것에 대한 명백한 증거이며, 그래서, 「채널 부수기」의 주인공의 일상은, 만일 채널 돌리는 행위에 주기적으로 부과하는 일정한 의식(儀式)이 없다면, 순간에 무너져버릴 것이다. 그래서 채널 돌리기는 "채널 강박증"을 필연적으로 낳을 수밖에 없다. 데카르트가 말한 바 있었던, 정신과 신체(및 그 연장된 사물)를 연결해준다는 두뇌의 송과선(松果腺)처럼, 채널은 약간의 광기(강박증)를 허용하면서 당신이 다른 사람들과 연결되어 있다는 공통감각을 느끼게 해주는 매체다. 한 줌의 소음과 소량의 정신이상이야말로 사람들을 제정신이게 만드는 마취제이다. 시스템이나 시스템과의 소통이란 그런 것이다. 그래서 대부분이 잠든, "채널이 무화"되는 새벽의 산책이야말로 가장 위험하고도 무책임한 일이다.

『몽타주』의 주인공들 대부분이 가장 많이 앓고 있는 선험적 증상이 있다면, 그것은 당연히 정체 모를 마취 또는 마비감이다. 마취 또는 마비감이란, 달리 말하면 앓고 있는 자가 이렇게도 저렇게도 꼼짝달싹할 수 없는 선택의 기로에서 뭔가를 결정하거나 돌파해야 할 처지에 놓여 있음을 반증하는 증상이다. 그것은 '삶이냐, 죽음이냐'라는 선택 앞에서의 격렬한 망설임이다. 「진부한 일상」에서 "세상은 진부함의 관습에 참여하느냐 마느냐라는 잣대로 인간을 판단한다. 그 관습을 거부하는 자는 악한 자, 미친 자, 홀린 자다"라는 구절 다음에 볼 수 있는 것은 주인공의 결단과 선택이다. "내가 나와 저들을 진부함의 굴레에서 벗어나게 해줄 것이다. 내가 곧 괴물이고 악신이고 미친 자이고 홀린 자다. 이제 내가 모든 것을 주관한다." 이러한 반전을 통해 『몽타주』의 인물들은 기존의 최수철 소설의 주인공들에 대한 상투화된 오해, 즉 그들은 보통 관념적이며 사변적인, 따라서 관찰자적이며 수동적인 의식주체라는 식의 편견을 불식시키고도 남는다. 결단이 광기의 행위(키르케고르)라면, 『몽타주』의 주인공들은 그 어떤 소설의 주인공들보다 숙주처럼 자라나 자신을 집어삼키는 광기와 망상에 과감히 몸을 내맡기는 자들이다. 그들 특유의 박해망상과 구원망상, 이른바 아틀라스 콤플렉스는 거기에서 연유한다. 최수철 소설에 대한 논평에 따라붙을 법한 저 흔한, 그만큼 잘못 오해된 수식어인 '관념'은 더이상 추상이나 현학적 말놀음이 아니라, 마비된, 죽어 있는 세계에 대한 과감한 돌파 또는 그를 통해 언뜻 보이는 삶의 핵심, 지금의 삶과 죽음의 조건 속에서 태어나는 완전히 다른 삶, 삶을 진정으로 살아 있게 만드는 어떤 창조력과 연결된다. 그것은 낭만적 생기론이나 생철학 따위와는 무관하다. 「격렬한 삶」과 같은 소설에서 주인공이 던지는 다음과 같은 항변은 정말 문자 그대로 취할 필요가 있다. "지금 나는 다분히 관념적인 말을 늘어놓고 있다는 걸 알고 있어. 하지만 내게 있어서 관념적인 것은 이를테면 지극히 격렬한 것이야. 관념이 추상적인 말놀음이라고 하는 건 잘못된 생각이야. 왜냐하면 관념은 우리 정신 속의 어떤 움직임을 노골적이고 직설적으로 표현하는 방식이니까."(「격렬한 삶」) 사실, 환지증자들이야말로 보이지도 않는 손발, 비가시적 신체의 '관념'에 의해 생기는 격통(激痛)을 호소하는 자들이 아닌가.

『몽타주』의 주인공들은 이구동성으로 "지금까지 나는 내가 나 자신의 삶을 살아가고 있다는 사실을 잘 실감할 수 없었다"(「첫사랑에 관하여」)고 말하는 듯하다. 그들 특유의 망상은 죽음에, 활력이 없지만 끊임없는 인력으로 구속하는 현실에 "저항할 수 있는 힘"이지만, 어떻게 보면 죽음에 저항하는 그러한 삶 또한 망상의 산물이기도 하다. 아마도 "내 안의 가시가 있어 그것이 나를 죽이기도 하고 살리기도 하도다. 오호라, 나는 참으로 곤고한 자로다"라는 사도 바울의 말에 『몽타주』의 주인공들이라면 필시 고개를 끄덕였을 것이다. 이러한 구속은 『몽타주』의 주인공들을 옴짝달싹할 수 없게 만드는 저 강력한 메커니즘이다. 「격렬한 삶」은 『몽타주』에서 드물게 오이디푸스 서사를 통해 삶을 죽음으로 죽음을 삶으로, 마비를 격렬함으로 격렬함을 마비로 되돌리는 악순환의 고리를 치밀하게 탐색하는 작품인데, 소설의 다음과 같은 구절은 특히 인상적이다.

살아생전에 나를 가장 고통스럽게 한 건 내 이기심에 대한 자책감이었어. 이기심이 큰 만큼 자책감도 컸지. 이기심이 있으면 자책감이 없거나, 자책감이 있으면 이기심이 가라앉아야 할 텐데, 그 둘이 항상 공존해 있었어. 내 속에 천국과 지옥이, 삶과 죽음이 함께 들어 있었던 거야. 그런데 역설적이게도 이기심이 삶이고 자책감이 죽음이었어. 그 둘을 내내 함께 끌어안고 있는 나라는 인간은 힘이 엄청나게 센 것이 분명해. 그래서 나는 항상 악마처럼 화가 나 있는 상태였던 거야.

「격렬한 삶」에서 다른 무엇보다도 주목할 만한 부분은 어릴 적부터 "하체가 극심할 정도로 마비되는 느낌"을 갖고 있던 주인공 '나'를 옭아매는 부모의 수수께끼 같은 형상, 그리고 그에 대한 '나'의 일체의 반응들이다. 중학 시절 친구들과 바닷가에서 놀다가 하체마비 증세가 일어나 익사할 뻔한 경험에서 '나'는 "감각적인 충동" "고통과 쾌감이 뒤섞인 아스라한 감각"으로 자신을 엄습한 마비 증세를 물리친다. 그때부터 '나'에게 "격렬한 반응"은 "상처를 소독하거나 치유하는 행위"가 된다. 마비가 죽음이 된다면, 격렬한 감각은 삶이 된다. 이러한 원초적 경험은 부모와의 애증관계 속에서 한층 복잡해진다. 시청 직원이었던 아버지는 '나'의 서술에 따르면, "빈민들과 창녀들과 부랑자들과 거지들과 깡패들이 모여 있는" "수상한 지역"에서 알 수 없는 쾌락을 즐기던 자다. 그에 비해 어머니는 "감정이 배제된 기하학적인" 바둑판처럼 냉정한 금욕의 형상이다. 아버지와 어머니는 서로를 외면하며, 각자에게 냉담하다. 부모의 모습에 대한 '나'의 서술에서 그들의 형상은 마치 해답을 요구하지만 결코 풀 수 없는 수수께끼로 던져진다.

정신분석에서 언급하는 오이디푸스 콤플렉스는 아버지를 살해하고 어머니와 동침하고 싶다는 통념이 아니라, 부모가 던지는 이러한 수수께끼가 아이의 평생을 지배하게 된다는 불길한 예언이다. "너는 남들보다 오래오래 살아남을 거야, 어미인 내가 네 몸에 저주를 내렸으니까"라는 「거인」의 어머니의 말 또한 그런 예언이다. 아이는 그 수수께끼에 대해 답을 해야 한다. 거인의 환상은 그 수수께끼에 대한 아이의 해답이다. 마찬가지로, 「격렬한 삶」에서 불량배에게 "치근"거리다 맞아 "비명횡사한 아버지"는 "내 속에 격렬함으로" 자리를 잡으며, 어머니는 아버지의 은밀한 삶을 구속하는 마비로 '나'에게 재해석된다. 따라서 '나'의 '격렬한 삶'이란 감각과 마비, 쾌락과 금지가 자승자박(自繩自縛)하는 것에 대한 필사적 응답이다. 인용문으로 돌아가면, '나'의 이기심이 '격렬한 감각'에서 비롯된 것이라면, '나'의 자책감은 '격렬한 감각'이 늘 실패하는 데에 대한 마비감에서 연유한 것이다. '내 이기심에 대한 자책감'이 천국과 지옥, 삶과 죽음의 공존이라는 문제로 치환되면서 '격렬한 삶'은 삶과 죽음이 공존하는 어떤 상태라기보다는 이 둘이 배치되는 삶의 형식으로 구체화된다. 그렇지만 「격렬한 삶」의 마지막 대목에서 '나'의 자살의 제스처가 '격렬한 삶'의 최종 돌파구로 과연 유일무이한 선택인지는 묻지 않을 수 없다. 평생을 헛것과 싸워왔다면 그것은 헛것이 아닐 수도 있다. 소설이란, 문학이란 저 치열한 싸움의 기록에서 일어나는 참담한 패배의 아이러니와 역설, 지붕에 올라가자마자 내려다보지도 않고 치워버린 사다리 이외의 그 어떤 것도 아니기에. 그러나 그 명명백백한 진실을 증명하기 위해 『몽타주』의 주인공들이 그리도 애써 멀리 돌아왔다는 말인가. 그 도정(道程)에 무엇인가 설명되지 않은 결정적인 사건이 빠져 있었다.

여자들, 만남들, 사건들

『몽타주』의 주인공들은 어느 날 갑작스럽게 삶의 위기를 맞은 자들이며, 이야기와 사건은 그 위기의 기록들이다. 불혹을 맞은 남자는 미혹에 빠져들며(「확신」), 사회로 복귀한다는 의미에서 오랜만에 강연을 하러 간 남자는 목이 떨어져나가는 환각에 삼켜진다(「진부한 일상」). 증인으로 참석한 조증 환자는 법정에서 발광하며(「창자 없이 살아가기」), 환의 시상식장에서 남자는 격렬한 환각에 사로잡혀 뛰쳐나간다(「격렬한 삶」). '채널 강박증자'는 채널이 잠든 시간인 새벽산책 도중에 불도저의 습격을 받고(「채널 부수기」), 몽타주 화가는 서른일곱 살이 되던 생일날, 환의 얼굴이 지워지는 것을 환각한다(「몽타주」). 그 시공간과 명명이 특히 관심을 끈다. 강연회, 법정, 시상식장, 채널의 시공간, 생일, 나이. 이 모두는 상이하더라도 한 가지 공통점이 있다. 그것들은 사람들을 사회적으로 호명하고 인정하려는 임명 또는 임관의 절차와 관련이 있다는 것이다. 사람들을 특정한 주체로 호출하는 바로 그 순간, 『몽타주』의 주인공들은 그 호명으로부터 이탈하고, 탈락되고, 도망가는, 주체화되기 이전의 주체가 된다. 그리하여 『몽타주』에서 주체화되기 이전의 주체들은 형상에서 질료로 복귀하려는 강렬한 움직임을 보인다. 마비된, 딱딱한 산송장의 형상에서 부드럽고 축축한 "진흙" "점토"(「확신」), "스펀지"(「거인」)와 같은 질료로의 복귀. 실제로 「확신」의 공수병(恐水病) 환자는 "태초의 진흙으로 빚어진 인간"으로 회귀하려는 움직임을 보이고 있으며, 「진부한 일상」의 남자는 하룻밤을 보낸 찻집 여주인으로부터 들었던 "회색과 푸른색의 경계"인 바다에 대한 몽환적인 이야기를 상기해낸다. 「채널 부수기」의 남자 역시 새벽의 산책에서 "차갑고 축축한 흙의 감촉"에 이끌린다. 바야흐로 그들이 '진흙에서 태어난 자'라는 어원을 가진 '아담'이 되려는 찰나이다.

그런데, 그들, 『몽타주』의 주인공들인 남자들은 혼자서 아담이 되려 한 것인가. 그렇지 않다. 『몽타주』의 남자들 옆에는 늘 여자들이 있었고, 드물게는 동물들이 있었다. 동물들의 울음소리가 존재의 의식을 강하게 일깨운다는 것은 『몽타주』 이전에도 최수철 소설의 주된 모티브이며, 『몽타주』에 등장하는 경찰견(「진부한 일상」), 울음소리를 내는 고양이와 다른 동물들(「첫사랑에 관하여」「채널 부수기」)도 최수철의 여타 소설에서와 마찬가지로 주체의 정체성과 감각을 일깨우고 뒤흔드는 기능적 존재들이다. 호메로스의 『오디세이아』에서 향수병에 걸린 뱃사공들이 세이렌의 아름다운 노래를 듣고 하얀 뼈 무덤의 질료상태로 되돌아가버렸듯이, 『몽타주』의 주인공들 또한 목소리의 존재들에게 이끌리고 질료상태로 회귀한다. 그러나 『몽타주』에서 그들은 이제 더 이상 기능적 타자로 머무르지 않고 남자들이 불현듯 조우하고 사랑에 빠지는 여자들처럼, 사건적 타자로 변한다. 「확신」에서 "세이렌"의 형상으로 그려진 노래를 부르는 실성한 여자와 여종업원은 동물들과 여자들을 잇는 중간자적 존재(반인반수)일 것이다. 「진부한 일상」에서 하룻밤을 같이 보낸 찻집 여주인은 주인공에게 '회색과 푸른색'이라는 원초적 질료의 감각을 일깨우는 존재로, 물과 육지의 경계에 서 있었다는 데서 또다른 세이렌이다. 『몽타주』는 동물에서 반인반수(세이렌)로, 반인반수에서 여자로 타자의 형상을 대체하고 확장한다는 점에서, 타자와의 만남에 관한 한 진일보한 측면이 있다. 『몽타주』가 최수철의 이전 소설들과 변별점이 있다면, 그것은 자기 내부에서 벌어지는 저토록 집요한 허구적 성찰을 반복하기보다는 예기치 못한 타자와의 만남, 사랑, 사건, 우연에 대해 더욱 열려 있으려고 노력한다는 진실이다. 예를 들어, 「거인」의 주인공은 완전한 거인 됨, 자신의 삶에 대해 전부이고자 하는 욕망을 결코 달성하지 못한다. 그러나 그것은 실패가 아니다. 거인 됨을 통해서 시공간의 폐소공포증과 자신을 시시때때로 엄습하는 마비를 극복했다고 하지만, 실제로 그것은 "흡혈귀"처럼 "다른 사람들의 감각을 흡수"한 결과에 지나지 않았던 것이다. "모든 것을 얻은 나는 명실공히 완전한 거인이 되어 득의양양했다. 그러나 그 자신감과 오만함은 또한 내 속에서 하나의 괴물이 탄생했다는 뜻임을 그때는 미처 몰랐다." 완전한 자는 사랑하지 못한다. 사랑은 자신에게 결여된 것을 타자에게 주는 행위이기 때문에 특히 그러하다. 정말로, 거인을 사랑한 여자는 도리어 거인의 오만함과 부주의함으로 슬프게도 몸이 완전히 수축되어 소멸되어버린다. 사랑은 둘의 신비한 합일이 아니라, 차라리 다른 누구도 아닌 둘만의 함께 있음이다. 거인 됨은 "우로보로스를 흉내내어 제 몸으로 똬리를 틀고 스스로 닫힌 체계를 만들어 내 세상에 대해 문을 걸어 잠그는" "삶 자체의 폐소공포증"으로부터 결코 벗어나지 못한다. 따라서 거인의 몰락은, 역설적으로는 남자로서 완전해지고자 하는 욕망과의 결별이며, 비(非)전체로서, 완전한 자가 아닌 결여된 남자로 여자와 만난다는 뜻이다. 믿기지 않게 들릴지도 모르겠지만, 바야흐로 최수철 소설의 남자들은 여자들과 진정으로 사랑하는 법을 배우기 시작했다! 자신의 오만함이 자라나기 전, 거인이 "나는 말이지요, 이 김형아는 말이지요"라는 독특한 자기명명법을 가진 여자와 나누는, 한 존재가 다른 존재를 압사하거나 소멸시킬 것처럼 위태위태하지만, 그런 일이 결코 일어나지 않는 저 '거인의 특별한 사랑법'을 보라.

> 우리가 사랑을 나누며 몸을 접촉하고 서로 애무를 할 때면, 그녀 자신의 말마따나 마치 그녀의 몸이, 그녀의 존재가 내 살의 한 부분에 딱 들러붙는 듯한 느낌이 들곤 했다. 그것이 특별한 몸을 가진 거인의 특별한 사랑법, 그녀와 내가 어렵게 습득한 사랑의 기교였다. 사랑의 정점에 다가가며 내 감각과 의식의 무한 팽창이 일어날 때면, 그때의 내 몸에 비해 그녀는 실제로 고작 배꼽 정도의 크기였다. 물론 나는 내 몸을 방 전체로 확대시켜 그녀가 내 커다란 몸에 새삼스레 위압감을 느끼지 않게 하려고 노력했다. 때로 나는 내 발을 소파처럼, 내 손톱을 액자처럼

보이게 하는 배려도 잊지 않았다. 그러나 그녀는 당연히 나의 그런 시도를 눈치채고 있었고, 내게 고마움을 느끼면서 그 상황을 즐겼다. 그녀에게 나는 '너무도 커서 오히려 숨겨진 몸을 가진 자'였다. 그녀는 나의 확대로 인해 자신을 더욱 축소시킬 수 있었고, 기꺼이 자신을 내 배꼽처럼 만들어 내게 붙어 있으려 했다.

더러 건조하게 느껴질 법도 한 『몽타주』의 산문이 드물게 경이로운 시로 변하는 유일무이한 순간이 아닐까 싶다. 오직, 결핍된 자들만이 사랑을 할 수 있다!

……문학, 사라지는……

사랑이 거기 있었다면, 문학은 그렇다면? 앞 절에서 잠깐 언급한 것처럼, 『몽타주』의 주인공들은 사회적 호명과 임관의 바로 그 순간에 이탈하고, 망상과 광기에 사로잡히며 더러는 자멸하는 주체들이다. 그러한 주체의 양태가 언어와 관련된다면 어떤 일이 일어날까. 호명과 임관은 다른 무엇보다도 행동을 전제로 하는 명명행위다. 예를 들어, '두 사람은 이제부터 부부입니다'라는 결혼식 주례사의 끝말은 '두 사람이 부부로 살아야 한다'는 미래의 사회적 행위와 책임을 전제한다. 그런데 『몽타주』에서 실제로 일어난 일은 그와는 정반대다. 불혹, 생일, 법정증인, 강연자, 수상자임을 요구하는 사회적, 현실적 요구는 주체에게 하나의 정체성을 강요한다. 불혹과 생일은 그 나이에 맞는 삶을 요구하고 지금까지의 자신을 돌이키는 행위를 수반할 것을 요구하며, 법정증인과 강연자, 수상자는 각각 그에 어울리는 사회적 지위에 필요한 말과 행동으로 사회에 응해야 한다. 『몽타주』에서 호명기제, 이데올로기적 장치들이 작동하려는 바로 그 순간 주인공들에게 들이닥친 망상과 광기는, 다르게 말하면, 선포, 대표, 임명 등 언어 고유의 행위, 언어의 수행능력에 하나의 위기, 즉 말의 위기, 더 나아가 문학의 위기를 낳는 현실과도 암암리에 연결되는 증상이다.

이러한 위기는 최수철의 소설적 실험에서 하나의 전환이 일어났음을 암시하는 것일까. 글을 시작하면서도 인용했지만, 작가가 생각하는 '문학의 이름으로 문학을 위반하는 행위'에도 어떤 변화가 일어난 것일까. 문학의 효용가치가 「메신저」에서처럼 무용지물이 되고 심지어는 유해하다고 낙인 찍힌 시점에서 문학으로 문학을 위반한다는 것은 어떤 의미를 지닐까. 이미 역력히 보여주었지만, 『몽타주』가 재현하는 현실은 언어의 수행적 힘이 정지된, 죽은 현실이다. 위반으로서의 말(문학)의 힘이 중지된 현실의 한 단면은 「메신저」에서 메신저 대신에 출현한 정보전달시스템의 모습과 기능을 묘사하는 대목에서도 엿보인다. "메신저들의 장례식을 상징"하는 그 시스템이 "거대한 공동묘지"를 닮았다는 것, 그리고 메신저에게 메시지를 전달하도록 명령한 것이 시스템이며, 그 메시지가 바로 시스템에게 마지막으로 전달될 메시지라는 것은 참으로 아이러니다. "한때 메신저가 되는 일은 일개 보통 인간에서 두 존재 사이의 관계가 되는" 매개적, 대표적 기능을 수행하는 일이었다. 메신저의 임무는 사물을 죽이면서 동시에 사물을 본뜨고 대표하는 말의 임무로 바꿔 말할 수 있다. 따라서 공동묘지를 닮은 정보시스템의 설립은 말의 본질에 대한 점진적인 망각이 최대치로 도달한 결과다. 『몽타주』의 언어는 사회적 호명, 수행으로서의 언어와 그를 실행할 수 없는 광인들의 무언(無言)과 요설 사이 그 어딘가에 있었다. 따라서 『몽타주』의 아담들이 보여주는 과격한 자기 소멸의 제스처는 다른 한편으로 "정보의 흐름" 속에서 그 본질이 망각되어버린 말이 아무도 읽어낼 수 없는 "상형문자"로 되돌아가는 것이 된다. 「메신저」에서 보듯,

작가 최수철이 그리는 문학의 운명이 있다면, 그것은 더이상 뭔가를 대표하고 관계를 맺어주는 말의 본질을 필요로 하지 않는 "시스템의 자기장"에 최후의 말로 타격을 가하고자 하는 메신저에게 다가온 역설, 오르자마자 치워져 곧 잊혀버리는 사다리의 운명일 것이다. 메신저들이 "바람이 되고 물이 되고 불이 되듯이, 메시지 그 자체가" 되는 일은, 다르게 말하면, 문학은 부단히 자신을 해체할 경우에만 비로소 문학이 된다는 메시지이기도 하다. 그 와중에 "마침내 이루어졌다"는 태초의 말, 아담의 말이 발음될 때까지.

허구를 해체하는 허구

—박인홍 소설집 『벽 앞의 어둠』에 대하여

미래의 책

박인홍은 「파리들은 쉬지 않는다」(1983)라는 작품을 시작으로 이른바 형태 파괴적이며 전위적인 소설세계를 선보인 것으로 문학사에서 평가받고 있는 독특한 작가이다. 이른바 민중의 시대이자 해체의 시대였던 80년대 중후반에 출현한 박인홍의 소설은 이인성, 최수철의 해체적 소설작업, 그리고 황지우, 최승자, 김혜순, 박남철의 시 등 전위적인 시형식과 종종 나란히 평가되기도 하고 또 박인홍의 소설이 이들의 시를 친화적으로 인용하기도 한다. 그렇지만 앞서 언급한 작가들이 여전히 그들의 소설적, 시적 세계와 문법을 어떤 형태로든 간헐적이거나 지속적으로 선보이는 데 비해, 박인홍은 장편소설 『누가 용의 발톱을 보았는가』(고려원, 1991), 소설집 『명왕성은 눈물을 흘리지 않는다』(문학과지성사, 1994) 그리고 이후에 영화산문집 『섹스, 깨어진 영상, 그리고 진정성』(문이당, 1999)을 냈을 뿐, 별다른 소설적 작업을 더이상 보여주지 않았다. 그의 글쓰기는 10여 년 전부터 멈춰 있다. 그럼 박인홍은 단지 묻힌, 과거의 작가인가? 박인홍을 기억하는 소수의 독자는 궁금해할 터, 그는 지금 무엇을 하고 있는가.

그런데 출간된 지 10여 년 가까이 흐른 시점에서 다시 읽게 되는 박인홍의 소설집 『벽 앞의 어둠』(개정판, 책세상, 2009)은 여전히 신선하며 충격적이고, 또 매력적이다. 텍스트에서 끓어오르는 저 어찌할 수 없는 혼돈과 과잉의 에너지가 여전히 그 젊음을 잃지 않고 발산한다고나 할까. 박인홍의 소설들은 80년대 중후반의 문학사적 맥락에서는 다소간 예외적이고 특별한 위치를 차지했지만, 다양한 서사적 실험들이 만개(滿開)하고 있는 오늘날 한국문학의 한 장(場)을 예고한 듯, 매우 현재적이다. 그중 한 가지 예를 들자면, 「의자왕의 표변과 백제의 멸망에 관한 허구적 고찰」(이하 「고찰」)과 같은 독특한 소설은 공식적인 역사의 비어 있는 페이지를 상상력을 통해 이야기로 복원하고 더 나아가 기록의 역사 그 자체를 하나의 허구적 구성체로 보는 오늘날의 포스트모던한 역사소설의 관점을 선취하고 있다. 형식적으로 볼 때, 「고찰」은 『삼국사기』 『삼국유사』에서부터 『오이디푸스 왕』에 이르기까지 여러 책의 인용문들로 무질서하게 채워진 한 편의 논문을 연상시키지만, 그렇다고 논문은 아니다. 수많은 인용문들과 책의 출처는 오로지 백제의 마지막 왕이자 해동증자(海東曾子)라 일컬어진 의자왕이 공식적인 역사가 기록하는 대로 과연 황음탐락(荒淫耽樂)과 음주방탕(飮酒放蕩) 때문에 백제를 멸망시키는 결과에 이르게 되었는가라는 의문을 던지고 그것을 해결하는 데로 집중적으로 동원되고 있다. 그리고 공식적인 역사의 기록에서 발언권을 박탈당한 의자왕으로 하여금 소설 안에서 스스로 말하게끔 만든다.

박인홍 소설을 접하는 독자들은 우선 그의 소설에 무질서해 보이는 듯 인용되어 있는 수많은 책들의 구절과 주석 때문에 독서의 몰입에 적잖은 곤란을 느낄 수도 있다. 그러나 그의 책 읽기는 문학평론가 김현이 일찌감치 지적한 것처럼, 이질적이고도 무관해 보이는 텍스트들을 놀라울 정도로 병치시켜 거기서 전연 다른 의미를 추출하는 이른바 몽타주에 능수능란하다는 점에서 특별히 주목할 필요가 있다. 박인홍의 거의 모든 소설들이 영화와 책, 신문기사, 뉴스 같은 다양하고도 잡종적인 문화적 구성물을 기존의 서사적 양식과 급진적으로 충돌시키면서 서사의 본질에 대해 직간접적으로 의문을 던지고 있다. 박인홍의 책 읽기는 글쓰기의 비밀이기도 한 것이다. 더 나아가 박인홍의 소설은 재현의 대상인 현실과 현실에 대한 언어적, 추상적 결과물인 허구가 사람들이 편하게 생각하는 것 이상으로 전혀 다른 것인지, 사람들이 현실로 간주하고 있는 수많은 것들이 얼마만큼이나 허구에 의존하고 있는지, 그리고 거기서 허구란 무엇인가라는 본원적인 물음을 던지고 이에 대해 놀랄 만한 성찰을 이끌어낸다. 주의해야 할 것은 여기서 허구가 다만 언어적 구성물인 서사에만 국한되는 것이 아니라는 점이다. 80년대 후반의 맥락에서 그의 소설쓰기는 리얼리즘 중심의 서사적 관습에 대한 하나의 대당(對當)이자 도전으로 읽히기도 했지만, 지금 시점에서 볼 때, 박인홍의 소설쓰기에 내재해 있는 허구란 무엇인가라는 물음은 매우 깊이 있고도 폭넓다 하지 않을 수 없다. 박인홍의 소설이 사유하고 실험하는 허구는 하나의 사회적 구성체를 이루는 법, 언어, 역사, 세계관, 시대정신과 같은 것을 총망라하면서 동시에 그 세계에 참여하고 있는 '나'와 같은 주체의 동일성마저 문법적 구성물로 간주하는 데에 이른다. 일찍이 이러한 도저한 부정과 해체의 작업을 했던 작가가 박인홍 말고 또 누구이던가. 그의 소설은 과거에 씌어졌지만, 아직 제대로 읽힌 바 그리 없다. 보르헤스는 「카프카의 선구자들」이라는 글에서 모든 창조적 글쓰기는 과거의 선구자를 재창조한다고 말한 적이 있다. 현재의 책은 과거의 책을 수정하여 미래로 던져놓는다. 오늘날의 문학적 관점에서 볼 때, 박인홍의 소설은 새롭게 창조된 과거의 선구자, 미래의 책과도 같다.

주어—신치와 오이디푸스

무엇보다도 박인홍의 소설이 소설이자 반(反)소설로 매력적인 이유는 그것이 철저히 글 쓰는 '나'라는 주어의 외로운 고행의 기록이라는 데에 있지 않을까 싶다. 『벽 앞의 어둠』에 실린 모든 소설들은 소설집 후기인 「약력, 에 대신하여」의 한 구절을 빌리면, 오로지 '나는 누구인가?'라는 질문에 대한 고투(苦鬪)의 답변, 답변의 고투이다. 소설집에 등장하는 각각의 '나'는 모두 '나는 누구인가?'라는 질문을 던지는 '나'의 분신들이며, 각각의 소설들은 서로 무관해 보이더라도 모두 '나'의 이야기들이다. 박인홍의 소설을 잘 읽어보면, 작가가 소설에 인용하는 수많은 인용문들과 텍스트들 중 글 쓰는 주체를 표상하는 상징이 적지 않게 출현함을 발견할 수 있다. 그중에서 「향向」에 등장하는 신치(神魑)라는 신화적 형상은 특히 인상적이다. 고대중국의 기서(奇書) 『산해경』에 나오는 '신치'는 "사람의 얼굴에 짐승의 몸으로 외팔과 외다리이며 소리는 마치 신음하는 듯"한 존재로, 글 쓰는 '나'의 해석에 따르면, "사람이기 이전에 짐승이며, 그나마도 온전한 사람이 못되는 반쪽짜리 사람"이다. 게다가 반인반수의 신치는 "현재의 자신의 모습을 묘사한 것"이기도 하다. 따라서 오로지 글을 쓸 때만 그 존재감을 확인받는 '나'에게 모든 글이 "신음의 기록"이라는 진실은 당연하다(137쪽). 그런데 신치와 유사한 또다른 형상이 『벽 앞의 어둠』에 등장한다. 오이디푸스가 바로 그 형상이다.

앞서 언급한 「고찰」에서 예언으로 몰락한 의자왕과 마찬가지로 예언으로 두 눈을 잃게 된 오이디푸스와의 유비가 잠깐 나오기도 하고,

또 「남무南無」에는 "아침에는 네 발로, 낮에는 두 발로, 저녁에는 세 발로 걷는 동물이 무엇이냐"라는 질문이 인용되기도 한다(245쪽). 스핑크스가 오이디푸스에게 물었고 오이디푸스가 대답한 이 질문에 대한 일반적인 답은 잘 알다시피 '인간'이다. 그러나 『오이디푸스 왕』과 『콜로노스의 오이디푸스』를 읽고 나면, 스핑크스의 질문에 대한 답은 인간이면서 동시에 오이디푸스라는 것도 유추 가능하다. 그는 자신도 모르는 채로 아버지 라이오스를 죽이고 어머니 이오카스테와 동침해서 두 아들과 두 딸을 낳았다. 두 아들과 두 딸은 곧 아버지 오이디푸스의 자식이자 동시에 그의 형제자매가 되며, 또 오이디푸스가 라이오스의 자리를 차지했으니, 오이디푸스는 두 아들딸들에게는 할아버지가 되기도 한다. 이렇게 세 세대(네 발=과거, 두 발=현재, 세 발=미래)의 혈통을 뒤섞은 오이디푸스를 과연 인간이라고 부를 수 있을까. 그는 테바이의 왕인가 국가를 도탄에 빠뜨린 범죄자인가, 인간인가 짐승인가. 스핑크스가 오이디푸스에게 물었던 애초의 질문에 대한 진짜 대답은 '오이디푸스, 바로 너 자신'이었던 것이다. 반인반수인 스핑크스와 마찬가지로 '사람이기 이전에 짐승이며, 그나마도 온전한 사람이 못되는 반쪽짜리 사람'이라는 신치에 대한 정의는 오이디푸스에게도 똑같이 해당된다. 이러한 추론이 박인홍의 소설의 자장을 벗어나지만은 않는 이유는 「향」의 주인공 '나'가 거리를 방황하면서 만난 아이와 사내, 그리고 노인의 형상이 모두 '나'의 과거(네 발), 현재(두 발), 미래(세 발)를 떠올리도록 만들기 때문이다. 이런 점에서 『산해경』의 '신치'와 『오이디푸스 왕』의 '오이디푸스'가 『벽 앞의 어둠』에서 각각 글 쓰는 '나'의 자화상과 그런 '나'의 무의식을 대변하는 신화적 형상 또는 상징이라고 말하는 것은 전혀 무리가 아니다.

오이디푸스의 후손으로 『벽 앞의 어둠』의 작가가 물려받은 귀중한 유산이 여럿 있다. 첫째, 오이디푸스와 마찬가지로 박인홍 소설의 주인공들은 필연적이라고 믿었던 자신의 삶이 철저히 우연적임을 자각한다. 오이디푸스의 불가사의한 운명을 두고 '차라리 태어나지 말았더라면 좋았을 것'이라는 코로스의 말은 박인홍 소설의 주인공들에게도 해당된다. 오이디푸스와 약간 다른 점이 있다면, 박인홍 소설의 주인공에게는 이렇다 할 특징적인 가족관계가 거의 없으며, 또 부정해야 하는 아버지 대신에 거리의 아무데서나 똥을 싸 사람들에게 비웃음당하고 굴욕당한 "늙은 거지"(「남무」, 256쪽)인 아버지가 있을 뿐이다. 심지어 박인홍의 주인공은 "어떤 여자의 젖을 빨아 희멀건 액체를 마신 기억이, 나에게는 없다"고 말하기도 한다. 권오룡이 『벽 앞의 어둠』의 해설에서 일찌감치 지적했듯이, 그의 태생적인 실존적 '고아의식'은 그렇게 생겨난다.[1] 둘째, 근친상간과 부친살해라는 끔찍한 사실과 마주하여 두 눈을 찌른 오이디푸스에게는 비로소 보이지 않았던 삶의 이면과 진실이 보이기 시작한다. 눈멂이 통찰을 가져다준다. 그런데 박인홍 소설의 주인공들에게는 이 세계를 이루는 원리뿐만 아니라 자신의 실존조차도 매우 의심스러운 어떤 것이다. 그것은 「크나큰 불안의 부분적인 음향」이라는 소설에서 거울 속을 보는 '나'의 응시와 테이프에 녹음된 '나'의 목소리가 내 것이 아닐지도 모른다는 회의를 통해 자신의 동일성마저 의심하도록 이끌며, 때로는 극단적인 자기 소멸의 제스처로 이 모든 것을 부정해버리려 한다. 셋째, 오이디푸스는 예언(말)을 피했지만, 피한 바로 그 방식으로 예언(말)은 실현되었다. 오이디푸스의 비극은 예언(말)의 비극인바, '나'와 세계를 구성하는 원리는 바로 말이다. 그것은 실체이면서 허구이며 허구이면서 실체이다. 말은 재현하는 대상의 현전성에 비해 결여에 가깝지만, 어떤 경우에는 법처럼 실제보다도 더 위력을 발휘하는 과잉이기도 하다. 주체와 세계는

1) 권오룡, 「고아의식의 변용과 글쓰기」(『벽 앞의 어둠』, 책세상, 2009 첫번째 해설) 참조.

말로 이루어져 있고 그것의 정체를 벗기려면 불가피하게 말=글쓰기에 의존할 수밖에 없다. 그러나 오이디푸스는 말을 통해 자신을 우연적인 존재로 만든 저 예언(말)과 또다시 대결해야 한다. 글쓰기는 신음의 기록이자 또한 오이디푸스의 말처럼, 저주받은 자의 것이다. 그러니 살아 있는 한 글쓰기는 끊임없이 계속될 수밖에 없으며, 따라서 그 글쓰기는 저주받은 '나'의 유일한 존재방식이자 계속하라는 명령일 터. 이 점에 대해서 하나하나씩 살펴보도록 하자.

술어―쓰다, 가다, 존재하다

『벽 앞의 어둠』에 실린 단편들 중 「향」은 단연코 박인홍의 소설쓰기의 정점(頂點)을 보여주며, 또한 작가의 다른 소설들의 구조를 푸는 열쇠와 같은 소설이다. 이 소설은

1) "어디서부터 기록을 시작해야 할까?"라는 첫 질문을 시작으로 글을 쓰는 '나'

2) 이곳저곳을 배회하면서 독백과 회상, 관찰을 하는 '나'

3) '나'의 분신으로, '나'가 "망원 렌즈를 사용해서 찍은 흑백 사진"(146쪽)에 담긴 '남자'

의 행적에 관한 서술자 '나'의 관찰과 기록으로 이루어져 있다. 「향」은 1)의 서사가 2)와 3)의 서사를 포괄하고 있으며, 2)의 서사가 다시 3)의 서사를 감싸는 구조로 이루어져 있다. 얼핏 보기에 이 소설은 〔글 쓰는 '나'〔배회하는 '나'〔남자〕〕〕의 격자구조로 이루어져 있는 듯하다. 그러나 「향」은 이러한 격자구조를 무시하고 세 개의 서사를 평면적

으로 배치한다. 그리고 소설의 마지막 장면은 각각의 서사를 몽타주한다. 소설의 마지막 장면에서 서재에 들어선 '나'는 "한 남자가 책상 앞에 앉아서 나의 기록을 읽고" 있는 것을 본다. 남자는 총으로 '나'를 쏜다. 그러나 남자는 바로 '나'였다. "그것은 자살이었다"(175쪽)는 소설의 마지막 문장이 그 단서다. 남자가 '나'를 쏘면서 '나'는 '나'를 쏘았던 것이며, 이 문장을 끝으로 지금까지의 '나'의 모든 글쓰기도 종결되고 만다.

「향」은 박인홍 소설의 모든 주인공인 '나'의 세 가지 실존방식을 암시하는 소설이다. 박인홍의 '나'는 앞서 언급한 것을 요약하면, 1)글을 쓰는 나 2)배회하는 나 그리고 3)존재하는 나(흑백사진의 피사체인 남자)라는 셋으로 분리되었다가 합치된다. 셋은 모두 같은 존재다. '나'의 글쓰기 속에서 '나'는 배회하면서 과거의 '나', 현재의 '나', 미래의 '나'를 각각 만난다. '나'는 마치 세 세대의 혈통을 뒤섞은 오이디푸스처럼 과거(종합병원에서 만난 아이), 현재(카페에서 만난 사내), 미래(골목에서 만난 거지 노인)라는 세 겹으로 구성되어 있는 존재다. 다시 말해 박인홍 소설의 주인공 '나'는 '쓰다' '가다' '존재하다'라는 세 동사이자 술어의 주어라고 할 수 있다. 그리고 주인공에게 존재하는 모든 것은 그 자신을 포함하여 의심의 대상이 되며, 어디론가 가는 행위는 그 의심의 직접적, 행동적 실천이며, 쓰는 것은 이 모든 것의 반성적 종합이라고 부를 만하다. 그렇다면 의심하고 실천하고 종합하는 '나'의 방법론, 그 도구는 무엇인가. 모든 것을 부정하고 의심하는 시선, 얼어붙은 대상과 존재를 파괴하려는 총, 그리고 이 모든 것을 기록하는 펜이 그것이다.

「크나큰 불안의 부분적인 음향」(이하 「음향」)과 같은 소설에는 박인홍 소설의 주인공이 사물과 대상을 보는 특유의 방법이 제시되어 있다. 이 소설 역시, '그'의 행동, 그리고 '그'이기도 한 '나'의 독백으로 나눠진다. 소설은 이런 이야기다. '나'/'그'는 '너'에게 전화를 걸기 위해 공중전화기가 설치된 약국으로 가 전화를 했고 '너'는 전화를 받았음에도 불구하고 그런 사람은 없다고 말한다. '나'/'그'가 느낀 절망감은 '너'의 부재에서 '나'의 부재로 이어지며, 이제는 '너'와 함께했던 '나'의 모든 기억마저도 의심과 혼란의 도가니로 빠진다. "나라는 기호"는 결국 "허구"가 된다(26쪽). 어떻게 이런 생각이 가능했을까. 소설의 첫머리에서 전화를 걸기 위해 간 약국에서 약사를 보는 독특한 '그'의 시선이 그 단초다. 약사는 전화를 걸러 온 '그'를 곁눈으로 쳐다보고 텔레비전으로 시선을 돌리는데, '그'는 약사의 곁눈을 자신의 "왼쪽 눈과 왼쪽 귀 사이의 눈"으로 보며, 다시 동전을 넣고 전화를 걸기 전에 약사가 보는 텔레비전 화면을 "오른쪽 귀와 오른쪽 눈 사이의 눈"(13쪽)으로 본다. 상식적으로 '왼쪽(오른쪽) 눈과 왼쪽(오른쪽) 귀 사이의 눈'이란 신체 어디에도 붙어 있지 않다. 그럼에도 불구하고 '그'는 존재하지 않는, 저주받은 오이디푸스처럼 눈먼 눈으로 세계를 본다. 그럼 '왼쪽(오른쪽) 눈과 왼쪽(오른쪽) 귀 사이의 눈'의 진짜 정체는 무엇일까. 이어지는 '나'의 독백에서 이 점은 보다 뚜렷해진다.

전화를 받은 '너'는 분명 목소리의 주인인데도 불구하고 '너'는 없다고 말했으며, 그리하여 '나'는 "테이프에 담겼다가 꺼낸 내 목소리"가 과연 '나'의 것인지조차 의심한다. 마찬가지로 이제 "거울에 그려지는 내 얼굴도 나는 믿지 못"할 수밖에 없다(24쪽). 다시 말해, '나'의 목소리와 시선, '나'의 동일성을 구성한다고 믿었던 목소리와 시선은 이제 더이상 '나'의 것이 아닌 죽은 목소리와 시선이며, 여전히 목소리와 시선이 자신의 소유물이라고 믿는 '나'는 또한 죽은 '나'일 수밖에 없다. 따라서 「그날 나는 하늘을 보았다」(이하 「하늘」)에서 "하지만 내가, 왜 이럴까? 하며 몸을 일으키려 했을 때 나는 이미 죽어 있었던 것이다"라는 "어처구니 없는" 문장이 태어나는 것도 그 때문이다(31쪽). 그렇다면 박인홍 소설의 맥락에서 죽은 '나'를 관찰하는 불가사의한 눈은 「음향」의 존재하지 않는 눈, '왼쪽(오른쪽) 눈과 왼쪽(오른쪽) 귀 사이의 눈'으로 추리해볼 수 있지 않을까. 결국 이 눈은 「하늘」에서 "수정체가 있던 곳에 카메라의 렌즈"(36쪽)가 끼워진 카메라의 눈(camera eye)과 흡사하며, 나아가 『벽 앞의 어둠』의 단 한 명의 주인공 '나'가 세계를 해체하는 의심스러운 시선 그 자체이기도 하다. 이 카메라의 눈이 세계를 파괴하려는 '나'의 무정부주의적 행태인 총 쏘기, 그리고 글을 쓰는 자신마저 지워버리는 과격한 글쓰기로 이어진다는 것을 새삼 부언할 필요는 없을 것이다. 이 모든 과정을 통해 목적어와 주어의 세계는 산산이 해체되며, 결국 글쓰기라는 술어, 자동사만 남게 된다.

목적어—법, 역사

박인홍의 소설이 해체하는 세계는 원인과 결과가 분명한 세계, 정상인을 위해 존재한다고 말하는 법, 변증법적이든 순환적이든 목적과 끝(end)이 존재한다는 역사적 담론, 즉 그 나름의 존재이유가 있다고 생각하는 목적어들의 세계이다. 『벽 앞의 어둠』 여기저기에 널려 있는 말을 빌리면, 법은 지배자들이 제정하고 지배자들의 이익을 위해 사용되는 것이며, 역사는 원인과 결과라는 연속성 속에서 삶의 비논리성과 우연성을 제거하여 인간을 한낱 꼭두각시로 만드는 것이다. 종교나 혁명과 같은 것들도 보다 나은 내일을 위해 오늘의 희생을 요구하는 "억압과 착취를 위한 거짓"(「향」, 131쪽) 담론에 불과하다. 작가는 단지 이를 비판하는 것에 머무르지 않고, 그러한 법과 역사 등이 언어로 구축되는 허구적 과정을 면밀히 추적하는 방식으로 해체한다.

신성한 법정에 재판장과 피고인, 검사와 변호사, 서기, 그리고 청중들이 앉아 있거나 서 있다. 재판이 한창 진행되는 법정에 파리 한두 마리가 날아들기 시작하고 법정에 있는 모든 사람들은 법의 판결과 변론 대신에 법정에 잡음을 내는 파리에 온 신경을 집중하게 된다. 파리들은 점점 더 증가하고 재판장과 피고인, 검사와 변호사 등은 피고인에 대한 선고와 변론 대신 파리를 잡을 것인가 말 것인가를 가지고 알아들을 수 없는 신경전을 벌인다. 어느새 법정은 혼란의 도가니에 빠지고 결국 재판장은 무너지고 만다. 재판장과 피고인이라는 소설 초반의 비대칭적 위계관계는 소설 말미에서 완전히 역전된다. 피고인과 재판장, 검사와 변호사의 대화가 도무지 수수께끼같이 느껴지기만 하는 이 난해한 출세작인 「파리들은 쉬지 않는다」(이하 「파리들」)의 주제는 결국 '법은 허구'라는 명제로 요약될 수 있다. 법이란 무엇인가. 소설에서 피고인을 기소하는 검사의 말을 빌리면, "법은 사회 질서를 유지하기 위해 즉, 정상적인 사회인들을 보호하기 위해 만들어진 것"(190쪽)이다. 이 말은 법정에 불려나온 "피고인의 비정상적인 사고 체계"를 들어 그를 변호하려는 변호사의 의도를 반박한다. 다시 말해 법을 이용하여 변호사는 피고인을 변호하고 검사는 피고인을 기소하려는 것이다. 그들은 서로 다른 일을 하되 같은 규칙을 무언의 전제로 받아들이는 자들이다.

> 피고인에게는 그러나 재판장의 얼굴이 창백해졌어도 그것으로 인한 감정의 변화가 없었지만, 검사와 변호사에게는 재판장의 안색의 변화가 중대한 일이 아닐 수 없다. 검사와 변호사에게는 재판장이 누구보다도 중요한 사람이었으므로. 검사는 변호사에게, 변호사는 검사에게 무슨 수를 써서라도 이겨야만 했고, 그리고 검사와 변호사의 승부를 결정지어 주는 사람은 다름아닌 재판장이었으므로.(「파리들」, 179쪽)

인용문에서 '승부'라는 말을 '게임의 승부'로 바꾸어도 무방할 것이다. 검사와 변호사의 공방, 재판장의 판결은 공(共)의존적이다. 검사는 변호사에게, 변호사는 검사에게 이기면 되며, 재판장은 승부를 결정지어주면 그만이다. 그들은 법이라는 공통의 규칙을 공유하고 있다는 점에서 생각만큼 다른 존재들이 아니다. 피고인이 자신을 변호해줄 변호사를 검사보다 더욱 가깝고 친밀한 존재라고 믿는 것은 어디까지나 법의 규칙과 변론이라는 법의 게임을 전제하고 승인한 아래에서다. 결국 변호사와 검사, 재판장의 게임은 법이라는 추상을 현실에서 효력 있는 것으로 만든다. 피고인이 비정상인으로 면죄판결을 받든, 정상인으로 형량을 부여받든 간에 그것은 전혀 중요하지 않다. 재판장과 검사, 변호사 그들은 법이라는 공통의 규칙을 공유하는 자들이며, 파리 떼의 등장은 기소와 변호, 판결과 같은 상이한 법의 내용이 모두 법이라는 형식 또는 허구를 유지하기 위한 것임을 폭로하는 이질적인, 오염된 기표 또는 사물이다. 「파리들」에서 법의 정체는 결국 같은 규칙을 공유한다는 점에서 비트겐슈타인이 가족유사성 또는 언어게임이라고 부른 것과 매우 비슷하다. "법을 제정하는 것은 강자들이다. 집행도 강자들이 한다. 따라서 법과 그 집행자들은 항상 약자에게 강하기 마련이다" (「향」, 105쪽)라는 진술이 타당하게 들리는 이유도 그 때문이다. 박인홍의 글쓰기는 이처럼 그 출발점에서 피고의 위치로부터, 언어게임의 외부에 있는 이방인의 위치로부터 시작된다.

말로 이루어진 것들은 법처럼 허구일 가능성이 농후하다. 그렇지만 그것은 허구이더라도 현실에 위력적인 효력을 끼치는 허구다. 허구와 현실이 별도로 있는 것이 아니라, 현실이 허구처럼 구조화되어 있는 것이다. 박인홍의 소설에서 취급하는 현실은 법정의 언어게임처럼 철저하게 언어를 매개로 한 현실이다. 작가는 법이나 국가처럼 "추상적인 그것이 인간을 비롯한 구체적인 사물들을 해치거나 파괴하는 경우를 보라!"(「고찰」, 209쪽)라고 놀라기도 하며, 이 놀람은 언어로 이루어진 모든 것들을 의심하는 데로 이어진다. 제러미 벤담과 같은 철학자가 일찌감치 관찰했듯이, 언어는 그 본성상 허구를 만드는 성질이 강하다. 예를 들어 '물이 흐른다'를 '물의 흐름'으로 바꿔보기만 해도 사태는 명확해진다. 얼핏 보면 전자가 구체적이고 후자가 추상적으로 보이지만, 이 모두 언어를 매개로 했다는 점에서 구체와 추상의 분별은 더이상 무의미해진다. 이러한 실험은 현실에 대한 재현이나 반영의 수위를 묻는 리얼리즘적 질문의 쓸데없는 효력을 중지시키는 대신에 허구적인 만큼이나 현실에 효력을 발휘하는 언어의 속성에 대한 드문 성찰의 길을 열어놓는다. 언어로 이루어진 것들 중에 방금 인용한 「고찰」과 같은 소설에서처럼, 역사 역시 허구적 구성물일 가능성도 농후하다. 박인홍에 따르면 "역사가 변증법적으로 퇴보한다든가 단계적으로 순환한다든가 하는 따위"는 "잡설들"에 불과하다(200쪽). 사람들이 역사(history)라고 생각하거나 믿는 것은, 진보적이든 반동적이든 순환적이든 간에, 그것을 기획하고 기록하는 사관들의 욕망이자 그 욕망에 따라 말과 플롯을 구축한 결과로 한낱 이야기(story)일 뿐이다. 백제의 의자왕 이야기는 일연의 『삼국유사』에서 "태종(太宗) 춘추공(春秋公) 항목의 한 대목으로"(198쪽) 기록되어 전해질 뿐이며, 백제 멸망의 원인은 의자왕이 주색에 빠져 정사가 문란해진 결과라고 하는 일연의 한 줄짜리 사후적 기록이 전부이다. 역사라고 하는 것은 이처럼 원인과 결과가 너무나도 명백한 어떤 것이다. 그러나 소설은 의심한다. 정말 그럴까. 인간세상에서 벌어지는 일들이 그렇듯 원인과 결과가 그처럼 명백한 것일까. 그것은 혹시 언어의 사후적, 가상적 효과에 불과한 것은 아닐까. 소설가 박인홍이 말하는 "그럴 듯한 썰(說)"(199쪽)은, 소설=허구의 본질인 '만일 ~이라면'이라는 가정법적 가설(假設/假說)로 원인과 결과를, 역사의 허구를 뒤집어보는 것이다. 이른바, 하나의 허구(소설)로 다른 허구(역사)를 뒤집기.

『삼국유사』에 따르면 결국 백제 멸망의 원인은 의자왕의 실정(失政)과 황음탐락 등의 행위 일체로 귀속되고 만다. 이러한 역사기술은 행위자와 결과물, 또는 원인과 결과라는 목적론의 도식에 의해 지배된다. 그 반대편에 『삼국사기』가 있다. 『삼국사기』에는 백제가 멸망당하리라는 예언이 있었고, 그 예언이 실현되었다는 기록이 있다. 그러나 『삼국사기』의 역사 서술방식 또한 『삼국유사』만큼이나 문제가 있다. 거기에서 의자왕은 백제 멸망이라는 예언의 각본을 실현한 꼭두각시이자 운명의 노리갯감에 불과하다. 『삼국유사』가 역사를 만들어나가는 행위주체를 과도하게 부각시켰다면, 『삼국사기』는 역사를 만들어가는 행위주체를 완벽히 소거시켰던 것이다. 작가가 파고드는 틈새는 바로 『삼국유사』와 『삼국사기』의 중간쯤이며, 거기에는 예언(=말)의 무게가 놓여 있다.

오이디푸스 왕과의 극적인 유비를 통해 소설은 의자왕을 사로잡았던 예언 그 자체의 양가성(ambiguity)과 그에 대한 의자왕의 행위에 주목하고 있다. 의자 앞에 나타난 춘추는 백제가 멸망할 거라는 예언을 남기고 사라지며, 고을에는 핏빛 말이 나타나 밤낮으로 절 주위를 돌아다녔다는 등 불길한 징조들이 수없이 나타난다. 소문은 꼬리를 물고 퍼지며 급기야 왕은 백제는 망한다는 말을 남긴 귀신이 사라져버린 땅을 파게 한다. 그런데 땅속에서 나온 거북의 등에는 "백제원월륜 신라여신월(百濟圓月輪 新羅如新月)"이라는 예언이 씌어 있었다. 그 말은 백제는 보름달이고 신라는 초승달이라는 뜻으로, 백제가 곧 이지러지는 보름달이며 신라는 곧 차게 될 초승달로 해석될 수도 있으며, 또 보름달은 꽉 차 있고 초승달은 미약한 것이니 백제가 강성해지고 신라는 약해진다는 뜻으로 풀이될 수도 있다(204쪽). 이것은 마치 '네 아비를 죽이고 네 어미와 동침할 것이다'라는 델포이의 신탁이 오이디푸스의 양부모를 향한 것인지, 친부모를 향한 것인지가 결정 불가능한 상태와 흡사하다. 소설은 불길한 예언의 돌이킬 수 없는 '운명'이 백성들에게 미칠 해악을 생각해서 혼자 그 고뇌를 담당하고 그런 과정에서 음주방탕에 빠지고 삼천궁녀를 만든 의자왕의—이렇게 말해도 좋다면— '자유'를 부각시키고 있다. 그리고 의자왕이 그러한 선택을 할 수밖에 없었던 이유를 의자왕 자신의 입을 빌려 직접 이야기하도록 만든다. 물론 소설의 끝에서 서술자는 황음탐락에 빠지기 1년 전에 궁을 수리해서 사치스럽게 치장했다는 객관적인 역사적 사실을 일부러 빠뜨렸다는 것을 시인함으로써 지금까지의 허구적 고찰을 또다시 지워버리려 한다. 그럼에도 예언의 필연성이 실현되었지만 그 과정에서 벌어진 의자왕의 선택을 최대한 상상하는 행위, 완료된 역사의 틈새에 상상으로 흠집 내기, 필연성을 우연성에 맞닥뜨리게 만드는 '그럴듯한 썰', 그것이 박인홍이 생각하는 소설(fiction)인 것만큼은 분명하다.

"나는 죽었다"

법이나 역사를 실체로 믿고 있는 사람들에게 그것들이 말에서 비롯되는 허구임을 의심하는 '나'는 누구일까. 그런 인간존재, 또는 '나'라는 동일성 또한 과연 자명한 것일까. 의심에 관한 한 제일인자임을 자처하는 데카르트는 『성찰』에서 저기 길을 가고 있는 사람이 어쩌면 겉만 모자와 옷을 쓰고 그 내부는 '자동기계(automaton)'일지도 모른다고 말한 적이 있다. 우주를 산산조각낸 코기토이지만, 그런 데카르트마저도 '사유하는 나'의 확실성만큼은 신이 보증해준다고 하여 결국 신 앞에 고개를 숙이고 말았다. 박인홍은 이 점에서 데카르트보다 더 나아간다. 「향」은 " '사람다운 삶'이라는 허구적 명제"에 대해 의심한다

(107쪽). '나'는 심지어 마네킹과 차이가 나지 않는 인간존재마저도 의심의 대상으로 삼는다.

> 낯설다는 느낌은 그 많은 사람들보다 진열장 안의 마네킹에서 먼저 왔다. (……) 그럼에도 진열장 앞을 지나가며 슬쩍 곁눈으로 본 옷들이 낯설었음은 웬일이었을까? 그리고 그것은 방심에 가까운 상태로 걷고 있던 나에게 느닷없이 닥쳐온 느낌이었기 때문에 거의 불안에 이를 지경이었다. 게다가 낯설다는 느낌은 그것으로 끝나지 않았다. 내 주위의 모든 사물들이 낯설어진 것이었다. 주의의 많은 사물들 가운데에서도 특히 낯설다는 느낌을 강하게 준 것은 역시 옷을 걸친 사람들이었다. 사람이라고 불리우는, 스스로 움직이는, 딱딱하지는 않은 살로 쌓인 물체들을 나는 처음 보는 것 같았다. 무수한 얼굴들—구멍이 뻥뻥 뚫린, 일그러지고, 튀어나오고 한 부정형의 입체들. 그것들은 저마다 다른 이름으로 불리울 터였지만, 그것들 가운데에는 내가 이름을 부를 수 있는 형태가 하나도 없었다. 그렇다 하더라도 날마다 낯선 얼굴들 사이에 꿈틀거려 온 내가 갑자기 낯섬을 느낀 것은……?(「향」, 119쪽)

인용문을 통해 알 수 있는 것처럼 사람(작가는 새롭게 출간되는 이번 개작본에서 '인간'이라는 어휘를 거의 대부분 '사람'으로 수정했으며, '동물'은 '짐승'으로 바꾸어놓았다. 의심하는 대상이 더 구체적이고 더 직접적인 것으로 바뀌었다고나 할까)이라는 존재는 '스스로 움직이는, 딱딱하지는 않은 살로 쌓인 물체들'에 불과하다. 다시 말해 인간존재는, 마치 T. S. 엘리엇의 시에서처럼, 그 안에 정신과 욕망 대신 지푸라기들로 가득 채워진 공허한 존재인 '마네킹'에 지나지 않는다. 여기까지는 데카르트도 박인홍도 그다지 다를 바 없다. 그러나 박인홍 소설의 주인공은 의심하는 자신의 존재를 최후로 보증할 만한 신과 같은 그 어떠한 타자도 없다는 점에서 데카르트의 코기토와 다르다. 자신을 우연찮게 태어나게 한 이 우주의 질서는 "철저히 비논리적인"(「하늘」, 40쪽) 것이며, 그것은 마치 모든 열정과 에너지가 소거된 폐허와도 같다. 평론가 남진우가 말한 것처럼, 박인홍의 소설에서 세계는 "모든 움직임이 냉각상태에 이른, 엔트로피의 극점"[2]에 다다른 어떤 것이다. 아래의 문장들을 인용하면서 남진우가 상상한 것처럼, 세계는 마치 핵폭탄의 낙진이 '하얀 재가 되어 흩뿌려진' 폐허의 '설경(雪景)'과 흡사하다.

> 하여 모든 것이 하얀 재가 되어 흩뿌려진 위에 차디찬 달빛이 내려앉는 것이었다. 그래서 그가 본 것은 구름 한 점 없는 밤 하늘에 떠 있는 달, 그리고 온통 희고 검은, 그러나 어디선가로부터 스며든 희미한 푸른 빛으로 뒤덮인 흑과 백의 세계—복수 행위에서 흘러나온 한 방울의 피가 한 송이의 붉은 꽃도 피우지 못하는, 차디차고, 더럽고, 낡은, 그리고 지겹기만 한 죽음의 세계였다.(「설경」, 96쪽)

삶은 철저하게 우연적이지만, 세계는 얼어붙은 부동(不動) 상태로 주체로서는 어찌해볼 수 없을 만큼 필연적인 형태로 존재한다. 게다가 삶이라는 것은 죽으려 해도 죽을 수가 없는, 영원히 "살아야 한다는 병"(「향」, 123쪽)과도 같다. 그럼 어찌하면 좋을까. 자살하거나, 대상을 파괴하거나 둘 중의 하나다. 그러나 전자를 택하면, 글쓰기는 더이상 존재하지 않을 것이다. 박인홍 소설에서 등장하는 파괴의 수단인 총에 주인공들이 그토록 형언할 수 없는 매력을 느끼는 이유도, 그의 주인공들이 종종 무정부주의적 테러리스트처럼 보이는 이유도 그 때문일 것이다(「남무」에서 공자를 논박하는 노자의 텍스트와 아나키스트 신채호의

2) 남진우, 「죽음의 세계에서 사랑의 화단 가꾸기」, 『세계의 문학』 1989년 겨울호, 333쪽.

「조선혁명선언」의 인용문들은 그 단적인 사례다). 그러나 총은 세계를 파괴하기보다도 자기 자신을 파괴하기에 유리한 수단에 불과하다. 왜냐하면 박인홍 소설의 주인공들은 자기 자신을 파괴하더라도 세계는 여전히 요지부동의 형태로 그대로 남아 있을 수밖에 없다는 것을 너무도 잘 알기에. 총 쏘기는 결국 그 자신을 파괴하는 자살적 제스처로 귀결될 수밖에 없으며, 세계를 고스란히 그대로 남겨두어야 하기에 주체에게 그것은 비겁한 일일 수밖에 없다. 총 쏘기는 고작해야 주체와 가까운 타자를 파괴하는 일에 복무할 뿐이다. 그리하여 총 쏘기는 대개 상상과 실현 불가능한 욕망의 형태로 주어지고 말며, 글쓰기라는 선택지만 유일하게 남아 있다. 글쓰기 속에서 '나'는 얼마든지 죽을 수 있기에. 그것은 점점 더 과격해진다. 따라서 트럭에 치여 뒤통수가 깨지고 얼굴이 뭉개진 채 질질 끌려다니는 '나'의 시체를 '나'가 보는 불가사의한 장면을 그린 소설 「설경」만 '나'가 이렇게 말하는 것도 당연하다. "나는 죽었다."(91쪽) '나는 죽었다'라는 이 문장은 오로지 글쓰기에서만 가능한 발화다. 그것은 세계를 의심하는 '나'마저 살과 뼈를 가진 실체가 아니라 언어적 허구이자 문법의 결과로 만들어버리는 극단적 제스처다. 이제 '나'는 존재하지 않는 자가 된다. 박인홍 소설의 '나'는 이제 '나'의 상상 속에만, 어쩌면 타자의 상상 속에서만, 글쓰기 속에만 존재하는 허구일지도 모른다. 그렇다면, 또다시, '벽 앞의 어둠'이라는 소설집 제목의 암담한 이미지가 암시하듯, 박인홍 소설의 주인공들이 할 일이란 그저 "죽음을 향한 권태 속에서 절망을 인식하는 것, 어디를 보아도 권태로부터 빠져나갈 구멍이 보이지 않음에도 불구하고 헛되이 발버둥치는 것"(「하늘」, 47쪽)들 뿐일까. 혹시 이 허무의 몸짓이 "사랑"(같은 쪽)이라고 부르는 것과는 그렇게도 무관한 것인가.

『벽 앞의 어둠』 또는 미완의 토르소

박인홍의 소설에서 독자들이 마지막으로 읽어야 하는 것은 미로와도 같은 세계와 '나'를 잇는 아리아드네의 실타래, '나'와 여자와의 관계, 즉 사랑이다. 두어 편을 제외하고 『벽 앞의 어둠』에 실린 소설들은 남녀 간의 불모의 사랑을 다루고 있는 연애소설이다. 연애소설이되, 사랑의 좌절과 실패의 기록, 라캉이라면 '성관계는 없다'고 말할 법한 관계의 파탄과 단절을 문제삼는 연애소설. 지금까지 살펴보았듯이, 전반적으로 『벽 앞의 어둠』에서 뿜어나오는 저 불모의 에너지는 의심하고 부정하고 파괴하는 타나토스적 충동으로, 이 충동은 에로스를 압도하고 있다. 그 결과, 글쓰기 속에서만 오직 가능한 발화인 '나는 죽었다'는 문장이 태어나기도 했다. 그러나 박인홍에게 사랑은 둘의, 세계의 탄생이 아니라, 소멸의 제스처 쪽으로 자꾸 기우는 듯하다. 「하늘」에서처럼 '나'는 "두 개의 몸, 두 개의 영혼이 하나가 되어 하나뿐인 나를 초월하는 진정한 자유, 진정한 삶"(43쪽)을 꿈꾸기도 하지만, 그것은 둘의 함께 있음이 아니라, 자신의 초월에 타자가 동원되고 결국 소멸시키는 것에 불과하다. 아래 소설의 인용문에서 보듯, 작중인물인 '나'는 사랑조차도 이기적이며 기만적인 행위라고 생각하는 쪽으로 더욱 몰두한다.

> 남자와 여자 사이에 있어서 "당신이 없으면 못 삽니다"라고 하는 것은 말을 바꾸면 "내가 살기 위해서 당신이, 당신의 사랑이 필요합니다"라는 것이 아닌가? 버림받고 핍박받는 이들을 사랑하는 사람도 그들을 사랑하지 않으면 자신의 삶이 무의미해지기 때문에, 자신의 존재 이유가 소멸된다고 생각하기 때문에 사랑하는 것이 아닐까? 이타적이라는 말처럼 이기적인 것이 있을까?(「벽 앞에서의 사랑을 위한 밑그림」, 287쪽.

이하 「밑그림」)

'당신이 없으면 못 삽니다'라는 말을 '내가 살기 위해 당신이, 당신의 사랑이 필요합니다'라는 말로 바꿔 쓸 수 있다. 그런데 이 말은 '나는 당신을 사랑하기 때문에 당신을 파괴합니다'라는 말로 들리기도 한다. 왜냐하면 박인홍 소설의 단 한 명의 주인공 '나'는 그 자신이 존재하지 않기 위해서라면 무엇이든 할 수 있었으니까. 물론 박인홍 소설의 '나'는 사랑을 쉽사리 포기할 수 없다. "나는 그러나 사랑을 포기하는 대신 하늘을 보았다. 하늘은, 새삼스레, 비어 있었다. 그리고, 어이없게도, 비어 있는 하늘에 그애의 얼굴이 그려졌다."(「하늘」, 47쪽) 대단히 아름다운 이 문장에서처럼, 사랑은 텅 빈 세계 대신 타자의 얼굴이 유일무이한 세계로 재등장하는 행위이다. 사랑은 "너희 둘이 하나로 새로운 세계를 빚는 것이다."(「밑그림」, 294쪽) 그렇다. 그러나 이 안타까운 소망의 제스처를 뒤로한 채, 박인홍은 또다시 자기 파괴의 길을 선택한다. 거의 모든 소설들에서 연인이나 여자와의 관계는 강간, 폭력, 살인 등으로 귀착되고 만다. 그것은 이유가 있는 폭력이지만, 그만큼 값을 치러야 하는 폭력이다. 그 자신마저 허구로 간주하는 작중인물 '나'의 타나토스적 충동은 가장 가까운 타인을 파괴하기에 이른다. 왜 가장 가까운 타인인가? 다시 말해 그 자신이 존재하지 않기 위해서라면 '나'는 '나'의 실체를 유일하게 믿고 있는—다른 누가 '나'를 믿겠는가, '나' 자신조차도 '나'를 믿지 못하는데 말이다—어떤 대상마저도 파괴해야 하는데, '나'를 믿는 가장 가까운 타자란 누구인가? 다른 누구도 아닌 연인이 바로 그 타자가 아니던가?

그렇다면 타자의 소멸과 자기 소멸의 동시적 제스처, 이것은 허구를 전복함으로써 허구를 구축하고 또다시 자신이 구축한 허구마저 파괴하려는 박인홍의 처절하고도 철저한 글쓰기가 초래할 수밖에 없었던 일종의 재앙으로 보아야 하는가. 그의 두번째 소설집 『명왕성은 눈물을 흘리지 않는다』를 읽어보면, 이제 '나'는 완벽히 지워지고 그 텅 빈 자리에 인용구들의 모자이크로 채워진 고갈의 텍스트만 남겨져 있다는 인상을 지우기 어렵다(「똥통 속의 넝마주이」). 글쓰기는 가장 순수한 의미에서 자동사가 된 듯하지만, 거기에는 목적어도, 주어도, 심지어 자동사마저도 사라지고 '박인홍'이라는 저자의 이름만 남겨져 있다(저자의 소멸을 실천하던 소설이 저자의 이름만 덩그러니 남기다니!). 그렇게 볼 때 박인홍의 『벽 앞의 어둠』은 지금, 여기서 다시 읽어야 할, 매우 소중한 소설적 유산이라고 생각하지 않을 수 없다. 박인홍이 던져놓은 수많은 문제들, 즉 글쓰기의 존재론, 언어와 기호, 현실과 허구, 주체와 타자, 가능성과 필연성, 사랑과 폭력 등에 대한 『벽 앞의 어둠』의 매혹적인 탐구는 마치 제각각 따로 서 있는 미완성의 토르소들과 같다. 이 미완의 작업에 대한 작가와 비평가, 그리고 독자의 발굴과 존경, 탐구와 실험이 계승되고 지속될 때, 박인홍의 글쓰기는, 보르헤스가 말하듯, 다시 태어나는 과거의 선구자가 될 것이다. 한국소설사에서 좀처럼 그 유래를 찾아볼 수 없었던 과격한 글쓰기로, 허구적 실험의 시작과 종말을, 그 가능성과 폐허의 밑그림을, 과거와 미래를 한꺼번에 적나라하게 보여주는, 무궁무진(無窮無盡)한 현재의 텍스트로.

목소리가 사라지는 곳으로 문학이 가야 한다[1)]

목소리의 복원을 위하여

자! 이리 오세요. 칭찬이 자자한 오디세우스여, 아카이오이족의 위대한 영광이여! 이곳에 배를 세우고 우리 두 자매의 목소리를

1) 이 글에서 언급하는 작품은 다음과 같다. 이해조, 「구마검」, 『신소설—한국소설문학대계 1』(두산동아, 1995); 최남선, 「백두산 근참기」, 『육당 최남선 전집 6』(현암사, 1973); 조정래, 『오 하느님』(문학동네, 2007; 개정판 『사람의 탈』, 문학동네, 2009); 방현석, 「존재의 형식」, 『랍스터를 먹는 시간』(창비, 2003); 박범신, 『나마스테』(한겨레신문사, 2005); 최인석, 「내 님의 당나귀」, 『목숨의 기억』(문학동네, 2006); 편혜영, 「사육장 쪽으로」, 『사육장 쪽으로』(문학동네, 2007); 박형서, 「진실의 방으로」, 『자정의 픽션』(문학과지성사, 2006); 박민규, 「깊」(『문학동네』 2006년 겨울호); 김유진, 「목소리」(『문예중앙』 2006년 봄호). 최남선의 「백두산 근참기」는 기행문이지만, 한국문학에서 목소리의 계보와 관련해 중요한 이정표를 제공한다는 판단 아래 소설과 함께 다뤘다. 이 글의 맥락과 관련하여 최남선의 「백두산 근참기」 분석에 대해서는 복도훈, 「미와 정치—국토순례의 목가적 서사시」(『한국근대문학연구』, 태학사, 2005)를 참조할 것. 앞으로 본문에 인용할 경우는 작가와 작품 제목만 병기한다. 아울러 이 글은 이 책에 실린 다른 글들을 자유롭게 참조하고 있음을 밝혀둔다. 「생존이 꿈인 자들의 삶, 생존이 삶인 자들의 꿈」(2부), 「노르망디의 실종자」(3부), 「연대의 환상, 적대의 현실」(3부), 「심연에서 비극으로」(5부).

> 듣도록 하세요. 우리 입에서 나오는 감미롭게 울리는 목소리를
> 듣기 전에 검은 배를 타고 이 옆을 지나간 사람은 아직 아무도
> 없어요. 그 사람은 즐긴 다음 유식해져서 돌아가지요.
> 우리는 넓은 트로이아에서 아르고스인들과 트로이아인들이
> 신들의 뜻에 따라 겪었던 모든 고통을 다 알고 있으며
> 풍요한 대지 위에서 일어나는 일은 무엇이든 다 알고 있으니까요.[2]

그러나 그 누구도 세이렌의 노래, 그녀들의 목소리를 듣고 세이렌 곁을 통과해 살아나간 적이 없음을 오디세우스는 이미 잘 알고 있었다. 돛대에 몸을 묶은 채 항해하는 꾀바른 오디세우스 앞에서 세이렌들이 노래를 부르기 시작하는 이 장면은 문학사에서 출현하자마자 사라져 버렸던 목소리의 떠도는 운명을 예고한다. 마치 목소리가 문학이 탄생하는 바로 그 순간, 앞으로 사라짐으로써만 존재할 것처럼. 오디세우스 이전에 세이렌의 노래를 듣는 선원들은 누구도 살아남지 못했다. 그 자체로 매혹적이었던 그녀들의 목소리는 향수를 자극하고 누구도 세이렌과 그녀가 부르는 노래의 실체를 알 수 없었다. 다만 사람들은 선원들의 뼈 무덤이라는 자연사(自然死)의 증거를 통해 세이렌과 노래를 유추할 수 있었을 뿐. 죽음은 세이렌과 노래의 수수께끼이자 해답이었다. 세이렌과 그녀의 노래는 그로부터 멀리 떨어진 사람들의 풍문 속에서 아마도 하나였으리라. 춤과 춤꾼을 구별할 수 없듯이, 세이렌이 노래였고 노래가 곧 세이렌이었다. 세이렌은 목소리 그 자체였다.

그런데 오디세우스 이후, 그리고 호메로스 이후, 『오디세이아』의 독자들은 오디세우스가 들었던 세이렌의 목소리를 지금처럼 듣고 있다. 물론 그것은 문자에 사로잡힌 목소리이며, 목소리의 위협이 거세된 문

2) 호메로스, 『오뒷세이아』, 천병희 옮김, 숲, 2006, 272쪽.

자일 뿐이다. 문자는 목소리의 죽음을 은폐하고 있으며, 목소리의 죽음을 살고 있다. 세이렌의 진정한 목소리, 만일 그런 것이 있다면 그것은 무엇일까. 아마 『오디세이아』에서 그녀의 목소리가 얼마만큼 매혹적이고 또 위협적인가를 강조하는 여러 작중인물들의 담화를 통해, 담화 사이의 이따금 두려운 침묵을 통해서만 세이렌의 목소리는 짐작 가능했을 것이다. 인용문에서 세이렌의 목소리는 그들의 유일한 목격자이자 그들 노래의 유일한 청취자인 오디세우스가 소급해서 재구성한 것이다. 세이렌의 목소리는 마치 감금된 채 어슬렁거리는 맹수처럼 텍스트의 수많은 철창에 갇혀 있다. 그것은 시작하자마자 종말을 맞은 목소리, 노래 이전의 노래다. 호메로스는 세이렌의 목소리를 직접화법 대신에(그렇게 하면 너무도 위협적이기에!) 오디세우스의 간접화법으로 재현함으로써(그렇게 하면 조금이나마 안전하기에!) 세이렌의 목소리를 문자에 가까스로 종속시킬 수 있었다. 그리고 그는 세이렌의 응시와 목소리를 뒤로 남겨둔 채 서사적 항해를 계속했다.

그렇지만 세이렌의 목소리는 사라진 것일까. 그것은 텍스트의 어딘가를 여전히 떠돌고 있지 않을까. 오디세우스와 같은 또다른 육체를 찾아 문학의 안팎을 떠돌고 있지 않을까.[3] 세이렌의 목소리는 "문학 속에서 태어나기 위해 죽어야만 하는 실재"[4]일까. 오히려 목소리가 자

3) 예를 들면 스핑크스와 오이디푸스의 만남은 세이렌과 오디세우스의 만남을 반복하고 있다. 저 유명한 스핑크스의 질문(아침에는 네 발로, 점심에는 두 발로, 저녁에는 세 발로 걷는 짐승이 무엇이냐?)을 실어나른 목소리는 죽음의 목소리였을 것이다. 오이디푸스를 제외하고는 그 누구도 그 목소리를 듣고 살아남지 못했기 때문이다. 오이디푸스는 스핑크스의 질문에 '인간'이라는 답으로 스핑크스를 물리치고 테바이의 왕이 되었지만, 오이디푸스의 비극이 알려주듯, 그 답은 반쪽짜리 답이었다. 스핑크스의 질문에 대한 진짜 답은 아비를 죽이고 어미와 통정하여 자식이자 형제자매를 낳은 오이디푸스, 세 세대의 혈통을 마구 뒤섞고 결국 테바이를 무정부상태로 몰고 온 '오이디푸스, 바로 너 자신'이지 않을까. 그 진실에 소름끼쳐 울부짖는 오이디푸스의 목소리에는, 『오이디푸스 왕』에는 스핑크스의 들리지 않는 목소리가 겹쳐서 복화술처럼 울려퍼진다고 할 수 있지 않을까.

신의 실존을 위해서 문학이 호출해야만 했던 것, 문학의 항해가 끝난 후에도 살아남은 역설적 실존이 아닐까. 이처럼 세이렌의 목소리는 인류 최초의 문학작품에서 삶과 죽음, 재현과 재현 불가능한 것 사이에 위치하고 있는 신비한 대상으로 자리매김했다. 그것은 언어이면서 언어가 아니며, 언어 이전에 존재하고 있었고 언어 이후에도 살아 있는 어떤 뒤얽힌 웅성거림과 비슷하다. 목소리는 언제나 호메로스 이전, 문학과 언어의 근원에 대한 질문으로 되돌아가게 만든다.

태초에 목소리가 있었다

이 글은 세이렌의 목소리처럼 육체 없이 떠도는 혼령, 당신 안에 있지만 당신에게는 낯선 이물질, 그러면서도 끊임없이 당신을 홀리고 파멸시키려드는 유혹자, 당신의 일거수일투족을 따라다니는 전지전능한 신, 당신의 신체에 달라붙는 죽은 타자에 관한 이야기다. 이 글은 또한 하늘과 대지를 연결하는 빗줄기, 육지와 바다가 만나는 경계나 강기슭, 태아와 어머니를 잇는 탯줄, 당신을 초월적으로 고양시키고 정체성을 일깨우는 동일자에 관한 이야기이기도 하다. 저주이자 구원이며, 매혹이자 파멸인 대상, 뫼비우스의 띠처럼 안이면서 바깥이고 바깥이면서 안에 있는 그 대상은 바로 목소리(voice)다.

그러나 이 글은 서사이론이나 구조시학에서 논란의 대상인 서술자와 피화자, 인칭과 시점, 화법, 초점화자, 복화술, 이종 또는 동종 이야기 등등에서 추출되고 연역되는 서술주체의 목소리에 관한 숨막히는 논리의 복마전 속으로 뛰어드는 무모한 일은 하지 않는다. 이 글에서

---

4) 츠베탕 토도로프, 「초기의 서사물」, 『산문의 시학』, 신동욱 옮김, 문예출판사, 1992, 68쪽.

다루고자 하는 목소리는 서술주체의 동일성을 확증하는 목소리보다 (뿐만 아니라) 그것이 실패하는 목소리, 서술적 재현의 장에서 숙주가 될 신체를 찾아 떠도는 대상(object)으로서의 목소리다. 이 목소리는 또한 신체기관에 종속된 목소리가 아니라, 신체로부터 떨어져나와 자율적이 된 목소리다. 그것은 마치 루이스 캐럴의 『이상한 나라의 앨리스』에서 붉은 웃음을 가진 체셔 고양이가 사라지고 난 뒤에도 계속 남아 웃고 있는 붉은 웃음과 닮아 있다. 여기서 목소리는 이중적으로 양가적이다. 첫째, 목소리는 주체의 동일성을 보증하지만, 주체가 온전히 그 자신이 된다는 환상을 좌절시키는 타자이기도 하다. 둘째, 언어와 관련하여 목소리는 언어가 태어나고 사라지는 공백, 일종의 부정성의 장소다.[5] 목소리에 관한 수많은 형용어구들을 생각해보자. 고함치고 속삭이며 울고 위협하고 명령하고 고백하는 등등 목소리에 대한 수많은 형용사들은 그 자체로 "의미의 결핍일 뿐만 아니라, 언어가 목소리의 무한한 어둠과 대면하여 실패할 수밖에 없는 의미의 과잉이기도 하다. 목소리에 직면하여 언어는 항상 구조적으로 실패하고 만다".[6] 따라서 문학에서 목소리에 대한 성찰은 한편으로는 언어적 형상화 이전과 이후의 질료상태, 기표의 물질성에 대한 유물론적 탐구와도 그 맥락을 같이한다. 외침, 울부짖음, 비명, 침묵 등은 언어에 내재한 기표의 물질성에 대한 질료적 증거들로, 목소리의 탄생과 소멸의 한가운데에 자리 잡고 있다.

새로운 세기로 접어들면서 한국문학에서도 서술주체의 고압적 목소

---

5) Giorgio Agamben, *Language and Death: The Place of Negativity*, trans. Karen E. Pinkus & Michael Hardt, University of Minnesota Press, 1991, p. 45.

6) Mladen Dolar, *A Voice And Nothing More*, Cambridge, Massachusetts: The MIT Press, 2006, p. 13. 이 글은 목소리 일반론과 관련된 서술에서 이 책과 함께 미셸 시옹의 『영화의 목소리』(박선주 옮김, 동문선, 2005)에 담긴 풍부한 통찰력에 전적으로 의존했다.

리, 계몽성, 독백주의를 의심하는 일련의 평문(예컨대 이광호의 「굿바이! 휴먼」[7])이 제출되는 한편으로, 상징계의 언어질서, 기표의 남근적 체계 그 자체마저 의심하는 여성의 목소리, 복화술, 비명 등과 같은 타자의 언어, 언어의 타자에 주목하는 비평적 움직임도 활발하다. 신수정의 「비명과 언어」는 그중에서 단연 선구적인 비평이다. 「비명과 언어」는 언어로 분절되기 이전의 목소리, 여성의 신체에서 울리는 '비명'이 상징적 언어질서와 관련하여 갖는 독특한 위상을 여성작가들의 작품에 대한 독해를 통해 섬세하게 점검하고 있다. 신수정의 글에서 비명은 물론 탯줄로 연결되어 있던 어머니와 태아의 근원적 분리와 관계가 있다. 일종의 목소리의 절대라고 할 수 있을 비명은 다만 말로 표현할 수 없는 발화, 상징적 언어현실에 대한 단말마적 저항을 넘어서 "태초에 비명이 있었다"[8]라는 진술에서 암시되듯, 언어와 문학의 근원적 움직임에 대한 보다 심화된 사유로 이어진다. 이 글 또한 기왕의 논의가 가진 문제의식을 공유하고 확대하는 방향으로 나아갈 예정이다.

아쿠스메트르

목소리는 언어학뿐만 아니라 문학, 형이상학, 윤리학, 정치학에 이르기까지 폭넓은 사유의 대상이다. 목소리는 언어를 배우기 이전 단계 유아의 옹알이와 같은 표현의 미분화상태, 또는 언어와 표현을 전달하는 과정에서 공기의 진동과 관련된 음성이라는 기능태의 한 항목으로 인식되는 등 언어학에서는 보통 음성학에 포함된다. 그러나 목소리는 그 자체로 사유의 대상이어야 한다.

---

7) 이광호, 「굿바이! 휴먼」, 『이토록 사소한 정치성』, 문학과지성사, 2006 참조.
8) 신수정, 「비명과 언어」, 『푸줏간에 걸린 고기』, 문학동네, 2003, 20쪽.

먼저 목소리는 주체화되기 이전의 아이가 타자인 어머니와 맺는 최초의 관계에 대단히 지배적이다. "최초에 캄캄한 자궁 안에 목소리, 즉 어머니의 목소리가 있었다."[9] 목소리는 그 음원(音源)의 주위로 울려 퍼지기 때문에 대상의 일면밖에 볼 수 없는 시각보다 더 근원적이며 보편적이다. 시각은 시야에 닫혀 있지만, 청각은 사방을 향해 열려 있다. 인간의 귀는 가장 먼저 발달하는 감각이기에 태아 단계에서부터 듣던 어머니의 목소리에 익숙하다. 또 아이의 귀는 목소리로 타자를 식별한다. 아이는 목소리의 음원이 보이지 않을 경우, 음원에 해당하는 존재를 더욱 풍부하게 상상한다. 그리하여 어머니의 목소리는 아이에게 전지전능한 신이 된다. 그러나 아이는 문자를 배우면서, 기표=법에 덧씌워지면서 아이와 어머니를 연결하는 상징적 탯줄을 끊게 된다. 이 탯줄을 대신하여 어머니와 아이를 단속적(斷續的)으로 연결하는 것이 바로 목소리다. 사회적 상징계에 진입하는 주체에게 목소리와 같은 충동의 대상은 물론 몇몇 신체의 부위에 집중되고 부분적이게 된다. 몸은 이미 기표로 뒤덮인 몸이기에. 목소리와 같은 대상은 인간이 자신의 세계와 맺는 관계에서 점점 더 소원해지지만, 그만큼 더 근원적이고 더욱 목마른 대상이 된다. 그것은 듣지 않으려 해도 들을 수밖에 없으며, 보려고 하지 않으려 해도 볼 수밖에 없는 타자다.

아이의 '포르트-다(fort-da)' 놀이에서처럼, 주체가 세계에 참여하는 서사에서도 목소리는 주체에게 나타났다 사라지며 사라졌다가 나타나는 불가해한 타자의 위상을 지닌다. 그것은 문학이나 영화와 같은 허구적 서사에서 스토리와 플롯 구축, 편집의 기술적 과정에 이르기까지 내재적으로 참여한다. 이 목소리가 영화의 '유년기', 무성영화가 퇴장하고 초기유성영화가 등장할 무렵에 '음성 존재' '청각적 인물' '비

9) 미셸 시옹, 『영화의 목소리』, 91쪽.

가시적 목소리' 등으로 번역되는 '아쿠스메트르(acousmêtre)', 곧 음원이 보이지 않는 목소리의 출현으로 처음으로 물질화된 것은 우연이 아니다. 아쿠스메트르는 "스크린 안에 존재하지 않으면서도 거기에 있으며, 스크린 안에 들어가지 않은 채 표면을 떠돌아"다니는 존재, "도처에 존재하고, 모든 것을 보고, 모든 것을 알며, 모든 것을 할 수 있는 능력"을 지닌 가히 신적인 존재다.[10] 아쿠스메트르의 뛰어난 영화적 사례 중 하나인 앨프리드 히치콕의 〈사이코〉(1960)를 보자. 영화의 디제시스적 현실 안팎을 넘나들면서 떠돌아다니는 노먼 어머니의 목소리, 이 아쿠스메트르의 정체는 무엇인가. 그것은 영화의 결말에서 정신병적 살인마 노먼 자신의 복화술로, 노먼의 어머니는 한낱 해골에 불과한 것으로 밝혀지기 전까지는 살았는지 죽었는지 도무지 정체를 알 수 없으며, 그 힘이 측량 불가능할 정도로 위력적인 목소리다. 그렇다면 아쿠스메트르는 다만 영화만의 전유물일까. 확실히 그 기원이 불가해하고, 친숙하면서도 불길하며, 남자와 여자, 인간과 동물의 음성이 뒤섞인 듯 모호할뿐더러 기계적으로 사람을 잡아끄는 마력마저 지닌 아쿠스메트르의 최면적인 목소리를 재현할 수 있는 최고의 현대예술은 확실히 영화다. 그렇지만 문학은 영화의 전사(前史)로, 아쿠스메트르의 존재를 예고하고 있었다.

보석들의 수다

서구문학사에서 내러티브의 디제시스적 현실을 떠도는 아쿠스메트르는 세이렌에서 시작, 오이디푸스의 복화술, 오페라의 유령, 오즈의

10) 같은 책, 47쪽.

마법사, 릴케의 천사들에 이르기까지 그 수를 셀 수 없을 정도다. 그중에서 드니 디드로의 소설 『입 싼 보석들』(1748)은 특별히 여기서 언급할 만하다. 최근 한국어로도 번역 소개된[11] 이 소설은 계몽주의자이자 백과전서 기획자였던 디드로의 첫번째 소설이며, 데카르트적 기계론을 인간신체에 적용해 유물론적으로 재해석한 철학소설이다. 이 소설의 철학적 의의는 인간이 생각하고 움직이고 말하는 동기가 전통적인 형이상학이 가르치듯 인간두뇌에서 나오는 영혼의 명령 때문이 아니라, 신체 그 자체에서 비롯된다는 획기적인 가설이다.[12]

콩고의 술탄 망고귈은 국정을 돌보는 이외에 심심파적으로 콩고 여성들의 연애사건에 흥미를 보이게 된다. 그는 그녀들의 정조를 시험하기 위해 정령인 퀴퀴파로부터 반지를 빌리며, 정부(情婦)인 미르조자의 갖가지 조언과 도움을 얻는다. 이 반지에는 특별한 능력이 있다. 반지를 낀 왕은 보이지 않게 되며, 그의 손이 가리키는 곳에 있는 여인은 연애내력, 불륜, 난교, 간통 등의 은밀한 이야기를 마구 쏟아낸다. 그녀의 정조는 방탕으로, 순결은 난교로, 침묵은 수다로 곧 드러나고 만다. 그러나 그녀의 입이 아니라 그녀의 치마폭 안의 은밀한 곳에 감춰진 '보석'—당시의 여성 성기에 대한 은유—이 그것들을 말한다. 『입 싼 보석들』에서 아쿠스메트르에 해당하는 것은 물론 여자의 보석이다. 여기서 잠시 흥미로운 사실을 언급하자. 디드로는 아쿠스메트르라는 신조어가 만들어지기 훨씬 이전에 그와 비슷한 것을 일찌감치 고안하고 있었다. 백과전서의 한 항목인 '피타고라스 학설'에서 디드로는 고대 그리스 철학자 피타고라스의 독특한 교수법을 소개한다. 그 하나는 공개적인 강의이며, 다른 하나는 보다 은밀하고도 밀교적(密教的)인

11) 드니 디드로, 『입 싼 보석들』, 정상현 옮김, 고려대학교출판부, 2007.

12) Miran Božovič, "The Omniscient Body", *Lacan: The Silent Partners*, ed. Slavoj Žižek, London·New York: Verso, 2006, p. 17.

강의였다. 후자의 강의에서 피타고라스는 커튼 뒤에서 목소리만으로 강의를 했다고 한다. 그는 오직 목소리를 통해 철학자로서의 권위를 드높였으며, 그의 가르침은 수수께끼 같고도 상징적인 권위를 동반한 채 강하게 전파되었다. 커튼을 걷었다면 한낱 보잘것없는 범부(凡夫)로 드러나고 말았을 그의 정체와 학설, 학파를 이토록 신비스럽고도 권위 있도록 만든 것은 바로 그 음원이 보이지 않는 목소리였다.[13] 그럼 『입 싼 보석들』로 되돌아와 보석의 정체가 과연 무엇인지를 물어보자. 그 입이 도대체 보이지 않는 보석의 수다는 그것의 신비스러운 정체에 대해 궁금해한 콩고의 한 데카르트학파가 유추하듯 '기계'다. 왜냐하면 보석의 수다는 "새가 지저귀는 것"같이, 좀처럼 그치지 않고 반복적이며 또 도무지 통제할 수 없기 때문이다. 한편 "배우지도 않았는데 완벽하게 표현해내는 것을 보면", 이 수다스러운 기계는 "어떤 탁월한 지능의 소유자", 즉 전지전능한 신이 배후조종하는 존재다.[14] 여기서 디드로의 소설은 18세기 계몽주의의 유물론적 인간학인 '인간-기계(human-machine)'에 대한—디드로의 동시대인으로 그의 지적 경쟁자요, 『입 싼 보석들』에 대한 서평을 쓰기도 했던—라 메트리(La Mettrie)의 극단적 입론과 조우한다.

결국 보석들의 목소리가 '기계'라는 것은 인간이 한낱 그 성질에서 기계와 전혀 다를 바 없다는 말이 아니다. 디드로의 발명품인 여성 신체에서 흘러나오는 저 거침없고 맹목적이며 불가해한 기계적 충동의, 히스테리적인 목소리는 인간 영혼의 소산이 아니다. 그것은 오히려 소설에서 미르조자가 모태의 뱃속에 있는 태아에 대해 언급하면서 말한 것처럼, 그리고 지금껏 설명해온 것처럼, 양수에 잠긴 태아가 느끼는 파동, 압력, 소리 등 신체의 근원적 움직임과 관련이 있다. 보석의 목

---

13) Miran Božovič, "The Omniscient Body", pp. 22~23.

14) 드니 디드로, 『입 싼 보석들』, 242쪽.

소리, 저 기계-신은 영혼과 육체, 자연과 문명 사이를 떠돌아다니는 그 무엇이다. 백지상태(로크), 고아(루소), 고귀한 야만인(볼테르), 감각하는 조상(콩디야크), 맹인(디드로) 등 인간의 기원에 대한 가설과 탐구의 세기였던 계몽주의 시대에 디드로는 『입 싼 보석들』을 통해 훗날 정신분석의 무의식과 충동, 영화의 아쿠스메트르에 이르기까지 인간과 언어의 근원에 대한 성찰의 길을 닦아놓았다. 이제 멀리 돌아온 이 이야기의 주파수를 한국 근대소설사의 첫 장면에 고정시키고 볼륨을 높이도록 하자.

혼령의 목소리, 법의 목소리

우리 둘이 전후취(前後娶)로 영감께 들어와 생전에는 서로 보지도 못했으나 고혼은 남과 달라, 아. 손목을 마주잡고 설운 눈물이 마를 날 없이 전전걸식(轉轉乞食) 다니다가 칠월 보름날 사시초(巳時初)에 베전 병문에서 영감을 만나 이씨 나는 동남풍이 되고, 박씨 나는 서북풍이 되어 두 바람이 모여 회오리바람이 되었소, 오. 영감의 가시는 길을 에워싸고 이리 돌고, 저리 돌고, 감돌고 푸돌며 지접(止接)할 곳을 두루 찾더니 영감 쓰신 제모립이 둥둥 떠나가 일 마장 밖에 가 떨어지기에 우리가 그 갓에 은신을 했더랬소, 오. 그 길로 영감을 따라 집에를 돌아온 지 보름이 다 되도록 국내·장내 맡기만 했지, 떡 한 덩이 못 얻어먹었소, 오. 여보아라 최씨야, 우리를 그렇게 박대하고 무사할 줄 알았더냐! 네 자식 데려간 것을 원통타 마라아. 별성마마께 호소하고 네 자식을 잡아왔다아.(이해조, 「구마검」)

함진해의 전처 혼령들이 무당의 목소리를 통해 나타나 아들을 잃은 최씨를 타박한다. 이 혼령들은 목소리다. 인용문에서 무당의 복화술은 마치 두 개의 머리가 달린 괴물이 한 목소리를 내는 것과 비슷하다. 이씨와 박씨의 혼령은 한 몸이었다가 반복되는 어말어미 '소, 오'를 통해 제각각 되살아난 것 같다. 이해조의 『구마검驅魔劍』(1908)은 무당 금방울이 지주인 함진해 집안의 재산을 착복하고 서서히 붕괴시키는 과정과 함씨의 종친들이 금방울의 음모를 밝히고 퇴치하려는 과정이 선악의 대립구도로 맞물려진 신소설이다. 그러나 이 소설은 무당의 목소리와 법관의 문서, 무당의 목소리와 법의 목소리의 대립으로 치환해 읽을 수도 있다.

배뱅이굿의 한 대목을 연상시키는 무당의 목소리는 '병창(竝唱)'이지만, 실제로는 한 사람의 입술에서 흘러나오는 복화술(ventriloquism)이다. 물론 금방울이 내는 혼령들의 목소리는 금방울이 행한 변성의 술수, 거짓말이다. 금방울은 지주 함진해의 아내 최씨를 꼬드겨 최씨의 갓난아이가 죽은 이유를 죽은 전처부인들인 이씨, 박씨의 혼령 때문으로 믿게 만든다. 아이는 다만 제때 종두법을 받지 못해 죽은 미신의 희생양일 뿐이다. 앞서 세이렌의 노래에서 중요한 것은 노래의 내용이 아니라, 그녀가 노래를 한다는 언표행위라고 말했다. 그것은 오로지 달콤한 유혹, 임박한 파국을 예고하는 제스처, 거짓말이다. 거짓말은 언표내용과 상관없는 주체의 언표행위 그 자체만으로 이루어진 진술이다. 거짓말을 하고 있다는 행위 자체가 거짓말의 유일한 메시지인 것처럼, 『구마검』의 인용문도 거짓말, 순수한 언표행위다. 그것은 목소리 그 자체만으로 위력을 지닌다. 사실 인용문은 아무런 내용도 갖고 있지 않다. 그것은 오직 함진해 집안을 속여 그들의 재산을 갈취하기 위해 무당이 지어낸 거짓말이자 복화술이다. 무당의 목소리는 내용이 없지만 효력을 지닌다. 최씨 부인과 함진해, 그리고 마을사람 모두 이 목소리를 믿는다.

한편, 무당의 목소리 반대편에 법에 준하는 문서가 있다. 함일청이 작성한 문서는 아직은 계몽적 교설이며 성문화된 법은 아니다. 그러나 그의 아들 종표가 그에 상당하는 법을 집행하는 법관이라는 사실은 문서에 법적 효력이 있다는 증거라고 할 수 있다. 소설의 마지막 대목에서 함일청은 종씨인 함진해의 어리석음과 금방울의 횡포를 보다 못해 "무릇 나라의 진보가 되지 못함은 풍속이 미혹함에 생기나니, 슬프다!"로 시작되는 두 통의 긴 편지와 열 가지 잠언을 작성하며, 문중의 사람 앞에서 이 글들을 낭독한다. 특히 십계명을 연상시키는 잠언은 "쓸데 있는 글"과 "술사의 사람 속이는 말", 자크 데리다의 말을 빌리면, 목소리(voice)와 문서(letter)의 대립마저 연상시킨다. 그렇지만 이 문서를 여러 문중 앞에 낭독한다는 사실에 주의를 기울일 필요가 있다. 법은 그것을 발화하는 권위 있는 목소리를 통해서야 비로소 진정한 효력을 지니게 되며, 다른 목소리에 승리를 거둘 수 있다. 문서로 된 법은 그것을 유지하고 실현하기 위한 수행적 발화(performative utterances)를 반드시 필요로 한다. "목소리가 없는 곳에 법도 없다. 목소리는 문서에 권위를 부여하며, 문서를 기표뿐만이 아니라 행동으로도 만든다."[15] 소설은 함일청의 아들 종표가 법관이 되어 금방울 일당을 체포하고 최씨가 미신과 연관된 집기들을 모두 불태우는 것으로 마무리된다. 말하자면, 미신적인 과거와 연결된 탯줄을 잘라버리는 방식으로 서사는 끝을 맺는 것이다. 임화의 말처럼, 『구마검』이 구한말, 왕가를 지배했던 타락한 미신풍조에 대한 작가 나름의 계몽주의적, 정치적 대항서사라면,[16] 여기서 문서의 낭독은 최고의 정치적 언표행위다.

『구마검』은 무당과 법관, 배뱅이굿의 복화술과 법의 문서, 미신과 계몽의 전투이자 마침내 근대적 법의 목소리가 전근대적 미신의 목소

15) Mladen Dolar, *A Voice And Nothing More*, pp. 54~55.

16) 최원식, 「이해조의 문학세계」, 『한국근대소설사론』, 창비, 1986, 97쪽 참조.

리에게 승리하면서 자신의 동일성을 확립하는 탈주술화의 계몽서사다. 그리하여 선한 법의, 계몽의, 근대의 목소리는 사악한 무당의, 미신의, 전근대의 목소리에 승리를 거두고 지배적이고도 독백적인 권위를 획득하게 된다. 한국 근대소설사의 시작에 자리 잡은 원초적 장면에는 이처럼 목소리와 목소리의 보이지 않는 이전투구(泥田鬪狗)가 숨어 있었다.

신의 영성, 부처의 묘음

「한아버지!」

이 한 마디는 실로 나의 전감격(全感激), 전인식(全認識), 전신수(全信受), 전탄앙(全嘆仰)을 흠뻑 담은 대찬송이었다. 삼계(三界)로 육도(六途)로 육방(六方)으로 팔창(八窓)으로 쩔쩔매고 돌아다니던 가난하고 병든 아이가 처음으로 자애로운 어머니(慈母)를 딱 만나서 무두무미(無頭無尾) 불쑥 나오는 전성(全誠)의 말이었다. 하려 해서 하는 말이 아니요 저도 모르게 그만 나오는 소리였다. 답답하고 옥죄고 쇠로 단근질하고 바늘로 쑤시는 듯하던 마음이 이 소리 한번이 나간 뒤에는 전에 없던 청쾌(淸快)와 환희와 광명에 금새 영입됨이 과연 불가사의한 일이었다. 분명히 내 속으로 나온 소리이건만 귀로 들어올 때에는 그것이 신(神)의 영성(靈聲)이요 부처의 묘음(妙音)이요 대실재(大實在)의 계시(啓示)였다. 과연 이하백도(二河白道)에서 피안의 복음을 듣는 것이었다. 만겁(萬劫)의 죄장(罪障)이 일시에 소멸하고, 적광(寂光)의 상토(常土)가 다리 아래로 즉시 나타나는(卽現) 것을 보았다.(최남선, 「백두산 근참기」. 인용문을 현대어 표기로 바꿨음)

1926년, 최남선은 백두산 정상에 올라 태곳적 원시의 투명한 풍경인 천지(天池)를 응시하다가 벅차오르는 감격을 주체하지 못하고 '저도 모르게' 이처럼 '한아버지'를 부른다. 그리고 그때까지 까닭 모를 상실감에 사로잡혔던 자신이 본래의 자기로 되돌아왔음을 느꼈다고 고백한다. 스스로를 민족의 샤먼이라고 여겼던 최남선에게 백두산은 민족의 아버지 어머니가 거주하는 신성한 땅, 세계의 배꼽이며, 천지는 민족의 젖줄, 어머니의 양수가 보존된 태중(胎中)이다. '한아버지'란 기표, 최남선이 무심코 낸 이 목소리의 정체는 무엇인가. 그것은 그 자신만의 비밀이며, 모든 정체성의 비밀이기도 하다. "'한아버지' 소리의 내용 전체의미가 무엇이요, 또 얼마인 것은 아마 당자 아니고는 아무도 모를 것이었다." 그렇다면, 어떤 비밀일까. 최남선은 천지의 투명한 표면을 응시하면서 전설이 현실이 되고 신앙이 사실이 되는 엑스터시를 경험한다. 그에게 천지는 깨끗한 마음과 밝은 눈을 가져야만 볼 수 있는 신성한 풍경이다. 누가 본 것일까. 그가 본 것이 아니라, 그의 "양심이 그렇게 본 것이다". 사물을 투명하게 볼 수 있는 눈과 내면에 자리한 '한아버지', 신의 목소리는 사실상 같다. 사물들을 투명하게 보는 의식(consciousness)은 내면의 양심(conscience)에서 흘러나오는 목소리다.

최남선과 같은 '조선심(朝鮮心)'의 대리자에게 '신의 영성, 부처의 묘음'은 결국, 고양된 자신의 목소리다. 데리다의 말처럼, 목소리는 자기를 듣는다. 자신이 스스로의 목소리를 듣는 이 투명성 속에서 주체와 그를 둘러싼 세계와의 간극, 거리는 무화된다.[17] 그러나 이 엑스터시의 순간은 그리 오래가지 못한다. 최남선은 그것을 무척이나 안타까

---

17) Jean Starobinski, "The Transparency of Crystal", *Jean-Jacques Rousseau: Transparency and Obstruction*, trans. Arthur Goldhammer, Chicago: The University of Chicago Press, 1988, pp. 258~259.

워한다. "그러나 내 귀는 어이 이리 멍청이이며, 눈은 화경(火鏡)같이 밝아지는 대로 혀는 장작개비처럼 굳어져감이 어인 일인가? (……) 내 마음과 그것을 울려내야 할 목청은 어찌 이리 뻣뻣하고 꺽꺽하고 딱딱하기만 한가? 온갖 것을 다 보았다. 그러나 하나만도 일컫지 못한다." 눈은 밝아졌으나 귀는 멍청이고 혀는 굳어졌으며 마음과 목청은 뻣뻣하고 딱딱해졌다. 엑스터시가 빠져나간 신체는 죽은 신체, 동일성이 불투명해진 주체다. 최남선의 탄식에는 유한자의 신체를 넘어 무한자와 무매개적으로 닿고자 하는, 무한자가 되려는 열망이 드러나 있다. 여기서 목소리는 신체의 불투명성을 "순수한 투명성으로 변형"[18] 시키는 보충적 기능을 떠맡는다. 민족주의가 탄생한 비밀은 바로 목소리가 태어나는 비결이기도 했다. 혼령의 목소리는 되돌아왔으며, 근대는 민족서사의 탄생 속에서 재주술화되었다. 이제 민족의 목소리는 죽음과 삶의 우연성을 넘어서려는 모든 근대적 주체에게 마술적으로 달라붙기 시작했다. 근대적 인간은 무신론자임을 자처하지만 실제로는 자신의 전지전능한 신을 제대로 저버린 적이 한 번도 없다. 이 새로운 근대의 신은 무소불위의 권위를 지니고 도처에서 출몰하게 된다.

기계장치의 신

1) "호랑이한테 열두 번 물려가도 정신만 차리면 살아나!"

신길만은 불쑥 말했다. 말을 해놓고 보니 자신은 줄곧 어머니의 그 말을 곱씹고 있었다는 것을 깨달았다.

---

18) 자크 데리다, 『목소리와 현상』, 김상록 옮김, 인간사랑, 2006, 118쪽.

2) “총알 피해 댕겨라.”

그때 아버지의 목소리가 울렸다. 그 목소리는 아버지가 바로 옆에서 말하고 있는 것처럼 생생하고, 담배 냄새까지 묻어났다.(조정래, 『오 하느님』)

식민지의 토착지식인 최남선은 주권이 존재하지 않는 가상의 국경에서 ‘한아버지’의 목소리를 만났고 식민지와 제국 사이에서 분열된 그 자신의 정체성을 회복할 수 있었다. 그가 백두산에서 재발견한 조선심이야말로 모든 단절과 죽음, 고립을 넘어서 유기체적 실재로 과거, 현재를 거쳐 미래에도 조선민족이 존속할 수 있다는 유일한 환상이었다. 조정래의 『오 하느님』은 그의 다른 소설들과 마찬가지로 개체의 단독적 실존보다 약소국 민족공동체 전체의 삶과 죽음이 강대국의 이해방식에 의해 좌지우지되는 역사의 아이러니에 초점을 기울인 소설이다. 소설의 내러티브는 단조롭다. 식민지 조선에서 태어나 일본군이 되어 몽골, 소련, 독일, 프랑스, 미국을 거쳐 다시 소련 국경 근처에서 총살을 당하는 주인공 신길만과 그의 동료들의 기구한 생사를 재현하는 방식 또한 평면적이다. 독자들이 그들에게서 감지하는 것은 작중인물들의 다기한 정체성의 혼란과 언어의 분열 등이 아니라, 점차 모국(어)으로부터 멀어져가면서 고향을 그리워하는 민족구성원 공통의 상실감뿐이다. 주인공 신길만과 그의 동료들이 호환 가능할 정도로 엇비슷한 캐릭터로 보이는 이유도 그 때문이다.

오히려 이 소설에서 유일한 흥미를 자아내는 것이 있다면, 그것은 내러티브의 장(場) 사방에서 수시로, 때로는 강박적이다 싶을 만큼 출몰하는 부모의 목소리다. 인용문의 목소리는 소설에서 모두 합해 열 번에 걸쳐 주인공의 생사고비 때마다 변형되어 들려오다가 소설 후반부에서는 어머니의 목소리만 주인공에게 들리게 된다. 이 목소리는 작중인물들이 서사의 후반부로 갈수록 점차로 잃어버리는 말, 모국어의 보충(supplement)이지만, 소설의 플롯 전개상 목소리의 등장은 '기계장치의 신(deux ex machina)'의 도입을 연상시킬 정도로 어색하다. 총알을 피해 다녀라, 호랑이에게 물려가도 정신만 차리면 산다는 말은 총탄이 날아다니고 생사의 결정이 전적인 우연에 내맡겨지는 전쟁터에서는 무의미하게 들릴 뿐이다. 그러나 부모의 말, 목소리는 『오 하느님』에서 특별한 효력을 발휘하는 주술이 된다. 이 목소리는 심지어 '담배 냄새'가 묻어날 정도로 물질적이다. 이 소설에서 목소리는 삶의 우연성을 필연성으로, 말의 결핍을 모어의 충만으로, 타자성을 동일성으로, 죽음을 삶으로 되돌려놓는 어머니=대타자((M)other)의 목소리다. 소설이 처음 발간되던 당시의 제목이 대타자(하느님)를 연상시키는 것도 우연만은 아닐 터. 그러나 『오 하느님』은 이러한 목소리들조차 더이상 어떠한 힘도 발휘할 수 없는 비극적 정황으로 마무리된다. 혹시 이러한 결말이 민족주의가 봉착한 지금의 막다른 골목이나 교착상태를 암시하고 있는 것은 아닌지 한번 생각해볼 만도 하다.

물신(物神)의 목소리

1) "밥그릇 밑 빠질라."

그가 부르는 대로 두드린 다음, 모니터 위에 뜬 베트남어에 성조를 넣어 읽던 재우는 탄성을 지르지 않을 수 없었다. 베트남어의 신비는 성조였다. 6성의 언어구조는 성조에 따라 노래만큼이나 변화무쌍한 느낌을 만들어냈다. 그가 찾아낸 대사의 성조는 한국어로는 도저히 표현할 수 없는 매혹적인 어감을 부여했다. 단어들 위에 얹힌 성조는 짠돌이의 대사를 뫼비우스의 띠처럼 슬픔과 익살이 일렬선상에서 뒤집어지며 이어지도록 만들어놓았다. 그 상황을 드러낼 수 있는 더 이상의 언어는 지구상 어디에도 없을 것 같았다. 베트남어를 처음 배울 때 수시로 재우를 절망에 빠뜨리던 까다로운 성조가 만들어내는 최고의 마법을 레지투이는 요술주머니에서 꺼내놓았다.(방현석, 「존재의 형식」)

2) 처음엔 어색해 그냥 걷기만 하던 내 입에서 한나절도 채 지나지 않아 자연스럽게 '나마스테'가 흘러나왔다. 굿모닝도 없었고 안녕하세요도 없었다. 세계의 모든 언어가 다 소멸되고 단 하나 '나마스테'가 남은 것 같았는데, 이상한 것은 입속으로 우물거리듯이 나마스테…… 고요히 말하고 나면 그때마다 눈앞이 환해지는 느낌이 든다는 점이었다. 그래서 나는 짐 실은 나귀떼의 방울 소리만 앞에서 들려도, 나마스테…… 하고 인사했다.(박범신, 『나마스테』)

이 글의 무대가 국경을 넘어선 마당이니 그럼 이번에는 모국어에서 외국어로 가보는 것은 어떨까. 최근의 탈국경의 서사에서 외국인 또는 타자의 언어를 재현하면서 실어나르는 수사(修辭)에는 타자, 그들의 언어, 문화적 관습, 종교적 신앙의 관습화된 요소들을 신비화하는 습속이 자주 발견된다. 방현석의 「존재의 형식」에서 베트남전쟁 당시 혁명전선의 공산주의자였던 레지투이가 적어놓고 주인공 재우가 발음하는 베트남어의 성조는 '뫼비우스의 띠'라는 비유가 그러하듯, 목소리가 주는 매혹을 잘 수식하고 있다. 「존재의 형식」에서 재우에게 레지투이는 과거에 투사였으나 그에 대한 충실성을 지속하지 못하는 자신의 부채감, 결여를 보충하는 자아-이상(ego-ideal)과 같은 존재다. 따라서 6성의 언어구조를 가진 베트남어가 한국어를 비롯하여 다른 어떤 언어보다 매혹적이라는 투의 찬탄은 레지투이의 존재가 아니었더라면 결코 불가능한 일이었을 것이다. 인용한 대목은 레지투이의 모습에 재우가 전율하면서 그를 이상적 존재로 응시하는 소설의 또다른 장면과 동일한 미학적 심급을 지닌다. 그런데 이것은 1950년대 소비에트 미학이 강조했던 지도자의 숭고미에 대한 재현(전형)의 탈국경적, 탈근대적 판본은 혹시 아닐까. "지도자들의 숭고한 미"는 "사회주의 리얼리즘 예술에서 '미'와 '진리'의 일치를 위한 토대이다."[19] 레지투이의 고결한 형용과 그가 제공해준 6성조의 베트남어에 대한 매혹은 결국 미와 진리가 한 몸에 구현된 공산주의 지도자에 대한 매혹과 대동소이하지 않을까.

한편, 타자의 언어에 대한 매혹과 숭배는 그것을 지배하고 차지하려는 지배의 욕망과 무관하지 않다. 2003년 7월, 대대적인 이주노동자 단속이 있었던 당시에 분신자살했던 네팔의 노동자 카밀의 딸 애린(愛隣)은 2021년 아버지의 조국을 찾는다. 그녀가 아버지의 무덤으로 가던 도중 발음한 '나마스테', 세계의 모든 언어가 소멸하고 나서도 이 우주에 남아 있을 최후의 언어인 '나마스테'는 더이상 '안녕하세요'라는 뜻을 가진 네팔의 환대의 언어도, 작중인물이 구사하는 영어도, 네팔어 나마스테의 한국어 음차도 아니다. '나마스테'는 2021년이라는 가상의 미래에 제국의 언어인 영어를 사용하는 다인종국가 출신 청년의 환상이 담긴 목소리다. 애린은 한국인과 네팔인, 미국인 사이에서 정체성의 갈등을 겪는 "무적자"로 소설에는 간략히 소개되어 있지만, 이어지는 구체적 묘사를 보면 그녀는 영어를 능수능란하게 사용하고 코스모폴리탄적 분위기가 느껴지는 다인종 혈통의 미국 청년에 더 가깝다.

간단히 말하면, '나마스테'는 영어, 한국어, 네팔어 등등으로 나뉘어 있는 바벨탑의 언어 이전으로 복귀하려는 상상력의 산물이다. 게다가

---

19) 슬라보예 지젝, 「데카르트트적 신체와 그것의 불만」, 미란 보조비치, 『암흑지점』, 도서출판 *b*, 이성민 옮김, 2004, 9쪽.

'나마스테'는 인종적 장벽뿐 아니라, 짐 실은 나귀 떼에게 인사하는 등 인간과 자연의 경계마저 넘어서는 보편적 목소리이고자 한다. 그렇다면 이러한 환상이 구축될 만한 현실적 자리는 무엇인가. '나마스테'는 과연 개별언어라는 종(種)을 초월하는 유(類)적 언어인가. 우선 '나마스테'가 애린이 사용하는 언어인 제국의 언어, 세계어가 되려는 영어의 주인인 미국이라는 단단한 현실적 물질적 기반에 근거를 둔 환상임을 지적하자. 그런데 『나마스테』에서는 이 소설이 씌어진 언어인 한국어가 제국의 언어인 영어의 자리를 대체한다고도 생각해볼 수 있다. '나마스테'는 제국의 언어인 영어를 사용하는 다인종 출신의 작중인물과 그의 행동을 형상화하는 한국어가 제국을 동경하고 스스로 제국의 언어가 되고자 하는 환상의 결과에 가깝다. 마치 화폐가 상품의 한 종이면서 각각의 상품을 매개하고 초월하는 보편적 상품이 되는 것처럼, '나마스테'도 언어의 한 종이면서 동시에 세계의 모든 언어가 소멸되고 통합되는 보편언어라는 유의 자리를 차지한 종이다. 사실상 한국어도 이러한 제국의 영어를 동경하지 않는가. 게다가 약소국인 네팔이나 동남아시아 국가 출신의 이주노동자들에게 한국어는 강요된 하위제국(sub-empire)의 언어가 아닌가. 명동성당 투쟁에서 궁지에 몰린 카밀과 그의 일행이 스스로를 "한국의 노동자"로 부르며, "아름다운 세상 아름다운 코리아"를 외치면서 그들의 존재를 인정받고 싶어하는 소설의 한 대목을 상기해보는 것도 괜찮겠다. 『나마스테』에서 기괴하리만치 안타깝게 느껴지는 이 대목, 명동성당에서 영어로 울려퍼지는 이 노래를 도대체 어떻게 설명해야 할까. 여기서 타자의 언어, 타자의 목소리는 이 모든 곤경과 교착을 봉합하는 감각적인 문체의 도움을 받아 더할 나위 없는 이데올로기적 물신(物神)으로 둔갑한다. 결국 타자의 언어, 타자의 목소리는 동일자의 이데올로기적 알리바이였다.

화폐의 목소리

그 하수구 구멍을 멍청히 내려다보는 나에게 거기에 가게를 차리라고 알려준 것은 무엇이었을까. 거기 가게를 차리는 것은 나 같은 자의 머리로서는 생각해낼 수 없는 일이었다. 무엇인가가 집요하게 나에게 가게를 차려야 한다고 권한 것이 분명하다. 정말 그날 무엇인가가 나에게 한 말을 고스란히 기억해낼 수 있을 것 같다. 가게 만들어. 순댓집이건 김밥집이건. 나는 듣지 않으려 했다. 말이 안 되는 소리였으니까. 하수구 구멍에 가게라니? 터무니없는 말이었다. 돌이켜보면, 그날 집으로 돌아와 순이를 기다리며 혼자 텔레비전을 쳐다보는 동안에도, 꾸벅꾸벅 졸 때에도, 자기 위해 이부자리를 펴는 동안에도 어떤 목소리가 끈질기게 나에게 말을 걸었던 것 같다. 돈 버는 수를 가르쳐줘도 싫다네, 이 한심한 자식이. 가게를 만들란 말이야. 그게 사는 길이야. 언제까지 사람 같지 않은 것들 눈치나 보고 공돌이 공순이 소리 들으면서 살 거야? 노동조합? 개 같은 소리. 그게 정말 널 니 노동의 주인으로 만들어줄 수 있을 것 같으냐? 이놈의 세상에서 할 일이 또 하나 생기는 거밖에 없어. 널 니 주인으로 만드는 건 돈밖에 없어, 돈. 돈 때문에 니가 그놈들 눈치 보지 돈 아니면 뭣 때문에 그러고 사냐? 먹는 장사를 하는 거야. 먹고 싸고, 그게 사람 사는 거잖아. 딱 좋은 데야, 그 하수구 자리. 시장 바깥, 시장 보는 게 좀 피곤한 일이야? 시장 보고 돌아가다보면 당연히 아주머니들 허기지지. 들어와서 먹게 되어 있어. 거기다 돈 버는 게 딱 어울리는 자리라니까. 하수구에 물 쏟아지듯 돈이 쏟아질 거다. 자는 동안에도 그 목소리는 그치지 않았다.(최인석, 「내 님의 당나귀」)

내 안에서 들려오는, 나를 호명하는 목소리가 언제나 나의 자기동일성을 보증하지는 않는다. 이제 이야기는 동일성의 알리바이가 아닌,

동일성을 위협하고 파괴하는 타자의 목소리에 관한 것이다. 속삭이고 명령하며 협박하고 구슬리는 인용문의 자유간접화법은 '나'의 안팎에서 들려오는 아쿠스메트르를 예고한다. 듣지 않으려 해도 들리며, 떨어지려 해도 집요하게 들러붙는 목소리의 정체는 무엇인가. 이 불길한 목소리는 처음에는 그저 '나'에게 들려오다가 아내 순이가 사고를 당한 후에 전화의 목소리로 그 존재를 순이 아비로 처음 알리며, 나중에는 "술주정뱅이" "도깨비"와 같은 구체적인 형상으로 순이가 입원한 병원에서 '나'의 면전에 나타난다. 목소리의 정체는 목소리가 말한 내용에 내재적으로 드러나 있다. '널 니 주인으로 만드는 건 돈밖에 없어, 돈.' 노동이 아니라 화폐가 당신을 주인으로 만들어줄 것이다. 먹고 싸고 하는 것이 사람 사는 일이다. 말하자면, 순이 아비는 돈이 육화(肉化)된 목소리며, 이러한 상상력이 이 소설을 알레고리로 만든다.

우연의 일치일까. 『자본론』의 「상품의 물신적 성격」이라는 장에서 마르크스 역시 상품을 하나의 알레고리로 파악한다. 그는 상품의 신학적이고 형이상학적 성질에 대해 언급하면서 "만약 상품들이 말을 할 수 있다면 이렇게 말할 것이다"라고 가정한다.[20] 앞서 화폐는 상품의 한 종이면서 그 스스로 초월자가 된 유적 상품이라고 말했다. 청년 마르크스가 셰익스피어의 『아테네의 타이몬』에 대한 비평적 감식안을 갖고 말한 것처럼, 화폐는 "전능한 존재" "눈에 보이는 신"이다.[21] 그것은 불가능한 것을 가능한 것으로, 사랑을 미움으로, 미움을 사랑으로, 덕

---

20) "만약 상품들이 말을 할 수 있다면 이렇게 말할 것이다. 우리의 사용가치가 인간의 관심사일지 모른다. 그것은 물적 존재로서의 우리에게는 속하지 않는다. 물적 존재로서 우리에게 속하는 것은 우리의 가치이다. 상품들로서의 우리 자신의 거래가 그것을 증명한다. 우리는 다만 교환가치로서 서로 관련할 따름이다." 카를 마르크스, 『자본 1-1』, 김영민 옮김, 이론과실천, 1997, 113쪽.

21) 카를 마르크스, 『1844년의 경제학 철학 초고』, 최인호 옮김, 박종철출판사, 1991, 356, 359쪽.

을 패덕으로, 패덕을 덕으로, 종을 주인으로, 주인을 종으로 전환시킨다. 화폐는, 프로이트의 말을 빌리면, 섬뜩하다(unheimliche). 순이 아비 또한 그런 존재다. 그는 기껏해야 순이가 몰래 부쳐준 돈에 기생해서 살아가는 무능한 아버지처럼 보이지만, 순이의 병실을 더 나은 곳으로 옮겨주고 회생불능인 순이의 장기를 팔도록 주선해주며, 쫓겨날 뻔했던 가게 터마저 되살리는 등 전능한 존재이기도 하다. 고작해야 순이에게 용돈을 받는 처지였던 그가 어떻게 이런 일들을 해낼 수 있었던 것일까. 순이 아비가 바로 무엇이든 할 수 있는 돈 그 자체였기 때문에 가능했다. 이처럼 순이 아비는 '나'가 이러지도 저러지도 못하는 일들을 '해버리는' 나의 외설적 분신, 명령하는 초자아, 유혹하는 이드에 가까운 존재다. 목소리와 관련지어 말하면, 갈수록 '나'의 목소리는 그의 것을 닮게 되며, 그의 목소리는 결국은 '나'의 것이 된다. 그러나 '나'는, 순이 아비에게 의존하면 할수록, 혐오스러웠던 그가 친숙해질수록, 자기 자신과 멀어져간다. "나는 누구인가? 나는 도대체 누구인가?"라는 질문은 '나'가 직면한 막다른 곤궁과 교착의 증거다. 그러나 이 모든 것은 결국 "거래", 상품이 자신의 본질에 대해 스스로 말하듯이 '교환'일 뿐이다. '나'는 자신의 삶의 기반을 조금도 남기지 않고 모조리 잃어버리는 방식으로 순이 아비와 결별한다. '나'의 유년과 관련된 당나귀 모형을 하수구에 던져버리는 '나'의 행위는, 허공을 날아다니는 당나귀라는 전능한 존재를 노래했던 순이 아비와 연결된 질긴 탯줄을 끊어버리는 행위다. 처음 그와 인연이 닿았던 곳이 흥미롭게도 영화에서 종종 목소리가 타고 올라오는 탯줄을 닮은 전화선이었음을 상기해보자. 그는 전화기의 탯줄을 통해 '나'에게 목소리로 나타났고, 이제 '나'가 모든 것을 잃어버리자 전화 속의 그도 더이상 존재하지 않는 자가 되었다.

소설은 종종 언어, 타자라는 물신에 매혹되기도 하지만, 물신으로부터 벗어나는 것이 또한 얼마나 어려운지를, 그리고 그로부터 벗어났을 때 비로소 삶이 개시된다는 소중한 진실을 알려주기도 한다. 최인석의 소설은 사람들의 삶이, 전지전능한 화폐가 속삭이는 것처럼, 어떻게 먹고 싸고 하는 단순한 삶에 불과한지, 그렇지만 그러기 위해 서로가 서로에게 늑대가 되는 것을 마다하지 않는 헐벗은 삶(bare life)으로 결국 귀착되는지에 대한 본질적인 의문에서 시작된다. 이것은 최인석 소설이 그동안 삶을 본질적으로 추방이나 처형으로 정의했던 방식과도 상통한다. 최인석 소설에서 종종 들리는 말더듬이의 울부짖음, 반인반수의 포효, 괴물의 단말마적 외침 등을 상기해보자. 이 목소리들은 헐벗은 삶이 현실에서 차지하는 위치를 언어와 관련하여 성찰토록 만든다는 점에서 중요하게 취급되어야 한다. 아감벤은 "살아 있는 존재는 어떤 방식으로 언어를 가지게 되는가?"라는 아리스토텔레스의 물음이 "헐벗은 삶은 어떤 방식으로 폴리스에 거주하게 되는가?"라는 물음에 정확히 대응한다고 말한 바 있다. "살아 있는 존재가 자신 안에 자신이 고유하게 지닌 목소리를 배제된 채로 보존하면서 로고스를 가지게 되듯이, 살아 있는 존재는 자신이 고유하게 지닌 헐벗은 삶을 폴리스 내부에서 배제된 채로 내버려둠으로써, 즉 예외로서 폴리스에 거주한다."[22] 최인석 소설에서 목숨뿐인 삶을 살아가는 주인공들의 울부짖는 소리, 포효, 단말마의 외침, 비명 등은 언어로 분절되기 이전의 동물적 음성(phonē)과 비슷하다. 이 음성은 폴리스, 현실에 거주하지만, 배제된 채로, 유기된 채로, 신분증이 없는 채로 폴리스에서 살아가는 헐벗은 삶이 가질 수 있는 유일한 표현, 언어(logos)가 되지 못한 언어, 목소리의 막다른 종착역이다.

---

22) Giorgio Agamben, *Homo Sacer: Sovereign Power and Bare Life*, trans. Daniel Heller-Rosen, Stanford: Stanford University Press, 1998, p. 8.

소리와 파국

차는 어느새 야산 중턱까지 왔다. 신작로가 거기까지 이어져 있었다. 개들이 사방에서 짖어댔다. 그는 차를 멈췄다. 개들도 짖기를 멈췄다. 그가 멈췄던 차를 움직였다. 개들이 다시 짖기 시작했다. 개들이 짖는 것인지 그의 귀가 만들어낸 환청인지 분간할 수 없었다. 여보, 지금 개 짖는 소리가 들려? 그는 귓가에 떠도는 사나운 으르렁거림을 참지 못하고 아내에게 물었다. 무슨 소리예요, 빨리 가기나 해요. 울먹이며 아내가 소리쳤다. 그는 울 듯한 마음으로 다시 서둘러 차를 몰았다. 개 짖는 소리에 묻혀 야산을 타넘었다. 야산을 넘어서니 그가 살고 있는 마을과 똑같은 모습의 주택단지가 나타났다. 그는 자신이 같은 자리를 맴돌고 있는 건 아닌지 불안해졌다. 그의 마을이 그렇듯이, 새하얀 철제 단층주택들이 도미노칩처럼 일정한 간격으로 늘어서 있었다. 마지막 주택을 밀어 쓰러뜨리면 단지 전체가 우수수 넘어질 것 같았다. 신작로는 마을 끝까지 그대로 이어져 있었다.(편혜영, 「사육장 쪽으로」)

세상에는 수많은 음성들이 있고 또 그만큼의 소음들이 있다. 전자가 언어 이전의 음성이라는 자연과 상관이 있다면, 후자는 기계나 테크놀로지 등 문명과 관계가 있다. 그러나 음성과 소음은 어느 순간에 명확하게 구분되지 않고 모호해지며, 결정 불가능한 영역에 들어선다. 편혜영의 「사육장 쪽으로」에서 그것은 예컨대 도심 외곽의 전원주택 근처에서 들려오는 화물차의 소음, 기계음과 사육장의 개 짖는 소리가 구별 불가능하게 뒤섞여버리는 것과 비슷하다. 그것은 또한 『사육장 쪽으로』에 실린 단편 「안개」에서 주말 밤을 이용해 소풍을 떠나는 두 남녀를 집요하게 따라다니는 대형트럭의 둔중한 소음과 안개의 불길한 고요함이 뒤섞인 불협화음과도 닮았다. 자연과 문명이 만나 모호해지는, 그것들의 비밀을 드러내는, 멀고도 가까운 목소리들.

언제 집에 재산압류딱지가 붙을지 알 수 없는 비상(非常)과 도심에서의 근무라는 일상의 반복이 가져다주는 긴장과 불안은 드디어 사육장의 개가 아이를 물어뜯는 순간, 도미노처럼 무너지고 만다. 주인공 '그'는 아이를 데리고 병원에 가려고 하지만, 개 짖는 소리는 계속 주인공을 쫓아오고 '그'는 무엇인가에 홀려 소리 나는 쪽을 자꾸 되돌아보게 된다. 사육장 너머에 병원이 있을 거라는 막연한 정황 속에서 개 짖는 소리는 점차로 음원을 벗어나 '그'의 외부에서 들려오다가 내부로 스며들고 드디어 모든 곳에 편재하기 시작한다. 개 짖는 소리는 애매하다. 그것은 배경이었다가 전경으로 돌출한다. 개 짖는 소리는 곧 병원이 나타날 거라는 위안의 신호이면서 동시에 병원은 끝내 나타나지 않을지도 모른다는 불안의 징조이기도 하다. 이 소설에서 희망의 기대는 절망이 되고 구원의 소망은 파국이 된다. 사방에서 들려오는 개 짖는 소리는 주인공과 그의 가족들을 원래의 똑같은 자리로 반복해서 되돌아오게 만든다. 그러나 개 짖는 소리만큼이나 작중인물들의 행동 또한 반복적이고 맹목적이며 기계적이다. 그러고 보니, 집들도 똑같고 길을 가리키는 사람들도 비슷비슷하다. 주인공은 사육장을 벗어나려 하지만, 사육장으로 되돌아온다. 전원주택의 배치는 사육장의 배치와 비슷하며, 전원주택의 수만큼 사육장이 있을지도 모른다.

어쩌면 기계적으로 닮은 것, 똑같이 반복되는 것은 편혜영 소설의 작중인물들에게는 공포와 위안을 동시에 가져다줄 것이다. 그러나 그 결과는 완전한 파국이다. 비상사태는 일상의 예외가 아니며, 오히려 일상 그 자체가 비상사태다. 무서운 것은 희망의 신호가 절망의 잠정적 유예이며, 구원의 불빛이 파국의 일시적 지연에 불과하다는 진실이다. 진정한 파국은 이 모든 것의 종말이 아니라, 자신들이 왔던 자리를 계속 맴도는 저 신화적 공포에서 조금도 벗어나지 못하는 악무한(惡無

限), 영원회귀의 악몽이다.

진실의 목소리

> O는 경감의 입을 보았다. 여전히 닫혀 있되 그 언저리에는 미묘한 경련이 맺혀 있었다. 요상한 신음 소리를 내며 서서히 벌어졌다. 이어 고개가 천천히 움직였다. 처음에는 아니라고 부인하는 것 같았다. 조금 지나자 두리번거리는 모습이 무언가를 찾는 듯했다. 그러면서 움직임은 차츰 격렬해졌고, 나중에는 완전히 미쳐버린 사람처럼 세차게 흔들어댔다. O는 경감의 눈이 허옇게 뒤집힌 것을 보고는 기겁해서 뒤로 물러섰다. 경감은 잇몸을 드러낸 채 고통의 신음을 뿌리며 머리와 어깨, 무릎을 앞뒤로 무섭게 내저었다. 제 가슴을 쥐어뜯고, 몸을 외로 꼬았다. 금세라도 쓰러질 것처럼 위태로운 모습이라 O는 부축하기 위해 주춤거리며 다가섰다. 그러나 경감은 휘휘 저으며 만류하더니, 윽박지르듯 물었다. "이 소리! 너, 이 소리 들리니?" 당황한 O가 무어라 대답하기도 전에 경감이 허공을 향해 외쳤다. "바로 이 소리야. 두근두근, 이 방의 심장이 고동치고 있어. 고막이 찢어질 것 같아. 폭발할 것 같아. 잘 들어봐, 들리니? 들려?"(박형서, 「진실의 방으로」)

물론 들리지 않는다. O는 아무리 애를 써봤지만 '진실의 방'의 심장소리가 들리지 않았다. 답답할 노릇이었다. 경감은 진실의 심장이 무어라 말했는지를 O에게 자꾸 종용하고 협박하고 다그치지만, O가 무엇을 상상하고 말해도 경감은 거짓이라고 말하며, 그런 방식으로 진실은 미끄러지고 유예된다. 그런데 이 방에 정말 진실이 있기나 한 것일까. 그렇다고 이 소설의 메시지를 '진실은 존재하지 않는다'로 읽으면 그것은 심각한 오독이다. 오히려 진실은 발명되며, 그것도 태초에 하나님이 세상을 창조했듯, 무(無)로부터 창조된다. 고문이 그 수단이자 도구다. 고문은 무로부터 진실을 창조하는 동시에 고문의 객체를 진실의 주체로 만든다. 그 진실의 주체에 대해 이 소설은 “자동인형”이라는 명칭을 부여하고 있다.

「진실의 방으로」는 인용문처럼 우스꽝스런 원맨쇼를 벌이는 경감의 편집증적 과대망상이 O에게 서서히 전이(轉移)되는 고문의 과정을 통해 진실을 만들어가는 이야기다. 이 소설은 무로부터 무엇인가를 만들어내는 허구적 과정을 무대화한 메타픽션이다. 고문은 이 소설의 빼어난 방법론이며, 무로부터 진실을 창조하는 훌륭한 서사적 절차다. 고문은 정신적, 육체적 고통의 한계 끝에 다다른 주체가 자신의 내밀한 진실을 자백하고, 양심에 가책을 느끼며, 사건을 실토하는 과정이 아니다. 오히려 고문은 이 모든 것들을 재창조하는 허구적 서사다. 고문당하는 주체가 진실을 만들고, 양심을 구축하며, 사건을 발명해야만 고문은 끝난다. 이 소설에서 고문의 순서는 이렇다. 먼저 바늘을 고문당하는 신체의 잇몸 위쪽에 찔러 넣고 튜브로 약을 흘려보내 치아 신경을 지진다. 다음, 피부에 테이프를 붙이고 전기를 통하게 해서 피가 섞인 똥을 튀어나오게 만든다. 마지막으로 불알에 바이스를 끼워 서서히 죈다. 그 반복되는 과정을 통해 바늘에 찔린 망각은 기억을 만들어내며, 전기로 발작을 일으킨 텅 빈 기억은 내면을 조직한다. 바이스로 점점 조여지는 내면은 양심의 목소리를 터져나오게 한다. 그리하여 마침내 진실의 주체가 탄생한다. 그러나 이때의 진실은 내면 깊숙이 자리 잡은 주체의 진정성, 양심의 목소리를 타고 흐르는 회심에 찬 고백과는 무관하다. 「진실의 방으로」에서 진실은 O의 내면, 양심의 목소리, 진정성 어린 고백 따위와는 아무런 상관이 없다. 소설에서 O의 내면에 대한 객관적 상관물에 해당하는 캐비닛을 열면, 거기에 있는 것은 고동치는 붉은 심장이 아니다. 고문에 의해 새롭게 탄생한, 아니, 본래 그곳에 있었던 주체를 구성하는 재료들은 이렇다. "복잡한 전선으로 연결된 네모난 기계, 부드러운 천에 싸인 야구방망이, 외과용 카테터와 긴 고무 튜브, 검게 녹슨 공사용 집게와 바이스, 곱게 접힌 비닐들, 그리고 작은 바늘이 빼곡이 꽂혀 있는 천 뭉치." 주체는 이 잡동사니를 둘러싼 무(無)에 불과하다.

이처럼 고문을 통해 주체의 심부(深部)에 도달했을 때, 거기서 발견할 수 있었던 것은 붉게 고동치는 심장의 진실이 아니었으며, 거기서 들을 수 있었던 것은 시험에 든 양심의 목소리가 아니었다. 진실은 처음부터 경감의 경련하는 입, 과도한 제스처, 협박하는 목소리에 담겨 있었다. 박형서의 알레고리에 이르러서야 한국소설사에서 주체의 동일성을 보증하던 큰타자의 목소리는 퇴거하고 편집증적 큰타자의 목소리가 그 자리를 차지하게 되었다.

무시무시한 충만

훔. 룸의 내부에 다시 종소리가 울려퍼졌다. 결국 디퍼들은 그 소리의 정체를 알 수 있었다. 심해의 울음도 지구의 울음도 아니었다. 티모의 원자들이 자신들의 고통을 처절히 호소하는 룸의 울음소리였다. 훔. 훔. 훔. 시간이 지날수록 종소리는 잦아졌다. 공명의 폭은 더욱 커졌고, R-71의 반응도 더욱 격렬해짐을 디퍼들은 느낄 수 있었다. 길고 긴 시간이 다시 흘렀다. 인류가 시뮬레이션하지 못한 심연 속으로 룸은 끝없이 끝없이 내려가고 있었다. -25187. 멈춰 선 계측기는 더이상 작동하지 않았다. 돌아갈 수도 없어. 크리스가 중얼거렸다. 테세우스의 실은 끊어진 지 오래였고, 영웅의 갑옷도 해진 지 오래였다. 이것은 부작용일까? 아무도, 아무것도 없는 어둠을 응시하며 샘케는 또 한번 중얼거렸다. 여전히 아무것도 없는 세계였지만, 아무것도 바라지 않아 라고 샘케는 생각했다. 훔. 종소리는 점점 신성한 공포로 각인되기 시작했다. 그것은 몸의 공포였다.(박민규, 「깊」)

세이렌의 목소리에서 출발했던 이 글은 이제 인간내면의 초월적 목소리, 대타자의 목소리, 기계의 소음과 동물의 음성 등을 경유하여 점점 더 침묵으로 가득 찬 해연(海淵)으로 하강하고 있다. 여기서 목소리와 침묵은 임무를 교대한다. 목소리와 음성의 완벽한 부재는 어떤 의미에서 볼 때, 불길하거나 사악한 초자아의 목소리보다 더욱 견디기 힘들다. 완벽한 침묵이 죽음에 근접한다면, 목소리는 오히려 삶의 첫 신호가 된다. 룸의 울음소리는 사실상 꽉 찬 심해의 침묵을 반향하고 있다. 짧게 발음되지만 긴 침묵의 유성(流星)을 그리는 단음절 '훔'은 디퍼들에게 '신성한 공포'의 목소리이자 침묵 그 자체다. 「깊」의 결말은 지구가 사라져버리고 탁구를 치는 두 중학생과 거대한 탁구공만이 그 빈자리를 대신하는 『핑퐁』(창비, 2006)의 결말이 주는 멍한 진공(vaccum)과 비슷하다. 결여 없는 충만함은 텅 빈 진공과 마찬가지로 근원적인 공포를 가져온다.

소설은 지구가 단일연합국가가 된 2487년경의 미래를 그리고 있다. 우주로 끝없이 향하던 인류의 탐사는 갑자기 "지구의 틈"으로 닻을 내리게 된다. 100년 전에 해저에서 큰 지진이 있었고, 미지의 심해가 새롭게 발견되었던 것이다. 1만 9251미터 깊이의 유터러스 해연이 바로 인류가 우연찮게 발견한 새로운 우주였다. 디퍼(deeper)로 선발된 다섯 명의 작중인물들은 이른바 "인류"의 대표들이다. 그러나 엄청난 수압을 견디기 위해 체액 R-71을 주입하고 "기적의 합금" 티모로 특수 제작된 룸을 타는 등 강도 높은 '시뮬레이션 훈련' 와중에 두 명의 대원은 죽고 만다.

「깊」은 여러모로 흥미롭다. 가상의 미래를 무대로 하는 이 소설은 작중인물들이 시뮬레이션 훈련을 거치면서 겪는 몸과 감각, 인식에 대한 생각을 낯설게 한다는 점에서 SF 특유의 사고실험을 잘 보여준다. 그런데 이들의 사고실험은 사실 "새로운 종의 인간을 만들어가는 작업"의 이면이었던 것. 거기에 음모가 있다. 총통으로 불리는 인류의 지도자의 후원 아래 "인류의 어머니"라고 불리는 '얀'은 두 대원이 사고를 당한 후에도 인간 신체에 가하는 시뮬레이션 실험을 멈추지 않는다. 팽창하고 정복하는 것이 인류의 변하지 않는 속성이어서 그랬을까. 「깊」의 밑바닥에 흐르는 인간 종에 대한 작가의 염세주의가 살짝 엿보인다.

마침내 세 명의 대원은 유터러스로 향하게 된다. 그러나 그들은 예상지점보다 더 깊은 곳으로 들어가게 되며, 본부와의 모든 교신은 두절되고 만다. "인류의 어머니" 얀과 연결된 "탯줄"은 끊어지고 만다. 총통과 얀의 음모는 어쨌든 실패했다고 볼 수 있겠다. "더 갈 수 있을까?"라는 디퍼들의 호기심은 그 누구도 막을 수 없었던 것이다. 이제 '인류가 시뮬레이션하지 못한 심연'에는 '티모의 원자들이 자신들의 고통을 처절히 호소하는 룸의 울음소리'만 가득 차게 된다. 디퍼들이 발견했던 새로운 심해에 대한 공포를 어떻게 이해하면 좋을까.

언젠가 SF작가인 아서 클라크는 이렇게 말한 적이 있다. "우주에 우리들 말고 누군가가 더 있다는 것은 두려운 일이며, 마찬가지로 우리 이외엔 그 누구도 없다는 것도 두려운 일이다." 「깊」은 이러한 우주와도 같은 해저의 꽉 찬 침묵에 도달했다. 외로움, 권태, 팽창의 속성 때문에 시작된 인류의 탐사는 룸의 울음소리로 가득 찬 지구의 배꼽에서 '신성한 공포'와 마주친다. 어머니의 뱃속, 양수에 담긴 태아의 기억으로부터 출발한 이 글은 원래의 출발점으로 되돌아갔으나 그곳에는 충만하고도 신성한 기억의 유토피아 대신에 침묵과 죽음의 공포로 가득 찬 디스토피아만 남아 있었다. 거의 한 세기 전, 끝없는 하늘을 향하던 초월적인 목소리는 마침내 바닥없는 심해의 침묵에 다다랐다.

목소리에서 목소리로

> 나의 어머니는 누구인가요. 언니의 무릎을 베고 누웠다. 무릎은 마르고 딱딱했다. 졸음이 몰려왔다. 언니의 퍽 예쁜 얼굴과 굵게 땋아 내린 백발이 눈에 들어왔다. 언니는 살짝 미간을 찌푸렸다. 입술이 말을 뱉어 내려 하고 있었다. 나는 성대를 통해 흘러나오는 언니의 목소리가 눈에 보이는 것 같았다. 이를테면, 언니의 목소리는 목련의 겨울눈 같았다. 서로 엉겨 붙은 어린잎들이 공포에 떨며 단단한 비늘로 무장하듯, 언니의 목소리 밑바탕에는 두려움이 깔려 있었다. 언니는 그것을 부드럽지만 단호한 어조로 감쌌다. 널 낳은 것은 숲 속 웅덩이였단다. 언니는 내 이마를 쓰다듬었다. 그럼 나를 키운 것도 웅덩인가요. 나는 바들바들 떨며 물었다. 언니의 손이 내 왼쪽 귀를 감쌌다. 아니, 너를 키운 것은 그곳의 물뱀이었지. 목소리는 언니의 손을 통해서 들려오고 있었다.(김유진, 「목소리」)

이제 당신은 목소리가 소설의 제목과 주인공이 되며, 이미지와 글쓰기가 되는 젊은 작가의 소설을 이 글의 마지막에서 마주치게 되었다. "성대를 통해 흘러나오는 언니의 목소리가 눈에 보이는 것 같았다" "목소리는 언니의 손을 통해서 들려오고 있었다"는 인용문의 묘사에서 목소리는 신체기관의 부속물이 아니다. 그것은 눈에 보이고 손처럼 만져지기 시작했다. 형상으로 포착되지 않았던 대상, 언어의 타자였던 목소리는 2000년대 한국소설에 이르러 비로소 이미지로 형상화되고 서사적 탐험의 대상이 되기 시작했다. "나는 먼지와 빛이 만들어낸 아이였다"라는 소설의 첫 구절은 그 어떤 부모도, 기원도, 호명도, 이름도 없이 다만 저 문장만으로, 순수한 발화행위만으로, 목소리만으로 탄생하는 글쓰기의 주체를 예감하게 한다.

박민규의 디스토피아적 상상력은 지구의 심연에 이르러 어머니도 아버지도, 초월적 기원도, 미지의 신세계도 그 어떤 것도 없다고 느끼는 무의 순간, 무 대신에 숨막히는 무엇인가가 있음을 발견했다. 닫혀 있지만 무한하다는 느낌을 주는 저 폐소공포증적인 세계에 또한 김유진의 소설이 움트고 있다. 「목소리」는 그녀의 다른 소설들이 그렇듯, 그 바깥을 좀처럼 상상하기 어려운, 순환적이며 닫힌 세계에서 진행되는 것처럼 보인다. 투명한 빛으로 가득 찬 시적인 이미저리들의 연쇄로 이루어진 문장, 반(半)신화적으로 착색된 시공간, 틈새를 좀처럼 보이지 않으려는 빽빽한 문단배치 등의 형식, 그리고 부모의 부재와 그 빈자리를 대신하는 삼촌 이모 등으로 이루어진 친족구조, 어린 주인공, 언니 동생으로 한정된 이자(二者)관계 등의 내용 때문에 그동안 그녀의 소설을 상상적 고착과 갇힌 세대의 자폐적 글쓰기로 오인한 감도 없지 않다.

그러나 「목소리」는 '나'의 기원이 쥐며느리였다가 비둘기였다가 언니였다가 그 누구도 아닌 것 등등으로 미끄러지고 지워지지만 결코 상징계에 언어의 닻을 내리지 못한 자에 관한 이야기도, 자기만의 언어를 쓰고 지우는 상상적 자아에 관한 글쓰기도 아니다. 애초에 「목소리」의 '나'는 기원이 없고 의미를 정박시킬 기표도 소유하고 있지 않으며, 동일시할 거울조차 없는 존재다. 기원 없는 '나'의 언어란 기원 없는 언어인 목소리일 터. 이 글의 관점에서 볼 때, 김유진의 소설은 기표로 정착되기 이전의 목소리, 떠돌며 사라지는 목소리를 이미지로 번역하는 글쓰기에 가깝다. 그것은 목소리를 닮았거나 이미지를 닮으려는 언어다. 목소리는 속삭이고 사라진다. 문학은 "사라지는 것들을 위한 것이며, 혹은 언젠가 사라지게 될 자신을 위한 것"이라고. 이제 목소리가 사라지는 곳으로 문학이 가야 한다.

하나이면서 여럿인: (포스트)문학의 윤리와 정치

— 소포클레스의 『오이디푸스 왕』 『콜로노스의 오이디푸스』를 경유하여[1)]

문학의 유년기, 그 가능성의 중심

이 글은 2000년대 한국문학(비평)이 모색하는 윤리와 정치라는 물음에 대한 우회적 응답을 이끌어내기 위해 오이디푸스가 주인공인 소포클레스의 고전비극 『오이디푸스 왕』 『콜로노스의 오이디푸스』를 차례로 호명한다. 그렇지만 이 글은 2500년 전에 씌어진 그리스비극이, 비록 그 문학적 보편성이 아무리 입증되었다 하더라도, 지금 여기 2000년대 한국문학의 특수성과 어떻게 연결되는 것일까라는 해결할 수 없는 질

1) 이 글은 소포클레스의 비극에 대한 여러 탁월한 해석에 의존한 바가 적지 않다. 이 글은 헤겔의 『정신현상학』 『법철학』 『미학』의 소포클레스 비극에 대한 언급과 함께 다음의 책과 글 들을 주로 참조했다. 알렌카 주판치치, 『실재의 윤리』(이성민 옮김, 도서출판*b*, 2004); 테리 이글턴, 『우리 시대의 비극론』(이현석 옮김, 경성대학교출판부, 2006); 가라타니 고진, 『언어와 비극』(조영일 옮김, 도서출판*b*, 2005); 자크 데리다, 『환대에 대하여』(남수인 옮김, 동문선, 2004); 주디스 버틀러, 『안티고네의 주장』(조현순 옮김, 동문선, 2005); 장 피에르 베르낭, 『베르낭의 그리스 신화』(문신원 옮김, 성우, 2004); 마르틴 하이데거, 『횔덜린의 송가 〈이스터〉』(최상욱 옮김, 동문선, 2005); 도정일, 「20세기의 오이디푸스」(『문학동네』 1999년 여름호); 임철규, 「오이디푸스 왕」, 『눈의 역사, 눈의 미학』(한길사, 2004).

문을 던지지는 않을 것이다. 일찍이 마르크스는 그리스예술이 출현하던 역사적 시공간과 끝없이 빛나는 철길이 진보를 약속하고 매연이 뿜어져나오는 공장의 굴뚝이 모더니티의 위용을 뽐내던 19세기 말엽의 유럽사회를 비교하면서 그리스예술과 비슷한 무엇이 근대에서는 출현할 수 없는지에 대해 물은 적이 있다. "아킬레스는 화약이나 탄환과 함께 존재할 수 있을까? 혹은 도대체 『일리아드』는 인쇄용구, 더구나 인쇄기계와 함께 존재할 수 있을까? 가요나 전설이나 뮤즈신은 인쇄 롤러의 출현과 함께 필연적으로 사라지며 따라서 서사시의 필수조건은 소멸하고 마는 것이 아닐까?" 마르크스도 말했지만, 이것은 단지 생산양식의 차이와 변화만의 문제는 아니다. 거기에는 역사 그 자체의 비밀이 숨겨져 있다. 마르크스가 어른과 아이의 비유를 들어서 역사를 설명하는 방식은 직선적 역사관을 통해 성숙한 근대에 비해 미성숙한 고대를 비교하는 것과는 무관하다. 생산력의 발달과 생산조건, 생산양식의 변화만으로 설명할 수 없는 그리스예술의 매력은 대체 무엇일까. 마르크스의 말을 다시 들어보자. "어른은 다시 어린아이가 될 수 없다. (……) 인류가 가장 아름답게 꽃을 피웠던 역사적인 유년기는, 왜 두 번 다시 돌아오지 않는 단계에서 영원한 매력을 제공해서는 안 되는 것인가? (……) 그리스인은 정상적인 아이였다. 그들의 예술이 우리에 대하여 갖는 매력은, 그 위에서 이 예술의 성장이 전개되었던 미발전한 사회단계와 모순되지 않는다. (……) 그것은 이 예술이 그 아래에서 발생하였고 또 발생할 수 있었던 미숙한 사회적 제조건이 두 번 다시 돌아올 수 없다는 사실과 밀접하게 관련되어 있다."[2] 어른은 다시 어린아이가 될 수 없다. 가능한 일은 그 유년기를 회고하는 일뿐이다. 그것은 그리스비극이라는 문학의 '유년기'에도 타당한 말이다. 이

2) 카를 마르크스, 「정치경제학 비판서설」, 『정치경제학 비판을 위하여』, 김호균 옮김, 청사, 1988, 234~235쪽.

시대의 계몽적 시대정신은 '항상 역사화하라!(Always historicise!)'라는 구호에 익숙하다. 이 구호는 역사든 문학이든 모든 것을 구성된 것으로 탈신비화하는 데에 익숙한 포스트모던적 사고와 잘 어울린다. 그러나 이런 사유는 그리스예술이 지금까지 예술적 즐거움을 선사하는 도달할 수 없는 규범으로 존재하는 이유를 설명해내지 못한다. 오직 그리스비극이라는 문학의 '유년기'를 이 시대 문학에 대한 증상, 역사주의 속의 비역사적 핵심으로, 그 가능성의 중심에서 읽는 작업만 가능할 뿐이다. 물론 "오이디푸스의 아이들('제3세대')은 알아야 할 모든 것을 안다. 그들은 헤겔을 읽었고, 라캉을 연구했다. 그들은 신탁의 기능에 대해 알아야 할 모든 것을 안다. 그들은 욕망이 타자의 욕망이라는 것조차 알고 있다".[3] 그렇다. 덧붙일 새로운 것은 없을지도 모른다. 앙드레 브르통이 말했듯이, 모두들 조그만 통찰들을 가지고 우쭐댈 뿐이다. 그래도 시작했으니 일단 가보는 수밖에.

테바이의 오이디푸스 또는 비인간의 이야기

『오이디푸스 왕』은 인간의 죽음과 비인간의 탄생에 관한 이야기이다. 이 작품은 극중의 예언자 테이레시아스가 지나가면서 언급하듯 단 하루 동안에 일어난 일에 관한 이야기이다. 그러나 그 단 하루는 한 남자의 전 생애를 뒤엎고도 남는다. 언제부터인지 알 수 없지만 도시국가(polis) 테바이에는 엄청난 역병이 돌기 시작했고 많은 사람들이 죽고 병든다. 비탄에 빠진 사람들은 죽은 자식들과 아비어미의 무덤도 마련하지 못하고 있었다. 코로스는 그 비참한 상황을 이렇게 요약한다.

---

3) 주판치치, 『실재의 윤리』, 316쪽.

이 도시의 자식들은 동정도 조상(弔喪)도 받지 못한 채 땅바닥 위에 죽음을 퍼뜨리며 누워 있나이다. 그리고 거기에 맞추어 아내들과 백발의 노모들은 여기저기의 제단 층계에서 통곡하며 쓰라린 고통에서 구해 주기를 간청하고 있나이다.[4]

시체들은 제대로 된 매장도 없이 여기저기에 널려 있으며, "노인들과 젊은이들과 어린아이들로 구성된 탄원자들"(11쪽) 그리고 '아내들과 백발의 노모들', 즉 도시의 거의 모든 구성원과 모든 세대가 주권자 오이디푸스 앞으로 나온다. 테바이의 상황은 지금 '동정도 조상도' 불가능한 상황, 한마디로 정상적인 애도(mourning)가 불가능한 상태이다. 보통 현실에서 애도는 상실한 대상의 공백을 다른 대상으로 메우고 대체하려는 상징적 과업의 일부이다. 만일 죽은 자를 제대로 장사 지내지 못할 경우, 현실은 산 자와 죽은 자로 마구 뒤섞여 혼란스러울 것이다. 그것은 자연상태의 공포를 불러일으킨다. 상징적 애도의 효력이 정지되어버린 테바이는 따라서 비상시(非常時/市)이다.

텍스트에서는 설명하고 있지 않지만, 소포클레스의 비극공연을 관람했던 당시 그리스인들이라면(그리고 오늘날의 독자들이라면) 누구나 알고 있었듯이 역병이 테바이를 휩쓴 비상사태는 이번이 첫번째가 아니다. 오이디푸스의 등장은 테바이를 공포에 빠뜨리게 된 첫번째 재앙과 관련이 있다. 스핑크스가 테바이의 성문, 즉 국경의 지배자가 되어 젊은이들을 제물로 요구하던 공포의 시기가 바로 도시에 역병이 창궐하던 때였기 때문이다. 소녀의 얼굴에 새의 날개, 사자의 몸을 가졌다고들 하는 괴물 스핑크스가 역병을 불러온 원인인지 아니면 역병에 대

---

4) 소포클레스, 「오이디푸스 왕」, 『소포클레스 비극』, 천병희 옮김, 단국대학교출판부, 2001, 20쪽. 이하 「오이디푸스 왕」과 「콜로노스의 오이디푸스」를 본문에 인용할 경우, 모두 앞의 천병희 번역본의 쪽수를 병기한다.

한 (거짓)치유책으로 도시의 젊은이들을 제물로 바치기를 원했는지 분명하지는 않지만, 스핑크스의 출현은 당시에 왕이었던 라이오스의 때 이르고도 뜻 모를 죽음으로 왕위가 공석이던 테바이의 상황을 요약한다. 다시 말해 비상사태의 재앙과 공포는 주권과 법의 공백과 관련이 있는 것이다. 코린토스 출신의 이방인 오이디푸스는 특유의 지혜로 스핑크스를 물리쳐 도시의 치안과 질서를 (재)수립한다. 그뿐 아니라 그는 테바이 시민의 열렬한 환영 속에서 과부였던 이오카스테와 결혼하면서 왕위를 차지한다. 그런데 또다시 역병이 창궐했던 것이다. 스핑크스가 되돌아온 것인가. 그 괴물은 이미 지혜로운 오이디푸스에 의해 처치되지 않았는가. 도시의 구성원들은 다시 스핑크스의 악몽을 떠올릴 수밖에 없었으며, 오이디푸스의 주권과 법은 이 악몽과 공포를 물리쳐야만 한다. 그런데 첫번째 역병과 두번째 역병이 함의하는 바는 같지 않다. 스핑크스의 역병은 주권과 법이 부재한 상황을 침투해 들어온 것이다. 그러나 두번째 역병은 주권과 법이 엄연히 존재하는데도 발생한 것이다. 두번째 역병은 역병, 즉 도심의 혼란과 무질서(anomie)가 주권과 법, 그것이 공표되는 언어 그 자체의 비밀임을 넌지시 암시하고 있다. 탄원자들 앞에 선 오이디푸스가 반복하는 "내 이르노니"는 주권과 법이 그 언표를 통해서만 권위와 효력을 가진다는 것을 알리는 언표다. 주권과 법이 있고 그것을 공표하는 언표가 따로 있는 것이 아니라, 주권과 법 그 자체가 언표에 의지하는 것이다. 크레온이 가져온 델포이 신탁은 도시 안에 라이오스를 살해한 무법자(anomon)가 있으니 그를 붙잡아 처벌하라는 내용이었다. 물론 그때까지 주권자인 오이디푸스는 자신이 도심에 가져온 무질서의 근원인 무법자임을 알지 못한다. 예언자 테이레시아스의 등장으로 말미암아 모든 비밀들이 하나씩 벗겨지기 시작한다. 오이디푸스의 주권과 법, 언표는 서서히 무너지면서 그 자신의 끔찍한 진실을 드러낸다.

오이디푸스와 테이레시아스의 언쟁을 통해 『오이디푸스 왕』은 그 자신의 수수께끼, 심연, 무의식으로 빠져 들어간다. 오이디푸스는 주권적 법적 언표('내 이르노니')를 통해 탄원자들을 위로하는 한편, 라이오스의 살해범을 찾아내라는 임무를 떠맡는 수사관의 역할을 자임한다. 그러나 도시에 평화와 안정을 가져오는 것이 급선무이기에 성미가 급할 대로 급해진 오이디푸스와 사태의 해결책을 제시하기는커녕 도무지 알 수 없는 수수께끼 같은 말만 늘어놓는 테이레시아스는 심각한 갈등과 대립으로 대치한다. 게다가 자신을 범인으로 지목하는 듯한 테이레시아스의 말에 오이디푸스는 이 모든 것이 크레온이 꾸며놓은 왕권침탈의 음모가 아닐까도 의심하고 급기야 그에게 사형선고까지 내리려고 한다. 오이디푸스가 테이레시아스를 무능한 사기꾼이자 추가적인 재앙처럼 간주하면, 테이레시아스는 즉시 "그대 자신이 그대의 재앙"(30쪽) 같은 몽롱한 말을 되돌려준다. 법정공방처럼 계속 이런 식이다. 오이디푸스가 눈먼 테이레시아스를 조롱하면, 테이레시아스는 "그대는 눈이 있어도 보지 못하고 있소"(31쪽)라고 응수하며, 오이디푸스가 "온통 수수께끼 같은 모를 소리만 하는구나!"라고 하면 테이레시아스는 "수수께끼를 푸는 데는 그대가 가장 능한 사람이 아니던가요?"라고 되받아친다(33쪽). 그런데 여기서 수수께끼라는 말은 오이디푸스의 오래된 과거로 독자들을 데려다준다. 역병처럼 수수께끼도 적어도 두 번 오이디푸스를 찾아온 적이 있었던 것이다.

스스로 자랑스럽게 말한 것처럼, 오이디푸스는 스핑크스의 수수께끼, '아침에는 네 발, 점심에는 두 발, 저녁에는 세 발로 걷는 짐승이 무엇이냐'에 대해 신들의 도움 없이도, 수수께끼 사전을 지참하지 않고서도 '인간'이라는 대답으로 스핑크스를 물리쳤다. 말의 위력이 실감나는 승부였다. 그러나 이것이 오이디푸스가 처음 마주친 수수께끼는 아니다. 코린토스에 있을 때, 폴뤼보스를 아버지로 메로페를 어머니로 여기고 살아온 오이디푸스에게 술 취한 어떤 남자가 이렇게 말한 적이 있기 때문이다. 너는 너의 아버지의 진짜 아들이 아니다. 너는 너의 어머니와 몸을 섞어 눈뜨고는 볼 수 없는 자식들을 보여주게 될 것이며, 너를 낳아준 아버지의 살해자가 될 것이다. 궁금한 것을 참지 못하는 오이디푸스가 신전에 가 알아보니, 그 말은 참담하게도 사실이었다. 이러한 수수께끼=신탁=예언을 피해 오이디푸스는 기나긴 방랑을 시작한 것이다. 그는 라이오스가 살해되었다고 들었던 어느 삼거리에서 사소한 시비 끝에 한 노인과 그의 노예들을 모조리 죽이고 어찌어찌하다가 스핑크스를 물리치며, 그 덕에 테바이의 왕이 되고 또 연상의 아내를 맞아 네 명의 자식들을 낳아 오늘 이곳에 운명적으로 서 있게 된 것이다. 단 하루는 이제 한 남자의 탄생과 생애, 그리고 죽음을 함축하기에 이른다. 테이레시아스의 말처럼, "오늘 이날이 그대를 낳고 그대를 죽이게 될 것"이다(33쪽).

운명의 그날은 참으로 많은 사건들이 한꺼번에 일어난 날이며, 어둠 속에 묻혀 있던 비밀들이 아폴론의 태양 아래 그 실체를 드러낸 날이다. 친아버지로 알았던 폴뤼보스가 사망했다는 소식이 전해지고 슬퍼할 겨를도 없이 이오카스테가 자살했다는 소식도 이어 도착한다. 예언대로라면 폴뤼보스는 오이디푸스가 살해할 아버지였으며, 예언과는 달리 이오카스테는 오이디푸스가 동침한 어머니였다. 오이디푸스는 코린토스의 오이디푸스, 테바이의 오이디푸스다. 코린토스의 폴뤼보스와 메로페가 오이디푸스의 양부모라면, 테바이의 라이오스와 이오카스테는 오이디푸스의 친부모다. 라이오스와 이오카스테가 신탁 때문에 그를 낳자마자 버렸지만, 폴뤼보스와 메로페가 거둬 훌륭히 키웠다. 알고 보니 유기(遺棄)하라는 친부모의 명령을 거스르고 갓난쟁이를 측은히 여긴 테바이의 목자(牧者)가 오이디푸스를 코린토스의 목자에게 건네주었고 양부의 사망을 전한 코린토스의 목자가 갓난쟁이 오이디푸스를 양부모에게 건네주었던 것이다(코린토스의 목자는 양부의 죽음을 목격했고, 테바이의 목자는 친부의 죽음을 목격했다). 오이디푸스는 출생부터 교환된, 우연적인 존재로 밝혀진다. 그럼 오이디푸스의 자식들은 누구인가. 어머니로 밝혀진 이오카스테의 자식이니 두 아들은 그의 형제, 두 딸은 그의 누이가 된다. 오이디푸스가 라이오스의 자리를 차지했으니 그의 두 형제는 손자, 그의 두 누이는 손녀가 된다. 오이디푸스는 할아버지(세 발), 아버지(두 발), 아이(네 발)가 동시에 된다. 테바이의 궁전, 오이디푸스 앞에 나온 탄원자들이 공교롭게도 세 세대, '노인들과 젊은이들과 어린아이들'로 이루어져 있었다는 것은 전혀 우연이 아니었다. 도시는 그 정치적 무의식 속에서 세 세대를 뒤섞은 자, 혈통을 교란한 자, 역병을 돌게 하여 계절의 순환과 주기를 망친 자 앞에 서서 항의하는 것이다. 결국, 스핑크스가 물었던 질문(아침에는 네 발로, 점심에는 두 발로, 저녁에는 세 발로 걷는 자)에 대한 답은 인간이 아니라 오이디푸스 자신이었다. 복화술사 스핑크스는 델포이 신전 정문에 씌어 있다는 '너 자신을 알라'라는 물음을 반복했던 것이다. 스핑크스는 아폴론의 사제였을까. 수수께끼가 있다면 스핑크스가 바로 그런 수수께끼 같은 존재이다. 『오이디푸스 왕』에서 스핑크스는 "가혹한 여가수" "어두운 노래를 부르는 암캐" "날개 달린 소녀"로 각기 불린다(13, 30, 36쪽). 그리스신화의 이본(異本)들에서 전해지는 사실들(여자의 얼굴, 사자의 몸, 새의 날개)을 추가하면, 스핑크스는 그 세 가지가 한 몸을 이루고 있는 괴물이다. 세 세대의 인간이 한 몸인 오이디푸스와 세 종의 동물이 한 몸인 스핑크스는 참으로 닮았다. 이제 모두가 알고 있듯이, 괴물은 오이디푸스 그 자신이다. 오이디푸스는 또한 스핑크스였던 것이다. 따라서 스핑크스의 수수께끼에 대한 답은 적어도 셋 이상이 된다. 그 답은 인간이고 오이디푸스며, 또한 스핑크스다. 오이디푸스, 그는 법을 집행하는 도심의 주권자이자 법을 위반한 무법자다. 오이디푸스, 그는 법의 언표이자 위법의 언표행위다. 오이디푸스, 그는 수사관이자 범인이다. 오이디푸스, 그는 금기와 문화를 중시하는 인간이자 금기와 문화를 파괴한 자연이다. 오이디푸스, 그는 두 눈을 찌르기 전에는 자신의 운명에 대해 맹목(blindness)이었고 두 눈을 찌르고 나서야 운명에 대한 통찰(insight)을 가지게 된다. 오이디푸스, 그는 그 자신이고 그 자신이 아니다. 오이디푸스, 그는 인간이자 비(非)인간이다…… 그리고 수십 년의 세월이 지나 추방되어 테바이와 아테나이의 국경인 콜로노스 숲에 도착한 늙은 이방인 오이디푸스. 그는 콜로노스 주민들의 공포와 동정의 대상이 된다.

콜로노스의 오이디푸스 또는 추방당한 자의 항변

『콜로노스의 오이디푸스』는 국경에 관한, 국경에서 일어난, 국경 위의 추방당한 자에 대한 이야기이다. 오이디푸스는 국경에 도착하고, 국경에 머무른 채, 국경에서 삶을 마감한다. 그는 불법체류자 출신으로, 장례도 거부한 채, 홀로 사라진다. 콜로노스 숲에 도착한 오이디푸스는 묻는다. "인간이기를 포기한 이 순간 나는 인간이 되는 것인가?"[5] 이 구절은 인간이자 비인간인 오이디푸스의 포착 불가능한 지위를 단적으로 드러내는 한편, 추방당한 자이자 이방인인 오이디푸스의 기구한 인생유전(人生流轉)을 단 한마디로 요약한다. 그는 테바이에서 태어났지만 테바이와 코린토스의 국경인 키타이론 산에 버려진다. 천만다행으로 그는 코린토스의 품에서 자라나지만 신탁을 피해 도망가 다

5) 천병희 번역본에는 "내가 더이상 존재하지 않을 때 비로소 내가 영웅이 된단 말이냐?" (178쪽)로 되어 있지만, 여기서는 테리 이글턴의 『우리 시대의 비극론』에 인용된 또다른 번역을 따른다. 테리 이글턴, 『우리 시대의 비극론』, 487쪽.

시 테바이로 흘러들어와 왕이 된다. 자신의 존속살해와 근친상간의 끔찍한 비밀을 알게 된 오이디푸스는 그 자신의 말을 빌리면, 추방을 원할 때 추방되지 못했고 죽고 싶을 때 죽지 못했다. 말하자면 오랫동안 산주검(living dead)으로 은둔하다가 더이상 추방을 원하지 않을 때 추방된 지금 그는 테바이와 아테나이의 국경인 콜로노스 숲에 와 있다. 말하자면 그는 도심 속의 추방된 자였으며 죽어야 할 때 죽지 못한 산주검의 신세다. 『콜로노스의 오이디푸스』에서 추방당한 자이자 산주검인 오이디푸스의 지위는 인간이자 비인간인 오이디푸스의 기나긴 과거를 요약하는 동시에 타향에서의 그의 짧은 미래(죽음)를 암시한다.

늙은 맹인 오이디푸스가 안티고네의 손에 이끌려 도착한 콜로노스 숲은 테바이와 아테나이의 국경이었다. 그곳은 금기와 계율이 지배하는 신성한 땅(nomos)이었고 노모스의 어원이 그렇듯이 대지와 대지가, 법과 법이 만나는 경계였다. 그런데 『콜로노스의 오이디푸스』에서 국경은 단순한 지리적 경계나 신성한 땅으로 머무르는 것만이 아니다. 헐벗은 거지 신세인 오이디푸스가 하필이면 그곳에 머무른 것처럼 그리고 이후에 테바이의 크레온과 아테나이의 주권자 테세우스가 오이디푸스를 둘러싸고 벌이는 위협적인 논쟁이 보여주는 것처럼, 전운(戰雲)이 감도는 국경은 삶이 그 자신의 한계에 다다르는 영역이면서 동시에 국가, 법이 그 자신의 한계에 이르는 영역으로 보아야 한다. 앞서 『오이디푸스 왕』에서 '비상시', 예외상태라고 부른 것은 국경에도 동일하게 해당된다. 국경은 바로 국가나 법이 그 원초적 모습으로 삶을 응시하는 자리, 또는 삶이 그 자신의 헐벗은 생명으로 국가 또는 법과 부딪치는 자리라고 할 수 있다. 국경은 국가와 국가, 법과 법, 이방인과 시민의 경계나 너머가 아니라 차라리 그것들의 막다른 골목, 한계다. 환대를 예상했던 오이디푸스가 한 걸음도 더 나아가지 못한 채 알 수 없는 적의에 찬 국경의 주민으로부터 제지를 당한 것은 어쩌면 당연한 일이었다. 오이디푸스가 맨 처음 만나 말을 건넨 콜로노스 주민의 대답은 이 상황을 간단히 요약한다. "더 물어보기 전에 이 자리를 뜨시오. 그대는 밟아서는 안 되는 곳에 와 있소."(159쪽) 물론 그 주민의 말은 그곳이 두렵고도 신성한 자리이기 때문에 서 있으면 안 된다는 간단한 주의처럼 들리기도 한다. 주민의 말을 빌리면 '무서운 여신들', 오이디푸스의 말을 빌리면 '자비로운 여신들'의 소유지인 콜로노스 숲은 오이디푸스의 정체성만큼이나 양가적이다. 그렇지만 어디에서 있으면 되는가를 갖고 코로스와 오이디푸스가 말을 주고받는 상황은 보기보다 상당히 희극적이다. 이 희극은 오이디푸스가 환대를 예상했던 바로 그 상황에서 콜로노스 주민들이 적의로 맞이하는 대칭이 빚어내는 거울효과이다. 아래의 간명한 대사들은 오이디푸스의 불확정적 지위, 인간이자 비인간인 오이디푸스, 그리고 국경 위의 추방자인 오이디푸스의 형상 모두를 함축하고 있다는 점에서 『콜로노스의 오이디푸스』의 서두에서 단연코 빛나는 장면이다.

코로스: 거기! 그 평평한 자연석 너머로는 발을 내밀지 마시오.
오이디푸스: 이만하면 되겠소?
코로스: 됐소. 됐단 말이오.
오이디푸스: 앉을까요?
코로스: 그래요. 한쪽으로 가서 바위 끝에 쪼그리고 앉으시오.
안티고네: 아빠, 그것은 제가 할 일이에요. 차분히 발걸음에 발걸음을 맞추시며……
오이디푸스: 아야, 아야!(167~168쪽)

오이디푸스는 '자연석'과 '바위' 사이의 어디엔가 틀림없이 있지만, 그의 자리는 결코 결정되지 않는다. 코린토스에서 테바이로, 테바이에서 아테나이로 온 이 늙은 맹인 거지 신세의 이방인에게 할당된 장소란 없다. 오이디푸스에게 국경은 이처럼 장소이면서 동시에 비(非)장소이다. 국경은 또한 어떤 곳인가. 국경은 자신이 외국인임을 나타내는 신분증을 제시해야 하는 곳이고 출신이 어디고 이름이 무엇이냐는 물음에 대답해야 하며, 이 나라에 들어온 목적을 묻는 끝없는 심문에 남김 없는 자백을 해야 하는 곳이다. 따라서 국경에서의 언어는 법 그 자체가 된다. 헐벗은 맹인 거지에 대한 동정은 잠시 허락될지는 몰라도 냉정한 심문절차는 하나하나씩 진행된다. "그대는 인간들 중에 뉘시오? 그대는 뉘시기에 이렇게 고달프게 이끌려 왔소? 어느 나라를 내가 그대의 고향이라고 부를까요?"(168쪽) "어떤 가문에서 그대는 태어났소? 나그네여, 말하시오. 아버지는 뉘시오?"(169쪽) 말하자면, 국경에서의 코로스의 질문들은 그 자체로 법이자 주권의 효력을 선언하는 언표인 셈이다. 동시에 그 언표는 추방의 언표이기도 하다. 질문에 대한 대답에 불응했기 때문에 추방을 선언하는 언표인 것이 아니라, 그 대답이 어떠한 종류인 것과는 상관없이 추방을 명령하고 집행할 수 있는 언표인 것이다. 직접 주권자가 등장하지 않더라도 콜로노스의 주민들만으로도 주권과 법은 공표되고 그 효력이 인정된다. 자신의 과거를 낱낱이 밝혀야 하는 도저히 견딜 수 없는 상황에 직면하여 오이디푸스가 '나는 누구의 자식이고 누구였으며, 어디에서 무엇 때문에 왔다'고 겨우 대답하자 코로스는 이렇게 명령한다. "나가시오! 그대들은 이 나라를 떠나시오!" "그대는 그 자리에서 도로 물러나시오. 서둘러 우리 나라를 떠나시오. 그대가 우리 도시에 더 큰 짐을 지우지 않도록 말이오."(170쪽) 여기에서 코로스의 추방의 언표는 적어도 국가라는 공동체의 비밀 하나를 밝혀준다. 콜로노스의 주민인 코로스는 오이디푸스의 자백에서 섬뜩한 무엇인가를, 비인간, 스핑크스와 같은 야수, 곧 자연상태의 공포를 보았다. 시민들로 구성된 국가공동체는 자연상태의 공포에 대한 두려움 때문에, 사회계약을 성립하는 동시에 공포를 추방시킨 것이다.

한편 아테나이의 주권자 테세우스가 등장해서 이방인인 오이디푸스를 맞이하는 절차와 크레온이 등장하여 오이디푸스를 비난하는 대목은 이방인의 신분을 규정하고 질서를 수립하며 추방을 명령하는 법의 한 본성에 대한 성찰을 유도하기에 흥미롭게 읽힌다. 우선 테세우스가 오이디푸스를 환대하는 상황은 특별히 인상적이어서 여기서 재연할 만하다. 주권자가 그가 다스리는 나라에 들어오려는 헐벗은 이방인을 어떻게 맞이하는지의 전형을 묘사한, 무조건적인 환대의 법이 실현되는 대목이 아닐까 싶다. 그렇지만 테세우스의 환대는 오이디푸스가 불쌍해서도, 전에 그가 왕이었던 신분임을 기억하고 그에 상응하는 예우를 갖추기 위해서도 아니다. 또한 오이디푸스가 특별한 선물(자신의 헐벗은 몸이 묻히는 도시에 번영을 가져오리라는 새로운 신탁의 내용)을 준비하고 있는 것을 알기 때문도 아니다. 테세우스의 말이다. "하지만 나는 나 자신도 그대처럼 이방인으로 자랐으며, 이국땅에서 혈혈단신으로 목숨을 걸고 수많은 위험들과 싸웠다는 것을 알고 있소. 그래서 나는 지금 그대처럼 이방인인 어느 누구에게서도 돌아서거나 보호해주기를 거절하지 않을 것이오. 나는 내가 한낱 인간이라는 것을, 그리고 내일이면 나에게 그대보다 더 큰 몫이 주어지지 않는다는 것을 알고 있기 때문이오."(187~188쪽) 테세우스는 그가 한때 이방인이었던 시기를, 오이디푸스처럼 이방인으로서 체험했던 모든 과거를 한시도 잊지 않고 있다. '한낱 인간'이라는 테세우스의 말은 주권자라는 우월한 신분에서 나온 그럴듯한 겸손의 제스처라기보다는 이방인 신분으로 왕이 된 경험, 자신의 위치와 지위가 갖는 우연성에 대한 통각(痛覺)에서 나온 것이다. 그러면서도 테세우스는 이국땅에 묻히기를 희망하는 이방인의 요구를 기꺼이 들어주는 한편, 그와 그의 가족의 신변을 보호하고 그를 위해서라면 오이디푸스와 그의 딸들을 데려가려는 크레온의 협박과 위협에 굴하지 않는 등 주권자의 역할에 충실하다.

그런데 테세우스와 크레온이 각각 국가의 주권자로 법을 발화하는 방식에는 적지 않은 차이가 보인다. 크레온이 테세우스에게 하는 협박의 말들은, 추방과 폭력 등 법의 타락한 본성, 자크 데리다의 말을 빌리면, '법의 도착(perversion)'[6]을 전면으로 드러낸다. 크레온은 테세우스가 그의 도시에 "아버지를 살해하고 어머니와 동거하는 가장 부정한 결혼을 한 것으로 드러난 불경한 자를 받아들이지 않을 줄" 알았으며, 또한 "이런 부랑자들에게 시내에 함께 사는 것을 허용하지 않을 줄 알았"다고 하면서 주권자로서의 테세우스의 지위를 깎아내린다(207~208쪽). 한 국가의 법을 정립하고 수호하는 주권자라면 응당 '불경한 자'를 국경 바깥으로 추방하고 '부랑자'의 거주권을 법의 이름으로 박탈해야 한다는 것이다. 이에 대한 반론은 흥미롭게도 오이디푸스의 몫이 된다. 오이디푸스는 거의 희극적인 논조로, 저주의 신탁이 아버지에게 내렸기로서니 그 당시에는 아직 태어나지도 않은 나를 네가 지금 와서 어떻게 비난할 수 있으며, 또 누군가 너를 죽이려든다면 너는 죽이려는 그 자를 멈춰 세우고 아버지인지를 묻는지 아니면 즉시 되갚아 주는지를 되물으면서 자신의 무죄를 주장한다. 이 변론과 탄핵의 소용돌이 끝에서 오이디푸스는 자신의 마지막 길을 밟는다. 아테나이에 평화와 축복을 약속하고 딸들의 신변을 부탁한 뒤, 어떤 도움의 손길도 장례식도 애도도 거부한 채 홀로.

『콜로노스의 오이디푸스』는 이처럼 시종일관 추방된 자인 오이디푸스의 포착 불가능한 지위를 둘러싸고 벌이는 국가와 국가의, 법과 법의, 언어와 언어의 시소게임과 비슷하다. 그가 국경에서 도시의 안쪽

---

6) 자크 데리다, 『환대에 대하여』, 70쪽.

으로 들어올 성싶으면 다시 도시 바깥으로 튕겨나갈 상황에 직면하고 이러한 상황은 계속 반복되어 마침내 오이디푸스가 불가사의한 최후를 맞게 되는 대단원에 이르기까지 계속된다. 극의 마지막에서 극중인물들과 독자들은 오이디푸스가 어디에서 어떻게 죽었는지 결코 알아내지 못한다. 오이디푸스는 테세우스에게 누구의 인도도 받지 않고서 혼자서 자신이 죽을 장소로 가겠으며, 그 장소가 어디인지도 그 누구에게, 심지어는 자신의 딸들에게도 말하지 말라고 거의 명령과도 같은 부탁을 한다.[7] 오이디푸스의 최후는 극중에서 직접 묘사되는 것이 아니라, 사자의 말 속에서 간접적으로 전해진다. 『콜로노스의 오이디푸스』는 지하의 신들의 세계로 인도되는 문턱, "속이 빈 배나무와 대리석 무덤 중간에" 서 있는(238쪽) 오이디푸스의 마지막 모습에 대해서만 알려주고 있다. 그리고 한참 후에 뒤돌아보았을 때, 그는 "온데간데" 없이 사라지고, "왕 한 분만이 마치 어느 누구도 눈 뜨고 볼 수 없는 무언가 끔찍한 것이 나타난 양 눈을 가리려고 얼굴에 손을 갖다대고 계신 것이 보였"다고 적고 있다(240쪽). 이처럼 오이디푸스의 최후는 직접적으로 재현되지 않는다. 안티고네와 이스메네가 한탄하면서 말하듯이, 오이디푸스는 이국땅에서, 애도도 무덤도 거부하면서, 누구에게도 자신의 최후의 모습을 보이지 않고, 그 위치마저도 알 수 없는 채로, 사라졌다. 『콜로노스의 오이디푸스』의 언어는 그 끝에서 재현 불가

7) 지나가는 김에 하는 이야기이지만, 자신이 서 있는 위치의 불확정성을 끝까지 고수하는 오이디푸스는 그 자체로 충실성의 형상이되, 어떤 경우에는 그런 올곧은 충실성이 오이디푸스를 거의 자동기계처럼, 비인간적인 형상으로까지 느끼게끔 만든다. 이것은 『콜로노스의 오이디푸스』에서 아버지 오이디푸스의 저주, 형제간에 전쟁이 일어난다면 모두 망하게 된다는 예언에도 불구하고 테바이와의 전쟁을 불사하겠다는 폴리네이케스의 고집에서도, 후속작인 『안티고네』(제작순서상 『안티고네』가 『콜로노스의 오이디푸스』보다 앞에 온다)에서 크레온의 갖은 협박과 금지에도 불구하고 죽은 오빠 폴리네이케스를 끝까지 매장하려고 하는 안티고네의 불굴의 형상에서도 다시금 반복된다.

능한 사물에 맞닥뜨렸던 것일까. 아니면, 언어는 그 자신의 재현 불가능성과 마주쳤던 것일까. 국가, 국민, 법, 모국어는 차례차례로 오이디푸스와 마주치고, 오이디푸스의 최후와 함께 그 너머로 사라진다. 오이디푸스는 국가에서 추방당한 범죄자이자 이방인이며, 모국어를 (어머니처럼) 범하고 (아버지처럼) 살해한 자다. 그는 국가와 국가 사이인 국경, 국민과 국민 사이인 이방인, 법과 법 사이인 무법, 모국어와 모국어 사이인 불경하면서도 오염된 언어라는 좁은 골짜기로 홀로 걸어 들어갔던 것이다.

하나이면서 여럿인

어떻게 보면, 『오이디푸스 왕』은 언어의 위력에 관한 비극으로, 『콜로노스의 오이디푸스』는 언어의 한계에 관한 비극으로 읽힌다. 정말로 『오이디푸스 왕』을 읽다보면 신탁=언어의 위력과 한 사람의 출생 이전에서 파멸에 이르기까지의 삶을 꽉 붙드는 세계의 필연성과 인간 삶의 우연성을 동시에 실감나게 하는 반면에, 『콜로노스의 오이디푸스』에서는 비인간이자 추방당한 자인 오이디푸스의 언어를 통해 국가와 국민, 법과 추방의 언표가 그 한계의 문턱에 이르고 있다는 느낌마저 든다. 그렇지만 『콜로노스의 오이디푸스』는 『오이디푸스 왕』에서의 신탁=언어가 마침내 다다르는 종착점이자 그 부수적 효과다. 거기서 언어는 그 자신의 한계, 바깥을 사고하기에 이른다. 아마 문학이라면, 자신을 둘러싸고 있는 모국어와 주권, 법, 국민국가라는 제도의 바깥을 사고하는 것일 터이다.

신탁과 관련지어 『오이디푸스 왕』에서 테이레시아스가 록시아스(Loxias), 즉 신탁을 담당하는 아폴론의 종이라고 말하고 있는 대목으로 잠시 돌아가보도록 하자. 『오이디푸스 왕』에서 아폴론을 록시아스로 부르는 것은 의미심장하다. 아폴론의 또다른 별명인 록시아스는 그 어원에 따르면 모호하다(loxos), 말하다(lego), 말(logos) 등등이라고 한다. 말(하다)과 모호하다의 어원을 동시에 가진 록시아스도 그 정체가 모호하긴 마찬가지다. 록시아스의 신탁은 언표이되 언표가 아니고 은폐이되 은폐가 아니다. 일찌감치 헤라클레이토스가 말한 것처럼 "델포이에 있는 신탁의 주재자는 말하지도 감추지도 않고, 다만 징표를 보일 뿐이다".[8] 그런데 이것은 신탁이 모호한 말이라는 뜻이 아니라, 말 그 자체가 모호하다는 뜻은 아닐까. 『오이디푸스 왕』에 대한 역대의 해석자들이 말한 것처럼, 이 텍스트의 뼈와 살을 이루는 말 그 자체가 수수께끼로 가득 차 있다. 오이디푸스의 어원에서 시작, 테이레시아스의 말을 거쳐 선왕 살해자의 숫자와 길목의 개수에 이르기까지, 모든 것이 수수께끼다. 아래에 오이디푸스의 결정적인 한마디가 있다.

> 그대의 말에 의하면, 그자는 라이오스가 도둑들에 의해 살해되었다고 말했소. 그러니 만일 그자가 여전히 같은 숫자를 말한다면 살해자는 내가 아니오. 하나는 여럿과 같을 수 없기 때문이오. 하나 만일 그자가 단 한 사람의 이방인이라고 말한다면, 그때는 분명히 범행이 내 쪽으로 기울 것이오.(53쪽)

오이디푸스는 크레온이 가지고 온 신탁에 따르면 선왕의 살해자가 여럿이라고 했으니, 테이레시아스가 선왕의 살해자로 부당하게 지목

8) 탈레스 외, 『소크라테스 이전 철학자들의 단편 선집』, 김인곤 외 옮김, 아카넷, 2005, 235~236쪽. 니체는 헤라클레이토스의 단편을 더 현대적으로 이렇게 옮긴 바 있다. "델포이 신탁의 주(主)는 언표하지도 은폐하지도 않고, 다만 암시한다."(프리드리히 니체, 「플라톤 이전의 철학자들」, 『언어의 기원에 관하여 외』, 김기선 옮김, 책세상, 2003, 305쪽)

한 나는 단 한 사람이기 때문에 살해자가 아니라고 말한다. 하나는 여럿과 같을 수 없기 때문이다. 그러나 오이디푸스의 후손들인 독자들은 다 알고 있다. 오이디푸스가 부은 발이라는 뜻이며, 지식('알다', oida)과 불구('부어오른', oidieo) 사이에 찢겨진 인간존재의 표상이라는 것을. 그는 최소한 둘이다. 심지어 오이디푸스는 『오이디푸스 왕』에서 말놀이(pun)의 대상이 되기도 한다.[9] 마찬가지로 『오이디푸스』의 주석가들이 밝힌 것처럼, 라이오스 왕이 살해된 정황을 둘러싸고 오이디푸스가 말한 하나(단수)와 여럿(복수)은 텍스트에서 오락가락하고 있다. 코로스를 포함, 테바이의 시민들과 크레온은 신탁의 내용에 따라 선왕의 살해자를 "도둑들" "살해자들" "이방인들" 즉 여럿으로 부르는가 하면, 오이디푸스는 "그 살인자" "살해한 자", 즉 하나로 부르기도 한다. 라이오스가 살해된 길목에 대해서도 오이디푸스가 세 길이라고 하면, 이오카스테는 두 길이라고 한다. 어떤 경우는 네거리로도 표현된다.[10] 이것은 단순한 혼란이 아니라, 말 그 자체의 수수께끼와 관련이 있다.

9) 사이먼 골드힐은 『러브, 섹스 그리고 비극』(김영선 옮김, 예경, 2006)이라는 저서를 통해 사자와 코로스장의 대사에서 사자의 말이 오이디푸스의 여러 어원들을 가지고 하는 말놀이임을 밝히고 있다.

> 사자: 오 이방인들이여, 오이디푸스 왕의 집이 어디 있는지 그대들은 내게 가르쳐줄 수 있겠소? 아니 그보다도 그분 자신이 어디 계신지 말해주시오, 알고 있다면.
> 코로스장: 이방인이여, 이것이 그분의 집이고 그분 자신은 안에 계시오.(56~57쪽)

그리스어 원본에 따르면 사자의 대사는 "어딘지 알 수 있을까요?(Mathoim' Hopou)' / '오이디푸스의(Odipiou)' / '어딘지 아시나요?(katisth' Hopou)' 등 각각 행의 각운으로 일부러 맞춰져 있다고 한다. 각각의 각운을 조합해서 새로 뜻풀이를 하면, 이 말놀이는 오이디푸스의 기원을 묻고 있는 질문으로 변한다. '오이디푸스여, 너는 네가 어디서 왔는지를 아는가?'

10) 도정일, 「20세기의 오이디푸스」, 462~463쪽.

신탁은 오이디푸스가 태어나기 전에 내려졌지만, 오이디푸스는 그것을 피하는 채로 실현하고 만다. 『오이디푸스 왕』에서 신탁=예언으로서의 말은 참으로 치명적인 것처럼 보인다. 일찍이 자신이 번역했던 소포클레스 비극에 대해 시인 횔덜린도 이렇게 쓴 바 있듯이. "말은 감각을 지닌 몸을 포착하기 때문에 반쯤은 사실적인 것이 된다. 비극적인 그리스어는 실제로 살해하는 몸을 붙잡기 때문에 치명적이리만큼 사실적이다."[11] 그러나 여기서 주목해야 하는 것은 '치명적'이 아니라 오히려 '반쯤은'이라는 구절이다. 사실 소포클레스의 비극을 비극답게 만드는 것은 근친상간이나 부친살해와 같은 잔혹한 사실이 아니라, 말에 대한 해석이고 그 결과인 커뮤니케이션의 착오이다. 아무리 예언이 치명적인 것처럼 보일지라도 그것은 예언을 실현하는 주체가 존재하지 않는다면 한낱 무의미한 지껄임에 불과하다. 예언이 그 자체로 치명적인 것은 아니다. 오히려 예언은 반쯤만 말해진 덕분에, 즉 이것도 될 수 있고 저것도 될 수 있기 때문에 주체가 그 사이에서 결정 불가능하게 되는 위치에 빠져버리도록 만드는 것이다. 예언의 나머지 절반의 공백은 주체가 있었기에 비로소 실현 가능한 것이 된다. 아마도 오이디푸스가 코린토스의 연회장에서 들었던 술 취한 남자의 수수께끼 같

11) 주디스 버틀러, 『안티고네의 주장』, 107쪽에서 인용. 그런데 이 탁월한 책에서 버틀러는 횔덜린의 말을 단지 타자에게 상처를 줄 수 있는 수행적 언어의 공격성으로 해석하고 있다. 그렇지만 소포클레스의 비극에서 말은 특별히 공격적이지 않으면서도 한 남자의 삶을 송두리째 뒤바꾸고 있지 않은가. 한편으로 버틀러는 정신분석이 오이디푸스가 아니라 안티고네로부터 출발했더라면 어떻게 되었을까라는 비평가 조지 스타이너의 가정을 받아들인 뒤에 안티고네를 친족구조를 교란한 우울증적 동성애자라고 정의 내린다. 라캉의 상징계를 비판하면서 버틀러는 아마도 상징계 형성의 결정적 계기일 프로이트의 오이디푸스 콤플렉스를 표적으로 삼았던 것 같다. 그러나 간단한 질문을 거꾸로 던져보자. 버틀러의 해석대로 안티고네가 정말 친족구조를 교란시켰다면, 오이디푸스야말로 안티고네에 앞서 친족구조를 교란한 선구자가 아닐까? 버틀러식의 젠더정치학의 가정과는 다르게, 정신분석은 왜 안티고네가 아니라 오이디푸스로부터 출발했던 것일까?

은 말은 아이들에게 흔히 들려주는 농담인 '넌 다리 밑에서 주워왔단다'와 비슷할 것이다. 그 말을 들은 아이는 앞의 말에서 언급한 다리가 다리(脚)인지 다리(橋)인지를 결정할 수 없다. 『오이디푸스 왕』이 일흔 살 '노인'의 극작가가 네댓 살짜리 '아이'가 일찌감치 마주친 인식과 커뮤니케이션의 근원적 애매성을 '성인'인 오이디푸스의 삶으로 재현한 작품이라는 것은 아무리 생각해봐도 그저 놀랍기만 하다. 마르크스가 그리스인들은 어린아이라고 말한 것을 이런 의미에서 이해해도 좋을 것이다.

이미 『오이디푸스 왕』을 통해 독자들은 하나이면서 여럿인 말을, 하나이면서 여럿인 괴물인 오이디푸스를, 자신 속의 비인간을 회피하지 않으려는 윤리를 읽었다. 『콜로노스의 오이디푸스』는 『오이디푸스 왕』에서 신탁이 실현된 효과, 부산물을 끝까지 밀고 나가 완벽히 소멸시켜버리는 언어로 이루어져 있다. 언어는 그 자신의 한계를 실험하고 그 자신의 바깥을 사유한다. 모두가 알다시피, 콜로노스 숲에 선 오이디푸스가 바로 예언이라는 기표의 효과, 부산물 또는 오물이었던 것이다. 그 자신이 오물, 폐기물이었으므로, 오이디푸스는 그의 최후에 관해 사자가 전한 후일담에서처럼, 어떤 잔여도 남기지 않고 완벽히 사라져버렸던 것이다.

"제국발전소에 연결되어 있지 않은/시민은 시민이, 아니 생명체가 아니다/아직도 전원으로부터 망명을 시도하는 자들이 있다니"[12]라고 한 시인이 놀라워한 시대를 오늘날의 문학은 살아가고 있다. 그 어느 때보다도 오늘날의 주권은 미국이라는 제국에 의해서 재편되고 있으며, 그 도미노효과는 일파만파로 번지고 있다. "아메리카의 신체에 만국의 주권이 있다."[13] 헐벗은 인간의 신체를 기워붙인 미국이라는 홉

12) 이문재, 「제국호텔—더이상 빌어올 미래가 없다」, 『제국호텔』, 문학동네, 2004, 48쪽.

스적 주권권력이 세계를 지배하고 있으며, 다른 국가들은 미국을 경쟁적으로 모방한다. 그 어느 때보다도 국경을 넘는 일이 잦아지고 비판적인 학계에서든 문학에서든 트랜스내셔널한 분위기가 장려되고 있는 반면에 국경을 강화하고 외국인을 불심검문하고 법절차를 생략하고서도 마음대로 구금하거나 추방하는 일도 잦아지고 있다. 정확히 2001년 11월 13일, 미 대통령이 공표한 군사명령 이후에 세계질서는 바뀌었다. 국가는 국가안보에 위협적인 외국인을 마음대로 추방하거나 구속하여 그 개인들로부터 법적인 지위를 완전히 박탈할 수 있게 되었다. 그 결과, 헐벗은 삶이 주권권력과 마주하게 되었으며, 벤야민의 말처럼, 비상사태가 정상이 되었다. '환대란 이방인이 다른 사람들의 영토를 방문할 때 적대적으로 대우받지 않을 권리를 의미한다'는 칸트적 세계시민주의의 모델(「영구평화를 위하여」)은 비웃음만 당하고 있다. 멀리서 찾을 것도 없다. 2007년 4월 중순, 여수 출입국관리사무소 화재사건으로 불법체류 외국인노동자 스물일곱 명이 감금된 상태에서 그곳을 빠져나오지 못하고 죽거나 다쳤으며, 출입국관리사무소장의 조치처럼, 여수세계박람회를 개최할 도시 이미지를 손상시킬 것을 염려해서 국가는 그들에게 돈 몇 푼을 쥐여주고 추방해버렸다.

『콜로노스의 오이디푸스』는 이 모든 것을 사고하도록 이끄는 언어의 모델을 제공한다. 국가와 국경은 무엇이며, 모국어는 무엇이며, 이방인과 시민, 주권권력과 헐벗은 삶은 무엇인가. 『콜로노스의 오이디푸스』는 국민과 국가, 모국어, 국경과 이름, 그 한계를 언어로 사유하고 있으며 언어는 그 자신의 한계를 사유한다. 국가의 안도 바깥도 아닌 동시에 안이면서 바깥인 콜로노스 숲에 도착한 산주검 오이디푸스가 외친다. "인간이기를 포기한 이 순간 나는 인간이 되는 것인가?" 이

13) 황호덕, 「늑대처럼 우는 개—시와 그래피티, 포스트모던 상황과 한국의 시인들」, 『문학동네』 2004년 봄호, 302쪽.

것은 인간이자 비인간인 오이디푸스 자신에 관한 윤리적인 물음인 동시에 국경 위의 추방당한 이방인, 공포와 동정의 대상인 오이디푸스라는 삶을 관통하는 정치적인 물음이기도 하다. 『콜로노스의 오이디푸스』에서 사용되는 언어는 이름과 국적, 체류 이유를 묻는 국경의 언어다. '당신의 국적과 이름은 무엇이며, 무엇 때문에 이곳에 왔는가.' 그러나 그 언어는 앞서 살펴보았듯 결국 추방의 법으로 변한다. '그대는 그 자리에서 도로 물러나시오. 서둘러 우리나라를 떠나시오. 그대가 우리 도시에 더 큰 짐을 지우지 않도록 말이오.' 이에 대한 오이디푸스의 항변은 국적과 이름, 체류 이유에 대해 시종일관 저항하는 언어로 이루어져 있다. 그런데 그 언어는 근친상간과 부친살해를 저지른 비인간의 바로 그 언어, 오염된 언어였다. 오이디푸스의 항변이 지금의 문학적 현실에 대해 알려주는 진실이 있다면 그것은 무엇일까. 오이디푸스의 언어 그것은 국가, 법, 이름, 애도와 장례 등 고정된 상징의 언어와 의미를 그 한계까지 밀고 나가는 오염의 언어, 국경 위의 이방인의 언어, 비-언어가 아닐까. 의미를 잃고 심연으로 굴러떨어져버리기를 주저하지 않는 언어. 오이디푸스 최후의 항변이 포스트시대의 언어와 문학에게 알려주는 진실은 이런 것들이 아닐까. 예언처럼 모국어는, 법은, 국민국가는 불가피하다. 그러나 문학의 언어는 자신의 모국어, 국가와 법의 언어를 그 한계에 이르기까지 사고하는 것을 잊어서는 안 된다.

영도(零度)의 문학

선험적 윤리와 정치를 문학이라는 수단을 통해 외치던 때가 있었다. 윤리와 정치는 문학을 통해 궁극적으로 실현 가능하리라는 믿음 또는 예언이 있었고 그때 문학은 윤리의 문학, 정치의 문학이었다. 혁명과 인간해방, 통일 등이 아마도 그런 예언이었을 것이고 그런 윤리와 정치였을 것이다. 그때 문학은 스핑크스의 수수께끼에 대한 오이디푸스의 대답인 인간과도 비슷했다. 그 대답은 반쪽짜리 대답이었다. 문학을 통해 윤리를 실천했고 정치를 실천했다. 그러나 이렇게 말하는 이유는 예언 없는 문학, 예언을 폐기한 문학이 별도로 존재한다고 말하기 위해서가 아니다. 예언 없는 문학 따위는 존재하지 않는다. 언어 없이 문학이 어떻게 존립할 수 있겠는가. 스핑크스 없는 오이디푸스가 존재할 수 없으며, 예언 없이는 오이디푸스의 절규도 없다.

포스트시대의 문학 역시 예언을 통해, 주어진 말을 통해 말할 수밖에 없다. 윤리와 정치는 폐기되는 것이 아니라, 코드 변환해야 한다. 예언은 반쯤만 말해진 것이다. 윤리와 정치의 문학에서 문학의 윤리와 정치로 코드 변환한다는 것은 혁명, 해방, 통일 등등의 예언을 폐기하자는 것이 아니라 문학을 통해서 궁극적으로 그 예언을 완수하는 것이다. 그렇기에 예언의 달성이나 실패는 그 자체로 목적이 되지 않는다. 다만 포스트시대의 문학이 두 눈을 찌르기 직전의 오이디푸스처럼, "그리고 나는 그것을 듣지 않을 수 없고, 그래도 기어이 들어야겠다" (70쪽)라고 말하는 데서 시작하는 것은 분명하다. 이 말은 오이디푸스가 근친상간, 부친살해라는 끔찍한 진실을 인정하겠다는 말이 아니다. 그것은 오히려 오이디푸스가 그 자신의 눈먼 진실이라는 뜻이다. 포스트시대의 문학은 윤리와 정치라는 빛을 좇는 것이 아니라, 눈먼 어둠 속에서 그 자신을 응시할 수밖에 없는 문학이다. 이제 문학은 예언의 필연성이 실현되는 바로 그 자리에서 자신의 우연성과 맞닥뜨리게 되었다. '근대문학의 종언'이라는 최근의 예언은 그것을 실현할 문학의 존재방식 이외에 그 어떤 것도 아니다.

그렇지만 아직도 이오카스테는 곳곳에서 절규하는 듯하다. "오오 불행한 분, 그대가 누구인지 결코 알게 되지 않기를!"(65쪽) 지난 시절의 문학이 예언이라면, 이른바 포스트시대의 문학은 반(反)예언일 수밖에 없다. 『오이디푸스 왕』이 오래전 몸소 보여주었듯, 문학을 둘러싸고 있는 것은 선험적 관념이나 진리가 아니라 관념과 진리의 말, 그러한 신탁=예언, 그러한 말이다. 그것은 듣기에 따라 저주일 수도 축복일 수도, 절망일 수도 희망일 수도 있다. 오이디푸스가 처음에는 부인하다가 나중에 참담하게 인정한 것처럼, 언어는 하나이면서 여럿이다. '하나이면서 여럿'은 독백 대신에 대화주의가 있다는 것도, 인간에게는 단일한 자아 대신에 다양한 정체성이 있다는 말도, 포스트시대에는 하나의 윤리와 정치 대신에 다양한 윤리와 정치 들이 있다는 길거리식 소피스트주의도 아니다. 그것들조차 예언에 불과하다. 소포클레스의 비극은 인간이 언어를 말한다는 것이 아니라, 인간이 언어 속에서 말한다는 것, 그렇기에 인간은 언제나 말한 것 이상으로 말할 수밖에 없으며 동시에 말한 것보다 적게 말할 수밖에 없다는 것을 보여주었다.

'하나이면서 여럿'은 그런 과정에서 의도하지 않았지만 생겨나버린 잉여가치와 부산물의 상태다. 잉여가치 또는 부산물은 계산 불가능하고 셀 수도 없다. 그것은 차라리 영(零)에 가깝다. 말에 관한 한, 문학도 예언도 말이고 그 안에서 예언과 문학을 구분할 수 있는 현실적 근거란 없다. 예언 행세를 하는 문학, 문학 행세를 하는 예언을 만나면 사태는 한층 복잡해진다. 『오이디푸스 왕』은 예언의 실현이다. 그렇지만 예언은 오이디푸스의 의지와 노력에 따른 진실의 발견, 이오카스테의 자살, 오이디푸스의 실명과 추방, 『콜로노스의 오이디푸스』에서 보여주었던 오이디푸스의 기나긴 유랑과 죽음 등등 그 모두를 예언했던가? 그렇기도 하고 아니기도 하다. 이것들은 예언이 의도하지는 않았지만 그 때문에 발생한, 본질적으로 부산물이다. 그럼에도 『오이디푸스 왕』은 예언의 실현이다. 이 부산물이 예언을 완성하면서도 동시에 그것을 거스르는, 반(反)예언의 문학을 만들어낸 것은 아니었을까. 그것의 가치는 '영'이지만, 바로 그 '영'은 예언이 말한 것보다 더 말한 어떤 것이며, 예언이 미처 말하지 못한 어떤 것이기도 하다. 그래서 영은 과잉이고 결핍이다. 문학이란 그런 과잉이고 결핍의 형식이다. 문학은 마르크스가 말하는 팔리는 상품이되, 잉여가치처럼 계산될 수 없는 상품이다. 이 글은 그것을 '하나이면서 여럿'인 포스트시대 문학의 윤리와 정치, 또는 간단히 문학이라고 불렀다.

| 맺음말 |

두 좀비의 종말론적 문학여담

— 지구멸망을 몇 시간 앞둔 어느 날, 햇빛 찬란한 늦은 오후에

좀비 1: 날씨가 이리도 화창하니, 지구가 멸망하는 날로는 참으로 제격이로군. 오랜만이야, 무덤에서 나온 지 거의 1년 만에 보는 거지? 점심은 먹었나?

좀비 2: 응, 방금 먹고 오는 길이지. 커피 한잔해. 근데 자네는 야산에 묻혀 있었다고 하지 않았나? 무덤이라니, 들으니 우습군.

좀비 1: 됐네. 백골이 진토가 되도록 이 나라 야산에 묻혀 있다 깨어난 원한 서린 시체들이 어디 한둘인가? 가히 실종자의 왕국이지. 그나저나 뭘 먹었나?

좀비 2: 늘 똑같지, 뭐. 오늘은 지하벙커에 숨어 있던 어떤 쥐새끼 닮은 늙은이의 팔다리를 물어뜯었는데, 워낙 뼈만 남은 데다 질겨 옆에서 있던 부삽으로 내리쳤더니 잘 발라지더군. 아무튼 인간들은 죽기 전에 참 말이 많아. 이 인간도 어찌나 말이 많은지 혼자 떠들면서 지구가 이 모양이 된 것은 전부 좀비들 탓이라고 주절대기에 그냥 목덜미를 콱 뜯어버렸지.

좀비 1: 재수 없는 인간이구먼. 예전에 경제를 살리겠다고 하면서 지

하벙커에 숨어든 이 나라 대통령이라는 작자가 있었지, 아마. 그치도 늘 남 탓이더군. 그 양반이 입만 열면 뱉는 경제라는 단어 앞에서 인간들이 엎드리는 꼴이란. 말이란 게 무섭더군. 경제. 한번 이 말을 뱉으면, 사람들 사로잡아 마비시켜버리던데, 한번 마비되면 그담부터 인간들 동작이란 게 우리 좀비들보다 더 굼뜨고 비실비실거리더군. 말 많은 인간들이 말을 소진시키는 줄 알았는데, 웬걸, 말들이 인간을 거꾸로 소진시키데.

좀비 2: 말이 별것인가?

좀비 1: 아냐. 자네도 경제라는 말 한 천 번쯤 중얼거리며 반복해봐. 그럼 없던 믿음도 생겨. 집권 내내, 그 작자 말이 곧 법이었지 않은가. 소통한다고 온갖 검열기구 만들고, 왜 경제예측 꽤 잘하던 미네르바라는 작자도 구속시키지 않았느냐 말이야. 말이라는 게 확실히 소통이 목적인 물건인 건 아닌가봐. 이건 거의 법이야. 말이 법, 법이 말인 셈이지. 근데, 그 친구 살아 있나 몰라.

좀비 2: 모르지. 그 당시 하도 사건들이 많이 터져서 그랬는지 곧 잊혀져버리고 말았을 거야. 생각 없고 잘 잊어먹는 건 인간이나 좀비나 비슷해.

좀비 1: 확실한 건 죽은 것들이 부활하고 있는 시대라는 거야. 죽은 법 되살려 인터넷 논객도 구속시키고, 전 국토를 상대로 70년대식 삽질이나 하고. 하긴 우리들도 그런 썩어빠진 시대정신 덕에 부활해서 이렇게 머리가 반쯤 터져나가고 썩어 똥내 나는 내장이 훤히 들여다보이는 영생이란 걸 누리고 있지만. 이거 뭐 거미줄 쳐진 더러운 욕조에 누워 천장만 하염없이 바라보는 꼴인 게 좀 한심하긴 해. 거의 우리들 세상인데 정작 너무 고요하고. 참, 아까 누가 조금 있으면 진짜 종말이 온다고 하던데 말이야.

좀비 2: 올 것 같으면서도 정작 오지는 않고 늘 무한히 연기되는 게 종말 아닌가. 늘 하던 소리야. 걱정 마. 말 얘기나 더 해봐.

좀비 1: 좋아. 그 말 앞에선 양심이고 진리고 뭐고 다 팽개쳐지는 게 허용되고 다른 말들의 사지(四肢)가 고스란히 마비되는 꼴이란. 나 원 참. 눈앞의 현실은 안 보이고 우연히 엿듣게 된 경제라는 말로 온통 붓칠한 자신들의 꿈만 명료하게 보이는 거야. 내년에 주식 사세요, 부자 됩니다. 그리고 그게 현실로 믿어지는 거야, 글쎄. 그래서 정작 중요한 사건들이 눈앞에서 터져도 늘 악몽 같다고만 느끼는 거겠지. 나라살림 거덜나고도, 경제라는 말에선 진물이 다 빠져나가 마치 싸라기 꼴이 되어버렸는데도, 그 안에 뭔가가 여전히 최후의 희망처럼 남은 듯해서 여전히 그걸 움켜쥐고 미련을 버리지 못하는 인간들이 지금껏 있었으니 말이야. 게다가 그 인간들이란 게 불쌍하게도 부자들은 별로 없고 대개가 가난뱅이들이야. 자네, 셰익스피어의 『맥베스』라는 희곡 읽어봤나. 그 희곡이 그런 내용이야. 마녀들의 말에 신들린 예언의 나라, 바로 대한민국이지.

좀비 2: 오랜만에 만났더니 유식한 체 많이 하는군. 커피 좀 들면서 말하지. 입가에 묻은 살점과 피도 좀 닦고. 경제가 뭐 좀비라도 되는가? 되살리게? 남 탓은 그 대통령이란 작자만 한 건 아니지 않아. 누가 그러던데, 우리 안의 그분이 더 무섭다고 하던데? 거 있지 않아. 항체로 투입되었다 병균이 된 바이러스처럼 말이야. 실컷 남 욕하고 나니, 속은 좀 후련해지는데 돌아서선 그 대통령의 말과 똑같은 말을 집에서는 성적 떨어지는 자식 놈들에게, 직장에선 실적이 저조한 부하직원에게 퍼붓는 꼴 아닌가. 병원균하고 항체도 구별 못하는 걸 보니, 하하, 적과 친구도 구별하지 못하는 우리 좀비 족속들하고 그 속성이 같구만. 하긴, 우리나 인간이나 뭐 남인가.

좀비 1: 아니 그건 좀 다르지. 우리 안의 그분, 하고 말해버리면, 끝없는 자기 검열과 그에 따라 죄책감만 늘 뿐이지, 결국 너나 나나 같다는 냉소주의로 미끄러져버려 어떤 행위도 결국 하지 못하게 만드는 게 아닌가. 우리 안의 히틀러를 극복하지 못해서 평범한 독일놈들이 히틀러라는 악마에게 영혼을 판 건 아니지 않은가. 그런 걸 본말전도라고 하는 거겠지. 우리 안의 히틀러를 극복하기 위한 방법은 히틀러와 싸워 그를 패배시키는 일이지, 겁 많고 우유부단한 자신의 내면을 꼼꼼하게 성찰해서 바야흐로 순백의 영혼으로 거듭나는 게 아냐. 그런 영혼 따윈 없어. 그런 내면 따위도 없고.

좀비 2: 영혼도 내면도 없다…… 그럼 딱 좀비네, 뭐. 자네 촛불시위 나간 적도 있나? 촛불시위를 킬킬대며 조롱하던 인간족속들이 집회참가자들을 죄다 좀비 무리들이라고 하던데?

좀비 1: 좀비 좀 모독하지 말라고 해. 영화에서 우리 좀비들은 밤새도록 쇼핑센터나 어슬렁거려 몽유병에 걸린 멍청이들이지만, 가끔씩은 생각도 해. 진화도 하는 편이야. 우리가 나타나면 인간들이 저들의 추악한 본성 다 드러내고 말잖아. 살려고 버둥대는 그 흉한 꼴이란.

좀비 2: 잘 이해가 안 가네. 누가 그래?

좀비 1: 슬라보예 지젝이라고 한국 문학평론가들이 글 쓸 때마다 젝, 젝, 젝, 지절대는 작자가 있어. 이 평론집을 쓴 작자도 꽤 많이 인용해 먹는 친구지. 지젝이라는 친구, 자신의 책에서 인간보다 유령에 대해, 정상인보다는 괴물에 대해 더 많이 얘기해. 우리와 비슷한 족속이지. 죽지 않는 좀비야말로 우리들의 진짜 모습이라고.

좀비 2: 그 작자 좀비를 닮았군.

좀비 1: 그래. 그 작자가 좀비거든.

좀비 2: 아, 그래? 그나저나 자넨 좀비가 되기 전에 뭘 했는가.

좀비 1: 뭐, 벌써 눈치챘겠지만 문학을 했어.

좀비 2: 어쩐지. 그래서 『맥베스』도 인용하고. 가방끈 긴 좀비라. 그래서 똑똑한 척한 거군, 그래. 혹시, 최초의 좀비가 나온 문학작품도 있나?

좀비 1: 음, 소포클레스의 『안티고네』라는 작품이 있지. 안티고네가 이미 반쯤은 죽은 존재로 나와. 그녀는 끊임없이 죽음을 열망해. 부모도 오빠 둘도 모두 잃고 난 자신은 이미 죽은 존재라고 여러 번 말하지.

좀비 2: 뭐야, 사람이네. 좀비가 나온다면서?

좀비 1: 좀 들어봐. 안티고네라는 소녀가 자신의 오빠 시체를 묻어주려고 하지만, 삼촌인 왕이 시체가 그냥 썩도록 내버려두게 법으로 금지해놨어. 더운 여름날이었으니 먹기에도 별 시원찮았을 거야. 오빠란 작자들이 둘 있었는데, 매장을 금지당한 오빠가 국가의 반역자였거든. 안티고네가 크레온의 법, 아니 명령, 아니 법이군, 아무튼 이를 어기자, 그녀를 가둬두고 굶겨버려. 법, 아니 명령, 아니 법을 어겼기 때문이지. 크레온은 자신의 명령, 법을 위반하면 사형에 처한다고 했어. 안티고네가 그 법을 어기고 오빠를 묻어줄 생각을 했던 처음부터 그녀는 이미 죽은 목숨이었으니, 좀비 아닌가.

좀비 2: 그런가? 잘 이해가 안 가네. 아무튼 계속해보라구.

좀비 1: 그러지. 극의 후반부에서 여론이 불리해진 크레온이 뒤늦게 후회하지만, 이미 그땐 안티고네도 그를 옹호하던 애인도 자살한 뒤지. 애인이 바로 크레온 아들이었거든. 이미 국가는 돌이킬 수 없이 거덜난 뒤였지. 이게 비극인 것은 이런 '너무 일찍'과 '너무 뒤늦게'의 간극에서 오는 거지. 너무 일찍 자살한 안티고네도, 너무 뒤늦게 후회한 크레온도 결국 비극의 주인공이 되고 말았지. 마치 영화 〈미스트〉에서처럼 용기를 내서 마트를 탈출한 사람들은 정체불명의 괴물에게 잡아먹히기보다는 영웅적인 집단자살을 택하고 그 반대로 괴물을 두려워한 겁쟁이들은 마트에 그대로 남아 있다가 군인들에게 구조되지. 영화든 비극이든 살아남는 게 치욕이고 거의 아무것도 아니랄까. 이 영화의 마지막 장면은 정말 견딜 수 없어.

좀비 2: 살아 있는 인간의 살점도 뜯어먹는데, 뭘 그래. 근데, 영화도 봐? 자네, 재밌는 좀비네. 진짜 요점이 뭐야.

좀비 1: 법이라는 게 사람을 그냥 썩도록 내버려두는 물건이라는 거. 시체에게도 법의 명령이 달라붙는다는 거.

좀비 2: 법이 좀비를 만든다는 얘기야? 아, 좀더 쉽게 얘기해봐.

좀비 1: 안티고네는 죽은 이의 장례를 치르는 것이 인간이 만든 법보다 우선이라는 거야. 그가 범법자든 아니든 간에. 그러자 크레온 왕이 반역자에게는 잘 죽을 명분도 뭣도 없다고 말하는 거야. 법질서를 확립하기 위해 본보기로 처벌한 거지. 전쟁이 끝나고 나라가 시끄러운 때였으니까, 이해가 가지 않는 건 아냐. 요즘 각광받는 학자들의 표현대로 비상시국이고 예외상태니까.

좀비 2: 그러고 보니, 지하벙커에 있었던 양반들이 비상경제시국이라는 말을 했었지. 딴에 이해가 가지 않는 것도 아니네. 근데 그 양반들에겐 경제가 최우선이지, 법이 최우선이 아니지 않은가.

좀비 1: 아냐. 경제가 무소불위의 전능한 법처럼 군림하면, 그게 바로 법인 거야. 경제처럼 제왕이 된 말이 바로 법인 거지. 그 법이 하는 말을 믿고 따르지 않긴 쉽지 않을 거야? 그럼 그게 예언이 되는 거야. 예언은 법의 말이야. 그 예언자 대통령은 그후로 쉴 줄도 모르고 예언을 쏟아냈지, 아마?

좀비 2: 그래도 지켜야 할 법이란 게 있지 않나.

좀비 1: 지키라고 있는 게 법인가? 아냐, 사람들이 법을 무조건 사랑하는 게 문제야. 법은 무조건 지켜야 하는 거야. 어떤 경우에도 지켜야 하는 마누라처럼, 자식새끼처럼. 진정한 사랑은 자발성이 아니라 의무에서 와. 반대로 폭력은 무조건 나쁜 거고. 그래야 바른 시민, 아니, 인간이 되는 거겠지.

좀비 2: 인간이 아닌 우리가 좀비인 것은 그 법 바깥에 있어서고?

좀비 1: 아냐, 법 바깥엔 아무도 없어.

좀비 2: 그럼 도대체 그놈의 법이란 뭐야. 법 이전엔 뭐가 있었던 거야. 법 이전에도 법이 있었나.

좀비 1: 『안티고네』도 암시하듯이, 그전에 전쟁과 폭력이 있었겠지. 그걸 누그러뜨리려고 법을 만든 거고.

좀비 2: 그럼 법에는 죽은 이들의 피가 스며들어 있겠네.

좀비 1: 그래, 수십 년 동안 살던 집에서 단돈 몇 푼 받고 강제철거 당하고 쫓겨나더라도, 게다가 헌신짝보다 취급 못 받아도 이놈의 법은, 제길, 무조건 지켜야 해. 죽어서도 지켜야 해. 그렇게 억울하게 죽은 영혼들이 산 사람보다 많아지면, 이렇게 세상에 종말이 오는 거야.

좀비 2: 법이 괜한 생사람 잡지 말고 연쇄살인범을 잡아야 하는데. 보호하는 게 아니라 추방을 하니, 참, 그놈의 법이 뭔지. 뭐, 이건 암것도 하지 말고 가만히 있으라는 얘기 아냐. 우리더러 고분고분 말 잘 듣는 좀비가 되라는 얘기네.

좀비 1: 우리가 바로 좀비들이야, 이 좀비야!

좀비 2: 아니 그 대통령도 전과 14범이라고 하질 않았나. 주식 3000이니 이런 얘기 모두 미네르바 구속사유와 같은 거 아냐.

좀비 1: 그를 뽑거나 뽑도록 방관한 인간들이 결국 면죄부를 준 거지. 대통령은 법에서 예외인 거지.

좀비 2: 아까는 대통령 말이 법이라면서.

좀비 1: 법이면서 법에서 예외인 거지.

좀비 2: 뭔가……, 괴물?

좀비 1: 비슷하네.

좀비 2: 그럼 면죄부를 받은 대통령 앞에선 아무도 무죄가 아니고 누구도 결백하지 않은 거네.

좀비 1: 그렇지. 그래서 우리 안의 히틀러 운운도 설득력이 없진 않

아. 그 괴물은 불쑥 나타난 게 아니야. 누가 그 괴물을 만들었는지를 찬찬히 생각해봐야지. 자네 봤는가. 오래전 이스라엘 군인놈들이 팔레스타인 가자지구를 폭격하는데 참으로 어여쁘게 뵈는 처자를 비롯한 젊은 이스라엘 녀석들이 망원경으로 그 장면을 구경하며 피식피식 웃는 거야. 요, 먹음직스런 놈들. 그러면서 녀석들은 자기들은 총 쏘는 군인이 아니라 평화적인 시민이라고 하는 거야. 말끝마다 법을 강조하는 인간들, 불법을 야단치는 자들이 바로 멀리서 폭탄 떨어지는 것을 망원경으로 구경하는 이놈들과 비슷할지도 몰라. 촛불시위대더러 좀비 떼라고 하는 놈들도 마찬가지야. 그들은 자신들이 법을 지키니까 다른 이들은 법 바깥에 있다고 생각하는 놈들이야. 모든 것으로부터 거리를 두었다고 믿는 냉소주의자들이 이른바 테러리스트보다 무서운 놈들이야. 그런데도 우리는 테러리스트보다 일방적으로 여론을 호도하고 모든 사태 앞에서 팔짱끼는 냉소주의자들과 사는 게 더 편하고 안전하다고 믿고 있어. 민주주의 사회에서 산다는 게 진짜 이런 거야.

좀비 2: 안 그러면 새총 들고 있어도, 돌 하나 던져도, 피켓 하나만 들고 있어도, 마스크만 착용해도 도심에 테러를 가한 게 되는 거지. 안티고네처럼.

좀비 1: 자네, 좀비치곤 이해 한번 빠르네.

좀비 2: 그런데 안티고네의 무기는 뭐였지. 화염병이 있었던 건 아닐 거고.

좀비 1: 이런 바보. 화염병이 중요한 게 아니지. 안티고네가 가지고 있었던 건 유일하게 말뿐이었어. 항변하고 변호하는 말. 그리고 무엇보다도 사랑하는 말. 그애가 이렇게 말했지. '나는 사랑하기 위해 태어났어요.'

좀비 2: 좀비치곤 멋있는 말을 했네. 안티고네의 운명을 생각하면 섬뜩하게 들리지만 또 아름답기도 하네. 아름다운 문학이야. 근데 아름다운 문학이란 게 좀 섬뜩할 때도 있군. 『안티고네』 말이야. 오랜만에 생각이라는 걸 해보네. 그런데 『안티고네』 얘긴 또 너무 슬프군. 이 무시무시한 법을 가지고 노는 방법은 정녕 없는 걸까. 문학이 이런 걸 해봐도 참 재밌겠는데.

좀비 1: 글쎄, 모르겠어. 말 속에서 말을 해야 하는 게 문학이니까. 침묵도 해야 하고, 말을 반박하기도 하고, 말을 거스르는 말이겠지. 이건 어떨까. 가령, 오래전 시위서 마스크 금지법을 우롱했던 것도 한 방법일 거야. 촛불시위에 참가할 때 누구도 빼놓지 않고 일제히 마스크를 착용했다지. 그때 한 수천 명쯤 그걸 착용하고 참가했던데, 정작 경찰서 유치장에 들어갈 수 없어 모두 석방되었지. 그 금지법도 나중에 슬그머니 사라졌다 들었어. 이런 상상력을 제안해보는 거지. 유치한가?

좀비 2: 문학에 별 쓸모가 있을지 몰라.

좀비 1: 문학이 그런 놀이를 상상할 수는 있지.

좀비 2: 자네, 농담은 썰렁하지만 꽤 재미있는 사람이군.

좀비 1: 좀비라니깐. 자넨 아직도 내가 인간이라고 믿고 있는 좀비인 줄 아나. 하긴 좀비인데도 인간이라고 생각하는 인간족속들도 아직은 많으니깐. 그런데 우리가 말을 너무 많이 했지? 조금 있으면 이 지구도 꽝 하고 폭파될 텐데 말이야. 그런데 왜 이리도 안심하고 있는 거지? 우리가 말하는 건 그대로 이 젊은 평론가의 평론집 맺음말이 되는 거 아닌가.

좀비 2: 그렇지. 한 평론가의 평론집을 마무리하는 말을 이렇게 써도 될지 몰라.

좀비 1: 안 될 게 뭐가 있나. 빨리 말하고 여기에서 나가야지. 벌써 황혼이 지는 걸 보니, 세계의 종말이 정말 다가온 느낌이군. 사실 이 글처럼 세계의 종말을 상상하긴 마냥 쉽지. 그렇지만 시장근본주의와 극우이데올로기가 손잡은 국가체제의 종말을 상상하는 건 결코 쉽지 않아. 종말론이 고갤 든 것도 다 이유가 있어.

좀비 2: 종말론도 그렇고…… 사람들이 상처를 많이 받나봐. 독립영화 보고 펑펑 울고, 소설 읽다가 펑펑 울고, 추기경의 선종을 보고, 두 대통령의 죽음을 접하고 펑펑 울고. 뭔가 하염없는 위로를 기대하는가봐.

좀비 1: 그러게. 그런데 인간들이 위로를 기대는 그것들은 공교롭게도 소멸된 것들이지. 그나저나 우리만 글 쓰고 이렇게 빠져나가도 되나? 종말론적 상상이란 게 꽤 비겁하군.

좀비 2: 아무튼, 이 폐허의 세계가 폭파되기 전에 얼른 이 책에서 빠져나가 세상 속으로 들어가야겠군. 우리들에게도 풍부한 먹을거리인 인간족속들이 세상에 여전히 많이 남아 있을 테니.

좀비 1: 그러자구.

| 발표 지면 |

제1부 부정성에 머무르는 힘

축생, 시체, 자동인형_2000년대 젊은 작가들의 소설에 등장한 캐릭터와 신(新)인류학 『문학동네』 2006년 여름호

포스트모던 문명의 불만, 괴물들의 이상한 가역반응_백민석의 『목화밭 엽기전』 『러셔』 『죽은 올빼미 농장』을 중심으로 『문학동네』 2005년 봄호

죽음에 이르는 병_최수철의 『페스트』를 중심으로 『문학들』 2006년 여름호

문학 없는 문학을 위하여 『시작詩作』 2006년 가을호

언데드(undead) 『문학과 사회』 2007년 가을호

제2부 더 나은 삶에 대한 꿈

유머와 기적_박민규와 윤성희의 소설에 나타난 (탈)주체성의 징표들 「유머와 기적 환대와 사랑」(『실천문학』 2006년 여름호)을 축약해서 개작(改作)

좀처럼 깨어나지 않는 모래들의 꿈_안성호 소설집 『때론 아내의 방에 나와 닮은 도둑이 든다』에 대하여 『때론 아내의 방에 나와 닮은 도둑이 든다』(랜덤하우스중앙, 2005) 해설

생존이 꿈인 자들의 삶, 생존이 삶인 자들의 꿈_ 박민규의 네 편의 소설에 대하여 『문학마당』 2007년 봄호

우정을 상상하는 세 가지 방법 『현대문학』 2007년 4월호

정신분석과 환상에 대한 13개의 시퀀스 『영화언어』 2005년 여름호

제3부 문학의 국경, 국경의 문학

연대의 환상, 적대의 현실_최근 한국소설의 연대적 상상력과 재현에 대한 비판적 주석 『문학동네』 2006년 겨울호

공포와 동정_최근 한국소설에 재현된 타자성과 정념의 정치경제학 『현대문학』 2007년 6월호

노르망디의 실종자_조정래 장편소설 『오 하느님』에 대하여 「오 하느님」(문학동네, 2007) 해설

거인과 북소리_강영숙 장편소설 『리나』 읽기 「본질과 현상」 2007년 봄호

문턱에 대하여_신경숙, 강영숙, 백가흠의 단편소설에서 읽은 윤리의 아포리아 「유머와 기적 환대와 사랑」(「실천문학」 2006년 여름호) 부분 개작; 「문학마당」 2007년 여름호

제4부 소설의 성좌 1

고통의 몸, 고통의 기록_백가흠과 윤대녕의 단편 읽기 「현대문학」 2007년 7월호

위무하는 소설_윤대녕 소설집 『제비를 기르다』, 윤성희 소설집 『감기』에 대하여 웹진 '컬처뉴스' 2007년 2월호; '컬처뉴스' 2007년 7월호

잔혹 동화, 자정의 소설, 캐비닛 산해경_김숨, 박형서, 김언수의 소설에 대하여 「문학동네」 2005년 여름호; 웹진 '컬처뉴스' 2006년 12월호; '컬처뉴스' 2007년 1월호

멜랑콜리, 히스테리, 그로테스크_김인숙, 권여선, 김지현의 소설에 대하여 「문예중앙」 2005년 겨울호; 웹진 '컬처뉴스' 2007년 3월호; 「세계의 문학」 2008년 봄호

뉴웨이브 역사소설의 세 경향_김훈, 신경숙, 김경욱의 새로운 역사소설에 대하여 웹진 '컬처뉴스' 2007년 5월호; 「창작과 비평」 2007년 가을호; 「세계의 문학」 2007년 가을호

소설, 정념이 배치되는 성좌 「문학동네」 2005년 가을호

제5부 소설의 성좌 2

잃어버린 시간을 찾아서_윤대녕의 『옛날 영화를 보러 갔다』를 다시 읽다 「옛날 영화를 보러 갔다」(재출간, 문학동네, 2008) 해설

추방된 젊음, 디오게네스의 윤리_김영하 장편소설 『퀴즈쇼』에 대하여 「퀴즈쇼」(문학동네, 2007) 해설

심연에서 비극으로_최인석 소설집 『목숨의 기억』에 대하여 「목숨의 기억」(문학동네, 2006) 해설

소금과 불멸_명지현의 첫 소설집 『이로니, 이디시』에 대하여 「이로니, 이디시」(문학동네, 2009) 해설

가면의 허구에서 비의 진실로_김연수론 「문학사상」 2005년 12월호

제6부 하나이면서 여럿인 문학

화염과 재: 김연수 소설이 말하면서 말하지 않은 것_김연수 장편소설 『네가 누구든 얼마나 외롭든』 『밤은 노래한다』를 중심으로 「자음과 모음」 2009년 여름호

아담의 말_최수철 소설집 『몽타주』에 대하여 『몽타주』(문학과지성사, 2007) 해설

허구를 해체하는 허구_박인홍 소설집 『벽 앞의 어둠』에 대하여 『벽 앞의 어둠』(개정판, 책세상, 2009) 해설

목소리가 사라지는 곳으로 문학이 가야 한다 「문예중앙」 2007년 가을호

하나이면서 여럿인: (포스트)문학의 윤리와 정치_소포클레스의 『오이디푸스 왕』 『콜로노스의 오이디푸스』를 경유하여 「너머」 2007년 여름호

문학동네 평론집
눈먼 자의 초상

초판 인쇄 | 2010년 4월 19일
초판 발행 | 2010년 4월 27일

지은이 복도훈
펴낸이 강병선
책임편집 양재화 | 편집 이연실 | 디자인 윤정우 김민하
마케팅 방미연 우영희 정유선 | 온라인 마케팅 이상혁 한민아
제작 안정숙 서동관 김애진 | 제작처 한일프린테크(인쇄) 시아북바인딩(제본)

펴낸곳 (주)문학동네
출판등록 1993년 10월 22일 제406-2003-000045호
주소 413-756 경기도 파주시 교하읍 문발리 파주출판도시 513-8
전자우편 editor@munhak.com | 대표전화 031) 955-8888 | 팩스 031) 955-8855
문의전화 031) 955-8889(마케팅) 031) 955-3561(편집)
문학동네카페 http://cafe.naver.com/mhdn

ISBN 978-89-546-1086-5 03810

* 이 도서의 국립중앙도서관 출판시도서목록(CIP)은 e-CIP 홈페이지(http://www.nl.go.kr/ecip)에서 이용하실 수 있습니다.(CIP제어번호: CIP2010001412)
www.munhak.com